A NOITE

MAIS BRILHANTE

ESTRELAS NEGRAS

LIVRO 3

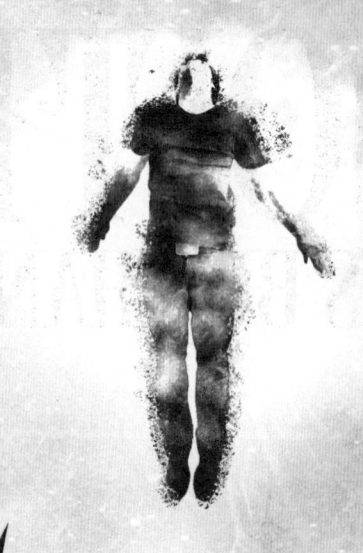

JENNIFER L. ARMENTROUT

A NOITE MAIS BRILHANTE

O LIVRO DO DESTINO

Tradução
Bruna Hartstein

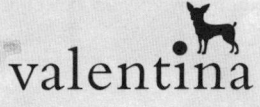
valentina

Rio de Janeiro, 2023
1ª edição

Copyright © 2020 *by* Jennifer L. Armentrout
Publicado mediante contrato com Taryn Fagerness Agency e Sandra Bruna Agencia Literaria, S.L.

TÍTULO ORIGINAL
The Brightest Night

CAPA E ILUSTRAÇÃO
Sérgio Campante

FOTO DA AUTORA
Franggy Yanes Photography

DIAGRAMAÇÃO
FQuatro Diagramação

Impresso no Brasil
Printed in Brazil
2023

CIP-BRASIL. CATALOGAÇÃO NA PUBLICAÇÃO
SINDICATO NACIONAL DOS EDITORES DE LIVROS, RJ
MERI GLEICE RODRIGUES DE SOUZA - BIBLIOTECÁRIA - CRB-7/6439

A76n	

Armentrout, Jennifer L.

    A noite mais brilhante / Jennifer L. Armentrout; [tradução Bruna Hartstein]. – 1. ed. – Rio de Janeiro: Editora Valentina, 2023.

    512 p. (Série estrelas negras; 3)

    ISBN 978-65-88490-65-5

    1. Ficção norte-americana I. Hartstein, Bruna. II. Título. III. Série.

23-84895

CDD: 813
CDU: 82-3(73)

EDITORA VALENTINA
Rua Santa Clara 50/1107 – Copacabana
Rio de Janeiro – 22041-012
Tel/Fax: (21) 3208-8777
www.editoravalentina.com.br

Para você, leitor. Sempre.

AGRADECIMENTOS

Quero agradecer ao meu agente, Kevan Lyon, e à minha subagente, Taryn Fagerness. Agradeço também a Stephanie Brown, Melissa Frain e à maravilhosa equipe da Tor: Ali, Kristin, Saraciea, Anthony, Eileen, Lucille, Isa e Devi, assim como todos os outros que ajudaram na publicação deste livro.

A história do Luc e da Evie jamais seria possível se não fosse por você, leitor. Não tenho como agradecer-lhe o suficiente. Um especial brado de obrigado a JLAnders. Vocês sempre me surpreendem.

A Noite Mais Brilhante é o primeiro livro que escrevo sem minha parceira Loki. Um tremendo obrigado a ela por 19 anos de amizade e carinho. Abraça o Diesel por mim.

ason Dasher.
Escutei o nome ecoar
pela sala, os olhos fixos
nos cacos de vidro da
garrafa que o general

Eaton havia jogado.

Eu estava absolutamente pasma, enraizada no lugar, observando o líquido amarelado escorrer por cima dos papéis espalhados pelo chão, correspondência antiga de uma época em que Houston era uma cidade movimentada. Uma propaganda colorida para uma nova loja de móveis prestes a abrir no centro da cidade. Um pacote azul de cupons ainda fechado. Envelopes brancos com a palavra *urgente* impressa em letras vermelhas. Reminiscências de uma vida deixada para trás por quem quer que tivesse morado ali antes do lançamento das bombas de pulso eletromagnético, que haviam tornado a cidade habitável somente para aqueles desesperados o bastante para permanecerem escondidos numa zona morta.

Será que os proprietários haviam escapado ou morrido em meio ao caos que se instaurara após o lançamento das bombas, tal como centenas de milhares?

E por que eu estava pensando nisso? A correspondência de alguém não era algo com a qual eu devesse me preocupar no momento. Era como se meu cérebro tivesse dado um curto ao escutar o nome *dele*.

Sargento Jason Dasher.

O público em geral ouvira falar dele como um herói morto em batalha, um ícone patriota perdido para a guerra enquanto tentava proteger a humanidade dos Luxen invasores. Eu costumava ser uma dessas pessoas, mas descobrira a verdade. Dasher era um homem cruel, responsável por experimentos pavorosos tanto em humanos quanto em alienígenas, tudo em nome de um "bem maior".

Mas ele era um homem cruel e supostamente morto.

Nada além de um fantasma do qual não conseguia me lembrar, assassinado pela própria mulher. A mesma mulher que acreditara ser minha mãe até descobrir que eu não era realmente Evelyn Dasher, e sim uma garota chamada Nadia Holliday. O que havia acontecido mais ou menos na mesma época em que descobri que essa querida mamãe era, na verdade, uma Luxen.

Sylvia havia se casado com o homem responsável por forçar a gravidez entre Luxen e humanos, por coagir mutações indesejadas, por sequestros e assassinatos, e por subjugar a espécie dela. E não só isso, ela havia trabalhado para a instituição responsável por todas essas coisas.

O Daedalus.

Um braço secreto do Departamento de Defesa que fora inicialmente criado para ajudar na assimilação dos Luxen pela população humana, muito antes de o público sequer saber da existência de alienígenas. Eles haviam estudado a fisiologia singular desses seres que não só os tornava imunes a toda e qualquer doença humana, como também lhes permitia curar uma enorme variedade de ferimentos físicos sofridos pelo homem. O Daedalus almejava usar esse conhecimento para melhorar a vida de milhões, mas tudo tinha ido pelo ralo num piscar de olhos.

Eu ainda não tinha ideia de como aceitar quaisquer dessas coisas. Achava que jamais conseguiria, porém o fato de que tinha sido ela quem o matara havia ajudado.

Um pouco.

Ela havia atirado no Dasher ao vê-lo tentar renegar o acordo — a barganha que havia salvado a minha vida e, ao mesmo tempo, a roubado de mim. O soro Andrômeda tinha curado o câncer que estava me matando, mas também destruíra as lembranças de quem eu costumava ser.

E tinha me transformado numa... bom, uma criatura batizada como Troiana. Algo que não podia ser classificado como um simples ser humano.

No momento, esse pequeno fato estava sendo ofuscado pela última notícia do tipo *você só pode estar de brincadeira*.

Jason Dasher estava vivo.

Uma dor surda explodiu no fundo do meu estômago. Balancei a cabeça em negação, tentando acompanhar a lógica que me dizia que o Eaton não era o tipo de pessoa que gostava de pregar peças, mas meu cérebro estava em curto com tudo o que havia acontecido. E, santo drama lhama, *muita* coisa tinha acontecido nos últimos dois meses.

Jason Dasher estava vivo, e essa não era sequer a pior parte. Eu tinha sido programada para responder a ele como se não passasse de um robô codificado para atender aos comandos de alguém. Um homem morto que agora estava vivo. Um monstro que podia assumir o controle do meu corpo a qualquer momento.

— Impossível — rosnou baixinho uma voz.

Com o coração batendo pesadamente, olhei para a direita. Ele estava parado ao meu lado, não apenas qualquer Original — um filho de um Luxen com uma híbrida —, mas um mais poderoso do que o mais poderoso dos Luxen.

Luc.

Ele tinha um sobrenome agora, que havia escolhido deliberadamente após eu argumentar que só porque o Daedalus não lhe dera um não significava que não pudesse ter. E escolhera King, ou seja Rei, porque, é claro, estávamos falando do Luc, mas *Luc King* soava bem, parecia certo. Eu ficara feliz por ele ter feito isso. A ausência de um sobrenome era uma das muitas maneiras que o Daedalus havia usado para se certificar de que suas criações se lembrassem de que eram simples *coisas*, e não seres vivos capazes de pensar, sentir e desejar como todos os demais.

O sobrenome o tornava mais humano, embora no momento ele não parecesse nem um pouco com um.

Não com aqueles olhos da cor de ametistas e as pupilas cintilando feito diamantes. Um brilho branco envolvia seu corpo delgado. As maçãs do rosto pareciam mais proeminentes, e suaves linhas de tensão emolduravam os lábios cheios.

Aquele brilho era a Fonte, uma forma de energia pura presente no cerne de todos os Luxen, que os tornava perigosos e, ao mesmo tempo, fascinantes. Aquele poder de tirar o fôlego podia restaurar a vida ou roubá-la num milésimo de segundo.

Mais vezes do que gostaria de admitir, eu me pegara observando-o com estupefata fascinação, tentando entender o que havia nas linhas e ângulos daquele rosto ou no modo como os traços se encaixavam que o tornava tão atraente. Todo mundo ficava meio em transe ao vê-lo pela primeira vez, de modo que não me sentia completamente fútil. Homem. Mulher. Jovem. Velho. Com ou sem interesse sexual. Todos eram afetados de alguma forma, e, nesse momento, em que ele não estava tentando esconder quem era de verdade, havia certa selvageria em sua beleza, algo feroz e primitivo.

Luc era tão letal quanto magnífico, e eu o amava — estava apaixonada por ele, e sabia lá no fundo que me sentira assim quando era a Nadia. Tudo nele combinava comigo perfeitamente, e o que eu sentia agora não tinha nada a ver com sua aparência ou com emoções residuais de uma vida diferente. Eu o amava por *ele*. O amor desabrochara com suas cantadas terríveis e bregas e com os presentinhos idiotas que na verdade não eram presentes. Crescera a cada vez que ele me fitava como se eu fosse o ser mais precioso e venerado de todo o universo. E se consolidara com sua paciência inesgotável oferecida de maneira altruísta. Luc estava sempre lá para me apoiar, sempre estivera, sem esperar que eu sentisse nada por ele em troca. E foi assim que me apaixonei de novo, ao perceber que mesmo acreditando no fundo do coração que eu jamais retornaria para seus braços, Luc continuara me amando.

Até conhecê-lo, eu nem imaginava que pudesse existir um amor tão profundo e infinito, o que era ao mesmo tempo fantástico e aterrorizante. A simples ideia de perdê-lo…

Sentindo um calafrio de cima a baixo, lembrei-me de que muito poucas coisas no mundo podiam levar a melhor num confronto com o Luc. Eu tinha visto em primeira mão o que ele era capaz de fazer. Transformar tanto humanos quanto Luxen num punhado de cinzas com um simples toque. Arremessar pessoas como se fossem frisbees com um mero brandir da mão. Humano ou não, o que todos sentiam por ele não era apenas medo de sua força. As pessoas o respeitavam. Luc não era o alfa. Era o ômega, e eu não duvidava nem por um segundo de que um dos únicos motivos para o mundo ainda não estar sob o jugo do Daedalus era porque ele havia se virado contra seus criadores.

E agora um deles estava, de alguma forma, vivo — o que havia se certificado de que minha vida como Nadia, minha vida com o Luc, tivesse um fim.

— Eu vi. — A voz do Original soou grossa, transbordando com o poder absoluto que fervilhava dentro dele. — Vi com meus próprios e perfeitos olhos. Sylvia atirou no Jason Dasher.

— Tal como você acreditou que o Daedalus tivesse sido completamente destruído? — rebateu o general, virando-se para nós. Ele era um homem maduro, por volta dos sessenta, com cabelos grisalhos cortados rente à cabeça e um rosto cheio de linhas de experiência. Um homem que passara a vida servindo ao seu país e que deveria estar aproveitando uma merecida aposentadoria em algum lugar como o Arizona ou a Flórida. Em vez disso, ele estava aqui, numa área agora conhecida como Zona 3, escondido entre humanos que o governo decidira que não valiam a pena ser evacuados, Luxen sem registro, humanos transformados por Luxen, também conhecidos como híbridos, e Originais que tinham conseguido escapar do Daedalus. — Que o desmantelamento do Projeto Original tivesse acabado com eles? — continuou ele, referindo-se ao programa responsável pela criação dos Originais.

Luc ficou imóvel, e meus pelos se arrepiaram.

— Você acha que eu sou idiota?

O general trincou o maxilar.

— Ou ingênuo? — A voz do Luc soou macia, assustadoramente suave, e, ao falar de novo, rezei para que o Eaton respondesse, e fizesse isso com sabedoria. — E aí, acha?

— Não — retorquiu Eaton. — Não acho que você seja nenhuma dessas coisas.

— Bom saber. Odiaria ter que fazê-lo mudar de ideia. — Luc tinha dado uns dois ou três passos, e eu sequer o vira se mover. — Nunca acreditei que eles tivessem sido completamente destruídos, nem que seus objetivos fossem morrer com eles. Os humanos irão sempre tentar se manter no topo da cadeia alimentar, e jamais desistirão de buscar mais poder.

O modo como o Luc disse *humanos* deixou claro que mesmo que a mãe que ele jamais conhecera tivesse sido humana, ele não se via como um, e o sobrenome não mudara isso.

A dor em meu estômago pulsou ao ouvi-lo dizer:

— Mas todas as bases que encontrei não passam de cinzas agora, assim como um bom número de dirigentes do Daedalus. Eu percebi que eles continuavam operantes quando aquela garota que frequentava a mesma escola que a Evie fez algo impossível e a gente encontrou os soros na casa dela.

Ele estava falando da April Collins, uma ex-amiga que virara inimiga e que odiava tanto os Luxen a ponto de reunir e convencer um bando de colegas imbecis a fazer protestos diários na escola. A ironia disso tudo era que a April sequer era humana.

Ela era como eu.

Uma Troiana.

Seu ódio tinha sido orquestrado pelo Daedalus com a intenção de incutir medo e desconfiança dos Luxen na população humana.

E quando ela fora acidentalmente exposta por mim e pela Heidi, April quase matara minha amiga enfiando a mão *inteira* no peito dela.

Luc e eu havíamos encontrado um punhado de soros na casa dela, mas não sabíamos para o que eles serviam e os tínhamos perdido quando a boate dele fora destruída. Os soros, porém, não eram a única coisa que a gente tinha encontrado na casa. Tínhamos nos deparado com uma mulher que presumíramos ser seu contato, a qual eu matara com um... tiro na cabeça, como se já tivesse feito algo assim antes.

Até onde eu sabia, podia já ter feito inúmeras vezes e simplesmente não lembrava.

— O Daedalus não só sobreviveu, como ficou mais forte e mais inteligente — declarou Eaton.

— Mas isso não explica como um homem morto pode estar vivo agora — retrucou Luc.

Excelente argumento. Mal podia esperar para ouvir a explicação, mas de repente me senti... *estranha*. Eletrizada. Como se tivesse tomado três daqueles expressos que a Zoe tanto adorava. Só podia ser porque eu estava faminta e acostumada a já ter ingerido uma quantidade de doces equivalente a três colheres de sobremesa de açúcar a essa hora do dia. Tentei colocar a estranha inquietação de lado e me concentrar.

— Você viu o Dasher morrer, Luc? — perguntou Eaton, os ombros encurvados e o rosto enrugado ostentando uma expressão cansada. — Não. Tudo o que viu foi que ele levou um tiro e começou a sangrar.

— Ele tomou um tiro no peito. — Luc crispou as mãos. — Ele caiu e não se levantou mais. Foi um ferimento fatal.

— Mas você ficou por perto para se certificar? — Eaton se sentou, fazendo o couro gasto do sofá enrugar. Ele, então, esticou as pernas compridas e fitou o Luc com um olhar desafiador.

O Original ficou em silêncio por um longo tempo, o poder crepitando à sua volta, tornando o ar mais denso.

— Eu queria destruí-lo por completo, apagá-lo da face da Terra, mas não pude. — Luc abaixou o queixo e inclinou a cabeça ligeiramente de lado. — Jason entrou em contato com os membros da Força Tarefa Alienígena assim que cheguei. Os oficiais estavam a caminho. Eu temia que minha presença pudesse... — Ele deixou a frase no ar. As veias sob sua pele emitiam um brilho tão branco quanto o das pupilas.

— Você temia que se permanecesse, sua presença pudesse colocá-*la* em risco. — O general apontou com a cabeça para mim.

Nós fomos feitos um para o outro.

Era o que o Eaton nos dissera. Que o Daedalus tinha planejado nosso primeiro encontro, quando eu ainda era a Nadia. Que eles esperavam que o Luc criasse algum tipo de vínculo com ela — *comigo* —, e por meio desse vínculo conseguissem controlá-lo.

Tal como tinham tentado com o Dawson e a Beth, o Daemon e a Kat, e, provavelmente, muitos outros.

Se fosse verdade, fazia sentido que eles tivessem antecipado que o Luc faria qualquer coisa para me manter segura. Mesmo que isso significasse assumir o risco de partir antes de se certificar de que o Jason Dasher estivesse realmente morto.

Luc jamais faria nada que pudesse me ferir. Essa era a única coisa no mundo da qual eu tinha certeza. Ele arrancaria célula por célula do próprio corpo antes de deixar que alguém tocasse num único fio do meu cabelo.

Mas eu…

Ó céus.

O súbito insight me açoitou como uma lufada de vento gelado. Quase engasguei com minha própria respiração. Eu podia machucar o Luc. Seriamente. Na verdade, já tinha. Se ele não tivesse conseguido me deter, me *trazer de volta* quando eu me transformara numa Troiana psicopata e dizimara os Filhos da Liberdade, um grupo reativado para acabar com os Troianos antes que fosse tarde demais, eu teria matado o Daemon.

E o teria matado também, o homem que eu amava com cada fibra do meu ser.

Naquela mata, porém, ele não era o garoto que eu amara antes ou o homem que amava agora. Naquele momento, Luc se tornara um simples desafio — uma ameaça que a parte alienígena em mim havia reconhecido e sido treinada para eliminar. Eu…

Eu havia arrancado tiras de pele de sua carne com um simples *pensamento*.

Enjoada, fechei os olhos com força, o que não ajudou em nada a bloquear as imagens do Luc caído de joelhos enquanto a pele era arrancada, implorando para que eu me lembrasse quem ele era.

Até então, eu acreditava do fundo do coração que se me transformasse naquele ser que surgira na mata do lado de fora de nosso esconderijo, Luc seria capaz de me deter. Ele encontraria um jeito de me fazer voltar a *mim* antes que eu machucasse alguém. Só que a gente não sabia de um detalhe importante.

Que eu tinha sido *programada* para responder ao Jason Dasher.

Tinha uma ideia do que isso significava graças à reação da April após ela usar a Onda Cassiopeia, um aparelho que havia despertado qualquer que fosse o treinamento ao qual eu fora submetida. April esperava que eu a acompanhasse sem questionar, que retornasse para *ele*, um homem na época sem nome, mas que agora sabia tratar-se do Jason Dasher.

Meu coração começou a martelar contra as costelas ao sentir o pânico brotar como erva daninha. E se ele ou outro Troiano usasse a Onda Cassiopeia de novo? Ou se o que tinha acontecido naquela mata acontecesse novamente?

E se o Luc não conseguisse me trazer de volta da próxima vez?

Eu me transformaria num minion sem vontade própria, e não estava falando daqueles amarelos fofinhos do filme de animação.

Uma risada brotou em meu âmago, mas ficou presa na garganta, ameaçando me sufocar. O que provavelmente era uma boa coisa, porque era o tipo de risada assustadora que terminava em lágrimas ou sangue.

Jason Dasher podia roubar tudo de mim novamente. Minhas memórias. Autoconsciência. Livre-arbítrio. Autonomia. Meus amigos. Luc.

A simples ideia de perder a mim mesma mais uma vez abriu uma espécie de comporta dentro de mim e liberou um fluxo tumultuado de emoções. Um ciclone de medo e raiva foi desencadeado, inundando cada célula do meu corpo.

Eu destruiria a mim mesma antes de permitir que tudo me fosse roubado novamente.

Jamais.

Meus olhos se voltaram para o Luc. A energia crepitou no ar, chiando e espocando. Luc havia captado meus pensamentos, algo que me irritava imensamente, embora nem sempre ele conseguisse evitar. Segundo ele, meus pensamentos eram frequentemente… altos.

— Você jamais precisará fazer essa escolha — jurou ele. A onda de poder que emanava de seu corpo pulsou vigorosamente e, em seguida, diminuiu até o brilho que o envolvia desaparecer por completo. O ar na sala ficou mais leve, mais fácil de respirar. — Ele nunca vai te controlar. Ninguém vai.

Mas eu tinha perdido o controle de mim mesma na mata, quando atacara o Daemon e ele. Aquela nem era eu…

— Não importa. — De repente, Luc estava diante de mim, as mãos quentes envolvendo meu rosto. Pele contra pele. Como sempre, o contato desencadeou uma descarga de eletricidade que correu por minha pele e minhas veias. O brilho das pupilas retrocedeu até elas voltarem ao normal. Bom, normal para o Luc. As linhas pretas irregulares em torno das íris, assim como as pupilas, tornaram-se novamente visíveis. — Aquela era você na mata, sim. Só uma outra parte sua com a qual eu ainda não fiz amizade, mas farei.

— Não sei, não. — O poder que havia em mim, a Fonte deturpada por todos os soros e DNAs alienígenas, não faria amizade com nada além de um texugo-do-mel.

— Texugos são criaturas extremamente inteligentes, sabia?

— *Luc*.

Ele abriu um sorriso meio de lado.

— Para ser honesto, acho que a sua parte texugo achou que eu fosse um manjar dos deuses.

Soltei uma risada estrangulada.

— Manjar dos deuses?

— Não é isso que a garotada diz quando algo é muito gostoso?

— Talvez no século passado.

— Podia jurar que tinha ouvido alguém usar essa expressão recentemente. — O Original abaixou a cabeça, parando quando a ponta do nariz roçou a minha. — Não estou preocupado, Pesseguinho.

Pesseguinho.

No começo, tinha achado esse apelido um tanto estranho, mas agora? Escutá-lo usar esse termo fazia meu coração apertar de uma maneira maravilhosa.

Genuinamente curiosa e incrédula, perguntei:

— Como não?

— Porque tenho fé.

Olhei para ele.

— Em mim. — Ele inclinou a cabeça ligeiramente de lado, e senti sua bochecha encostar na minha, repuxando-se num grande sorriso. Ao inspirar, fui invadida por um perfume de pinho e ar fresco, típico do *Luc*. — E tenho fé em você. Na gente. Você não vai se transformar numa minion sem vontade própria. — Seguiu-se uma pausa. — A menos que seja no Halloween.

Ele estava se referindo à minha última fantasia.

— Achei que tinha dito que eu parecia o Garibaldo.

— Um Garibaldo sexy — corrigiu Luc. Franzi o nariz. Ele deslizou uma das mãos pelas minhas costas e entremeou os dedos no meu cabelo, guiando gentilmente minha cabeça até nossos olhos se encontrarem. — Você é a Evie. Não vai perder o controle. Não vou permitir. Você não vai permitir. E sabe por quê?

— Por quê? — murmurei.

— Porque a gente não chegou até aqui, sobrevivendo a tudo o que sobrevivemos, apenas para nos perdermos novamente — respondeu ele. — Você não vai permitir que isso aconteça. Sei que não, mas se não acredita nisso ainda, acredite em mim. Que tal?

A emoção que me invadiu foi tão forte que pisquei, sentindo os olhos úmidos. Suas palavras partiram meu coração e, ao mesmo tempo, abrandaram o golpe. Assenti com um menear de cabeça, e parte do pânico se esvaiu.

Luc apoiou a testa na minha e a manteve assim por alguns segundos. O simples gesto de conforto eliminou o restante do pânico.

— Juntos — murmurou ele. — Estamos nisso juntos.

Inspirei de maneira trêmula, mas o ar pareceu limpo.

— Juntos.

Luc ergueu a cabeça e se afastou, parando rapidamente para depositar um beijo em minha têmpora. Ele soltou meu cabelo, mas manteve a mão apoiada na base das minhas costas.

— Achei que os dois tinham esquecido que eu estava aqui — observou Eaton de modo seco. No entanto, quando olhei para ele, percebi que sua expressão tinha se abrandado. — O Daedalus ainda não levou isso em consideração.

— Não levou em consideração o quê? — perguntou Luc.

— O amor. — A palavra foi dita com uma leve risadinha. O general, então, se recostou no sofá. — Não importa o que eles façam, eles nunca levam o amor em consideração. É como se nenhum deles jamais tivesse experimentado esse poder.

— E você já? — perguntei. Não sabia muita coisa sobre o homem.

— Ele já. — O Original deslizou a mão gentilmente pelas minhas costas. — Ele foi casado. E teve um filho.

Tive um pressentimento de que essa história não terminava com um final feliz.

O sorriso do general mais pareceu uma careta.

— Por que não fico surpreso por você saber, ainda que nunca tenha contado nada sobre a Amy e o Brent para o Daemon ou o Archer?

Luc correu a mão novamente pelas minhas costas, mas não respondeu. Não precisava.

Parecendo não precisar mesmo de resposta, o general fixou seus olhos embaçados em mim. Tive certeza de que, quando ele era mais jovem, aqueles olhos azuis eram tão brilhantes quanto o céu no verão.

— Sylvia o curou.

Luc soltou um palavrão.

Eu já suspeitava, mas ouvi-lo confirmar fez meu estômago se retorcer em nós. Sylvia... ó céus... ela sempre seria a minha mãe, não importa o que tivesse feito. Não conseguia mudar o modo como a via ou o que pensava a respeito dela, mas ela havia mentido demais, mentiras que escondiam fatos terríveis e verdades pavorosas.

Ela havia sido tão convincente ao me contar no que meu "pai" e o Daedalus estavam envolvidos — tão convincente, tão visivelmente horrorizada pelo modo como o Daedalus começara a explorar os Luxen em seu desejo de usar o DNA alienígena para criar armas de destruição e pelo que o Dasher havia tentado fazer com o Luc.

Como ela podia ter mentido tão descaradamente? Convencer a mim não fora um feito digno de uma medalha olímpica, visto que na época eu não tinha como desconfiar de nada, mas mentir na minha cara desse jeito?

— Eu dei uma espiada nos pensamentos deles, mas não captei nada. — A voz do Luc vibrava de ódio. — Sei que eles estavam com os escudos levantados, a mente focada em coisas bobas, mas seria possível conseguirem bloquear uma coisa dessas? — Ele balançou a cabeça, fazendo algumas mechas acobreadas caírem sobre sua testa. — Eu devia saber que tinha alguma coisa acontecendo por trás.

— Não é sempre que você confronta alguém que sabe exatamente como se proteger da habilidade dos Originais em ler mentes — argumentou Eaton. — Os dois sabiam como contornar esse poder porque estavam envolvidos na criação dos Originais. Não foi uma falha da sua parte.

Com o coração martelando contra as costelas, abri a boca para dizer ao Luc que realmente não tinha sido culpa dele. Lembrei de quando a April atacara a Heidi. Num piscar de olhos, eu tinha visto a Emery aconchegar a Heidi de encontro a si e abandonar sua forma humana em prol da verdadeira, uma linda luz com contornos humanos, tão intensa que chegou a machucar meus olhos. Mesmo que a Emery não fosse tão habilidosa quanto outros Luxen no que dizia respeito à capacidade de curar, ela havia salvado a vida da namorada simplesmente posicionando as mãos sobre ela e invocando a Fonte.

Não era inteligente se meter entre um Luxen e a pessoa que ele ou ela amava, não importava o motivo.

Foi o que o Luc me disse quando a Emery tomou a Heidi nos braços e, realmente, em poucas horas não restara nada além de uma leve cicatriz no lugar onde a April *atravessara* minha amiga com a mão, arrebentando pele, músculos e órgãos.

Assim sendo, ou minha mãe era muito boa no dom da cura ou ela ainda amava aquele homem.

O mundo pareceu desaparecer sob meus pés. Enjoada, como se estivesse prestes a vomitar o chão todo da sala, recuei um passo. Precisava me distanciar das palavras do Eaton — de quaisquer novas provas de que eu jamais conhecera minha mãe e que nunca saberia se qualquer coisa a respeito dela tinha sido verdade.

Porque ela também se fora, levando consigo todas as suas mentiras e verdades, se é que havia alguma.

Luc deteve meu recuo, sua mão quente uma presença reconfortante no meio das minhas costas. Ele apenas a manteve ali, sem tentar me segurar, mas mesmo que a tirasse, eu já não sairia quicando da sala como uma bola de borracha.

Negação era um luxo ao qual não podia mais me entregar.

Precisava lidar com isso, independentemente do quanto doesse perceber que tudo a respeito dela tinha sido mentira. Tudo bem, ela talvez tivesse mudado de ideia depois que eu voltara para sua companhia sem nenhuma lembrança de ter sido a Nadia ou do treinamento que obviamente recebera. Isso podia até ser verdade — ser *real*. Ela havia morrido se certificando de que eu escapasse antes que o Daedalus conseguisse me capturar. No entanto, nada disso mudava o que minha mãe fizera, e eu precisava encarar a realidade.

Precisava lidar com isso.

Engolindo em seco, ergui o queixo e empertiguei os ombros. Eu podia encarar essa situação. Já tinha lidado com tanta coisa — coisas que fariam a maioria das pessoas se encolher no canto mais próximo e ficar olhando para o vazio. Tinha aceitado o fato de que existira uma verdadeira Evie Dasher que havia morrido num acidente de carro. De que meu nome de batismo era Nadia Holliday, e que eu não era nem ela nem Evie, mas sim uma mistura de ambas e, ao mesmo tempo, alguém completamente diferente. Encarara a verdade de que a Sylvia e o Jason Dasher não eram meus pais biológicos. Sobrevivera ao ataque de um Original com uma obsessão raivosa pelo Luc. Deparara-me com corpos de colegas, além do fato de ter sido eu — uma assassina treinada não muito ciente do que estava fazendo, o que não vinha ao caso — quem havia matado a April. E agora, além de lidar com a descoberta de que era capaz de provocar grandes estragos, tinha que digerir a nova informação de que havia alguém lá fora que podia assumir o controle do meu corpo.

Sem dúvida eu tinha uma bagagem bem complicada, uma quantidade considerável de memórias faltando, e era provavelmente uma híbrida alienígena psicopata que poderia ou não surtar completamente um dia e sair atacando todo mundo, mas continuava aqui. Continuava em pé sobre meus próprios pés.

Luc abaixou a cabeça e cochichou no meu ouvido:

— É porque você é foda.

— Para de ler a minha mente — rebati, e ele ergueu a cabeça novamente, piscando. Soltei um suspiro. — Mas obrigada — acrescentei. Eu realmente precisava ser lembrada desse fato.

Luc abriu um meio sorriso ao escutar, um segundo depois, meu estômago roncar. As barrinhas de cereais que tínhamos comido a caminho da reunião com certeza não tinham sido suficientes.

Sentindo as bochechas queimarem, desviei os olhos. Só *eu* para estar com fome depois de escutar uma notícia tão traumática.

— Será que ela… Você acha que ela ainda amava o Dasher?

— Isso eu não sei responder. — Eaton correu o polegar pelo queixo.

— Nem sempre um Luxen precisa amar a pessoa que ele está curando. — A mão do Luc se fechou nas costas da minha camiseta. — Alguns são simplesmente excepcionais nisso. Sylvia talvez tenha sido, ou talvez estivesse sendo propriamente motivada, uma arte que o Daedalus dominava com maestria. Amar alguém significa apenas que a chance de sucesso é maior, em especial para aqueles que não são muito adeptos ou que não têm experiência.

— E também significa uma maior probabilidade de a mutação ocorrer sem matar o humano no processo — acrescentou o general. — Essa é a parte que o Daedalus nunca entendeu. A ciência vai só até certo ponto. Existe um grau de misticismo no processo que nunca foi completamente explicado ou entendido.

Pressionei os lábios e apertei os olhos por um breve instante. E se ela o tivesse amado?

— Talvez tenha, Evie. — A voz do Luc soou baixa. — Ou talvez ela sentisse mais ódio do que amor. Emoções são complicadas. — Seus olhos perscrutaram os meus. — Mas…

— Não importa. — Eaton recostou a cabeça na parede nua que outrora fora de um amarelo amanteigado.

Luc fuzilou o general com os olhos.

— Tem razão. Não importa. — Essa era a verdade, que me atropelou com a velocidade de um trem de carga desgovernado. Havia coisas mais importantes… que importavam para o aqui e agora. Apertando meu estômago, que não parava de roncar, ponderei sobre a única coisa que podia tornar essa situação ainda pior. — Você acha que ela… — Engoli em seco e tentei de novo. — Você acha que o Dasher sofreu alguma mutação?

entre todos aqueles que conseguiam acessar a Fonte, os híbridos eram os mais fracos. Eles se exauriam ao usá-la, diferentemente dos Luxen ou Originais, e não podiam curar. No entanto, não deviam ser menosprezados. Fazer isso seria o mesmo que dizer que uma tonelada de dinamite não era perigosa. Tudo bem, comparado a uma bomba nuclear, não era tão ruim, mas ainda assim dava para destruir um quarteirão inteiro.

Um híbrido, especialmente um treinado, não era um ser fácil de matar.

Tão logo esse pensamento me ocorreu, arregalei os olhos. Aqui estava eu pensando no quão difícil seria matar alguém, em vez de no ato de matar em si. E isso sequer me perturbava, o que provavelmente significava que era uma excelente candidata a anos de terapia intensiva.

— O que você acha, Eaton? — perguntou Luc. — Será que o Dasher ganhou uma versão melhorada e mais atlética de si mesmo?

— Isso eu também não sei responder. — O general apoiou a mão sobre o joelho. — Não vejo o Dasher desde que a guerra acabou, quando descobri sobre o Projeto Poseidon. Claro que depois disso a gente brigou.

— Mas se ele tiver passado por alguma mutação, vai ser muito mais difícil neutralizá-lo. — Cruzei os braços diante do peito, gelada apesar do ambiente abafado.

— Híbrido, humano ou chupa-cabra, ele não tem a menor chance comigo — declarou Luc. De forma surpreendente, não havia um pingo de arrogância em sua voz. Era apenas uma simples constatação. — Nem com você.

Levei um momento para me dar conta de que ele estava falando de mim. Pisquei, surpresa. Não é que não me lembrasse o que tinha feito na mata. Eu simplesmente tocara o chão e a terra se movera como uma centena de víboras. Minhas palavras e pensamentos tinham virado ações sem que eu sequer tocasse nos homens. Eu havia arrancado árvores pelas raízes e estraçalhado corpos com um mero fechar da mão.

No entanto, ainda era difícil pensar em mim mesma como uma pessoa perigosa.

— Ele não teria a menor chance contra mim *se* eu de alguma forma aprendesse como... acessar esses poderes e... você sabe, não tentasse te matar ou algum dos nossos amigos no processo — observei.

— Detalhes — murmurou ele.

Estreitei os olhos.

— Esse é um grande detalhe.

— Como eu disse, Pesseguinho, não estou preocupado.

— Pois deveria — interveio Eaton. — Eu estou.

Cara, o sujeito deveria dar palestras sobre como desmotivar alguém.

— Os Troianos são a maior conquista do Daedalus. Eles obtiveram sucesso nos pontos onde falharam com os híbridos e os Originais, erradicando a ideia de livre-arbítrio e a autoconsciência. Os Troianos possuem uma verdadeira mentalidade de colmeia, respondendo a quem veem como seu...

— Se você disser *mestre*, vou quebrar alguma coisa — avisei, totalmente séria.

— Criador — disse Eaton. — Os Troianos veem o Dasher como seu criador. Seu deus.

Dava para ser mais surtado? Erguendo as sobrancelhas, olhei para o Luc e repeti:

— Seu deus?

Uma onda de calor aqueceu o ar. O Original rosnou:

— Ele não é nenhum deus.

— Para os Troianos, é. Se ele disser para eles comerem, eles vão comer. Se os mandar obedecerem a outro, eles o farão sem questionar. Se ordenar que matem, eles cumprirão a ordem sem hesitar. Se exigir que eliminem a si mesmos, eles cortarão a própria garganta num piscar de olhos. Basta que lhes deem uma faca.

Bom, a meu ver, não dava para ser pior.

— Descobri sobre o Projeto Poseidon pouco depois do fim da guerra. O Dasher o apresentou como uma resposta a qualquer futura invasão e um meio de ficar de olho nos Luxen restantes para que os mais fracos pudessem ser protegidos. — Os olhos do general perderam o foco. — Acho que esse foi o objetivo deles no começo.

Franzi o cenho.

— Achava que o objetivo do Projeto Poseidon fosse dominar o universo inteiro, tal como ocorre de maneira clichê com todos os vilões.

— O Dasher, assim como a maioria do pessoal do Daedalus, é tão complicado quanto a Sylvia — respondeu ele. Eu me encolhi. — Existe traços de bondade neles, um interesse inicial de fazer a coisa certa. Ele acredita que esse projeto é a maneira de garantir a sobrevivência da humanidade.

— Porque ela não sobreviveria a outra invasão — ponderou Luc, assentindo com um menear de cabeça como se estivesse concordando com qual filme deveríamos assistir, em vez de com a aniquilação da raça humana. — Pelo menos não a outra tão grande. Já foi difícil derrotar os Luxen invasores da última vez, e isso só aconteceu porque recebemos a ajuda dos Arum, o que nos deu uma grande vantagem na batalha. E há ainda muitos Luxen por vir. — Ele fez uma pausa. — Você tem razão.

Esse pequeno fato tinha dominado os noticiários logo após o fim da guerra. Segundo a estimativa dos especialistas, havia ainda *milhões* de Luxen por aparecer, porém, à medida que os dias foram virando semanas, meses e, por fim, anos, essas estatísticas foram descartadas como simples propaganda para disseminar o medo.

— Mas há muitos Luxen aqui que se disporiam a revidar. — Pensei no Daemon e no Dawson, na Emery, e até mesmo no Grayson. Bom, dependendo do humor que ele estivesse na hora. — Luxen que iriam querer defender seus lares e seus amigos humanos. Para não falar de todos os híbridos e Originais.

— Assim que o Daedalus aprendeu tudo o que havia para aprender sobre os Luxen, eles pararam de confiar neles, especialmente depois que descobriram que muitos sabiam sobre os planos dos invasores de tomar o planeta. — Eaton mudou de posição, buscando o conforto que as almofadas daquele sofá há muito haviam deixado de proporcionar. — É por isso que eles estão tentando neutralizar os Luxen através do medo e da tecnologia. Eles não querem nenhum alienígena aqui, e, se me perguntar, acho que só querem determinados humanos, aqueles que veem como necessários ou valiosos. Qualquer traço de bondade que havia neles apodreceu faz tempo.

Franzi o cenho.

— Depois de tudo o que temos feito com os Luxen inocentes que só desejam viver suas vidas da melhor forma possível, eu não os culparia se decidissem não nos ajudar e simplesmente deixar a humanidade ir pro saco.

— Tem isso também — concordou o general baixinho.

— Você acha que existe a possibilidade de outra invasão dos Luxen? — perguntei.

Luc deu de ombros.

— Talvez, mas isso é um problema para o futuro.

Eu não classificaria milhões de Luxen que odiavam os humanos como apenas um problema, mas isso não estava acontecendo. *Ainda.* O Projeto Poseidon estava.

— Meu cérebro está começando a doer. — Suspirei. Estava mesmo. Podia sentir um leve pulsar por trás dos olhos. Conhecendo a minha sorte, provavelmente estava ficando gripada.

Espera um pouco.

Será que eu podia gripar? Não tinha certeza. Tudo o que sabia era o que conseguia me lembrar como Evie, e além de alguns espirros, eu jamais ficara doente. Segundo o Luc, o DNA dos Luxen presente no soro Andrômeda impediria qualquer doença séria.

Pena que não impedia uma dor de cabeça.

O semblante do Luc se abrandou.

— Tenho a cura pra isso.

Um calor invadiu minhas bochechas quando o fitei e reconheci aquele olhar ardente. Tinha a sensação de que sabia de que tipo de cura ele estava falando. Ele. Eu. Trocando beijos. E nos entregando a uma série de atividades que envolviam pele com pele.

Com um leve mordiscar naquele lábio inferior carnudo, Luc anuiu.

O calor aumentou, e se espalhou por minha garganta.

— Você é terrível — murmurei.

— Eu sou fantástico — retrucou ele, sentando-se na cadeira de computador. Ela não emitiu um único rangido sob o peso dele, embora tivesse parecido que ia se desintegrar quando eu me sentara mais cedo. — Me conta o que você viu quando descobriu sobre o projeto.

— A princípio, achei que fossem Originais, mas então vi o modo como eles se moviam e o que podiam fazer. — Um dos cantos da boca do general se repuxou num sorriso destituído de qualquer humor. — Dasher tinha tanto *orgulho* deles, como se fossem seus filhos e ele os estivesse exibindo. Eles se moviam como... Deus do céu, como se não possuíssem um pingo de humanidade. Até mesmo você… tem um quê de humanidade na forma como se move. — Ele olhou para o Luc. — Mais ainda quando ela está por perto, mas qualquer traço humano que houvesse neles foi apagado.

Incomodada, engoli em seco.

— Eles pareciam robôs?

— Não. — Eaton semicerrou os olhos. — Pareciam seres primitivos, como uma matilha de lobos, sendo Dasher o alfa.

Acho que preferia a comparação com robôs.

— No entanto, por mais orgulho que tivesse deles, o Dasher não os via como pessoas… não como você e eu nos vemos — continuou o general. — Percebi isso rapidamente quando um deles ficou para trás em relação aos outros. Acho que era alguém que tinha acabado de passar pela mutação. Ele não estava deixando de cumprir as ordens. Era apenas mais lento, e era só um garoto. Não podia ter mais do que dezesseis anos, mas o Dasher ficou desapontado. — Seu rosto empalideceu e ele fechou os olhos. — Ele chegou junto do menino, cochichou no ouvido dele, e o garoto simplesmente se virou e partiu com tudo em direção à parede de cimento do outro lado da sala, onde bateu a cabeça com toda a força inúmeras vezes até… ai, meu Deus, até não restar nada além de uma massa disforme.

Entreabri os lábios, tomada por uma súbita náusea.

— Jesus!

— Onde ficava essa base? — perguntou Luc, esticando o braço e fechando a mão em volta do meu cotovelo dobrado. Não fiz objeção quando ele me puxou e me ajeitou sobre sua coxa direita.

Eaton reabriu os olhos. Eles pareciam ainda mais opacos.

— Dalton, Ohio. Na Base Aérea de Wright-Patterson.

— Hangar 18? Conheço o lugar. — O Original fechou um dos braços em volta da minha cintura e apoiou a mão no quadril. — Eles mantinham Originais lá.

— Os Troianos foram transferidos antes de você transformar o hangar em cinzas — respondeu Eaton. Olhei para o Luc, mas ele estava com os olhos fixos no general. — Para onde, não faço ideia.

Luc começou a acariciar a curva do meu estômago com o polegar.

— Quantos Troianos você viu nesse dia?

— Trinta. — Seguiu-se uma pausa. Comecei a bater o pé. — E depois vinte e nove.

Vinte e nove. Fiquei triste pelo garoto cujo nome eu nem sabia, mas pelo qual sentia uma espécie de estranha conexão mesmo assim. Lembrei-me de ter escutado a voz *dele* na mata, pouco antes do que havia dentro de mim assumir o controle. *Prove que merece esse dom da vida. Mostre!* A voz possuía uma autoridade incontestável, e agora eu sabia tratar-se da voz do Dasher.

Toda a culpa que eu sentira por não me lembrar da voz dele quando ainda achava que era meu pai tinha sido um desperdício de energia. O motivo disso era que nunca escutara sua voz depois que me tornara a Evie. Só o ouvira quando ainda era a Nadia.

Luc me apertou ainda mais, até deixar minha lateral pressionada contra seu peito.

— É possível que exista mais Troianos?

— Sem contar com ela? — Eaton apontou para mim com o queixo.

Um calafrio me percorreu.

— Não me bota nesse rolo. Sou diferente deles.

O olhar do general fez com que me perguntasse por quanto tempo.

— E sem contar com os que estão sendo ativados agora? Que eu saiba, havia pelo menos uns cem bem treinados, mas isso foi há anos. Pode haver mais agora, mas, mesmo que não haja, já é um número significativo. Pode não parecer muito, mas colocando em perspectiva, é como se houvesse cem de você, Luc.

— Eu sou único. — Não havia nem brincadeira nem arrogância em sua voz. Era a simples verdade. Não havia ninguém como ele.

Eaton abriu um ligeiro sorriso.

— Mas há pelo menos cem capazes de fazer o que ela fez e muitos mais que virão a ser. Dasher irá reunir um pequeno exército, e o que nossos rapazes estão fazendo no Parque não fará a menor diferença. Eles não serão mais do que bucha de canhão.

— Ser de pouca fé — murmurou Luc, acariciando novamente meu quadril.

— Isso não tem nada a ver com fé — bufou Eaton, correndo os olhos pela sala e os estreitando ao focá-los numa caixa de papelão. — Por que não faz alguma coisa de útil, Luc, e invoca pra mim uma daquelas cervejas?

— Acho que você já bebeu o suficiente por hoje.

O general bufou de novo.

— A essa altura do campeonato, o termo suficiente já não cabe mais.

Ergui uma sobrancelha, decidindo ignorar o comentário.

— Você disse que o Luc era a Estrela Mais Escura e eu era a Sombra Flamejante, e que esses eram nossos codinomes. — Ao vê-lo assentir, continuei: — E o que é a Noite Mais Brilhante?

— O Dasher nunca explicou o significado disso, e eu cavei o máximo que pude, mas não descobri nada. Tudo o que posso presumir é que seja o objetivo final.

— A dominação do mundo? — Luc soltou uma risadinha seca. — Acho que ele está esperando um milagre com esse exercitozinho de supersoldados autodestrutivos.

Pisquei.

Enquanto olhava para o Luc de cenho franzido, Eaton mudou mais uma vez de posição.

— E por acaso as aspirações do Daedalus não foram sempre grandiosas? Você sabe melhor do que ninguém. Afinal, tirando os Troianos, é a criação mais cobiçada deles.

Isso me lembrou de outra coisa que não entendia direito.

— Você disse que eles me usaram para chegar ao Luc, como um meio de virar o jogo e atrair ele de volta, mas não entendo. Se o Daedalus quer erradicar os Luxen, híbridos e Originais porque eles podem revidar, por que iriam querer o Luc vivo? Ou… — Meu coração bateu pesadamente. — Ou será que eles o querem morto e eu é que entendi tudo errado?

— Não acho que tenha entendido, Pesseguinho. Eles me querem. — Luc apoiou o queixo no meu ombro. — E você pode culpá-los?

— Posso.

Isso arrancou uma risadinha do estoico general.

— Iai! — murmurou o Original, mas um segundo depois, senti seus lábios roçarem a lateral do meu pescoço. Um rápido beijo que provocou uma série de arrepios em todas as partes interessantes. Contorci-me em resposta, e seus braços me apertaram ainda mais, me mantendo parada. Com uma rápida espiada por cima do ombro, eu percebi seu olhar estreitado, e dei uma risadinha. — Comporte-se — murmurou ele.

— Agora que eles têm os Troianos — continuou Eaton —, não sei por que ainda querem o Luc vivo. — Seguiu-se uma pausa. — Sem ofensa.

— Mas me sinto ofendido.

O general não deu a mínima.

— Se eu fosse o Dasher, teria uma recompensa tão alta pela sua cabeça que o risco de morte por encarar você não seria nem levado em consideração. Você é uma ameaça, uma ameaça de verdade, mas eles te querem. — Ele olhou do Luc para mim. — O que deveria ser moderadamente preocupante.

— Moderadamente? — repeti. — Eu diria que é altamente preocupante.

— O que isso significa é que eles têm planos para mim. — Luc não poderia parecer mais entediado nem se estivesse assistindo a um documentário sobre músicas chatas de espera telefônica. — O Daedalus sempre teve planos para mim, e olha o que aconteceu com todos os anteriores.

Eu me recostei e olhei para ele.

— Você é um dos poucos que pode deter o Daedalus. Te deixar vivo significa que os planos atuais são ainda mais ousados do que os anteriores. Você não fica nem um pouco preocupado?

Luc ergueu as pestanas grossas. Seus olhos ametista brilhavam como duas contas.

— Não, nem um pouco. Cada novo plano é sempre mais ousado do que o anterior, e todos se resumem a tentar me controlar. Eles nunca tiveram sucesso, e não há nada que possam fazer que irá mudar isso.

— Será que não? — perguntou Eaton baixinho, olhando fixamente para mim.

Acompanhando sua linha de pensamento, senti meu estômago ir parar no chão.

— De certa forma, eles já conseguiram. Eles te fizeram se afastar e se manter longe da minha vida. Me usaram pra isso.

— Foi diferente. — Luc me fitou no fundo dos olhos. — E eles nunca mais vão botar as mãos em você de novo, nem te usar para me controlar. Nunca mais — repetiu ele, as duas palavrinhas soando como um juramento gravado em pedra. — Assim sendo, não estou preocupado.

— Preocupado ou não, no fim das contas, eles querem os dois — ressaltou Eaton.

Desviei os olhos do Luc.

— Mas não vão conseguir.

O general deu de ombros.

— Entendam, a gente faz todo o possível para manter a Zona 3 a salvo do Daedalus. O muro é constantemente patrulhado, assim como os limites da comunidade. Nós fechamos os túneis sob a cidade e explodimos os pontos de entrada. Isso é o suficiente por enquanto, mas se as pessoas fossem espertas, todos aqui, inclusive vocês, fugiriam para os quatro cantos da Terra. Encontrariam um bom esconderijo pelo máximo de tempo possível e tentariam viver do jeito que desse até não dar mais para se esconder.

Não podia acreditar que ele estava dizendo isso. A raiva que vinha fervilhando em fogo baixo desde que ele começara a falar explodiu com tudo, aquecendo minha pele com uma onda de calor.

— É o que eu devia ter feito, só que não fiz. E olha onde estou agora. Um tom rosado se insinuou em suas bochechas enrugadas.

— Eu tentei deter o Dasher. Recorri a todos que estavam acima de mim, e a cada instância fui alertado para cuidar da minha própria vida, mas não dei ouvidos. — Ele se levantou. — Continuei pressionando, e sabem o que consegui? Eu perdi tudo. Não estou falando da minha carreira ou da minha casa. Eu perdi... — O general fez um gesto abrangente com a mão. — *Tudo*.

Parei de bater o pé, e meu estômago foi parar no chão.

Luc se inclinou e roçou os lábios na curva da minha orelha.

— A esposa. O filho.

— O quê? — murmurei, sentindo o peito apertar.

Os ombros do general subiam e desciam com sua respiração rápida e pesada.

— Eles me avisaram para deixar esse assunto de lado, e quando me recusei a obedecer, vieram atrás de mim, só que acabaram pegando os dois.

Um nó bloqueou minha garganta. Olhei para ele, sem saber o que dizer.

Eaton se sentou de novo na beirinha do sofá.

— Eu adoraria ver o Dasher e todos eles pagarem de maneiras que deixariam até vocês dois perturbados. Estou ajudando as pessoas da melhor forma que posso, mas sei contra o que estamos lutando.

Voltei a bater o pé direito.

— Sinto muito pela sua família. Sinto mesmo.

O general me fitou por alguns instantes e, então, assentiu com um curto menear de cabeça. Seguiu-se uma longa pausa.

— Eu conheço estratégias de guerra. Sei somar dois mais dois, e sei o que significa estar menos equipado mesmo que você não esteja em menor número. — Ele apoiou o cotovelo no braço do sofá. — Me importo com as pessoas aqui. Até mesmo com esse cara que está te abraçando agora. Não quero que nada de mau aconteça com nenhum deles.

— Escutar isso aquece meu coração. — Luc se empertigou atrás de mim. — De verdade.

O general balançou a cabeça, frustrado.

— E é por esse motivo que preciso dizer o que vou dizer agora.

— Sou todo ouvidos. Pode falar — retrucou o Original.

— Temos um problema mais importante do que o Daedalus descobrir que estamos aqui e o que estamos fazendo. — Ele puxou o joelho direito para cima e o esfregou com a palma da mão.

— E o que pode ser mais...? — Luc deixou a frase no ar. Olhei para ele por cima do ombro mais uma vez e vi que seu cenho estava franzido, a cabeça inclinada ligeiramente de lado. Seus olhos emitiram um brilho púrpura intenso e, então, sua expressão endureceu. O rosto virou uma máscara de linhas perfeitas e ângulos duros. — Não.

— Luc... — começou Eaton, e meu olhar se voltou para ele novamente.

— Você pensou, e isso já é ruim o bastante — interrompeu Luc. — Não tem como voltar atrás, mas se disser em voz alta, se der vida a esse pensamento e deixá-lo criar raízes e crescer, não vou te perdoar.

Querendo realmente saber o que diabos o Eaton tinha pensado, abri a boca para perguntar, mas a expressão do general me silenciou.

Uma profunda tristeza se insinuou em seu rosto. Ele, então, se inclinou para frente e apoiou ambas as mãos nos joelhos.

— Sinto muito — disse ele, soando sincero. — Não quero pensar nem dizer isso, e com certeza não quero que seja assim, mas você sabe, Luc. É o único jeito.

✸ ✸ ✸

Luc permaneceu em silêncio ao voltarmos da casa do Eaton, a expressão ainda dura e o olhar distante, porém abrasador. A gentileza com que segurava a minha mão parecia totalmente em desacordo com a raiva mal contida que vibrava por todo o seu corpo.

O sol dissipara o ar frio da manhã. Imaginei que os moradores talvez considerassem a temperatura mais para fria, porém para mim, acostumada ao frio gelado de novembro da minha cidade, o tempo parecia perfeito para pegar a câmera e sair para fotografar.

Uma fisgada de nostalgia brotou em meu peito. Sentia falta de estar por trás de uma lente. Era uma ótima maneira de silenciar o mundo. Eu não me preocupava com o que iria acontecer na próxima hora, que dirá no dia ou semana seguinte. Tudo em mim, dos meus olhos até os dedos fechados em volta da câmera, se concentrava no momento que eu estava tentando capturar. O processo inteiro era uma contradição, íntimo, porém distante, resguardado e, ao mesmo tempo, como se estivesse caindo sem uma rede de segurança. Mesmo que minhas fotos só pudessem ser vistas no Instagram, sempre sentia como se estivesse deixando para trás algo maior do que eu, quer fosse uma prova de que às vezes a morte era uma verdadeira renovação — tipo quando as folhas passavam do verde para o vermelho e, por fim, para o dourado antes de caírem —, quer fosse um sorriso ou risada cândida.

E, no momento, meus dedos coçavam para capturar a gigantesca cidade de Houston, com seus prédios se estendendo em direção ao céu como esqueletos ocos e as ruas repletas de carros, mas sem uma única alma viva.

Uma cidade morta que deveria ser lembrada.

Só que eu não tinha nenhuma câmera. Minha antiga tinha sido destruída pela April, e a que o Luc me dera depois fora deixada para trás em nossa pressa de fugir do Daedalus.

Tentei afastar a pesada tristeza. Tinha coisas mais importantes com as quais me preocupar.

A rua estreita diante da casa do general estava deserta, e as casas vizinhas silenciosas, exceto pelo farfalhar suave de cortinas e toldos. Não tinha ideia se havia alguém morando em quaisquer daquelas casas, mas ao que parecia não havia ninguém por ali no momento, o que era perfeito.

Parei de supetão, fazendo o Luc parar também e lançar um olhar por cima do ombro. A luz cálida do sol incidiu sobre suas maçãs proeminentes.

— Precisamos conversar.

Ele ergueu uma sobrancelha, e alguns instantes se passaram.

— Sobre?

— Você não está lendo minha mente no momento?

— Você não está pensando alto. — Ele se virou para mim e se aproximou um passo, ainda segurando minha mão. Sua silhueta alta bloqueou o sol. — Tento não escutar quando você não está projetando.

— Obrigada. — Eu realmente apreciava o gesto, porque muitas vezes pensava em coisas idiotas e aleatórias, como o fato de uma rosa negra na verdade não ser negra. — O que o general estava pensando?

— Quando decidiu beber meio engradado de cerveja antes do meio-dia? — Luc ergueu a outra mão e capturou uma mecha do meu cabelo. — Acho que é estresse. Talvez tédio. Merda, talvez ele sempre tenha sido um...

— Não é disso que estou falando e você sabe. Ele ia dizer alguma coisa, mas você leu o pensamento dele e não permitiu.

Luc puxou de leve a mecha e a enrolou em volta do dedo.

— Você sabia que sob o sol o seu cabelo parece ouro derretido? É lindo.

— Hum, obrigada. — Com um puxão, soltei meu cabelo. Luc fez um biquinho, conseguindo parecer ao mesmo tempo adorável e ridículo. — Elogiar meu cabelo não vai me fazer mudar de assunto.

— E quanto a elogiar *você*? Vai?

Suspirei.

— Luc...

— Tem ideia do quanto você é incrivelmente resiliente? Forte? — perguntou ele, encostando as pontas dos dedos no meu rosto. Uma descarga de eletricidade acendeu minhas veias. — Você lidou com tanta coisa, Evie. Sua vida foi virada de cabeça pra baixo e sacudida. O que você pensou mais cedo está certo. Você continua de pé sobre seus próprios pés. A maioria não estaria. Algumas das pessoas mais fortes fisicamente que eu conheço não estariam. Acho que você não acredita em si mesma o suficiente.

Mesmo sabendo que essa era a intenção dele, Luc conseguiu desviar minha atenção do assunto em questão.

— Nada disso vai fazer diferença se o Dasher assumir o controle ou se eu surtar e não conseguir voltar a mim.

— Tem razão — concordou ele. — Ao usar a Onda Cassiopeia, a April despertou seus poderes, mas isso não garantiu o controle a ela nem ao Dasher. E o que aconteceu lá na mata pode ter feito você esquecer quem você era, acordando seu lado Troiana, mas você não tentou voltar para o Dasher como uma criança quando o pai manda voltar pra casa, certo?

Pensei no assunto. Aquela na mata não era eu, mas tampouco era uma Troiana programada para retornar para o Dasher. Eu me transformara em algo... *diferente*. Mas quem sabe o que teria acontecido comigo se eu tivesse conseguido eliminar o Daemon e o Luc? Será que teria atacado o restante do grupo, e depois voltado para o Dasher? Não sabia.

Precisávamos descobrir se seria esse o caso, porque se eu fosse despertada novamente, tínhamos que saber com o que estaríamos lidando. Não só eu seria um perigo no sentido físico uma vez transformada numa supervilã, como a Zona 3 estava repleta de Luxen sem registro e muitos mais. Esse conhecimento nas mãos erradas poderia ser fatal.

— Você não vai trair o pessoal daqui — disse Luc baixinho, envolvendo minha nuca com uma das mãos.

Ele estava lendo minha mente de novo.

— Desculpa. — O Original deu uma risadinha. — Você está pensando alto.

— Bom, precisamos conversar sobre isso também, mas voltando ao assunto, sei que o Eaton pensou algo que você não queria que eu escutasse. E sei que você só está tentando me proteger, mas o que quer que seja preciso saber.

Luc ergueu nossas mãos ainda entrelaçadas e as apertou de encontro ao peito, logo acima do coração. Nesse exato momento, meu estômago fez questão de lembrar a mim e ao resto do mundo que eu continuava faminta, e roncou alto.

— Pesseguinho — murmurou ele, retorcendo os lábios num muxoxo. — O que você precisa agora é de comida.

— O que eu preciso agora é que você pare de ser evasivo. — E talvez de um hambúrguer, mas, considerando onde estávamos, duvidava de que fosse uma opção viável.

— Você ficaria surpresa. Temos muito gado aqui, e eles possuem meios de manter a carne refrigerada — explicou o Original. — Se você se comportar, tenho certeza de que consigo preparar um hambúrguer bem suculento.

Meu estômago ficou superfeliz com a ideia.

— E se você não responder minha pergunta, tenho certeza de que vou te dar um soco em algum lugar que vai doer bastante.

— Tão agressiva — murmurou ele, inclinando a cabeça e me fazendo erguer a minha. Ao falar, sua respiração roçou meus lábios, provocando um delicioso arrepio. — Eu gosto.

Minha pulsação aumentou, me fazendo enrubescer.

— Você não vai gostar. Confia em mim.

Luc suspirou e roçou os lábios no canto dos meus. Inspirei fundo, sentindo uma forte antecipação, mas ele não me beijou.

— O Eaton só está preocupado com a possibilidade de você perder o controle.

Embora não tenha ficado surpresa por ouvir isso, meus ombros penderam.

— Isso não é novidade, então por que você reagiu daquele jeito?

Luc ficou quieto por um longo tempo.

— Ele tem um jeito de pensar nas coisas. — O Original ergueu a cabeça. — É um velho paranoico. Não que não tenha motivos para ser assim, mas a paranoia dele não precisa ser contagiosa.

Enquanto o estudava atentamente, desejei que o maldito soro tivesse me dado a habilidade de ler mentes. Por outro lado, nem todos os Originais podiam fazer isso. Até onde eu sabia, só o Luc e o Archer conseguiam.

— Como eu disse pro Eaton, não existe ninguém igual a mim.

Fuzilei-o com os olhos.

— Acho que vou te socar.

— Cuidado, eu posso gostar.

— Tem algo muito errado com você.

— Talvez. — Luc fez menção de abaixar a cabeça, mas eu me afastei. Foi por pouco. Se ele me beijasse, não restaria nada além de pensamentos embotados e ossos liquefeitos.

— O general tem o direito de ser paranoico — falei. — Talvez eu não retorne para o Dasher como um brinquedinho pré-programado, o que não faz com que eu seja menos perigosa caso surte novamente.

— Então precisamos nos certificar de que você não se depare com uma situação que te faça surtar.

— A gente nem sabe que tipo de situação pode causar isso.

— Acho que alguém tentar te matar é o tipo de situação que devemos evitar — retrucou ele.

— Ah, isso seria ótimo, mas tenho a sensação de que com os Filhos da Liberdade andando por aí e o Daedalus procurando por mim, vai ser algo difícil de evitar.

Luc trincou o maxilar.

— Eu vou te proteger.

— Sei que vai. — Apertei a mão dele. — Mas eu também preciso saber me proteger. E precisamos proteger os outros.

Ele não respondeu. Pressionei.

— E a gente não sabe se essas são as únicas coisas que podem desencadear isso. Você disse pro Eaton que me ajudaria a desenvolver um autocontrole.

— Verdade.

— Então, vamos começar logo. Agora. — Fui tomada por uma súbita empolgação, embora fosse um pouco estranho me empolgar com algo assim. Mas tentar colocar aquela coisa que havia dentro de mim sob controle era melhor do que ficar parada sem fazer nada, apenas me estressando, enquanto todos se preocupavam se eu ia ou não dar uma de Troiana para cima deles.

Eu estaria fazendo *alguma coisa*.

O general havia basicamente insinuado que uma guerra estava a caminho, e não fazia diferença se eu queria tomar parte dela ou não. Eu já estava mergulhada até o pescoço na coisa toda, e se eu era algo que eles achavam que podiam usar para dominar o mundo, então por que não podia ser usada para revidar? Para ajudar os que estavam aqui, que não estavam apenas se escondendo, mas tentando criar uma resistência?

Eu não era mais Evelyn Dasher.

Chocada, dei-me conta de que estava parada numa rua desconhecida, numa vizinhança que não deveria sequer existir.

Não era mais a mesma garota que havia entrado na Foretoken com a Heidi, que preferiria fugir a encarar uma verdade desagradável. Não era sequer a mesma versão da Evie que havia encarado um Original, ou a garota que aos poucos vinha aceitando quem ela era ou por quem havia se apaixonado.

Desde que conhecera o Luc, eu vinha passando por uma constante evolução, que não terminara ao descobrir que era capaz de acabar com uma vida para proteger alguém que amava, nem ao observar a luz se esvair dos olhos da única mãe que havia conhecido.

Agora era alguém que não metia o rabo entre as pernas e fugia correndo mesmo que sentisse vontade, que desejava revidar em vez de me esconder.

O rosto do Luc endureceu por um breve instante e, em seguida, abrandou de novo.

— O que precisamos fazer agora é arrumar comida antes que você comece a comer as pessoas. — Ele plantou um beijo na ponta do meu nariz. — O pessoal daqui não ia ficar muito feliz.

Arqueei uma sobrancelha, mas ao senti-lo puxar minha mão, retomei a caminhada, porque o argumento era bom. Eu precisava comer. No entanto, ao chegarmos ao cruzamento, não resisti:

— Luc?

— Que foi?

— Você vai me ajudar, não vai? — perguntei enquanto atravessávamos a rua.

Mesmo sem trânsito, nós tínhamos atravessado na faixa.

— Vou, mesmo não querendo.

— Por que você não quer?

Ele parou e me encarou.

— Porque tenho a sensação de que, para trazer à tona o que quer que exista dentro de você, vou ter que fazer algo que vai matar uma parte de mim.

Um calafrio desceu pela minha espinha.

— O quê?

Seus olhos pareciam farpas brilhantes de safiras roxas.

— Vou ter que te fazer me ver como uma ameaça.

s palavras do Luc pesaram como uma pedra em meu estômago, me calando uma boa parte do caminho para nossa casa. O que ele disse fazia sentido. O Original era um dos seres mais poderosos e perigosos a caminhar pela Terra. O que quer que houvesse dentro de mim tinha pressentido isso e o atacado, mas embora ele fosse uma ameaça para todos os demais, para mim não era. Jamais seria. Não tinha a menor ideia de como ele me faria vê-lo como tal.

Também não tinha ideia de como ele aguentaria fazer uma coisa dessas.

— Talvez outra pessoa devesse treinar comigo — sugeri após alguns instantes. — Tipo o Grayson. — O mais mal-humorado de todos os Luxen adoraria a oportunidade. — Ele ficaria exultante com a chance de me assustar ou me irritar. Consideraria uma recompensa.

— Você acha que eu permitiria qualquer outra pessoa fazer o que precisará ser feito? — retrucou ele.

Fiz um muxoxo.

— Tenho total consciência de que sou extremamente protetor no que diz respeito a você. — Luc apertou minha mão. — Assim que ele te atacasse, eu o mataria.

Lancei-lhe um longo olhar de esguelha e apertei sua mão de volta.

— Mas você podia, sei lá, entender que ele não ia me machucar de verdade e, tipo, não fazer isso?

— Eu podia até tentar, mas não daria certo, Pesseguinho. O mesmo vale pra Zoe ou qualquer outro que partisse pra cima de você, mesmo sabendo que eles não iam te machucar de verdade. — Ele deu de ombros, como se isso não fosse grande coisa. — Como eu disse, é uma falha minha. Mas, pelo menos, estou ciente dela.

— Tem razão — retruquei de maneira arrastada. — Pelo menos você está ciente.

Seus lábios se repuxaram num meio sorriso.

— Autoconhecimento pode salvar vidas.

Sem saber como responder, tentei pensar em outra solução. Só agora, depois de descobrir que eu era a Nadia, é que o Grayson tinha começado a me tolerar, e por *tolerar* eu queria dizer que ele estava sendo ligeiramente menos babaca comigo. Ainda assim, não queria vê-lo morto.

Também não queria que o Luc fizesse algo que fosse atormentá-*lo*.

Continuamos em silêncio. Após alguns passos, um calafrio desceu pela minha espinha, me arrancando dos meus devaneios. Corri os olhos pela rua deserta, sem conseguir afastar a súbita sensação de estar sendo observada.

Sentia *olhos* em mim, na gente. Dúzias de olhos, e não era paranoia induzida pelas fileiras de casas praticamente idênticas, com suas varandas silenciosas e garagens vazias. Até mesmo as árvores que flanqueavam a rua pareciam destituídas de vida, sem passarinho algum pulando entre os galhos, e o silêncio, o vazio, era assustador.

Não tinha dúvidas de que, mesmo que os carros velhos que eu tinha visto pela manhã houvessem desaparecido — carros fabricados antes da época da injeção eletrônica e dos sistemas computadorizados —, algumas daquelas casas estavam ocupadas.

Havia pessoas nos observando.

Assim que entramos na rua da casa onde estávamos hospedados, a sensação aumentou. Foquei os olhos na construção de tijolos gastos com uma garagem fechada por um toldo. A brisa levantou o tecido, deixando brevemente à mostra cadeiras e sofás de vime. Uma garrafa de água descansava sobre uma mesinha baixa, ao lado de uma impressionante pilha de livros. O cenário como um todo parecia absolutamente normal, como algo que eu veria numa das casas em Columbia, Maryland.

A normalidade daquela cena provocou uma fisgada em meu peito. Podia quase visualizar a Zoe, a Heidi e o James sentados naquelas brilhantes almofadas azuis, comendo biscoitos e fingindo estudar.

A imagem era em parte lembrança, em parte fantasia, porque não tínhamos uma garagem fechada daquele jeito, e Columbia já não era mais meu lar. Sequer sabia se nós quatro algum dia estaríamos juntos novamente.

Diminuí o passo, voltando os olhos para a varanda. Cortinas bloqueavam o sol, de modo que não dava para ver nada além delas, mas parei ainda assim.

Parei ao mesmo tempo que o Luc, sentindo uma estranha sensação na nuca, como se dedos estivessem arranhando a pele ali. Ergui a mão e esfreguei os dedos sobre o local.

As pesadas cortinas se entreabriram e, segundos depois, o Daemon ou o Dawson apareceu na varanda. Os dois Luxen de cabelos escuros e olhos da cor de esmeraldas eram idênticos. No entanto, assim que ele começou a descer os degraus da varanda, percebi que era o Daemon. Seu cabelo era um pouco mais curto do que o do irmão, e o corpo e o rosto um tiquinho mais largos. Essas características não eram suficientes para distingui-los, mas eu sempre conseguia após alguns instantes.

O que era estranho.

Meu estômago roncou de novo. Soltei o pescoço e comecei a esfregar a barriga, como se isso de alguma forma pudesse ajudar.

— Você ficou me esperando passar por aqui a manhã inteira. — Luc abriu um lento sorriso. — Não ficou?

Daemon desceu o caminho de pedras.

— É que eu estava morrendo de saudade.

— Por que será que não fico surpreso?

O Luxen me cumprimentou com um leve menear de cabeça e eu respondi com um aceno um tanto sem graça, sabendo que ele não era um dos meus maiores fãs no momento.

— Como foi sua reunião com o Eaton? — perguntou ele para o Luc.

— Esclarecedora — respondeu o Original, e eu quase ri. Só o Luc para resumir tudo o que tínhamos descoberto essa manhã numa única palavra.

— Ele despejou algumas notícias bem sérias sobre a gente. Me pergunto se você já sabia.

Meu peito apertou. Não tinha pensado nisso até agora. E se o Daemon já soubesse sobre o Dasher e não tivesse dito nada?

Xiii, se fosse esse o caso a coisa ia ficar feia.

— Vou precisar de mais detalhes antes de responder. — Daemon cruzou os braços.

Luc olhou de relance para mim, e pude perceber a pergunta em seus olhos. Cheguei a fantasiar que o escutava dizer: *Ela é quem decide.* Se o Daemon já não soubesse sobre o Dasher, Luc estava me dando a chance de escolher se eu queria soltar a bomba.

Na verdade, não havia escolha. O Daemon precisava saber com quem estávamos lidando.

— O Eaton nos contou quem está à frente do Projeto Poseidon, e adivinha quem está no controle do Daedalus agora? — Afastei o cabelo que o vento tinha jogado na minha cara com a mão livre e me preparei para a reação do Daemon. — Jason Dasher.

O Luxen ficou tão imóvel que poderia ser confundido com uma estátua. Ele, então, piscou e olhou para o Luc.

— É, eu também achava que ele estivesse morto — comentou o Original, a mão um peso reconfortante em volta da minha. — A Sylvia o curou depois que eu fui embora.

— Como você podia não saber que ele continuava vivo? — perguntou Daemon, incrédulo, as pupilas ficando brancas. — Você sempre sabe tudo, até as coisas mais idiotas, e, de alguma forma, deixou passar algo tão importante quanto isso?

Uma súbita irritação pinicou minha pele como uma colônia de formigas-de-fogo, e respondi antes que o Luc tivesse a chance.

— Ele não tinha ideia porque eles levantaram escudos mentais enquanto o Luc estava lá, e minha mã... — Fiz menção de me corrigir, porém a mulher era minha mãe. — E minha mãe deve ter enterrado a verdade tão fundo que o Luc não tinha como descobrir. Pelo que o Eaton nos contou, ela e o Jason deviam ser especialistas em bloquear seus pensamentos, visto que os dois ajudaram a criar os Originais. Mas você já sabia desse pequeno detalhe, e sinceramente duvido que ache que o Luc esconderia uma coisa dessas de todo mundo.

Luc mordeu o lábio inferior e baixou o queixo. Parecia estar se segurando para não rir, embora eu não tivesse ideia do que havia de tão engraçado.

— Que foi? — perguntei, me virando para ele.

— Nada. — Com um leve curvar dos lábios, o Original olhou de relance para o Daemon. — Ela é terrível, né?

— É. — Uma expressão divertida cruzou o belíssimo rosto do Luxen. — É, sim.

— Desculpa — pedi, embora não estivesse arrependida. — Não gostei do seu tom.

— Peço desculpas pelo tom. — Daemon curvou a cabeça ligeiramente. — Só fiquei um pouco chocado. Se eu soubesse que ele estava vivo, teria caçado o filho da puta.

Sabendo o que o Daemon e a Kat tinham passado nas mãos do Daedalus, não achei nem por um segundo que fosse uma ameaça vazia.

— Por que o Eaton não nos disse nada? — O brilho das pupilas do Daemon começou a retroceder. — Por que ele esconderia uma coisa dessas?

Nenhum de nós dois sabia a resposta.

Uma brisa com perfume de maçãs jogou meu cabelo novamente na frente do rosto. O Luxen lançou um olhar para a casa por cima do ombro.

— Não quero que a Kat descubra — disse ele, voltando-se mais uma vez para nós. — Não até ela ter o bebê. Ela não precisa de mais esse estresse.

— Tudo bem. — Os olhos do Luc recaíram sobre a casa. — Ela parece estar prestes a dar à luz a qualquer momento.

— Já passou da hora. A Vivien disse que é normal, mas... — Os ombros do Luxen ficaram tensos. Imaginei que Vivien fosse uma das poucas médicas que viviam ali. A preocupação dele era palpável. — Mas, se demorar muito, teremos que induzir o parto, e não temos os melhores recursos para coisas desse tipo.

Meu estômago foi parar nos pés.

— Vocês têm como fazer isso?

Seus estonteantes olhos cor de esmeralda se fixaram em mim.

— A gente sai duas vezes por semana para arrumar suprimentos. Já vasculhamos tudo o que tinha para vasculhar em Houston, mas para nossa sorte muitos medicamentos foram deixados pra trás. O problema é que muitos deles exigem certos meios de administração que, por sua vez, demandam um fluxo constante de eletricidade, e precisamos tomar cuidado ao carregar os equipamentos por aqui.

Fazia sentido. Eles não queriam correr o risco de chamar a atenção.

— Precisamos que o parto seja o mais fácil possível — acrescentou Daemon, descruzando os braços e correndo uma das mãos pelo cabelo. — A Viv está preparada para qualquer complicação, mas...

O peso das palavras não ditas perdurou à nossa volta.

Mulheres morriam dando à luz mesmo em hospitais bem equipados. Os avanços médicos e tecnológicos só ajudavam até certo ponto.

— A Kat é uma híbrida, e ela tem você. — Luc soltou minha mão, deu um passo na direção do Daemon e a fechou sobre o ombro dele. Eles tinham a mesma altura, e era difícil imaginar que um dia o Luxen fora bem mais alto que o Original. — Ela tem família. E tem a mim. Não vamos permitir que as coisas deem errado. Ela vai ficar bem, assim como seu bebê.

Daemon fechou a mão sobre o ombro do Luc também.

— Você faz parte da família dela também, Luc. Não se deixe de fora.

Escutar o Daemon dizer isso fez com que me sentisse ainda pior por quase tê-lo matado. O Original precisava saber que era parte de uma família, uma que incluía a Zoe, a Emery e até mesmo o Grayson. Ele precisava ser lembrado de que, mesmo que tivesse erguido uma parede entre ele e quase todos os demais, havia gente disposta a destruir essa barreira.

— Isso quer dizer que você e a Kat têm um pequeno Luc ou Lucy a caminho? — A resposta do Original poderia ser vista como irônica não fosse pelo tom mais grave de sua voz.

A expressão do Daemon suavizou, e ele soltou uma risada rouca.

— A gente escolheu dois nomes, e odeio ter que te dizer, mas Luc não é um deles. Nem Lucy.

Rindo, o Original recuou um passo.

— Não sei se vou conseguir perdoá-lo.

Um ligeiro sorriso iluminou o rosto do Luxen, revelando uma insinuação de covinhas que deviam ser de tirar o fôlego quando ele se soltava e sorria de verdade. O Daemon era lindo. Sem dúvida, mas ele não fazia meu pulso acelerar da maneira como acontecia com o Luc.

No entanto, em um piscar de olhos, o ligeiro sorriso desapareceu.

— Você está com tempo para aquela nossa conversa?

Sininhos de alarme começaram a soar. Eu me lembrava muito bem de o Daemon já ter mencionado essa "conversa" uma ou trezentas vezes desde que descobrira o que eu era.

Como eu claramente era o tema, achei que devia tomar parte da tal conversa, mas antes que pudesse dizer qualquer coisa meu estômago roncou de novo.

Rezei para que o Luxen não tivesse escutado.

— Na verdade, estou sem tempo agora. — Luc tirou os olhos do céu sem nuvens e olhou para o Daemon. — A Evie está faminta. Pelo som, o estômago dela já começou a se autodevorar. Tenho a sensação de que se ela não botar logo pra dentro algo que possa ser considerado carne vermelha, corremos o risco de que comece a comer pequenos animais e criancinhas.

Virei a cabeça lentamente e o fitei, erguendo as sobrancelhas.

Luc deu de ombros.

— Só estou sendo honesto.

— Tenho certeza de que você poderia ter descrito a minha fome de um jeito diferente — comentei.

— Não sei, não. Foi uma descrição impressionante. — Daemon riu. — Então, tá. Alimente sua garota e depois venha me ver. Não podemos adiar essa conversa para sempre.

— Não adianta tentar fugir dela — retrucou Luc. — É tão inevitável quanto você encher minha paciência.

— Se eu tivesse sentimentos, ficaria magoado.

— Se eu me importasse, ficaria preocupado, mas como não me importo, já sabe o que vou dizer.

Daemon soltou uma risadinha enquanto eu os observava de olhos arregalados. De vez em quando, me perguntava como aqueles dois ainda não tinham se machucado seriamente. A amizade deles era tão estranha!

Deixei os dois se entregando a outra rodada de trocas de farpas e me virei ligeiramente para a cidade. Estávamos numa parte alta, o que proporcionava uma boa visão do que sobrara de Houston. Fui novamente acometida pela sensação de que a cidade merecia ser fotografada antes que os prédios desmoronassem por completo. Engolindo um suspiro, fiz menção de me virar de volta para o Luc e o Daemon.

Algo chamou minha atenção. Sem saber ao certo o que tinha sido, apertei os olhos para enxergar melhor. Não sabia o que estava procurando, mas ao correr os olhos pelo cenário, observando os arranha-céus que circundavam a cidade, eu vi.

Um flash de luz, facilmente confundido com o brilho do sol refletido numa das janelas de um prédio alto. A luz, porém, piscou três vezes de maneira rápida e, após uma pausa longa, mais duas.

O sol não fazia esse tipo de coisa.

O que…

Pelo canto do olho, vi outro flash de luz espocar do outro lado da rua, num prédio posicionado diagonalmente em relação ao primeiro. A luz piscou num ritmo constante de uma janela mais baixa.

— Luc, olhe!

Ele se virou assim que o chamei, mas sua atenção estava focada em mim.

— Não pra mim — reclamei, olhando de novo para onde tinha visto as luzes. — Aqueles dois prédios.

Ele fez o que lhe pedi.

— O que foi?

Daemon deu um passo à frente e fez o mesmo.

— O que você está olhando?

— Vocês não estão vendo... — Deixei a frase no ar, olhando de um prédio para o outro. As luzes tinham desaparecido.

— O que eu deveria estar vendo? — perguntou o Original.

— Eu vi... — Esperei para ver se as luzes piscavam de novo, mas não aconteceu. — Vi luzes piscando nas janelas daqueles dois prédios. — Apontei.

— Não estou vendo nada. — Luc franziu as sobrancelhas. — Só o brilho do sol refletido nas janelas.

— Não foi o brilho do sol. Luzes piscaram repetidas vezes naquelas duas janelas, primeiro numa, depois na outra, quase como... — interrompi-me antes que acabasse dizendo *quase como se elas estivessem se comunicando*, porque isso soaria estranho.

— Talvez o sol tenha brilhado sobre alguma coisa no chão que foi refletido pelas janelas. Tem muito escombro na cidade, além de carros abandonados — sugeriu Daemon. — E está ventando, de modo que só Deus sabe o que está sendo soprado lá embaixo, mas não tem ninguém lá. Nem mesmo equipes vasculhando. Não sobrou nada de valor.

Luc anuiu em concordância.

— Ou isso ou alienígenas. É sempre isso ou alienígenas.

Daemon bufou e eu revirei os olhos. Continuei olhando para os prédios, mas não vi mais nada, nem luzes, nem reflexos estranhos. Eles deviam estar certos. Devia ter sido só o brilho do sol ou uma ilusão de ótica.

O que mais poderia ter feito aquilo numa cidade morta e abandonada?

Luc acabou "alimentando sua garota" com um delicioso hambúrguer de carne moída grelhado na brasa, cujo ingrediente principal tinha sido surpreendentemente fornecido pelo Daemon. Ele o grelhou numa pequena churrasqueira improvisada armada no bem cuidado jardim dos fundos. Amores-perfeitos quase da cor dos olhos do Original cresciam em abundância ao longo da cerca de madeira. Cravos vermelho-alaranjados brotavam em jardineiras altas. Bocas-de-leão de um rosa-clarinho flanqueavam o caminho de pedras. Havia mais flores que eu não conhecia também, algumas vermelhas e outras amarelas. O conjunto todo, porém, era lindo, e desejei saber como cuidar de plantas.

Eu já tinha conseguido matar um daqueles jardins de minicactus.

A churrasqueira e um sofá projetado para uso externo, com almofadas de um vermelho-escuro, estavam localizados numa pequena área cimentada nos fundos da propriedade. Presas à cerca, placas de metal gasto faziam as vezes de cata-ventos. Enquanto o Luc acendia a churrasqueira, fiquei passeando pelo jardim, imaginando quem estaria cuidando dele. Não havia nenhuma erva-daninha entre as flores das jardineiras, e os brotos mortos tinham sido arrancados. Até mesmo a grama parecia razoavelmente aparada, e imaginei que o velho cortador apoiado contra a cerca devesse ser o responsável.

Tínhamos encontrado algumas fatias frescas de pão caseiro na despensa da cozinha, e acabamos transformando nossos hambúrgueres em tacos de carne. Perfeitamente satisfatórios para saciar a fome.

Assim como a metade do segundo hambúrguer que dividi com ele.

Fiquei esperando que a Zoe aparecesse, mas quando ela não apareceu, perguntei onde poderia estar, e tudo o que o Luc disse foi:

— Acho que ela está com o Grayson.

Apesar de acreditar que o Grayson não tinha muita familiaridade com emoções como empatia e compaixão, sabia que ele estava sofrendo com a morte do Kent, e rezei para que a Zoe conseguisse confortá-lo...

Sem ser forçada a machucá-lo fisicamente.

Luc não foi se encontrar com o Daemon quando terminamos de limpar a sujeira do nosso almoço tardio como pensei que ele fosse fazer. Não que eu estivesse reclamando. A ideia de ficar sozinha naquela casa estranha com apenas minha mente como companhia não era algo pelo qual eu ansiasse. Ele acabou me puxando para o quarto, onde nos deitamos, ele com os braços em volta de mim e eu com o rosto apoiado em seu peito. A lembrança das luzes que eu tinha visto na cidade caíram para segundo plano enquanto conversávamos sobre o que tínhamos descoberto através do Eaton.

Ficamos ali deitados um bom tempo. Com os olhos fixos no Diesel, a pedra de estimação que o Luc tinha me dado, perguntei algo que vinha me incomodando desde que deixáramos a casa do general.

— O que você acha que o Daedalus teria feito se você não tivesse me aceitado quando o Paris apareceu comigo? Tipo, se isso não tivesse dado certo, será que eles teriam colocado outras pessoas no seu caminho?

— Como assim?

Franzi o nariz de encontro ao peito dele.

— Sei que parece bobagem, mas o Eaton falou como se o nosso encontro tivesse sido planejado desde o começo.

Ele ficou quieto por um tempinho.

— Não sei como isso seria possível, e não é que eu duvide da habilidade deles em orquestrar situações malucas, mas como eles podem ter planejado a sua fuga de casa?

— E sem que você descobrisse nada — acrescentei.

— Bom, tinha coisas sobre você que eu não sabia. Desde aquela época, seus pensamentos eram altos, mas você raramente pensava no seu pai ou no motivo que te levou a fugir de casa, e eu não pressionei. — Ele inspirou fundo. — Não importa o que eles teriam feito se eu tivesse te mandado embora. Eu não mandei. O resto é história.

— Sei que não faz sentido ficar pensando nisso, mas é só... sei lá. É um grande "e-se".

— "E-ses" são as doenças venéreas da mente — retrucou ele, me apertando ao me escutar rir. — Sério. Não ajuda em nada, e acaba dando um curto no seu cérebro. Não perca seu tempo com esse tipo de coisa.

Suspirei.

— Tem razão.

— Eu sempre tenho.

— Eu não iria tão longe, mas é irritante quando você está certo. — Sorri ao vê-lo bufar. O Original, então, mudou de assunto.

Após discutirmos se ele conseguiria encarar um exército de Troianos e eu sugerir que ele deveria levar a ameaça mais a sério, acabei pegando no sono.

Porque, de repente, me vi de volta na mata nas cercanias de Atlanta, cercada por homens mascarados portando armas. Só que dessa vez não estava chovendo, e não havia barulho algum.

Nada.

Com o coração martelando contra as costelas, corri os olhos pelos homens espalhados pela pequena clareira. Eles não se moviam nem respiravam. Pareciam congelados no tempo, os braços esticados e os dedos no gatilho das armas apontadas para mim.

— Isso é um sonho. — Minha voz ecoou no estranho silêncio. — Eu preciso acordar. Tenho que...

— Somente eu.

Meu coração falhou ao escutar a voz reverberar acima e dentro de mim. Ela parecia vir de nenhum lugar e, ao mesmo tempo, de todos os lugares. Uma voz que não era a minha. Que eu agora reconhecia.

Jason Dasher.

Girei nos calcanhares, vasculhando as árvores e as sombras projetadas por elas, mas vendo apenas homens armados — homens que eu sabia que já havia matado.

— Somente eu — repetiu ele.

Girei de novo, e soltei um grito ao sentir a fisgada de dor na base do crânio.

— Minhas opiniões. — A voz dele ecoou pela floresta, dentro de mim, na minha mente. Todos os meus músculos enrijeceram e minhas mãos se crisparam ao lado do corpo. — Minhas necessidades. Minhas ordens. — Seu tom era firme, estranhamente agradável. — Minhas opiniões. Minhas necessidades. Minhas ordens. Somente eu importo, seu criador. Jamais me decepcione.

— *Nunca* — murmurou uma legião de vozes em resposta, a minha uma delas.

Meu peito apertou e se retorceu. Fiz menção de falar, porém minha boca estava tão seca que parecia cheia de pó. Os homens mascarados se desfizeram numa nuvem brilhante de poeira dourada.

Um homem surgiu entre duas árvores grandes, nada além de uma sombra, mas eu sabia que era o Jason. Ele estava saindo dos recessos do meu subconsciente, onde anos de lembranças tinham sido enterradas.

Meu *criador*.

— Não — rosnei, abrindo e fechando as mãos, a pele quente e, ao mesmo tempo, gelada. — Você não é meu criador.

— Eu te arranquei das portas da morte e te dei a vida. — Sua voz era como dedos deslizando por minha mente. Podia senti-los tateando, buscando uma maneira de entrar. — O que isso faz de mim que não seu criador?

— Nada. — Cada respiração parecia pesada demais. — Não faz de você nada.

— Não me decepcione — prosseguiu ele como se eu não tivesse falado. — Não quando tenho planos tão grandiosos para você, Nadia.

O som do meu nome, do meu nome verdadeiro, foi como uma bomba explodindo dentro da minha mente, arrebentando fechaduras e escancarando portas.

Uma onda de energia se desprendeu de mim, reverberou pela floresta e encheu o ar de estática. O poder se espalhou pelo espaço úmido, lambendo minha pele e arrepiando os pelos da minha nuca. O ar pareceu empenar — não, as árvores é que estavam empenando.

Gemendo sob o peso da energia, as costuras do céu se esgarçaram. Leves fissuras apareceram, e pequenos flocos de neve caíram em torno dos meus pés descalços. No fundo da mente, sabia que algo não estava certo. O céu não podia rasgar. Sonho e realidade se intercalavam. Eu estava parada numa floresta, em seguida deitada de costas numa cama, e depois sentindo o chão estremecer sob meus pés. Ergui os olhos para ele. Fui tomada por uma fúria profunda, um tornado tempestuoso. Queria matar esse homem, pegar de volta tudo o que ele havia me roubado e impedir que roubasse mais. Todas as células do meu corpo estavam focadas nele. Eu *precisava* matá-lo, porque todas as lembranças ainda obscuras estavam se expandindo e chacoalhando, enchendo minha boca com o gosto de sangue e medo, de humilhação, me sufocando com uma sensação de derrota e desesperança. Essas memórias suprimidas gritavam de ódio e pulsavam com uma raiva incontrolável por todos os feitos sombrios e destruidores de alma que os recônditos mais distantes do meu subconsciente conseguiam se lembrar, mesmo que eu não. Elas me sufocavam, me faziam engasgar, me esganando com tanta força até destruírem todos os pensamentos e sentimentos bons que eu jamais tivera e não restar nada além delas.

Eu o odiava.

Odiava a mim mesma.

Odiava tudo.

O ar esquentou. Esperava que a qualquer momento os troncos das velhas árvores e os arbustos entrassem em combustão. A floresta se acenderia como uma caixa de fósforos, destruindo tudo numa fúria de chamas. Ou então as árvores iriam simplesmente desmoronar, nos enterrando sob tocos, poeira e pedras. O vento assobiou através dos galhos, levantando o cabelo dos meus ombros.

— Já chega! — disse ele, sua voz ainda soando na minha mente, ainda enterrando seus dedos nela. De repente, eu já não estava mais na floresta, e sim numa sala. Paredes brancas. Luz branca. Um homem parado diante de mim. Vestido numa camiseta branca justa. Calças de um verde-oliva. E com cabelos castanhos entremeados de fios brancos.

Uma massa convoluta de luzes e sombras, um caleidoscópio de trevas e luz envolveu meus braços e, em seguida, meu corpo inteiro. Meus pés já não tocavam mais o chão.

— Você está confusa. Insegura. Com medo. Acima de tudo, você está muito zangada.

— Sim — sibilei, minha voz um eco de uma lembrança há muito perdida. As sombras continuaram espiralando em volta de mim, um brilho branco luminoso atravessando a escuridão como explosões de relâmpagos.

— Ótimo. Use isso. — Ele sorriu, mas sem mostrar os dentes. — Use esse medo e essa raiva.

— Evie — interveio uma voz diferente, mais suave e quente. — Acorda. Acorda.

— Use, ou esses sentimentos irão devorá-la — disse o homem, me fitando sem um pingo de medo. — E se isso não acontecer, eu irei tomar de volta a vida que lhe dei. E tomarei a vida *dele*. Você sabe que sim. Sabe que eu posso.

Soltei um grito de raiva e pavor...

— Evie! — A mão de alguém se fechou em volta da minha, e uma descarga de eletricidade arrepiou minha pele e fritou meus sentidos. O toque desfez a sala branca e o demônio parado diante de mim, me arrancando do pesadelo e me trazendo de volta à realidade.

Abri os olhos e vi que estava no quarto. Apenas feixes de luar iluminavam o aposento. Acima de mim, as pás do ventilador de teto giravam bem mais rápido do que eu imaginava que fosse possível, visto que não havia eletricidade.

A mão em meu braço era real. Ela me apertou um pouco mais, os dedos se enterrando na minha pele.

— Você está segura, Evie. Está aqui. Acordada e segura.

Será que estava?

Continuava me sentindo sufocada. Com os olhos fixos no ventilador, me perguntei como ele podia estar tão próximo.

— Eu o vi. Ele estava na mata comigo, dizendo que somente ele importava. Que ele era meu criador. — Inspirei de maneira entrecortada algumas vezes. — Depois me vi numa sala, e ele estava lá de novo.

— Você não está mais lá, e ele não está aqui. — A voz do Luc permaneceu calma e suave. — Ele não é nada para você.

O ventilador girava ainda mais rápido. Em meio à escuridão, escutei a porta do quarto ranger, abrindo e, em seguida, se fechando de novo.

— Ele me criou — murmurei, apertando os olhos com força.

— Ele *não* te criou.

— Você não entende. — Minha cabeça estava a mil, tentando entender o pesadelo que havia misturado múltiplas realidades. — Ele me obrigou a fazer coisas.

— Evie, olha pra mim — ordenou o Original, num tom mais duro que não deixava margem para discussão. — Olha pra mim.

Abri os olhos e me forcei a virar a cabeça na direção da voz. A luz fraca do luar incidia sobre o rosto dele, fazendo os cabelos parecerem um emaranhado de ondas escuras e revoltas. Suas pupilas brilhavam como dois alfinetes brancos, e ele estava a quase um metro abaixo de mim.

O sujeito de camiseta branca e calça verde-oliva piscou algumas vezes entre nós.

— Era o Jason Dasher. — Estremeci. — Eu vi o Jason, e ele me disse para não desapontá-lo. Me disse para usar o que havia dentro de mim.

— Não importa. Nada disso importa. — Luc estava em pé na cama. Somente então dei-me conta de que não era a luz do luar incidindo sobre o rosto dele.

Era eu.

Minha pele *zumbia*. Podia senti-lo agora dentro de mim, aquele rugido de *poder*. Pressionando minhas entranhas, minha pele e meus ossos, me esticando de dentro para fora. Luzes e sombras pulsavam ao meu redor.

Eu queria me livrar daquilo.

Queria liberá-lo, deixá-lo fugir do controle. Precisava me livrar daquele vórtice de medo e fúria. Queria explodir, destruir alguma coisa. Despedaçar as paredes até não restar nada além de mim, me libertar daquelas realidades pegajosas, com gosto de sangue.

— Você está olhando para mim, Pesseguinho, mas não está me vendo — disse Luc. — Olhe para mim e me veja.

Contrai-me ao sentir nossos olhos se conectarem.

— Ele disse que ia te matar. Que podia e ia...

— Isso foi antes, no passado, Pesseguinho, e ele nunca conseguiu. — Luc puxou meu braço. Sua expressão estava tensa, os olhos brilhando feito diamantes. Meus pés tocaram novamente o chão, e o Original voltou a parecer um gigante diante de mim. — Com certeza não vai ser agora que ele vai me tocar.

Outro tremor sacudiu meu corpo.

— Ele estava na minha mente. Estava não, está. Tem que estar, senão eu não sonharia com isso.

— Você sonhou com isso por causa de tudo o que ouviu hoje, mas ele não está na sua mente. Posso escutar seus pensamentos, e só tem você aí dentro. Somos só nós dois aqui. Nós somos tudo o que importa. — Luc encostou os dedos no meu rosto. Encolhi-me ao sentir o contato, o modo como o poder em volta de mim ficou mais denso, estendendo-se em direção a ele como que atraído pelo Original. — Esse homem nunca vai ter importância nenhuma.

Luc envolveu meu rosto entre as mãos, me fazendo estremecer de novo. Um movimento perto da porta chamou minha atenção...

— Olha pra mim, Pesseguinho. Mantenha os olhos em mim — pediu ele, correndo o polegar pela linha do meu maxilar. — É só o Grayson. Ele estava nas redondezas. Escutou você gritar.

Grayson estava aqui, no quarto? Tentei olhar de novo, mas o Luc me impediu.

— Não dê atenção. Ele sabe que está tudo bem. Que foi só um pesadelo.

— Um senhor pesadelo — comentou o Luxen num tom tipicamente entediado.

— É, foi, mas todos nós temos pesadelos assustadores — continuou Luc. — Não é verdade, Gray?

O Luxen não respondeu.

— Agora que sabemos que está tudo bem, ele está de saída, não é mesmo, Gray?

Seguiu-se outro momento de silêncio e, então, o Luxen respondeu de modo arrastado.

— Certo. Parece que está tudo sob controle. Quer que eu avise os moradores que você já resolveu o problema?

— Não será necessário. — Os lábios do Luc se curvaram naquele sorrisinho meio de lado que era ao mesmo tempo cativante e desafiador. O mesmo sorriso que eu tinha visto no rosto dele no dia em que entrara na Foretoken pela primeira vez, quando a boate sofrera uma batida policial. E o mesmo de quando tinha sido alvejado por uma saraivada de balas. — Boa noite, Gray.

— É, pra vocês também — respondeu ele. Sem sequer olhar, senti o Luxen sair do quarto.

O instinto de ir atrás, de impedir que ele escapasse, me açoitou como uma lufada de vento. Eu não queria fazer isso, não sabia nem ao certo por que me sentia assim, mas o instinto de predador corria fundo em minhas veias.

— Quero ir atrás dele.

— Quem nunca sentiu vontade de fazer isso?

— Você não entende. É como... se houvesse uma coisa dentro de mim. E ela quer caçar o Grayson. — Lutando contra a súbita vontade, fechei as mãos nos pulsos do Luc. A porta se fechou. — Mas eu não quero machucá-lo.

— Eu quero, ainda que só um pouquinho. É por isso que você é melhor do que eu. — Aquele sorriso aqueceu meu coração. — Você sempre foi melhor do que eu.

— Como? — Uma risada estrangulada escapou dos meus lábios. — Estou prestes a explodir. Posso sentir, Luc. Achei... sei lá. Achei que fôssemos ter tempo para consertar isso, mas...

— Você ainda não explodiu, portanto temos tempo. Nada aconteceu exceto por um quadro ou um livro terem caído no chão. — Seu rosto agora estava envolto em sombras, mas pude ver as brilhantes pupilas perscrutando as minhas. — Sei que vamos conseguir, Evie. Juntos. Apenas se concentre em mim. Não nas lembranças. Nem nos pesadelos. Somente em mim.

Com o coração martelando contra as costelas, lutei para acatar o pedido, ainda que me sentisse como um balão prestes a explodir. Tentei forçar meus dedos a relaxarem. Em vez disso, eles apertaram os pulsos dele ainda mais, a ponto de as juntas começarem a doer e eu poder sentir os ossos sob meus dedos. Meu corpo começou a se inclinar em direção a ele, mas consegui me segurar.

— Não é como quando eu estava na mata. A sensação agora é diferente.

— Isso que existe dentro de você é uma parte sua, Evie. Não é uma *coisa*. É a Fonte, é você. Mesmo quando não se lembra de mim, continua sendo você — disse o Original, correndo os polegares pelas minhas boche-chas. — Você simplesmente não está familiarizada com essa sensação nem sabe como controlá-la, tal como acontece com os Luxen e os Originais quando são novos. Eles têm alguns ataques bizarros. A filhinha do Dawson e da Beth? Ela uma vez explodiu todas as janelas de uma sala porque a Beth não deixou ela subir no corrimão de uma escada em espiral. Noutra vez, ela jogou um prato de ervilhas na parede, e o prato *e* as ervilhas *atravessaram* a parede.

— Você acha que estou tendo um *ataque*? Tipo a Ashley, que é um *bebê*?

— Ela, que é um bebê, tem mais controle do que você.

Pisquei. A resposta direta e grossa desfez parte da pressão acumulada em mim.

— Uau!

— Quando eu era pequeno... um bebê Original... também tinha problemas em controlar a Fonte. Todos nós tivemos em algum momento.

— Um bebê Original? — murmurei, achando difícil imaginá-lo como uma criancinha pequena e confusa. O que me veio à mente foi um rostinho adorável e rechonchudo com olhos violeta travessos.

— É, eu realmente fui uma criança fofa. — Ele tinha lido meus pensamentos. — Que foi? Você sabe que eu não nasci de um ovo nem de um tubo de ensaio.

Apenas o encarei.

— Você não está tendo um ataque. Acho que o pesadelo... as lembranças que esse pesadelo despertou provocaram uma reação emocional forte o bastante para invocar a Fonte.

Pensei no sonho de novo, na sensação de fechaduras sendo quebradas e portas escancaradas.

— No pesadelo... ou nas lembranças, não sei dizer em qual deles, ele me chamou de *Nadia*, e foi então que realmente senti...

As mãos que envolviam gentilmente minhas bochechas estremeceram de leve.

— Vou pedir depois para que você me conte tudo o que aconteceu no pesadelo e nas lembranças, mas, no momento, quero apenas que se concentre em mim.

Como ele podia soar tão calmo tendo sentido a casa tremer, quando qualquer outro pesadelo poderia vir a me fazer perder o controle?

— Olha pra mim, Pesseguinho, e sinta!

Sem perceber que os tinha fechado, abri os olhos. Observei-o pegar uma das minhas mãos e pressioná-la contra o peito, logo acima do coração.

— Pode sentir a minha respiração? É lenta e profunda, certo?

Tentei colocar o medo e a raiva de lado e me concentrar. Ele estava respirando de maneira profunda e ritmada, lenta e tranquila.

— Certo.

— Ótimo. — Luc se aproximou, e o que quer que houvesse dentro de mim tencionou com a proximidade. Ao respirar de novo, seu peito roçou contra o meu. — Quero que se concentre em cada respiração minha, e quero que desacelere a sua para que as duas fiquem no mesmo ritmo.

Esforcei-me para fazer o que ele me pedia, mas vi os tentáculos grossos de trevas e luar desprendendo-se da minha mão e envolvendo o peito dele, ao mesmo tempo que o barulho de algo pesado caindo reverberava em algum lugar da casa. Fiz menção de puxar a mão de volta.

— Luc!

— Está tudo bem — retrucou ele, mantendo minha mão no lugar. Os tendões em seu pescoço estavam saltados, visíveis sob a pele. — Apenas se concentre na minha respiração.

Desviei os olhos da minha mão para o pescoço dele. Mesmo sob a luz fraca, pude ver que a pele em volta da gola da camiseta estava rosada. A ficha caiu.

— Eu estou te machucando.

— Vou sobreviver. Não se afaste. Concentre-se na minha respiração...

— Não! — Desvencilhei-me com um safanão e me afastei, mas pude ver a massa convoluta da Fonte espalhando-se pelo peito dele como uma onda.

Fitei-o, horrorizada.

— Me escuta. — Linhas brancas suaves começaram a surgir sob as bochechas do Luc, formando uma malha de veias. Ainda assim, ele estendeu os braços e fechou as mãos nos meus ombros novamente. — A forma como a Fonte se manifesta num Luxen ou num híbrido é diferente de como acontece com um Original. Quando a invocamos e não a usamos, rapidamente entramos numa espécie de ponto crítico. É como uma panela de pressão... — Ele inspirou fundo. — Mesmo que a gente a controle, precisamos liberá-la.

Use, ou esses sentimentos irão devorá-la...

Foquei-me na energia que borbulhava em torno da pele dele ao mesmo tempo que senti algo molhado escorrer do meu nariz. O poder que havia em mim? Luc tinha dito que ele era parte de mim, embora parecesse uma entidade separada, e ele estava despertando. Não era a Fonte, até aí eu sabia. Mas eu estava ligada a ele, e ele estava se estendendo, aumentando, envolvendo meus órgãos, invadindo meus membros. Ele...

Ele *queria*.

Tremendo, tentei enterrar de volta o que quer que fosse essa parte de mim. Pontos brancos despontavam na pele do Luc.

— Me solta, Luc. Eu estou te machucando.

Com a boca apertada numa linha fina, o Original fechou a mão na minha nuca e entremeou os dedos no meu cabelo.

— Você é que está se machucando. — Ele estremeceu. Aquele corpo alto e forte *tremeu*. — Está sangrando.

Uma dor forte explodiu na base do meu crânio. A energia dentro de mim parecia uma bomba. Aquelas paredes frágeis e as tábuas gastas do piso não iam aguentar muito mais, e tampouco o Luc. Era possível que as casas da vizinhança viessem abaixo também. Essa era a dimensão do poder que eu sentia, tipo, se o liberasse, ele destruiria tudo. E eu não queria que isso acontecesse.

— Então deixe que ele assuma o controle. — Luc se aproximou de novo, invadindo a aura que circundava meu corpo, e encostou a testa na minha.

Estremeci ao sentir o contato, a forma como essa parte nova e desconhecida de mim pulsava não só com a vontade de ser liberada, mas de desejo por *ele*. Não fazia o menor sentido, mas era assim que me sentia.

Se eu não conseguisse liberá-la ou mantê-la sob controle, o que aconteceria se deixasse que ela me engolisse? O instinto ou talvez um conhecimento inconsciente me disse que todo esse poder se voltaria para dentro, e tinha a sensação de que isso não acabaria bem para mim.

Mas os outros estariam a salvo.

Luc estaria a salvo.

— Você não pode fazer isso.

O Original estava errado. Não tinha ideia de como eu sabia disso, mas eu podia puxá-lo de volta, prendê-lo dentro de mim até que ele não pudesse mais escapar.

— Não vou deixar que faça isso, Evie. — Ele pressionou os lábios nos meus. Já não havia mais nada nos separando. — Você não vai puxar esse poder de volta pra você.

— Me solta! — Uma espécie de queimação gelada arrepiou minha pele.

— Nunca — retrucou ele, roçando os lábios pelo meu rosto.

Outro calafrio me percorreu de cima a baixo. Tive duas reações simultâneas. Uma familiar. Aquela atração forte e quente que ameaçava me derreter por inteira, mesmo naquela situação, com tudo prestes a desmoronar. A outra... diferente. A parte nova que o Luc dizia ser eu também pulsava em expectativa, mas de um jeito distinto que eu nunca experimentara antes.

Ela queria...

Com uma fome voraz.

— Me deixa! — implorei, sentindo essa *coisa* se espalhar pelo meu peito. — Por favor, eu te amo, e não quero te machucar. *Me deixa!*

— Evie. — Mal consegui escutar a voz do Original acima do rugido do meu sangue. — Eu nunca vou te deixar. Não de novo.

Meus músculos tencionaram a ponto de doer, provocando espasmos em meus braços. A pressão aumentava cada vez mais.

— Você pode fazer isso. — Ele roçou o nariz no meu. — Só precisa de tempo para aprender como controlar.

Antes que eu pudesse responder, ele me beijou.

A sensação dos lábios dele sobre os meus foi como um choque em meu sistema. Um simples roçar. Uma vez. Duas vezes. Uma carícia leve que provocou uma onda arrepiante de calor desde a raiz do cabelo até a ponta dos pés. Tencionei, mas de um jeito completamente diferente daquele gerado pela raiva ardente, o medo gelado e a escorregadia estranheza que vinha se espalhando por dentro de mim. Tudo — absolutamente *tudo* — congelou com o choque. Só conseguia sentir a doce explosão de desejo e agonia, e meu corpo inteiro amoleceu. Meus lábios se entreabriram ao senti-lo estremecer de encontro a mim e enroscar a mão em meu cabelo. Luc, então, aprofundou o beijo. Seus lábios tornaram-se exigentes, e eu me agarrei a ele, minhas mãos voltando para seu peito. O beijo terminou com um grunhido ofegante.

O som...

Abri os olhos, e tive um rápido vislumbre daquele belíssimo rosto contorcido numa careta de dor.

— Está tudo bem — murmurou ele, fechando novamente a distância que nos separava e capturando meu lábio inferior entre os dentes. O Original acalmou a doce fisgada com outro beijo, me fazendo soltar um arquejo um segundo antes de sua boca se fechar sobre a minha mais uma vez, provocando outro choque em meu sistema.

Me desculpa.

Por mais impossível que pudesse parecer, foi a voz dele que ouvi em minha mente, mas não entendi pelo que ele estava se desculpando se era eu quem o estava machucando.

Uma de suas mãos deslizou pela minha cintura e, em seguida, pela barriga, até se acomodar no centro do meu peito. Ele a espalmou e abriu os dedos, enquanto a outra soltava minha nuca. Seu braço se fechou em volta dos meus ombros, me prendendo...

O Original quebrou o beijo, ergueu a cabeça e puxou a mão encostada em meu peito. A sufocante onda de poder tencionou de novo e, em seguida, se rompeu.

Pude vê-*lo*.

Tentáculos brancos e pretos pulsando, espirais de luz desprendendo-se do meu peito, puxadas pelos dedos do Luc. A pressão em meu cérebro e nas minhas entranhas se desfez. Um doce alívio me varreu da cabeça aos pés, tão forte e repentino que gritei.

A massa pulsante envolveu o Luc, encobrindo-o até eu não conseguir mais vê-lo.

Ai, meu Deus.

Luc tinha feito aquilo para que eu mesma não precisasse fazer. Ele havia sugado o catastrófico poder para dentro de *si*, deixando-se engolir antes que ele me engolisse.

casa parou de tremer e o ven-
tilador voltou a girar pregui-
çosamente com a brisa que
vinha lá de fora. Com um
último rangido, a porta do
quarto parou semiaberta. A crítica ameaça havia acabado para mim, mas
para o Luc?

Em torno dele, a massa convoluta de sombras e luz parecia uma batalha
entre o amanhecer e o anoitecer. O Original estava sendo consumido, até
se transformar numa simples silhueta humana.

— Luc! — O pânico aflorou, provocando mais uma descarga da Fonte.
As pontas do meu cabelo foram sopradas dos ombros em aviso, e tentei
acalmar o poder antes que ele aumentasse e ficasse forte demais.

Os feixes de luz branca em volta do Luc pulsavam intensamente. Por
reflexo, estendi o braço e cobri os olhos para protegê-los do brilho, ao mesmo
tempo que a energia branca como o luar se estendia, lambendo e acendendo
os tons mais escuros e turbulentos até se transformar numa onda e circundá-
-lo por completo.

Seu corpo inteiro estava envolto pelo brilho branco da Fonte, tal como
os Luxen em sua forma verdadeira.

Luc brilhava como uma centena de sóis, fazendo a noite virar dia.
Qualquer pessoa que estivesse acordada num raio de cerca de um quarteirão
da casa poderia ver a luz pressionando contra suas janelas e espantando as
trevas. Estática crepitou no ar à nossa volta e pinicou minha pele.

Eu nunca tinha visto nada assim antes. Em geral, quando ele invocava a
Fonte por mais do que uns poucos segundos, seu corpo ficava circundado por

uma aura esbranquiçada, o que já era sinal de que as coisas estavam prestes a explodir. Isso? Isso era completamente diferente.

No entanto, ele não tinha virado pó nem cinzas, continuava vivo, o que eu sabia que não teria sido o caso para mim se ele não houvesse se intrometido. Como eu sabia que as consequências teriam sido fatais se tivesse deixado a Fonte escapar de dentro de mim era algo instintivo, não tinha como explicar.

Todos os pelos do meu corpo se arrepiaram, o que não tinha nada a ver com as descargas da Fonte que ainda pulsava no fundo do meu âmago. Luc estava em pé, mas não estava se movendo.

— Luc! — repeti, estendendo o braço na direção dele e me dando conta de que eu estava sentada na beirada da cama. Minhas pernas tinham cedido em algum momento.

Não obtive nenhuma resposta do clarão de luz.

Inclinei-me para frente e, como que reagindo à minha proximidade, o brilho que o circundava começou a piscar rapidamente. Parei, os dedos a centímetros do braço envolto pela Fonte.

— Por favor — implorei, o coração martelando contra as costelas. — Por favor, diz alguma coisa.

Apenas silêncio — um silêncio frio e estranho.

Por um segundo que pareceu uma eternidade, achei que ele não fosse responder, e esse segundo foi um dos mais assustadores da minha vida, uma vez que não tinha ideia do que ele havia feito consigo mesmo. E se eu o perdesse? Deus do céu! Meu coração apertou. Não sabia o que eu faria sem ele. Não podia perdê-lo. Não de novo.

— Estou bem.

O súbito alívio me deixou sem ar. Mas havia algo de errado com a voz dele. Ela parecia mais grossa, mais gutural. Dava até mesmo para escutar o inacreditável e incomparável zumbido de poder naquelas duas palavrinhas. O tipo de poder que eu duvidava que até mesmo o Daedalus já tivesse visto.

E a parte alienígena em mim não sabia como reagir a isso. Podia senti-la estendendo e pressionando contra minha pele em ondas, como que pressentindo que o Luc era uma ameaça, tal como havia acontecido na mata. Só que dessa vez ela não assumiu o controle. Em vez disso, recuou de volta para o cerne do meu ser, dando a impressão de que sabia que não seria inteligente encarar o Original nesse estado... qualquer que *esse estado* fosse.

Isso me fez lembrar daquelas inexplicáveis sensações ruins que de vez em quando sentia em relação a uma pessoa ou lugar estranho, mesmo que jamais a tivesse conhecido ou estado no lugar antes. Era uma espécie de instinto primitivo me alertando que a pessoa ou o lugar não eram confiáveis, e esse tipo de instinto jamais errava.

E agora ele estava me dizendo que havia algo de muito errado com o Luc.

— Não vou te machucar — disse ele.

— Eu sei. — E sabia mesmo. Bom, pelo menos achava que sim. Meus olhos começaram a lacrimejar devido à intensidade da luz que o envolvia, mas não consegui desviá-los. Apenas puxei a mão de volta e a apertei de encontro ao peito, no ponto onde ele havia pressionado a palma.

Ele permaneceu onde estava, um ser brilhante de outro mundo.

— Eu precisava te deter antes que você acabasse se matando. Você teria morrido. Não sobraria nada nem para enterrar. — Luc confirmou o que o instinto tinha me dito, mas havia algo de diferente em sua voz que ia além dos traços de poder... algo estranho no modo como ele escolhia as palavras e até mesmo na maneira como estava parado. — Você teria derrubado a casa e tudo em volta dela.

— Obrigada — murmurei, ainda sem saber direito como interpretar essa informação uma vez que ele estava, bem, vivo e tudo o mais, porém definitivamente estranho. — Como você fez isso?

— Eu suguei o poder de você — declarou Luc, como se tivesse simplesmente me ajudado a tirar um casaco, e não me livrar de uma massa caótica e letal de poder. — E depois segurei a explosão da Fonte dentro de mim.

Pisquei para desanuviar os olhos.

— Você sabia que conseguiria fazer isso?

Ele inclinou a cabeça ligeiramente de lado e anuiu.

— Os outros sabem? — Um calafrio me percorreu de cima a baixo.

— Não. Só tinha feito uma vez antes. — Seguiu-se uma pausa e, então, ele endireitou a cabeça. — Com o Micah.

Estremeci ao escutar o nome do Original que quase havia me matado. Micah pertencia à última leva de Originais, crianças cujo desenvolvimento tinha saído pela culatra. Elas tinham tomado só Deus sabe o que para aumentar a velocidade de seu crescimento, tornando-se agressivas e perigosamente violentas. Haviam jogado a Kat pela janela por causa de um cookie e, finalmente, matado um humano. Luc tentara intervir, mas nada do que ele havia feito obtivera uma resposta positiva das crianças, de modo que ele fora obrigado a fazer o que precisava ser feito: aniquilar todas, exceto o Micah, que tempos depois reapareceu para aterrorizar a cidade de Columbia.

Mais uma mancha no histórico do Daedalus, e que afetava o próprio Luc. O que ele tinha sido obrigado a fazer com aquelas crianças era algo que o atormentaria até o fim da vida.

— Você não me disse que podia fazer isso — falei, por fim.

— Não era algo que você precisasse saber — retrucou ele sem hesitar. — Não é algo que ninguém precise saber.

Ergui as sobrancelhas, lutando para não me sentir ofendida nem magoada pela frieza da declaração, uma vez que agora não era o momento para me incomodar com bobagens. Tinha algo *errado* com o Luc, tipo, assustadoramente errado.

— Você tá bem mesmo?

— Estou. Tô me sentindo... invencível.

Abri a boca para replicar, mas a fechei de novo. Como responder a uma declaração dessas?

— É estranho — continuou ele, quase como se estivesse fazendo uma avaliação clínica. Luc deu um passo em minha direção. Fiquei tensa. — Achei que já sabia qual seria a sensação, mas estava errado.

— Gostaria de estar gravando isso. — Observando-o com cautela, dobrei as pernas de encontro ao peito. — Ninguém é invencível, Luc.

— Eu costumava ser a coisa mais próxima de invencível. Antes de você, é claro — acrescentou ele, como que apenas declarando um fato. — Agora que conheço a extensão do seu poder, chego à conclusão de que eu não era, de fato, invencível.

Estava começando a desejar algo que jamais teria imaginado: que o Grayson estivesse ali.

Luc se aproximou mais um passo, e o calor que emanava de seu corpo me envolveu.

— Mas agora? — Ele ergueu os braços ainda brilhantes e virou a cabeça na direção do esquerdo e, então, do direito. — Mesmo que você conseguisse controlar suas habilidades, não seria páreo para mim.

— Parabéns? — Enquanto ele analisava o próprio corpo, aproveitei a oportunidade e me afastei alguns centímetros, congelando ao ver aquela massa de luz em forma de cabeça se virar em minha direção. Meu coração começou a bater três vezes mais rápido. — Você acha que consegue, sei lá, diminuir esse show de luz? — Se eu conseguisse vê-lo, seu rosto e principalmente os olhos, me sentiria mil vezes melhor. Na verdade, já me sentiria melhor se ele voltasse a ser o Luc de sempre, só um pouco assustador, e deixasse de lado esse ser absolutamente aterrorizante e inumano.

Olhei de relance para minha pedra de estimação sobre a mesinha de cabeceira. Acima dos olhos pintados com caneta hidrocor preta havia uma cicatriz em forma de relâmpago igual à do Harry Potter. Diesel tinha sido um presente idiota, sem sentido e completamente inútil, a cara do Luc que eu conhecia.

Mas não a cara desse ser parado diante de mim.

— O processo precisa seguir seu curso.

Engoli em seco.

— O que você quer dizer com isso exatamente?

— Assim que eu terminar de absorver a Fonte e ela se apagar, vou voltar... — Seguiu-se uma pausa. — Ao normal, apenas um cara ligeiramente assustador, e não essa versão absolutamente aterrorizante e inumana de mim mesmo.

— Sai da minha mente.

— Não consigo evitar. Você está dentro de mim. — Um par de mãos incandescentes pressionou o colchão a poucos centímetros dos meus pés.

— Isso soa... um tiquinho perturbador.

— É... diferente — disse o Original, a voz ainda apresentando características estranhas. — A Fonte guarda uma espécie de impressão de quem a invocou. Não consigo ver o que você sonhou, mas posso sentir. Consigo sentir o gosto das suas emoções.

Ergui a cabeça, os olhos arregalados. Não sabia como me sentir em relação a isso. Embora quisesse que ele entendesse por que eu tinha perdido o controle, não queria que o Luc compreendesse tão a fundo aquele peso sufocante que havia ameaçado me estrangular.

— Tem gosto de sangue e pavor — observou ele, me fazendo prender a respiração. — Humilhação e derrota.

Eu estava tão absorta em suas palavras que não o vi se aproximando sorrateiramente, subindo pelas minhas pernas.

— E vestígios de desespero — continuou o Original. — O que provocou esses sentimentos ainda não está claro para você e, portanto, nem para mim. O que quer que ele tenha te forçado a fazer durante o tempo que você passou com o Daedalus não importa. Apenas isso importa. Eu não vou simplesmente matar o Jason, Evie. Ele não terá uma morte rápida e indolor. — As mãos dele estavam agora nos meus quadris, e minhas costas pressionadas contra o colchão. Sua cabeça e ombros estavam nivelados com os meus e, ao falar, as palavras pareceram cuspir fogo. — Vou arrancar a pele do corpo dele e, em seguida, rasgar seus músculos e tendões até ele não conseguir levantar um dedo. Vou despedaçá-lo pedacinho por pedacinho, membro por membro, bem lentamente, e, quando ele sentir a morte chegando, irá ver você. Você será a última coisa que ele vai ver antes que a sua mão desfira o golpe final.

Estremeci, assustada com aquelas palavras.

Ao mesmo tempo, elas me deixaram... excitada. O que significava que provavelmente havia algo muito errado comigo. Certo, não provavelmente. Com certeza havia algo perturbadoramente distorcido e errado comigo.

— Não tem nada de errado com você — disse Luc. — Não é a simples ideia de violência que te faz se sentir assim. Ninguém merece isso mais do que o Jason Dasher.

Ele tinha razão, mas eu não deveria desejar uma morte dessas para ninguém. Deveria ser uma pessoa mais magnânima e, além disso, não devia ficar com vontade de beijá-lo após escutar essas coisas.

Luc inclinou a cabeça ligeiramente de lado de novo.

— É porque você sabe que eu faria exatamente tudo o que falei, e faria isso por você, e também porque sabe o quanto eu gostaria de ser a última coisa que o Jason vai ver antes de morrer.

Minha respiração tornou-se superficial. Sabia que ele estava certo.

— Os humanos são confusos, Evie. Seres complicados e com múltiplas camadas que de vez em quando se percebem numa desconfortável zona cinza de moral — continuou ele naquela voz estranha, carregada de poder. — Só porque você não é exatamente humana, não significa que não seja complicada também.

Umedeci os lábios, sentindo minha pulsação a mil. Doía os olhos ficar olhando para aquela luz, mas assim, tão de perto, dava para ver que ele não se parecia nada com um Luxen, que em sua forma verdadeira me remetia a vidro líquido. Por trás do brilho intenso, eu conseguia enxergar as linhas e ângulos quase perfeitos daquele rosto que eu continuava me coçando para capturar em filme, tal como tinha feito certa tarde na boate.

— E você?

— Eu sou a complicação — declarou ele.

Não entendi o que ele queria dizer com aquilo, mas antes que pudesse perguntar, o Original disse:

— Gostaria que você não estivesse com medo de mim.

— Não estou com medo de você.

— Posso ver sua mente perfeitamente. Sei o que está pensando.

Estreitei os olhos, que ainda lacrimejavam.

— Pela milionésima vez, é falta de educação ler os pensamentos das pessoas.

— Não muda o que eu vejo — retrucou ele.

— Certo. Tudo bem. Estou um pouco assustada, sim. Dá pra me culpar? Você está falando de um jeito estranho, e não me chamou de Pesseguinho nem uma única vez desde que sugou todo esse poder para dentro de você...

— Eu o suguei para que você não acabasse se matando de forma tão idiota.

— E eu agradeço por isso, mas você podia ter deixado o *idiota* de lado — rebati, e ele simplesmente me fitou com aqueles olhos que pareciam chispar labaredas brancas. — Você também falou que podia acabar comigo facilmente agora...

— O que eu *posso* fazer e o que eu *faria* são duas coisas completamente diferentes.

— Sei disso, sr. Frio e Calculista, o que não faz com que seja menos assustador escutar. — Minhas mãos estavam tensas ao lado do corpo e os dedos enterrados no edredom. Era o único jeito de me impedir de socá-lo. — E caso não tenha percebido, está parecendo o Tocha Humana no momento.

— Mas continuo sendo eu. — Ele baixou a cabeça um tiquinho, e precisei desviar os olhos para protegê-los do brilho. — Continuo sendo o seu Luc.

Meu coração deu uma pequena cambalhota e meus dedos relaxaram.

— É, você é mesmo.

Luc apoiou uma das mãos ao lado do meu ombro. O calor que emanava dele deveria ser insuportável, mas não era.

— Gostaria que você não estivesse com medo de mim — repetiu ele. — Porque quero substituir o gosto ruim das suas lembranças por algo belo.

A reação do meu coração fez com que a cambalhota de antes parecesse brincadeirinha de criança. Ele inflou tanto com a amarga doçura daquelas palavras que senti como se pudesse sair flutuando da cama. Luc queria apagar o que eu sabia que ele estava sentindo, porque os sentimentos estavam em mim antes e, para ser honesta, tudo o que eu queria era poder lavar aquela mancha. Eu tinha medo do que ele se tornara no momento, mas não dele.

Nunca dele.

Tinha perdido a conta de quantas vezes ele havia se intrometido e salvado a minha vida. Com certeza mais vezes do que eu poderia imaginar. Não fazia ideia de como ele conseguira se virar e se afastar de mim, porque eu jamais teria conseguido fazer o mesmo. Eu era egoísta demais, e nesse ponto ele estava errado sobre a gente. Ele faria qualquer coisa para se certificar de que eu sobrevivesse, e eu faria qualquer coisa para garantir que ele ficasse ao meu lado.

Ele fez menção de se afastar. Desisti de ficar apenas deitada ali, pensando, porque ele precisava de mim. Ergui as mãos, sabendo que a Fonte que o envolvia jamais me machucaria.

Enquanto as estendia em direção ao brilho quente, uma descarga de eletricidade percorreu meus dedos e, em seguida, os braços. Envolvendo o rosto dele entre as mãos, virei sua cabeça para mim. Meus olhos estavam marejados, mas não sabia se era devido à luz ou algo mais. Fechei-os e ergui a cabeça em direção a ele.

Assim que nossos lábios se tocaram, uma descarga de energia ainda maior varreu meu corpo, fazendo minha boca e garganta formigarem. Não tentei me afastar da forte sensação nem do calor que emanava dele. Em vez disso, entreabri os lábios e aprofundei o beijo, provando para o Luc que eu não tinha medo dele e dando o melhor de mim para apagar o que ambos sentíamos, o que agora compartilhávamos.

Ele, então, fechou a mão na minha nuca numa tentativa de controlar o beijo, o que permiti com prazer.

Ao escutar o grunhido baixo que reverberou no fundo da garganta dele, meus dedos dos pés se enroscaram e meu estômago se contorceu em pequenos e deliciosos nós.

Evie.

Seus lábios estavam deslizando sobre os meus, mas pude jurar tê-lo escutado dizer meu nome. Tinha sido a voz do *Luc*, não aquele tom apático e gelado que me deixara tão preocupada, o que não era possível. Mas já não conseguia pensar em mais nada. A mão em meu quadril me puxou para debaixo dele, me fazendo soltar um arquejo diante do ataque de sensações. O calor e a firmeza daquele corpo pressionado contra o meu obliterou todo e qualquer pensamento, exceto pela sensação dele sobre mim — o que aquilo me fazia sentir.

Onde quer que ele tocasse, uma descarga de estática acompanhava o deslizar de sua mão, que escorregou pelo braço, contornou a cintura e, em seguida, desceu mais um pouco até parar e agarrar meu quadril de um jeito que me deixou ofegante. Luc, então, fechou os dedos em minha coxa e se ajeitou entre meus quadris. Quando, em seguida, ele ergueu minha perna, eu a enganchei em volta da dele.

O Original não tinha gosto de lembranças ruins nem de pesadelos assustadores. Tinha gosto de dias ensolarados e noites de verão. Deixei-me levar por seu calor, por ele, e, ao senti-lo se mover de encontro a mim, soltei outro arquejo.

— *Luc.*

— Você acaba comigo quando fala meu nome desse jeito — disse ele, a voz ainda fria, carregada com aquele poder estranho. Mas as palavras? Elas eram totalmente o Luc, que em seguida capturou meu lábio inferior entre os dentes. — Você não faz ideia.

Tinha a impressão de que ele é que não tinha ideia do que estava fazendo comigo com aquele passeio ardente dos lábios depositando pequenos beijos ao longo da minha garganta. Ao usar os dentes para arranhar aquele ponto sensível na base do pescoço, minhas costas arquearam por conta própria.

Certo.

Talvez ele soubesse exatamente o que estava fazendo.

Com uma risadinha, Luc deslizou uma das mãos por baixo da minha camiseta, o contato incendiando a pele da minha barriga.

— Você está dentro da minha mente de novo. — Mal reconheci minha própria voz.

— Estou mesmo. — Não havia um pingo de vergonha na declaração. — E não é o único lugar em que quero entrar.

Meu corpo inteiro enrubesceu diante da ousadia daquelas palavras.

— Safado — murmurei, sentindo sua mão deslizar pelas minhas costelas, por cima da taça do sutiã. O tecido fino não ajudava em nada a proteger minha pele do calor daquela mão.

Luc roçou os lábios novamente nos meus.

— Você quer o mesmo que eu.

Não era uma pergunta. Não precisava. Eu queria mesmo. Queria com tanta força que chegava a doer, mas isso...

Era o Luc e, ao mesmo tempo, não era.

Ele me beijou como se estivesse reivindicando uma posse, como se nunca houvesse tido o luxo de fazer isso antes, e eu me deixei ser deliciosamente reivindicada.

As coisas saíram ligeiramente do controle. O brilho intenso que o consumia piscou e tremulou, criando sombras pulsantes em torno da cama e nas paredes. A camiseta que ele estava vestindo desapareceu, o cabelo escorrem como labaredas de fogo por entre os meus dedos enquanto o Original traçava uma série de beijos por todo o meu corpo, passando por cima da roupa e, em seguida, da pele.

Só me dei conta de que já estava sem a calça e sem a camiseta quando senti sua pele quente e nua vibrando contra a minha, provavelmente mais uma das ardilosas habilidades do Luc. O sutiã ainda estava no lugar, isso eu sabia, porque seus dedos e, em seguida, os lábios, acompanharam o deslizar das alças pelos meus braços. Quando essa última peça de roupa enfim caiu na cama e não sobrou mais nada para proporcionar uma barreira entre mim e suas mãos e boca, minha pulsação estava tão acelerada que eu não conseguia respirar. Nossas mãos pareciam famintas, e eu sabia aonde isso nos levaria. A promessa pesava no ar, tangível, como uma entidade em separado. Sem conseguir pensar direito, arranquei a última peça de roupa que ainda o cobria. Tudo o que queria era sentir — senti-*lo*, me deleitar nesses preciosos e efêmeros momentos enquanto tudo à nossa volta parecia prestes a desmoronar. Não tínhamos ideia do que o futuro reservava para a gente, de modo que precisava aproveitar a beleza desse momento, dele, de nós dois juntos, e não havia nada de errado com isso.

Exceto por uma coisa.

Nossa primeira vez deveria ser só nossa, não do Luc, minha ou de seja lá o que ele tivesse sugado de dentro de mim.

Com um beijo lento e deliciosamente sedutor, ele descolou a boca da minha.

— Evie?

Abri os olhos e vi que o brilho intenso que o envolvia havia diminuído o suficiente para que eu pudesse enxergar aquelas pupilas brancas feito diamantes. Ele me fitava sem piscar, o olhar familiar e, ao mesmo tempo, desconhecido.

Encostei um dedo trêmulo em seu rosto brilhante.

— Eu quero você. Quero isso — murmurei, fazendo-o estremecer. A Fonte piscou intensamente. — Mas não desse jeito.

Luc ficou imóvel por um momento.

— Não desse jeito — concordou ele, envolvendo meu queixo. A Fonte emitiu um leve crepitar e se espalhou por minhas faces. — Mas quer saber?

— O quê?

Ele baixou a mão para o meu quadril.

— Tem muitas outras coisas que podemos fazer.

Meu estômago se contorceu de um jeito absolutamente delicioso. A gente já tinha feito outras coisas, e eu realmente adorava essas outras coisas. Ele também.

— Verdade. — Os cantos dos meus lábios se repuxaram num ligeiro sorriso. — Tem mesmo.

Luc me beijou. De repente, num movimento inacreditavelmente rápido, me vi meio de lado, meio de barriga para baixo, com aquele corpo comprido e quente pressionado contra minhas costas.

Soltei uma risadinha de surpresa pela súbita mudança de posição.

— Isso foi impressionante.

— Eu sei. — Seus lábios quentes e úmidos roçaram meu ombro. Reprimi um gemido.

— E eu achando que não tinha como você ficar ainda mais arrogante.

— É arrogância quando é verdade?

— É.

— Discordo. — Luc se esticou sobre mim, uma das mãos entrelaçada com a minha e apoiada sobre o colchão, o brilho da Fonte fazendo com que minha própria pele se tornasse iridescente. A outra mão deslizou pelo meu braço, provocando uma série de centelhas. — E você já sabe.

— Sei o quê? — Recostei a cabeça contra o peito dele e mordi o lábio inferior ao sentir sua mão passear mais livremente.

— Que eu estou sempre certo.

Minha risada terminou com um gemido que me deixou com as bochechas quentes, mas tive minha recompensa quando projetei os quadris para trás e escutei o grunhido entrecortado que mais soou como uma maldição. Toda vontade de rir desapareceu nos dois segundos seguintes; eu simplesmente não tinha ar em meus pulmões para rir.

Aqueles dedos quentes deslizaram pela minha barriga, por cima do umbigo e... então, pararam. Ele esperou.

Luc, ainda ali, totalmente no controle, esperou pelo meu consentimento.

Anui com um menear de cabeça e murmurei:

— Sim.

Ele estremeceu de encontro a mim e, de repente, não havia nada além de uma tensão primitiva e paralisante quando a mão dele desceu com uma precisão infalível.

E, então, ambos nos levamos ao ponto onde nenhum dos dois era capaz de formular qualquer palavra coerente. Quando ele, enfim, me tocou de verdade, perdi completamente a noção de tempo. Remexi os quadris de encontro à palma dele. Luc se roçou em mim, ambos procurando, buscando o prazer da explosão. E quando o orgasmo aconteceu, seu grito rouco se juntou ao meu próprio berro estridente.

E nesse momento, enquanto nossos corpos eram sacudidos pelas ondas de tremores, me dei conta de que o que havia começado em benefício dele tinha terminado sendo para os dois. Sentindo nossa respiração e respectivos corações começarem a desacelerar aos poucos, tive quase certeza de que nenhum de nós havia percebido o quão profundamente precisávamos daquele lembrete de que nossas lembranças e passado, mesmo as partes das quais não nos lembrávamos, não nos definiam.

Nós não permitiríamos.

Nunca.

lgum tempo depois, faltando poucas horas para o amanhecer, o Original já não parecia mais o Tocha Humana. Isso devia ter acontecido enquanto eu cochilava, porque quando abri os olhos, não havia mais brilho algum, apenas escuridão.

Um dos braços dele estava debaixo da minha cabeça, cujo bíceps eu usava como travesseiro. Ele continuava enroscado em mim, o peito aquecendo minhas costas, mas nem de longe tão quente quanto estivera algumas horas antes.

— Você deve estar com o braço dormente — murmurei.

Com a outra mão, Luc traçava desenhos aleatórios na minha cintura.

— Meu braço nunca esteve melhor.

Soltei um leve suspiro de alívio ao escutá-lo.

— Sua voz voltou ao normal.

— Quer dizer só um pouco assustadora?

Encolhi-me.

— Você não vai me deixar esquecer isso nunca, vai?

— Não. — O dedo moveu-se de novo, dando a impressão de que ele estava desenhando o número oito.

Virei a cabeça meio de lado para tentar enxergar o rosto dele na escuridão, mas tudo o que consegui ver foi o pescoço.

— Você sabe que eu não tenho medo de você, não sabe? Nem mesmo quando você parece um Luxen sob o efeito de esteroides.

— Sei. — Ele mudou ligeiramente de posição e roçou os lábios na ponta do meu nariz.

— Quero dizer, eu fiquei um pouco assustada. Você parecia um robô. Um robô gostoso, duas palavras que nunca pensei que um dia fosse usar na mesma frase, mas, de qualquer forma, você estava... diferente — continuei. — Vou ficar chocada se não estiver com algumas queimaduras em lugares bem desconfortáveis.

— Robô gostoso? — Luc riu e me deu um rápido estalinho. Ele, então, se deitou de novo e voltou a desenhar figuras com o dedo. — Não acho que você precise se preocupar com possíveis queimaduras em lugares desconfortáveis.

— Bom saber. — Esfreguei o rosto no braço dele. — Fico feliz que não esteja mais brilhando.

Ele não respondeu. Em vez disso, desenhou o que me pareceu uma... boca no meu quadril?

Busquei a outra mão do Luc, entrelacei meus dedos nos dele e apertei.

— Sei que já te agradeci, mas...

— Você nem precisava ter me agradecido antes, e com certeza não precisa fazer de novo. Eu faria qualquer coisa para te manter segura, Pesseguinho. Simples assim.

— O que não significa que não precise agradecer — repliquei. — Se você não tivesse feito o que fez, bem, você sabe o que teria acontecido. Eu não conseguia me acalmar. Tentei. Realmente tentei. — Olhei para as sombras do outro lado da cama. — Mas simplesmente não deu.

— De qualquer forma, é uma boa notícia.

Ergui as sobrancelhas.

— Como assim?

— Agora a gente sabe que a Fonte não responde apenas a situações de ameaça. Fortes emoções também podem invocá-la.

— E como isso é uma boa notícia?

— Bom, pra começar, não preciso fazer com que você se sinta ameaçada por mim — retrucou ele de modo seco.

— Ah, tá. Bom argumento.

— E eu acho... — Luc soltou o ar com força. — Que trabalhar tendo como base suas emoções vai nos dar uma chance melhor de invocar e controlar a Fonte.

É, nesse quesito eu tinha feito um verdadeiro trabalho de mestre.

— A Fonte parece reagir como um mecanismo de defesa em você, despertando quando você se sente ameaçada ou sob forte estresse, o que faz sentido. Como eu disse antes, quando crianças, os Luxen e os Originais têm dificuldade em controlá-la. O problema é que você deveria pelo menos ser capaz de invocá-la e usá-la sempre que quiser. Essa é a parte que eu não entendo.

Talvez eu fosse defeituosa.

— Você não é defeituosa — disse ele baixinho. — E não grite comigo por ter lido a sua mente. Você praticamente gritou.

Soltei um suspiro, e levei um tempo para colocar em palavras meu mais profundo medo.

— Foi só um pesadelo, Luc. E talvez algumas memórias reprimidas que vieram à tona. — Com certeza memórias reprimidas, mas tudo bem. — Será que isso pode acontecer a qualquer momento quando eu estiver dormindo? E se for algo que eu simplesmente não consiga aprender a controlar?

— Se for algo que você não consiga aprender? Isso significa que você prefere nem tentar?

Franzi o cenho.

— Não. Mas você não pode sugar a Fonte de mim toda vez que eu perder o controle. Não quero que se transforme nesse Luc Robótico...

— Nem se for um Luc Robótico Gostoso?

— Ai, meu Deus! — gemi.

Luc riu de novo e, por Deus, fiquei feliz em escutar aquela risada, mesmo que ele estivesse dando o melhor de si para me deixar constrangida.

— A gente pode treinar em algum lugar seguro. Tem muitos campos e áreas abandonadas onde você pode se soltar. Não vai ser problema.

— Não vai ser problema? E quanto à possibilidade de você se machucar?

— Não vai acontecer.

Inclinei a cabeça meio de lado.

— Vou repetir o que o Luc Robótico me falou: você estava errado sobre ser invencível.

— Além do fato de que vou estar preparado para o caso de você explodir e que posso tomar precauções, é preciso mais do que um ou dois prédios caindo em cima de mim para que eu me machuque.

Um ou dois prédios?

Realmente não tinha palavras perante uma coisa dessas.

Mas tinha para outra coisa.

— E se eu me transformar numa supervilã? O modo como você falou sobre o meu poder... — Desviei os olhos. — Fez parecer que você sabia que eu poderia acabar com a sua raça.

— Evie? Não sei se você percebe ou não, mas desde tudo o que aconteceu naquela mata, eu sei que você poderia acabar com a minha raça se realmente quisesse. Não seria fácil, mas é uma luta que no final você ganharia.

Eu já tinha percebido, mas escutá-lo dizer era assustador.

Agora, se eu conseguisse controlar esse poder, seria simplesmente o máximo, mas até lá? Era aterrorizante saber que eu podia perder o controle e acabar matando a pessoa que mais amava nesse mundo.

— E isso não te incomoda? Nem um pouco?

— Honestamente? — Luc me virou de costas e, mesmo depois de tudo o que tínhamos acabado de compartilhar, cruzei os braços na frente do peito. — Acho muito sexy. Tipo, fiquei um tanto ou quanto excitado quando você começou a arrancar a pele dos meus ossos.

Hum...

— É, talvez seja informação demais, mas veja bem, seria legal se alguém pudesse cuidar dos babacas enquanto eu estivesse assistindo a *Jersey Shore*.

Olhei para o rosto dele, envolto em sombras.

— Tá falando sério? Porque eu não sei. Espero que não, embora pareça exatamente o tipo de coisa idiota que você faria.

Luc apoiou a palma da mão sobre a minha barriga, logo abaixo do umbigo.

— Metade é sério. Bom, noventa por cento. Acho que as pessoas menosprezam demais *Jersey Shore*.

Juro por Deus, mas sempre que eu ficava sem palavras, não acreditava que ele pudesse me chocar ainda mais. E toda vez eu errava.

— Mas não vou deixar chegar ao ponto de colocar a minha ou a sua vida em risco — continuou ele. — Antes que chegue a isso, vou intervir.

— Como? Sugando o poder de dentro de mim?

Luc contornou meu umbigo com a ponta do dedo e ficou em silêncio por alguns instantes.

— Não acho que seria muito inteligente.

Incomodada, perguntei:

— Por quê?

— Sou o único Original capaz de fazer isso... bom, o único Original vivo. De certa forma, é semelhante ao modo como os Arum se alimentam da Fonte e como ela amplia poderes e habilidades já existentes, mas não exatamente igual. — Ele começou a desenhar uma linha invisível e irregular. — Agora sei por que você se refere a esse poder como uma "coisa", algo alheio a você — declarou. — A Fonte pareceu uma entidade autônoma.

— E normalmente não é assim?

— Não, ela parece algo interligado a mim. Mas o que eu suguei de você era diferente. Talvez seja porque eu tenha sido projetado desde o nascimento. Acho que com os híbridos também não é como é com você. Provavelmente porque eles têm um Luxen para ancorar a mutação. Talvez para você a sensação seja diferente porque a Fonte está dentro de você, mas você não é parte dela, pelo menos não intencionalmente. Todas as vezes que você a invocou, foi uma coisa forçada, quer tenha sido por uma ameaça física ou um estresse emocional. Talvez isso mude à medida que você for se acostumando com ela. Não sei. De qualquer forma, nunca senti nada parecido antes. — A voz dele tornou-se mais baixa. — Esse tipo de poder? O que eu senti quando o suguei? É perigosamente viciante. E sou esperto o bastante para reconhecer isso, só que tem mais. É como se... sei lá, ele tivesse tentado se unir a mim em nível celular.

— Isso não parece nem um pouco legal.

— Tem razão, e também não parece possível. E a princípio não é, portanto talvez eu esteja interpretando tudo errado — disse ele. — Mas o instinto me diz que se eu fizesse isso com frequência, acabaria me transformando em algo mais, e meu instinto nunca erra.

Uma pedra de gelo se alojou em minhas entranhas.

— Você quer dizer que se tornaria o Luc Robótico e ficaria assim para sempre?

— Acho que seria bem pior do que isso — respondeu ele, os olhos perscrutando os meus na escuridão. — Eu me tornaria algo realmente assustador. Essa deveria ser nossa última opção.

Em suma, não podia acontecer de novo. Se o Luc estava preocupado, não podíamos correr o risco de algo pior...

— Acho que você não deve participar disso de forma alguma.

Ele ficou quieto por um longo tempo.

— Tem outras formas que eu posso usar para te deter, Evie, se chegarmos a esse ponto.

Sentindo que havia um motivo para ele não ter usado nenhuma dessas outras formas antes, fechei a mão sobre a dele.

— Essas outras formas me machucariam, não é? É o único motivo para você não ter usado nenhuma delas em vez de sugar o poder de mim.

— Você me conhece bem demais. — Ele tirou a mão de baixo da minha. — Posso fazer coisas que você nunca viu.

Consegui reprimir o calafrio provocado por aquelas palavras. Eu já tinha visto o Luc fazer muitas coisas impressionantemente poderosas, portanto, o que mais ele podia fazer que eu não tinha visto?

— Se eu quisesse, poderia entrar na sua mente e desligá-la. Mas não seria indolor. Imagino que seria como o que você sentiu com a Onda Cassiopeia — explicou ele. Aquela tinha sido a pior dor que eu sentira na vida. — Eu poderia fazer você pensar e ver coisas que não são reais, tal como a leva de Originais da qual o Micah fazia parte. E isso não é tudo.

Meu coração batia pesadamente.

— Tem mais?

Ele riu, uma risada destituída de qualquer calor ou humor.

— O soro usado para me criar é parte do soro Andrômeda. Sei disso porque você fez certas coisas lá na mata que somente eu sou capaz de fazer. Habilidades que o Micah e os outros tinham apenas começado a desenvolver.

Quase tive medo de perguntar.

— Que coisas?

— O modo como você fez os corpos se dobrarem com apenas a sua mente? Com um simples fechar dos dedos, sem nem precisar tocar neles? São coisas que eu sou capaz de fazer. — Ele ergueu uma das mãos e a correu pelo cabelo. — Eu sou quase tão rápido e poderoso quanto você, mas não consigo fazer o que você fez com a terra, transformando-a numa arma.

Ele estava falando do modo como eu havia transformado a terra basicamente em feixes de cordas letais. Para ser honesta, não tinha a menor ideia de como havia feito isso. Eu apenas tinha pensado… e a coisa acontecera.

— E quanto ao Archer? — E a pequena Ashley e o bebê do Daemon e da Kat que ainda não havia nascido. — E quanto à Zoe?

— Nem o Archer nem a Zoe conseguem fazer nenhuma dessas coisas. Eu fui obra do acaso, uma surpresa, o único resultado perfeito antes de eles criarem a última leva de Originais — declarou Luc, sem um pingo de arrogância. — Cada Original tem suas próprias habilidades particulares. Pelo menos é assim que sempre foi. A Ashley tem um jeito singular de saber das coisas.

Tipo como ela soubera que eu era a Nadia?

Continuava sendo um tanto assustador.

Mas eu agora também era.

— Lá na mata, quando pensei que não fosse conseguir te trazer de volta? — Ele se afastou e se deitou de costas. Uma lufada de ar frio imediatamente me envolveu. — Eu tentei. — Luc soltou o ar com força. — Odiava a ideia de te causar qualquer dor, mesmo já tendo percebido que não teria o mesmo efeito que com os humanos. A mente deles não suporta. Embaralha literalmente o cérebro. Mas eu não consegui entrar na sua. É como se isso tivesse sido levado em consideração quando o soro foi aperfeiçoado.

Será que o Daedalus tinha previsto essa possibilidade? A resposta era um sonoro sim. Eles tinham pego todos os sucessos e fracassos dos soros anteriores e trabalhado com base nesse conhecimento.

— Eu simplesmente vou ter que te deter antes que você se perca por completo, é o único jeito.

Luc dobrou o braço que estava sob a minha cabeça, como se desejasse puxá-lo. Eu sabia por que isso o incomodava: me deter antes que ele não conseguisse mais me trazer de volta significava literalmente assumir o controle da minha mente. O Original não tinha tentado dourar a pílula. Isso machucaria para valer, o que era a última coisa que ele desejava fazer.

Virei-me para ele, colando nossos corpos e passando um braço por cima do seu peito nu e uma das pernas por cima da dele.

— Hum...? — Luc deixou a frase no ar.

— Está tudo bem. Eu permito.

Ele enrijeceu. Tive a impressão de que nem respirava.

— Se eu ameaçar me perder por completo, você tem a minha permissão para me dar uma surra mental. Sei que vai machucar, mas não é culpa sua. Não pode se sentir culpado por isso.

— Não acho que isso seja realmente uma opção, Pesseguinho.

— Tem que ser feito, Luc, ou a gente tá ferrado. Ninguém mais pode fazer o que você faz. — Mantive a voz calma, nivelada. Sabia que ele não estava tentando ser dominador ou superprotetor. Se fosse eu, estaria me afogando em culpa. Assim sendo, eu entendia, o que não mudava o fato de que era nossa única opção. — Você não se importa que a gente se ferre?

— Eu não me importo que a gente ferre seja quem for.

Revirei os olhos e fiz menção de me sentar, mas ele fechou o braço em minhas costas, me prendendo no lugar.

— Não. Você tem razão — disse. — Não vai ser fácil. Eu não vou gostar, e nem você, mas é melhor do que a alternativa.

Não havia alternativa.

De repente, uma ideia inquietante me ocorreu.

— E se o motivo de estar acontecendo desse jeito seja porque eu não fui projetada para controlar esse poder?

Luc ficou imóvel.

— Como assim?

— Sabemos que eu fui transformada há quatro anos e, em seguida, treinada. Depois disso, minhas lembranças foram apagadas e eu fui entregue aos cuidados da minha mãe numa espécie de estado dormente. Não apresentei nenhum sinal de mutação até a April usar a Onda Cassiopeia e, desde então, não houve nenhum outro sinal, a não ser quando sou ameaçada ou surto por alguma coisa. Talvez isso *seja* apenas um mecanismo de defesa e não algo que o Daedalus ou o Dasher planejaram.

— Não estou entendendo.

Não tinha certeza se eu própria entendia, uma vez que as lembranças que tinha do Dasher eram muito breves, fragmentadas e fora de contexto, mas havia o lance que o Eaton tinha dito.

— Os Troianos foram projetados para responder apenas ao Dasher. Talvez eu só consiga invocar a Fonte ou controlá-la quando estou sob o controle *dele*, e por isso ela pareça uma entidade independente, em vez de uma parte de mim, tal como acontece com você ou um híbrido. Ela só se torna parte de mim quando o Daedalus permite.

Deus do céu, assim que essas palavras saíram da minha boca desejei poder apagá-las, visto que elas soavam loucas o suficiente para terem acertado totalmente na mosca.

— Me recuso a aceitar isso — grunhiu ele.

— Luc...

— E não faz sentido, Evie. Só dá para brincar com o DNA até certo ponto, e eu não quero saber quanta codificação pode haver num soro, você não é um computador capaz de executar apenas um programa — argumentou ele. — Também não explica como suas emoções podem invocar a Fonte. Ameaça física? Sim. Isso faz sentido, porque seria uma maneira de eles se assegurarem de que você seja capaz de proteger o interesse deles. Mas emoções? Elas não representam uma ameaça física direta.

Bom argumento.

— Simplesmente não é possível — declarou ele, como se pudesse tornar isso verdade porque era o que ele queria que fosse.

Eu também queria, porque se não fosse e eu estivesse certa, nenhuma quantidade de treinamento faria diferença caso o Jason Dasher tivesse um grande ás na manga.

Eu não seria nada além de um risco ambulante ou uma bomba prestes a explodir no coração do único lugar que suspeitava ser capaz de configurar uma resistência real contra o Daedalus.

Tal qual uma verdadeira Troiana.

ntão, essa foi a minha noite — falei para a Zoe, terminando de mastigar um punhado de amendoins que havia metido na boca de uma vez só. O quarto punhado. Eu estava tão esfomeada que não era nem engraçado.

Luc tinha ido ter a "tão necessária" conversa com o Daemon. Zoe havia aparecido poucos minutos depois, quase como se tivesse sido convocada para ficar de olho em mim. O jeans e a blusa que ela estava usando caíam tão bem que soube de cara que não eram peças emprestadas, e sim parte das roupas que ela mantinha aqui.

De vez em quando ainda ficava chocada ao perceber quantas coisas eu desconhecia sobre a vida dela.

Quando descobri que ela era uma Original e que a nossa amizade havia sido planejada, a notícia tinha sido inicialmente difícil de digerir, pois parte de mim temia que essa amizade fosse tão falsa quanto a minha vida como Evie, mas eu conseguira superar. A forma como havíamos nos tornado amigas não importava. O que importava era o fato de que sempre cuidaríamos uma da outra.

No momento, estávamos sentadas no chão da casa que se tornara temporariamente minha e do Luc, com a mesinha gasta de madeira entre nós repleta com o tipo de comida que eu normalmente não comeria nem que tivesse uma arma apontada para a cabeça. Bom, exceto pelos pequenos pedaços do que a Zoe chamava de *queijo de fazenda*. Eu comeria queijo dia e noite, mas o resto?

Aipo. Fatias de maçã. Cenoura. Pepino e rodelas de tomate.

Tirando o queijo que eu estava comendo sobre torradas ligeiramente fora da data de validade, minha mãe teria ficado orgulhosa de ver minha nova dieta.

Mãe.

Uma fisgada de dor cruzou meu peito antes que eu conseguisse impedir esse trem desgovernado de emoções. Inspirei de maneira superficial.

— Como foi a sua noite?

Ela me fitou sem expressão, como vinha fazendo o tempo todo desde que eu lhe contara o que havia acontecido na noite passada. Tudo bem, eu não tinha contado *tudo*. Ela não precisava saber o que o Luc e eu tínhamos feito. Imaginava que não fosse querer mesmo tantos detalhes, mas contei o que ele tinha feito. Eu confiava nela com a minha vida, e sabia que ela me amava como se eu fosse uma irmã, mas a relação dela com o Luc era diferente. Zoe respondia a ele como um soldado responderia a um general. Não só porque ele a havia libertado do jugo do Daedalus; havia algo mais, uma lealdade nascida do respeito, tal como com o Grayson e a Emery, e com o Kent também, antes de ele ser assassinado. Meu peito doía só de pensar nele, o que me fez pensar na Heidi e se ela estaria bem, e se o James estaria se perguntando o que havia acontecido conosco.

E, então, meu peito doeu ainda mais, porque essas coisas me faziam pensar na minha mãe, e eu não sabia se sofrer por ela era certo. Se todas as coisas terríveis que ela havia feito significavam que ela não merecia meu pesar ou o de qualquer outra pessoa.

— Nem de perto tão interessante quanto a sua — respondeu Zoe, me arrancando dos meus devaneios. — Não tinha ideia de que o Luc pudesse fazer uma coisa dessas. — Ela fez que não e mergulhou uma fatia de maçã num potinho com mel. — Na verdade, nunca soube de qualquer Original que fosse capaz de fazer algo desse tipo, o que só torna o Luc ainda mais especial.

— Eu sei — concordei, olhando para a gosma dourada que escorria pela fatia e imaginando se aquilo poderia ser gostoso.

— Meio que me remete à forma como os Arum se alimentam. É semelhante a um beijo. — A fatia de maçã parou a centímetros de sua boca. — Bom, imagino que eles poderiam fazer isso durante um beijo, mas na verdade eles inspiram, sugando a Fonte.

— Não foi assim que o Luc fez. Ele apenas encostou a mão no meu peito e a puxou de dentro de mim — respondi, mostrando como tinha sido. — Mas ele ficou superestranho até terminar de absorver tudo.

— Mais estranho do que você comendo alimentos saudáveis?

Bufei.

— Acho que a quantidade de sal que eu despejo nas rodelas de tomate anula os benefícios do que estou comendo.

— Verdade.

— Ele ficou diferente. Como se ainda fosse o Luc, só que... diferente — comentei. — Mais frio, quase como... sei lá, friamente lógico, se é que isso faz sentido. Mas com emoção. — Muita emoção, levando em consideração aonde o beijo nos levara. — Só que deu para perceber que não teria sido esse o caso se ele tivesse sugado mais.

— Mas ele não vai fazer isso de novo, vai?

Soltei um forte suspiro e fiz que não.

— Não, não vai. Ele próprio disse que não seria inteligente.

— É isso o que me assusta. — Zoe deu uma mordidinha na maçã coberta com mel, sua expressão pensativa. — Tipo, se o Luc acha que tentar de novo pode ser ruim, é porque o negócio é sério. De certa forma, ele está admitindo uma fraqueza. Ele não consegue controlar a forma como reage à Fonte em você e, além de você, não achava que o Luc possuísse nenhuma fraqueza.

Não sabia como me sentia em ser a fraqueza do Luc. Principalmente porque sabia que era verdade. Por isso é que o Jason Dasher e a minha mãe tinham conseguido se safar com o plano deles. Eles tinham explorado essa fraqueza.

Recostei no sofá creme desbotado e olhei para o ventilador de teto, que girava preguiçosamente. O vento que entrava pelas janelas abertas movimentava as pás, fazendo o ar circular. A temperatura dentro de casa era agradável, mas, se o tempo esquentasse, nenhuma quantidade de sombra ou de janelas abertas conseguiria espantar o calor.

Corri os olhos pela sala. Ainda não tinha prestado atenção de verdade à casa. Parte de mim não queria ver as reminiscências da vida do proprietário anterior, mas agora não conseguia parar de olhar. Uma televisão de tamanho médio repousava inutilmente sobre um rack de madeira, entre prateleiras de um tom marrom-escuro. Livros de todos os tipos e tamanhos alinhavam essas prateleiras, separados aqui e ali por pequenos objetos de decoração, como as estatuetas brancas de anjos que mais pareciam crianças. Não conseguia me lembrar de jeito nenhum como elas eram chamadas. Alguns estavam em posição de oração, outros acariciando cachorros e gatos, e outros ainda sentados em balanços, as cabecinhas levantadas e as pequenas asas abertas.

Essas estatuetas sempre tinham me deixado de cabelo em pé, como se anjinhos infantis fossem algo errado, que não deveria existir.

O tema dos anjos se estendia aos quadros que adornavam as paredes. Um deles mostrava dois anjinhos rechonchudos e pensativos que também pareciam crianças. Outro, uma representação bem mais séria do arcanjo Miguel lutando contra demônios, estava pendurado acima da televisão. Havia também vários quadros menores de anjos da guarda vigiando crianças e casais felizes espalhados por todos os lados.

Fiz um muxoxo ao observar as fotos emolduradas de labradores com asinhas de anjo sobre as mesinhas de canto.

Havia anjos para dar e vender, mas nenhuma foto das pessoas que costumavam morar aqui. Enquanto corria os olhos lentamente pelo entorno, percebi as marcas nas paredes onde provavelmente antes houvera outras fotos.

Perguntei-me se a Dee as teria retirado ao preparar a casa para mim e o Luc ou se alguma equipe havia verificado todas as casas habitáveis e removido os vestígios dos antigos moradores no intuito de tornar mais fácil para os próximos tomarem seus lugares.

De qualquer forma, não consegui evitar pensar que se eu tivesse feito parte dessa equipe, teria retirado parte daqueles quadros de anjos e os estocado em algum lugar onde eles não pudessem ficar olhando para o próximo morador.

Sabia por que eu estava tão fixada naquela aparente obsessão por anjos. Estava tentando não surtar com as coisas que a Zoe dissera. Não havia motivo para me preocupar. Luc não iria fazer aquilo de novo.

— Você vai me contar o que o Eaton queria falar com você e o Luc? — perguntou Zoe. — Na verdade, pensando bem, acho que meu cérebro não aguenta muito mais.

— Bom, então se prepare para o seu cérebro implodir — respondi e, em seguida, contei o que o Eaton nos dissera. Ela ficou tão chocada e perturbada quanto a gente ao descobrir que o Dasher estava vivo e todo o resto.

— Jesus! — Zoe soltou a cenoura e apoiou os cotovelos na mesinha de centro. — Justo quando você acha que não tem como o Daedalus ficar pior, eles aparecem e provam que você estava errada.

— Eu sei — murmurei, odiando o peso que se abateu sobre mim. — Queria que a Heidi estivesse aqui. Ela ficaria tão zangada que provavelmente soltaria uma série de palavrões em cinco línguas diferentes.

— E nos faria rir, porque não só ela pronunciaria os palavrões de maneira errada, como falaria com aquela cara superséria. — Zoe sorriu.

— Tipo quando ela chamou meu ex de *babaca* em sueco? — retruquei, rindo. — Deus do céu, eu realmente sinto falta dela. Espero que ela e a Emery estejam bem.

— Elas vão chegar logo — assegurou-me Zoe. — A Emery é esperta. As duas são. Elas vão ficar bem. Só precisam de um pouco mais de tempo.

Assenti com um menear de cabeça, soltando as mãos no colo.

— Eu sei. — Não podia me permitir pensar qualquer outra coisa.

Zoe pressionou os lábios numa linha fina, o humor agora esquecido. Sabia que ela tinha voltado a pensar no que eu lhe contara.

— O general pode achar que tudo começou com boas intenções, mas eu não acredito nisso nem por um segundo. Ele não viu as coisas que eu e o Luc vimos.

Estava mais inclinada a concordar com ela.

— Dominação mundial. — Ela crispou as mãos com força e, em seguida, as abriu lentamente. — Soa idiota e clichê, como a trama de um filme dos Vingadores, mas quando você pensa sobre isso, não é.

Concordei com um menear de cabeça.

— Você sabe que eu nunca teria acreditado em nada disso... que o nosso governo seria capaz de uma coisa dessas. E gosto de pensar que mesmo antes de conhecer o Luc eu não era tão ingênua assim, mas não teria acreditado.

— Você não era ingênua — concordou ela. — E também não fazia parte do time A Gente Odeia os Luxen, ainda que acreditasse que seu pai tinha morrido na guerra, assassinado por um deles.

Fui tomada por um misto de raiva e desprezo. Odiava ter perdido quer fosse um minuto me sentindo culpada por não me lembrar como era a voz dele.

— Acho que é simplesmente difícil aceitar que as pessoas em quem você confia, em quem *precisa* confiar, e que deveriam estar cuidando da saúde e do bem-estar da sociedade, possam ser tão maquiavélicas — falei por fim. — Mesmo quando você encontra provas disso e sabe que os seres humanos são capazes de qualquer coisa.

— É que é diferente quando você vê com seus próprios olhos. Acho que é parte da nossa psiquê, nosso lado humano, acreditar automaticamente no melhor das pessoas e das situações. Talvez porque seja mais fácil ou menos assustador. Ou talvez seja uma ferramenta de sobrevivência — declarou Zoe. — Mas a verdade é que existem pessoas aí fora que acreditam naquele lance de um por cento controlar o mundo. Tipo, algum governo obscuro está por trás das engrenagens e, de certa forma, elas estão certas. A população em geral não sabe que o Daedalus existe, e que essa organização está metida em tudo. Só que eles ainda não conseguiram estender sua influência para assumir o controle absoluto em um nível global, não a ponto de o impacto na vida das pessoas comuns poder ser escancarado ou fácil de ignorar. Para isso, eles precisam se livrar de qualquer um que possa reagir, incluindo humanos que considerem indesejáveis. Aí, então, eles poderiam reformular as leis, o governo e a sociedade de acordo com seus próprios interesses.

Ela pressionou os lábios numa linha fina e, balançando a cabeça, continuou:

— Mas será esse realmente o objetivo deles? Eles precisariam se livrar de muita gente se não quisessem passar seus dias temendo uma possível rebelião. E será que nós sabemos qual a verdadeira meta deles? Não... e não consigo ver como eles pretendem alcançar quaisquer dessas coisas com cerca de uns cem Troianos treinados e um exército de humanos recém-transformados.

Ponderei sobre o que ela acabara de dizer, pensando em como o mundo via o Jason Dasher como herói.

— Mas se eles fizerem com que as pessoas os vejam como heróis, que nem o Dasher fez, e conseguirem tornar aqueles dos quais querem se livrar em vilões, aí vai ficar fácil assumir o controle.

Zoe ficou quieta. Parte de mim sequer acreditava que estávamos tendo essa conversa; talvez ela estivesse certa sobre a maneira como a psiquê humana tentava se proteger através da negação.

Mas, como eu já tinha percebido, negação não era um luxo ao qual podíamos nos entregar.

— Já começou. — Fui tomada por uma forte inquietação. — É só ver como os Luxen estão sendo culpados por essa doença. Embora seja biologicamente impossível, ninguém parece estar questionando as informações que recebem de pessoas como o senador Freeman. — Prendi o cabelo atrás da orelha. — A gente não chegou a conversar sobre as coisas que aquele cara do Filhos da Liberdade nos contou a respeito dessa gripe. Qual era mesmo o nome dele? Steven? Não tivemos a chance de falar sobre isso com o general Eaton, mas e se for verdade?

Zoe se recostou e arregalou os olhos, surpresa.

— Deus do céu, não acredito que tinha esquecido esse negócio.

— Tem acontecido muita coisa — lembrei.

Ela ergueu as sobrancelhas e assentiu.

— Steven disse que o Daedalus transformou esse vírus numa arma que vem liberando de forma sistemática, certo?

Fiz que sim.

Ela desviou os olhos para as cortinas, que balançavam ao sabor da brisa.

— Eles manipularam uma cepa do vírus da gripe para que ele carregasse a mutação. As pessoas que já tomaram a vacina podem ficar muito doentes, mas não se transformam. Aquelas que não tomaram...

— Se transformam ou morrem. — Como o Ryan, um dos nossos colegas da escola, que tinha pegado a gripe e morrido. Ou o Coop e a Sarah. Eles haviam se transformado. E depois houvera os surtos em Boulder e Kansas City. Pessoas haviam morrido nesses lugares também. Steven tinha dito que esses casos eram baterias de teste, e o que o vírus ainda não havia sido liberado em larga escala.

Ainda.

Mesmo agora, podia escutar minha mãe falando sobre a importância da vacinação. Será que ela sabia o que o Daedalus pretendia fazer com esse vírus? Fechei os olhos e xinguei a mim mesma. Claro que devia saber. Mamãe trabalhava com doenças infecciosas e, Deus do céu, talvez tivesse tomado parte na criação dessa arma biológica. Seria por isso que ela havia sido tão a favor das vacinas contra gripe? Porque sabia o que estava por vir? E, se sabia, seria isso mais uma prova de que havia mudado de ideia?

Não importava.

Porque não alterava o que ela havia feito e, mudar de ideia no fim não impediu nada. Ela podia ter avisado as pessoas. Podia ter feito alguma coisa.

— Não quero acreditar nisso — admitiu Zoe. — Viu? É a parte humana em mim gritando que tudo isso soa impossível demais, só que eu sei que não é bem assim.

Eu agora também sabia.

— Merda. Se esse vírus for liberado em larga escala e toneladas de pessoas começarem a ficar doentes ou a agir como o Coop, como se fossem zumbis raivosos, a população vai entrar em pânico. Aí o Daedalus vai poder entrar em cena e dar a todos um culpado: os Luxen. — Ela inspirou fundo. — Vai ser bem ruim.

Ia ser catastrófico.

— Quantas pessoas costumam tomar a vacina contra a gripe? — perguntou ela. Sabia que a Zoe não estava esperando resposta.

— Um pouco mais de quarenta por cento. Às vezes mais, quando é uma gripe mais forte. — Ao vê-la piscar, abri um ligeiro sorriso. — Hum, minha mãe costumava falar sem parar sobre esse lance de vacina. Sei disso por causa dela.

Zoe me analisou por alguns instantes e, então, falou:

— Ou seja, mais de cinquenta por cento vai morrer ou se transformar. É um exército e tanto, ou uma excelente forma de reduzir a população.

Uma população que já tinha sido reduzida pela invasão dos Luxen quatro anos antes — 220 milhões de pessoas tinham morrido na época.

Um número menor de pessoas capazes de pensar e lutar seria mais fácil de controlar.

Puxei as pernas para junto do peito e abracei os joelhos.

— Temos que deter o Daedalus antes que eles liberem o vírus. Caso contrário, vai ser tarde demais.

As pupilas dela emitiram um forte brilho branco por alguns segundos antes de voltarem ao normal. Ela não respondeu, e imaginei que estivesse absorta imaginando como seria se o vírus fosse liberado.

Fui tomada por uma nova onda de raiva, que dessa vez se espalhou por mim como um rio tempestuoso.

— Mesmo que o Daedalus não tivesse nada a ver com esse vírus, eles precisam ser detidos.

— Tá querendo ensinar padre a rezar missa, amiga.

— Tem razão. Eu sei que você e o Luc, e provavelmente a maioria das pessoas daqui, gostaria de ver o Daedalus pelas costas. E posso não lembrar do tempo que passei com eles, mas sei que isso provavelmente seria uma bênção.

Zoe desviou os olhos.

— É, seria.

Engoli em seco.

— Mas não consigo parar de pensar no Troiano que o Eaton viu... o que ficou batendo a cabeça na parede até morrer. Tudo o que o Dasher precisou fazer foi dar a ordem, e o garoto obedeceu sem hesitar.

— Não sei nem o que dizer — retrucou ela, trincando o maxilar. — Eles nunca conseguiram esse tipo de controle com a gente ou com os híbridos, nem com os Luxen, definitivamente. Não que não tenham tentado. Acho que o único motivo de o Daedalus não ter assumido o controle total ainda é porque eles não conseguiram replicar a mentalidade de colmeia que os Luxen e os Arum podem ter.

— Só que agora conseguiram. O general disse que os Troianos veem o Dasher como seu Deus-maior. O Luc acha que essa codificação não importa, que eu não vou terminar sob o controle dele, mas não temos como ter certeza — admiti. Inspirei fundo para me acalmar. — Mas não importa se eu consigo me controlar ou não. Esses outros Troianos? Provavelmente eram como eu ou como você e o Luc. Eles podem até não ter tido uma opção em relação ao que foi feito com eles, mas com certeza não têm escolha agora. Precisamos deter o Daedalus antes que eles tenham a chance de controlar centenas de milhares de pessoas recém-transformadas e fazer com que elas se matem caso não correspondam às expectativas. Não posso deixar que isso aconteça.

Fui invadida por um profundo sentimento de determinação. Eu precisava fazer alguma coisa, porque esses Troianos e os que ainda estavam por ser transformados eram como uma parte de mim. Podia até soar louco, mas era como eu me sentia. Não sabia como explicar essa conexão com os outros Troianos, nomes e rostos dos quais não me lembrava e que talvez nem tivesse conhecido. Talvez estivesse ali, enterrado bem no fundo da minha mente, uma vez que eu havia treinado com eles. Talvez fosse algo muito mais simples, um medo insidioso de que eu me tornasse uma Troiana como eles e recebesse ordens de fazer algo terrível demais até para pensar, quer fosse com outros ou comigo mesma. Não tinha ideia, mas o Daedalus precisava ser detido. Eles precisavam ser apagados da história e da face do planeta de uma vez por todas.

7.

 essa altura, ambas tínhamos perdido o apetite. Conversar sobre organizações sedentas de poder que tinham o potencial para aniquilar ou transformar metade da população dos Estados Unidos dava nisso.

Sentindo um começo de câimbra nas coxas, saí da posição quase fetal. Esticar as pernas ajudou. Um pouco. Uma espécie de formigamento se espalhou pela parte de trás das coxas e desceu para as panturrilhas, provocando alguns ligeiros espasmos.

— Tudo bem? — perguntou Zoe.

— Tudo. Só estou… — Não era só o princípio de câimbra. Eu estava incomodada, com uma espécie de inquietação que beirava a frustração, do tipo que deixa a gente com vontade de gritar ou bater os pés sem motivo algum. Estava *agitada*.

Agitada a ponto de sentir a pele coçar. Não podia mais continuar ali sentada olhando para os quadros de anjos. Talvez essa agitação tivesse mais a ver com o que tínhamos conversado.

— Preciso me mexer. Não posso continuar sentada.

— Nem eu — concordou Zoe. — Não com essa nuvem negra e pesada pairando sobre as nossas cabeças. Podemos dar uma volta se você quiser.

Imediatamente interessada, afastei-me do sofá.

— Tem certeza de que não tem problema uma Troiana sem cabresto ficar zanzando por aí?

— Troiana sem cabresto? — Zoe bufou. — Se o Grayson pode ter contato com os outros, não vejo por que você também não possa ter.

Escutar o nome dele me fez pensar na noite anterior. Só Deus sabia o que o Luxen estaria pensando, mas me perguntei como ele... bom, estava lidando com tudo. Embora o Grayson parecesse odiar os humanos, ele se importava com o Kent, e até eu conseguia ver que a morte do amigo não estava sendo fácil para ele.

Uma profunda tristeza invadiu meu peito. Juntei as tampas e fechei os tupperwares de comida. Comparado com a Zoe e os outros, eu mal conhecera o Kent, e muito menos o Chas e o Clyde, mas a morte deles doía mesmo assim.

Especialmente a do Kent.

— Como o Grayson está lidando com tudo o que aconteceu? — perguntei, limpando as mãos num guardanapo ao terminar de guardar a comida.

— Bem. — Zoe ajeitou a bainha da camiseta e deu a volta na mesinha de centro. — Ele não quer falar sobre o Kent ou o Clyde, mas sei que se sente responsável.

— Não foi culpa dele. — Kent fora morto antes que qualquer um de nós soubesse o que estava acontecendo. Tinha sido tão rápido. Um atirador de elite apertara o gatilho e a bala acertara nosso amigo, matando-o antes mesmo que a gente percebesse a ameaça.

— Acho que ele sabe, mas às vezes é mais fácil se culpar do que aceitar que nada podia ser feito — retrucou ela, soando mais sábia do que qualquer pessoa de 18 anos que eu conhecia. — O Grayson é...

— Se disser *complicado*, vou te bater.

Ela riu. A porta da frente se abriu sem que a Zoe a tocasse. Juro por Deus, mas parte de mim desejava conseguir controlar a Fonte só para poder ser inacreditavelmente preguiçosa como todos os seres com DNA alienígena que eu conhecia.

— Eu realmente ia dizer *complicado*.

Suspirei.

— Ele só... bom, ele tem muitas camadas — declarou ela após alguns instantes. — Digamos que o Grayson seja apenas espinhoso.

— Espinhoso é pouco.

— Mas você acaba se acostumando com ele.

— Como a gente se acostuma com uma DST — murmurei por entre os dentes.

— Antes que perceba, vão se tornar grandes amigos — disse ela. Sei, tão provável quanto fazer amizade com um macaco portador do vírus Ebola, que nem a garotinha naquele filme. — Não tranque a porta. Não é necessário, e não sei se alguém tem a chave.

Saí de casa atrás dela, minha imaginação correndo solta com o que poderia acontecer com uma porta destrancada. Pelo menos três serial killers com preferência por louras desmemoriadas podiam entrar enquanto estivéssemos fora e ficar aguardando pelo meu retorno.

Por outro lado, se isso acontecesse, eu provavelmente poderia dar cabo dos três.

A ideia fez com que um ligeiro sorriso repuxasse meus lábios, até me dar conta de que provavelmente acabaria também com quaisquer outras pessoas que estivessem pela vizinhança.

Cara, lembrar disso foi como um balde de água fria, e também me fez pensar no que eu tinha pedido ao Luc. Imaginando o que a Zoe acharia, disse:

— Quero trabalhar para controlar minhas habilidades. Não nesse exato instante — acrescentei ao vê-la me lançar um olhar penetrante. — Mas, tipo, amanhã.

— Ah! — retrucou Zoe, e isso foi tudo o que ela disse enquanto passávamos pela casa da Kat e do Daemon. Não tive nenhuma sensação estranha de que alguém iria sair e nos surpreender, mas me perguntei como estaria indo a conversa dos dois.

— Isso é tudo o que você tem a dizer? — perguntei. — Ah?

— Ainda estou pensando no assunto.

— Não imaginei que houvesse tanto para pensar.

— Tem, sim — replicou ela, enquanto prosseguíamos pela rua deserta.

— Quem mais mora nessa rua?

— Além do Daemon e da Kat, o Archer e a Dee moram na casa em frente a de vocês. — Ela apontou para uma casa de tijolos pintados em tom marfim. — E ali é a casa do Dawson e da Beth. Tem mais algumas pessoas também que você ainda não conheceu.

Jesus! Se o Luc não tivesse feito o que fez na noite anterior, eu podia ter machucado seriamente muita gente.

Forcei-me a colocar esse pensamento de lado porque, caso contrário, entraria numa espiral de pânico, e essa era a última coisa de que precisávamos.

Voltei a atenção novamente para a rua deserta, imaginando se era realmente possível que não houvesse ninguém em casa. Não sentia como se estivéssemos sendo observadas. Por outro lado, agora que não me sentia assim, não tinha mais certeza se o que eu sentira na véspera não tinha sido paranoia.

Antes que virássemos a esquina, olhei de relance para a cidade e lembrei das luzes piscantes que eu havia visto. Pensei em contar para a Zoe, mas imaginei que ela teria a mesma reação que o Luc e o Daemon.

Assim sendo, perguntei:

— Já acabou de pensar sobre o que eu te falei?

Ela sorriu.

— Acho que é uma boa ideia.

— Acha mesmo?

Zoe riu. A surpresa devia estar estampada na minha cara.

— Você não achou que eu fosse dizer isso, achou? Só fico admirada pelo Luc ter concordado.

— Porque ele vai ter que basicamente nocautear meu cérebro se algo acontecer? — brinquei, embora não estivesse nem um pouco ansiosa para descobrir qual seria a sensação de ter o cérebro nocauteado.

Nem o que isso faria com o Original.

— É, exato. Por esse motivo, não me surpreende ele não querer que ninguém mais trabalhe com você.

O vento aumentou, chacoalhando os galhos. Algumas das folhas secas se soltaram.

— Você fala como se houvesse outra razão.

Ela meteu as mãos nos bolsos da calça jeans.

— As únicas pessoas que o Luc tentou treinar foram os Originais que ele libertou, aqueles que pertenciam à mesma leva do Micah, e você sabe o fim que isso teve.

Quase tropecei no meio-fio da rua que acabáramos de atravessar. Inspirei fundo; eu sabia exatamente qual tinha sido o fim deles.

— Isso ele não me contou. — Pelo visto, havia muita coisa que ele não tinha me contado. Mas, no momento, esse não era nosso maior problema.

Uma nuvem encobriu o sol ao passarmos pela rua onde ficava a casa do general Eaton. Seguimos em frente. Odiava a ideia de o Luc pensar sobre aqueles Originais, mesmo que só por um segundo.

— Eu preciso controlar o que tem dentro de mim, Zoe.

— Concordo. — Ela pressionou os lábios. — Mas acabei de pensar num terceiro motivo ou num problema em potencial.

— Ótimo.

— E se incitar você a invocar a Fonte repetidas vezes acabar despertando aquela mentalidade de colmeia que o Eaton falou?

Minhas entranhas gelaram.

— Já pensei nisso. E sei que o Luc também, mas é um risco que precisamos correr. A única outra opção é não fazer nada, e isso eu não posso aceitar.

— Concordo.

— Precisamos de um plano B para o caso de eu me transformar num...

— Robô programado para retornar para o Daedalus?

Fuzilando-a com os olhos, assenti.

— Talvez a gente possa arrumar um tranquilizante para elefantes?

Seu lindo rosto assumiu uma expressão pensativa.

Estreitei os olhos.

— Não estou falando sério.

— Mas um tranquilizante pode ser uma boa opção.

Tudo o que consegui fazer foi encará-la.

— Que tal você pensar em algo mais positivo?

Ela riu, uma risada suave que rapidamente esmoreceu sob o vento que varria a calçada larga.

— Quando eu pensar em mais alguma coisa, te aviso.

— Mas é melhor eu esperar sentada?

— Foi você quem disse, não eu.

Legal.

Mais à frente, as casas em estilo rancho e os jardins tomados pelo mato deram lugar ao que provavelmente tinha sido um dos parques da cidade. Em meio aos juncos altos, dava para distinguir a silhueta de bancos e mesas de piquenique. Uma hera grossa encobria a placa de entrada. Assim que passamos em frente, senti um aroma de... carne grelhada, acompanhado logo em seguida pelo perfume adocicado de canela.

Apesar de tudo o que eu tinha acabado de ingerir, meu estômago roncou.

— Estou sentindo um cheiro maravilhoso.

— É frango assado na brasa e, se minhas orações forem atendidas, aquelas nozes cobertas de canela que o Larry e a mulher dele fazem. É como cocaína em forma de doce.

Larry e a mulher dele?

Diminui o passo ao escutar pessoas pela primeira vez desde que chegáramos. O zumbido baixo de conversas e risos era a prova de que ninguém estava mentindo e esta não era uma cidade-fantasma.

Curiosa, acelerei. Ao final da rua nos deparamos com o que antes da guerra deveria ter sido um entroncamento bem movimentado. Do outro lado do canteiro central, atrás de uma fileira de palmeiras, havia um shopping center.

Várias lojas, umas sobre as outras, a maioria já tendo perdido os letreiros e outras com apenas algumas letras ainda legíveis. Dava para perceber um antigo salão de manicure ao lado de uma loja de bebidas. Tudo o que restava de uma sala de emergência era a cruz azul acima das portas duplas fechadas. Havia também lojas maiores, os logotipos das marcas ainda visíveis. As letras vermelhas de uma loja de eletrônicos agora sem nenhuma utilidade se destacavam ao lado de uma antiga filial de uma rede para pets e, no estacionamento, uma multidão zanzava em meio a dúzias de barraquinhas, todas cobertas por toldos em tons de vermelho, azul e amarelo.

— Esse é o mercado — observei, declarando o óbvio. Agora eu sabia para onde tinham vindo todos os carros que haviam sumido ontem à tarde.

— Isso mesmo. — Zoe riu ao ver meus olhos arregalados. Não pude evitar. Havia tanta gente!

Centenas de pessoas.

Parada ali, longe demais para distinguir rostos ou cores dos olhos, o instinto veio à tona, me dizendo o que eu não conseguia enxergar, mas podia *sentir*. Humanos, muitos humanos e, entre eles, algumas... forças vitais mais intensas. Luxen.

Forças vitais?

Que raio de pensamento era esse?

— É assim que a Zona 3 sobrevive — explicou Zoe, me arrancando dos meus devaneios. — Bom, uma das formas. É onde a gente comercializa a comida, assim como outros suprimentos. Na verdade, todo tipo de coisa. Da última vez que estive aqui, alguém estava vendendo animais de pelúcia... você sabe, aqueles com os quais as crianças brincam.

Pisquei e voltei a atenção para ela.

— Vendendo como? Com que dinheiro?

— Não temos necessidade de dinheiro. — Ela fechou a mão no meu braço e me puxou para a rua vazia. — Vamos.

Confusa com a ideia de não ser necessário dinheiro, perguntei:

— Então como as pessoas compram as coisas?

— Escambo. Trabalho pode ser oferecido em troca de comida. Tipo, se alguém precisar de reparo em sua casa ou de ajuda para cuidar das plantações. Algumas pessoas trocam bens, mas não temos moeda — respondeu ela enquanto cruzávamos a rua e entrávamos no mercado. O asfalto do piso havia rachado e pequenas flores brancas e roxas cresciam entre as gretas. Zoe continuou de braço dado comigo. — E eles se certificam de que ninguém passe fome, mesmo que a pessoa seja velha demais para trocar comida por trabalho ou não possua nada de valor para oferecer. É o que está acontecendo hoje. Nas quartas, a comida é gratuita para aqueles que são cadastrados, e eles podem pegar o quanto precisarem.

— E tem comida suficiente para todo mundo?

Zoe fez que sim.

— É inacreditável a quantidade de trabalho que pode ser realizado ou de comida que pode ser cultivada quando você não fica em casa assistindo televisão ou brincando nas redes sociais.

— Ou quando a sua próxima refeição depende de você pôr as mãos na massa e cultivar alguma coisa — acrescentei.

— Verdade. — Zoe apertou meu braço e parou. — De certa forma, a Zona 3 teve sorte. Muitos fazendeiros se recusaram a partir durante a evacuação. Eles dependiam das fazendas para sobreviver, e não dava para simplesmente levantar acampamento e começar tudo de novo. Assim sendo, havia pessoas que conheciam a terra e que sabiam como assegurar a abundância em todos os tipos de cultivo. E todos os que se mudaram para cá vieram dispostos a aprender.

— Então a comida e os suprimentos são realmente gratuitos para aqueles que precisam?

— Todas as necessidades básicas são — respondeu Zoe, no exato instante em que um cachorrinho branco de pelo eriçado saía de baixo de uma barraquinha para ir fazer festa para um grupo de pessoas que havia parado a cerca de um metro. O filhote deu pequenos ganidos de felicidade enquanto ia de pessoa em pessoa para receber carinho e atenção. — Nem sempre é fácil — continuou ela. — As plantações sofreram muito com a seca que ocorreu no ano passado, seguida por um verão bastante quente. Foi... difícil. Não havia lugares frescos o suficiente para alojar aqueles com um risco maior de doenças relacionadas ao calor. — Ela inspirou de maneira entrecortada. — Costumava haver mais gente com necessidade de assistência.

— Isso é triste — murmurei.

— Mas não perdemos ninguém no último verão. Pelo menos, não por causa do calor.

Corri os olhos pelo que me parecia uma infinidade de barraquinhas coloridas, deleitando-me com os cheiros e visões. Estava, porém, um tanto chocada. Quem podia me culpar? Tendo vivido a vida inteira num mundo onde nada era de graça e onde as pessoas tinham vergonha de precisar de assistência, por mais necessitados que fossem, aquilo era totalmente inesperado.

As pessoas aqui tinham encontrado um sistema que funcionava para todos. Claro que a população era bem menor, mas não era como se essa ideia não pudesse ser aplicada em sociedades maiores.

Foi então que a ficha caiu. Se a Zona 3 tinha sido capaz de sobreviver, tornando-se um lugar onde aqueles deixados para trás podiam prosperar em meio aos que necessitavam de um santuário, e quanto às outras? Havia três outras cidades que tinham sido muradas e esquecidas: Alexandria, Chicago e Los Angeles.

Luc não tinha me dito se elas estavam vazias ou não. Ele só dissera que muitas pessoas tinham sido abandonadas.

— E quanto às outras zonas? — perguntei. — Elas também são assim? Zoe observava o vento sacudindo as lonas.

— De certa forma, sim. Todas, exceto Alexandria. Ela fica perto demais da capital.

— E as pessoas que ficaram lá? Ainda havia gente quando eles levantaram os muros em volta de Alexandria?

Ela voltou a andar.

— Não sabemos. É arriscado demais tentar nos aproximar. A ponte de Arlington foi bloqueada, assim como todas as outras vias de acesso à cidade.

Com os lábios pressionados numa linha fina, segui ao lado dela. Era difícil pensar nas pessoas que poderiam ter ficado presas. Quatro anos sem ajuda nenhuma? A essa altura, a Zona 1 devia estar totalmente morta.

Os Luxen invasores não eram os responsáveis. Nós é que havíamos lançado as bombas de pulso eletromagnético, e o nosso governo é que havia murado essas cidades, mesmo sabendo que havia pessoas doentes ou pobres demais para partir. Nossos governantes é que tinham informado às famílias que seus entes queridos haviam morrido na guerra, quando talvez eles ainda estivessem vivos numa dessas cidades, esperando por uma ajuda que jamais chegaria.

O número de pessoas envolvidas no acobertamento do que fora feito tinha que ser astronômico, e eu não entendia como elas podiam dormir à noite.

Ao nos aproximarmos das barraquinhas, ficou evidente quem tinha permissão para circular por ali. As pessoas que zanzavam pelo mercado eram quase todas idosas; velhinhos com as costas encurvadas e os dedos marcados por manchas senis e juntas inchadas segurando carrinhos de supermercado que mais pareciam servir para apoio do que para coletar os alimentos. Havia pessoas mais novas também, algumas em cadeiras de rodas e outras com algum tipo de deficiência física; outros ainda, embora jovens, estavam sendo assistidos por gente mais velha que eu sabia não serem completamente humanos. A mulher de cabelos prateados com olhos do mesmo tom azul glacial que os do Grayson era definitivamente uma Luxen. Seu braço branco feito neve envolvia os ombros de um jovem humano que segurava uma cesta de palha cheia de verduras de encontro ao peito. Ambos estavam parados diante de uma barraca de batatas dispostas em caixotes de madeira.

Ela foi a primeira a reparar na gente.

A mulher lançou um olhar por cima do ombro para mim e para a Zoe, e o sorriso que iluminava seu rosto ligeiramente enrugado sumiu. Rapidamente, virou-se de volta para responder o que quer que o jovem ao seu lado tivesse perguntado. O sorriso, então, retornou e os dois continuaram mercado adentro, em direção a diversas fogueiras que assavam as carnes.

— A gente tem permissão para estar aqui? — perguntei.

Zoe deu uma risadinha de deboche.

— Temos, sim. Não se preocupe.

Mais fácil falar do que fazer. No entanto, minha atenção acabou se voltando mais uma vez para o mercado e como tudo aquilo era possível.

— Você disse que "eles" se certificam de que ninguém passe fome. Quem são eles?

— Um grupo de pessoas, tipo um conselho da cidade, formado por humanos, Luxen, Originais, híbridos e Arum.

Fitei-a.

— Como funciona esse lance com os Arum e os Luxen aqui?

As duas espécies de alienígenas eram inimigos naturais. A guerra entre eles levara à destruição de ambos seus planetas de origem. Por isso eles haviam acabado na Terra. Os Arum se alimentavam dos Luxen e de qualquer outra criatura que possuísse a Fonte dentro de si, sugando o poder que havia dentro deles e, em seguida, o usando, o que os tornava um perigo de um tipo totalmente diferente.

— Não tem muitos Arum aqui, mas eles e os Luxen sabem como se comportar. Em suma, nada de alimentação por parte dos Arum e nenhuma intolerância por parte dos Luxen. Nada disso é permitido.

— E o que acontece se eles não seguirem as regras?

Zoe estreitou os olhos.

— Até onde eu sei, as regras só foram quebradas poucas vezes. E todos os casos foram resolvidos de um jeito ou de outro.

Analisei seu perfil.

— O que você quer dizer com "de um jeito ou de outro"?

Ela não respondeu por um longo tempo. Continuamos caminhando por entre as barracas lotadas. Por fim, disse:

— As pessoas aqui não querem ir embora, Evie. Para muitos, a vida ficou bem melhor, mas é arriscado demais expulsá-las. Por sorte, nunca chegamos a esse ponto. Nenhuma regra séria foi quebrada até hoje, e temos um lugar para manter aqueles que precisam esfriar a cabeça ou que estão sendo um pé no saco.

Soava como algum tipo de cadeia, o que fazia sentido.

Um senhor mais velho que acabara de soltar um feixe de espigas de milho em seu carrinho olhou para a gente — para mim — com evidente desconfiança, e seguiu o mais rápido que pôde para a próxima barraquinha, fazendo as rodas do carrinho guincharem.

— Ninguém nunca quis ir embora? — perguntei. — Nunca tentou sair para encontrar os amigos ou familiares que ficaram lá fora?

— Que eu saiba, não — respondeu ela. — Mas não posso dizer com certeza. Não faço parte do conselho, e imagino que se alguém quisesse sair, teria que conversar com eles primeiro.

Fui invadida por uma espécie de inquietação. Achava muito difícil que ninguém nunca tivesse querido ir embora.

— Aquele é o Javier. — Zoe apontou para um homem de cabelos escuros e pele queimada. — Ele era um alfaiate antes da guerra, e seu talento continua sendo útil.

Ao ver minha amiga, um homem atrás de uma das barraquinhas onde as roupas eram dobradas e empilhadas cuidadosamente acenou e sorriu, porém o sorriso esmoreceu quando seus olhos recaíram em mim.

Zoe não pareceu notar e continuou me guiando, mas eu sim. Não conseguia evitar. Sempre que alguém olhava para a gente e me via, dava a impressão de que gostaria de fugir correndo.

Eu era uma estranha no ninho, e aquelas pessoas tinham todo o direito de desconfiar de mim, portanto não levei para o lado pessoal. Pelo menos, tentei não levar.

O perfume de canela ficou mais forte. Ele estava vindo da última barraquinha, mas a multidão em volta bloqueava qualquer possível acesso ao Larry e suas nozes mágicas.

— Merda! — grunhiu Zoe. — Eu realmente queria que você experimentasse. As nozes dele são fantásticas, mas vai demorar pra burro até sermos atendidas. Volto depois pra ver se sobrou alguma. Vamos continuar, você ainda tem muita coisa pra ver.

Zoe me puxou. Ao contornarmos a última barraquinha, ela apontou para a sala de emergência que eu havia percebido ao chegarmos e disse que ela continuava a ser tão funcional quanto possível, sendo o único centro médico. Em seguida, vi o que havia atrás do shopping. Fileiras e fileiras de roupas penduradas em cordas presas a hastes de madeira. Homens e mulheres, todos humanos, estavam sentados em banquinhos ou cadeiras em volta de grandes caixas plásticas. Um cheiro de sabão permeava o ar.

Lancei um olhar por cima do ombro para o mercado.

— Eles lavam as roupas para as pessoas que estão no mercado?

Ela assentiu.

— Exato, e alguns fazem isso em tempo integral para aqueles que não podem ou não gostam de lavar.

— Escambo? — Resumi.

— Você entendeu. — Zoe fez sinal para atravessarmos a rua e disse: — O mercado fica no centro, que é onde rola a maioria das coisas. O conselho se reúne aqui, e se alguém precisar de qualquer coisa, é para cá que eles vêm. — Ela apontou para um prédio de três andares com um letreiro que dizia BIBLIOTECA PEQUENO PESCADOR. — O porão também é usado quando o tempo esquenta demais.

Ela não me levou para a biblioteca. Em vez disso, seguiu por um caminho de pedras flanqueado por grandes carvalhos que contornava a lateral do prédio. Tínhamos dado somente alguns passos quando escutei uma série de gritos e risadas infantis.

— A escola?

Zoe sorriu, os olhos de um violeta ainda mais profundo sob a sombra das árvores.

— Um bando de pestinhas. Acho que só tem uns dois que são apenas um ano mais novos do que a gente. Eles trouxeram a escola para cá porque fica perto de tudo e mais fácil de cuidar sem eletricidade.

Alguém havia pintado as personagens da Vila Sésamo nas janelas da casa térrea de tijolos vermelhos.

As crianças — praticamente *bebês* — estavam por todos os lados. Correndo pela grama e pela areia, escalando brinquedos de corda ou brincando numa gangorra do Snoopy e do Charlie Brown. Cordas de pular estalavam ao baterem na parte asfaltada do parquinho. Os menorzinhos se refestelavam nas caixas de areia sob as sombras das árvores.

Havia dois conjuntos de balanços, todos ocupados, é claro, uma vez que balanços eram um dos brinquedos mais legais de qualquer playground. Um deles era feito para os mais novos, e o outro estava sendo disputado por meninos e meninas aparentemente em torno dos 10 anos, embora eu sempre tivesse sido terrível em deduzir a idade de crianças. Para mim, todos pareciam bebês.

Sentados numa mesa de piquenique estavam os dois adolescentes que a Zoe havia mencionado. Os dois garotos estavam lado a lado, as cabeças quase encostadas uma na outra enquanto compartilhavam o mesmo livro. Eles deviam ter uma incrível capacidade de concentração, porque eu não tinha ideia de como conseguiam ler no meio de tamanha algazarra.

— Essas são todas as crianças? — perguntei, contando da melhor maneira que pude, uma vez que alguns dos pestinhas eram inacreditavelmente rápidos. — Só tem umas 15, e todas são…

— Todas são o quê?

Não tinha ideia de como soaria se eu dissesse que sabia que todas eram humanas. Os três adultos — duas mulheres e um homem — não possuíam nem uma gota de DNA alienígena. Bizarro, uma vez que eu sentia que havia algo mais aqui. Alguém com DNA alienígena. Não sabia como descrever; não era uma sensação, eu apenas sabia. Segui, portanto, minha intuição.

— Não tem nenhuma criança Luxen aqui, tem?

Zoe me fitou por um momento e, em seguida, se recostou no tronco de um carvalho com as mãos atrás das costas.

— Na verdade, são 16 crianças, e nenhuma delas é Luxen. Fui até a zona de Chicago uma vez e vi alguns pequenos Luxen, mas a maioria que tinha idade suficiente para ter filhos acabou morrendo na guerra, quer estivesse lutando de um lado ou do outro, e os que sobreviveram e tiveram filhos optaram por se registrar. Luxen jovens nem sempre conseguem controlar seus poderes. Eles oscilam entre a aparência humana e a verdadeira o tempo todo, e ter três filhos que não conseguem controlar a aparência era um risco muito grande. Registrar era mais seguro; pelo menos era o que parecia no início. E muitos dos adultos que vivem entre nós não querem trazer um filho alienígena ou híbrido para esse mundo. O mesmo acontece com os Arum. Bom, exceto pelo Daemon e a Katy, mas eles são loucos e aparentemente decidiram que camisinha era algo para pessoas com juízo.

Engoli uma risada.

— Ou talvez a camisinha tenha arrebentado — continuou ela. — Não sei, e não vou perguntar, mas eu estaria morrendo de medo. O filho deles vai ser absurdamente poderoso um dia, mas até lá vai ser apenas um bebê, e quando…

— Peraí. Não estou entendendo. — Virei-me para ela, lembrando dos Luxen que eu tinha acidentalmente encontrado quando voltara à boate para procurar pelo meu celular. O homem quase me estrangulara, mas ele estava tentando proteger sua família, a qual incluía uma garotinha com duas marias-chiquinhas. Não tinha ideia se os irmãos dele estavam lá também e eu simplesmente não os vira, uma vez que Luxen sempre nasciam em trios, ou se alguma coisa acontecera com eles. — Tinha uma família lá na boate do Luc. Uma garotinha Luxen. Eu vi…

— Eles não conseguiram chegar aqui.

Meu coração apertou e, em seguida, pareceu parar.

— Como assim?

A voz da Zoe soou carregada de tristeza.

— Se não me engano, eles estavam sendo transportados pelo Daemon e o Archer. No meio do caminho para cá, aconteceu alguma coisa e os dois tiveram que entregar a família para outra pessoa que iria terminar a viagem com eles. Mas eles foram vistos. Perdemos o Jonathan também… o Luxen que estava ajudando a família. Eles foram levados para onde quer que as equipes da FTA levam os Luxen sem registro. — Os olhos dela estavam fixos nas crianças, os ombros tensos. — Luc tentou descobrir onde eles estavam sendo mantidos, e você conhece o Luc. Ele consegue desencavar pratica-mente qualquer coisa. O Daemon e o Archer também tentaram. Acho que os dois verificaram pelo menos uma centena de locais.

Tudo o que conseguia ver ao olhar para as crianças agora era a meni-ninha de marias-chiquinhas.

— Sabemos que os Luxen sem registro são inicialmente processados nos escritórios da FTA, mas para onde são levados depois? Não temos ideia. Sempre que conseguimos uma pista, não dá em nada. — Zoe fez uma pausa. — Ou eles estão sendo mantidos em algum lugar que a gente não pensou em procurar, ou…

Ela não terminou a frase. Não precisava. Sentindo a boca e a garganta secas como se estivessem cobertas de cinzas, cruzei os braços sobre a barriga. Os Luxen sem registro não podiam simplesmente desaparecer no ar, e se não havia pistas, nem nenhuma prova de um local onde eles pudessem estar sendo mantidos, então só restava uma possibilidade.

Esses locais não existiam.

O que significava que a garotinha de marias-chiquinhas no colo da mãe assustada e o pai disposto a matar para protegê-las estavam mortos.

8

uantos Luxen teriam sido levados sob custódia? Até onde eu sabia, não havia estatística sobre esse assunto, e a pior parte — lembrando que havia muitas partes terríveis competindo pelo primeiro lugar — era que essa pavorosa possibilidade fazia sentido. Se o Daedalus planejava erradicar todos que pudessem revidar, por que prenderiam esses Luxen? Qual seria o sentido?

Respirei fundo para conter a náusea.

— Os Luxen capturados pelas equipes da FTA nunca mais foram vistos? Zoe abriu os olhos.

— Alguns já conseguiram fugir, mas sempre antes de serem processados. Até onde eu sei, ninguém nunca conseguiu escapar depois.

Estremecendo só de pensar nas implicações dessa observação, olhei para os juncos altos que circundavam o parquinho sendo açoitados pelo vento. O que a Zoe tinha dito mais cedo sobre a psiquê humana recorrer naturalmente à negação se encaixava como uma luva mais uma vez, porque eu *quase* não conseguia acreditar.

Não seria, porém, a primeira vez que a raça humana cometia um genocídio. Nem mesmo a décima. Os humanos tinham uma bizarra incapacidade de aprender com a história.

— Lá está a décima sexta pestinha. — Um ligeiro sorriso repuxou os lábios da Zoe, apagando um pouco sua tristeza.

Acompanhei o olhar dela e vi uma garotinha passar pela porta da escola, os cabelos escuros presos deixando à mostra um rostinho em forma de coração. Ela estava descalça, com as pernas das calças jeans enroladas.

— É a Ashley — reconheci. A filha do Dawson e da Bethany. — Ela é a Original mais nova, não é?

— Acredito que sim. — Zoe fez uma pausa. — Pelo menos até o filho da Kat nascer.

Abraçada a um bichinho de pelúcia, Ashley desceu pulando os degraus como um filhote de canguru. Uma das outras crianças deu praticamente um salto mortal para sair da gangorra, quase arremessando longe seu parceiro do brinquedo.

— Ai, meu Deus! — Ri ao observar a garotinha que saltara da gangorra atravessar correndo o playground ao encontro da Ashley, que havia acabado de descer os degraus. Ela a abraçou e, em seguida, partiu de novo.

— Todos a adoram — disse Zoe baixinho. — Provavelmente porque ela já fez uns dois deles... — Ela ergueu as mãos e fez sinal de aspas. — Voarem.

— O quê?

Minha amiga riu.

— Olha pra menininha que a abraçou.

Encontrei a garotinha de calças rosa atrás de um dos conjuntos de balanços, e quase caí de cara quando a menina foi erguida no ar como se uma gigante mão invisível a houvesse suspendido.

Com os bracinhos levantados acima da cabeça como uma versão bebê da Mulher Maravilha, ela voou na altura do telhado da escola e, em seguida, das copas das árvores.

Ashley estava parada no meio do caminho de pedras, o bichinho de pelúcia pendendo de uma das mãos e o rostinho contraído numa adorável máscara de pura concentração. Lancei um rápido olhar na direção dos professores e vi, para meu choque e admiração, que eles estavam cercados por várias das outras crianças, empenhadas em distraí-los.

E, para culminar, havia um pequeno vigia!

Um garoto de pele escura mantinha os olhos na garotinha de calças rosa levitando acima das árvores e nos adultos. Risadinhas de felicidade da Bebê Maravilha faziam com que as outras crianças se empenhassem ainda mais em manter os professores focados nelas.

Ainda bem.

Porque a Bebê Maravilha começou a girar em *pleno ar*, não só uma, nem duas, mas três vezes antes que o vigia brandisse os braços como um daqueles bonecos infláveis.

Ashley rapidamente a trouxe de volta para o chão. Talvez rápido demais. A pequena Bebê Maravilha fez uma aterrissagem um tanto forçada, perdendo o equilíbrio ao bater os pés no chão e caindo de bunda. Mas, como uma verdadeira deusa guerreira em treinamento, ela se jogou de costas, às gargalhadas.

Eu estava de queixo caído.

— A Ashley precisa melhorar a aterrissagem — murmurou Zoe.

Rindo como se estivesse totalmente satisfeita consigo mesma, Ashley abraçou mais uma vez o bichinho de pelúcia e voltou a saltitar.

— Acho que não entendi direito o que eu acabei de ver.

— Como os bebês Originais fazem amizade com os humanos? — sugeriu Zoe.

Não dava para discordar.

— Aposto que você não advinha quem ensinou ela a fazer isso.

Não precisava adivinhar.

— O Luc.

— Ele mesmo. — Rindo, ela tirou as mãos de detrás das costas. — Ele ensinou a Ashley quando ela estava com dois anos, começando pelos brinquedos, e depois com o Daemon quando ele foi visitar a sobrinha.

Agora meu queixo estava definitivamente no chão. Levei um momento para encontrar minha voz.

— Tenho certeza de que os pais dela adoraram.

— O Dawson achou hilário, mas a Beth tem uma tendência maior a se preocupar. — Uma expressão sombria cruzou seu belo rosto. — Digamos apenas que foi o mais perto de um sermão que o Luc já recebeu na vida.

Sorri ao escutar isso, mas o sorriso esmoreceu quando olhei para a Zoe e me dei conta pela centésima vez num curto período de tempo de que havia muita coisa que eu não sabia sobre a minha melhor amiga.

— Tem uma parte enorme da sua vida que eu desconheço — despejei.

Ela voltou os olhos para mim.

— Manter segredo foi mais difícil do que você pode imaginar.

Considerando tudo o que estava em risco, eu entendia por que ela havia feito isso. Virei-me de volta para o parquinho e tomei um susto ao ver a Ashley olhando fixamente para a gente.

— Oi, Zoe! — cumprimentou ela alegremente, acenando com o bichinho de pelúcia, que por sinal era uma lhama. Aposto que sabia quem tinha dado aquele bichinho para ela. — Oi, Nadia!

Hum.

Sem saber ao certo o que fazer e sem querer corrigi-la, apenas acenei de volta.

— Tchau! — Ela girou nos calcanhares, jogou a lhama para o alto e partiu correndo ao encontro das outras crianças.

A lhama seguiu quicando ao lado dela.

Peguei meu queixo que continuava no chão.

— Ela é… hum… uma fofa.

— E também superestranha — acrescentou Zoe, caindo na gargalhada quando me virei para ela. — Que foi? É verdade. Ela não te conheceu quando você era a Nadia.

Olhei de relance para a pequena Original e pensei no que o Luc tinha me dito.

— Luc falou que cada Original tem uma habilidade particular. Que a Ashley simplesmente sabe das coisas. Qual é a sua?

— Nada tão legal quanto saber das coisas.

— Tenho certeza de que é legal. Qual é?

Ela revirou os olhos.

— Posso usar a Fonte para carregar a atmosfera. Se houver qualquer umidade no ar, posso criar uma tremenda tempestade.

Arregalei os olhos.

— Você é como uma X-Man.

— Isso eu não sei. Quero dizer, os Luxen podem fazer algo similar. Carregar o ar e provocar relâmpagos.

— Mas eles podem criar tempestades? — perguntei.

Ela deu de ombros.

— Alguns conseguem, dependendo de como o tempo está, mas não conheço nenhum capaz de criar um tornado.

Pisquei lentamente, achando que tinha escutado errado.

— Você pode criar tornados?

Zoe deu de ombros de novo como se isso não fosse grande coisa.

— E posso controlá-lo.

— Você pode criar um maldito tornado e controlá-lo?! — repeti, fitando-a de boca aberta. — Cara, isso é super-hiperlegal. — Fiz uma pausa. — E meio assustador, mas definitivamente quero ver.

— Talvez outro dia. — Ela deu uma risadinha. Imaginei o que o Archer conseguiria fazer. Sabia que ele podia ler mentes. Teria mais alguma coisa? Tipo, será que ele conseguia atravessar paredes?

De repente, senti uma espécie de comichão na parte de trás dos ombros. Comecei a me espanar, rezando para não esmagar nenhum inseto gordo contra meu corpo.

Eu não queria nem imaginar o tamanho dos insetos no Texas.

Não havia nada. A sensação, porém, continuou e ficou mais forte, até...

— Nós estamos prestes a ter companhia. — Zoe se afastou da árvore, a atenção focada em quem quer que estivesse atrás de mim.

Baixei as mãos, me virei e vi uma mulher alta e bonita, com a pele negra e o cabelo preso em tranças grossas. Algumas dessas tranças eram pintadas de azul, criando um belo efeito quando o vento balançava seu cabelo. Os olhos tinham um tom surpreendente de âmbar, me remetendo a topázios, e combinavam perfeitamente com o vestido longo que ela usava sob um lindo cardigã preto.

Luxen.

— Cekiah! — exclamou Zoe num tom bem mais alegre, indo ao encontro da mulher mais velha e a abraçando calorosamente.

Quando as duas se separaram, Cekiah envolveu o rosto da minha amiga entre as mãos.

— Srta. Callahan — retrucou ela de maneira afetuosa. — Faz muito tempo desde a última vez que te vi. Como você está?

Zoe fechou os dedos em volta dos braços da mulher.

— Já estive melhor, mas estou bem.

Os traços angulosos da Luxen se suavizaram.

— Eu soube do Kent. Sinto muito.

Meu peito apertou e a Zoe soltou um profundo suspiro.

— Ele era um cara bacana — disse ela, a voz grossa. — Não merecia isso.

— Não, não merecia — concordou a mulher com suavidade e tristeza. — Mas ele morreu entre aqueles que amava, que lhe eram importantes. Uma família mais unida do que aquela onde ele nasceu. Que isso lhe traga alguma paz, e lembre-se de que ele gostaria que você ficasse bem.

Zoe assentiu.

Cekiah pressionou um beijo na testa dela, se empertigou e, voltando finalmente seus olhos ultrabrilhantes para mim, baixou as mãos.

— Esta deve ser a Evie.

Dei um leve aceno feito uma perfeita idiota.

— Falei com o Eaton hoje de manhã — continuou ela. — Ele me disse que o Luc foi até lá com você anteontem.

Sem a menor ideia se essa era a única coisa que o general tinha contado a ela, dei um passo à frente e estendi a mão.

— É um prazer te conhecer.

A Luxen aceitou minha mão e me cumprimentou de volta com um aperto firme.

— O prazer é meu. A Zoe está te mostrando tudo?

— Só o básico — respondeu Zoe, antes que eu tivesse a chance. Em seguida, se postou ao lado da mulher. — A escola e o mercado.

— E o que você achou do mercado?

— A princípio fiquei chocada — admiti. — É incrível o modo como vocês ajudam as pessoas com necessidades.

— Diferentemente do mundo fora dessas paredes — declarou ela. — A gente procura se certificar de que ninguém nunca passe necessidade, quer seja humano, Luxen, Arum ou híbrido.

— O mundo poderia seguir esse exemplo.

Ela inclinou a cabeça ligeiramente de lado.

— O mundo poderia seguir muitos exemplos.

— A Cekiah é membro do conselho — interveio Zoe. — E uma das primeiras Luxen a vir para cá.

Ela era membro do conselho? O general certamente compartilharia todas as informações a meu respeito com um membro do conselho, certo?

— Como você veio parar aqui? — perguntei.

— Antes da guerra, eu vivia numa comunidade Luxen no Colorado, uma das que o Daedalus ajudou a criar para os… assimilados. — Seus olhos se mantiveram fixos nos meus. — Conheci o Daemon e os irmãos dele lá, depois da invasão. O Luc também. Ele era um rapaz bem jovem na época, mas mesmo então já era alguém a quem deveríamos dar ouvidos. Ele não confiava no programa de registro alienígena que estava sendo criado, ainda que muitos acalentassem tolas esperanças. Tal como ele, eu tinha a sensação de que esse rastreamento era o início de algo que não ia terminar bem. E, quando ele e o Daemon encontraram provas de que várias pessoas haviam ficado presas dentro das cidades muradas, senti que precisava fazer alguma coisa. Pensar que elas tinham sido abandonadas, separadas de um mundo que acreditava que todas estivessem mortas? Isso me dava pesadelos. Graças a Deus, não fui a única a me sentir assim.

— Mas você e todos os que vieram para cá a fim de ajudá-las são especiais — retruquei, falando sério. — Vocês não viraram os olhos porque era algo que não dizia respeito a vocês. Muitas das pessoas que eu conheço, muitos humanos, teriam feito exatamente isso.

— Obrigada, mas eu estaria sendo hipócrita se não admitisse que houve uma parcela de interesse próprio nessa decisão aparentemente altruísta — replicou a Luxen. — Ela me permitiu uma maneira perfeita de sair do radar.

Zoe riu.

— É, mas você poderia ter saído do radar indo embora dos Estados Unidos como muitos Luxen fizeram.

Pisquei. Era a primeira vez que eu escutava isso.

— Sério?

Cekiah riu, uma risada grave e sonora.

— Muitos foram para o Canadá ou para algum país da Europa quando se recusaram a participar do Programa de Registro Alienígena. Cheguei a considerar essa hipótese — admitiu ela, e o humor que dançava em seus olhos desapareceu. — Mas os pesadelos eram vívidos demais. Eu não teria conseguido viver comigo mesma.

— E se o Daedalus vencer — ponderou Zoe. — Não vai fazer diferença para onde eles fugiram.

— Verdade. — Cekiah deu um passo à frente. Não parecia surpresa por escutar falar do Daedalus. — Eu vi as duas e queria dar um oi, mas não vou mais atrapalhar vocês. — Ela finalmente desviou os olhos de mim e focou seu olhar penetrante na Zoe. — Acho bom você arrumar um tempo para que a gente possa botar nossa conversa em dia.

— Com certeza — murmurou Zoe. Era evidente que ela havia ficado feliz em escutar o pedido.

Aqueles poderosos olhos amarelos se voltaram para mim mais uma vez.

— Vou ser direta com você.

Zoe enrijeceu, e eu me mantive inacreditavelmente imóvel. Tinha a sensação de que sabia o que ela ia dizer.

— O Luc me contou quem você é, quem você realmente é — disse, e a atenção da minha amiga se voltou imediatamente para a Luxen. — Ele e o Daemon vieram falar comigo mais cedo. O Luc me disse o que eu precisava saber, e me pediu para guardar segredo sobre *o que* você é. Pediu para que eu não compartilhasse nada por enquanto com o resto do conselho.

Meu coração começou a bater mais forte. Eu não queria que as pessoas soubessem. Se elas descobrissem, os olhares de suspeita e desconfiança não seriam mais por uma questão de cautela, e sim de medo. Merda, elas poderiam até exigir que eu fosse embora, e não queria nem pensar em qual seria a reação do Luc. Tampouco queria encarar a possibilidade de estar fora dessas paredes tendo que aprender a controlar meus poderes enquanto tentava me esconder do Daedalus e dos Filhos da Liberdade.

— Cekiah — começou Zoe.

— Por favor, me deixa terminar — retrucou ela, silenciando minha amiga. — Não gosto de mentir para aqueles responsáveis pelo bem-estar das pessoas aqui, e o Luc sabe disso. Eu não te conheço, e não estou dizendo isso para ser desagradável, mas tenho a sensação de que você também não se conhece.

Encolhi-me ao reconhecer a verdade daquelas palavras.

— Só sei o que o Luc me assegurou, mas basta olhar para ele para perceber que tudo com o que ele se preocupa é a sua segurança — continuou ela. — Assim sendo, o pedido dele não me deixou nem um pouco feliz. No entanto, como o Original fez questão de me lembrar, eu devo a ele o meu silêncio.

Quantas pessoas deviam algum favor ao Luc? Sério?! De qualquer forma, fiquei aliviada.

— Mas, como eu disse a ele, se achar por um segundo que você está colocando qualquer pessoa daqui em risco, nosso acordou vai pelo ralo e eu vou abrir o bico.

Sentindo o coração martelar, ergui o queixo.

— Totalmente compreensível. Não esperaria nada diferente.

Tive a impressão de perceber respeito e talvez um ligeiro alívio cruzar o rosto dela. Ainda assim, suas palavras seguintes foram cortantes.

— Pelo seu bem e dos demais, espero que a gente não acabe se arrependendo de nossa generosidade e hospitalidade.

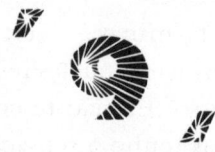

om um pote de manteiga de amendoim que eu tinha descoberto na despensa em uma das mãos e uma colher na outra, comecei a andar de um lado para outro na sala.

A inquietação voltara com força, fazendo com que fosse quase impossível me sentar. Tinha até tentado, após vasculhar as estantes e encontrar um velho exemplar de *A Dança dos Dragões*, mas não conseguia me concentrar. Talvez por causa do silêncio? Com certeza ele era responsável por parte da minha incapacidade de concentração, mas também era por conta do claro aviso que a Cekiah tinha me dado antes de nos despedirmos e pelo fato de o Luc ainda não ter voltado. Talvez o Daemon estivesse forçando a barra para que eles abrissem o jogo e o Luc estivesse tendo que convencê-lo a não fazer isso.

Esperava que eles não estivessem tentando se matar.

Todas essas coisas provavelmente explicavam por que eu estava me sentindo como o coelhinho da Duracell sob efeito de cocaína. Também estava faminta, como se não tivesse me empanturrado poucas horas antes.

Olhei para a porta pela décima quinta vez, como se olhar fosse fazer com que o Luc aparecesse, o que era um tanto deprimente, mas eu estava entediada, ansiosa e já tinha devorado meio pote de manteiga de amendoim. Além disso, estava me sentindo...

Sozinha.

A única pessoa que eu realmente conhecia aqui era a Zoe — o Grayson não contava —, e ela tinha ido botar o papo em dia com a Cekiah. Sentia falta da Heidi e do James. Não tinha a menor ideia do que ele estaria fazendo sem a gente. O que aconteceria com ele se o Daedalus liberasse o vírus da gripe em larga escala? Será que meu amigo tinha tomado a vacina? Não lembrava, e não tinha como contatá-lo para avisar.

Pensando nisso, comi mais uma colherada da deliciosa pasta adocicada. Espera um pouco. Qual seria a validade desse troço?

O gosto estava bom, mas se o pote fosse resíduo das compras dos donos anteriores, significava pelo menos quatro anos guardado na despensa, e eu não sabia se a validade chegava a tanto. Talvez tivesse sido trazido numa das saídas para buscar suprimentos. Franzindo o cenho, girei o pote até encontrar os dizeres "melhor consumir antes", e a data de mais de um ano atrás.

Olhei do pote para a colher meio cheia, dei de ombros e meti o restante na boca.

Só comi mais uma colherada antes de decidir que deveria guardar o resto para o Luc. Forçando-me a largar o pote, resolvi ir investigar o quarto extrafechado, mas de repente senti aquela estranha comichão na base do pescoço. Franzindo o cenho mais uma vez, virei-me para a porta da frente. Menos de dois segundos depois, escutei uma batida.

Zoe teria entrado direto, e o Luc não tinha motivo para bater. Curiosa, corri até a porta e a abri de supetão.

Era a Dee Black, os cabelos negros compridos presos num coque comparável ao da Zoe em termos de perfeição.

A calça jeans clara estava toda suja de algo marrom.

Seus olhos verde-esmeralda acompanharam o meu olhar, e ela riu.

— Estou nojenta, eu sei. Estava tentando derreter chocolate com as mãos. — Ela as brandiu diante de mim. — Mãos de micro-ondas, cortesia dos incríveis poderes extraterrestres.

Pisquei lentamente.

— Você consegue fazer isso? Cozinhar alimentos usando a Fonte?

— Bom, quase todos conseguem, exceto eu. Sempre que tento algo além de cozinhar ovos, dá errado, como você pode ver pelo fato de eu estar coberta de chocolate seco. Eu esquentei rápido demais, e ele meio que explodiu — explicou ela. — Não deixe o Luc nem nenhuma outra pessoa te convencer de que preparar carne usando a Fonte fica com gosto bom.

— Não fica? — perguntei, tentando não deixar meu queixo cair... e fracassando terrivelmente.

— Não. De jeito nenhum. Fica com gosto de carne eletrocutada, e embora possa não soar tão mal assim, acredite em mim, é. Nenhuma quantidade de molho consegue disfarçar o gosto de ozônio queimado.

— Tá legal. — Assenti.

— De qualquer forma. — Ela abriu um sorriso esplendoroso. — Vim te buscar. A Kat quer conversar com você.

— Quer?

Dee fez que sim.

— Quer. E ela está gravidíssima, como você já deve ter percebido, e não dá para dizer não a uma mulher *tão* grávida assim.

Totalmente deslumbrada pela Dee, peguei-me entrando na casa da Kat e do Daemon alguns minutos depois, sem sequer me lembrar de ter concordado ou da curta caminhada até lá. O fato de ela me deixar assim tinha tudo a ver com seu sorriso fácil e jeito irreverente. A Dee era incrivelmente inteligente, e possuía uma tremenda presença de espírito que lhe permitia passar muitas noites num esconderijo fora da Zona 3 discutindo na televisão com idiotas fanáticos como o senador Freeman sem perder a compostura. E não só isso, ela era absurdamente corajosa, tendo se tornado a porta-voz de todos os Luxen. Não devia haver uma única pessoa nos Estados Unidos que não a reconhecesse, e eu tinha certeza de que ela possuía muitos fãs.

E, claro, muitos inimigos.

Zoe estava certa. Eu tinha uma quedinha pela Dee.

Ela me conduziu por uma sala de estar livre de quadros assustadores de anjos, mas que mais parecia uma livraria. Havia pilhas de livros por todos os lados — sobre um antigo móvel de televisão e formando torres ao lado dele. Mais pilhas de cada lado do sofá e da poltrona reclinável. O restante do espaço era tomado por estantes de todos os tipos, algumas altas e brancas, outras baixas e marrons, todas repletas de livros. Eu nunca tinha visto tantos num único cômodo antes.

— A Kat adora ler — comentou Dee, percebendo meu olhar embasbacado. — Ninguém toca nos livros dela sem permissão. Se ela a deixar pegar algum emprestado, significa que gosta de você, mas é melhor devolvê-lo em perfeitas condições.

Considerando que eu tinha o hábito de dobrar os cantos das páginas, mantive sob controle meus dedinhos gananciosos enquanto atravessávamos um estreito corredor semelhante ao da minha casa com o Luc em direção ao quarto que ficava no final. As cortinas estavam recolhidas ao lado das janelas abertas, permitindo que a luz do sol penetrasse o ambiente. Uma suave brisa refrescava o espaço, dando a ele uma sensação de lugar aberto e arejado.

Reparei de cara na quantidade de *coisas*. Era como perambular pela seção de bebês da Target. Uma cadeira alta para dar comida estava num dos cantos do quarto, ao lado de um daqueles bebês conforto que sempre achei que faziam as crianças parecerem aranhas humanas. Ao lado de um cerca-dinho dobrável havia uma mesa para trocar fraldas com três bolsas diferentes para carregar as coisas do neném. E, sobre uma pequena cômoda, uma cesta repleta de mamadeiras e chupetas. Vi também dois carrinhos montados e mais outro ainda na caixa.

E, para terminar, os pacotes de fraldas. Sequer imaginava que houvesse tantas marcas diferentes de fraldas.

Escutei uma risadinha suave vinda da direção da enorme cama. Kat estava recostada contra uma montanha de travesseiros, o cabelo castanho--escuro preso num nó frouxo. Seu belo rosto estava corado, como se ela tivesse passado um tempo debaixo do sol, mas considerando o tamanho de sua barriga, que parecia ter aumentado ainda mais desde a última vez que a vira, duvidava de que ela houvesse saído. Ao lado dela havia um livro de capa dura sem a capa protetora de papel, com um marcador despontando do meio das páginas. E, descartado no chão estava um cesto com um novelo de um azul vívido e o que me pareceu um... cachecol? O princípio de um suéter? Algo que esperava de todo coração que ninguém fosse usar.

— O Daemon tem sido um pouco exagerado em termos de preparação para a chegada do bebê — comentou ela. — Graças a Deus ele não está se preparando para o apocalipse.

— Na verdade, isso teria sido melhor. — Dee se sentou na cama ao lado dela e cruzou as pernas compridas. — Significaria ver meu irmão fazer algo realmente útil.

Kat bufou.

— Pelo menos não precisamos nos preocupar com a possibilidade de ficarmos sem fraldas. — Ela baixou os olhos e acariciou a barriga redonda. — Isso se o pestinha resolver dar as caras.

— Ele definitivamente puxou ao pai — comentou Dee, olhando para a barriga da cunhada. — Não é verdade, rapazinho?

— Como vocês sabem que é menino? — Fiquei parada junto da porta, as mãos entrelaçadas diante de mim, sem saber ao certo o que fazer.

— Não temos cem por cento de certeza, mas a Ashley se refere ao bebê como "ele", e bom, você já conheceu ela. Às vezes ela sabe mais do que a gente — explicou Kat.

— É, sabe mesmo. — Corri os olhos pelo quarto de novo, e minha atenção recaiu em vários pares de luvas de jardinagem sobre uma cômoda de madeira de carvalho. Todas ainda com a etiqueta, ou seja, novas, mas...

Meu olhar se voltou novamente para a Kat. — É você a responsável pelo jardim da casa onde a gente está?

Os olhos dela se acenderam.

— Eu não plantei nada. Foram os donos anteriores. Apenas cuido dele. Bom, sempre que dá. Com sorte, vou ter tempo para dar um pulinho lá de vez em quando e continuar mantendo, se você não se importar.

— Ah, por favor, fique à vontade. Eu tenho o oposto do que vocês chamam de dedo verde. Na verdade, meu dedo para plantas é podre. O jardim vai precisar de você.

— Talvez eu consiga te ensinar alguns truques para transformar seu dedo podre num verde opaco. — Kat me ofereceu um sorriso cansado. — Chega mais. — Ela apontou para o espaço diante da Dee. — Senta. Já que o Luc está com os rapazes, a gente achou que poderíamos ter uma reuniãozinha só nossa também.

Nervosa, mas querendo do fundo do coração causar uma boa impressão, acatei o pedido dela e fui me sentar ao pé da cama, diante da Dee.

— Não sabia que o Archer estava com eles.

— Nem eles, pelo menos não até o Archer aparecer mesmo sem ser convidado — retrucou Dee ironicamente.

Kat riu.

— Mas, para ser honesta, eu tinha outra razão para te convidar. Tenho uma tonelada de perguntas.

Já imaginando o que ela queria perguntar, resolvi ir direto ao ponto.

— O Daemon te contou o que eu fiz com ele na mata.

— Contou. — Seus olhos cinza se fixaram nos meus. Sabia que aqueles olhos tinham visto coisas que pessoas mais fracas não aguentariam. — E fico aliviada por ele estar bem. Caso contrário, eu teria que dar o melhor de mim para acabar com você, grávida ou não.

Entendendo o aviso em alto e bom tom, deixei de lado o constrangimento gerado pela desconfortável verdade sobre o que eu tinha feito e assenti com um menear de cabeça.

— Compreensível. — Minhas bochechas queimaram. — Sinto muito pelo que eu fiz, de verdade. Não espero que você ou o Daemon me perdoem. Só gostaria que todos soubessem que eu estou verdadeiramente arrependida.

— Mas eu perdoo — disse Kat, me pegando de surpresa. — Pelo que entendi, você não teve controle sobre o que aconteceu, e o Daemon sabe disso também.

Ele podia até saber, mas duvidava de que fosse ser tão compreensivo quanto a Kat.

— Parte de mim preferiria que você não perdoasse. Sei que soa estranho, mas… — Deixei a frase no ar, sem saber ao certo como explicar.

— Você sente como se devesse ser punida. Entendo. Confie em mim. Todos nós fizemos coisas pelas quais outros pagaram o preço, por mais que não fosse nossa intenção. — Kat olhou de relance para a Dee, que assentiu. — Minhas ações levaram à morte um dos amigos da Dee. Não fiz de propósito. Na verdade, achava que estava fazendo a coisa certa. Ela me perdoou, mas há dias em que sinto que ela não deveria ter feito isso.

— Mas eu perdoei. — Dee recostou a cabeça de leve no ombro da Kat. — Demorou, mas perdoei — acrescentou ela. — E, olha só, o Daemon precisa de uma lição de vez em quando. Ou talvez umas quinhentas.

Pisquei lentamente.

Kat soltou uma risadinha baixa.

— Verdade. Em geral, é o Luc quem faz isso.

— Eles parecem se ameaçar com frequência — comentei.

— É o modo como demonstram a amizade um pelo outro. — Dee revirou os olhos. — Joga o Archer no meio, e parece uma competição para ver quem consegue ser mais ameaçador.

— E quanto ao Dawson?

— De todos eles, Dawson é o único normal — respondeu Dee. Kat concordou com um menear de cabeça. — Isso significa que se ele ameaçar alguém, a coisa é séria.

— Entendi — murmurei, pensando que ele e o Daemon podiam parecer idênticos, mas, em questão de personalidade, eram completamente diferentes.

— Tenho certeza de que esse garoto está com o pé plantado em algum órgão vital. — Kat apoiou as mãos no colchão e mudou ligeiramente de posição. Após se ajeitar, inspirou fundo. — Não sei se o Luc já te contou ou não, mas assim que me transformei, não tinha ideia do que estava acontecendo. Eu quase surtei. Se pensasse em pegar um copo de chá gelado, a jarra inteira virava dentro da geladeira e sujava tudo.

— Não brinca!

Kat soltou as mãos sobre a barriga e anuiu.

— Portas abriam sem que eu tocasse nelas. Roupas caíam dos cabides. Por um tempinho, cheguei a achar que minha casa fosse assombrada.

Dee riu.

— Não é fácil um Luxen transformar um humano, e tampouco é algo que aconteça com frequência, portanto nem cheguei a cogitar essa possibilidade a princípio, mas quando por fim contei pro Daemon, ele soube de cara o que estava acontecendo. — Ela fez uma pausa. — Acho que no começo ele ficou tão chocado quanto eu.

— Como foi que aconteceu? — perguntei, rezando para não soar intrometida.

— É uma longa história, mas, resumindo, podemos dizer que ele me curou mais vezes do que deveria.

— Verdade. Só que essa nem é a versão resumida correta. Ela tem razão. O Daemon a curou algumas vezes, mas o que levou ele a fazer isso foi que a Kat deu uma de heroína e salvou nossas vidas — intrometeu-se Dee. — Antes da invasão e de tudo o mais, a maior ameaça eram os Arum.

— Uau, como as coisas mudaram! — murmurou Kat.

— O Daemon matou um dos irmãos de um Arum, e o sujeito veio atrás de mim e dele para se vingar. Nessa época, ele e a Kat eram, tipo, arqui--inimigos. Para variar, meu irmão disse alguma coisa tipicamente idiota para ela e a Kat resolveu se voluntariar para servir de isca humana, o que deixou ele totalmente puto...

— Ele e eu não nos demos bem a princípio — comentou Kat, rindo. — Na verdade, no começo eu meio que o odiava. Tudo bem, reconheço, achava ele um gato, mas sua beleza não compensava a babaquice.

— De qualquer forma, ela acabou basicamente se sacrificando para nos salvar. A Kat quase morreu.

— E teria morrido se ele não tivesse me curado. Foi uma cura tão extensa que ela me transformou em nível celular. — O nó no cabelo da Kat escorregou para o lado. — O restante da história é longo e complicado e, para ser honesta, só vai me deixar irritada e deprimida.

— Não precisa me contar mais nada. — Apressei-me em assegurar-lhe.

Seus olhos cinza percorreram meu rosto, e um longo silêncio recaiu entre nós.

— A gente se encontrou umas duas vezes.

Minha respiração ficou presa na garganta.

— O Daemon falou. Ele me contou que você me viu na boate na primeira vez que vocês foram falar com o Luc.

Ela assentiu.

— E eu te vi mais uma vez depois, durante a invasão. O Luc tinha te trazido para Malmstrom, uma base aérea em Montana. Todos nós estávamos lá, inclusive o Eaton. O Luc tentou te manter escondida da gente.

Franzi o cenho.

— Por quê?

— Até parece que você não conhece ele — comentou Dee com uma pequena risada.

— Tenho certeza de que já percebeu que ele é um pouco protetor no que diz respeito a você — observou Kat, e foi a minha vez de rir.

— Só um pouquinho — retruquei, esfregando as mãos nos joelhos. — A gente conversou?

Ela fez que não.

— Você passou… o tempo quase todo descansando.

Entendi o que ela estava insinuando. Devia ter sido quando eu estava doente.

— Quando a poeira abaixou depois da invasão, o Luc foi nos visitar. A gente estava vivendo no Colorado. Mas você não foi com ele. Pensamos que tivesse…

— Morrido? — completei. Dei uma risadinha ao ver a Kat assentir com um constrangido menear de cabeça. — Acho que de certa forma morri mesmo. Quero dizer, fora umas poucas lembranças que não me dizem muita coisa, não lembro de nada da minha vida como Nadia.

Os olhos dela se fixaram nos meus.

— Isso provavelmente é bom.

Parei de esfregar as pernas.

— É. Tenho a sensação de que é sim. — Baixei os olhos para minhas mãos. — Quero dizer, gostaria de saber quem eu era, mas estou começando a pensar que é uma maldição e… — As palavras me escaparam ao perceber um punhado de pontinhos pretos brilhantes se espalharem por cima da minha mão direita.

— Tudo bem? — perguntou Dee.

Sentindo o coração pular uma batida, pisquei algumas vezes. Minha mão parecia normal. Que diabos? Olhei de relance para as garotas e, em seguida, de volta para ela. Ainda normal. Será que eu tinha visto aquilo mesmo? Ou teria sido algum tipo de ilusão de ótica? Não sabia.

Com a garganta seca, fiz que sim.

— Tudo. Só estava pensando nesse lance de perda de memória.

Um olhar solidário cruzou o rosto da Kat.

— Não consigo imaginar como deve ser isso, não lembrar quem eu era, mas sei muito bem como é ser treinada pelo Daedalus e até que ponto eles estão dispostos a ir para alcançar seus objetivos.

Isso chamou minha atenção o suficiente para que eu deixasse de lado o lance estranho com a mão.

— Eu sinto… coisas de vez em quando — admiti de forma um tanto hesitante, simplesmente porque não sabia ao certo como explicar. — Tipo, emoções atreladas a essas memórias reprimidas. E elas não são boas, de modo que parte de mim se sente grata por eu não me lembrar. Uma grande parte, porque acho que se eu lembrasse, ia acabar surtando.

As mãos da Kat congelaram sobre a barriga.

— O Daemon me contou sobre o Jason Dasher — declarou ela. — Ele tentou esconder, mas eu percebi. Não posso acreditar que ele esteja vivo, embora, de certa forma, isso não me surpreenda. Hoje em dia, quase nada me surpreende. — Kat soltou o ar com força. — Eu conheci ele. O Dasher tinha um jeito de fazer a gente quase acreditar que o que eles estavam fazendo era pelo bem maior. A Nancy também.

O nome chamou minha atenção.

— O Eaton citou o nome dela na primeira vez que falamos com ele, e o Luc não pareceu muito feliz em escutar.

— Não é de admirar. — Kat ergueu as sobrancelhas. — Nancy Husher era responsável pelos Originais; eles eram seu projeto do coração. Ela praticamente criou o Luc até ele fugir, e era obcecada em encontrar os Luxen mais poderosos, acreditando que eles assegurariam uma leva melhor de Originais. Aquela mulher era… — Ela fechou a boca e fez que não. Continuei sentada em profundo silêncio. — Digamos apenas que eu adoraria ter visto o Luc acabar com a vida dela.

— Ele nunca te contou sobre ela, contou? — perguntou Dee, me lendo como a um livro aberto. Fiz que não. — Bom, acho que ele prefere nem pensar nessa mulher.

— Sei que eu prefiro — ressaltou Kat. — E se o Luc não falou nada sobre ela, então é melhor eu fechar minha boca.

Fiz menção de discordar.

— Ele é que tem que te contar — interrompeu Kat antes que eu tivesse a chance de protestar. — Eu já falei demais.

— Não é sua culpa. Você provavelmente imaginou que ele tivesse me contado. — Não sabia como me sentir sobre isso, mas… — Muita coisa aconteceu desde que o Luc e eu… desde que a gente se reencontrou. Ele tem se concentrado em mim e em tudo pelo que estou passando. Não tivemos tempo para muito mais além disso.

Senti vontade de me dar um daqueles tapinhas encorajadores nas costas. Olha só para mim, recorrendo à lógica em vez de me deixar levar por uma mágoa irracional.

Eu merecia mais algumas colheradas de manteiga de amendoim.

— O que me leva a uma das minhas perguntas intrometidas. — Kat trocou um olhar com a Dee. — A gente quer saber mais sobre os seus poderes.

Contei a elas o que eu sabia que podia fazer, e fui totalmente sincera a respeito do fato de que nas poucas vezes em que conseguira invocar a Fonte, eu não havia tido nenhum controle. Deixei de fora o que havia acontecido na noite anterior, uma vez que não achava que a Kat precisasse saber que eu quase tinha destruído a casa deles. Em nenhum momento elas me fizeram sentir como se eu fosse uma completa aberração, o que me deu coragem para revelar o que a gente pretendia fazer.

— O Luc vai me ensinar a controlar meus poderes. Não quero ser um risco para ninguém aqui, e quero poder lutar com vocês. Também quero ajudar a acabar com o Daedalus. De uma vez por todas. E, se eu for tão foda quanto um Troiano deve ser, vou poder ajudar — falei, sem deixar de perceber a rápida troca de olhares entre as duas. Não querendo ser interrompida, apressei-me em acrescentar: — Sei que as pessoas treinam no Parque. Ainda não vi o treinamento, mas sei que é isso que vocês fazem lá. Sei também que nenhum de vocês tem motivo para confiar em mim, mas se eu conseguir aprender a me controlar, posso me tornar uma espécie de trunfo.

Kat ficou calada.

Foi a Dee quem falou.

— Tem razão. Se você aprender a controlar seus poderes, sua ajuda será preciosa. Nunca soube de ninguém capaz de fazer o que você faz.

Assenti com um menear de cabeça, mas não me deixei levar demais pela empolgação. Podia sentir um grande *mas*.

E estava certa.

— Mas não sei se conseguiremos assumir esse risco. — Os olhos extremamente verdes da Dee se fixaram nos meus. — Não é nada pessoal. Eu gosto de você. Além disso, segundo a Zoe, você tem uma tremenda quedinha por mim. Eu voto por você.

Eu ia matar a Zoe.

Juro.

— Mas não sou só eu e, para ser honesta, o que você é talvez seja um risco grande demais — continuou ela, e suas palavras pesaram como pedras em meu estômago. — Por menor que seja a possibilidade de você se aliar ao Daedalus, se isso acontecer, estaremos ferrados.

O que ela estava dizendo era verdade — a mais pura verdade —, mas antes que eu pudesse me deixar levar pela dor provocada por aquelas palavras, compartimentalizei como uma verdadeira profissional e assenti.

— Entendo. Mas eu já não sou um risco?

— É — admitiu Kat. — Se você voltasse para o Daedalus agora e contasse a eles o que já sabe, estaríamos ferrados. Todos os inocentes aqui estariam ferrados.

— Eu sei...

— Então sabe o que a gente seria forçado a fazer — interrompeu Kat, os olhos sérios. — Não vamos permitir que você leve nenhuma informação para o Daedalus.

Meu coração bateu pesadamente, mas não desviei os olhos. Fiquei surpresa com a calma com que falei o que disse a seguir.

— Vocês me matariam, certo?

— Houve um tempo em que tirar a vida de alguém era uma decisão ou um ato que jamais passaria pela minha cabeça — declarou ela, acariciando a barriga com movimentos lentos. — Mas isso foi há muito tempo. Numa vida diferente. Hoje, é uma decisão que eu odiaria tomar, mas que tomaria mesmo assim. Nós não permitiremos que você leve nenhuma informação para o Daedalus.

Sabia que ela estava simplesmente dizendo a verdade, por mais desagradável que fosse. Também sabia que não era nada pessoal e que ela não queria ter que dizer essas coisas. Tal como acontecera com a Cekiah, se eu estivesse na pele dela, diria e faria a mesma coisa. Ainda assim, o aviso machucou como se eu tivesse caído de cara e me arrastado no asfalto, doeu naquele ponto do coração que não desejava nada além de pertencer a um lugar, de ser amiga da Kat e da Dee, de tomar parte nos planos deles para destruir uma organização que sem dúvida fizera coisas terríveis com todos nós. E doeu porque significava que eu jamais teria nada disso, pelo menos não num nível mais profundo.

Forcei-me a engolir o duro bolo de emoções e disse:

— Mas, se vocês conseguissem me matar, teriam que lidar com a fúria do Luc.

— A gente sabe — retrucou Kat com um sorriso triste. — Sabemos que nenhum de nós viveria um segundo depois que o Luc descobrisse o que tínhamos feito, mas proteger as pessoas e o que estamos fazendo aqui vale as nossas vidas. E ele sabe disso, só não acredita que possa acontecer. Espero realmente que não, portanto, vamos rezar juntas para que esse dia nunca chegue.

✹ ✹ ✹

Pouco depois da **K**at me dizer que eu podia me considerar morta se algum dia me aliasse ao restante dos Troianos, nós nos despedimos. Mas não fui embora por causa do comentário. A Dee tinha rapidamente trocado o rumo da conversa para sua próxima entrevista com o senador Freeman, só que, a essa altura, a Kat mal conseguia manter os olhos abertos. Podia apostar que ela já estaria dormindo antes mesmo de eu chegar na porta da frente.

Preocupada com o que o futuro aqui me reservava e faminta, arrastei-me de volta para minha silenciosa casa. Pensando no pote de manteiga de amendoim, entrei na cozinha, iluminada apenas pela luz que penetrava pela grande janela acima da pia. Escutei um forte inspirar. Não tinha sido eu.

Virando imediatamente a cabeça na direção da pequena despensa, vi um garoto com várias latas de vegetais em conserva pressionadas de encontro ao peito e um pacote de pão caseiro pendurado entre os dentes. Assim que meus olhos encontraram os dele, grandes e castanhos, percebi que não era uma das crianças que eu tinha visto na escola. Teria reconhecido aqueles cabelos vermelhos espetados em todas as direções em qualquer lugar, mas era mais do que isso. O garoto era esquálido, o rosto, encovado, e os ossos da clavícula despontavam acima da gola da camiseta verde suja. E essa não era a única coisa suja. Os dedos fechados em volta das latas estavam cobertos de poeira e terra. A calça jeans rasgada estava imunda, e as crianças que eu vira na escola eram todas limpas e bem alimentadas. Aquela ali não.

Ele tinha congelado, como eu, mas rapidamente se recobrou. As latas escorregaram de seus braços e rolaram para todos os lados ao caírem no chão. Em seguida foi a vez do pacote de pão.

O garoto fugiu.

ara! — gritei.

O menino me igno-
rou e contornou cor-
rendo a pequena ilha
da cozinha. Com um

pulo, postei-me diante da porta dos fundos, bloqueando seu caminho. Ele,
então, girou nos calcanhares e partiu para a entrada que eu tinha usado, mas
reagi imediatamente e me posicionei de modo a ficar entre as duas saídas.
O garoto parou de supetão atrás da ilha, ofegante.

Com o coração martelando contra as costelas, corri os olhos por ele
mais uma vez. Não tinha ideia de quem era o menino, embora o motivo
pelo qual ele estava na cozinha com os braços cheios de comida fosse óbvio.
Aquela criança parecia não ter uma boa refeição há semanas, se não mais, o
que significava que ele não vivia entre o pessoal dali, a menos que estivesse
sendo mantido em algum lugar por alguém que não lhe permitia acesso a
comida ou água para se banhar.

Cara, minha mente se embrenhou por algumas vielas bem sombrias,
porém o mundo e as pessoas que nele viviam podiam ser mais sombrios do
que qualquer coisa que a minha imaginação pudesse conjurar.

No entanto, o mais importante era que a coisa que havia dentro de
mim não se manifestou, o que provavelmente significava que eu não o via
como ameaça. O garoto era sem dúvida humano, até aí eu sabia, embora
não fosse ingênua o bastante para acreditar que ele não pudesse representar
perigo. Por ora, porém, ia dar ouvidos ao meu instinto ou ao que quer que
houvesse dentro de mim.

Mantive os olhos fixos nele, preparada para uma nova tentativa de fuga.

— Quem é você?

Ele não respondeu. Seus olhos dardejavam entre a entrada da cozinha e a porta dos fundos.

— Está tudo bem. — Ergui as mãos, imaginando que isso pudesse ajudar.

Não ajudou.

O menino levantou as mãos acima da cabeça e se curvou, protegendo-se como se esperasse que eu fosse jogar algo em cima dele ou usar a Fonte.

Puta merda!

O que será que havia acontecido com esse garoto? Baixei as mãos rapidamente.

— Está tudo bem — repeti. — Não vou te machucar.

Ele não se moveu, mas seu corpinho tremia feito vara verde. O menino estava apavorado. Sem a menor ideia do que poderia ter provocado tanto medo, disse a única coisa que imaginei que fosse ajudar.

— Não sou uma alienígena. — O que não era exatamente mentira.

Ele continuou imóvel por um longo tempo e, então, baixou os braços lentamente, mas sem olhar para mim.

— Se você está aqui, então é amiga deles. Está com eles.

— Eu sou amiga deles — respondi. — Mas isso não significa que vou te machucar.

— E por que eu acreditaria? — Ele olhou para a porta como se ela fosse sua tábua de salvação. Tive a sensação de que tentaria fugir de novo no instante em que se sentisse remotamente ameaçado.

— Não entendo por que ser amiga deles faria você achar que eu te machucaria — falei, embora soubesse por que os humanos temiam os Luxen, quer com razão ou não. — Eu não vou machucar você. — Fiz uma pausa. — Mesmo que você tenha entrado na minha casa sem permissão.

— Não sabia que tinha gente morando aqui. — Sou olhar se voltou rapidamente para mim e, em seguida, de volta para a porta. — Ela ficou vazia esse tempo todo.

— A gente chegou há poucos dias. Sou nova aqui, mas conheço algumas pessoas. — O que também não era exatamente mentira. — Você vive aqui?

Ele não respondeu.

Queimei meus neurônios tentando descobrir o que eu podia dizer para fazê-lo continuar falando e que não o deixasse ainda mais nervoso. Achei que dizer meu nome ajudaria.

— A propósito, eu me chamo Evie e, como eu disse, cheguei há poucos dias com meu namorado.

Outro rápido olhar em minha direção.

— O seu namorado é um deles?

— Se ele é um Luxen? Não. — O que também não era mentira, mas o garoto provavelmente não sabia da existência de híbridos e Originais.

— Mas você está aqui, portanto é uma das pessoas que apoiam eles — disse ele.

— Tem razão. Os Luxen que vivem aqui não são como os que invadiram a Terra — repliquei, rezando para que o Luc não resolvesse aparecer agora. — A menos que você saiba de algo que eu não sei. Se sabe, espero que me conte.

Ele ficou quieto por tanto tempo que achei que não fosse responder, mas, então, falou:

— A gente não chega perto deles.

— A gente?

O garoto inspirou fundo e olhou para mim. Dessa vez, não desviou os olhos. Achei que era um passo na direção certa, mas havia certo peso em seu olhar. Ele com certeza tinha visto coisas demais em sua curta vida.

— Eu estava tentando roubar sua comida. — Ele ergueu o queixo e empertigou os ombros. — Você me pegou no flagra, e não acredito que não esteja puta. Portanto, não tente mentir.

— Você me pegou de surpresa. Me deu um susto, mas não estou puta. Não estaria aqui tentando conversar com você se estivesse. Além disso, não é como se você estivesse roubando a minha comida. Essas coisas já estavam aqui quando a gente chegou. — Forcei um dar de ombros como quem não está nem aí. — E você não pegou o pote de manteiga de amendoim. Se tivesse, aí eu não ficaria nada feliz.

Ele piscou.

— Eu gosto de manteiga de amendoim. — Sorri. — Muito.

Outro longo momento se passou sem que ele fizesse nada a não ser me encarar.

— Você é estranha.

Eu ri.

— É, acho que sim.

— Definitivamente — insistiu o garoto. Seus olhos cautelosos não se desviaram de mim, mas ele pareceu relaxar um pouco, parando de olhar para a porta a cada três segundos.

— Então, você vai me dizer o seu nome?

— Nate. — O menino mudou de posição, nitidamente incomodado, e correu os dedos pelo cabelo. — Apenas Nate.

Aliviada e um pouco surpresa por ele ter me dito seu nome, falei:

— Bom, é um prazer te conhecer, Nate.

Ele me fitou de novo, dessa vez como se houvesse um terceiro braço despontando do meio da minha testa.

Não ousei tentar me aproximar.

— Você não vive com o pessoal daqui, certo?

Nate mudou o peso de um pé para o outro.

— Não, eu não moro aqui.

Lembrei das luzes piscantes que eu tinha visto, mas deixei o pensamento de lado. Aquela era uma cidade morta, já totalmente vasculhada por qualquer coisa de valor. Como alguém podia viver nela, principalmente mais de uma pessoa, sem nunca ter sido vista?

Mas se ele não vivia aqui, e duvidava com todas as forças que pudesse atravessar o muro sem ser visto, então só podia haver uma explicação. Houston podia estar morta, mas era uma cidade enorme, e se ela tinha sido totalmente vasculhada em busca de suprimentos, fazia sentido que o menino estivesse fazendo o mesmo. Vasculhando a comunidade.

— Você mora na cidade? — perguntei.

Ele parou de se mover.

— Quero dizer, onde mais você poderia morar?

Nate deu de ombros.

Mesmo já imaginando que essa seria a resposta, a simples ideia me deixou atordoada.

— Como você consegue viver lá? Você está...? — Sozinho? Sem seus pais? Detive-me antes de fazer essas perguntas. Já sabia que havia mais gente além dele. Nate tinha dito a *gente*. Tinha a sensação de que precisava escolher minhas perguntas com cuidado.

— Eu me viro — murmurou ele, olhando para uma das latas de feijão.

— Imagino que sim. Posso perguntar outra coisa? — Ao vê-lo assentir, continuei: — Por que você vive lá e não aqui?

— Nós não somos daqui, e não confiamos neles — respondeu Nate, os olhos faiscando. — Eles matam pessoas. A gente viu com nossos próprios olhos, logo depois da invasão, antes das bombas serem lançadas. Nós vimos eles tocarem nas pessoas e se transformarem nelas. Elas morreram.

Ele estava falando da forma como os Luxen invasores tinham rapidamente assimilado o DNA humano, assumindo sua aparência física. Bem ao estilo de *Invasores de Corpos*, mas...

— Os Luxen invasores eram perigosos. Assassinos. Mas os que vivem aqui não fizeram isso.

Ele ergueu o queixo.

— Como você sabe? Você mesma disse que acabou de chegar.

— Porque sei que já havia muitos Luxen vivendo na Terra bem antes dos outros chegarem, e a grande maioria nunca machucou ninguém. Alguns deles estão aqui, nessa comunidade, vivendo com os humanos... ajudando eles. Alguns são amigos que eu fiz antes de vir pra cá — expliquei. A última parte era mais um desejo do que um fato, mas que escapou da minha boca com demasiada facilidade. — Ei, não estou dizendo que todos os Luxen sejam um exemplo perfeito de raça alienígena, mas acredito que os que vivem aqui sejam bons.

Nate ficou quieto novamente. Parecia estar digerindo a notícia de que já havia Luxen na Terra antes da invasão. Sua expressão não transparecia choque nem negação. Tinha a impressão de que aquela criança já vira tantas coisas em sua curta vida que ele sabia que qualquer coisa era possível.

— Você viu algo diferente entre os que vivem aqui? — pressionei.

— Como eu poderia saber? Eles podem mudar de aparência — argumentou ele. Cara, o garoto tinha razão. Os Luxen escolhiam sua forma humana; os que já viviam aqui há algum tempo tinham feito isso assimilando o DNA humano de pouco em pouco. Alguns, porém, podiam mudar de aparência com facilidade, espelhando-se em quem estivesse em volta. — Qualquer um deles pode ser um assassino que simplesmente mudou de aparência.

— Tem razão. — Inspirei de maneira superficial. — Mas os que vivem aqui e a maioria dos outros espalhados pelo mundo fora desses muros não deseja machucar ninguém. Eles só querem viver em paz. Só isso.

Nada em sua expressão dizia que ele acreditava em mim, de modo que não fiquei surpresa ao escutá-lo dizer:

— Eu tenho que ir.

Sabendo que a única forma de detê-lo seria pela força — o que não ajudaria em nada a fazê-lo confiar em mim ou nos Luxen —, concordei com um menear de cabeça.

— Tudo bem. Pode levar a comida se quiser. Acho que tem algumas sacolas velhas na despensa. Vai ficar mais fácil de carregar.

Ele arregalou os olhos ligeiramente.

— Sério?

Fiz que sim.

Nate começou a se abaixar para pegar as latas mais próximas, mas parou no meio do caminho e se empertigou novamente.

— Por quê? — perguntou ele. — Por que você vai me deixar levar a comida?

Olhei de relance para uma das latas.

— Creme de milho? Não é uma das minhas comidas prediletas.

Uma insinuação de sorriso repuxou os lábios do menino.

— É nojento, mas minha...

— Mas o quê? — perguntei quando ele deixou a frase no ar.

O olhar dele recaiu sobre a lata, que havia parado ao bater na quina da ilha.

— Qual é a pegadinha? — perguntou ele, sem responder. — Tem que ter uma pegadinha.

Meu coração pesou.

— Não tem pegadinha nenhuma, Nate. Você precisa da comida, certo?

As bochechas dele coraram sob a sujeira, e percebi que tinha dito a coisa errada. No entanto, antes que eu pudesse me corrigir, ele falou:

— Preciso.

Aliviada por ele não ter preferido morrer a negar, recuei até sentir minhas costas baterem na pia.

— Pegue o que você quiser. Não tem pegadinha nenhuma.

Nate me fitou por um bom tempo.

— E quanto à manteiga de amendoim?

— Ela não.

Seus lábios se repuxaram novamente. Ele, então, não perdeu tempo. Pegou uma sacola na despensa e reuniu as latas e o pacote de pão. Eu teria ajudado, mas senti que ele não ficaria confortável se me aproximasse. Enquanto o observava, várias perguntas me vieram à mente. Tipo, como ele conseguia sair da cidade e zanzar sem ser visto? Quantos mais havia lá? Quantos anos ele tinha? Havia outras crianças? Adultos? Outros com medo demais dos Luxen para pedir ajuda? Mas fiquei quieta. O garoto podia estar pegando a comida, mas não significava que confiasse em mim.

Esperei até a sacola estar cheia antes de falar:

— Se precisar de mais comida ou de qualquer outra coisa, pode vir aqui. Ou se você quiser simplesmente, sei lá, bater um papo.

Ele não respondeu.

Talvez a última sugestão tivesse sido um pouco de mais, mas queria que ele soubesse que podia vir aqui quando quisesse.

Segurando a sacola de encontro ao peito, ele seguiu cautelosamente para a porta dos fundos. Ao abri-la, olhou por cima do ombro para mim.

— Por favor, não conte a ninguém que me viu. Você pode achar que eles são diferentes e que não são perigosos, mas se contar eles virão atrás de nós. Os outros... eles vão fugir. — Seu lábio inferior tremeu. — E eles não vão conseguir sobreviver sozinhos. Por favor.

— Tem outras crianças com você? — perguntei.

Nate baixou os olhos para a sacola e fez que sim.

— Quantas?

— Não importa. Só não fala nada. Por favor.

Não importava mesmo. Já era difícil imaginar como uma única criança podia ter sobrevivido sozinha, que dirá várias. Mas não podia prometer que não diria nada. Mesmo que quisesse, o Luc podia ler meus pensamentos. O garoto, porém, estava certo. Tinha a sensação de que se a Cekiah ou os outros descobrissem sobre essas crianças, iriam atrás delas e, se elas ficassem com medo e fugissem, poderiam se esconder em algum outro lugar. Afinal, a cidade era enorme. Eu não ia esconder o que acabara de acontecer do Luc, mas ninguém mais precisava saber.

Mentir era uma necessidade. Pelo menos, foi o que disse a mim mesma. Mas o Nate não precisava saber de nada disso.

— Me promete, que se você precisar de mais comida ou de qualquer outra coisa, irá voltar, e eu não conto para os outros.

Ele estreitou os olhos.

— Você está me chantageando?

— Eu não usaria esse termo — retruquei.

— E isso é o quê?

— Um acordo?

Uma risadinha de surpresa escapou de seus lábios.

— Você é estranha.

— Verdade — murmurei. — Estamos combinados?

Ele anuiu com um lento menear de cabeça.

— Estamos.

— Ótimo.

O garoto partiu sem dizer mais nada. Foi difícil não ir atrás dele. Soltando um suspiro entrecortado, rezei para que essa não fosse a primeira e última vez que eu o via.

※ ※ ※

Enquanto eu terminava de devorar o pote de manteiga de amendoim, rondei o jardim dos fundos, procurando por algo que me indicasse qual caminho o Nate havia tomado. Não vi nada. Acabei por me sentar debaixo do grande carvalho, com suas folhas de um dourado escuro, pensando nas conversas com a Cekiah, a Kat e a Dee, e no surgimento do Nate. Fechei o pote, ergui os olhos e vi um passarinho preto olhando fixamente para mim.

Era o primeiro pássaro que eu via aqui.

Deitei de costas e fiquei observando o bichinho saltitar de galho em galho. Não me permiti ficar matutando sobre o que a Kat ou a Cekiah tinham dito. Não podia. Já tinha medo de perder o controle, e me estressar com o que poderia acontecer não ajudava em nada a aliviar meu pânico ou acalmar o que quer que houvesse dentro de mim. Minha mente se voltou mais uma vez para o Nate e as perguntas que não consegui fazer.

Não tenho ideia de como consegui pegar no sono depois de tudo o que havia acontecido, mas devo ter dormido, porque a próxima coisa que senti foi um leve roçar de dedos em meu rosto, seguido por um zumbido de eletricidade que se espalhou por minha pele. Ao abrir os olhos, deparei-me com um par de gemas da cor de ametistas emolduradas por pestanas inacreditavelmente longas.

— Oi — murmurou Luc, com um ligeiro sorriso dançando naqueles lábios pecaminosamente cheios.

— Oi.

— Estava me perguntando uma coisa. — Luc estava deitado do meu lado, a cabeça apoiada numa das mãos.

— O quê? — murmurei, imaginando há quanto tempo ele estaria ali.

— Por que você está deitada debaixo de uma árvore no jardim dos fundos, com um pote de manteiga de amendoim aninhado sobre o peito?

— Ahn? — Franzindo as sobrancelhas, ergui a cabeça e olhei para baixo. Não é que eu estava segurando o pote sobre o peito mesmo? — Peguei no sono assim.

— Acho que preciso ser um namorado melhor se você sente necessidade de buscar conforto num pote de manteiga de amendoim.

Deitei a cabeça de volta na grama.

— Você nunca vai conseguir competir com manteiga de amendoim.

— Soa como um desafio. — Seus lábios se repuxaram num dos cantos.

Acima das folhas, o céu tinha assumido um tom alaranjado. O sol já estava se pondo.

— Acho que dormi a tarde toda. Devo estar coberta de carrapatos.

Ele correu a ponta dos dedos pelo meu rosto e assentiu.

— Que maravilha. — Suspirei, ainda segurando o pote.

— Eu posso checar pra você. Na verdade, vai ser o maior prazer. Só preciso que tire a roupa. Completamente. Também posso te ajudar nesse quesito.

— Aposto que pode. — Eu ri, estremecendo só de pensar. Recusava-me a acreditar que a atração que ardia entre nós sempre que estávamos perto um do outro pudesse ter sido orquestrada por uma organização governamental secreta, independentemente de quantos cientistas malucos eles tivessem em sua folha de pagamento.

Aqueles dedos roçaram minha garganta.

— Só estou tentando ajudar. Não quero que você deixe passar nenhum e acabe contraindo febre maculosa.

— Eu posso pegar febre maculosa?

— Provavelmente não. Tampouco acho que tenha carrapatos nessa grama. — Ele correu os dedos pela gola da minha blusa. — Mas a gente pode fingir que tem. Prometo que vai ser muito divertido.

— Você não precisa me convencer do que eu já sei. — Sentindo meus músculos completamente relaxados, soltei um sonoro bocejo. Bem na cara do Luc. Corando de vergonha, desviei os olhos. — Desculpa.

Ele riu.

— Que sono, hein?

— É. — Eu continuava sonolenta. Podia facilmente voltar a pegar no sono. — É o coma gerado pela manteiga de amendoim.

— O quê?

— Comi o pote quase inteiro. — Virei a cabeça de novo para ele. — Na verdade, não sobrou nada. Desculpa.

Seus olhos percorreram meu rosto.

— Sabe de uma coisa? Eu não gosto de manteiga de amendoim.

Eu devia estar alucinando.

— Como?

— Quero dizer, se tiver que comer, eu como, mas não gosto muito.

— Como assim? Isso é impossível — falei. — Manteiga de amendoim é o elixir da vida.

Luc simplesmente deu de ombros.

— Acho que não podemos mais ser amigos — comentei, ao mesmo tempo que cedia à tentação e estendia a mão para correr os dedos pelo cabelo dele. Macios como seda. Luc virou a cabeça e beijou minha palma antes que eu puxasse a mão de volta.

— Ainda bem que não somos amigos, Pesseguinho. — Seus olhos baixaram para minha boca, o peso e a intensidade do olhar incendiando minha pele.

— Pensando bem, é perfeito. Significa que nunca vamos brigar por causa de manteiga de amendoim.

— Tá vendo? A gente combina que nem pão e queijo. — Ele abriu um rápido sorriso. — Desculpa por ter demorado tanto.

— Não precisa se desculpar.

Um ar divertido cruzou o rosto dele.

— Duvido. Aposto que você ficou se sentindo sozinha e carente.

Estreitei os olhos. De jeito nenhum eu ia admitir que tinha me sentido sozinha.

O sorrisinho que repuxou os lábios do Original fez com que me perguntasse se ele tinha lido meus pensamentos. Provavelmente.

— Passei um tempo com a Zoe. Ela me levou para conhecer o mercado. Depois a Dee apareceu. A Kat queria me ver.

— Queria?

— É.

— E como foi?

— Legal. — Esforcei-me para não pensar no que a Kat tinha dito. O Original podia saber o que eles pretendiam fazer caso eu me tornasse uma ameaça, mas saber e ter certeza eram duas coisas completamente diferentes.

Ele inclinou a cabeça ligeiramente de lado.

— Só legal?

— É. Eles têm muitas coisas de bebê — continuei. — E livros. Tantos livros!

— A Kat adora ler. Quando ela morava com a mãe, costumava ter um blog. *Katy's Crazy Obsession*, ou algo do gênero. O Daemon vivia sacaneando.

Dei uma risadinha, imaginando o Luxen de cabelos escuros verificando uma quantidade interminável de posts e fotos de livros. A risadinha esmoreceu ao me lembrar sobre o que eu precisava conversar com o Luc.

Ele tirou uma folhinha de grama do meu cabelo.

— Não achei que fosse demorar tanto.

— Ouvi dizer que vocês tiveram uma visitinha surpresa do Archer e que você deu uma passadinha para falar com a Cekiah.

Se ele ficou surpreso por eu saber disso, não demonstrou.

— Verdade. Ela é meio que a líder não oficial daqui, e eu sabia que o Daemon acabaria contando o que aconteceu a ela. A Cekiah é uma boa mulher.

— Que te deve um favor, certo?

— É, tem isso.

— O que você fez por ela?

— Um cavalheiro não revela seus segredos.

Ergui as sobrancelhas.

— Que bom que você não é um cavalheiro.

— Verdade. — Luc voltou a percorrer a gola da minha blusa com a ponta do dedo e se aproximou. A cada roçar, ele abria um pouco mais a blusa. — Eu ajudei ela a localizar os irmãos desaparecidos.

— Só isso?

Ele assentiu.

Tinha a impressão de que a história não terminava aí.

— Como foi a conversa com o Daemon?

— Sei que você ficou irritada por ter sido deixada de fora. Sinto muito — disse o Original, me pegando de surpresa.

— É, bom, fiquei mesmo.

— Não posso te culpar. — Ele continuou acariciando a pele acima da gola. — O Daemon tinha que botar pra fora o que o estava incomodando, mas você não precisava escutar. — Ele ergueu as pestanas, o olhar penetrante. — Você já sabia o que ele ia dizer, Evie.

Pensei sobre isso um pouco. Ele tinha razão. Eu já sabia.

— E sei que se sente culpada pelo que fez com ele. Você não precisava escutá-lo repetir tudo de novo, assim como eu não precisava ter que arremessar o cara contra uma parede porque ele feriu seus sentimentos.

Ergui os olhos para a copa da árvore e vi que o passarinho tinha sumido.

— Ele contou pra Kat o que aconteceu. Ela disse que ele vai acabar me perdoando.

— Vai, sim.

Outro bocejo escapou dos meus lábios.

— Acha mesmo?

— Acho. No momento, ele está preocupado com a Kat, o filho e os amigos, mas tudo isso vai mudar quando ele perceber que aquilo não vai acontecer de novo.

A confiança do Luc era admirável, mas mesmo que ele estivesse certo, eu jamais seria completamente aceita.

Deixando de lado a decepção e a mágoa persistente, falei:

— Ser deixada de fora me irritou, mas eu entendo. Foi por isso que não disse nada ontem.

— Eu sei — retrucou ele. — Mas eu precisava explicar. De qualquer forma, tinha outro assunto sobre o qual o Daemon queria conversar com respeito à Zona. — Ele havia abaixado tanto a gola que, quando olhei para baixo, vi a pontinha do sutiã. — E não ia dizer nada perto de pessoas que não conhecesse bem.

— Ou que não confie.

— Eu confio em você, Evie. A Zoe também. Qualquer um que te conheça...

— E quanto ao Grayson?

— Bom... — Ele mordeu o lábio inferior. — Qualquer um que te conheça, exceto o Grayson.

Bufei.

— Mas aqueles que não te conhecem? Como o Daemon? Eles não confiam. — Luc não poderia ser mais direto. — Quando passarem a conhecer, vão confiar. A gente só tem que entender que eles precisam de tempo.

A lógica da observação me deixou só um pouquinho irritada.

— Você e a Zoe cursaram juntos Lógica 101?

Luc riu, o olhar acompanhando o deslizar do dedo, cerca de um centímetro abaixo da linha da gola.

— Cursamos. Logo depois de Como Matar nossos Inimigos 101 e Vem que Eu Sou Gostoso 401.

— Ai, meu Deus! — Só o Luc para me sair com uma dessas.

Rindo de uma maneira atraentemente diabólica, ele abaixou a cabeça e beijou o ponto exato onde o dedo havia acariciado. Um arrepio se espalhou da pele sob os lábios dele para todos os cantos do meu corpo.

— Mas enquanto a gente espera que eles abram os olhos e acertem suas vidas, posso te deixar a par do que está acontecendo — continuou o Original, plantando outro beijo sobre meu coração acelerado. — Mas, primeiro, tenho uma pergunta importante. Uma que preciso que pense bem a respeito. Ok?

Mesmo conhecendo o Luc, não tinha ideia de onde ele queria chegar. Tampouco tinha certeza se conseguiria pronunciar meu próprio nome ao sentir o calor úmido de sua língua contra minha pele, mas murmurei algo que me soou como uma palavra coerente.

Ele ergueu a cabeça e mudou de posição de modo a ficar em cima de mim, mas mantendo o peso apoiado no braço. O calor de seu corpo me envolveu.

— Você é religiosa?

A pergunta foi tão inesperada que desanuviou a minha mente.

— Ahn? Não?

— Bom, eu sou. — Seguiu-se uma pausa. — Porque você é a resposta a todas as minhas preces.

Fitei-o sem dizer nada.

— Quer saber de outra coisa?

Sentindo meus lábios se curvarem nos cantos, resisti à vontade de envolvê-lo em meus braços e apertá-lo com força. Por pouco. Esse era o Luc do qual eu sentia falta desde que ele sugara a Fonte de dentro de mim, esse Luc brincalhão e irreverente que vivia sob a superfície mesmo nas piores circunstâncias. Era isso o que vinha faltando.

— O quê? — murmurei, a voz um pouco grossa devido à forte emoção.

— Eu estava me sentindo meio desligado hoje, mas agora, com você, estou definitivamente ligadão.

— Ai, meu Deus! — Eu ri.

— Me conta, Pesseguinho, você por acaso é um ingresso para aquele templo do Indiana Jones?

— Como você pretende transformar isso numa cantada brega?

— Porque você tem *perdição* escrito por todo o corpo.

— Essa foi a coisa mais deplorável que já ouvi.

— Tem certeza? — A mão dele deslizou da minha cintura para o quadril, deixando um rastro ardente em seu encalço. — E quanto a essa? O seu nome por acaso é Google? Porque você tem tudo o que eu procuro.

Peguei-me sorrindo como se não houvesse nada de errado no mundo, e precisava agradecer a ele por isso.

— Certo. Eu estava errada. Essa foi a coisa mais deplorável que já ouvi.

— E não precisa se preocupar com a possibilidade de eu me tornar esse ser que você viu ontem à noite — disse ele, a voz baixa e os olhos fixos nos meus. — Não vai acontecer de novo. Prometo. Não vou te perder. E com certeza não vou perder a mim mesmo.

Minha respiração ficou presa na garganta.

— Que bom!

— Tipo, nunca, Pesseguinho.

— Fico feliz em saber.

— Estamos juntos para o que der e vier — continuou o Original. — Você é o papel e eu sou a cola. A gente combina...

— Que nem pão e queijo?

— Essa é a minha garota. — Ele baixou a boca até a minha...

Outro bocejo escapou dos meus lábios, me fazendo corar de vergonha.

— Ai, meu Deus! Desculpa! Você tenta me beijar e eu bocejo bem na sua cara.

Luc soltou uma risadinha por entre os dentes e correu o polegar pelo meu queixo.

— Foi excitante.

— É o oposto de excitante. Não acredito que eu fiz isso. Não sei por que estou tão cansada.

— Jura que não? — perguntou ele, soltando meu queixo. — Tem acontecido muita coisa, e você quase não tem conseguido dormir.

Lá ia ele de novo recorrendo à lógica.

— Vamos lá. — Ele me deu a mão, se colocou de pé e me puxou. — Vamos entrar. E se você for boazinha, vou te deslumbrar com mais algumas cantadas.

— Se eu for boazinha? — Fiz menção de lhe dar um tapa no peito, e não fiquei nem um pouco surpresa quando ele pegou minha mão. Luc tinha um reflexo inacreditável.

Passando um braço em volta de mim, ele me puxou de encontro ao peito e me beijou.

O beijo não foi rápido como o que ele me dera antes de sair para ir conversar com o Daemon. Esse me deixou tonta, inebriada com seu sabor e textura. Ele me beijou como se fosse a última coisa que faria na vida, como se quisesse me devorar, e queria. Dava para sentir o desejo na pressão de seus lábios e no deslizar da língua. Eu era tudo para ele, e ele para mim.

Um forte calor irradiava daquele peito másculo, e seu coração batia tão rápido quanto o meu. Deslizei as mãos pelos ombros dele, subindo para o pescoço e, em seguida, entremeei-as em seu cabelo.

Quando o beijo, enfim, terminou, Luc estava ofegante, a respiração tão à flor da pele quanto minhas terminações nervosas.

— Eu sou seu.

Abri os olhos, mas não gritei com ele por ter invadido a minha mente.

— E eu sou sua.

Ele encostou a testa na minha.

— Pão e queijo. É o que somos.

— Hum — murmurei, soltando-o e recuando um passo. — Acho que estou com fome.

O Original riu e estendeu a mão para pegar a minha.

— Falando em fome, isso me faz lembrar sobre o que o Daemon queria conversar.

Provavelmente devido ao beijo que acabáramos de compartilhar, eu estava pensando num tipo totalmente diferente de fome, o que fez com que minha imaginação me levasse para a terra das pequenas perversões. Pisquei para afastar as imagens do Daemon e do Luc juntos.

E fracassei.

Um lento sorriso repuxou meus lábios.

Luc estreitou os olhos, mas pude perceber um brilho brincalhão.

— Que mente suja!

— Deixa pra lá! — Eu ri. — Sobre o que mais o Daemon queria conversar?

— Um dos líderes não oficiais, mas na prática totalmente oficial, vai ter uma reunião fora da Zona, o que está deixando todo mundo nervoso, principalmente porque o último grupo que saiu para recolher um pacote ainda não deu notícias.

Lembrei da família Luxen que não tinha conseguido chegar e do tal Jonathan que não havia voltado.

— Posso fazer uma pergunta e você promete que vai ser cem por cento honesto?

Luc não respondeu de imediato. Deu para ver que ele estava pensando na resposta.

— Depende.

— Depende não serve.

Ele franziu as sobrancelhas e olhou para mim. Em seguida, assentiu com um ligeiro menear de cabeça.

— Faz a pergunta, Evie.

— Você acha que os Luxen capturados pela FTA... — Era difícil dizer o que eu estava pensando em voz alta. — Você acha que eles estão mortos?

O Original me fitou no fundo dos olhos, mas não hesitou ao responder, não pensou duas vezes.

— Acho.

Fechei os olhos, sentindo o coração e a alma pesados.

— A Zoe me contou que a família que eu vi na Foretoken não conseguiu chegar aqui, e era isso o que eu temia. — Inspirei fundo, abri os olhos e o fitei. — Eles precisam ser detidos, Luc. O Daedalus. Todos eles.

— Concordo. — O Original correu o polegar pelo meu lábio inferior. Ficamos ali parados pelo que me pareceu uma breve eternidade, os dois calados, enquanto o ar parecia pesar com a perda de milhares de vidas inocentes.

Fui eu quem quebrou o silêncio.

— Como você consegue seguir com a vida sabendo disso? Pensando em outra coisa?

— Você segue porque precisa seguir. Nada de bom resulta de se deixar levar por esse tipo de caminho. Eu sei.

É, ele sabia, bem melhor do que eu, o que me deixou ainda mais triste.

— A gente continua vivendo, mas não esquece, Evie. E sabe o que podemos fazer? Nos vingar. Buscar justiça. É isso o que a gente faz.

Engoli em seco e assenti. Ele tinha razão. Não podia ficar me martirizando por causa de tudo o que havia acontecido, mas não esqueceria aqueles rostos assustados. Não esqueceria o Kent.

Nem minha mãe.

Eu tomaria parte nessa busca por justiça nem que fosse a última coisa que faria na vida.

— Mas isso não era a única coisa sobre a qual o Daemon queria conversar — acrescentou Luc, me dando a mão. Seguimos de volta para a casa. — Ele falou que tem desaparecido suprimentos. Comida. Remédios. E outras coisas. Não soube me dizer há quanto tempo isso vem acontecendo, mas tenho a impressão de que não é de agora.

Uma imagem do Nate se formou em minha mente.

— Não entendo por que alguém roubaria. As pessoas aqui têm todas as suas necessidades supridas — continuou ele. — A menos que os alimentos enlatados e as vagens tenham criado pernas e estejam fugindo, alguém está pegando as coisas.

— Vagens! — Franzi o nariz. — Eca!

Luc se virou para mim e deu uma risadinha. Entramos na cozinha.

— E se a gente só tivesse vagem para comer?

Pensei na possibilidade.

— Eu comeria, mas reclamaria o tempo todo.

— Respeito sua honestidade.

— Acho que devo parar de comer tudo o que aparece pela minha frente — comentei enquanto ele acendia uma das lamparinas. — Não quero criar ainda mais problemas.

— Se a gente precisar de mais comida, eu arrumo. Será como no tempo do homem das cavernas. Eu caço e você... — Ele não completou a frase.

Arqueei uma sobrancelha, esperando.

— Estou morrendo de curiosidade em saber que exemplo extremamente sexista você vai dar. Cuido da casa? Preparo o que quer que você tenha caçado na véspera? Espero pacientemente pelo retorno do meu homem?

— Eu ia dizer e você me prepara as armadilhas.

— Se saiu bem.

Um sorrisinho totalmente masculino repuxou os lábios dele. Surpreendentemente adorável. Luc, então, riu.

Gostei da risada. Ela me deixou com vontade de rir também e me aconchegar a ele, e foi o que fiz. Bom, fiz do meu próprio jeito, um tanto ou quanto desajeitado. Praticamente enfiei a cara no peito dele. Fiquei surpresa em perceber o quanto era fácil agir de forma tão afetuosa e íntima. Acho que nunca me acostumaria com essa facilidade, adquirida num período tão curto e tumultuado.

Será que era um período tão curto mesmo?

Nossa história, quer eu me lembrasse ou não, começara há anos.

Virei a cabeça e esfreguei o rosto na camiseta dele, apreciando o calor que atravessava a fina camada de algodão. Estava na hora de contar o que tinha acontecido. Ergui a cabeça.

— Aconteceu uma coisa hoje.

— Sou todo ouvidos. — Luc fechou as mãos em meus quadris e me suspendeu, me colocando sentada sobre a ilha da cozinha.

— Acho que pode ter algo a ver com a comida e o restante das coisas que vem sumindo, mas você precisa me prometer que não vai dizer nada pra Cekiah nem ninguém mais.

— Prometo.

Ergui as sobrancelhas.

— Promete? Simples assim?

Com um ligeiro franzir da testa, ele fechou as mãos nas minhas pernas e se aproximou.

— Minha vida é baseada em precisar-saber-das-coisas, você sabe. Além disso, somos como pão e queijo, Pesseguinho. A gente se apoia. Se você me pede para não contar alguma coisa, eu não conto, porque sei que tem um bom motivo para me pedir isso.

Sentindo um aperto no coração, soltei:

— Eu te amo. Espero que saiba o quanto eu te amo.

Sua expressão abrandou.

— Eu sei. Sempre soube — murmurou ele, me dando um beijo na testa. — Me conta o que aconteceu.

Forcei-me a engolir o nó em minha garganta e contei todo o lance sobre ter encontrado o Nate roubando comida da nossa despensa e o pouco de informação que eu conseguira arrancar do garoto.

— Merda! — Luc recuou um passo e correu os dedos pelos revoltos cabelos cor de bronze. — Quantos anos você acha que ele tem?

— Não sei. Sou péssima em presumir idade, mas eu acho que ele tem uns 13, mais ou menos? E parecia estar usando a mesma roupa há semanas, se não meses.

— Mais alguma coisa?

Fiz que sim.

— Não sei quantos são nem onde eles estão se escondendo, mas se o resto estiver nas mesmas condições, eles devem estar à beira da inanição, Luc. O Nate demonstrou pavor dos Luxen, o que eu posso entender. Pelo menos, até certo ponto. Não acredito que ele tenha acesso a todas essas notícias mentirosas sobre os Luxen.

— Só Deus sabe o que ele viu durante a invasão e no período logo depois, e ele é jovem. Merda, esse tipo de coisa pode traumatizar até um adulto, e criar um medo difícil de ser superado. — Ele cruzou os braços e se virou para olhar para o céu escuro através da janela da cozinha. — Se eu contasse isso pra Cekiah, ela imediatamente reuniria um grupo para encontrar as crianças e trazê-las para cá.

— A fim de ajudá-las? — perguntei, esperançosa.

Ele olhou por cima do ombro para mim.

— É, a fim de ajudá-las. Elas mal devem estar conseguindo sobreviver na cidade.

— Eu sei, mas se elas têm tanto medo quanto eu acho que tem, vão se esconder, Luc. E, considerando que têm andado por aí sem que ninguém as veja há tanto tempo, aposto que são boas nisso.

— Tem razão. — Ele se voltou novamente para a janela. — É um tanto preocupante que eles tenham conseguido passar pelos guardas que patrulham o muro e os limites da cidade, mas não fico surpreso. Passar pelo muro é uma coisa, mas a cidade é grande. De qualquer forma, não podemos permitir que eles fiquem zanzando por aí e se escondendo. Estou realmente surpreso.

— Com o quê?

— Que você não tenha tentado seguir o garoto.

— Pensei nisso — admiti. — Mas achei que seria um risco muito grande. Se ele me visse, jamais voltaria, e eu quero ajudá-lo… ajudar todos eles. Não posso nem imaginar como essas crianças conseguiram sobreviver na cidade por quatro anos.

— Nem eu. — Luc se virou para mim. — Mas segui-lo teria sido um risco maior do que você pensa, Pesseguinho. Você não sabe nada sobre ele, e embora eu não acredite que isso seja alguma armadilha preparada para a gente, não significa que o lugar para onde ele foi seja seguro.

— Sei disso. E não se trata de eu ser capaz de cuidar de mim mesma sozinha. Ser uma espécie de ninja e saber me proteger não é exatamente legal se isso significa perder completamente o controle. — Cruzei as pernas na altura dos tornozelos. — Mas também não significa que não vou tentar ajudar o garoto. Espero que ele volte.

Luc ficou quieto. Acho que sabia o que ele estava pensando.

— Sei que está desconfiado. Você tem todo motivo para estar, mas ele é só uma criança assustada e faminta. Não acredito que tenha nenhum adulto com eles. Se tivesse, não seriam eles quem estariam procurando comida?

— A princípio, sim. — Luc suspirou e voltou para perto da ilha. — Não vou dizer nada para ninguém, mas me prometa que vai me contar assim que o vir de novo.

— Isso é chantagem.

— O quê? — Ele se recostou na ilha.

— Nada, não. — Ri baixinho. — Tudo bem. Prometo. — Bati com o ombro de leve no dele. — Fico surpresa que você já não soubesse do garoto.

— Já falei, Pesseguinho. Não leio a sua mente se puder evitar. Você não pensou alto.

— Estou orgulhosa de mim mesma.

Ele bufou.

Apoiei o rosto no ombro dele.

— Você acha que ele vai voltar?

— Acho.

— Por quê?

— Porque depois de te conhecer, ninguém consegue ficar longe.

11.

Depois do jantar mais orgânico e do banho mais rápido e gelado da minha vida, sentei na cama, vestida com uma das camisetas do Luc, e comecei a desembaraçar os nós do cabelo. O quarto estava iluminado por uma série de velas e lamparinas. Enquanto aguardava o Original terminar o banho dele, pensei em outra coisa que a Kat e a Dee tinham dito e que havia caído para segundo plano após o aviso delas e o surgimento do Nate.

Luc era como um cofre à prova de fogo cuja fechadura eu desejava arrombar. Ele estava sempre focado em mim, no que eu estava passando ou como estava me sentindo. Eu era um trabalho ininterrupto, o que não era justo. Queria que ele pudesse contar comigo como eu…

Todo e qualquer pensamento coerente se desfez ao vê-lo sair do banheiro vestido num par de calças de moletom que pendiam dos quadris de maneira indecentemente baixa, e esfregando o cabelo com uma toalha.

— Pesseguinho — murmurou ele, baixando a toalha. — Você está me deixando sem graça.

Sentindo o rosto queimar, voltei a desembaraçar o cabelo.

— Não sei como você consegue demorar tanto debaixo daquela água gelada.

— É um dom. — Ele lançou a toalha sobre o gancho da porta do banheiro. Só usando a Fonte para aquela manobra funcionar. — Se quiser tomar um banho quente na próxima vez, posso dar um jeito.

Baixei o pente e olhei para ele. Tudo o que vi foi uma banheira soltando vapor.

— Como?

— A gente enche a banheira e eu a esquento usando a Fonte.

Fitei-o no fundo dos olhos.

— Por que só agora você me diz isso?

— Não tinha pensado nisso antes. — Ele veio para junto da cama. Sombras suaves dançavam sobre seu rosto e seus ombros. — O chuveiro seria um pouco complicado. Mas acredito que assim que aprender a controlar a Fonte, você vai poder esquentar seus próprios banhos.

Voltei os olhos para o banheiro, sonhando com banhos quentes. Se pedisse ao Luc para esquentar a água, ele faria agora mesmo, portanto sabia que faria amanhã também. O pedido coçou na ponta da língua.

Você vai poder esquentar seus próprios banhos.

Pedir ao Luc seria fácil, mas fazer sozinha seria muito mais gratificante.

Ele se sentou diante de mim.

— No que está pensando?

Voltei a desembaraçar minhas madeixas.

— Quero esquentar eu mesma.

— Tudo bem.

— Seria um objetivo, entende? Tipo, algo pelo qual trabalhar — declarei. — E funciona como uma espécie de prêmio.

— Tem razão.

— Então a gente começa amanhã, combinado?

— Combinado — respondeu ele após alguns instantes. — O Daemon sugeriu um lugar que acho que seria bom e seguro.

O alívio foi tanto que quase soltei o pente.

— Achei…

— Você achou que eu fosse desistir. — Os cabelos úmidos penderam de lado quando ele se deitou, apoiando-se no cotovelo.

Fiz que sim e baixei o pente.

— Sei que não está empolgado com a ideia de me machucar, e sei que tentou treinar o Micah e as outras crianças.

— Alguém andou abrindo o bico.

— Alguém que não você. — Bati com o pente no braço dele.

Luc jogou a cabeça para trás e agarrou o pente.

— Eu realmente tentei treiná-los e, no fim, acabei piorando as coisas.

— Você não tinha como adivinhar o que eles fariam.

— Eu não tinha como adivinhar o que eles não fariam — corrigiu ele, arrancando o pente da minha mão. — Mas você não é como eles. Não vou ficar pensando neles quando estivermos treinando.

— Promete?

Ele soltou o pente sobre a cama.

— Prometo.

Não sei se acreditava ou não. Sabia que o que tinha acontecido com os Originais deixara uma marca profunda.

— Seria compreensível se pensasse. Ninguém iria te culpar por isso.

— Eu sei, Pesseguinho. Estou mais preocupado com a possibilidade de machucar você do que com qualquer lembrança ruim que esse treino possa suscitar.

— E eu estou preocupada... — Soltei um arquejo ao vê-lo se mover com uma velocidade impossível de acompanhar.

De repente, ele estava de joelhos diante de mim. O Original fechou as mãos em meus quadris e me forçou a deitar de costas. Num piscar de olhos, me vi debaixo dele.

— Desculpa — disse ele, mantendo o peso apoiado no braço. — Mas você estava com cara de que precisava de um cobertor tamanho Luc.

Sentindo minha pulsação acelerar, apoiei a mão no peito dele.

— Você está tentando me distrair.

— Nunca! — rebateu Luc, a voz transbordando falsa indignação. Ele, então, soltou um pouco do peso sobre mim.

Inspirei de maneira superficial. Nenhum de nós estava usando muita coisa, especialmente eu, só de calcinha e com a camiseta dele, o que significava que não havia muitas barreiras entre nossas peles.

Ele abaixou a cabeça e pressionou um beijo no canto da minha boca.

— Gosto disso. — Luc remexeu os quadris, e uma descarga de sensações se espalhou pelo meu corpo. — De ser seu cobertor. Gosto muito.

Ofegante, envolvi o rosto dele com uma das mãos.

— Dá pra ver.

O Original ergueu a cabeça. As pupilas pareciam dois diamantes.

— Evie... — Seus olhos percorreram meu rosto. — Você não faz ideia no que estou pensando.

Eu queria conversar com ele sobre algumas coisas sérias, mas descobrir o que ele estava pensando me pareceu mais importante no momento.

— No quê?

Ele virou a cabeça e plantou um beijo no centro da minha palma.

— Você. Eu — dizendo isso, baixou a cabeça e roçou os lábios pelo meu rosto até chegar naquele ponto sensível logo abaixo da orelha. — E coisas sobre as quais até hoje só fantasiei.

Um forte calor inundou meus sentidos ao mesmo tempo que uma explosão de desejo varreu meu corpo em ondas. O Original pressionou um beijo sobre o ponto onde minha pulsação batia descompassadamente e, em seguida, desceu. Fechei os olhos, deixei a cabeça pender de volta no colchão e a virei de lado, garantindo-lhe livre acesso.

— Para fazer o que eu quiser? — murmurou ele contra minha pele, ouvindo meus pensamentos mais profundos.

Meus dedos dos pés se enroscaram.

— Não tenho ideia do que isso engloba — admiti.

Acariciando minha cintura, ele ergueu a cabeça e alinhou a boca com a minha.

— Podemos descobrir juntos.

Parecia um ótimo plano, e era tudo o que eu queria, mas...

Abri os olhos antes que me deixasse levar por completo e o forcei a erguer a cabeça.

— Tem algo que eu quero saber de você.

Seu olhar estava carregado de desejo.

— Qualquer coisa.

— Me fala sobre a Nancy Husher.

A mudança na expressão do Luc foi tão surpreendente quanto era de se esperar. O brilho de suas pupilas retrocedeu e o desejo se esvaiu de seus olhos. Os ombros ficaram tensos e os traços perderam a sensualidade, tornando-se duros e impiedosos.

— *Alguém* realmente andou abrindo o bico — observou ele, a voz sem nenhuma entonação.

— Alguém que não você — repeti baixinho, e continuei antes que perdesse a coragem. — O nome dela foi citado mais de uma vez.

— O que já é muito. — A luz das velas incidiu sobre o queixo dele. — O que você quer saber sobre essa mulher?

Continuei envolvendo o rosto dele em minha mão.

— Tudo.

Ele baixou as pestanas, ocultando os olhos. Um segundo se passou e, em seguida, outro. Luc, porém, não ergueu os olhos ao responder:

— A Nancy era uma mulher que no lugar do coração e da alma possuía apenas obsessão e ambição. Gentileza e empatia eram ferramentas que ela usava ou para ganhar a confiança dos outros ou para garantir que as pessoas a subestimassem.

Não havia nenhuma entonação em sua voz. Totalmente destituído de emoção, o Original parecia estar recitando um discurso. Ainda assim, pude sentir um ligeiro contrair do músculo de seu maxilar contra minha palma.

— Ela só se importava com os Originais, e não confunda o uso do termo *importava* com algum tipo de emoção humana. As mutações e reproduções forçadas? Foram ideia dela quando o Daedalus falhou em convencer os outros de que seus objetivos eram puros e quando o número de Luxen e híbridos dispostos a ajudar começou a diminuir. Não havia nada que aquela mulher não se dispusesse a fazer. Sequestrar pessoas? Matar entes queridos? Usar inocentes para controlar aqueles que poderiam ser úteis? Não havia limite que ela não ousasse ultrapassar. Ela era tão obcecada com o Daemon quanto era comigo. Já que não me tinha mais para exibir como o troféu máximo do seu sucesso, precisava do Luxen mais poderoso de todos para criar mais Originais ou transformar soldados voluntários que acreditavam em sua causa. Ela queria tudo: barba, cabelo e bigode.

Embora já soubesse de tudo isso, fiquei horrorizada.

— Ela estava obcecada em criar a espécie perfeita, e chegou bem perto de conseguir.

— Com você? — perguntei. — Ou com o grupo ao qual o Micah pertencia?

— A Nancy acreditava que eu era perfeito até eu fugir. A partir daí, ela e os outros começaram a trabalhar no soro Prometeu. Se eu tivesse ficado, ela nunca teria criado o Micah e...

— Se você tivesse ficado, nunca teria libertado a Zoe e todos os outros. Se não tivesse fugido, o mundo provavelmente estaria ainda pior — interrompi, precisando assegurar-lhe que nada do que a Nancy ou o Daedalus tinham feito era culpa dele. — Se tivesse ficado, a gente nunca teria se conhecido.

Seu maxilar pulsou contra a minha palma mais uma vez e, então, ele ergueu as pestanas. Ainda assim, não consegui ver seus olhos.

— Ela foi a única mãe que eu conheci.

Engolindo as palavras de solidariedade que sabia que ele não desejava ouvir, afastei a mão e dei um beijo naquele maxilar teimoso.

— Sabia que por um tempo achei que ela fosse a minha mãe? — disse Luc numa voz áspera, desviando os olhos. Deixei a mão cair. — Antes de desenvolver a capacidade de ler mentes. Achava que ela fosse realmente a minha mãe.

— Sinto muito — murmurei, porque se alguém definitivamente entendia isso, essa pessoa era eu, assim como sabia que não havia nada que eu pudesse dizer para aplacar a dor. — Como você descobriu?

— Através do Archer. — Ele dobrou o pescoço de um lado e do outro, como se estivesse tentando aliviar um torcicolo. — Ele era alguns anos mais velho do que eu, e o único Original sobrevivente de sua leva. Na época, a gente não sabia de quase nada. O Daedalus era o nosso lar, em todos os aspectos, bons e ruins.

Não dava sequer para imaginar o que seria isso.

— Mesmo criança, sabia que era tratado de forma diferente. Eu tinha mais privilégios. Jantares e petiscos melhores. Doces. Tinha permissão de assistir televisão, e a Nancy volta e meia me deixava ficar com ela enquanto trabalhava até tarde nos laboratórios. Por ciúmes, o Archer acabou me contando a verdade. Foi... um choque.

— Com certeza. — Corri o polegar pelo peito dele, logo acima do coração. — Imagino que sim.

— Você entende — disse ele baixinho. — Mas isso me abriu os olhos, e a única coisa que importa agora no que diz respeito a essa mulher é que ela está morta. Não como o Jason Dasher, mas cem por cento morta. Foi um esforço em conjunto, eu e o Archer, mas ela não vai retornar. — Seus olhos se fixaram nos meus. — Ela não passa de um punhado de cinzas, fertilizando um pequeno pedaço de terra em algum lugar de Montana, e eu não sinto um pingo de arrependimento. Isso te incomoda?

— Não — respondi sem hesitar. — A terra merecia coisa melhor do que as cinzas dela, mas fico feliz que esteja morta. Pelo que você fala, ela era um monstro pior do que o Dasher.

— Era mesmo, mas se foi e não provoca mais nenhum impacto na minha vida hoje. É por isso que não falo sobre ela. Não tenho motivo para pensar nela, nem eu nem ninguém. Especialmente a Kat e o Daemon. Ela não merece ser lembrada.

— Concordo, mas...

— Nenhum impacto, Evie. Eu me recuso a permitir — interrompeu-me ele. — Espero que essa resposta seja o suficiente pra você.

— É, sim. — Por ora. Ele não estava me contando tudo, mas até eu sabia quando parar.

— Ótimo. — Luc saiu de cima de mim e se deitou do lado dele da cama, mais próximo da porta. Sempre o mesmo lado. — É melhor a gente dormir. Se vamos começar a trabalhar com a Fonte, você precisa descansar.

— Tudo bem. — Sentei para me ajeitar e meter as pernas debaixo do edredom. As chamas das velas crepitaram e, então, se apagaram. Em seguida foi a vez das lamparinas. Olhei para o Luc. Ele estava de costas para mim.

Ele *nunca* ficava de costas para mim.

Dobrando um braço sobre a cintura, olhei para o contorno do corpo dele. Não acho que ele estivesse realmente puto. Irritado por eu ter mencionado a Nancy Husher? Talvez. Sabia, porém, que o que quer que o tivesse feito se virar de costas não tinha nada a ver comigo.

Apesar do que o Original dissera, ele não era tão indiferente à Nancy quanto gostaria de ser. E quem podia culpá-lo? Ninguém. Gostaria de ter algo mais para dizer. Aí, então, ele entenderia que não havia problema em se sentir furioso ou até mesmo triste pelo que aquela mulher havia feito com ele e os outros, assim como não havia problema em ficar feliz por ela estar morta.

Por ter sido ele quem a matara.

O que me perturbava era o fato de o Luc não se permitir sentir nada disso, mas não era algo que eu podia mudar em algumas horas ou mesmo numa noite. O que eu podia fazer era o que queria ser capaz de fazer. Ficar do lado dele e apoiá-lo, mesmo que ele não soubesse o porquê ou não quisesse.

Deitei de lado e me aconcheguei a ele até pressionar o peito contra suas costas. Em seguida, joguei o braço sobre sua cintura. Ele não se moveu nem demonstrou nenhuma reação, mas o mantive apertado de encontro a mim.

— Eu te amo — murmurei contra a pele quente de suas costas. Dizendo isso, peguei no sono sem nem mesmo um milímetro de espaço entre nós.

Tempos depois, acordei por tempo suficiente para senti-lo entremear os dedos nos meus.

❈ ❈ ❈

Λlgumas horas após o alvorecer, peguei-me parada no meio de um armazém abandonado nas cercanias de Houston. A luz do sol penetrava o ambiente através das janelas cobertas de sujeira, e centímetros de poeira cobriam as bancadas de trabalho.

Olhei para cima, imaginando que o teto de pé-direito alto devia ser feito de metal e gesso. Em outras palavras, coisas que provavelmente machucariam se ou quando caíssem sobre a minha cabeça.

Em pé a alguns metros diante de mim, Luc acompanhou meu olhar. Ele estava de volta ao normal, como se a gente não tivesse conversado sobre a Nancy Husher na noite anterior. Parte de mim estava aliviada, mas a outra parte continuava preocupada que ele tivesse enterrado aquela confusão de sentimentos no fundo do poço que era o Luc. Se eu sabia de alguma coisa, era que aquilo não era saudável, nem mesmo para um Original todo-poderoso.

— Tem certeza de que é uma boa ideia a gente fazer isso aqui dentro? — perguntei.

— É melhor fazermos longe de olhares curiosos — explicou ele.

Uma risada tão seca quanto o bolo de carne da cantina da escola ecoou de um dos cantos.

— Boa sorte. Espero que ninguém veja o prédio ruir sobre as nossas cabeças.

Trinquei o maxilar.

— *Ele* precisa estar aqui?

Luc lançou um longo olhar na direção do tal canto, onde o Grayson se encontrava sentado sobre algum tipo de gigantesco carretel de cabo.

— Por que você está aqui?

O Luxen de cabelos quase brancos deu uma risadinha. Como todos os Luxen, com aqueles olhos tom de safira e um rosto que parecia ter sido talhado à mão, ele era um exemplo perfeito de genética abençoada, embora sempre tivesse me parecido o mais desumano de todos os alienígenas que eu conhecera.

Provavelmente porque aqueles traços tão simétricos carecessem de qualquer vestígio de humanidade.

— Estou aqui para dar apoio moral — respondeu ele.

Revirei os olhos.

— Mais provável que esteja aqui para garantir que eu não mate você, Luc.

O Original riu.

— Você não vai me matar, Pesseguinho.

— E se eu matar o Grayson? — Fiz uma pausa. — Acidentalmente?

O Luxen arqueou uma sobrancelha, meteu a mão no bolso e puxou um pirulito de maçã verde.

— Eu ficaria triste — respondeu Luc. — O Gray é útil.

— Tão útil quanto uma frigideira de madeira — murmurei, vendo o Grayson desembrulhar o pirulito.

Luc soltou outra risada.

— Certo. Acho melhor a gente começar pelo básico.

— Básico parece legal.

Grayson bufou.

Inspirei fundo para manter a calma.

— Apenas o ignore — mandou Luc.

— Mais fácil falar do que fazer.

— Fácil ou difícil, você precisa aprender a ignorar as influências externas. Nem sempre quando você for usar a Fonte tudo vai estar quieto e tranquilo — declarou ele. — O mais provável é que esteja rolando uma grande merda. Você não vai ter o luxo de poder se concentrar, portanto, é melhor ir se acostumando.

— Então é por isso que ele está aqui? Para ser uma distração irritante? Faz sentido. — Sorri para o Luxen. — Obrigada.

Ele estreitou os olhos.

Ponto para mim.

Luc lançou outro longo olhar na direção do Grayson, que o Luxen ignorou completamente.

— Sabemos que, no seu caso, a Fonte é despertada quando você se vê sob alguma ameaça fatal ou quando sofre um forte estresse emocional. E a forma como você a utiliza nesses momentos é algo que somente os mais poderosos dentre nós conseguem fazer. Direcioná-la, transformá-la numa arma ou usá-la para moldar ou reconfigurar objetos físicos é extremamente difícil.

— Pena que ela não tem consciência de como faz isso.

Ponto para o Grayson.

— Isso, porém, me diz que você é mais do que capaz de usar a Fonte para fazer coisas mais simples — continuou Luc, como se o Luxen não tivesse aberto a boca. — Tenho pensado no que seria mais simples para você tentar fazer primeiro.

— Respirar? — sugeriu Grayson.

Mais um ponto para o Luxen.

— Para nós, invocar a Fonte é a parte mais simples. Desse jeito… — Uma suave luz branca crepitou em torno dos dedos dele. — Tudo o que eu fiz foi invocá-la.

Olhei para a Fonte.

— O que você quer dizer com invocá-la?

— Cara! — Grayson soltou um suspiro. — O dia vai ser longo.

Mais outro ponto para o Luxen.

Eu estava definitivamente ficando para trás nos pontos.

— O que eu quero dizer é que eu a chamo aqui dentro. — Luc botou a mão sobre o esterno, bem no meio do peito. — Consegue senti-la?

— Eu… — Deixei a frase no ar, incerta. Será que sentia alguma coisa ali? — Não sei. Qual é a sensação?

— Você não sabe qual é a sensação? — A voz do Grayson soou grossa como xarope de tanto desdém.

— Você está prestes a sentir meu joelho nas suas partes íntimas — retruquei. — Depois me fala qual é a sensação.

O Luxen meteu o pirulito na boca. Segundo ponto para a Evie.

Os lábios do Luc se retorceram num ligeiro sorriso.

— Para mim é como… uma corda enrolada no centro do peito.

Uma corda enrolada? Bom, não. Não sentia nada parecido.

— Para mim a sensação não é essa. — Grayson dobrou um dos joelhos e apoiou o braço nele.

— E como é? — perguntou Luc.

Ele deu de ombros de maneira preguiçosa.

— É como uma energia vibrando. Um zumbido. De vez em quando pelo corpo todo. Às vezes só no meio do peito.

Sentindo o coração acelerar, olhei para o Luxen. Isso eu já tinha sentido. Um monte de vezes.

Luc me lançou um olhar afiado.

— É assim pra você, Evie?

— Tenho me sentido mais inquieta desde a Onda Cassiopeia, principalmente nos últimos tempos. Como se não conseguisse ficar parada. — Levei a mão ao peito. — E essa estranha inquietação começa aqui. Achei que fosse por conta de tudo o que tem acontecido.

Luc fez que não, e as centelhas da Fonte que envolviam sua mão desapareceram.

— É por causa da Fonte. Você vai se sentir mais agitada do que se sentia antes.

— Ah! Vejam só! — Grayson sorriu, o pirulito ainda na boca. — Sou realmente útil.

Estava sendo mesmo.

Argh.

Deixa para lá.

— Certo. Consegue sentir essa agitação agora? — Luc me fitou de cima a baixo. O pequeno sorriso retornou. — Acho que sim.

Percebi que eu estava oscilando para frente e para trás, e parei.

— Escute seu corpo. — A voz do Original soou mais perto, mais baixa.

Não sabia direito como escutar meu corpo, mas comecei me concentrando na razão de estar oscilando. A energia vibrante estava ali. Não tinha reparado até então, mas era como um zumbido em minhas veias. Isso. Um *zumbido*. Como uma corrente elétrica de baixa voltagem, porém não só nas veias. Podia senti-la no centro do peito. Pressionei a base da mão sobre o ponto e dei-me conta de que havia algo ali.

Olhei para o Luc.

— Estou sentindo.

Ele sorriu.

— Ótimo. Agora quero que você a invoque. — Ele deve ter percebido minha confusão, porque acrescentou: — Visualize. — A Fonte apareceu em torno dos dedos dele mais uma vez. — Quero que se imagine fazendo isso.

Olhei da mão para o rosto dele, e de volta para a mão.

— É fácil assim? É só imaginar e pronto? Meus dedos vão ficar eletrificados?

Luc riu.

— Invocar a Fonte é fácil. Usá-la para o que você quer é outra história, mas como a gente já sabe, você é capaz de usá-la para fazer coisas formidáveis.

— Você quer dizer assustadoras — corrigi.

— Poderosas. — Os olhos dele se fixaram nos meus. — Isso é o que você é capaz de fazer. Coisas poderosas, Evie.

Ele tinha razão.

O que eu tinha feito com a April, depois na mata, e mesmo quando quase perdera o controle algumas noites atrás eram coisas poderosas. O difícil era controlá-las.

Baixei os olhos para minha mão, ainda pressionada contra o peito. O zumbido de energia continuava ali. Talvez já estivesse mesmo antes da Onda Cassiopeia, e eu apenas não soubesse reconhecer. Podia, porém, senti-lo agora.

— Tudo o que eu preciso fazer é imaginar? Só isso?

— Só — respondeu Luc. — Só isso.

Abri e fechei a boca.

— Jura?

Grayson soltou um suspiro tão forte que fiquei surpresa por ele não explodir todos nós.

— É. É fácil. — Ele inclinou a cabeça ligeiramente de lado e acrescentou, ainda com o pirulito na boca. — Pelo menos, deveria ser. A não ser que haja algo mais errado com você.

Fuzilei-o com os olhos.

— Não tem nada de errado comigo, exceto pelo fato de você estar aqui.

— Espera um pouco. — A Fonte se apagou novamente. Luc franziu o cenho. — Você nunca tentou invocá-la conscientemente antes?

— Bom... — Mudei o peso de um pé para o outro enquanto os dois me fitavam. — Quero dizer, na verdade, não.

O Original piscou.

— Como assim? — perguntou Grayson, boquiaberto, deixando o pirulito escorregar de sua boca. Ele, porém, o pegou antes que caísse no chão. — Você nunca tentou usar a Fonte? Nem uma vez?

— Não. — Na defensiva, cruzei os braços diante do peito. — Por que eu tentaria? Será que preciso lembrar os dois do que aconteceu nas poucas vezes em que usei a Fonte? Tirando a total falta de controle, em duas das três vezes que isso aconteceu eu sequer sabia quem eu era. Por que eu sairia por aí invocando conscientemente algo que poderia machucar as pessoas que eu gosto? Você não faz parte desse grupo. — Lancei outro olhar assassino na direção do Grayson, que franziu o cenho. — E não vamos esquecer que tudo aconteceu tem pouco tempo.

— Não, tem razão. — Luc se arrancou do estupor. Nunca o vira assim antes. — Pra você, isso não é uma segunda natureza, e você não tinha motivo algum para tentar, especialmente levando em conta o que já aconteceu. Eu devia ter pensado nisso.

— Devia mesmo — murmurei, embora estivesse me sentindo um tanto atordoada. Como se eu devesse ao menos ter tentado.

Jesus! Eu era pior do que um bebê Luxen. Não sabia nem qual era a sensação da Fonte...

— Você não é burra. — De repente, Luc estava diante de mim, envolvendo meu rosto entre as mãos. — E não é pior do que um bebê Luxen.

Não tinha tanta certeza.

— Eu é que devia ter pensado nisso. — Seus olhos perscrutaram os meus. — Para você, tudo isso é novidade, e tudo muito recente. Não tem nada de errado com você, ok?

Assenti com um menear de cabeça.

Grayson fez que não, mas foi esperto o bastante para ficar de boca fechada.

Luc baixou a cabeça e pressionou a testa na minha.

— Você consegue. Sei que sim. — Ele, então, roçou os lábios nos meus num beijo breve, porém, inacreditavelmente doce. Em seguida, soltou meu rosto e recuou. — Na verdade, isso é uma boa notícia.

Olhei de relance para o Grayson. Ele estava com os olhos fixos numa das janelas sujas, já sem o pirulito.

— Como isso pode ser uma boa notícia?

— Porque significa que você é capaz de usar a Fonte e controlá-la sozinha — explicou Luc. — E, sendo assim, é um grande buraco na teoria "só o Daedalus pode controlar seus poderes".

— Buraco em quê? — Grayson tinha voltado a atenção novamente para a gente.

Enquanto o Original explicava para o Luxen minha teoria sobre o Dasher ser a chave do meu controle, ou pelo menos tentar ser, pensei que se ele estivesse certo, esse seria um buraco e tanto, mas...

Ao olhar para minha boa e velha mão, não pensei no estranho efeito que eu tinha visto quando estava na casa da Kat nem na aparência da Fonte quando o Luc a invocava. Será que podia ser tão simples assim? Quase não dava para entender, mas e se fosse? Tudo o que precisava fazer era imaginar?

Acometida por uma súbita certeza, abri e fechei a mão. Até onde sabia, *era* o que eu tinha feito na mata. As imagens do que eu desejava fazer haviam pipocado em minha mente e a Fonte respondera de imediato, replicando o que eu via. Com a April, não tinha sido a Fonte, e sim puro treinamento. Eu tinha ligado o piloto automático, com minha consciência recaindo para segundo plano.

O zumbido no centro do meu peito aumentou, quase como se soubesse o que eu estava pensando. Seria por isso que vinha me sentindo mais agitada? Seria a Fonte pedindo para ser usada? Mas e se eu acatasse esse pedido e isso despertasse algo em mim que eu não conseguisse controlar?

O medo era como um manto envolvendo minhas costas, mas o zumbido de agitação só aumentava. Se eu não tentasse por medo do que *poderia* acontecer, o que será que aconteceria?

Nada.

Nada de bom, era isso o que aconteceria. Eu seria pior do que uma inútil, porque estaria escolhendo não fazer nada.

Eu não ia ser uma inútil.

Determinação e uma recusa absoluta em me sentar e não fazer nada viraram a arma que derrotou o medo. O zumbido em meu peito pulsava como o suave palpitar de um coração. O que eu estava sentindo não era ansiedade nem inquietação. Era o poder — um poder crescente dentro de mim. E, se isso era verdade, será que a recusa em usar a Fonte podia levar a situações como a da noite em que eu tivera o pesadelo, quando chegara a um ponto crítico? Não sabia, mas fechei os olhos mesmo assim. Em minha mente, vi a mão do Luc crepitando com o poder da Fonte e, então, troquei a mão dele pela minha e *desejei* que isso acontecesse.

12.

ma *centelha*.

Como se tivesse acendido um fósforo. Uma espécie de formigamento desceu pelo meu braço direito. Podia ser apenas minha imaginação ou uma ilusão decorrente do desejo, mas, se fosse, era a ilusão mais realista que eu já tivera.

— Pesseguinho? Olhe.

Foi o que fiz. Tanto o Luc quanto o Grayson me encaravam.

— Não para mim. — Luc sorria de maneira calorosa e reconfortante. Ao fitá-lo no fundo dos olhos, percebi uma espécie de calor que me fez pensar em beijos demorados e carícias suaves. Percebi, também, tudo que ele jamais tinha dito em voz alta.

Não sei por que, mas foi nesse momento que percebi que o Luc nunca tinha dito aquelas três simples, porém poderosas, palavras. Mas eu não precisava de palavras quando podia vê-las no modo como ele me olhava, quando podia senti-las em cada uma de suas ações.

Inspirei de maneira superficial e baixei os olhos para minha mão. Senti vontade de gritar aleluia diante do que vi, mesmo reparando que era bem diferente de quando o Luc tinha feito.

Uma luz branca envolta em sombras espiralava em torno da minha mão, entremeando-se entre os dedos. Ela pulsava e emitia pequenas línguas de poder que se assemelhavam a feixes de eletricidade.

— Eu consegui! — Quase não podia acreditar. Virei a mão. A Fonte acompanhou o movimento. Olhei de relance para o Luc, abrindo um ligeiro sorriso ao mesmo tempo que uma forte empolgação brotava em meu peito. — Eu consegui!

Ele sorriu também, um sorriso de orelha a orelha, do tipo que fazia com que seus traços, já belos, ficassem de tirar o fôlego.

E então eu vi, as mesmas manchas estranhas na pele do meu braço que eu tinha visto na casa da Kat. Pontos pretos brilhavam sob a pele.

— Está vendo isso? No meu braço? — perguntei, olhando para o Original.

Ele assentiu e correu os olhos por mim de cima a baixo.

— Não é só o seu braço, Pesseguinho.

— O quê? — Arregalei os olhos.

— É o corpo inteiro — observou Grayson, ainda parado no canto. Ele parecia uma estátua, tão imóvel que se não tivesse falado, ficaria na dúvida se estava respirando. — Um monte. No pescoço. Na bochecha direita.

— Meu corpo todo? — Baixei os olhos, mas resisti à tentação de suspender a camiseta para ver se havia pontos na barriga também. — Estou tendo um surto de catapora preta brilhante.

— Podia ser pior — retrucou Luc. Olhei para ele boquiaberta. — Você já ficou assim antes, Pesseguinho. Lá na mata. E, anteontem à noite, esses pontos apareceram nas suas bochechas.

— E não achou que seria uma boa ideia me contar?

— Não queria que você surtasse. — Ele fez uma pausa. — Obviamente.

— Eu não estou surtando!

O Original inclinou a cabeça ligeiramente de lado.

— Não?

Fechei a boca. Os pontos pareciam se mover sob a pele, se aproximando e, em seguida, se afastando.

— Vi algo parecido ontem quando estava com a Kat e a Dee. Não falei nada porque elas pareceram não perceber. Achei que estivesse vendo coisas.

— Interessante — murmurou Luc. — Pode ter sido uma manifestação da Fonte. O que você estava pensando ou sentindo quando viu?

Tentei lembrar do momento.

— A gente estava conversando sobre o fato de eu não lembrar nada do tempo que passei com o Daedalus.

— Faz sentido. Aposto que a conversa trouxe à tona emoções. — O Original estudou meu rosto de um jeito que me fez desejar ver o que ele estava vendo. — Os pontos devem ter aparecido só no seu braço, porque, caso contrário, elas teriam reparado.

— Quero ver como está a minha cara — falei, correndo os olhos em volta. Nenhuma das janelas estava limpa o bastante para tentar ver meu reflexo. Será que havia um banheiro por ali?

— Quando a gente voltar para casa, você pode ver.

Impaciente, mas sabendo que havia coisas mais importantes do que ver como estava a minha cara, deixei passar.

— Aposto que estou esquisita.

— Na verdade, é bonito — comentou Grayson, e eu quase caí dura tamanho o choque. Ele tinha me elogiado? O próprio Luxen deve ter ficado surpreso, porque ele também ficou com uma expressão de quem estava prestes a cair de cara no chão. Grayson desviou os olhos. Espera um pouco. Ele estava... *corando*? — Mas também é bem estranho — acrescentou. — Eu ficaria preocupado se fosse você.

Fiz uma careta.

— É bonito — observou Luc. Olhei de volta para ele, que sorria. — E diferente. A gente sabe como os Luxen e os Originais ficam quando usam a Fonte. De vez em quando não dá para perceber nada de diferente. Noutras vezes...

— As veias se acendem com uma luz branca ou as pupilas viram diamantes. — Engoli em seco. — Eu estou com as veias pretas?

Ele fez que não.

— Não no momento, mas lá na mata elas escureceram um pouco, e você ficou cercada por uma espécie de aura.

Que nem no pesadelo.

— O que significa essa aura?

O Original me estudou.

— Como você se sente quando isso acontece?

Ponderei sobre o assunto.

— Sinto... não sei, como se o poder... a Fonte... estivesse ganhando corpo dentro de mim. Como se estivesse extravasando para fora. — E, simples assim, respondi minha própria pergunta. Todas as vezes que eu vira um Luxen ou Original fazer isso, ele estava ou muito zangado ou prestes a encarar uma briga.

— Aí está sua resposta — disse Luc.

Dei-me conta de que ele queria que eu me conscientizasse de algo que, no fundo, já sabia. Estreitei os olhos.

— Você é irritante.

— E sexy.

Balancei a cabeça, frustrada, e voltei a observar a luz branca e preta que espiralava em torno dos meus dedos.

— Os Arum ficam com pontos pretos na pele?

— Não que eu já tenha visto. Eles são praticamente o oposto de um Luxen. Acho que é assim que o DNA deles se manifesta em você.

— Isso é muito louco!

Olhei para o Grayson. Eu não o escutara se mover, mas ele já não estava mais empoleirado sobre o carretel de cabo. Estava a apenas alguns metros de mim.

Com uma expressão curiosa, ele olhou para a minha mão, balançando a cabeça.

— Realmente parece uma mistura de Luxen com Arum.

Ele parecia tão surpreso que perguntei:

— Você não me viu lá na mata, viu?

Ainda olhando para a minha mão — para *mim* —, ele fez que não.

— O Dawson e eu tínhamos ido atrás dos membros restantes dos Filhos da Liberdade. Só vi o resultado do que você fez, e sei o que o Steven disse, mas...

— É preciso ver com os próprios olhos para crer — completou Luc.

— Nunca vi nada parecido. — Aqueles olhos extremamente azuis se focaram nos meus. — Você deve ter os poderes de ambos, de usar a Fonte de dentro para fora e de sugá-la para si.

— Talvez. — Fechei a mão, e as centelhas da Fonte se apagaram. Ah, não! — Não foi essa a minha intenção.

— Isso é normal — assegurou-me Luc. — Se você não a estiver usando para algo, precisa obrigá-la a se manter visível. Como está se sentindo?

Dei de ombros.

— Bem, eu acho.

— Nenhuma vontade louca de nos matar? — perguntou o Original.

— De me matar?

Grayson arqueou uma sobrancelha, nem um pouco impressionado com a observação.

Eu, por outro lado, achei uma merda que ele tivesse que perguntar.

— Não no momento.

Luc deu uma risadinha.

— Invoca a Fonte de novo.

Fiz que sim e invoquei. Senti a centelha — o puxão no centro do peito seguido pela descarga de energia. A luz envolta em sombras ressurgiu sobre a minha mão.

Ergui a mão e a virei lentamente, olhando para a manifestação da Fonte. Senti-me tola, com os joelhos bambos, completamente maravilhada por ser capaz de invocá-la conscientemente. Isso era...

Jesus, alguns meses atrás eu teria rido na cara de qualquer um que sugerisse que eu podia fazer uma coisa dessas.

— Agora quero que a faça desaparecer — instruiu Luc. — Você pode fazer isso de diversos modos...

Imaginei-a desaparecendo, e foi o que aconteceu. A luz faiscou e, em seguida, se apagou.

— Certo. — O Original riu.

Sorrindo feito uma idiota, fechei os dedos.

— Simplesmente a imaginei desaparecendo.

— Era um dos modos que eu ia sugerir. — Luc se recostou no banco e cruzou os braços. — Faz de novo. Invoca a Fonte e depois faz com que ela desapareça.

Repeti mais uma vez. E outra. Tantas que perdi a conta, e a cada vez os pontos brilhantes apareciam. Grayson chupou quatro pirulitos, fazendo com que me perguntasse quantos ele teria no bolso.

Luc não me pediu para fazer nenhuma outra coisa até não restar dúvidas de que eu podia controlar o invocar da Fonte. Ele, então, pegou uma caixa de papelão branca e a colocou no centro da mesa. Olhando para mim, disse:

— Quero que mova essa caixa. Não precisa invocar a Fonte para fazer isso, mas funciona do mesmo jeito. Apenas deseje que a caixa se mova. Imagine acontecendo.

Ignorei os roncos do meu estômago e me virei para a mesa. Mais uma vez, me perguntei se realmente seria tão fácil. *Imagine, e eles virão.* Abafei uma risadinha.

— Concentre-se — ordenou Luc baixinho. — Tente se concentrar.

— Quer saber? Vou ficar realmente irritada se eu imaginar a caixa se movendo e isso acontecer. Significa que perdi dias podendo ser inacreditavelmente preguiçosa.

— Pesseguinho...

— Eu podia ter imaginado portas abrindo e fechando, roupas se desdobrando sozinhas, potes de manteiga de amendoim vindo até mim — expliquei.

— Podia ter ficado deitada na cama o dia todo fazendo a comida vir até minha boca.

— Seus objetivos são tão nobres! — Grayson havia voltado para seu carretel de cabo e retomado o jeito arrogante.

— Não conheço objetivo mais nobre do que fazer a comida vir até mim enquanto estou deitada — retruquei.

— Deixa eu adivinhar, você nunca tentou mover nada? — Grayson bufou e desembrulhou mais outro pirulito. — Achei que todos os humanos tentassem isso pelo menos uma vez por dia.

Revirei os olhos.

— A gente tenta de vez em quando. Não todos os dias. — Bom, pelo menos eu não. Não queria me decepcionar diariamente percebendo que não era capaz. — E, não. Desde que tudo aconteceu, não tentei nada.

— Estou chocado!

Esquece a caixa branca idiota. Imaginei o carretel de cabo escorregando de debaixo do Grayson.

Nada aconteceu.

— Evie — advertiu Luc. Ele, porém, parecia estar se segurando para não rir.

Grayson ergueu os olhos do pirulito.

— Que foi? — Ele tirou o doce da boca. — O que você está fazendo?

— Nada — menti.

— Você está tentando fazer alguma coisa comigo? — O Luxen riu. — Não estou nem um pouco preocupado. — Ele meteu o pirulito de novo na boca. — Nem um pouco. Quer saber por quê? Mover objetos é uma das coisas mais difíceis de aprender e controlar, mesmo para o mais jovem e brilhante dos Luxen. Você pode ter sido treinada e tudo o mais, mas obviamente não se lembra de nada. Portanto, vá em frente. Me dê um motivo pra rir, porque isso tá começando a ficar inacreditavelmente entediante.

Ah, eu ia dar uma coisa para ele, sim, com certeza. De repente, dei-me conta de que imaginar o objeto se movendo não era a chave. A chave era a intenção por trás. A *vontade*. E, o mais importante, *saber* que eu era capaz.

Não imaginei o carretel deslizando pelo chão. Dessa vez, *desejei* que ele fizesse isso. A pulsação no centro do meu peito foi sutil, algo que eu provavelmente não teria reparado se não estivesse prestando atenção.

A coisa aconteceu muito rápido, menos de um segundo entre o pensar e o ato. Foi como se um fio invisível tivesse sido amarrado ao carretel e puxado com *força*. O carretel saiu rolando pelo chão, levantando poeira e derrubando o Grayson, que caiu com um satisfatório baque. O Luxen ficou sentado no chão, o pirulito pendendo precariamente do canto da boca, os olhos brilhando num tom artificial de azul.

— Está entediado agora? — perguntei docemente.

Grayson se levantou num pulo e se virou para mim. Onde tinha ido parar o pirulito eu não fazia ideia. Suas pupilas viraram dois diamantes, e o centro do meu peito pulsou. Os pelos do meu corpo se eriçaram, e todo o meu ser, inclusive o que havia dentro de mim, se focou no Luxen.

Ele olhou por cima do meu ombro, o maxilar trincado. Em seguida, recuou um passo, e o brilho dos olhos se apagou.

— Se você fosse outra pessoa...

A ameaça pairou no ar entre nós. Sabia que não tinha sido eu quem o detivera, e sim a pessoa parada atrás de mim.

Isso me irritou.

A Fonte pulsou intensamente, pressionando contra minha pele de um jeito muito parecido com o que acontecera na noite do pesadelo. Não precisei baixar os olhos para saber que eu estava cercada por uma aura.

— Não é com o Luc que você devia se preocupar — falei. A voz era a minha, as palavras também. Estava falando sério.

— Ele devia? — perguntou Luc baixinho, ainda parado atrás de mim. — Ele devia se preocupar, Evie?

Precisei pensar com cuidado sobre como eu desejava responder. Parte de mim, uma parte sombria e escondida, desejava que o Grayson tentasse me atacar, e não sabia ao certo se isso tinha algo a ver com a Fonte ou não.

No entanto, por mais que eu desejasse arrancar o Grayson de seu pedestal, não queria machucá-lo seriamente, e era isso o que aconteceria. Eu ia acabar com ele se não me contivesse.

— Não — respondi, soltando o ar com força. A tensão em meu peito abrandou, e a sombria luz se dissipou como fumaça ao vento. — Não precisa.

Uma expressão de surpresa cruzou o rosto do Luxen, que olhou por cima do meu ombro de novo, erguendo as sobrancelhas.

— Que foi? Quer que eu arranque a pele dos seus ossos? — perguntei, virando-me para o Original. Ele estava *sorrindo*. Pisquei. — Por que você está sorrindo?

— Porque você realmente queria acabar com o Grayson — respondeu ele, os olhos brilhando.

— E por que isso te faria sorrir? — Eu estava chocada.

— Porque você escolheu não fazer — respondeu o Luxen. — Entenda o que aconteceu.

Lancei-lhe um olhar furioso por cima do ombro, e estava prestes a dizer a ele que tinha mudado de ideia quando entendi.

— Eu me detive. — Voltei os olhos novamente para o Luc. — Puta merda, eu senti a Fonte! Estava prestes a liberá-la, mas me detive.

O sorriso do Original aumentou ainda mais.

— É, se deteve mesmo. Você tem controle, Pesseguinho. Agora mova a maldita caixa.

✸ ✸ ✸

Grayson não estava mentindo. Mover objetos não era exatamente fácil. Embora eu tivesse conseguido arrancar o carretel de debaixo dele, mover a caixa foi outra história.

Eu não estava zangada com a caixa.

O que demonstrava a relação entre emoção e resultado. Se eu estivesse zangada, era melhor todo mundo fugir correndo. Caso contrário, todos podiam tirar um cochilo.

Consegui mover a caixa após várias tentativas frustradas, mas só depois de o Luc dizer:

— Imagine-se com vários braços invisíveis... capazes de se esticar por metros e metros. Sei que soa ridículo, mas agora pega esses braços todos e envolve eles com a Fonte. Não do jeito como eu ou o Grayson fazemos, mas com a sua Fonte.

Isso soava realmente ridículo, e me levou a imaginar todos os tipos diferentes de coisas invisíveis que não tinham nada a ver com o exercício pedido, mas, quando finalmente consegui me concentrar e fiz o que o Luc havia instruído, a caixa veio direto na direção da minha cabeça.

Foi nesse exato momento que aprendi que, se você pretendia mover um objeto, precisava planejar onde desejava que ele parasse.

Alguns dias eu me sentia mais idiota do que noutros. Hoje estava sendo um desses dias.

Quando o Luc, enfim, deu por encerrado o treino, o Grayson desapareceu num piscar de olhos. Cansada e com fome, fiquei ligeiramente aliviada por estarmos voltando para casa, embora quisesse treinar mais.

Encorajada pelo sucesso que havíamos tido e um pouquinho mais confiante, senti uma nova esperança, como se pela primeira vez achasse que tinha uma chance real de retomar o controle da minha vida. Estava *excitada*, querendo fazer mais. Tudo bem, talvez *excitada* soasse estranho, mas queria descobrir exatamente o que eu podia fazer.

Lembrei o quão rápido o Grayson tinha desaparecido.

— Me pergunto se posso correr mais rápido agora — comentei ao descermos por uma rua deserta, exceto pelos carros abandonados que exibiam mais ferrugem e danos causados pelo sol do que pintura. Eu não parava de correr os olhos pelo entorno na esperança de ver o Nate, embora soubesse que era cedo demais para ele retornar.

— É uma boa pergunta. Não sei. Os híbridos são fisicamente mais fortes e mais rápidos, mas não tanto quanto um Luxen, Arum ou Original. Assim sendo, do ponto de vista técnico, você deveria ser capaz de correr bem rápido. Mas tanto quanto eu ou os outros? Não sei dizer.

Não tinha certeza do que faria se pudesse correr razoavelmente rápido, visto que só tinha feito isso uma vez, quando minha vida estivera ameaçada. E, mesmo então, tinha corrido como uma tartaruga com uma perna quebrada.

— Podemos continuar a praticar quando chegarmos em casa?

— Acho que você deve ir com calma e descansar.

Franzi o cenho.

— Antes que me pergunte por que, e sei que está prestes a fazer isso, é porque não quero que exagere até entendermos melhor o que você é capaz de fazer naturalmente além de derrubar o Grayson de bunda no chão.

Meu franzir de cenho virou um sorriso.

— Cara, foi muito legal. Vou lembrar disso pelo resto da vida.

— O melhor de tudo foi que você provou que pode controlar a Fonte, mesmo estando zangada.

Verdade, mas...

O que isso realmente provava? Certo, eu estava zangada com o Grayson, mas nada parecido com a fúria ou o pânico que tinha sentido no pesadelo. O que eu tinha feito hoje não significava que não podia perder o controle ou dar uma de Troiana robótica para cima de todo mundo.

E, simples assim, a ligeira confiança que tinha adquirido se esvaiu.

— Mas o que isso realmente prova? — perguntei, sentindo uma brisa fresca soprar pela rua.

— Prova muito mais do que você está pensando, Pesseguinho. — Luc me deu a mão. — Você pode usar a Fonte e controlá-la. É simplesmente como um músculo que atrofiou pela falta de uso. Acho que com mais umas duas sessões, você vai ficar surpresa com o que conseguirá fazer.

Cerca de uma dúzia de cenários se desdobrou diante de mim. Abrir e fechar portas com o poder da mente. Acender e apagar velas. Fazer com que um pote de manteiga de amendoim e uma colher viessem da cozinha até minha mão. Esquentar meu próprio...

— Pesseguinho. — Luc riu, levando minha mão até a boca e plantando um beijo nas costas dela. — Nem mesmo eu consigo fazer com que um pote de manteiga de amendoim saia de um cômodo diferente sem que ele bata numa parede.

— Mas supostamente eu sou mais incrível do que você, então talvez eu consiga.

— Você já é mais incrível do que eu. — Ele continuou me puxando ao passarmos pelo campo coberto de mato que flanqueava a rua. Escutei ao longe o mugido choroso de vacas. — Vamos praticar mover outras coisas primeiro, depois a gente vê se você consegue mover as mais difíceis.

— Tipo?

— Tipo pessoas capazes de resistir.

Arregalei os olhos.

— Que nem você?

Ele assentiu.

— Ou o Grayson. Tenho certeza de que a Zoe topa participar.

— Mas e se eu machucar algum de vocês?

Luc olhou para mim.

— Você não machucou o Grayson hoje, mesmo querendo.

Ele tinha razão.

Olhei para o campo, imaginando que outras coisas mais mudariam na minha vida.

— Isso faz de mim uma pessoa má? Eu querer machucá-lo?

— Quem não quer machucar o Grayson?

Abafei uma risada.

— Ele estava tentando te irritar de propósito — acrescentou ele. — E é extraordinariamente bom nisso.

— É mesmo — murmurei, ponderando sobre o assunto. — Está me dizendo que ele não estava me irritando só porque é um babaca, mas para ver o que eu conseguia fazer?

— Exato. — Luc fez uma pausa. — Mas também porque é um babaca. É uma das qualidades dele.

Não tinha ideia de como alguém podia considerar isso uma qualidade.

— Hoje foi um dia proveitoso. Ninguém precisou machucar ninguém. Ninguém se feriu — comentou ele, observando o céu nublado. — Bom, exceto talvez pelo orgulho do Grayson e um ou dois pirulitos. Tampouco foi preciso te deixar em pânico ou realmente chateada. Vou considerar um avanço e um passo na direção certa.

Apertei a mão dele e resolvi considerar o dia um sucesso também.

— Então — falou o Original de modo arrastado. — Quer ver se consegue correr rápido?

Parei de supetão.

— Achei que você tinha dito para pegarmos leve.

— Se você conseguir correr mais rápido do que antes, será por conta da mutação. É a Fonte atuando como combustível, mas não é igual ao que você fez hoje. — Um brilho travesso iluminou-lhe os olhos. — Ou está cansada demais? Se estiver, posso te carregar. Vem cá. — Ele me puxou pela mão. — Pode subir nas minhas costas...

— Não preciso que você me carregue. — Desvencilhei minha mão da dele. — Vamos correr. Até onde?

O sorriso maroto retornou, aquele que fazia com que eu me sentisse como se tivesse um ninho de borboletas carnívoras na barriga.

— Até nossa casa. Sabe o caminho?

— Se a gente cruzar o campo, sei.

— Então vamos. Vou contar até três.

Não tive tempo para repensar ou perguntar nada. Luc começou a contar imediatamente e, ao chegar no três, partiu em disparada, um borrão em meio ao mato que batia nos joelhos.

— Merda! — gritei.

Uma risada selvagem ecoou ao meu redor. Xinguei mais uma vez e parti também. A princípio, não notei nada de diferente. Ele estava tão à frente que parecia apenas um pontinho ao longe, o que era superinjusto. Por que eu não conseguia correr rápido? Eu devia ser uma Troiana defeituosa.

Tinha que ser capaz de correr como o Luc. *Tinha.*

O zumbido de energia voltou e, então, eu não estava mais me arrastando pelo campo, estava *correndo*.

Não sei exatamente quando ganhei velocidade, mas ganhei, e puta merda, eu estava correndo rápido — *tão* rápido que podia sentir pedacinhos de grama e poeira açoitando meu rosto e meus braços. Não sentia nenhuma queimação nas pernas nem dor na barriga ou nos pulmões. Meu coração batia acelerado, mas não dava a sensação de que ia explodir. Luc entrou em foco um pouco mais à frente. Eu o estava *alcançando*.

Eu corria tão rápido que era quase como se estivesse *voando*.

E era libertador. Não havia espaço para ponderações enquanto o vento soltava mechas do nó que eu tinha dado no cabelo pela manhã. Não estava pensando no que eu havia feito nem no que isso poderia significar ou não. Nenhum espaço para pensar no Jason Dasher ou no Daedalus. Nem para a mistura sufocante de raiva e pesar que acompanhavam cada lembrança da minha mãe. Enquanto corria, não me preocupava com a Heidi, a Emery ou o James. Não me perguntei se o Nate retornaria ou como as outras crianças estavam conseguindo viver. Havia apenas a música gerada pelos batimentos do meu coração e o esmagar da relva sob meus pés.

Quando alcancei o Luc e passei por ele, soube que chegaria primeiro, e cheguei. Só desacelerei quando alcancei a porta da frente e praticamente a derrubei.

Girei nos calcanhares, a respiração acelerada, mas não pesada. O Original apareceu um ou dois segundos depois de mim, o cabelo revolto e espetado pelo vento.

Rindo e sentindo o coração martelar, entrei recuando na sala.

— Não acredito que ganhei de você.

— Nem eu. — A porta se fechou assim que ele entrou, os olhos parecendo duas lascas de ametista. Meu estômago se contraiu diante da intensidade de seu olhar.

— Qual é a sensação de não ser o melhor? — perguntei, parando ao sentir as panturrilhas baterem na mesinha de centro.

— Sou um mau perdedor. — As mãos dele se fecharam nos meus quadris e, antes que desse por mim, fui suspendida e jogada de costas no sofá. Luc se deitou em cima de mim. — Você vai ter que me fazer sentir melhor.

— Você vai ter que aceitar.

Ele abaixou a cabeça e suspendeu minha camiseta, ao mesmo tempo que murmurava algo em meu ouvido que fez minhas bochechas e várias outras partes do corpo queimarem.

— Estou suada — falei.

— Eu também. — Ele me beijou, e um arrepio estonteante percorreu meu corpo.

Fechei uma das mãos no ombro dele e entremeei a outra nas mechas da nuca.

— Estou suja.

— Não ligo. — Luc encobriu minha boca novamente e roçou o corpo no meu. A sensação foi pura e simplesmente deliciosa. — No começo, antes de você ficar doente, a gente vivia apostando corrida. Paris ficava louco porque a gente volta e meia fazia isso dentro de casa e acabava não só derrubando tudo como discutindo no final.

Meu coração martelou por um motivo totalmente diferente.

— Por quê?

— Porque você ficava puta quando eu te deixava ganhar — respondeu ele. Ri diante do absurdo daquilo. Luc me beijou de novo, dessa vez com voracidade. — Senti falta disso.

— Você não me deixou vencer dessa vez.

— Verdade. — Seus lábios, ainda colados nos meus, se abriram num sorriso. — Não deixei. Você não faz ideia do quanto fico aliviado por isso.

Eu sabia por que ele ficava. Meu peito apertou. Era mais uma prova de que eu não estava doente — de que não estava morrendo. Ele sabia, mas acho que tinha dificuldade em aceitar, tal como eu tinha dificuldade em acreditar que usar a Fonte pudesse ser tão fácil. Parte dele ainda não acreditava que eu não estava mais doente.

Pressionei a testa na dele, esperando pela primeira vez que ele estivesse escutando meus pensamentos quando disse: *Eu te amo.*

Por mais absurdo que pudesse soar, tive a sensação de o escutar murmurar: *Eu sei.* Não podia, porém, ter sido isso, claro, porque seus lábios estavam mais uma vez ocupados com os meus.

Meus dedos se fecharam com mais força nos cabelos do Original, cuja mão continuou subindo lentamente até alcançar o sedoso tecido do…

Senti um estranho formigamento na nuca ao mesmo tempo que o Luc congelou acima de mim. Ele se levantou, olhando por cima do ombro para a porta. Antes que pudesse compartilhar o que eu havia sentido, ele disse:

— É a Dee.

Um momento depois, escutamos uma batida — um *esmurrar*.

13

ão havia um único aspecto sobre dar à luz que pudesse ser considerado remotamente atraente.

Sem dúvida bebês eram fofos quando não estavam competindo com as suas entranhas por espaço, e o lance de ciclo da vida era um milagre por si só, mas...

Outro grito rasgou o céu noturno, seguido por uma litania da mais impressionante combinação de palavrões que já ouvira na vida. A maioria dirigida ao Daemon.

Eu me encolhi.

Na verdade, todos os palavrões foram dirigidos ao Daemon.

Coitada da Kat.

Deveria haver uma lei cósmica que exigisse que os homens sentissem tudo o que as mulheres sentiam durante o parto.

Não fazia a menor ideia de que horas eram. Tinha acabado pegando no sono antes de toda a gritaria me acordar no susto. Alguém me cobrira com uma manta quadriculada em tons de fúcsia e turquesa. Não devia ter sido o Luc, pois ele teria me acordado.

Segundo as últimas informações da Dee, fornecidas horas após ela ter aparecido lá em casa, tudo estava ocorrendo "de acordo com o esperado".

Como podia ser esse o caso se o Daemon tinha mandado chamar o Luc e eu não vira nenhum dos dois sair lá de dentro depois disso? E já passava muito da meia-noite.

O Original teria vindo falar comigo se desse, e embora eu não tivesse visto a dra. Hemenway com meus próprios olhos, o velho veículo movido a gasolina que me lembrava um daqueles bugres usados na praia continuava parado em frente à garagem. Segundo a Zoe, o robusto veículo utilitário pertencia à médica. Havia vários iguais a ele espalhados pela Zona 3, para uso dos humanos que não tinham a capacidade de correr com uma velocidade supersônica.

O peso da preocupação se abateu sobre meus ombros. Eu não sabia muita coisa — certo, não sabia *nada* — sobre dar à luz, mas imaginava que algo fora do esperado devia estar acontecendo.

Não conhecia a Kat muito bem, e o Daemon provavelmente preferiria me ver pelas costas, mas esperava com todas as células do meu ser que tanto a mãe quanto a criança saíssem dessa inteiras e saudáveis.

Elas tinham que sair.

Kat era uma híbrida, nem de perto tão fraca ou propensa a morrer quanto um humano. Além do mais, se a intervenção médica não fosse suficiente, ela tinha o Daemon, os irmãos dele e o Luc, que podiam invocar a Fonte e usá-la como energia de cura.

Ela e o bebê *iam* ficar bem.

Foi o que fiquei repetindo para mim mesma enquanto aguardava sentada numa das brilhantes almofadas azuis do sofá de vime, sob a luz cálida de uma fileira de lâmpadas solares presas à lona que cobria a garagem. Sozinha, observei a brisa brincar com o tecido. Zoe tinha saído com um jovem que deduzi ser um Luxen antes mesmo que ele se apresentasse. Cekiah mandara chamá-la e, aparentemente, eu não podia saber o motivo.

Olhei para a manta. Se tinha sido a Zoe quem trouxera a coberta, onde ela estava agora? Podia também ter sido qualquer outra pessoa. Um monte de gente passara por aqui no decorrer da noite. Luxen e híbridos que eu nunca tinha visto e, de vez em quando, um humano na companhia de um Luxen. Estava direto com aquela sensação estranha de fios de teia em volta do corpo, embora no momento estivesse cansada demais para ponderar se era a Fonte dentro de mim reconhecendo sua presença em outros... ou a possibilidade de estar atravessando uma teia de aranha atrás da outra, ou ainda, deitada sobre uma teia gigantesca.

Se descobrisse que estava coberta de teias de aranha, ia atear fogo a mim mesma. Juro.

De qualquer forma, todos se calavam ao me ver. Ninguém que passou para saber como a Kat e o Daemon estavam ou se havia notícias ou algo que eles pudessem fazer para ajudar veio falar comigo. Somente uns poucos mais corajosos me cumprimentavam com um sorriso meio sem graça, o qual eu retribuía um tanto ansiosa demais.

Havia tamanha solidariedade aqui. Duvidava que a Kat e o Daemon fossem grandes amigos de todos que deram uma passadinha, mas as pessoas se importavam o suficiente para vir checar, o que, na minha opinião, dizia muito tanto sobre o Daemon quanto a Kat, e sobre todos os que vieram.

Sabia que o Nate e quem quer que vivesse com ele na cidade seria acolhido de braços abertos, bem cuidado, e com acesso a toda a comida de que precisasse. Eles seriam aceitos. Esperava apenas ter a chance de convencer o garoto.

Mas eu?

Será que essas pessoas ficariam mais à vontade comigo depois de um tempo? Depois que eu provasse não ser uma estranha perigosa?

Esperava que sim, visto que este provavelmente seria meu lar por sei lá quanto tempo. *Nosso lar*. Luc e eu tínhamos uma casa. Mais ou menos. Não era como se ele tivesse saído para procurar um apartamento para a gente ou algo do gênero, mas éramos só nós. De qualquer forma, o farfalhar em meu peito era tão grande quanto as asas de um pterodátilo.

A Zona 3 tinha que se tornar um novo lar, porque não apenas eu precisava de um lugar para poder continuar treinando o uso da Fonte, como nem o Daedalus nem os Filhos da Liberdade podiam me encontrar aqui.

Pelo menos, esperava que não.

No momento, estava segura. Não era preciso ser um gênio para saber que não estaria se estivesse lá fora. Precisava fazer com que nossa história aqui funcionasse.

Eu tinha a Zoe, e a Heidi chegaria logo. As duas eram mais do que suficientes, mas queria fazer amigos aqui também. Criar laços. Algo que me garantisse mais do que um sorriso meio desconfiado. Diabos, ficaria feliz com um simples oi. O que parecia tolo no grande esquema das coisas, mas queria me sentir parte do que eles estavam fazendo aqui, e não uma convidada indesejada.

Eles só precisavam de tempo. Apenas isso.

Acrescentei esse pensamento ao mantra "Kat e o bebê vão ficar bem", e apertei o botão de repetir.

Mudei de posição no sofá e desdobrei as pernas. Minha barriga doía um pouco. O rápido jantar que a Zoe e eu tínhamos comido enquanto aguardávamos por notícias só fizera aumentar meu apetite. Talvez eu estivesse tendo contrações empáticas.

Cara, a Kat era foda. Quando a Dee viera nos colocar a par do que estava acontecendo, ela mencionara por alto que a cunhada recusara todo e qualquer remédio para dor. Kat fizera essa opção para o caso de alguém vir a precisar deles mais do que ela. Mas quem poderia precisar mais do que alguém empurrando para fora um ser humano em miniatura? Na minha opinião, parto natural era algo *inconcebível*. Eu jamais passaria por uma coisa dessas sem estar totalmente dopada.

Uma lufada de vento sacudiu a pesada lona da garagem. Do lado de fora, a noite estava escura e silenciosa, exceto pelo ocasional cricrilar de um grilo... ou grito de dor. Encolhendo-me debaixo da manta, olhei de relance por cima do ombro para a porta lateral que não era aberta já fazia um tempo. Tinha achado melhor não entrar com o Luc. Embora a Kat e eu tivéssemos tido uma boa conversa na véspera, eu não a conhecia tão bem assim. Não queria me intrometer num momento que deveria ser compartilhado com familiares e amigos. Não queria atrapalhar, e, bem, também não tinha sido convidada.

Para não falar que também não desejava ver o que estava acontecendo lá dentro.

A estranha sensação de teias de aranha se insinuou novamente em minha nuca, mas, dessa vez, não fiz a dancinha do será-que-tem-um-inseto--andando-em-mim. Esperei para ver se era um Luxen ou uma aranha gigante vindo...

De repente, virei a cabeça na direção da porta ao escutar um grito feroz quebrar o silêncio, o qual terminou num gemido cansado. Com uma careta, puxei a manta até o queixo. Precisava definitivamente descobrir se Originais e não Originais podiam gerar bebês, visto que não desejava nunca ter que passar pelo que estava rolando lá dentro. Jamais.

— Você parece oficialmente traumatizada.

Soltando um arquejo, virei a cabeça de novo. Grayson estava parado bem debaixo da lona, as luzes lançando um brilho suave sobre sua figura. Ainda assim, ele me fazia lembrar uma daquelas estátuas de gelo. Fiquei imediatamente apreensiva. Depois do treino que tivéramos hoje, tinha quase certeza de que ele devia estar fantasiando em fazer de mim o tema de um daqueles episódios de *Forensic Files*, no qual eu era assassinada e tinha o corpo jogado aos porcos.

Ele arqueou uma sobrancelha um ou dois tons mais escura do que o cabelo louro penteado ao estilo "boi lambeu".

— Eu assustei você.

— Não. — Mantive a manta junto ao queixo. — Não assustou, não.

— Tem certeza? — debochou ele. Cara, o Grayson fazia uma das mais impressionantes caras de deboche que eu já vira na vida. Ele olhou por cima do meu ombro para a porta fechada e, em seguida, aqueles olhos de um azul glacial se fixaram em mim. — Você parece realmente traumatizada.

Baixei a manta devagarinho, pensando em como responder à observação. Desde que o conhecera, tínhamos tido somente uma única conversa *quase* sem troca de farpas, e por mais que ele tivesse dito que os pontos em minha pele ao usar a Fonte criavam um efeito bonito, isso talvez fosse decorrente de algum severo traumatismo craniano. Não tinha a menor ideia do que o Luxen andara fazendo antes de vir se juntar a mim e ao Luc. Até onde sabia, ele talvez tivesse batido com a cabeça na parede uma série de vezes.

— Escutar alguém dar à luz é um pouquinho traumatizante — admiti.

Ele meteu a mão no bolso da calça e puxou um pirulito. Um de seus poderes alienígenas devia ser a capacidade de conjurar um estoque infinito daquelas coisas.

— Então espero que você e o Luc estejam se precavendo.

Ergui as sobrancelhas.

— Ou você vai acabar se pegando de surpresa aos gritos até altas horas da madrugada. — Ele se recostou contra a parede lateral da garagem e desembrulhou meticulosamente o pirulito. — Porque para vocês dois a concepção não é impossível, de modo que é melhor que o Luc esteja usando algum tipo de proteção.

Por um bom tempo, tudo o que consegui foi ficar olhando para ele, até que, enfim, pude formular uma resposta coerente.

— Definitivamente não quero conversar com você sobre o que eu e o Luc fazemos e como fazemos...

Ele ergueu uma das mãos e disse:

— Não preciso de detalhes, mas obrigado.

— Não estava oferecendo detalhes — rebati, enterrando os dedos na beirada da manta.

— Tudo o que estou dizendo é que não é impossível. Ele é um Original e você é... bom, o que quer que seja, mas aposto que tem DNA alienígena suficiente no seu corpo para tornar a concepção possível. — O Luxen meteu a embalagem no bolso e ergueu o pirulito como se estivesse fazendo um brinde. — Assim sendo, parabéns.

Balancei a cabeça, chocada. Luc e eu não tínhamos falado sobre qualquer tipo de proteção, ainda que tivéssemos chegado perto das vias de fato uma ou duas vezes. A gente provavelmente devia ter conversado sobre isso antes mesmo de cogitarmos a ideia, mas nenhum de nós iria transar com apenas pensamentos e orações como proteção.

— Repetindo. O que o Luc e eu fazemos ou deixamos de fazer não é da sua conta. Portanto, vou fingir que essa conversa nunca aconteceu, valeu? Ótimo.

Grayson soltou uma risadinha de deboche e meteu o pirulito na boca. Ele, então, simplesmente me fitou.

Os pelos do meu corpo se eriçaram. A velha Evie teria desviado os olhos e se perguntado o quão rápido eu conseguiria fugir dele. Mas eu não era mais essa pessoa. Assim sendo, encarei-o de volta. Se era uma disputa para ver quem desvia os olhos primeiro, eu estava nessa para ganhar.

— Precisa de mais alguma coisa? — perguntei, num tom tão doce que chegava a ser diabético.

O Luxen sorriu com o pirulito na boca e cruzou os braços diante do peito.

— Estou apenas aguardando notícias.

— Não dá para esperar em outro lugar? — perguntei.

Ele deu de ombros.

— Aqui me parece um lugar tão bom quanto qualquer outro. Por que te incomoda… — Grayson fez uma pausa. — *Nadia?*

Não tive nenhuma reação ao escutá-lo usar meu nome verdadeiro, nem mesmo um ligeiro contrair dos músculos. Minha mente tampouco enveredou pelo caminho tenebroso das memórias perdidas.

— Tem um monte de lugar para você sentar. — Soltei a manta e fiz um gesto amplo com a mão, indicando os outros móveis. — Fique à vontade.

— Estou bem aqui. Obrigado. — Um músculo pulsou no maxilar dele.

Sabendo que o Luxen já estava irritado, não mordi a isca. Em vez disso, sorri. Acho que cheguei até a bater os cílios.

— O sofá é muito mais confortável — insisti, recusando-me a desviar os olhos. — Acho que a poltrona também. Melhor do que ficar em pé segurando a lona da garagem.

— Melhor ficar onde estou — retrucou ele. — Não queremos que o teto caia sobre a sua cabeça.

— Vamos ser honestos. — Recostei-me no assento, puxei as pernas e apoiei os pés na almofada ao meu lado. — Você adoraria ver isso.

Ele inclinou a cabeça ligeiramente de lado, a haste do pirulito girando num círculo lento.

— Você não faz ideia do que eu adoraria ver.

Os comentários dele sempre soavam como uma ameaça velada ou algo que alguém desesperado por atenção postaria no Facebook. Em geral, eles me deixavam babando de raiva, mas no momento eu estava cansada e preocupada demais com a Kat para me importar.

— Tem razão. Não faço mesmo.

— Tem muita coisa que você *não* sabe, não é mesmo? — desafiou ele. — Nenhuma lembrança de quem realmente é. Nenhuma ideia do que se tornou. Até hoje, você sequer tinha tentado usar a Fonte, e continua sem ter a menor ideia de como impedir a si mesma de ter um surto psicótico e…

— Acabar matando um bando de gente inocente? Verdade — interrompi. — E tenho certeza de que tem muito mais que eu ainda não sei. A gente pode anotar. Você tem papel e caneta? Faz uma lista. Aí, conforme eu for descobrindo, a gente vai riscando.

Grayson pressionou os lábios numa linha fina, fazendo com que a haste branca parasse de se mover.

— Juntos — acrescentei.

Ele desviou os olhos e trincou o maxilar com tanta força que fiquei surpresa pela haste do pirulito não se partir ao meio.

Ponto duplo para a Evie!

Senti vontade de pular do sofá e sair correndo pelo jardim, soltando gritos de vitória. A-há! Eu tinha ganhado. Tinha realmente vencido a disputa de quem desviava os olhos primeiro. Aquele Luxen podia ir tomar…

— Está demorando muito — declarou ele, interrompendo minha vanglória.

— O quê? — Quase tive medo de perguntar.

— O parto. — Grayson olhou para a porta atrás de mim. — É um Original que está tentando nascer. Em geral, o parto é rápido e doloroso. — Seus olhos se voltaram novamente para mim, parecendo piscinas negras sob o céu da meia-noite. — E, antes que me pergunte, não, não sou um especialista, mas sei o bastante. Definitivamente mais do que você.

A última parte não me irritou nem um pouco, e não teve nada a ver com o fato de eu estar cansada e faminta. Jesus, eu estava morrendo de fome de novo.

— Você acha que ela está tendo algum problema.

— Acho que existe um bom motivo para o Luc continuar lá dentro até agora. — A atenção dele se voltou mais uma vez para a porta fechada. — Muitas mulheres não sobrevivem ao nascimento de um Original.

Fui invadida por uma profunda ansiedade.

— Mas a Kat é uma híbrida, e o Daemon pode curá-la...

— Às vezes essas coisas não são suficientes.

Fiz menção de argumentar que elas tinham que ser, mas...

Ó céus!

Da mesma forma que de vez em quando todos os avanços médicos do mundo não eram suficientes.

Fechei um braço em volta da barriga e olhei por cima do ombro para a porta. Foi então que a ficha caiu. Olhei de volta para o Grayson.

— Se a Kat morrer...

— O Daemon também morre — respondeu ele, confirmando uma ideia que eu sequer queria acalentar. — A força vital deles está intrinsicamente interligada. Se um morrer, o outro morre também. E, se a criança sobreviver, será órfã.

Abri a boca para falar, mas não sabia o que dizer. Enquanto sentia um bolo de emoções se formar em minha garganta, dei-me conta de que realmente não havia nada que eu pudesse dizer. Não havia palavras para situações como essa. Afundei-me no sofá e baixei os olhos para as mãos.

— Foi isso o que aconteceu com os pais do Luc? — perguntei, imaginando que talvez o Grayson soubesse. Luc me dissera que tinha quase certeza de que seus pais estavam mortos, mas isso fora antes de eu descobrir que era a Nadia, e, na época, ele só me contava as coisas pela metade.

— Talvez — respondeu o Luxen após um longo momento. — Ou isso ou eles perderam seu valor depois de o Daedalus conseguir o que queria.

— Que horror! — murmurei, declarando o óbvio.

— Os pais dele talvez nem se conhecessem. Eles podiam não ser nada parecidos com a Kat e o Daemon — declarou ele de maneira tão fatalista que meu corpo inteiro se contraiu. — O Luc talvez seja o resultado de uma mutação e concepção forçadas. A maioria dos Originais era.

— O que não faz com que seja menos terrível.

— Não. — Ele continuou olhando para a porta. — Faz com que seja ainda pior.

Verdade. Fazia mesmo.

Pensei nas vezes que o Luc tinha ameaçado o Daemon e o Dawson.

— Eram ameaças vazias.

— Sobre o que você está falando?

— Das vezes que o Luc ameaçou o Daemon e o Dawson — expliquei. — Ele disse uma vez que não queria ser responsável pela Beth ficar viúva, mas ele sabia o que aconteceria...

— Se a ameaça foi séria ou não depende do quanto ele estava zangado na hora, mas se eu fosse você não acreditaria que as ameaças dele são vazias.

— O Luc não mataria...

— Ele é capaz de qualquer coisa — interrompeu-me Grayson. Olhei para ele. — Talvez seja mais outra coisa que você esqueceu.

Não dava a mínima para o que ele estava insinuando. Luc jamais seria capaz de matar o Daemon sabendo que isso mataria tanto a Kat quanto o bebê. O mesmo valia para o Dawson e a Bethany.

Um profundo silêncio recaiu entre nós enquanto ambos nos entregávamos a nossos próprios pensamentos. Não conseguia mais repetir o mantra — *Kat e o bebê vão ficar bem* — com a mesma confiança. Humanos morriam o tempo todo, e só porque os Luxen e todos aqueles que carregavam seu DNA conseguiam lutar contra a morte e ganhar com frequência, não significava que eles fossem imortais. Tal como o Grayson dissera, às vezes isso não era o bastante.

E quanto aos pais do Luc? Deus do céu, não queria nem pensar nisso. Será que eles tinham se amado? Será que sabiam o nome um do outro? Luc devia pensar nessas coisas, e se para mim já era difícil, não podia nem imaginar...

— Sinto falta do Kent — disse Grayson tão baixinho que sequer tive certeza se tinha escutado direito. — Ele diria algo completamente idiota agora. Totalmente fora de propósito. Algo que não faria o menor sentido, mas...

Chocada pela declaração, observei o semblante estoico do Luxen, destituído de sua corriqueira expressão de deboche ou desdém, se desmontar ligeiramente. Apenas uma pequena fissura, quase imperceptível, mas eu percebi. Estava em seus olhos, no breve instante em que ele os fechou e a pele do rosto repuxou. *Ali.* Ali estava o traço de humanidade que eu só testemunhara duas vezes antes, ao ver o Kent morrer e, por mais bizarro que pudesse soar, ao descobrir que eu era, na verdade, a Nadia.

Se o Grayson fosse o James, a Zoe ou um canguru raivoso, eu teria me levantado e o abraçado. Mas estávamos falando do Grayson, e tinha a sensação de que, se fizesse isso, ele não iria gostar e eu acabaria me arrependendo.

O que não significava que não podia ser solidária a uma distância segura.

— Ele teria feito você rir. Teria me feito rir — comentei, um pouco engasgada. — Sei que não conhecia o Kent há muito tempo, mas também sinto falta dele.

Grayson trincou o maxilar e assentiu com um breve menear de cabeça.

— Ele foi o primeiro humano que conheci.

— Você o conhecia desde criança?

Luc tinha explicado que alguns dos Luxen que já viviam aqui antes da invasão moravam em comunidades, tipo bairros, e quase nunca tinham contato com o mundo dos humanos. O público em geral achava que essas "estranhas" comunidades provavelmente eram cultos malucos ou algo do gênero.

Nós tínhamos uma incrível capacidade de encontrar respostas lógicas para situações ilógicas.

Espera um pouco.

Eu não podia mais me incluir nesse *nós* ao falar dos seres humanos.

Grayson voltou os olhos para mim mais uma vez e me fitou de um jeito estranhamente intenso.

— Conheci o Kent quando estava com 16 anos.

Repeti mentalmente o que ele acabara de dizer, somando dois mais dois e acrescentando o olhar com o qual ele estava me fitando. *Santos Luxen diabólicos*, Grayson era um dos invasores...

Uma súbita sensação de dedos fantasmagóricos roçando minha nuca me pegou tão de surpresa que ergui a mão e dei um tapa no pescoço. Não havia nada ali, somente pele. Lancei um olhar por cima do ombro.

A porta se abriu e, quando o Dawson apareceu, toda e qualquer ponderação sobre o que o Grayson acabara de admitir caiu para segundo plano. Mesmo com metade do rosto envolto em sombras, não havia como confundir a tensão em seu semblante.

Todos os meus músculos enrijeceram. Não consegui forçar minha língua e meus lábios a formularem a pergunta que eu queria fazer.

Por sorte — ó céus, eu jamais admitiria isso —, o Grayson estava ali e não possuía nenhum filtro.

— Eles estão vivos?

Fitei-o com os olhos arregalados.

Certo, talvez eu não fosse *tão* grata assim por sua falta de tato.

Dawson já devia estar acostumado com ele, porque simplesmente assentiu e respondeu:

— Por enquanto.

Não foi exatamente a melhor resposta do mundo, mas também não foi a pior.

— O Daemon está de olho na Kat, e o Luc está lá para ajudar o bebê. Preciso ir ver como a Ash está. A Zouhour ficou cuidando dela — explicou ele. Não tinha ideia sobre quem ele estava falando. — Ela geralmente acorda por volta dessa hora querendo um copo d'água e...

Querendo o pai.

Ele atravessou a garagem e, em seguida, parou.

— O parto da Beth também não foi fácil. — A voz dele soou tão áspera que chegou a machucar. — Ela está lá com a Kat. Acho que isso ajuda, entende, ver a Beth? Funciona como um lembrete de alguém que passou pela mesma coisa e que saiu dessa bem.

Não sabia se isso ajudava ou não, mas assenti mesmo assim. Então me dei conta de que o Dawson estava de costas e não podia me ver.

— Acho que ajuda, sim.

— É. — A voz dele foi pouco mais que um sussurro, as mãos crispadas ao lado do corpo. Sabia que ele devia estar morto de medo por conta do irmão e da Kat. — Já volto.

Recostei-me no sofá e o observei desaparecer noite adentro. Todos eles tinham passado por tanta coisa! Seria muito injusto, cruel demais, se a Kat, o Daemon ou o bebê morressem.

— O que você acha que ele quis dizer com o Luc estar lá para ajudar o bebê?

— Ele provavelmente está tentando impedir que o bebê entre em sofrimento fetal enquanto o Daemon tenta ajudar a Kat.

— Ele pode usar a Fonte para isso... para ajudar um *bebê*? — Um bebê ainda dentro da mãe?

— O Luc pode fazer praticamente qualquer coisa com a Fonte — respondeu Grayson. A simples ideia me deixou maravilhada. — Evie.

Ainda olhando na direção por onde o Dawson desaparecera, perguntei-me por que não tinha escutado mais nenhum grito.

— Que foi?

— Por que você está esfregando o pescoço?

Eu estava? Franzi o cenho. Estava. Continuava esfregando mesmo que a estranha sensação tivesse passado pouco depois que o Dawson aparecera. Surpresa por ele ter reparado e sem saber ao certo como responder, me virei para o Luxen.

— Não sei. Por quê?

Grayson me observava com os olhos estreitados.

— Se você for razoavelmente parecida com um Original ou um híbrido, não é por causa de um torcicolo.

— Ahn... — falei de modo arrastado. — Não, não é.

A haste do pirulito tinha parado de se mover novamente.

— Você sentiu alguma coisa?

Cerrei os punhos e dei de ombros.

— Como pode não saber? — Ele se aproximou um passo.

O movimento me deixou novamente apreensiva.

— O que isso te interessa?

— Você sabe que os Luxen podem sentir outros Luxen, certo? — observou ele. — Os híbridos sempre sabem onde está aquele que os transformou. E os Originais podem sentir tanto um quanto o outro e quando um Arum se aproxima. O quão próximo os outros precisam estar para que sejam sentidos varia de Luxen para Luxen, Original para Original e híbrido para híbrido. Mas, quando um Original ou um híbrido sente a presença de um Luxen, eles dizem que é como o roçar de dedos invisíveis na nuca ou entre as omoplatas.

Eu estava acompanhando o que o Grayson estava dizendo, mas, de repente, me senti estranha. Não a sensação esquisita de dedos fantasmagóricos ou de teias de aranha em volta da nuca, mas como se meu corpo estivesse se movendo, ainda que soubesse que não estava.

Será que o sofá tinha se movido?

— Faz sentido — continuou Grayson, enquanto eu apoiava as mãos no sofá. Não. Ele estava parado. — Você sentiu um segundo antes de eu aparecer, certo? Eu a vi remexer os ombros como se tivesse um bicho andando sobre sua pele e, ainda há pouco, você olhou para a porta ao mesmo tempo que eu senti o Dawson se aproximar.

— Peraí. — Aquilo chamou minha atenção, e fiz a pergunta mais idiota possível. — Você estava me observando?

— Estou sempre observando — admitiu ele, como se fosse a mesma coisa que admitir gostar de tomar chá no meio da tarde.

— Certo. Essa é a coisa mais assustadora...

Fui atingida por uma espécie de sopro ao mesmo tempo que a garagem pareceu girar.

Levantei num pulo e pressionei a lateral da cabeça. Por um segundo, senti como se estivesse com o corpo totalmente inclinado para a direita, mas eu estava reta. Fechei os olhos. Foi um erro. Péssima ideia, terrível, horrorosa. O mundo inteiro pareceu estremecer.

Num piscar de olhos, Grayson estava ao meu lado.

— Tudo bem?

Será que estava? Meu coração martelava contra as costelas. Engoli em seco, inspirei de maneira superficial e olhei para... a calça do Grayson? Eu estava curvada ao meio. Quando isso tinha acontecido?

— Tudo. — Pisquei. A tontura passou tão rápido quanto havia surgido. Pelo menos, achava que sim. Empertiguei o corpo e olhei para a mão do Grayson, apoiada sobre meu ombro.

Ele estava me tocando.

Grayson nunca me tocava.

Bom, exceto naquela vez em que o Luc fora baleado e meu crânio tivera uma conversa íntima com o teto de um SUV. Grayson havia curado a mim e o Luc, o que significava que provavelmente havia me tocado. Mas, apesar do que o Luc dissera, tinha certeza de que o Original havia ameaçado acabar com a raça do Luxen para que ele me curasse.

Grayson percebeu onde meus olhos estavam repousados e puxou a mão de volta como se ela estivesse pegando fogo. Tão de perto, seus olhos pareciam o céu antes de uma tempestade.

— Tá me sacaneando?

Recuei um passo. Não podia acreditar que ele tinha tido coragem de perguntar uma coisa dessas.

— Estou. Você sabe, já que está tudo tão calmo, achei que seria uma boa fingir estar doente.

Ele fez um muxoxo.

— Não me surpreende.

Ignorei o comentário, imaginando como eu podia ter achado que havia algum traço de humanidade naquele Luxen. Peguei a manta que havia caído no chão.

— Afinal de contas, você não está sendo o centro das atenções no momento. — A voz dele soou tão venenosa quanto uma víbora. — Será que você é tão carente de atenção que precisa fingir...

— Você tem sorte de já ter acabado de comer esse maldito pirulito, caso contrário eu o faria engoli-lo.

Ele soltou uma risada debochada.

— Eu deveria ficar preocupado? — perguntou ele, repetindo o que o Luc tinha dito enquanto estávamos treinando. — Ou será que o que aconteceu mais cedo foi um acidente fortuito? Se bem me lembro, você só precisou tentar umas cem vezes antes de conseguir mover a caixa.

Não tinha levado cem tentativas. Só umas 24.

— Deixa pra lá. — Seus traços endureceram. — Tirando ficar parada e deixar os outros morrerem, não há muito que você consiga fazer quando a gente realmente precisa, certo?

Inspirei fundo e recuei mais um passo, sentindo as palavras como uma facada no peito. Olhei para ele fixamente.

— Merda — murmurou Grayson, desviando os olhos. — Não quis dizer...

— Quis, sim. — Joguei a manta sobre o sofá. Em seguida, virei de costas e comecei a andar. Não sabia para onde estava indo. Talvez para casa. Talvez resolvesse continuar andando. Tudo o que importava no momento era me afastar do Grayson, porque, caso contrário, havia uma boa chance de que ele realmente precisasse se preocupar.

Estava me sentindo ainda mais estranha.

Como se houvesse alguma coisa *errada*.

Uma espécie de nervosismo, como se meu sangue e minha pele estivessem zumbindo. Um formigamento brotou nos dedos dos meus pés e subiu para as pernas. Foi mais forte do que qualquer das vezes anteriores, e era a Fonte. Podia senti-la pulsando no centro do meu peito. Uma fina camada de suor cobriu minha testa.

De repente, Grayson estava diante de mim.

— Evie...

— Sai — murmurei. Pelo menos, achava que tinha.

O ar pareceu esquentar — não, minha temperatura é que havia subido. Eu estava pegando fogo e, ao mesmo tempo, estava fria, gelada, e meus olhos...

Havia algo errado com eles.

Grayson parecia cercado por um maldito *arco-íris*. Uma miríade de cores o envolveu por inteiro por alguns segundos antes que ele voltasse ao normal, iluminado apenas pelo brilho das lâmpadas solares.

É, isso não era nada normal.

Cambaleei alguns passos. Trêmula, brandi o braço às cegas para afastar a lona. O material se abriu como que varrido pela força de um furacão.

Não sabia dizer se havia tocado a lona, pois minha pele parecia... não conseguia sentir a pele.

Com o coração martelando e a pulsação a mil, inspirei fundo, mas foi como tentar respirar por um canudo entupido. Levei a mão ao peito. Meu coração batia rápido demais. Talvez não fosse a Fonte. Talvez fosse um ataque de pânico. Eu nunca tivera um antes, mas a Heidi costumava ter quando era nova, antes da gente se conhecer. Ela os descrevera para mim uma vez, e parecia muito com o que eu estava sentindo agora — como se meus fios internos estivessem em curto e meu corpo inteiro fora de controle.

Já estava no meio da entrada escura da garagem quando a coisa aconteceu.

Uma tontura petrificante e arrebatadora explodiu, espalhando-se pelo meu corpo numa onda poderosa que me sugou por completo.

Não senti o impacto com o chão. Não senti nem vi nada, apenas escutei o Grayson me chamando. Mas não consegui responder. Nem mesmo quando a voz do Luc substituiu a dele. Nem quando o Original me implorou para abrir os olhos.

Eu tinha desmaiado.

Evie.

Escutei vozes diferentes me chamando em momentos distintos. Reconheci algumas, a do Luc era a que mais se repetia.

De vez em quando ele apenas dizia o meu nome; noutras falava comigo como que numa conversa unilateral.

— A Zoe está preocupada com você, Pesseguinho. Todo mundo está, até o Grayson.

Grayson? Não podia ser verdade, mas por que alguém estaria preocupado? Minha mente estava embotada demais para tentar descobrir. Eu só estava cansada, e precisava dormir. Não havia nada com que se preocupar.

— Você precisa acordar, Evie. — A voz do Luc soou como um sussurro cálido e sedoso em meio à reconfortante escuridão. — Abra esses lindos olhos para mim. Por favor.

Queria fazer o que ele estava me pedindo, porque o Luc não era alguém que costumava implorar nada a ninguém, mas eu não estava pronta. Os sonhos me chamavam.

Sonhei que estava em casa.

Atravessei a sala de estar silenciosa com perfume de maçãs frescas e abóbora, e segui para a cozinha.

Ela estava sentada à ilha, de costas para mim, os cabelos louros presos num impecável rabo de cavalo e a blusa branca sem um único amassadinho.

Ela.

Sylvia Dasher.

Luxen.

Criadora.

Traidora.

Minha mãe.

Parei de supetão, incapaz de me mover. Olhei para ela, o coração martelando ao mesmo tempo que um misto de emoções explodia dentro de mim. Podia sentir a raiva, como um veneno. Confusão também, porque eu sabia que estava sonhando, embora parecesse mais uma lembrança. E, por baixo de toda essa confusão de sentimentos explosivos, felicidade. Apesar de tudo o que eu sabia, de tudo o que essa mulher havia feito, das mentiras que havia me contado, estava feliz em vê-la. Aliviada.

Ela bebericava algo em uma caneca enquanto virava as páginas de um livro que eu não conseguia ver. De repente, senti o perfume rico de café somado aos outros.

Café. Maçãs. Abóbora.

Minha casa.

Forçando minhas pernas a se moverem, dei mais um passo e parei. Algo a respeito da mesa de jantar atraiu minha atenção. Um arranjo de flores estava posicionado no centro: lírios brancos num vaso transparente, flanqueado por dois castiçais de ferro. Nunca tinha visto flores ali antes. Lembrava disso muito bem, porque minha mãe não era uma pessoa que apreciasse flores. Ela uma vez me dissera que não gostava de ver uma coisa tão linda fenecer.

Meu olhar se voltou para a parede. Havia um quadro novo pendurado. A paisagem de uma montanha em preto e branco. Lentamente, voltei minha atenção mais uma vez para ela, com medo de que, se falasse, ela desapareceria, retornando para onde quer que os mortos fossem.

Dei mais um passo à frente e parei de novo. Reparei numa pequena mancha arredondada sobre o piso de madeira. A mancha havia sido esfregada, mas não desaparecera por completo.

— *Não se preocupe com o piso. Ele vai ser trocado, vai ficar como se nunca tivesse acontecido nada.*

Ergui a cabeça e prendi a respiração.

Mamãe virou o rosto ligeiramente para a direita.

— *Estava esperando você.*

Fechei os olhos com força ao sentir o pinicar de lágrimas. Era a voz dela. Suave. Calma. Cada palavra dita como se tivesse pensado bem antes de falar. Totalmente diferente da última vez que a escutara.

Aquela mulher era uma mentirosa, e só Deus sabia se alguma vez ela havia dito a verdade, mas era minha mãe.

— *Sente-se aqui comigo* — disse ela. — *Está na hora.*

Inspirei de maneira entrecortada e perguntei:

— Na hora de quê?

Ela deu um tapinha no banco ao seu lado, a mão pálida.

— *Não vou te machucar. Prometo.*

Senti um deslocamento de ar e, em seguida, um corpo roçando o meu, me calando antes que eu pudesse responder. Assustada, virei-me e senti o chão escapar de debaixo dos meus pés.

Uma garotinha de cabelos louros aproximou-se lentamente, como se cada passo demandasse grande esforço. Seu cabelo batia na cintura, uma cintura tão estreita que dava para fechar as mãos em volta dela. Ela era magra, excessivamente magra. A camiseta preta pendia dos ombros, e os braços eram tão finos e frágeis que pareciam que iriam se quebrar com um simples virar do pulso. As pernas, sem um pingo de gordura ou músculos, mal conseguiam sustentá-la. Ela não parecia uma menina naturalmente magra ou com metabolismo acelerado. Parecia doente.

Alguém que estava morrendo.

Ela era eu — mais nova, quando ainda atendia pelo nome de Nadia.

Com os olhos arregalados, observei-a se sentar no banco, os braços cruzados sobre o colo e os ombros caídos. Ela, porém, encarou minha mãe sem um pingo de medo nos olhos.

Confusa, olhei para minha mãe e a versão mais jovem de mim. Seria um sonho ou uma lembrança?

— *Ele prometeu não machucar o Luc, mas tentou mesmo assim* — disse a garotinha, *trincando o maxilar branco como cera.* — *Por que eu deveria confiar em você?*

— *Porque eu mantive a minha promessa* — respondeu minha mãe.

A versão moribunda de mim mesma riu — bem na cara dela. Acho que naquele momento desenvolvi uma quedinha por mim mesma, o que era tão estranho quanto soava.

— *Nenhum de vocês fala a verdade.*

— *Quem você acha que só fala mentira?*

— *O Daedalus. Você não está salvando a minha vida porque sente compaixão por garotas doentes. Você quer controlar ele, e eu sou um jeito de conseguir isso.*

— *Ainda assim, o Luc te trouxe aqui. E te deixou aqui.*

— *Porque ele é um idiota.*

Pisquei.

Minha mãe riu, um som dolorosamente familiar.

— Não, é porque ele te ama, mesmo que não saiba o que isso significa. Ele está disposto a fazer qualquer coisa para te dar uma segunda chance.

— Como eu disse, ele é um idiota. — Ela ergueu o queixo. — E nada do que você faça ou diga vai me fazer confiar em você.

Aquela era eu.

A coragem em suas palavras e no olhar me fizeram sorrir. Ela era ousada. Eu costumava ser ousada.

Encorajada ao ver quem eu era antigamente, fui até a ponta da ilha. Meus olhos repousaram primeiro na minha mãe. Ela estava virada para a Nadia, mas o perfil era o dela, o rosto, as linhas suaves no canto dos olhos, o único sinal de sua verdadeira idade.

Sylvia Dasher tinha uma espécie de beleza revigorante. Os cabelos lisos na altura do queixo tinham a cor de champagne. Os traços eram angulosos, com maçãs do rosto destacadas, e ela não usava nenhuma maquiagem. Podia contar nos dedos as vezes que a vira de rímel e batom. Assim era a Sylvia.

Olhei, então, para a Nadia, vendo a mim mesma de verdade pela primeira vez. Reconheci meus traços no formato do rosto dela. Nadia, porém, era tão branca que as sardas saltavam aos olhos, e as olheiras mais pareciam hematomas. Seus olhos estavam inchados como se ela tivesse chorado, e eu achava que sabia o motivo. Luc acabara de deixá-la aqui. De me deixar aqui. Meu peito apertou. Dava para perceber uma expressão de cautela em sua boca, cujos lábios exibiam um tom ligeiramente azulado. Ela também tinha dificuldade em respirar, como se precisasse de todas as suas forças só para inflar os pulmões.

Quanto tempo mais eu teria aguentado se o Luc não tivesse me levado para eles? Meses com certeza não. Provavelmente nem semanas. Talvez uns poucos dias. Eu tinha chegado muito perto de morrer.

— Você vai acabar confiando — retrucou minha mãe após um longo tempo, num tom quase triste, resignado. Ela tamborilou os dedos sobre o livro. — Olha isso.

Franzindo o cenho, fiz o que ela pediu, assim como a Nadia, com uma expressão idêntica. Não era um livro. Era um álbum de fotos. O dedo da minha mãe estava repousado sobre a imagem de uma garotinha loura sentada atrás de um bolo de aniversário. Uma vela exibia orgulhosamente o número oito. A garotinha sorria radiante para a câmera, um sorriso feliz, de orelha a orelha.

Era uma foto da Evelyn Dasher.

A verdadeira Evelyn Dasher.

— Você se parece tanto com ela — observou minha mãe. — Podiam ser irmãs.

Nadia se inclinou ligeiramente e observou a foto com os olhos arregalados.

— *Isso é... perturbador.*

É. Era mesmo.

Lentamente, Nadia ergueu os olhos e se afastou, colocando o máximo de espaço possível entre ela e minha mãe.

Bom saber que a antiga versão de mim tinha ficado tão perturbada quanto eu quando descobrira o álbum de fotos.

— *Na primeira vez que te vi, não consegui olhar pra você. Era difícil demais. Tudo o que eu via era a minha Evie.* — *Sylvia pressionou os lábios com força e, aos poucos, se forçou a relaxar.* — *Ela morreu num acidente de carro há três anos.*

Nadia olhou novamente para a foto.

— *Ela podia não ser minha filha biológica, mas, em todos os sentidos, eu era a mãe dela* — *comentou Sylvia, os ombros tensos. Ela, então, virou a página.* — *A semelhança entre vocês é assustadora. Foi por isso que ele te escolheu.*

Por isso ele a tinha escolhido...

Nadia ergueu os olhos mais uma vez e a observou por alguns segundos antes de perguntar:

— *Quando foi que você me viu pela primeira vez?*

Prendi a respiração.

— *Faz muito tempo* — *respondeu minha mãe.*

Soltei o ar com força, imaginando se era possível hiperventilar num sonho. Se é que isso era um sonho. Se ela havia me visto antes de eu aparecer com o Luc, então...

— *Foi uma armação desde o princípio* — *acusou Nadia. Gotas de suor brotaram em sua testa.* — *Como? Como vocês...?*

— *Tem muito pouca coisa que o Daedalus não consiga fazer, Nadia. O Luc sabe disso melhor do que ninguém.* — *Mamãe ajeitou uma imaginária mecha fora do lugar, um hábito que fez meu coração apertar.* — *Você lembra como conheceu o Luc?*

Nadia pressionou os lábios descorados e olhou insubordinadamente para a Sylvia.

— *Você contou pro Luc que fugiu do seu pai certa noite, depois que ele desmaiou* — *disse minha mãe, olhando fixamente para a Nadia.* — *Por que mentiu?*

Surpresa, observei a mesma emoção cruzar o rosto enrubescido da menina.

— *Seu pai era muito bom em esconder quem realmente era* — *declarou minha mãe.* — *O Alan foi um soldado com o tipo de medalhas que somente muita bravura pode garantir a alguém.*

Ela conhecia meu pai — meu verdadeiro pai? E ele tinha um nome. Meu verdadeiro pai tinha um nome. Alan.

— *Ele e o Jason lutaram lado a lado na guerra. O Jason o considerava um amigo, mas não o conhecia de verdade. Acho que pouca gente sabia o tipo de monstro que ele era sob aquela máscara que usava quando sua mãe ainda era viva.*

Senti que precisava me sentar.

— *Por que você não contou a verdade pro Luc?* — *perguntou ela.* — *Depois que descobriu o que ele era e do que era capaz, você sabia que o Luc podia entrar na sua mente e ver seus segredos.*

Nadia ficou quieta por um longo tempo.

— *Não pensava nisso quando estava perto dele.* — *A voz dela foi pouco mais que um sussurro.* — *Não costumo pensar nisso.*

— *Claro que não* — retrucou minha mãe num tom mais brando, solidário, e, tal como uma perfeita idiota, quis acreditar que era genuíno. — *Você estava se protegendo de um monstro.*

— *Eu sei o que ele era* — *rebateu Nadia, o peito magro subindo e descendo rapidamente.* — *E sei o que queria. Ele ia me vender para...*

— *Se a gente soubesse o que seu pai estava fazendo, podia ter interferido antes. A gente teria...*

— *Tentado me comprar dele como se eu fosse um pedaço de carne?* — *Lágrimas brotaram nos olhos da garota.* — *Porque foi ele quem eu vi conversando com meu pai do lado de fora da nossa casa? Foi o Jason Dasher que apareceu naquela noite? Eu não conseguia escutar nem ver com nitidez, mas era ele, não era?*

Sylvia assentiu.

— *Papai... papai me falou que ia me vender pra ele. Que eu finalmente ia valer...* — *Ela inspirou fundo.* — *Ele disse que aquela seria nossa última noite juntos, e eu sabia que dessa vez era pra valer.*

Ai, meu Deus.

Uma onda de náusea fechou minha garganta.

— *Eu não aguentava mais. Simplesmente não aguentava.* — *As mãozinhas dela se crisparam, trêmulas.* — *Quando ele me agarrou... não sei nem como peguei a faca.* — *Nadia fechou os olhos.* — *Não me lembro de ter enfiado a faca nele. De repente havia tanto sangue! E eu fugi. Essa parte não é mentira.*

Puta merda!

Nadia tinha matado o pai.

Eu tinha matado meu pai.

— *Ele merecia muito pior* — retrucou minha mãe. — *Em pouco tempo, você nunca mais vai precisar se preocupar com essas lembranças.*

Nadia olhou para a Sylvia, os olhos castanhos ligeiramente desfocados, mas ainda cheios de uma força de vontade férrea e inteligência aguçada. Ela não era nada boba.

— *O garoto que encontrei dois dias depois perto do parque com os patos?* — *A voz dela endureceu.* — *Foi ele quem me falou sobre o Paris e a boate Harbinger, quem me disse que o Paris tinha um fraco por crianças de rua. Que eu conseguiria algo para comer lá. O garoto... não foi acidente, foi?*

— *Não, não foi.* — *Sylvia sorriu de leve.* — *A gente precisava fazer com que você conhecesse o Luc. O Paris não era o único com coração mole no que diz respeito a coisas quebradas.*

Nadia soltou uma risada estrangulada.

— *O que é esse Daedalus? Um site de relacionamentos psicótico? O que vocês teriam feito se o Luc tivesse me expulsado? No começo, ele me odiava. Me disse que eu fedia e que parecia a Garota Lixão.*

Soava exatamente como algo que o Luc diria.

— *A gente teria encontrado outra garota, mas isso é irrelevante, porque ele não te expulsou. Ele te acolheu e te botou debaixo da asa.*

Eles teriam encontrado outra menina, o que só confirmava minhas suspeitas. Eles teriam continuado colocando pessoas no caminho do Luc, pequenas bombas-relógio esperando para explodir.

O rosado nas bochechas da Nadia ficou ainda mais intenso.

— *Acho que vocês simplesmente...* — *Um acesso de tosse sacudiu seu corpo inteiro.* — *Acho que vocês tiveram sorte com o lance do câncer.*

Sylvia voltou a atenção novamente para o álbum e correu os dedos por cima da foto da Evie.

— *Sorte não existe, Nadia.*

Meu queixo caiu. Não. Ela não podia estar dizendo o que eu achava que estava. O Daedalus não podia fazer as pessoas desenvolverem câncer.

Mas eles podiam mesclar DNA alienígena com DNA humano. Podiam criar espécies inteiras e usar tecnologias que o público sequer sabia que existiam. Eles eram capazes de qualquer coisa.

— Evie, acorda.

O sonho estranho se dissolveu sem aviso, as bancadas cinzentas e os armários brancos desapareceram até tudo ficar preto. Isso durou alguns segundos, talvez minutos. Eu não tinha a menor noção de tempo. De repente, tudo entrou em foco novamente.

— *Por que está me dizendo isso?* — perguntou Nadia, *encolhendo-se ao mudar de posição no banco.* — *Porque o soro não funciona e eu vou morrer de qualquer jeito? Se isso acontecer, o Luc vai descobrir. E ele vai matar vocês.*

— *O soro funciona, Nadia, e é por esse motivo. Você vai começar a passar muito mal daqui a pouco. Na verdade, já está começando a sentir os efeitos. Posso ver que você está com febre. Aposto que suas juntas estão começando a doer.*

Nadia estremeceu.

— *A febre vai piorar, e você vai sentir como se estivesse morrendo. Vou me certificar de que isso não aconteça.* — *Mamãe fechou o álbum de fotos.* — *E, então, uma nova vida irá começar.*

Uma expressão horrorizada se insinuou nos olhos chorosos da menina.

— *Você vai me transformar.*

Mamãe não respondeu.

Outro estremecimento sacudiu o corpo da Nadia. Ela, então, se afastou da ilha e se virou para correr, mas só conseguiu dar um passo antes que os joelhos cedessem e ela caísse.

Fiz menção de ajudar, mas mamãe reagiu com a velocidade de uma Luxen e a pegou antes que ela se estatelasse no chão. Sylvia afastou o cabelo do rosto da Nadia e, com cuidado, a botou de joelhos. Tudo isso num piscar de olhos.

O corpinho frágil começou a sofrer espasmos violentos. Ela, então, vomitou um brilhante líquido preto-azulado. Sabia o que isso significava. Nadia estava passando por uma mutação.

Eu estava passando por uma mutação.

— *O que você...?* — *Nadia vomitou de novo. Lágrimas escorriam de seus olhos. Os cantos da boca estavam sujos de preto.* — *O que você fez comigo?*

— *Salvei sua vida* — murmurou Sylvia, *ajoelhando-se ao lado dela. Mamãe estendeu a mão para ajudá-la, mas a Nadia se encolheu para não ser tocada.* — *Você nunca mais vai ficar doente, Nadia. Tudo isso vai passar, e aí eles te tornarão mais forte.*

Nadia baixou os olhos para as mãos, tremendo da cabeça aos pés. As veias sob sua pele escureceram.

— *O motivo de eu ter contado tudo isso?* — perguntou minha mãe. — *Porque, no fim, você não vai se lembrar de nada. Não vai sequer lembrar de ter estado aqui como Nadia. Nem vai se lembrar do Luc.*

A garota ergueu a cabeça.

— *Não.*

Sylvia fez que sim.

— *Sinto muito.*

— Não! — gritou a menina. — Você não pode fazer isso. Não pode roubar minha memória. Eu não vou esquecer o Luc.

Sylvia não disse nada. Observei tudo com o coração partido. Ela ia esquecê-lo. Eu ia esquecê-lo, ia esquecer tudo a respeito desse momento.

— Eu não vou esquecer o Luc. — Nadia jogou a cabeça para trás e suas costas se curvaram num ângulo impossível. — Não vou esquecer... Não...

Ela gritou quando os braços se torceram, o corpo se dobrando como se todos os ossos estivessem se liquefazendo. A cabeça dobrou de lado. Soltei um arquejo.

Nadia olhou direto para o ponto onde eu estava parada, os olhos totalmente pretos, como óleo derramado.

— Não esqueça.

A escuridão me sugou e me manteve segura em seus braços até que uma voz diferente, desconhecida, me arrancou dos recessos do sono. Voltei a um estado de semiconsciência, sem saber ao certo se continuava dormindo ou não.

A mulher falava tão baixo que só escutei partes do que ela estava dizendo, o que não fez muito sentido.

— A situação é a mesma de ontem à noite. Os sinais vitais dela estão, bom, perfeitos. Como os de um atleta no auge da forma física. — A voz dela sumiu e, em seguida, retornou no mesmo tom baixo e tranquilo. — Tudo o que posso dizer é que ela está dormindo.

— Ela não pode estar apenas dormindo.

Luc.

Aquela era definitivamente a voz do Luc, a qual transbordava preocupação, juntamente com uma raiva cortante. Queria dizer para ele que estava tudo bem, porque estava, mas meus ossos pareciam feitos de chumbo.

— Eu sei, mas não existe nenhuma razão física que eu consiga detectar que explique por que ela não... — A voz da mulher sumiu de novo, e eu resvalei de volta para um sono profundo recheado de sonhos estranhos.

Imagens se formavam com uma nitidez impressionante e, em seguida, desapareciam das minhas lembranças. Outras perduravam, tornando-se sombras em minha mente.

Vi-me diante de uma cidade de aço com centenas de anos de história e milhões de vozes, mas que agora estava silenciosa. À minha frente, um mar de táxis amarelos e carros pretos abandonados, as portas fechadas e os motores desligados. Lojas e hotéis silenciosos e às escuras. Os pelos do meu corpo se arrepiaram, eletrizados pelas correntes de poder presentes no ar — correntes de poder que pareciam se partir sobre as juntas dos meus dedos, feixes de luz envoltos em sombras.

Meu olhar recaiu sobre o asfalto rachado. Poças de um líquido vermelho escorriam por entre as rachaduras, emitindo zumbidos de raiva e poder. Acima e por toda à minha volta, a cidade tremeu. Prédios tão altos quanto montanhas implodiram. Cimento e tijolos viraram poeira, a qual brilhava como vaga-lumes. Prédios ruíam aos gritos, liberando um gosto de metal. E um fogo negro como a noite encobriu o céu que não mais podia hospedar o sol.

O mundo sucumbiu ao frio.

O poder que irradiava de mim era como um calor gelado.

— Abre os olhos e fala comigo.

A voz dele penetrou os sonhos, abrindo um buraco do tamanho de um alfinete em meio às chamas negras. Uma luz brilhante feito diamantes surgiu como uma estrela numa galáxia distante. O tempo passou, e então a voz dele aumentou o pequeno buraco. A luz ficou mais forte.

— Se você fosse letras numa folha em branco, seria uma impressão de alta qualidade. — A voz do Luc colidiu contra o sonho de cidades desmoronando, e a luz tornou-se mais intensa.

A voz dele soou mais perto.

— Você vai adorar essa. Meu médico diz que eu estou carecendo de vitamina VC.

O buraco ficou ainda maior. Pude sentir o calor de seus dedos contra meu rosto, a curva do braço em torno da minha cintura. Ao longe, na cidade, outdoors evaporaram e gigantescos letreiros racharam antes de se transformarem numa poeira reluzente. Catedrais se deterioraram rapidamente, desabando num piscar de olhos. O mundo foi se desfazendo à minha volta até não restar nada além do buraco por onde essa belíssima luz penetrava e a sensação aconchegante do corpo rígido do Luc contra o meu.

Ficamos assim por um tempo, capturados entre o nada do sono e a vida que existia além dele.

— Está na hora.

Virei-me na direção da voz e me vi parada ali, usando apenas uma camiseta grande demais. A camiseta preta exibia a estampa de um disco voador abduzindo um T-rex. Só podia ser do Luc. Uma lufada de vento soprou as mechas de cabelos louros da imagem espelhada de mim mesma, porém, onde eu estava, o ar parecia estagnado.

— Hora de quê? — perguntei mais uma vez.

Um tom escuro se espalhou sob os olhos dela como sombras, olhos que pareciam trevas iluminadas por raios. O mesmo acontecia sob sua pele, a malha de veias como um caleidoscópio de escuridão e luz.

Ela era o poder encarnado.

E exalava morte.

— Está na hora de acabarmos com isso. — Ela ergueu a mão e apontou para o chão, para uma área gramada que não estava ali antes, e um garoto parado no meio da grama, um deus de cabelos acobreados extremamente poderoso.

— Luc? — murmurei.

Lentamente, ele se virou para mim — para nós. As veias de seu corpo pareciam acesas. A luz que emanava delas crepitava e chiava no ar com o poder da Fonte. Suas pupilas eram como brilhantes e frios diamantes. Ele não olhou para mim, mas para a outra versão de mim que não era como ele, e sim algo muito mais letal e poderoso.

— *Nunca* — jurou ele.

Essa simples palavra foi como um soco no peito, me fazendo desmoronar. Eu me parti e me quebrei em milhões de diminutos pedaços que se espalharam pelo ar até que me tornei parte da cidade morta e das cinzas brilhantes que choviam sobre o solo arruinado.

E, então, eu me tornei nada.

Nenhuma lembrança. Nenhuma visão. Nenhum som. Nenhuma consciência. Resvalei cada vez mais fundo no nada, onde os sonhos que pareciam lembranças e os pesadelos de cidades destruídas não podiam me alcançar. E fiquei lá por uma eternidade.

Foi então que escutei a voz do Luc de novo, dizendo uma só palavra. *Nadia.*

ouco a pouco, eu fui tomando consciência do corpo ao meu lado. Reparei primeiro no peso de um braço em volta da minha cintura, em seguida num emaranhado de pernas e, por fim, na coxa enfiada entre as minhas. Alguns segundos depois, conscientizei-me do peito rígido pressionado contra o meu e da respiração suave e compassada contra o topo da minha cabeça.

E, então, senti o calor de uma pele contra meus lábios.

Meu coração pulou uma batida e acelerou em reconhecimento. Minha alma *conhecia* a sensação e o peso dele, o gosto e o perfume de sua pele. Ela jamais esquecera, ainda que eu tivesse.

Luc.

Ele me segurava como se eu fosse o tesouro mais precioso do universo.

Concentrei-me em cada respiração do Original até meu corpo parecer se ajustar naturalmente ao dele e entrar no mesmo ritmo. A respiração dele era profunda e compassada, embora ele não estivesse dormindo. Sabia disso porque sua mão acariciava o meio das minhas costas, percorrendo o caminho da coluna. Cada passeio da mão fazia minha pele zumbir de um jeito agradável e envolvente.

Inspirei de maneira superficial e, em seguida, mais fundo, forçando meus olhos a se abrirem.

Nada aconteceu.

Não sabia o motivo, mas tentei de novo, e o resultado foi o mesmo. Imaginando que talvez conseguisse mexer outra parte do corpo, tentei as mãos. Descobri que meus braços estavam dobrados contra um abdômen duro, de modo que não cheguei a lugar algum.

Será que eu devia me preocupar com essa dificuldade em me mover? Provavelmente. Mas, tirando o fato de meus músculos não estarem respondendo aos comandos do cérebro, estava me sentindo bem. E isso não era pouca coisa. Talvez devesse começar com algo mais fácil.

Os dedos dos pés.

Aleluia! Eu *conseguia* movê-los!

Uns cinco segundos depois, *quase* me arrependi dessa vitória.

Um formigamento começou a subir rapidamente pelas minhas pernas. Senti imediatamente vontade de parar de mover os dedos, mas aguentei. O formigamento diminuiu em poucos segundos. Confiante com o progresso, flexionei o pé.

A mão do Luc parou e se fechou na camiseta. Ele, então, prendeu a respiração.

— Evie? — O Original disse meu nome de um jeito que transbordava uma esperança contida, porém sua voz pareceu vir do outro lado do quarto.

Será que meus ouvidos ainda estavam dormindo?

Certo, isso soava para lá de ridículo.

Consegui me forçar a mover os lábios, e murmurei o nome dele contra a pele de seu pescoço.

Luc se afastou, abrindo um espaço entre nossos corpos que permitiu a entrada de uma corrente de ar frio.

— Evie? — Senti a mão dele deixar minhas costas e envolver meu rosto. — Você voltou pra mim?

Voltei de onde? Eu tinha dormido e tido alguns sonhos estranhos — que mais pareciam lembranças —, mas agora estava preocupada. Não só pelo fato de meus olhos parecerem colados e meus membros não responderem, mas me lembrei de ter escutado a voz dele enquanto dormia. Luc parecera preocupado, mas agora? Ele soava *desesperado*.

E o Luc nunca soava desesperado.

Precisava acordar e descobrir o que diabos estava acontecendo. Odiava escutá-lo daquele jeito. Tinha que mover mais do que somente meu pé idiota.

Luc ficou inacreditavelmente imóvel por alguns instantes e, então, estremeceu.

— Está tudo bem. — Ele correu o dedo pela linha do meu maxilar. A carícia pareceu queimar minha pele. — Estou aqui te esperando, Pesseguinho, mas, por favor, não demore muito. Sinto a sua falta.

Sentindo o peito apertar, pensei: *Sinto a sua falta, também.*

A mão dele se contraiu de encontro ao meu rosto e, em seguida, eu o senti se mover como se estivesse sentando.

— Evie?

Tentei responder e, mais uma vez, não consegui. Estava começando a me afogar em frustração. Por que era tudo tão difícil?

— Deus do céu! — Luc soltou um suspiro entrecortado. — Quero tanto escutar a sua voz que estou começando a ouvir coisas. Devo estar enlouquecendo.

Queria que ele soubesse que eu estava bem. Bom, mais ou menos. Esse lance de não conseguir acordar de verdade só podia significar problema, mas eu estava bem. Só tinha dormido...

Espera aí.

Minha memória começou a voltar de pouco em pouco. Eu não tinha simplesmente pego no sono. Estava com o Grayson enquanto esperava notícias da Kat e do... Ai, meu Deus, será que a Kat tinha tido o bebê? Será que ela estava bem? Certo, precisava acordar e descobrir, portanto, vamos lá, calma. Eu tinha me sentido tonta e visto um efeito estranho de arco-íris em volta do Grayson. Depois disso, não lembrava mais de nada. Com certeza devia ter desmaiado. Como eu não era exatamente humana, não achava que pudesse ter enxaquecas ou convulsões.

Alguma coisa tinha acontecido.

Talvez eu estivesse num coma leve? Puta merda, será que eu tinha aquela doença que tinha visto num documentário da Netflix? Ai, meu Deus, e se...

— E se você acordar e tiver esquecido quem é mais uma vez? — murmurou ele, as palavras me arrancaram da espiral de pânico em que eu havia entrado. — E se tiver me esquecido de novo? É só nisso que eu penso. Todas essas coisas loucas, desconhecidas e terríveis pelas quais passamos? Que tudo isso era bom demais para ser verdade, porque a gente se reencontrou. Estávamos juntos de novo — continuou Luc num fio de voz, fazendo meu coração se partir de um jeito que sequer achava ser possível. — Estávamos *finalmente* juntos.

Uma forte emoção tomou conta de mim. O fundo dos meus olhos começou a queimar. Luc estava torcendo meu coração numa série de nós.

— Mas mesmo que você acorde e não saiba mais quem é ou quem eu sou, não tem problema. Estou aqui e vou te ajudar a se lembrar. — Seus lábios roçaram minha testa. — Meu amor por você é tanto que chega a transbordar. Vai ser mais do que suficiente caso você acorde e me veja como um estranho. — A respiração seguinte soou tão estilhaçada quanto meu pobre coração. — Não importa se você vai voltar como Evie, Nadia ou alguém mais, continuarei te amando como amo agora, como amei ontem e no dia anterior, e isso será suficiente.

Continuarei te amando.

Mesmo que eu não tivesse a menor dúvida de que o Luc me amava, escutá-lo dizer aquilo foi como tocar num fio desencapado. Suas ações, desde que o conhecera como Evie, gritavam essas palavras, ainda que ele jamais as tivesse dito, e ações tinham muito mais peso do que palavras bonitas.

Em poucos segundos, as palavras pareceram tatuar minha pele, fluir pelas veias e talhar os ossos. Elas ficariam para sempre comigo, independentemente do que viesse a acontecer. Disso eu tinha certeza.

Um diminuto músculo pulsou na ponta do meu indicador. Foi um movimento tão pequeno que o Luc não percebeu, mas a frustração que se instaurara em mim tornou-se uma chama que despertou uma determinação férrea. Forcei-me a deixar de lado a fadiga.

— Não tem problema — repetiu ele, a voz cansada e rouca de exaustão, ajeitando-se ao meu lado. — Vai ficar tudo bem.

Não, não ia.

Não com ele soando daquele jeito. Queria fazê-lo se sentir melhor, remover o cansaço e a preocupação de sua voz e pensamentos. Queria que ele parasse de sofrer e voltasse a rir, que deixasse a tensão se esvair dos músculos. Que soltasse mais cantadas idiotas. E queria ver seus lábios se moverem ao dizer que me amava.

Muito havia sido roubado da gente. Memórias, pessoas que amávamos, anos de nossas vidas. Preferiria ser queimada viva a permitir que perdêssemos mais um minuto ou segundo. Luc faria qualquer coisa por mim. Na verdade, já tinha feito. O mínimo que eu podia fazer era abrir os olhos e falar, merda.

A súbita explosão de raiva alimentou essa determinação. Ao inspirar de novo, o ar entrou com mais força, mais fundo.

Abri os olhos.

E me peguei cara a cara com o Luc.

Todo o meu corpo se contraiu quando olhei para ele, mas não consegui enxergar seus traços direito. Em vez disso, vi uma explosão estranha de cores, uma espiral quase transparente de luz branca e violeta que pareceu dançar em torno do rosto e dos ombros dele antes de, por fim, desaparecer.

Em seguida, foi como se eu o estivesse vendo pela primeira vez com uma nitidez impressionante. A franja revolta sobre sua testa era um misto de vermelho, dourado e castanho, como se cada mecha tivesse sido pintada à mão. As sobrancelhas eram bem-marcadas, num tom de castanho um pouco mais escuro, criando um belo contraste contra a pele levemente dourada. As pestanas eram invejavelmente grossas e cheias, tal como me lembrava, porém sob os olhos fechados havia olheiras que não estavam lá antes. Meu coração se retorceu mais uma vez ao me dar conta de que elas eram resultado do medo e da preocupação.

Ele tinha o que a Heidi gostava de chamar de sinal de beleza, uma pintinha logo abaixo do lábio inferior, bem no meio. Como eu não tinha percebido aquilo antes? Assim como também não tinha reparado no desenho perfeito do arco de Cupido do lábio superior.

Pisquei lentamente, e o estranho efeito de luzes não retornou. Os olhos dele, porém, permaneceram fechados. Sabia que ele não estava dormindo. Não com sua mão envolvendo meu rosto e o polegar traçando círculos distraídos sobre a minha bochecha.

Sentindo o coração martelar pesadamente, forcei meus lábios a se moverem de novo.

— Luc.

Ele abriu os olhos e parou de acariciar minha bochecha ao escutar o som baixo e rouco da minha voz. Aqueles olhos de um violeta profundo e brilhante se fixaram nos meus.

— Evie?

Inspirei fundo e olhei para ele, dizendo o que sabia que ele precisava ouvir, mesmo sem entender muito bem.

— Estou aqui.

Luc não se moveu nem disse nada.

Eu também não.

Ele, então, ajeitou o corpo num movimento brusco, deixando o rosto bem diante do meu. Achei que fosse me beijar, porém a boca parou a um centímetro da minha. A mão em contato com meu rosto tremeu, e um longo momento se passou antes do Original dizer:

— Pesseguinho, estava te esperando.

Palavras simples, porém inacreditavelmente poderosas.

— Eu… — Pigarreei para limpar a voz. — Eu estava só dormindo.

— Só dormindo? — Luc soltou uma risada trêmula carregada de alívio. — Você *só* dormiu por quase quatro dias.

Abri a boca para retrucar, mas a fechei de novo.

— Quatro dias?

— É. — Seus olhos arregalados perscrutaram os meus. — Evie, você ficou fora de órbita por quatro dias.

Olhei para ele, sem saber ao certo como processar a notícia. Só consegui pensar numa coisa. Eu tinha ficado quatro dias sem escovar os dentes?

— Graças a Deus você não me beijou! — exclamei.

Ele ergueu as sobrancelhas.

Espera um pouco. Isso significava que também estava há quatro dias sem tomar banho, e meu cabelo era do tipo que não só ficava com aspecto, mas também com textura de ensebado após tantos dias. E o Luc tinha passado um bom tempo com as mãos entremeadas nele.

— Eu devo estar com uma cara horrível. E fedendo.

O Original simplesmente me fitou. Nunca o tinha visto desse jeito, como se não soubesse o que dizer.

— Que foi? — perguntei.

— Você ficou inconsciente por quatro dias e está preocupada se eu vou beijá-la ou não? — Luc soou totalmente pasmo.

— Isso significa que não escovei os dentes nem tomei banho por quatro dias — comentei.

— Jesus! — Ele riu de novo, e dessa vez o som pareceu ainda mais real e aliviado. — Evie, não sei de devo gritar com você ou te abraçar.

— Me abraçar? — sugeri.

Luc se inclinou, deslizou a mão ainda trêmula do meu rosto para minhas costas, me apertou de encontro a si e pressionou a testa na minha. Ele estava abalado, o que não era pouca coisa.

— Não me importo com a sua aparência, nem se você escovou os dentes ou tomou banho. Você continua sendo a coisa mais linda que eu já vi. Eu a beijaria sem pestanejar, mas por mais que queira te provar isso agora, preciso chamar a médica para vir dar uma olhadinha em você.

— Você sempre diz a coisa certa — murmurei, abrindo a mão e a pressionando contra o peito dele.

Ele fez que não, os olhos fixos nos meus.

— Não, não é verdade. Eu digo muita coisa errada.

Abri a boca para contestar, mas ele depositou um beijo rápido em minha testa, dizendo:

— Vou chamar a médica.

— Eu estou bem — falei, e era verdade. — Só um pouco cansada.

Luc piscou uma e, em seguida, outra vez.

— Caso não tenha me escutado na primeira ou na segunda vez, você ficou inconsciente por quatro dias, Evie. Vou chamar a médica e ponto final.

Percebendo que nada do que eu dissesse iria dissuadi-lo, fiquei quieta. Pensei então no Nate, e meu estômago foi parar nos pés. A comida que ele havia levado não duraria quatro dias.

— O Nate passou por aqui?

Luc franziu as sobrancelhas.

— O garoto? Acho que não, mas imagino que se passasse e me visse aqui, ou qualquer outra pessoa, ele daria meia-volta e iria embora.

Fazia sentido. Soltei um suspiro, rezando para que, se fosse esse o caso, ele voltasse depois.

Luc se levantou da cama. Eu nunca o vira tão amarrotado. Ele havia trocado de roupa desde a última vez que nos faláramos, tendo substituído o jeans por uma calça preta de moletom e uma camiseta simples, mas era óbvio que havia passado os últimos quatro dias com a mesma roupa.

Olhei para mim mesma e franzi o cenho ao ver a minha camiseta — uma camiseta preta. Sentindo um certo desconforto brotar em minhas entranhas, ergui o braço ainda fraco e afastei o fino cobertor amarelo com dedos que alternavam entre uma sensação de dormência e formigamento.

A camiseta mostrava um óvni abduzindo um T-rex.

Meu coração pulou uma batida.

— Essa camiseta é sua?

— Uma das que eu trouxe. A Zoe te trocou — explicou ele, pegando uma garrafa de água sobre a mesinha de cabeceira. — Ela achou que você ficaria mais confortável, e eu não me senti no direito de fazer isso.

Ergui os olhos e o fitei. Como eu podia estar usando a mesma camiseta que tinha usado no sonho sem tê-la visto? Será que em algum momento eu havia acordado por tempo suficiente para reparar nisso e não me lembrava? Talvez. Mas não deixava de ser bizarro.

— Tá com sede? — perguntou ele. Cara, estava, morrendo. Fiz que sim. — Acha que consegue se sentar?

Ponderei sobre a pergunta e fiz que sim de novo. Sentar não foi nem de longe tão difícil quanto abrir os olhos tinha sido, de modo que imaginei que estava progredindo bem. Luc me entregou a garrafa. Ao primeiro contato do líquido contra a língua, comecei a beber com sofreguidão.

— Acho que seria melhor beber mais devagar. — De forma gentil, o Original afastou a garrafa da minha boca. — Dê goles pequenos até a gente se certifique de que está tudo bem. Combinado?

Embora minha boca e minha garganta parecessem um deserto, dei um gole pequeno.

— Vou chamar a médica. — Ele se dirigiu para a porta, mas parou no meio do caminho, os ombros tensos. Enquanto o observava, apoiei a garrafa no colo. — Não quero sair.

Meu peito apertou de novo.

— Eu estou aqui. Estou acordada e estou bem. Pelo menos, me sinto bem. Não vou a lugar algum.

Luc se virou para mim lentamente, o cenho franzido. Seus olhos se fixaram nos meus, mas ele não disse nada. Apenas me fitou com aqueles olhos de um violeta intenso até eu começar me remexer, incomodada.

— Que foi?

— Nada — respondeu ele. Em seguida, ficou em silêncio por alguns instantes. — Tem certeza de que está bem?

— Tenho. — Fiz que sim de novo para enfatizar.

Um lampejo de emoção cruzou o rosto dele, fazendo-o arregalar os olhos por uma fração de segundo, mas desapareceu antes que eu pudesse identificar.

— Já volto.

Luc já estava na porta e eu tinha acabado de tomar um *mínimo* gole de água quando me lembrei.

— E a Kat? — A água escorreu pelo meu queixo. — Ela está bem? O bebê? O Daemon?

Ele se virou de novo, a boca repuxada.

— Ela e o bebê estão bem, assim como o Daemon — respondeu Luc. Fui tomada por um súbito alívio. Estavam todos bem. — Dois pais felizes de um garotinho saudável. Eles deram a ele o nome de Adam.

dra. Vivien Hemenway chegou uns dez minutos depois de eu conseguir convencer o Luc de que estava bem o bastante para ir ao banheiro sozinha. Assim que a vi e ouvi sua voz, reconheci como sendo a que eu tinha escutado algumas vezes enquanto dormia. Reparei também que ela era humana.

Talvez o Grayson estivesse certo e eu estivesse começando a sentir as coisas da maneira como os Luxen e os Originais sentiam, porque simplesmente soube, sem que ninguém me dissesse, que ela não possuía um pingo de DNA alienígena. Não senti nem vi nada ao olhar para a médica. Nenhuma vibe diferente ou show estranho de luzes. Mas, se o Grayson estava certo, por que isso começaria a acontecer de forma tão aleatória?

Não sabia a resposta, de modo que fiquei quieta, observando a doutora fazer o que viera fazer. Com os cabelos castanhos puxados num rabo de cavalo frouxo e o rosto com o tipo de beleza que me remetia às fotos de mulheres dos anos de 1960 e 70, ela exalava um ar de tranquila autoridade que só uma médica conseguia ter.

Aboletada na beirinha da cama, ela já havia verificado minha temperatura e pulsação, checado meus ouvidos e garganta e, no momento, estava auscultando meus pulmões — ou talvez fosse o coração. Não tinha a menor ideia. Eu simplesmente precisava inspirar fundo enquanto o Luc observava tudo parado ao lado da cama como um guarda silencioso, os braços cruzados e os quadris alinhados com os ombros.

O Original parecia pronto para entrar em batalha.

Sorrindo para mim enquanto eu permanecia parada e quieta pelo que me pareceu uma eternidade, ela enfim baixou o estetoscópio e empertigou o corpo.

— Como está se sentindo?

— Hum... bem? Só um pouco cansada, doutora...

— Pode me chamar de Viv — interrompeu ela. — É como os meus amigos me chamam, e acho que seremos amigas.

Era estranho chamar uma médica pelo primeiro nome.

— Estou me sentindo bem, normal.

— Mas cansada?

— Não muito, só não parece que eu dormi por quase quatro dias.

Ela assentiu com um breve menear de cabeça.

— Você já se levantou e deu uma voltinha? Se já, ficou tonta ou sentiu alguma fraqueza?

— Eu fui ao banheiro...

— E lavou o rosto e escovou os dentes — acrescentou Luc.

Fitei-o com os olhos estreitados, desejando que ele voltasse a ser o guarda silencioso, em vez de um X9.

— É, fiz isso também.

— Ela estava tremendo quando saiu do banheiro — continuou ele, ignorando meu olhar fuzilante, ainda que o que estivesse dizendo fosse verdade. — Acredito, portanto, que esteja no mínimo fraca.

— Eu me senti um *tiquinho* fraca — corrigi. — E, obrigada, mas posso responder por mim mesma.

Luc sequer teve a decência de parecer constrangido pela reprimenda. Em vez disso, abriu um sorriso que esbanjava charme. Eu precisava parar de olhar para ele. Voltei a atenção para a médica, que nos observava com uma expressão divertida.

— Nunca ouvi ninguém falar com o Luc desse jeito — declarou ela.

— Eu vivo dizendo isso pra ela. — O Original soltou um suspiro longo e sofrido que me fez revirar os olhos com tanta força que fiquei surpresa por eles não pularem fora das órbitas. — Ninguém fala comigo do jeito que ela fala.

— Como se você não gostasse — murmurei.

— Eu gosto da sua atitude. Na verdade, adoro.

Lembrando o que ele tinha dito enquanto eu tentava acordar, senti meu coração idiota derreter de novo.

— Interessante — murmurou a médica. — Você realmente não está sentindo nenhuma tontura ou náusea?

Fiz que não.

— Sinto só como alguém que não andou por quatro dias.

— O que é normal após tanto tempo. Você pode continuar sentindo os músculos fracos por mais algumas horas, e provavelmente vai continuar cansada, mas tenho boas notícias.

— Tem? — Ergui as sobrancelhas e me recostei na cabeceira da cama.

— Seus sinais vitais são quase perfeitos — disse ela, enrolando o estetoscópio e o guardando no bolso de fora da sacola de livros preta. — Não vejo indício algum de qualquer doença.

— O que você quer dizer com "quase" perfeitos? — perguntou Luc, prendendo-se a essa palavra.

— Bom, a temperatura dela está um pouquinho alta. — A médica cruzou as pernas inacreditavelmente compridas. — Cerca de 38°C, mas pelo que eu sei, a temperatura dos Luxen, híbridos e Originais é mais alta que a dos humanos. E como você não é exatamente humana, isso talvez não seja anormal.

Olhei de relance para o Luc, surpresa.

— Tive que contar a ela sobre os soros — explicou ele. — E sobre o que você é. Não queria que ela a tratasse sem saber de todos os detalhes.

— O sigilo entre médico e paciente continua valendo, mesmo aqui na Zona 3 — observou a médica. — O que conversarmos aqui morre aqui.

— Certo.

Ela prendeu um fio solto de cabelo atrás da orelha.

— Mas vou ser franca. Não sou especialista em híbridos de alienígenas com humanos. Antes de tudo ir pelo ralo, eu trabalhava com genética humana, especialmente câncer e doenças hereditárias, de modo que precisei relembrar meus dias como estudante de medicina para poder ajudar as pessoas daqui.

— Mas não podíamos ter tido mais sorte em arrumar alguém com o conhecimento dela — declarou Luc. Ele estava absolutamente certo. — A gente planejava mandar aqueles soros que encontramos na casa da April pra Viv.

— Continuo chateada por não ter tido a chance de analisá-los — disse a médica, soltando um suspiro. — Seria fascinante descobrir como eles conseguiram fabricá-los.

Achava o como um tanto apavorante, mas deixa para lá.

— Consegui estudar os soros LH-11 e o Prometeu — continuou ela. — Bom, o melhor que deu com o acesso limitado aos equipamentos necessários e com a pouca energia para usar tais equipamentos. — A médica entrelaçou as mãos sobre o joelho dobrado. — Aprendi muita coisa com os Luxen e os outros, os que aceitaram servir de cobaia para satisfazer minha própria curiosidade. A genética de vocês é bizarra, portanto tem muita coisa que eu não sei. E, além disso, nunca tinha visto um híbrido de Luxen com Arum. Nosso querido Luc aqui não é mais o floco de neve especial.

Um ligeiro sorriso repuxou meus lábios.

Luc fez um muxoxo.

— Não importa o que você diga, continuo sendo um floco de neve especial, único e puro.

A dra. Hemenway bufou.

— O Luc também me passou os dados de como era a sua saúde antes…

A médica deixou a frase no ar, e eu a completei para ela.

— Quando eu era a Nadia?

Ela assentiu.

— Fazem somente quatro anos que descobri que era possível misturar o DNA humano com o alienígena e que esses soros tinham o potencial de curar alguns tipos de câncer. Imaginem quantas vidas poderiam ter sido salvas! — Uma expressão de tristeza cruzou o rosto dela. — Mas esses soros e curas não custaram barato.

— Não — concordou Luc baixinho. — Não custaram.

— Então — disse ela de modo arrastado. — Tendo dito tudo isso, acho que não posso ajudar muito além de confirmar que você está viva e respirando. — A doutora fez uma pausa. — O que obviamente está.

Incapaz de me deter, eu ri.

— Pelo menos você é honesta.

— Um bom médico precisa ser honesto — retrucou ela. — Talvez ajude saber exatamente o que você sentiu antes de desmaiar. Luc me passou o que o Grayson contou para ele, mas quero ouvir de você.

Brincando com a beirada do cobertor, contei a ela tudo de que me lembrava, inclusive a luz estranha que tinha visto em volta do Grayson.

Luc deu um pulo ao escutar esse pequeno detalhe.

— Como assim você viu uma luz estranha em volta dele?

— Vi o que me pareceu um arco-íris de luzes circundando o Grayson. Foi rápido, e sei que isso soa bizarro, porque quando penso nele, a última coisa que imagino é ver um arco-íris.

A dra. Hemenway se inclinou e sussurrou de forma conspiratória.

— Eu também. Ele me faz pensar em nuvens tempestuosas e invernos rigorosos.

Sorri mais uma vez. Eu realmente gostava dela.

Luc, no entanto, não parecia estar se divertindo.

— Foi a primeira vez que você viu algo assim?

— Foi. Mas eu também vi algo em volta de você quando acordei. — Olhei de relance para ele. Sua expressão estava surpreendentemente impassível. — Talvez tenha sido só meus olhos se ajustando à luz.

— O que você viu? — perguntou o Original.

— Uma espécie de aura branca e violeta. — Apertei o cobertor em minhas mãos. — Sei que não era a Fonte, e foi muito rápido. Portanto, acho que foram só meus olhos.

— Não acho que foram seus olhos — interrompeu a médica, olhando para o Luc. — Grayson mencionou também que acha que você o sentiu antes que ele aparecesse. E o mesmo aconteceu com o Dawson quando ele saiu, pouco antes de você ficar tonta, certo?

— Certo. — Resisti à tentação de erguer a mão e esfregar o pescoço.

— Você sentiu alguma coisa quando eu me aproximei da casa? — perguntou ela. Ao me ver negar com um movimento de cabeça, a médica franziu o cenho. — Já tinha sentido algo assim antes?

— Bom, nos últimos dois dias eu vinha sentindo algumas coisas estranhas. Tipo uma sensação de teia de aranha em volta do pescoço, ou um nervo repuxando entre as omoplatas — respondi, contando também como tinha sido capaz de distinguir as pessoas com DNA alienígena dos humanos durante a visita ao mercado e à escola. — Mas acho que antes disso nunca tinha sentido nada.

Luc descruzou os braços.

— Por que você não me contou?

— Bom, tem rolado muita coisa, e eu não sabia se estava realmente sentindo algo ou se estava apenas imaginando. Não era constante, de forma que não tinha como ter certeza de nada. Mas tinha planejado contar pra você. — Era a pura verdade. — Só não achei que fosse tão importante.

— Qualquer coisa diferente que você sinta ou que aconteça com você é importante. — Ela não parecia nem um pouco feliz. — Pode ser um sinal.

— De quê?

— De que você está evoluindo — respondeu a médica.

Voltei os olhos para ela.

— Evoluindo?

A doutora assentiu.

— Alguns humanos passaram pelo processo de mutação depois de se mudarem para cá, de modo que pude testemunhar. É muito fascinante.

— Vou ter que acreditar na sua palavra — murmurei, lembrando de repente do sonho que tinha tido comigo e com minha mãe. À medida que os detalhes foram voltando, não tive tanta certeza se *tinha* sido realmente um sonho, embora uma boa parte de mim desejasse que sim. Afundei-me nos travesseiros. Se era uma lembrança que viera à tona, parte dela podia ser falsa, mas e se a outra parte fosse verdadeira? Será que o Daedalus tinha orquestrado meu encontro com o Luc? O que será que acontecera de fato com meu pai?

— Cada um deles começou a vivenciar certas situações antes de a mutação se consolidar. A capacidade de mover coisas sem tocá-las, em geral por acidente. De sentir a presença dos Luxen que os haviam transformado, entre outras coisas — explicou a médica, atraindo minha atenção novamente. Podia pensar sobre a possível lembrança depois. — Luc comentou que no dia que você desmaiou, vocês tinham começado a treinar a Fonte? Foi a primeira vez que você a invocou conscientemente, certo?

Fiz que sim.

— Você foi transformada há alguns anos, portanto sabemos que o seu caso não é igual ao de um híbrido no começo da mutação.

— Certo — concordou Luc.

— Desde que você caiu nesse sono prolongado, tenho pensado nessas coisas, e tenho uma teoria. — Ela tamborilou os dedos no joelho. — É meio louca, e posso estar totalmente enganada. Vocês entendem que posso estar errada?

Luc e eu assentimos.

— Ótimo. Então estamos na mesma página. — Ela sorriu. — Quando penso nos códigos genéticos humanos que estávamos estudando e nas similaridades que encontrei nos soros que analisei, tenho a impressão de que o DNA presente no soro Andrômeda é mais como um código computadorizado ou um vírus.

— Um vírus? — repeti.

— Algum de vocês já ouviu falar em viroterapia?

Olhei para ela sem expressão, mas claro que o Luc tinha uma resposta.

— Vírus reprogramados biologicamente para combater o câncer?

— Exato. — Ela estalou os dedos, apontando para ele. — Medalha de ouro para você.

Revirei os olhos.

— Certos vírus oncolíticos podem se associar aos receptores em tumores, mas não aos das células saudáveis. Imagino que o soro Andrômeda siga um caminho similar, atacando as células cancerígenas, porém não as outras. E, se esse soro for semelhante aos dois anteriores, ele tem um duplo propósito: não apenas te curar, mas também te transformar com um misto de DNA de Luxen e Arum. No entanto, esse soro novo, que eu adoraria ter tido a chance de analisar, talvez tenha características de codificação únicas. E são essas características que me remetem a certos tipos de vírus e sua capacidade de permanecerem dormentes.

Essa conversa estava muito acima do meu nível de compreensão.

— Tipo o herpes? — sugeriu Luc.

— Como? — Fitei-o, boquiaberta.

O Original riu e pegou outra garrafa de água.

— O vírus do herpes permanece dormente no hospedeiro.

— Ele tem razão — confirmou a dra. Hemenway.

— Você não podia ter pensado num vírus melhor? — Arranquei a garrafa da mão dele.

— Os malware são vírus que podem permanecer dormentes num computador — prosseguiu o Original com um brilho divertido nos olhos.

Lancei-lhe um olhar irritado e tomei um grande gole da água.

— A catapora é uma variação do vírus do herpes. Bilhões de pessoas possuem alguma forma desse vírus no organismo — esclareceu a médica. — Mas... voltando ao assunto. E se o soro Andrômeda transformou você, mas foi codificado para deixar a mutação num estado de dormência que só seria ativada sob certas situações, tal como alguns vírus que só se tornam ativos quando expostos a um determinado cenário?

— Tipo como alguns astronautas desenvolvem um surto de herpes ao entrarem no espaço? — perguntou Luc.

Fechei os olhos e só os reabri quando tive certeza de que não jogaria a garrafa de água em cima dele.

— Não quero nem saber como você sabe uma coisa dessas.

A médica o ignorou.

— Como eles conseguiram deixar a mutação num estado latente é algo que não faço a menor ideia. Talvez tenha sido a Onda Cassiopeia que a colocou nesse estado de dormência e depois a ativou. Isso é uma grande conjectura, mas o fato é que quando os vírus acordam, em geral não é assim, tipo *bang*. — Ela bateu as mãos uma contra a outra, me dando um susto.

Quase me engasguei com a água. — Eles costumam se espalhar de forma sintomática. Alguns demoram mais a acordar, a se tornar ativos. Os sintomas, no seu caso os poderes, começam a pipocar aqui e ali.

— O que está tentando dizer é que a minha mutação está sendo ativada lentamente?

— Sim. — Ela fez uma pausa. — E não.

Pisquei.

— O lado positivo dessa afirmação é que você está começando a exibir novos poderes.

— Os Arum enxergam a energia que circunda os seres vivos — interveio Luc. — Ouvi dizer que para eles os Luxen parecem arco-íris, que é como eles os distinguem do restante das pessoas. Por esse motivo os Luxen viviam em comunidades próximas a depósitos naturais de quartzo-beta. O quartzo distorce as ondas visuais dos Luxen até eles não poderem ser distinguidos dos humanos. O mesmo acontece com os híbridos e Originais.

— Ah — murmurei, balançando a cabeça. Era muita coisa para digerir. — Mas isso não explica como eu pude fazer o que fiz com a April, e depois na mata. — Eu me interrompi. — Imagino que você já saiba sobre isso, certo?

— O Luc me contou o suficiente para que eu pudesse ter uma visão geral — respondeu a médica.

— Acho que estou entendendo — comentou ele.

— Claro que sim — murmurei, com a garrafa na boca.

Ele deu uma piscadinha, provocando um bater de asinhas de borboleta em meu estômago que me deixou com nojo de mim mesma.

— Quando a Onda Cassiopeia foi usada na primeira vez, ela despertou a mutação, desencadeando uma explosão de sintomas, ou seja, poderes, que em seguida retornaram a uma espécie de nível básico. Sua mutação foi ativada nesse momento e começou a interagir com as suas células. Já na mata, ela foi despertada novamente por uma variável perfeita: uma ameaça à sua vida. No entanto, naquele momento ela ainda não tinha te infectado totalmente.

A médica bateu palmas, entusiasmada.

— Exato. É bem isso. De certa forma. Sua mutação saiu do estado latente. Os dois incidentes serviram como gatilhos, o que faz sentido se considerarmos o que você começou a experimentar juntamente com a manifestação dos novos poderes. O Luc mencionou que você tem sentido muita fome.

Baixei a garrafa e assenti.

— O tempo todo.

— Então, recapitulando. A mutação foi ativada pela Onda Cassiopeia. Tal como muitos vírus latentes, ela começou a interagir com seu corpo lentamente. Você teve explosões desencadeadas por situações de extremo estresse emocional ou físico, mas durante todo o tempo, desde que a Onda Cassiopeia ativou a mutação, ela vem aos poucos se consolidando, o que explica sua capacidade de pressentir outras pessoas com DNA alienígena. O que eu acho que aconteceu agora, que desencadeou uma nova onda de atividades, foi o treinamento, o uso proposital da Fonte. Foi a gota que fez a xícara transbordar. — A doutora fez uma pausa, franzindo o nariz. — Espera um pouco, essa expressão não está correta.

— Você quis dizer o copo?

— Ah, isso. Exatamente! De qualquer forma, usar a Fonte acelerou a mutação... foi o *bang*! — Ela bateu as mãos novamente, mas dessa vez eu já estava esperando. — O sono prolongado pode ser resultado do que estava acontecendo com o seu corpo. Imagino que a mutação esteja trabalhando com força total, e acredito que você provavelmente vá descobrir novas habilidades em pouco tempo.

— Ah! — Tentei não entrar em pânico, mas meu coração batia acelerado. Precisava perguntar, mesmo que ela não soubesse a resposta. — O Luc contou pra você o que eu fui criada para ser? Como fui codificada para responder a apenas uma pessoa? — A vê-la assentir, apertei a garrafa em minhas mãos.

— Quando eu estava na mata, não tinha a menor ideia de quem eu era e, ao olhar para o Daemon e o Luc, tudo o que vi foi uma ameaça. Se você estiver certa e só agora a mutação estiver terminando de acordar... — Meu estômago se contorceu numa série de nós de pavor e, ao mesmo tempo, esperança. — É possível que seja esse o motivo de eu não ter acompanhado a April como ela achava que aconteceria? E por continuar sendo eu mesma? Porque a mutação ainda não tinha se consolidado?

A dra. Hemenway abriu a boca para responder, mas antes lançou um olhar de esguelha para o Luc.

— Ele não sabe a resposta — falei antes que ele dissesse qualquer coisa. A onda de calor que se espalhou pelo quarto me disse que o Original não tinha ficado feliz com o que eu acabara de dizer, mas era verdade.

— Nem eu — respondeu ela após alguns instantes. — Mesmo que eu tivesse uma amostra do soro, não tenho o conhecimento ou o equipamento necessário para determinar exatamente o que ele é capaz de fazer. Esse grupo... o Daedalus? Eles estão anos-luz à frente de qualquer coisa que eu já tenha visto no campo da engenharia genética. Tudo o que posso fazer é formular algumas teorias plausíveis com base no que eu sei e vi.

— Pode me dar um exemplo de uma dessas teorias plausíveis? — pediu Luc. — Sei que você tem pelo menos uma.

A médica empertigou o corpo, ergueu as sobrancelhas e fez um barulho com a boca, semelhante a um balão estourando.

— Com base no que eu vi e nesses momentos em que a mutação assumiu o controle? Você pode ter se esquecido de quem era, e pode ter ido atrás do Daemon e do Luc, mas, de um jeito ou de outro, acabou voltando a si, e, durante esse período, não sentiu uma vontade compulsiva de ir embora procurar ninguém. De certa forma, isso me remete a um computador novo. Você compra e ele funciona bem por alguns dias ou semanas, mas depois precisa fazer o update de diversos softwares.

Não tinha a menor ideia de onde ela pretendia chegar com esse papo. Ela devia ter visto minha expressão, porque rapidamente acrescentou:

— Pense da seguinte forma. A mutação acabou de sair de seu estado dormente. Ela estava, ou talvez ainda esteja, rodando os updates. Suas memórias, pensamentos e sentimentos estavam todos lá, mas naquele dia na mata foi necessário um pouco mais de tempo para *você* religar. Talvez quando a mutação estiver completamente ativa ou totalmente instalada, não seja mais preciso reiniciar a máquina. Mas o melhor a fazer caso ocorra outra situação de estresse é remover todas as ameaças até que você possa reiniciar.

— Depois disso, você acha que eu vou continuar sendo eu mesma? — perguntei, quase com medo de acreditar que podia ser verdade.

Luc me fitou enquanto a médica respondia:

— Não temos como saber com certeza como o soro Andrômeda age, mesmo que eu tivesse uma amostra, o conhecimento e as ferramentas necessárias para analisá-lo a fundo. Acho que nem o Daedalus sabe, a menos que exista alguém igual a você.

— Como assim? — A atenção do Luc se voltou para a doutora.

— Não pensou nessa possibilidade? — Ela olhou para ele com uma expressão de surpresa e, então, assentiu como que respondendo à própria pergunta. — Tem acontecido muita coisa, portanto posso entender que não tenha pensado. — Seus olhos se voltaram para mim mais uma vez. — Você não tomou apenas o soro Andrômeda. Tomou o LH-11 e o Prometeu antes disso, correto? E, por mais que tenha sido o Andrômeda que a curou e transformou, o LH-11 e o Prometeu continuam presentes no seu sistema. Como será que eles interagem com o Andrômeda? Seria seguro presumir que a introdução prévia de DNA alienígena enfraqueceu ou fortaleceu o código presente no Andrômeda. Se os outros Troianos tiverem tomado apenas o Andrômeda, então nenhum deles é como a Evie, e ela é diferente de todos os demais.

17

Ainda dividida entre o pavor e a esperança, observei o Luc se aproximar devagarinho da cama.

— Bom, acho que são todas boas notícias. Quero dizer, ainda que ela esteja enganada sobre esse lance de reiniciar. — *Deus do céu, espero do fundo do coração que sim.* — Ela confirmou que eu estou saudável, mesmo depois de ter dormido por quatro dias.

— Tem razão. — O Original parou ao lado da cama. — A Viv é uma das pessoas mais inteligentes que eu já conheci. A teoria dela talvez esteja absolutamente certa.

A pequena semente de esperança cresceu.

— Se estiver, então eu não sou um risco. Não vou virar um robô programado para atacar ninguém. — Busquei o mesmo alívio que estava sentindo na expressão dele, mas encontrei apenas uma tela em branco. — Você não ficou feliz em saber que talvez exista uma chance de eu não surtar e voltar correndo para o Daedalus?

— Nunca achei que você fosse surtar. — De cenho franzido, Luc olhou pela janela próxima à cama.

— Você só achava isso porque não queria aceitar qualquer outra possibilidade — ressaltei, analisando-o sob a luz fraca do fim de tarde. Havia algo mais que ele não estava querendo dizer. — Qual é o problema? E não diga "nada". Obviamente tem algo errado.

— Eu não… — Ele soltou um pesado suspiro e se sentou ao meu lado, envolvendo meu rosto com uma das mãos e capturando uma mecha de cabelo entre os dedos. Em seguida, afastou-a do meu rosto, deixando a mão se demorar na parte de trás da cabeça. — Odeio isso… não saber. — Uma risada rouca escapou de seus lábios. — Eu sempre sei de tudo, Evie. Tudo. Você diria que é arrogância minha.

Diria mesmo.

— Mas é verdade.

Infelizmente, era.

— Ser capaz de ler mentes e perceber todas as mentiras faz com que pouca coisa consiga ficar escondida de mim, mas você… tudo a seu respeito é uma grande incógnita — continuou ele, soltando cuidadosamente os dedos do meu cabelo. — Tem ideia do quanto eu odeio isso?

Considerando o controle sobre qualquer situação a que o Luc estava acostumado, tinha uma boa ideia do que tudo isso devia estar fazendo com ele, e odiava não poder fazer nada para aliviar esse medo. Odiava ser a causa dele.

— Aposto que sim — disse ele, a voz tão arranhada quanto sua respiração. — Mas eu não. Eu abriria mão de tudo o que sei para descobrir o que está acontecendo com você. Sei que soa pesado.

Soava mesmo.

— Tudo o que você sabe?

— Faria isso num piscar de olhos. Se eu soubesse o que está acontecendo, poderia dar um jeito. Poderia fazer algo além *disso*. — Ele acariciou minha bochecha com a ponta dos dedos. — Deus do céu, Evie, você sabe que é a única coisa com a qual me importo, não sabe?

Meu coração apertou.

— Luc…

Ele fez que não.

— Não dou a mínima se eu pareço exagerado. Você não devia ficar chocada. Não estava mentindo quando disse que o que eu sinto por você é intenso.

Uma queimação brotou em meu peito e subiu para a garganta. Aproximei-me dele e toquei seu maxilar com a ponta dos dedos, minhas pernas se enrolando no cobertor.

— Não estou chocada.

Ele me fitou com aqueles luminosos olhos violeta, mas não pareceu ter me escutado.

— Quando escutei o Grayson me chamar e fui ver o que era? Quando vi você desmaiada? Meu coração parou, Evie. Tudo parou. E quando os minutos se transformaram em horas, e as horas em dias, eu não conseguia pensar. Não conseguia comer. Não conseguia dormir. Merda, sair do seu lado para ir ao banheiro me deixava apavorado, porque, e se alguma coisa acontecesse enquanto eu estava longe? E se... — Luc deixou a frase no ar e apertou os olhos com força. — Eu passei anos esperando por você, e a única coisa que me dá medo, que me apavora, é a possibilidade de algo te tirar de mim sem que eu possa fazer nada para impedir.

Lágrimas queimaram em meus olhos. Tentei engoli-las, mas havia um bolo em minha garganta.

— Você não se lembra, mas chegou perto de morrer muitas vezes durante sua doença. Ficava apenas deitada, praticamente imóvel. Era como se não conseguisse escutar nem a mim nem ao Paris quando a gente falava com você... como se já estivesse com um pé do outro lado. E eu ficava sentado ao seu lado, observando, me certificando de que você ainda estava respirando. Odiava até piscar. — Luc tremeu e envolveu meus pulsos. — Eu não podia fazer nada na época. Foi assim que me senti quando te vi dormindo. Que não havia nada que eu pudesse fazer além de rezar. Nem sei se existe algum Deus escutando, mas rezei, Evie, porque não sei o que eu faria se te perdesse de novo.

Senti os cílios molhados, e sequei as bochechas.

— Sinto muito...

— Não ouse se desculpar. — O Original abriu os olhos. — Você não fez nada de errado. Não provocou nada disso. — Ele fez uma pausa. — Quem provocou fui eu.

— Não, não provocou — repliquei. — Você não tem culpa de nada.

Ele inclinou a cabeça ligeiramente de lado e me fitou por um longo tempo. Um sorriso se desenhou em seus lábios, mas não chegou aos olhos.

— Tudo começou por minha causa e minhas escolhas.

Fechei os dedos no rosto dele.

— Não sei se começou por sua causa.

— Evie...

— Eu tive um sonho, embora ache que não tenha sido exatamente um sonho — interrompi. — Foi real demais, como uma lembrança. E, se tiver sido mesmo uma lembrança, nada disso começou por sua causa.

Ele franziu as sobrancelhas e me fitou com um olhar questionador.

— Sobre o que você sonhou? — Luc baixou minhas mãos lentamente de volta para a cama. — Ou lembrou?

Baixei os olhos e o observei soltar meus pulsos enquanto lhe contava sobre o sonho, desde a mancha no chão até minha mãe me dizendo que eu não lembraria de nada, nem mesmo dele. A única parte que deixei de fora foi a suspeita de que havia matado meu pai. Em algum momento, senti-o se afastar e, quando levantei os olhos, Luc estava com o corpo rígido, o maxilar trincado numa linha dura.

— Eles teriam arrumado outra pessoa se por algum motivo você e eu... sei lá, não tivéssemos nos tornado amigos ou seja lá o que for. — Empertiguei-me também e me recostei nos travesseiros. Ergui os olhos para o ventilador de teto. Ele havia parado. — Acho que fui escolhida pelo Jason Dasher por causa da minha semelhança surreal com a filha dele. Pelo menos, foi a impressão que a mamãe me passou. E, se meu pai e o Jason já se conheciam, é possível que o Dasher já tivesse me visto.

Luc não disse nada, mas pude sentir seus olhos fixos em mim.

— Você acha que existe uma chance de eles terem me feito ficar doente? Quero dizer, levando em conta tudo o que eles são capazes de fazer, não me parece impossível, mas...

— Se fizeram, eles são ainda mais cretinos do que a gente poderia imaginar — retrucou ele. — Você não ficou doente logo de cara. Isso aconteceu uns dois anos depois de nos conhecermos. Como eles conseguiram te expor a algo desse tipo é difícil de saber. Nem o Paris nem eu te vigiávamos 24 horas por dia, 7 dias por semana. Isso pode ter acontecido quando você estava na boate, numa loja ou fotografando sozinha. Eles podem ter colocado alguma merda na água da nossa casa. O Paris e eu não ficaríamos doentes.

Parecia bizarro demais até para considerar, mas eu precisava.

— Não entendo por que eles deixaram a coisa ir tão longe se tudo era um meio para controlar você. Eles podiam ter falado logo sobre o soro que você teria topado qualquer coisa. Eu podia ter morrido antes de você decidir me levar até eles, e aí?

— Não sei a resposta para essa pergunta — disse Luc após alguns momentos. — Deve haver um motivo para eles terem esperado e assumido esse risco.

Tinha sido um risco muito grande. Todo o tempo e esforço investidos para que o Luc e eu cultivássemos uma amizade que pudesse levar o Original a desafiar toda e qualquer lógica teriam sido em vão se eu tivesse morrido.

— Não sei. Talvez meu sonho tenha sido somente um sonho...

— Seu pai se chamava Alan.

Um calafrio percorreu minha espinha. Ergui os olhos para ele. A princípio, não soube o que dizer.

— Chamava?

Luc assentiu.

— E ele foi um militar, mas eu nunca descobri nenhuma relação com o Dasher. Os registros podem ter sido apagados. Não havia quase nada sobre ele além de um vasto histórico profissional. O homem não conseguia ficar num emprego por mais do que alguns meses.

— Alan? — Balancei a cabeça ligeiramente e voltei a olhar para minhas mãos, agora repousadas sobre o colo. — Era esse o nome dele. Será que isso deveria suscitar algum tipo de sentimento? Tipo, alívio ou pavor? É o nome do meu pai, do meu verdadeiro pai, e eu não sinto nada.

— Você não tem lembranças dele, Pesseguinho. É como o nome de um estranho — respondeu Luc, inclinando o corpo na direção do meu. — Não tem que se recriminar por não sentir nada.

— Talvez seja melhor assim, tal como não lembrar o tempo que passei com o Daedalus. — Fechei os olhos, sentindo um peso desconfortável se abater sobre mim, grosso e gosmento. — Se a lembrança for real, então ele era um pai abusivo... — Uma onda de enjoo revirou meu estômago só de pensar em terminar a frase, mas era preciso. Tinha que botar para fora. Não podia deixar aquilo guardado dentro de mim, apodrecendo até virar um novo tipo de monstro. — Acho que eu matei ele. Eu fugi na mesma noite que o Jason Dasher apareceu, um pouco depois, e acho que fui eu que esfaqueei meu pai.

Meus olhos tinham se aberto novamente, e estavam fixos nas minhas mãos. Será que elas haviam ficado cobertas de sangue?

— Ela achava... quero dizer, acho que você não sabia, porque tenho quase certeza de que fiz de tudo para não pensar a respeito. Acho que eu mesma não conseguia pensar nisso. Provavelmente não foi a melhor maneira de lidar com o que aconteceu, mas talvez tenha sido o modo que encontrei para sobreviver.

— Eu sabia.

Ergui a cabeça para ele. Tinha a sensação de que havia parado de respirar. Luc semicerrou os olhos.

— Eu sabia. Sempre soube, mas você não queria que eu soubesse. Tenho a sensação de que você achou que eu iria te julgar, e senti que você precisava acreditar que eu não sabia de nada, portanto fiquei quieto.

Por algum motivo, meus olhos e nariz estavam pinicando.

— Não descobri isso lendo a sua mente. Pelo menos, não a princípio. Você nos deu seu verdadeiro nome, de modo que o Paris pôde checar quem realmente era. Ele descobriu que seu pai estava morto — disse Luc, os olhos fixos nos meus. — Ele suspeitou que tivesse sido você. Também achou que você devia ter tido um bom motivo. Logo que a gente se conheceu, você se assustava com qualquer coisa. Se algum de nós tentasse te tocar ou aumentasse a voz, você se encolhia e se afastava, sempre se mantendo a uma distância segura. Além disso, você tinha vários hematomas condizentes com o hábito de alguém te agarrar pelos braços. Com força. — Os olhos do Original estavam duros como pedra. — Nenhum de nós jamais te julgou. Na verdade, essas descobertas mostraram que você se encaixava com a gente muito melhor do que poderíamos ter imaginado, por mais perturbador que isso soe.

Uma risada estrangulada escapou de meus lábios. Desviei os olhos, piscando para conter as lágrimas.

— No primeiro ano, você vivia tendo pesadelos. Acordava gritando que havia sangue — continuou ele, a voz quase um sussurro. — Numa dessas noites, pesquei algumas coisas. Só nunca falei nada.

Sentindo os lábios tremerem, apertei-os com força até ter certeza de que conseguiria falar.

— Acho que a Sylvia e o Jason sacaram que ele era abusivo. Ela disse que, se eles soubessem, teriam me tirado de lá antes.

— E se aquele lixo de ser humano ainda estivesse vivo quando o Paris te encontrou, não teria durado muito mais.

Mesmo que não me lembrasse do Paris, pelo que o Luc dizia, eu não tinha a menor dúvida.

— Eu só... não sei como devo me sentir a respeito disso. — Sentindo as palmas suadas, esfreguei-as no cobertor. — Não sinto nada além de, legal, meu verdadeiro pai tinha um nome. Devia ficar zangada por ele ter sido um monstro que batia numa criança. E fico, mas é como se me sentisse zangada por causa de outra pessoa, se é que isso faz sentido. Talvez se eu me lembrasse, fosse diferente. Não sei.

O colchão se mexeu e, em seguida, o Luc disse:

— Olha pra mim.

Inspirei de maneira superficial e olhei. Assim que nossos olhos se encontraram, não consegui mais desviá-los.

— Se por acaso você vier a se lembrar de mais alguma coisa, deixa rolar. Eu estou com você. Mas não é problema algum não sentir nada. Assim como não há nada de errado em sentir o que você sente pela Sylvia. Sinta o que você precisa sentir, quer seja nada ou qualquer outra coisa.

Minha respiração seguinte queimou meus pulmões. Assenti com um menear de cabeça. Ou, pelo menos, achei que tivesse.

— Eu te amo — murmurei. — Sabe disso, não sabe? Eu te amo.

Ele se inclinou e encostou a testa na minha.

— Eu sei, mas se sentir vontade de me lembrar volta e meia, por mim tudo bem.

Sorri, e me dei conta de que a sensação pesada e gosmenta estava melhorando. Sabia que ela voltaria em algum momento, provavelmente trazendo consigo lembranças dolorosas, mas quando isso acontecesse eu as encararia de cabeça erguida.

— Sinto que preciso confessar uma coisa — falei, afastando-me até conseguir ver o rosto do Luc. — Eu te escutei enquanto estava dormindo.

— Escutou?

Fiz que sim.

— Escutei você dizer que até o Grayson estava sentindo a minha falta. Sei que era mentira.

Ele baixou as pestanas e abriu um meio sorriso.

— Eu jamais mentiria sobre uma coisa dessas.

— Também escutei umas cantadas horríveis.

— Minhas cantadas nunca são horríveis, Pesseguinho.

Meu coração começou a martelar dentro do peito.

— Também escutei você dizer que, se eu acordasse e não lembrasse mais quem eu era, o seu amor por mim seria suficiente. Que você continuaria me amando.

Ele ergueu os cílios de novo, e a intensidade em seus olhos me deixou sem ar.

— Você já sabia disso.

— Sabia — murmurei. — E sei.

— O que não sabe é que essa não foi a primeira vez que eu te disse essas palavras.

— Não?

— Não. — Luc roçou as pontas dos dedos no meu rosto. — Eu disse que te amava e que sempre te amaria, independentemente do que acontecesse, uma vez antes. — Ele engoliu em seco e, ao falar, a voz soou grossa. — Eu te disse isso na única vez em que precisei me despedir.

O Original estava vermelho.

— E o que eu respondi?

— Você disse: "Eu sei."

oras depois, após o sol se pôr e o Luc e eu conversarmos sobre tudo o que a dra. Hemenway tinha dito, enquanto comíamos uma quantidade de queijo e vegetais suficiente para alimentar uma família por uma semana, a Zoe apareceu. Tal como acontecera com o Luc, vi uma aura transparente de um violeta profundo entremeado de branco em torno dela antes que minha amiga se jogasse em cima de mim, quase me derrubando da cama. Trocamos abraços.

Uma montanha de abraços.

E talvez algumas lágrimas.

— Nunca mais faça uma coisa dessas — disse Zoe, ainda apertando meus ombros. — Entendeu? Quase morri de medo.

— Desculpa — pedi, apertando-a de volta enquanto tentava sugar algum ar para os pulmões e não pensar no fato de que o nariz dela estava praticamente enfiado no meu cabelo sujo.

— Não peça desculpas! — retrucou Zoe. — Não foi sua culpa. Só estou feliz em ver que você está bem e não… — interrompeu-se ela.

Ergui os olhos para o Luc, que estava recostado contra a moldura da porta, os braços cruzados. Grayson estava ali também, parado em silêncio atrás do Original. Assim que ele aparecera, eu tinha visto o estranho efeito de arco-íris em volta dele, mas ao fitá-lo agora, tudo o que vi foi um hematoma.

O Luxen estava com um olho roxo.

Não fazia ideia de como um Luxen podia ficar com o olho roxo. Eu tinha tantas perguntas!

— Não estou tentando matar todo mundo? — completei para minha amiga.

— É — murmurou ela. — A Heidi jamais me perdoaria se algo acontecesse com você antes que ela chegue aqui.

Esperava que elas tivessem chegado enquanto eu dormia, mas não. Estava dando o melhor de mim para não entrar em pânico por causa disso. Ninguém parecia preocupado, o que era um bom sinal.

— Senti sua falta — declarou Zoe, me apertando mais uma vez até eu soltar um gritinho esganiçado.

— Sua namorada está parecendo um daqueles brinquedinhos de cachorro — comentou Grayson.

— Verdade. — Luc descolou da porta, se aproximou e, com cuidado, soltou a Zoe de mim. Não sei o que ele disse para ela, mas após alguns instantes e vários retornos até a cama para um último e rápido abraço, o Luc e eu nos vimos sozinhos novamente. — Está ficando tarde — disse ele, depois de acompanhá-los até a porta. Várias outras velas se acenderam à medida que ele foi passando por elas. — Imagino que você queira tomar um banho... um banho quente. Sei que gostaria de poder prepará-lo sozinha, mas podemos abrir uma exceção hoje.

Eu realmente gostaria de poder prepará-lo sozinha, mas a vontade de tomar um banho quente era maior.

— Banho. Por favor. Depois você. — Afastei o cobertor e me arrastei até a beirada da cama. — Me conta como e por que o Grayson está com o olho roxo.

— É uma história engraçada. — Ele levou uma das lamparinas para o banheiro e a botou sobre a bancada da pia. — Eu dei um soco nele.

Meu queixo caiu.

— O quê?

— Pois é. Ele já podia ter se curado... — Luc abriu a água e se sentou na beirada da banheira. O barulho abafou o que quer que ele estivesse dizendo.

— O quê? — Levantei da cama e segui a passos trôpegos para o banheiro. — O que foi que você disse?

— Eu disse que ele está ostentando o roxo como uma medalha de honra. — A lamparina não ajudava muito a clarear a escuridão do banheiro, embora projetasse sombras interessantes ao longo dos ombros do Original.

— Por que você deu um soco nele? — Puxei a bainha da camiseta emprestada.

— Ele me contou. — Luc olhou por cima do ombro para mim. — O Grayson me contou o que falou pra você.

Ah.

Uau!

Por essa eu não esperava.

— Por que ele fez isso?

— Porque precisava fazer. — O Original esticou o braço e fechou a água. — Quer ver como eu esquento a água?

Queria saber por que o Grayson sentira necessidade de contar ao Luc o babaca que ele tinha sido, e por que não curara a si próprio, mas, para ser honesta, estava mais curiosa para ver como o Original conseguia esquentar a água. Dei um passo à frente e parei atrás dele.

— Eu penso na água fervendo — declarou ele, afundando a mão no que só podia ser uma temperatura de congelar os ossos. Uma suave explosão de luz branca desceu por seu braço, quase imperceptível. Ele, então, balançou preguiçosamente a mão debaixo d'água. — Simples assim.

Antes que eu pudesse dizer qualquer coisa, escutei um leve borbulhar e apertei os olhos. Bolhas brotavam das pontas dos dedos dele.

— Simples assim — murmurei.

Ele puxou a mão de volta.

— Controlar não é fácil, portanto, espere alguns minutos para que ela esfrie um pouco.

Dizendo isso, ele se levantou num movimento fluido. Eu havia parado tão perto que quase não havia espaço entre nós. Tive que dobrar o pescoço para trás a fim de fitá-lo. De repente, me senti inacreditavelmente nervosa. Não um nervosismo ruim, mas do tipo que era uma mistura estranha de esperança e antecipação. Eu queria...

Não sabia o que eu queria além do fato de que o desejava, e podia sentir que ele estava prestes a sair do banheiro.

— Eu vi o lance da aura de novo — soltei. O Original franziu o cenho. Sentindo as bochechas queimarem, mudei o peso de um pé para o outro. — Vi a mesma aura transparente que eu vi em você em volta da Zoe.

— E quanto ao Grayson?

— Ele parecia um arco-íris. — Brinquei com a beirada da camiseta de novo. — Um arco-íris machucado.

Luc abriu um meio sorriso.

— Isso não é motivo para sorrir — repreendi.

— Ele não devia ter dito o que disse pra você. — O sorriso desapareceu. — Precisa de ajuda com alguma coisa?

Arqueei uma sobrancelha.

— Mente suja — murmurou ele, o meio sorriso surgindo de novo. — Estava me referindo ao banho. Precisa de alguma coisa?

Um pouco desapontada, corri os olhos pelo banheiro.

— Posso pegar o que precisar.

— Ou pode me deixar ajudar — ofereceu Luc. Como eu não queria que ele saísse, aceitei com um menear de cabeça. — O que você quer?

Ele começou a pegar tudo o que eu pedia. Sabonete líquido e esponja. Esfoliante para o rosto. Uma toalha grande e felpuda dobrada sobre um pequeno banco de madeira.

— Quero lavar o cabelo — falei. — Preciso lavar o cabelo.

— Deixa comigo. — Ele pegou dois frascos que estavam sobre a prateleira do chuveiro. — Vou pegar uma jarra. Acho que vai ajudar.

Dei um passo para o lado e o esperei sair do banheiro antes de me virar para a banheira. Sentei na beirada, enterrando os dedos dos pés no tapetinho macio. A água ainda estava muito quente ao toque, mas imaginava que em poucos minutos ela teria esfriado o suficiente, especialmente se eu usasse água fria para enxaguar o xampu e o condicionador.

Puxei a mão de volta e me levantei, olhando de relance para a porta semiaberta do banheiro. Não sei o que estava pensando, ou talvez tivesse perdido a capacidade de pensar ao fechar os dedos em volta da bainha da camiseta emprestada. Talvez fosse o fato de ter dormido por tanto tempo e acordado enquanto o Luc confessava seus medos mais profundos. Talvez fosse a pequena fagulha de esperança que a teoria da dra. Hemenway havia despertado. Ou talvez o sonho que mais parecia uma lembrança. Podia também ter sido o fato de escutar o Original dizendo que me amava.

Não sei, e acho que não fazia diferença. Simplesmente tirei a camiseta e, em seguida, a calcinha, e joguei ambas dentro do cesto de roupa suja.

Agora não havia mais volta.

Entrei na banheira e me sentei, inspirando fundo ao sentir o choque com a água quente. Levei uns dois segundos para me acostumar com a temperatura e, então… ai, meu Deus, que delícia! Recostei até deixar os ombros debaixo d'água e quase soltei um gemido de prazer ao sentir a água abraçar os músculos tensos das minhas costas.

Sentei de novo e, puxando os joelhos para junto do peito, olhei para o frasco de sabonete líquido. Meu pulso estava a mil enquanto eu esperava, sem a menor ideia de como o Luc iria reagir, embora não achasse que ele fosse gritar "Meus olhos" e sair correndo do banheiro. Tinha quase certeza de que ele ficaria mais do que feliz em me ver assim, mas era ousado.

Eu gostava de ser ousada.

Com um sorrisinho, apoiei o rosto nos joelhos e fechei os olhos. Um minuto depois, meu coração pulou uma batida. Senti que o Luc havia voltado, o que não tinha nada a ver com o DNA alienígena que havia em mim. Mesmo de olhos fechados, podia sentir a intensidade de seu olhar, pesado e quente como a água.

Abri os olhos e o vi parado junto à porta, com uma jarra branca em uma das mãos e um pote grande de plástico na outra. Ele não moveu um músculo. Acho que sequer respirava enquanto me observava com as pupilas brilhando feito diamantes.

Com o coração ainda martelando de encontro às costelas, falei:

— Não quis esperar.

— Estou vendo.

Duas simples palavras, porém tão cheias de desejo e carência que eu estremeci. Inspirei fundo.

— Você podia me ajudar a lavar o cabelo.

Tudo que o Luc fez foi botar a jarra sobre a bancada da pia e o pote de plástico no chão, ao lado da banheira. Em seguida, voltou para junto da porta.

— E, já que você esquentou a água, devia aproveitar enquanto ainda está quente. A banheira é grande o bastante. — Era mesmo. Não chegava a ser uma jacuzzi, mas era definitivamente maior e mais larga do que uma banheira normal. O Original continuou parado. Ergui a cabeça, mas mantive os joelhos dobrados junto ao peito. — Se quiser, é claro.

Ele abriu e fechou a boca. Um momento se passou.

— Não acho que eu consiga.

Não era a resposta que eu estava esperando.

De jeito nenhum.

Um tipo diferente de calor, que não tinha nada a ver com a temperatura da água ou o fato de estar completamente nua, se espalhou por minha pele. Ó pai, eu tinha cometido um erro. E dos grandes. Um tremendo e gigantesco erro. Só me restava tentar me afogar...

— Você não entendeu. Ou talvez eu tenha me expressado mal. — Luc interrompeu meus pensamentos. — Não confio em mim o bastante para dividir a banheira com você e lavar seu cabelo. Vai ocorrer uma reação física. Da minha parte. Em resposta a você. Vai ser óbvio, o que devia me deixar constrangido, mas não deixa. Você podia estar usando um daqueles maca-cões de risco biológico todo coberto em merda de boi que eu continuaria tendo uma reação física a você.

Meus lábios se repuxaram nos cantos.

— Merda de boi? Sério?

Ele me fitou no fundo dos olhos. Foi então que me dei conta de que o Luc usava muitas máscaras. Essa havia caído, de modo que pude perceber um profundo desejo cruzar-lhe os traços, ressaltando-os. Os olhos pareciam arder, intensificando o tom ametista e deixando as pupilas ainda mais brilhantes.

— Sério.

Um forte calor invadiu minhas bochechas, e algo ainda mais quente e urgente se espalhou pelo resto do meu corpo.

— Uau!

— Uau mesmo — grunhiu ele, e o fogo em seus olhos acendeu minhas veias. — Portanto, desde que você saiba que eu não vou manter distância emocional durante esse banho e se não tiver problema com isso, estou mais do que disposto a te ajudar. — Ele abriu um meio sorriso. — Você não faz ideia do quanto.

— Não quero que você mantenha distância de nenhum tipo — murmurei. — Quero que faça o que quiser fazer.

— Graças a Deus! — E, então, sem mais demora, Luc levou a mão à nuca, fechou os dedos na camiseta e a puxou pela cabeça. Em seguida, a soltou no chão.

Corri os olhos famintos por seus ombros largos e tórax definido, demo-rando-me na parte mais estreita do torso.

Luc provocava desejos totalmente irresponsáveis.

De repente, me lembrei do que o Grayson tinha dito.

— Você e eu podemos gerar... você sabe...?

— Gerar? — Ele ergueu os braços e os apoiou na moldura da porta. Ao se inclinar, o movimento produziu interessantes ondas sinuosas nos músculos dos braços e ombros. Tinha certeza de que havia sido de propósito. — Gerar o quê?

Ainda abraçando os joelhos e mantendo os olhos acima da linha dos ombros dele, franzi o cenho.

— Você vive lendo a minha mente, e agora decidiu não fazer isso?

Ele abriu um sorriso ainda maior, obviamente se divertindo com a situação.

— Você não está pensando alto.

Não tinha certeza se acreditava.

— Eu posso engravidar?

— De maneira geral?

Estreitei os olhos.

— De você, seu babaca.

Luc baixou o queixo e mordeu o lábio inferior.

— Não. Não fui projetado para produzir nada além de uma descarga orgânica. A Husher acreditava que, se Originais como eu gerassem filhos, isso prejudicaria o desenvolvimento de seus poderes físicos e mentais.

Projetado? Detestava o modo como essa palavra era usada para lembrá-lo de que ele era uma coisa criada, e não uma pessoa. E detestava ainda mais o jeito como ele usava essa e outras tantas palavras. Odiava também que a escolha lhe tivesse sido roubada ao nascer.

— E, antes que você pergunte, tal como os Luxen, os Originais não são portadores nem suscetíveis a nenhuma doença transmissível — explicou ele. Vinha imaginando como fazer essa pergunta. — Está surpresa? Sobre esse lance do bebê?

Balancei a cabeça ligeiramente.

— Um pouquinho. Foi só uma coisa que o Grayson disse.

— Preciso perguntar por que você está pelada pensando em algo que o Grayson disse. Não que eu esteja julgando. Ele é um cara pintoso, e muitas pessoas acham aquele jeitão de "fui profundamente ferido e resolvi descontar no mundo" bastante atraente.

Revirei os olhos, sem me dignar a comentar um absurdo desses.

— Ele disse que eu posso ter DNA alienígena suficiente em mim para corrermos o risco de sermos compatíveis e acabar fazendo uma péssima escolha de vida.

— Ele talvez esteja certo em relação a outros Originais, mas não tem como saber sobre a minha capacidade de gerar bebês. As últimas levas de Originais também eram estéreis. Afinal, existe distração maior do que um filho? — Luc baixou os braços e deu um passo à frente, mas parou ao lado da bancada da pia. — Isso te incomoda?

Não sabia ao certo como responder, uma vez que filhos era um assunto que nunca havia passado pela minha cabeça.

— Não sei. Sequer sei se algum dia vou querer ter um filho. — Estremeci só de pensar nos gritos da Kat. — Não sei se teria coragem de passar por todo aquele lance de parto. Bebês meio que me assustam.

— Mas e daqui a dez anos? Ou vinte? Quando não tivermos mais que lidar com o Daedalus e estivermos apenas cuidando de um rebanho de lhamas?

O fato de o Luc pensar num futuro tão distante — pensar em nós dois *juntos* num futuro tão distante — fez meu coração dar um pulinho de alegria. Não apenas ele achava que teríamos um futuro, como um livre do Daedalus e de uma guerra pela dominação do mundo...

Espera um pouco.

— Cuidando de um rebanho de lhamas? — repeti.

Ele deu de ombros.

— Sempre achei que seria legal ter um rebanho de lhamas.

Abri um sorriso.

— Eu gosto de lhamas.

— Eu sei.

Imaginar a gente com uma casinha e um rebanho de lhamas no jardim dos fundos me fez rir. Era um futuro ridículo.

E absurdamente fantástico.

— A gente pode adotar — respondi. — Se quisermos.

— Podemos. — Ele inclinou a cabeça ligeiramente de lado. — A água ainda está quente?

Fiz que sim.

— Você ainda quer que eu...

— Sempre — interrompi. Não precisava ouvir mais nada.

Aquele raro sorriso de orelha a orelha apareceu, fazendo com que eu me derretesse como neve sob o primeiro dia de sol após uma nevasca. Ele, então, terminou de tirar a roupa.

Eu devia desviar os olhos. Não era essa a atitude mais educada? Mas não consegui. Acho que ele tampouco queria.

Mesmo sob a fraca iluminação da lamparina, enchi os olhos com a visão do Original. Era como se minha pele tivesse sido aquecida pela Fonte, assim como a água. Não era a primeira vez que eu o via daquele jeito, mas parecia. Principalmente com a forte antecipação e o desejo profundo que pulsou entre nós.

Fiz menção de chegar um pouco para a frente, mas ele me deteve encostando a mão no meu rosto. Em seguida, inclinou minha cabeça para trás, se ajoelhou ao lado da banheira e me beijou.

— Deixa eu lavar seu cabelo primeiro — disse ele ao erguer a cabeça.

— Não precisa. — Meu sangue estava fervendo. — Foi só uma armação.

— Para me ver pelado?

Rindo, fiz que sim.

— Funcionou.

— Verdade. — Ele pegou a jarra. — Mas quero fazer isso. Vai me dar tempo.

— Tempo pra quê? — Olhei para ele com atenção, ainda enroscada para proteger minha nudez. Parecia justo, uma vez que a lateral da banheira ocultava todas as suas partes interessantes.

— Para que eu não acabe me constrangendo.

Levei alguns momentos para entender o que ele queria dizer, e quando entendi, tudo o que consegui fazer foi soltar um *Oh!* Apesar de toda a experiência do Luc com brincadeiras, essa seria a primeira vez dele.

Seria nossa primeira vez.

Em silêncio e sem a mínima pressa, ele começou a lavar meu cabelo. Ninguém nunca tinha lavado meu cabelo antes. Pelo menos, não que eu me lembrasse. Achava que não iria gostar, mas em vez de me sentir mimada, me senti... amada. Ele tomou cuidado para não emaranhar os dedos nos fios, e esquentava cada jarra de água, certificando-se de que nenhuma gota de xampu ou condicionador escorresse pelo meu rosto, mas que caísse diretamente no pote de plástico, a fim de não sujar a água da banheira. Eu jamais teria pensado nisso.

— Obrigada — falei.

— Não precisa me agradecer.

— Mas agradeci. Você me estragou, acho que daqui pra frente vou exigir que você lave meu cabelo sempre. Você é realmente muito bom nisso.

— Não foi a primeira vez. Eu costumava lavar seu cabelo quando você estava doente.

Por que aquilo me deixava surpresa? Observei o Luc encher a jarra mais uma vez e a colocar ao lado da banheira. Deus do céu, ele devia ter uns 14 anos na época, se não menos e, embora pudesse parecer um gesto simples, exigia um grau de maturidade e intuição que poucos adultos tinham. Luc era um cara surpreendentemente atencio...

Ele se levantou de supetão, me fazendo arregalar os olhos. Dessa vez, consegui desviá-los, porque, ai, meu Deus, ele era...

Cada centímetro dele era lindo.

Como eu não possuía nenhum senso de decência, dei uma espiada. De costas para mim, o Original abaixou a cabeça sobre a pia e molhou o cabelo.

Em seguida, passou o xampu. E pronto. Nada de condicionador. Em cinco segundos, tinha lavado o cabelo, sem se preocupar em deixá-lo todo embaraçado ou com nós do tamanho de um punho.

Típico de homem — um homem com uma bunda deliciosa.

Ao perceber que ele estava se virando de volta para mim, desviei os olhos.

— Vai entrar aqui agora? — perguntei, rezando para que o pedido soasse sexy e misterioso, e não esganiçado como havia soado para meus próprios ouvidos.

— Nada nesse mundo poderia me impedir — retrucou ele. — Nem mesmo um desfile militar. Eles teriam que lidar com a visão de todas as minhas partes interessantes.

— Partes interessantes? — Rindo, cheguei o corpo um pouco mais para a frente. A água bateu nas minhas costas quando o Luc entrou e se sentou. Tentei manter a calma, mas sentia que estava prestes a ter um ataque cardíaco. — Eles provavelmente adorariam a visão.

— Você adorou.

Dei uma risadinha e apoiei a testa nos joelhos.

— Não posso negar.

— Não gostaria que negasse. — Ele esticou as pernas em volta de mim. Os pelos da panturrilha provocaram uma série de arrepios por todo o meu corpo.

Inspirei fundo, ergui a cabeça e desgrudei o tronco das pernas, que até então continuava pressionado contra os joelhos. Luc tocou primeiro o centro das minhas costas e, em seguida, juntou meu cabelo molhado e o puxou para o lado, jogando-o por cima do ombro. Um segundo depois, senti as pontas de seus dedos em minha cintura e, após um momento, seus lábios roçaram minha nuca. Mordendo o lábio inferior, estendi os braços para trás, fechei os dedos nas mãos dele e as puxei para a frente ao mesmo tempo que esticava as pernas.

— Espera. — O Original desvencilhou as mãos e, esticando os braços em volta de mim, pegou o sabonete que estava na beirada da banheira. Observei-o ensaboá-las e, em seguida, colocar o sabonete de volta no lugar. Ele, então, fechou as mãos na parte superior dos meus braços e começou a deslizá-las para baixo. As costas dos dedos roçaram as laterais dos meus seios, provocando um forte arrepio. — Só estou sendo prestativo — disse ele numa voz grave.

— Muito prestativo — murmurei.

As mãos ensaboadas e escorregadias continuaram o passeio, subindo de novo pelos braços e, depois, em direção ao baixo-ventre. Elas se afastaram apenas por tempo suficiente para o Original ensaboá-las de novo e, então, começaram a subir lentamente pelas minhas costelas até que me vi enterrando os dedos nas pernas dele e fazendo de tudo para não me contorcer.

— Quero me certificar de que não fique nem um pedacinho sujo — disse Luc junto ao meu ouvido.

— Ah-hã.

Com uma risadinha diabólica, o Original mergulhou as mãos na água e começou a fazer o caminho inverso, enxaguando minha pele com a ajuda de um paninho que devia ter se materializado do nada. O tecido provocou reações estranhas e interessantes, mas antes que eu pudesse tentar entendê-las, lá estava ele com o sabonete de novo.

— Encosta em mim. — A voz grave com que ele fez o pedido me levou a acatá-lo imediatamente.

O contato das minhas costas e do meu quadril contra ele provocou uma sensação absurdamente prazerosa, mas que foi rapidamente sobrepujada quando o Luc deslizou as mãos dos quadris para as pernas. Ele ergueu uma delas, apoiou-a sobre a beirada da banheira e, então, seus dedos voltaram para dentro d'água e retomaram o passeio por minha pele.

Recostei as costas contra o ombro dele, sentindo meu corpo inteiro pulsar.

— Você está sendo muito detalhista.

— Claro que estou. — Sua voz era como fumaça. — Sou perfeccionista.

Um súbito e possante pulsar fez com que meus quadris se erguessem acima da água. Estendi uma das mãos para trás e a fechei em volta da cabeça do Original.

— Não quero deixar passar nem um pedacinho — continuou ele. — Me fala se eu pular algum.

Eu ia.

Meus olhos estavam abertos, fixos no modo como a luz da lamparina incidia sobre a água e as nossas pernas. Estava concentrada na maneira como os tendões da mão dele se flexionavam a cada vez que eu puxava sua cabeça. Luc não resistiu, começou com um beijo no meu pescoço e foi deixando um rastro ardente pela linha do meu maxilar. Virei a cabeça para ele. Assim que nossos lábios se encontraram, nos entregamos a um beijo faminto.

Não houve mais pausas para passar o sabonete quando minha outra mão se fechou sobre a dele e pude sentir os tendões que havia observado se moverem contra minha palma. A pulsação quase dolorida ficou ainda mais forte enquanto nos beijávamos sem parar, nossos corpos roçando um contra o outro e contra as laterais da banheira. Ambos respirávamos de maneira rápida e superficial, como que ofegantes após uma maratona. Sentindo-me como uma corda esticada demais, afastei-me ligeiramente e baixei a perna de volta para a água.

Apoiei as mãos nas beiradas da banheira, me virei e montei nele. Não foi um movimento nada gracioso. A água transbordou para todos os lados, e meu joelho direito bateu com força no fundo da banheira. Minhas palmas estavam escorregadias e trêmulas. Luc fechou as mãos nos meus quadris para me estabilizar.

— Obrigada — murmurei, mudando as mãos para os ombros dele em busca de um apoio melhor.

Ele fez que não, os olhos a meio mastro.

— Eu é que devia te agradecer.

— Não fiz nada.

— É aí que está errada. — As mãos dele flexionaram, mas se mantiveram em meus quadris. — Você está me dando tudo que eu jamais sonhei ou desejei. Sempre deu.

As palavras calaram fundo em meu âmago e, por um momento, não consegui me mover. Meu coração se contraía e dilatava de uma maneira deliciosa, pois eu sabia que ele não estava falando só deste momento. Estava falando de mim.

Se eu tivesse qualquer dúvida sobre o que estávamos fazendo, ela teria ido pelo ralo naquele instante, mas eu não tinha, nenhuma, zero. Todo o meu ser sabia que era o momento certo. Estava na hora, e embora houvesse tido certeza antes, com meu ex, Brandon, via agora que tinha sido um erro, porque jamais me sentira *assim*. Como se esse momento pudesse ser congelado para todo o sempre que ainda não seria tempo suficiente. Como se cada segundo não pudesse passar rápido o bastante e, ao passar, continuasse parecendo devagar demais. Como se não conseguisse entender como ou por que tínhamos esperado tanto. Ainda assim, estava feliz por termos esperado, porque agora parecia *certo*.

Fechei os joelhos em torno dos quadris dele e enterrei os dedos em seu cabelo molhado. Luc me apertou com mais força e me ajeitou sobre o colo. Estremeci ao escutar o som entrecortado que ele fez.

Nossos lábios se encontraram de novo. O beijo foi tão poderoso e profundo quanto todos os que havíamos trocado antes, mas, ao mesmo tempo, diferente. Havia um quê de desespero nesse beijo que fez os músculos do meu ventre se contraírem. Meu corpo se moveu instintivamente em resposta, e, quando ele deslizou as mãos para além dos meus quadris, me colando ainda mais de encontro a si, pude sentir a mesma feroz intensidade emanando dele. Luc tremeu de encontro a mim. Quase podia visualizar seu controle como uma fina camada de verniz, prestes a se partir.

Mas o Original havia me entregado as rédeas. Fizera isso ao entrar na banheira e me deixar guiar suas mãos, seus lábios. Ele havia aberto mão do controle completamente.

Interrompi o beijo, sentindo o peito dele subir e descer pesadamente de encontro ao meu.

— A gente pode parar — murmurei, encostando minha testa na dele. — Podemos fazer o que você quiser.

Luc subiu uma das mãos pelas minhas costas e a fechou na minha nuca.

— Quero exatamente o que você quiser.

Estremecendo, deslizei a mão por aquele peito úmido, e continuei descendo até vê-la desaparecer debaixo d'água. Ele arqueou as costas, e o modo como disse meu nome enquanto eu o tocava foi como uma suave carícia. Ergui o corpo um tiquinho e, de repente, só havia nós dois e o som estrangulado que ele emitiu contra meus lábios.

Nenhum de nós se moveu por vários longos e descompassados batimentos cardíacos. Senti uma fisgada de dor, na verdade mais como um desconforto, enquanto me ajustava à sensação. Luc se manteve tão imóvel quanto eu, o corpo duro, tenso.

Inspirando de maneira superficial, inclinei o corpo para a frente e o beijei. As mãos dele se fecharam novamente, uma entremeada no cabelo da minha nuca e a outra enterrada em minha carne.

— Evie. Deus do céu! — Soltou ele num arquejo, estremecendo quando comecei a me mover. — Eu…

Minhas mãos estavam de volta sobre os ombros dele.

— Está tudo bem?

— Mais do que bem. — Seus lábios roçaram os meus. — Está tudo perfeito. É que tinha imaginado qual seria a sensação. Merda, provavelmente pensei nisso demais. — Ele me apertou ainda mais, arrancando um arquejo e um gemido. — Mas nunca podia sonhar que fosse ser *assim*. Não tinha a menor ideia, Evie. Nenhuma.

— Eu também não — respondi, e era verdade.

Nossas bocas se colaram mais uma vez, e eu voltei a me mover, a princípio lentamente, me deleitando com a sensação dele contra mim, dentro de mim, e com a maneira como cada centímetro da minha pele se tornou hipersensível. Meu coração martelava dentro do peito, totalmente perdido e despreparado para a onda desgovernada de sensações que me varreu, que varreu nós dois.

De repente, em meio àquela perfeita loucura, senti uma fisgada de medo. E se eu perdesse a memória de novo? Era uma possibilidade. Sempre haveria essa possibilidade. E se me esquecesse da beleza desse momento, do êxtase de estar com ele? Eu podia...

— Eu amo você, Evie. — Ele fechou o braço na minha cintura e me apertou com força de encontro ao peito enquanto os quadris buscavam encontrar o mesmo ritmo que os meus. — Você não vai esquecer. Jamais. Nem eu. É *impossível*.

Meus dedos se enterraram nos ombros dele e, em seguida, puxaram-lhe o cabelo.

— Impossível — repeti, abrindo os olhos para encarar a feroz intensidade com que ele me fitava.

Com os olhos pregados nos dele, perdi completamente a noção de ritmo ou da água subindo e descendo, derramando pelas bordas da banheira. Escutei um ranger e, em seguida, um estalo vindo da porta do banheiro. Uma luz branca suave pulsou em volta dos ombros dele. Baixei os olhos para a área onde nossos corpos se fundiam, e percebi uma constelação de pontos pretos em minha barriga, movendo-se e ondulando juntamente com meu corpo — com os nossos corpos.

— É lindo — murmurou Luc, deslizando a mão pelos pontos e seguindo-os um a um até a curva do meu quadril. — Você é linda!

Naquele momento, eu me sentia realmente linda. Como poderia não sentir? Não havia espaço para palavras. Éramos só nós dois, e o que sentíamos um pelo outro. Isso se tornou uma força possante, que eletrizou o espaço até eu escutar os estalos do ar à nossa volta sendo carregado pela Fonte, a qual acendeu esse próprio ar que respirávamos com partículas brilhantes, como se o banheiro tivesse sido subitamente invadido por milhares de vaga-lumes, num belíssimo espetáculo que representava a força do nosso amor um pelo outro.

19

stranho — disse Luc, tempos depois. Estávamos deitados na cama, quietos, enquanto ele brincava com o meu cabelo e eu usava seu peito como travesseiro. Vinha tentando determinar se era só minha imaginação ou se minha visão estava melhor do que antes de cair naquele sono prolongado, porque não me lembrava de conseguir ver o quarto com tanta nitidez. — Sexo é estranho — continuou ele. — De um jeito legal, mas meu cérebro está com dificuldade em processar o que aconteceu. Tipo, não muda nada e, ao mesmo tempo, muda tudo. Sei que não faz muito sentido.

— Faz sentido, sim. — Sorri. Tinha me perguntado se o Luc também sentia que estarmos deitados nos braços um do outro parecia mais íntimo agora ou se só eu me sentia assim. — Na outra vez que transei, foi… superesquisito depois. Quando acabou, a gente ficou… sei lá… normal. Tipo, é só isso? Pelo menos, foi como eu me senti. Fizemos e… acho que ele disse alguma coisa legal, mas aí se virou e começou a mexer no celular.

— Você não se sente assim agora, sente?

Ergui a cabeça para fitá-lo no fundo dos olhos.

— Não é nem um pouco parecido, Luc. Estou me sentindo confortável e completamente à vontade. — Meus olhos perscrutaram os deles em meio à penumbra. — E você? Como está se sentindo?

— Melhor do que eu jamais poderia imaginar. Mesmo que tentasse, não teria palavras boas o bastante para descrever a sensação.

— Não te incomoda não ter sido a minha primeira vez?

— Honestamente? Nem um pouco. Pelo menos, não do jeito que você imagina. Se fico com ciúmes? Fico, claro, mas isso é problema meu. E, como eu disse antes, não é como se eu tivesse me guardado todos esses anos. — Ele acariciou meu rosto. — Você estava vivendo a sua vida. E eu a minha. Só isso.

Sorrindo, estiquei o corpo e o beijei. Luc entremeou a mão no meu cabelo e eu me aconcheguei a ele novamente. Um novo silêncio recaiu entre nós e, por algum motivo, minha mente se voltou mais uma vez para o que o Grayson tinha dito antes de eu desmaiar.

— Há quanto tempo o Grayson está aqui? — perguntei.

— Bom, ele chegou aqui na Zona 3 mais ou menos junto com a gente, talvez alguns segundos…

— Não estou falando disso. Ele nasceu aqui na Terra ou foi um dos que chegaram depois?

Luc me fitou por alguns instantes e, então, ergueu as pestanas.

— Essa é uma pergunta extremamente aleatória. Me deixa adivinhar, foi algo que ele falou?

— Foi. Ele disse que o Kent foi o primeiro humano que ele conheceu, aos 16 anos de idade. A menos que o Grayson esteja envelhecendo surpreendentemente bem, isso não pode ter mais de dois anos.

— Ele conheceu o Kent há quatro anos.

Inspirei fundo.

— O Grayson foi… — Baixei a voz, embora não soubesse bem por quê. Não era como se houvesse alguém escondido no armário escutando nossa conversa. — Ele foi um dos invasores?

O Original ergueu novamente as pestanas.

— Acho que você já sabe a resposta para essa pergunta.

Uau! Eu tinha tantas outras!

— É por isso que ele parece odiar tanto os humanos?

— Ele odeia todo mundo, independentemente da espécie — murmurou Luc.

Nisso eu acreditava.

— Como vocês se conheceram? Ele estava tentando matar os humanos? — Outro pensamento me ocorreu. — Isso significa que ele assimilou nosso DNA bem rápido para se parecer com a gente, certo? O Grayson roubou o rosto de alguém! Ele queria botar a gente em zoológicos humanos?

— Zoológicos humanos? — O Original riu por entre os dentes. — Posso garantir que ele nunca matou nenhum humano inocente. Bom, pelo menos, não muitos.

Ergui as sobrancelhas. Não muitos? Ahn...

— Ele não é um cara mau, apesar das coisas que já fez e de sua personalidade pouco cativante, e sei que você está morrendo de curiosidade para saber tudo sobre ele, mas a maior parte dessa história, na verdade toda ela, não é minha para contar. É dele. Preciso respeitar isso.

Em outras palavras, ele estava me pedindo para respeitar também. Eu estava me coçando para fazer milhões de perguntas e exigir as respostas. Jamais tinha conhecido um dos Luxen invasores — pelo menos, achava que não. Merda, talvez tivesse e simplesmente não sabia.

Mas saber que o Grayson jamais convivera com um humano até quatro anos antes explicava por que ele se destacava tanto do restante da humanidade, ao contrário dos Luxen que já viviam na Terra havia décadas ou que tinham nascido aqui. Não era de admirar que ele parecesse tão... desumano.

Francamente, não sabia como me sentir com respeito ao fato de o Grayson ter tomado parte na invasão. Ele, porém, não havia matado pessoas inocentes — bom, ninguém além do pobre coitado de quem roubara o rosto e o corpo, bem ao estilo de *Os Invasores de Corpos*... e de quantos mais aquele "não muitos" representasse. Certo. Tudo não passava de semântica, mas o Luc devia ter seus motivos para confiar nele, os quais com certeza eram de uma moralidade totalmente duvidosa.

O Original enrolou meu cabelo em volta do dedo.

— Acho que você escutou meus pensamentos hoje mais cedo.

Ergui a cabeça de novo, esquecendo-me completamente do Grayson.

— O quê?

— Acho que você escutou meus pensamentos — repetiu ele, parecendo inacreditavelmente confortável com o braço dobrado debaixo da cabeça.

— Não consigo escutar seus pensamentos.

— Mas escutou. — Ele virou o rosto para mim. — O que foi que eu disse logo antes de sair para chamar a médica?

Eu continuava um pouco confusa, de modo que levei um tempo para me lembrar.

— Você disse que não queria sair.

Os lábios dele se repuxaram num meio sorriso.

— Só que eu não disse nada.

— Disse, sim. — Ergui-me num dos cotovelos e me apoiei no peito dele. — Eu escutei.

— Eu não disse em voz alta, Pesseguinho. Só pensei — explicou Luc. — E depois, quando estávamos conversando sobre tudo o que a médica falou, você me escutou de novo.

— Quando?

— Quando pensei "Quem provocou fui eu", e você respondeu como se eu tivesse falado em voz alta, mas não falei.

Tudo o que consegui fazer foi encará-lo. Minha primeira reação foi negar que aquilo pudesse ser possível. Grande parte de mim ainda operava com base na crença de que eu era uma simples humana normal. Afinal, passara anos sendo apenas isso.

Mas o Luc não tinha motivo para mentir, e se ele estava dizendo que não havia falado em voz alta, então eu havia escutado os pensamentos dele.

Eu havia escutado os pensamentos dele.

Puta merda!

— Como? — perguntei. — Como eu posso ter escutado seus pensamentos?

— Boa pergunta. Só posso imaginar que seja um desses poderes latentes que esteja despertando, e eu provavelmente estava pensando alto nesses momentos. É possível que os Troianos possam ler mentes, assim como o Archer e eu. Faz sentido que o Daedalus tenha tentado inserir essa característica no soro Andrômeda. Seria mais uma forma de dar vantagem aos Troianos — respondeu ele. — Ou talvez seja outra coisa.

— Tipo o quê?

Ele fechou os olhos.

— Eu te curei várias vezes.

— Como depois do que aconteceu com o Micah? — Eu não tinha simplesmente me machucado na briga com o Original homicida. Tinha chegado perto de morrer.

— É. E antes. Você vivia arrumando confusão. Caindo e machucando um joelho ou as mãos. Certa vez, você quebrou o braço — comentou ele, o tom leve. — Noutra, foi o pé direito.

Fiz um muxoxo.

— Pelo visto, eu era uma desastrada.

— Você não era desastrada. Era apenas ousada. — Ele abriu os olhos. — Era do tipo que pulava sem olhar.

— Você fala como se eu fosse foda.

— Você continua sendo foda — retrucou ele. — E, quando ficou doente, eu tentei te curar. Sei que é normal os híbridos conseguirem se comunicar telepaticamente com o Luxen que os curou. Portanto, pode ser isso. Ainda que as curas não tenham te feito passar pela mutação, você tomou todos os soros que ajudavam na transformação dos híbridos.

— Quero tentar agora. — Puxei a mão que estava apoiada no peito dele e me sentei. Luc soltou um grunhido. — Vamos ver se eu consigo ler a sua mente.

— Tudo bem — murmurou ele, semicerrando os olhos.

Inspirei fundo e remexi os ombros. Não tinha ideia de como fazer isso, mas imaginava que precisaria me concentrar.

O silêncio reinou sobre o quarto. Nada além de silêncio.

— Não estou ouvindo nada.

— Não estou pensando em nada — murmurou ele. — Na verdade, estou um pouco distraído.

— Por quê? — Foi então que me lembrei que estava pelada. — Luc!

— Desculpa. — Ele riu. — Ainda bem que você não sabe o que estou pensando agora. Bom, pensando, não. Mais, tipo, visualizando...

— Concentre-se. — Fiz menção de pular por cima dele para pegar uma roupa, mas meu olhar recaiu sobre a pilha de camisetas do Original que estava sobre a cômoda. Eram as que já estavam aqui, que a Dee trouxera alguns dias antes.

Eu não precisava me levantar.

Podia ser preguiçosa como o Luc e a Zoe. Sentindo o coração pular uma batida, baixei o queixo. Os olhos do Luc estavam fixos em mim, mas não permiti que isso me distraísse. Concentrei-me no zumbido baixo em meu peito e tentei visualizar a camiseta que estava no topo...

Soltei um gritinho quando ela atravessou voando o quarto, bateu na minha cara e caiu sobre o peito do Original.

— Boa! — comentou ele.

— Eu consegui! — Feliz e surpresa, peguei a camiseta e a vesti.

— Droga. — O Original fez um biquinho.

Eu ri.

— Não acredito que consegui fazer a camiseta vir até mim. Talvez eu devesse tentar a garrafa...

— Não! — Ele fechou a mão sobre a minha. — Vamos deixar os líquidos de fora enquanto estivermos na cama. Não precisamos de outro banho.

Ele tinha razão.

— Além disso, depois desse sono tão prolongado você devia...

— Não me manda pegar leve. Estou bem. Na verdade, ótima.

— Isso é resultado do banho comigo.

Fitei-o sem expressão. Luc riu.

Meu estúpido coração fez uma dancinha de felicidade.

— Não temos tempo de sobra para ficarmos pegando leve. De manhã, vamos treinar mais. Mover coisas com a mente...

— Na verdade, não é com a mente, é com a Fonte.

— Semântica.

— Certo. Tem razão. Apenas uma questão de semântica em relação a um poder que você não tem controle quase nenhum.

Abri a boca para retrucar, mas a fechei de novo. Mais uma vez, Luc tinha razão. Argh.

— Mover coisas com a *Fonte* não ajuda quando a coisa bate na minha cara.

— Preciso concordar. Também preciso concordar com a sua escolha de camiseta.

Franzi o cenho e olhei para baixo. A estampa dizia: VÍRGULAS SALVAM VIDAS. Balancei a cabeça, frustrada.

— Onde você arruma essas camisetas?

— Na Amazon.

Ergui os olhos.

— Sério?

Luc riu.

— Sério. Adivinha o quê?

— Se você disser *O quê, o quê*, vou te bater.

— Eu não disse "Na Amazon" em voz alta.

Soltei um arquejo.

— Jura?

Ele assentiu.

Fui tomada por uma súbita empolgação. Coloquei-me de joelhos e empertiguei os ombros.

— Pensa em outra coisa. Vamos ver se eu consigo escutar.

Ele ergueu as sobrancelhas.

— Está ouvindo?

Tentei escutar com os ouvidos... a mente... a Fonte. Qualquer um deles. Nada.

— Não.

— Ótimo, porque eu estava bloqueando meus pensamentos.

— Que merda...? — Joguei as mãos para o alto. — E como isso ajuda?

— Preciso ter certeza de que você não consegue ler a minha mente quando bem quiser. — Ele deu uma piscadinha. — Gosto da minha privacidade.

Dei-lhe um tapa no peito. Luc se virou de costas para mim, rindo e levando consigo metade do lençol.

— Ah, você gosta da sua privacidade? Legal! Como acha que eu me sinto?

— Como se não tivesse nenhuma? — Ele olhou para mim por cima do ombro.

— Ai, meu Deus!

Ainda rindo, ele se virou de novo de barriga para cima.

— Posso te ensinar a bloquear seus pensamentos se quiser.

Inspirei fundo e lentamente. Duas vezes.

— Estou quase perguntando por que só agora você está me oferecendo isso, mas é melhor não, porque eu acabaria batendo em você de novo. Portanto, vamos continuar.

— Exato. Vamos continuar. Um passinho de bebê Troiano de cada vez. Se você conseguir aprender a ler meus pensamentos, isso pode ser útil quando...

— Quando precisarmos conversar em particular — completei.

— Quando eu quiser falar sacanagem pra você em público — corrigiu ele.

Fechei os olhos e, em seguida, os reabri.

Luc fez uma cara de pura inocência.

— Luc! — Suspirei.

O meio sorriso reapareceu.

— Vamos tentar de novo. Não vou te bloquear.

— É melhor não.

Prometo.

Fiquei toda arrepiada. Eu estava olhando para ele, e não tinha visto seus lábios se moverem.

— Eu escutei.

Olha só pra você, lendo meus pensamentos.

O arrepio ficou ainda mais forte.

— Mas como? Como posso estar lendo seus pensamentos agora, mas antes não? Ou você vive com eles bloqueados? — Se fosse esse o caso, devia ser exaustivo.

— Eu estava, digamos assim, projetando. Não sei se teria uma palavra melhor — explicou ele. — Me concentrei na vontade de querer que você me escutasse. Tal como falar.

O que significava que eu podia fazer também. Em vez de deixá-lo captar pensamentos aleatórios e, em geral, inconvenientes, eu podia controlar...

Uma coisa me ocorreu.

— Você não mentiu quando disse que só conseguia me escutar quando eu pensava alto.

— Na maioria das vezes, sim. Houve vezes em que vasculhei de propósito, mas você já sabia disso.

É, já.

— Então, o motivo de eu pensar alto é porque talvez esteja projetando sem me dar conta? Tipo, pensando em você ao mesmo tempo?

— Sim — respondeu ele. Quase comecei a bater palmas. — E não.

Ainda bem que não bati.

— Na maioria das vezes é porque você está projetando sem se dar conta. — Luc se virou de lado e apoiou o rosto no punho fechado. — Noutras, é porque suas emoções estão à flor da pele, e qualquer escudo natural que a mente possua... sim, alguns dos bloqueios são de origem orgânica... se desfaz. Levantar escudos para impedir que babacas como eu leiam a sua mente não é fácil.

— Claro que não — murmurei.

Mas sabe o que é?

O arrepio que acompanhava a certeza de estar escutando as palavras dele na minha mente foi intenso.

— O quê?

Responder desse jeito.

— Mas...

Pense em mim e diga o que quer, mas faça isso mentalmente.

Responder como qualquer ser humano normal era a reação natural, portanto tive que me concentrar para não fazer isso. Pensei no Luc, mas sem olhar para ele. Parecia uma espécie de traição. *Pode me escutar?*

Sim.

Olhei imediatamente para ele. O Original me fitava com os olhos semicerrados.

— Jura?

Ele arqueou uma sobrancelha e bateu com a ponta do dedo na têmpora.

Jura?

Juro.

Meus lábios se repuxaram num sorriso.

Isso não é algum tipo de alucinação provocada pelo desejo?

Luc sorriu.

Seria uma coisa estranha de se desejar.

Não quando você desejava sentir que estava conseguindo algo que queria.

Mas eu estava definitivamente conversando com ele por telepatia, o que devia ser a coisa mais legal do mundo.

Certo. Talvez mover uma camiseta com a mente — com a Fonte — fosse tão legal quanto.

Quem eu estava tentando enganar? Tudo isso era fantástico, e eu... puta merda ao cubo. Não estava com medo desses poderes. Baixei os olhos para minha mão e vi suaves pontos pretos, quase imperceptíveis, sob a pele. Eu não estava com medo.

Olhei para ele, que continuava me fitando.

Sabe de uma coisa?

O quê?

Estou me sentindo foda.

O sorriso que ele me deu em resposta foi rápido, porém de orelha a orelha. Antes que eu pudesse entender o que ele estava fazendo, Luc se moveu. Num piscar de olhos, eu estava debaixo dele. *Você sempre foi foda. Tem ideia de como isso me deixa?*

Corei de cima a baixo.

Acho que tenho uma boa ideia.

Luc roçou os lábios nos meus e, a partir daí, não houve mais espaço para conversa, nem em voz alta nem telepaticamente.

Horas depois, desvencilhei-me lenta e cuidadosamente dos braços do Luc.

Levou um tempo.

Mesmo dormindo, ele se agarrava a mim como se eu fosse desaparecer de novo. Saber que para ele essa era uma preocupação real fazia meu coração apertar.

O fato de o Luc não ter acordado provava o quão cansado o Original estava. Ele precisava dormir por um ou dois dias. Eu, porém, ainda não conseguia.

Inquieta, embora não tanto quanto antes, encontrei um par de leggings no escuro e as vesti. No fundo da mente, sabia que deveria ter tido um trabalhão para encontrar aquele par de calças pretas, mas não fiquei ponderando sobre esse assunto. A melhora na visão era definitivamente um ótimo benefício, embora não chegasse perto da capacidade de conversar *telepaticamente* com o Luc.

Nem de mover uma camiseta com a Fonte.

Nem do fato de que havíamos transado.

Não sabia ao certo qual dessas coisas era um marco mais profundo. Todas elas representavam uma grande mudança na minha vida, cada uma por um motivo diferente. Assim sendo, havia muito sobre o que ponderar, e com toda razão, mas não queria me preocupar com nada disso no momento.

Uma ideia me ocorrera enquanto estava deitada, e não sabia por que não tinha pensado nisso antes. Segui para a cozinha, peguei algumas latas de comida, duas garrafas de água e coloquei tudo dentro de uma das sacolas de papel que encontrei empilhadas sobre o piso da despensa. Se o Nate tivesse aparecido para buscar comida enquanto eu estava dormindo, ele podia ter se assustado com a quantidade de pessoas entrando e saindo da casa. E mesmo que não tivesse, talvez se encontrasse a sacola ele resolvesse voltar.

Com a sacola em mãos, saí ao encontro da noite fria e corri os olhos em volta. Achei que os bancos ao redor da fogueira seriam um bom lugar para deixá-la. Soltei a sacola sobre uma das almofadas, me virei e olhei para cima. O céu estava pontilhado de diminutas estrelas, algumas mais brilhantes do que outras. Será que o céu sempre fora assim ou será que eu só estava percebendo isso agora por causa da melhora na visão? Talvez elas só fossem mais visíveis por não haver nenhuma fonte de luz forte por quilômetros e quilômetros.

De qualquer forma, era lindo.

O choro fraco de um bebê quebrou o silêncio. Virei-me para a casa da Kat e do Daemon. O choro soou novamente. Um choramingo fraco e frustrado que com certeza estava vindo de algum lugar do lado de fora.

Antes que desse por mim, meus pés estavam se movendo. Curiosa, fui andando ao lado da cerca em direção à frente da casa. Atravessei um trecho calçado por pedras com um pouco menos de dois metros de largura e quase todo tomado pelo mato. Ao chegar perto, o choramingo ficou mais fraco, e senti aquela sensação estranha de dedos subindo pela minha nuca. Corri os olhos pela varanda coberta e fui me aproximando mais devagar do jardim da frente.

Daemon estava na varanda com o bebê. Eu não conseguia vê-lo, não através das cortinas pesadas, mas não tinha essa sensação quando estava perto da Kat.

Sons de acalento graves e masculinos ecoavam da varanda da frente, acompanhados por um choramingo cada vez mais sonolento.

Sentindo que estava me intrometendo, virei-me para ir embora, mas uma das cortinas se abriu e lá estava o Daemon, brilhando feito um arco-íris para meus novos e ultraespeciais olhos de Arum, com uma coisinha diminuta nos braços que reluzia em tons de branco levemente arroxeado.

Um bebê Original.

O show de luzes foi se apagando até ficar praticamente imperceptível. Havia muita pele à mostra, uma vez que o Daemon estava sem camisa, mas era o bebê quem havia capturado minha atenção. Ele estava envolto num cobertorzinho branco felpudo — o que imaginava ser normal —, porém o cobertor tinha um pequeno capuz com metade de um rosto e orelhas...

— É um capuz em forma de cabeça de lhama? — soltei, fazendo o bebê chorar novamente. — Ai, meu Deus! Desculpa! Não devia ficar aqui falando enquanto você está tentando fazer ele dormir.

— Não tem problema. Falar não o impede de dormir. Acho que nem uma bomba estourando o impediria de dormir. — Daemon suspirou e olhou para o filho. — E, respondendo, é, sim. É um cobertor com capuz em forma de cabeça de lhama.

Aliviada, olhei para o "cobertor lhama".

— Foi presente do Luc?

— De quem mais? — Ele desceu os degraus da varanda, descalço. — Espero que os gritos do Adam não tenham te acordado.

— Não. Não conseguia dormir. — Surpresa por ver o Daemon atravessando a entrada da garagem para vir ao meu encontro, em vez de afastar o filho de mim o máximo possível, fiquei onde estava.

E, como uma perfeita idiota, falei a coisa mais estúpida que me veio à mente.

— Nunca vi um bebê.

Ele diminuiu o passo.

— Quero dizer, não me lembro de já ter visto um, pelo menos não de perto, na vida real. — Fiz uma pausa. — Claro que já vi na televisão. Jesus, ele é tão pequeno! Tipo, pequeno mesmo.

Cara, eu devia calar a boca.

— É, ele é um homenzinho em miniatura. — Daemon riu ao escutar o Adam emitir um som cansado que lembrava vagamente um bocejo. — Ele chora por cerca de uma hora todas as noites, no mesmo horário. Não é fome nem nada. Segundo um dos livros que a Kat leu, é coisa normal de bebê.

— E como ela está? — perguntei, cruzando os braços diante da cintura.

— Bem. — Ele continuava olhando para o filho. Dei-me conta de que não estava parado, mas balançando e o ninando gentilmente. — Na verdade, ótima. Ela pegou no sono de novo não faz muito tempo, depois de alimentá-lo. Jesus, minha mulher é uma deusa. — Um amplo e breve sorriso iluminou o rosto do Luxen enquanto várias mechas de cabelo preto caíam-lhe sobre a testa. — Não sei como ela consegue. — Seu tom transbordava deslumbramento. — Honestamente, não sei. Assim sendo, faço companhia para esse carinha aqui à noite para que ela possa descansar um pouco até ele reclamar de fome de novo, o que acontece com frequência. Esse é o nosso passeio pelo parque.

Sorri.

— A Kat é inacreditavelmente forte. Se estivesse no lugar dela, eu estaria escondida no banheiro, chorando em pânico.

Daemon riu e olhou para mim.

— Ela falou a mesma coisa algumas vezes. Só para você saber. — Ele se virou e se posicionou de modo a que eu conseguisse ver o rostinho do Adam. — Ele parece comigo, não parece?

Abri a boca para responder, mas não sabia o que dizer. Aquele rostinho vermelho e enrugado não parecia nem com o Daemon nem com a Kat. Na verdade, parecia um homenzinho velho e cansado. De repente, o pequenino arregalou os olhinhos sonolentos. Não consegui ver a cor, embora soubesse que eram de um tom belíssimo de ametista. Vi, porém, as pupilas. Brancas feito diamantes. Ele me fitou com um olhar impressionantemente crítico para um bebê de quatro dias de idade.

— Hum… — Balancei a cabeça, frustrada. — Parece?

— Boa resposta — retrucou Daemon. — A propósito, fico feliz que você esteja acordada e zanzando por aí, em vez de morta.

Pisquei.

— Se o Luc te perdesse de novo, dizer que ele se tornaria "o pior pé no saco do mundo" seria um eufemismo — continuou ele. Não pude evitar pensar na conversa que tivéramos na boate do Original. — Ele estava praticamente surtando quando passei na casa de vocês para saber notícias.

— Você passou? — Uma descarga de choque varreu meu sistema.

Daemon fez que sim, ainda balançando.

— Mas, todas as vezes, não consegui passar da sala antes de o Luc me mandar embora. Acho que ele tinha medo de que eu piorasse ainda mais as coisas. Considerando tudo, não posso culpá-lo.

Eu estava sem palavras.

— De qualquer forma, a Viv botou a mim e a Kat a par de tudo. Disse que você tinha acordado e estava bem. A gente ia fazer uma visitinha, mas ela achou melhor darmos a vocês um pouco de espaço. — Aquele sorriso absolutamente charmoso apareceu de novo. — Tive que repetir isso pra Kat pelo menos três vezes depois que a Viv foi embora. Imaginei que o Luc não fosse querer ser interrompido. Eu com certeza não ia querer se fosse a Kat quem tivesse dormido por quatro dias.

— Ela queria visitar a gente? Depois de dar à luz? Com o bebê?

Ele me fitou como que se perguntando onde exatamente o bebê estaria que não com eles.

— Ela ficou preocupada com você.

— Mas ela acabou de dar à luz! — gritei numa voz sussurrada, como se ele não soubesse.

— Como eu disse, minha garota é uma deusa guerreira.

— É. Ela é mesmo. — Mesmo com certo receio da resposta, eu precisava perguntar: — Você não fica preocupado de eu estar tão perto do seu bebê agora? Sei que não me quer aqui, o que posso entender perfeitamente. Estou trabalhando para controlar a Fonte, e, quando acordei, sabia quem eu era, mas entendo. Juro que entendo.

Daemon ergueu o queixo, e um raio de luar incidiu sobre o rosto dele.

— Não sei se você sabe disso ou não, mas eu não estaria aqui segurando meu filho se não fosse o Luc. O Adam resolveu vir ao mundo do jeito dele, ou seja, com os pés primeiro. Houve muito sangue e, para piorar, o cordão umbilical estava enrolado no pescoço dele, provocando perda de oxigênio. Ele podia ter sufocado. O Luc se certificou de que nada disso acontecesse. Ele salvou a vida do meu filho, e eu jamais poderei pagá-lo por isso. Não há nada que pague — disse o Luxen com a voz embargada, abaixando a cabeça e plantando um beijo no topo do capuz de lhama.

— O mínimo que eu posso fazer é ser um pouco menos babaca e para-noico no que diz respeito à mulher dele.

Um bolo de emoções bloqueou minha garganta, fazendo-a queimar.

— O que não significa que não estou preocupado — acrescentou ele num tom surpreendentemente gentil. — Vi o que você é capaz de fazer. Senti na própria pele. Espero, para o bem de todos, que essa preocupação não dê em nada.

Lembrei imediatamente do aviso da Kat e assenti.

— Vou dar o melhor de mim para que nada aconteça.

— Eu sei. — Seguiu-se um momento de silêncio. — Acho melhor você entrar. Se o Luc acordar e não te vir, só Deus sabe o que ele pode fazer, mas provavelmente vai ser barulhento e estragar todo o meu trabalho aqui com o Adam.

Fiz que sim de novo, sorrindo ao ver o bebê emitir uma espécie de gorgolejo sonolento.

— Você provavelmente está certo.

— Em geral estou — retrucou Daemon, com a insinuação de um sorri-sinho debochado.

— Bom, espero que a noite seja tranquila e que todos vocês consigam descansar um pouco.

— Também espero, mas se não... — Ele baixou os olhos para o topo da cabecinha do neném. O semblante abrandou de um jeito inacreditável. — Eu não trocaria um segundo disso por nada no mundo.

Ai, meu Deus!

Meu coração derreteu.

— Boa noite — murmurou Daemon, completamente alheio ao fato de que eu estava derretendo como chocolate sob um sol quente de verão. Ele se virou, a mão grande fechada de maneira protetora em volta da cabeça do filho, e começou a falar baixinho com o sonolento bebê sobre uma princesa chamada Snowbird.

Enquanto o observava seguir em direção à garagem e desaparecer atrás da lona, dei-me conta de que havíamos tido uma conversa decente.

Talvez o Daemon não me odiasse, visto que ele estava me dando a chance de provar que eu não era perigosa. E talvez os bebês fossem realmente fofos, porque o Adam era, principalmente com os pequenos gorgolejos estranhos que ele emitia. E aqueles que não tentassem me rasgar inteira para vir ao mundo deviam ser mais fofos ainda.

Bebês.

Estremeci.

Olhei para as trevas que envolviam a cidade. No momento, bebês me faziam querer gritar e sair correndo na direção oposta. Entretanto, era esperta o bastante para saber que um dia isso poderia mudar, só que essa era uma ponte que o Luc e eu cruzaríamos juntos. Se quiséssemos ter um filho um dia — estremeci *de novo* só de pensar —, poderíamos adotar. Conceber fisicamente uma criança não fazia de uma mulher uma mãe ou de um homem um pai. Não significava que a criança fosse ser mais amada por conta disso, e com certeza não fazia com que adotar tivesse menos valor do que conceber.

Eu sabia disso melhor do que ninguém.

Minha mãe amava a Evie — a verdadeira Evie. Pude constatar quando ela me contou sobre a menina e pelas lembranças que tinham vindo à tona. E acho que, apesar de todas as mentiras, ela me amava também. Ou talvez eu precisasse acreditar nisso, porque sentia muita falta dela. Sentia falta de seu sorriso, de seu perfume, e dos abraços. Sentia falta de poder pensar nela sem culpa nem raiva.

E, pela primeira vez desde que descobrira toda a verdade, *quase* desejei poder esquecê-la.

gente já não conversou sobre isso? — Juntei meu cabelo, o enrolei num coque e prendi o primeiro dos zilhões de grampos. — Eu te falei que queria voltar a treinar o mais rápido possível.

Luc havia parado diante da televisão, dando a sensação de que o arcanjo Miguel no quadro acima do aparelho estava prestes a soltar sua ira sobre ele. O Original continuava sem camisa. Tinha uma forte suspeita de que ele queria me distrair.

— Já, já conversamos — respondeu ele. — Mas foi uma conversa unilateral com você dizendo que queria voltar a treinar.

— E você concordou.

— Concordei, mas acho que pegar leve não vai fazer mal algum.

— Não preciso pegar leve depois de passar quatro dias dormindo. — Prendi outro grampo, quase arrancando parte do escalpo no processo. Iai!

— Só não quero que você exagere e acabe desmaiando de novo, Evie. — Luc pegou uma camiseta.

— A dra. Hemenway não disse nada sobre isso.

— Ela não disse porque não sabe. — Ele franziu o cenho. — De quantos grampos você precisa?

— Muitos. E estou me sentindo ótima. — Mais um grampo e eu poderia ter quase certeza de que meu cabelo não ia desmontar sob a mais leve brisa.

— Você parece ótima. — Luc terminou de vestir a camiseta. *Finalmente.* O Original arqueou uma sobrancelha. — Não tinha percebido que meu peitoral masculino era tamanha distração.

— Peitoral masculino?

— É só pele e mamilos, Pesseguinho. Não faça disso uma coisa constrangedora.

Fitei-o.

Ele riu.

— Não seja engraçadinho.

Não posso evitar. Sou adorável.

Meu estômago revirou. Luc vinha alternando a manhã inteira entre falar em voz alta e através da Fonte, um tipo de treinamento diferente do que estávamos discutindo.

Foquei-me nele e imaginei um fio nos conectando. *Você é irritante.*

Ele fez um muxoxo dissimulado. *Eu sou a borracha e você a cola. Tudo o que você diz bate em mim, volta e se agarra em você.*

— Ai, meu Deus! Quantos anos você tem? Cinco?

Ele assentiu.

— Sou quase adulto.

— Agora, sério. Para de graça. Eu tô irritada.

— Não posso evitar ser o que sou. — Luc não veio simplesmente andando até mim. Veio *deslizando* de maneira arrogante. — Sei que você está pronta para voltar a treinar, e sei que provavelmente estou sendo paranoico.

— Você está definitivamente sendo paranoico.

— Estou mesmo.

Concentrei-me no fio entre nós. *Mas entendo o motivo. Eu também estaria se tivesse sido você quem houvesse passado quatro dias dormindo.*

Seus olhos percorreram meu rosto.

— Fico feliz que entenda. — Ele trocou para um meio mais privado. *Não é que eu esteja tentando controlar o que você faz ou ache que você não seja capaz de voltar a treinar. Só estou preocupado. Muito.*

— Eu sei.

Ele afastou uma mecha de cabelo que já havia escapado dos zilhões de grampos. *Sei que não dormiu muito ontem à noite.*

Luc estava acordado quando voltei, provavelmente prestes a dar início a uma busca e resgate, mas tudo o que dissera quando me deitei de novo foi que meus dedos dos pés estavam gelados. Ele havia me puxado, me apertado de encontro ao peito e voltado a dormir imediatamente.

Eu dormi o suficiente, declarei e, então, troquei para a forma como me sentia mais confortável. — Só estou me sentindo um pouco agitada, mas nada como antes. Lembra quando o Grayson disse que podia sentir a Fonte como uma espécie de zumbido interno? É assim que estou me sentindo. Talvez só precise me acostumar.

Ele afastou outra mecha de cabelo.

— Pode ser. Sei que leva um tempo para os híbridos se acostumarem. Só me prometa que se começar a se sentir estranha, tonta ou algo parecido, vai me dizer imediatamente.

— Prometo.

O Original correu os dedos pelo meu maxilar e inclinou minha cabeça para trás.

— Sinto como se devesse te pedir desculpas.

— Pelo quê?

— Eu te acordei hoje de manhã.

Franzi o cenho.

— Acordou?

Ele assentiu.

— Quando acordei, você ainda estava dormindo, parecendo uma estátua de tão imóvel. Tive um momento de pânico, achando que você não ia acordar de novo. Assim sendo, praticamente gritei o seu nome. Fico surpreso que você não tenha acordado aos berros.

— Luc. — Meu coração apertou. — Não precisa pedir desculpas. Eu teria feito a mesma coisa.

— Lembre-se disso daqui a um ano, quando você não aguentar mais ser acordada comigo gritando seu nome em pânico.

— Vou me lembrar.

O Original baixou a cabeça e me beijou. Desde a véspera, cada beijo parecia diferente — mais doce e carregado de promessas. Aproximei-me um passo e fechei os dedos em sua camiseta. O grunhido gutural que ele emitiu provocou um arrepio em minha espinha.

Evie. Luc sorriu de encontro à minha boca.

— Se não sairmos agora, vamos ficar aqui por um bom tempo.

— Não me parece uma má ideia — retruquei, os olhos ainda fechados.
— Parece?

— Não. — Ele deslizou a mão pelo meu quadril. — Seria como tornar realidade meus melhores sonhos.

Rocei o nariz no dele e inclinei a cabeça.

— Mas...?

— Mas vamos ser maduros e responsáveis — respondeu Luc com um suspiro tão desapontado que me fez sorrir. — Você quer desenvolver total controle sobre os seus poderes. Priorize as coisas, Pesseguinho.

— Você me beijou.

— Seus lábios estavam implorando pelos meus.

Rindo, abri os olhos e me afastei.

— Vamos lá.

Luc me deu a mão e saímos juntos pela porta da frente ao encontro da manhã brilhante e ensolarada de novembro. O céu era de um azul extremamente claro, com nuvens baixas e algodoadas. Desejei poder capturar a cena com uma câmera. Enquanto descíamos pela entrada da garagem, fantasiei poder trocar todos os quadros de anjos por fotos do céu, algumas em cores e outras em preto e branco. Isso, porém, não ia acontecer tão cedo.

— Quer apostar corrida? — perguntei ao sairmos para a rua. Estávamos indo para o mesmo lugar de antes, o antigo armazém.

— Estava pensando em fazer uma pequena paradinha antes. Ao contrário de você, não tive a chance de checar nossa mais nova adição ao mundo — disse Luc. — Acho que ele não tinha nem um minuto de nascido quando escutei o Grayson.

— Por mim tudo bem. — Tinha contado ao Luc sobre meu encontro surpresa com o Daemon e o Adam, embora não tivesse dito nada sobre o que o Luxen me falara a respeito do que ele tinha feito. — Você é incrível, sabia?

— Sabia, claro. — Ele apertou minha mão. — Mas o que a fez finalmente reconhecer?

— Tenho certeza de que não é a primeira vez que reconheço. — Cruzamos o jardim da frente em direção às cortinas, que se encontravam entreabertas. — Mas sei o que você fez pelo bebê deles.

— Ah! — Luc ergueu os olhos para o céu. — Não fiz grande coisa. Nada tão impressionante assim.

— Nada tão impressionante? Você manteve o bebê estável. Como conseguiu fazer isso?

Ele parou diante dos degraus da varanda.

— Tive sorte. Todos tivemos sorte por ter sido apenas um cordão umbilical enrolado... um problema físico, e não biológico. Se fosse esse o caso, não haveria nada que nós pudéssemos fazer.

Olhei para ele e mantive a voz baixa.

— Acho que todos têm sorte de você estar aqui.

Ele baixou os olhos para mim.

— Tudo o que eu fiz foi fazer o que era possível ser feito. Mantive a respiração do bebê estável. Só isso.

O que manteve a criança viva, mas escutando-o falar, era como se ele tivesse simplesmente ajudado a carregar as sacolas do mercado ou algo do gênero.

Estiquei-me na ponta dos pés e dei-lhe um beijo no rosto. Quando plantei meus pés novamente no chão, Luc me observava. Puxando-o pela mão, subi os degraus da varanda.

Daemon abriu a porta antes que batêssemos.

— Olha quem veio nos dar a bênção de sua presença.

O Original abriu um sorriso.

— Sabia que estava sentindo a minha falta.

O Luxen riu.

— Tanto quanto de um buraco na cabeça.

— O que provavelmente seria um upgrade — retrucou Luc.

— Ele veio ver o bebê — intervim antes que os dois entrassem numa batalha para ver quem era mais sarcástico.

— Ele ficou com ciúmes por você ter visto o Adam primeiro? — perguntou Daemon.

Fiz que sim.

— Vou começar a te chamar de Benedict Pesseguinho Arnold — murmurou Luc.

A observação me fez bufar e rir ao mesmo tempo.

— Vocês estão com sorte. — Daemon fechou a porta assim que entramos. — O Adam está acordado.

— É porque ele está ansioso pra me ver.

Revirei os olhos e seguimos o Daemon em direção ao quarto. Mais uma vez fiquei maravilhada com a quantidade de livros na casa.

Você consegue ouvir os pensamentos do Daemon? A voz do Luc me fez dar um pulo. Olhei para ele.

Eu não tinha escutado nada na noite anterior, mas também não havia tentado. Foquei os olhos nas costas do Luxen e me concentrei. Nada.

Não estou escutando nada, respondi.

Interessante. Ele está pensando no quanto a Kat é linda e... eca, não vou repetir o que ouvi agora. Luc ergueu as sobrancelhas. *Talvez seja algo particular nosso, por causa das minhas tentativas de cura e dos soros.*

Se era algo particular nosso, então isso significava que os outros Troianos não seriam capazes de se comunicar dessa forma ou de escutar os pensamentos das pessoas? Se fosse esse o caso, Luc e eu tínhamos uma vantagem sobre eles. Ou talvez significasse que os outros Troianos podiam escutar os pensamentos uns dos outros, assim como eu e o Luc, e eu era de alguma forma defeituosa por causa dos soros.

Você não é defeituosa.

Fuzilei-o com os olhos. *Sai da minha mente.*

Ele riu.

A gente precisava de outro Troiano. Era a única forma de testar muitas das nossas teorias e encontrar respostas, mas isso provavelmente não ia acontecer.

— Acho que o Adam sabia que vocês estavam vindo. — A voz da Kat soou do final do corredor. — Ele costuma cochilar a essa hora, mas está acordado.

Como os Originais eram um pouco diferentes, era bem possível.

— Então ele deve estar tão empolgado quanto eu — respondeu Luc, entrando no quarto. Fiquei parada na porta.

Kat ergueu os olhos. Ela estava sentada na poltrona, ninando carinhosamente o bebê, os cabelos presos num nó esfiapado, tal como sentia que o meu já estava, e as bochechas rosadas. Adam estava aninhado de encontro ao peito dela, olhando e piscando para onde quer que os bebês olhassem.

Sem o pequeno cobertor com capuz, percebi que a cabecinha do menino era coberta por fios grossos e escuros. Uma tremenda cabeleira para um neném!

Kat sorriu ao ver o marido cruzar o quarto. Daemon plantou um beijo em sua bochecha e, em seguida, no topo da cabeça do filho. Ela, então, se levantou da poltrona e andou até o Luc, o vestido azul-claro deslizando em torno dos pés. O Original continuava parado como que enfeitiçado.

— Kat...

Erguendo-se na ponta dos pés, ela lhe deu um beijo no rosto, silenciando-o.

— Obrigada — murmurou. Com os olhos marejados, ela recuou um passo. — Sei que não é suficiente, mas *obrigada*.

Pressionei os lábios e inspirei fundo pelo nariz. Luc balançou a cabeça lentamente, como que querendo descartar o agradecimento, tal como fizera comigo, mas a Kat não ia deixar tão barato.

— Perder nosso filho teria acabado com a gente da pior forma possível, e não sei se conseguiríamos nos recobrar. Mas nós três estamos vivos por sua causa — disse ela. — Gostaria que houvesse um jeito de te pagar, algo que pudéssemos fazer para que entenda o quanto ficamos gratos.

Vendo que o Luc continuava sem palavras e tão imóvel quanto uma estátua, intervim:

— Ele gosta de queijo quente.

Kat olhou para mim, as sobrancelhas levantadas.

— Muito — acrescentei. — Tipo, tanto que mantém um relacionamento duradouro com eles. Uma quantidade de queijo quente que pudesse durar uma vida provaria a profundidade da gratidão de vocês.

Ela sorriu e olhou de relance para o Daemon. Os ombros do Luc começaram a relaxar.

— Acho que podemos fazer isso. Certo, querido?

— Eu preparo um queijo quente maravilhoso — respondeu o Luxen.

Obrigado, disse Luc baixinho.

Pisquei para conter as lágrimas. *Agora não preciso me preocupar em ter que preparar para você.*

O Original me lançou um sorriso e um olhar por cima do ombro que me disse que não seria bem assim.

Kat se virou ligeiramente e, nesse momento, o pequeno Adam esticou um bracinho rechonchudo na direção do Luc e balançou a cabecinha por trás da mão da Kat, emitindo um ruído suave típico de bebê.

— Acho que ele quer dar um alô.

Antes que o Original pudesse dizer ou fazer qualquer coisa, ela colocou o filho nos braços dele.

— Certifique-se apenas de apoiar a cabecinha dele. — Ela ajeitou o braço e a mão do Luc para que formassem uma espécie de berço. — Prontinho. Você é um especialista.

O Original dava a impressão de que tinham lhe entregado uma bomba.

— Uau, ele tem um talento nato — ironizou Daemon.

Kat fuzilou o marido com os olhos, fazendo-o rir.

— Ele está indo muito bem. — Ela sorriu para o Luc. — Você está indo bem.

— Ele é tão pequeno! — Foi tudo o que o Original retrucou.

— Não era assim que me sentia quatro dias atrás — retrucou ela de maneira irônica. Quase não consegui disfarçar minha vontade de me encolher.

Aproximei-me alguns passos e vi que o bebê estava olhando para o Luc, os olhos idênticos aos dele. O pequeno Adam estava inacreditavelmente quieto, apenas balançando os pezinhos calçados com um par de meias.

— Acho que ele gosta de você — observou Daemon. — O que vai deixar o Archer superirritado. Sempre que ele chega perto, o Adam franze o rosto e começa a chorar.

— Esse é o meu garoto. — Luc abriu um lento sorriso e se virou para mim. — Quer segurá-lo?

— Não! — Ergui as mãos no alto. — Sem ofensa, mas não confio em mim mesma para não fazer besteira.

— Pensei a mesma coisa quando o segurei pela primeira vez. — Kat estendeu a mão e tocou meu braço. — Fico feliz em ver que você está bem. A gente estava tão preocupado!

— Obrigada — respondi. — A propósito, você tá com uma aparência fantástica.

— Sinto como se tivesse sido *atropelada* por um caminhão de dez tone- ladas, e estou exausta. — Seus olhos recaíram sobre o Luc e o bebê. — Mas estou adorando. — Ela estendeu a mão de novo e ajeitou uma das diminutas meias. — Vocês ou a Viv sabem por que você dormiu por tantos dias?

Aliviada por ela ter perguntado, já que estava começando a imaginar se havia algum motivo bizarro para eles ainda não terem feito isso, contei o que sabia. Luc se intrometeu assim que o Daemon pegou o filho de volta e explicou a teoria da médica.

— Que merda! — murmurou o Luxen. — Parece loucura, mas faz sentido.

Kat estava brincando com o pezinho do filho de novo.

— Vi alguns dos laboratórios durante o período que fiquei numa das bases deles. Na verdade, foi o Dasher quem me mostrou. — Ela sorriu para o filho. — Não existe nada que eu não ache que eles sejam capazes de fazer, portanto, codificar uma mutação para que ela aja como um vírus latente não me surpreende.

Daemon trincou o maxilar.

— Mas se a teoria da Viv estiver correta e esses soros adicionais alte- raram o jogo, isso explicaria por que você não tentou voltar para o Daedalus e por que não nos reconheceu.

— Você estava religando — observou Kat. — E alguma coisa que o Luc disse ou acelerou o processo ou a arrancou dele.

Algo tinha sido dito. Podia quase escutar. O que quer que fosse, despontou nas bordas da minha mente e, então, escorreu pelos meus dedos como fumaça enquanto eu olhava para a Kat. Meu cérebro fez de tudo para recapturar, mas não consegui.

— Você já usou a Fonte depois disso? — perguntou ela.

— Já — respondi, voltando a me concentrar na conversa. — Eu a usei para pegar uma camiseta. Acho que vou me tornar uma preguiçosa.

Kat riu.

— Logo que aprendi a controlar a Fonte, eu a usava para tudo.

— Será que esse sono prolongado foi o último religamento? Ou apenas um update? — indagou Daemon.

— Talvez sim, talvez não — respondeu Luc. — Não temos como saber até, bom, descobrirmos.

Daemon devolveu o filho para a Kat.

— Treinar o uso da Fonte é diferente do que o que você fez na mata.

— Eu sei. — Olhei para o Luxen. — Mas estamos começando devagar e, com o tempo, acho que poderemos ir com tudo. O Luc tem um jeito de… digamos assim, se assegurar de que eu não perca totalmente o controle.

— Tem? — Kat voltou para a poltrona, parecendo surpresa em escutar isso. Ela se sentou e ajeitou o bebê de modo a deixá-lo com um dos lados do rosto apoiado no braço. O garotinho parecia superconfortável. — Como?

Vendo o Original calado, respondi por ele.

— Ele pode basicamente me desligar e assumir o controle. Me nocautear sem… vocês sabem, me nocautear de verdade.

Kat voltou a atenção para o Luc enquanto esfregava as costas do neném.

— Parece uma solução um tanto extrema.

— O que pode acontecer se ele não fizer isso é que seria extremo. — Olhei para ela, desejando que a Kat se lembrasse do aviso que tinha me dado. Ela provavelmente lembrou, porque assentiu com um menear de cabeça.

— Quero estar presente quando você decidir ir com tudo — declarou Daemon.

Ergui as sobrancelhas.

— Ah… eu, hum, não sei se é uma boa ideia.

— Concordo — disse Luc.

— Acho que preciso ser mais claro. — Daemon focou aqueles olhos verdes extremamente brilhantes no Luc. — Quero estar presente para ajudar a garantir que as coisas não fujam do controle.

Em silêncio, Luc inclinou a cabeça ligeiramente e, depois do que me pareceu uma eternidade, disse:

— Tudo bem.

Tudo bem?

Ele está sendo honesto, Pesseguinho. A voz do Original soou em minha mente sem aviso, me dando um susto. *O Daemon quer se certificar de que nada de mau aconteça para que nada realmente terrível resulte disso.*

Pensei um pouco. *Você quer dizer para que eu não acabe irritando a Cekiah e sendo expulsa da Zona?*

Você nunca será expulsa.

— Eu te aviso quando ela estiver pronta.

— Ótimo. — Daemon cruzou os braços, parecendo o Luxen fodão que eu sabia que era.

— Ótimo — murmurou Kat e, em seguida, acrescentou num tom mais alto: — A Dee vai ficar superfeliz de saber que você acordou e está bem.

— Fico surpreso que ela não esteja aqui. — Luc pegou o que me pareceu uma banana de pelúcia e franziu o cenho. — Eu comprei brinquedos melhores do que esse para ele.

Daemon ignorou o comentário.

— Ela e o Archer saíram. Ela vai dar várias entrevistas.

Meus ouvidos se aguçaram ao escutar isso.

— Com aquele senador idiota?

— Entre outras pessoas igualmente idiotas. — Um pequeno sorriso repuxou os lábios do Luxen, mas logo desapareceu. — Lembram aquele cara dos Filhos da Liberdade? O tal do Steven? E que ele falou sobre uma gripe?

— A que carrega o vírus da mutação? — retruquei. — Ele disse que ela vem sendo liberada aos poucos.

Daemon assentiu.

— Bom, ao que parece ela foi liberada em maior escala. Muitas pessoas estão ficando doentes. Algumas começaram a agir de forma violenta. Outras estão morrendo.

Meu estômago foi parar nos pés. Entre todos os meus colegas da escola, pensei imediatamente no James.

— Maior quanto?

— Pelo que a Dee descobriu, os surtos iniciais em Kansas City e Boulder se espalharam. Não sei quantas pessoas estão doentes, mas sei que é um número suficiente para que as cidades tenham sido postas em quarentena

— respondeu Daemon. Levei a mão ao peito. — Tiveram também surtos em Orlando, Nova Orleans e...

Prendi a respiração, tomada por um súbito pânico.

— Onde?

O Luxen lançou um olhar de relance para o Luc antes de responder.

— Columbia, Maryland e outras cidades vizinhas.

— Não! — murmurei, sentindo os joelhos subitamente fracos. Tive vontade de me virar e voltar para Columbia, mas seria loucura. O que eu podia fazer? Queria, porém, me certificar de que o James e meus amigos estavam bem.

— O quão ruim é a situação? — perguntou Luc.

— Igual a das outras cidades. Elas foram colocadas em quarentena numa tentativa de impedir que a doença se espalhe. — Kat parou com a mão no centro das costas do bebê. Ele tinha dormido. — Pelo menos é o que estão dizendo, mas se o Daedalus for o responsável, então vocês sabem que ou existe um motivo para eles estarem tentando contê-la ou é mentira.

— Não tem nenhuma estimativa de quantas pessoas estão doentes? — indagou o Original.

— Pelo que a Dee ouviu, em Boulder os doentes correspondem a cerca de três por cento da população, mas estão dizendo que o número lá é mais alto porque a quantidade de Luxen é maior. — Daemon trincou o maxilar. — É o que o governo diz, o que com base na época em que a gente vivia lá, significa um pouco mais de três mil pessoas.

— Deus do céu! — Soltei um arquejo. — Se menos de 50 por cento tomar a vacina contra gripe e se usarmos essas estatísticas, então pelo menos 1.500 pessoas vão morrer ou se transformar.

Daemon disse alguma coisa, mas eu já não estava acompanhando. Uma fileira de rostos desfilou na minha frente, alguns conhecidos, outros não. Em seguida, essa fileira se tornou uma enxurrada de gente sem rosto, todos inocentes. Fui tomada por uma súbita náusea.

— Me deixa adivinhar. Eles estão culpando os Luxen e o público está engolindo essa desculpa sem questionar?

— Exato — respondeu Daemon.

— Precisamos fazer alguma coisa — retruquei, o coração martelando com força.

— Não há nada que possamos fazer. — Luc se virou para mim.

— Tem que haver alguma coisa. — Minha cabeça estava a mil, procurando respostas. Recaí no ponto que minha mãe sempre ressaltara. — Vacinas contra gripe. A Dee pode falar sobre isso para que as pessoas se certifiquem de tomar a vacina. Pelo menos é uma proteção...

— As vacinas estão em falta no país todo — interrompeu Daemon. — Muito conveniente, por sinal. Se as pessoas já não tiverem tomado, não vão conseguir tomar.

Esfreguei a testa com uma das mãos.

— Tem que ter alguma outra coisa que possamos fazer. As pessoas vão morrer ou se transformar.

— Algo já está sendo feito — comentou Luc.

— Mas você acabou de dizer que não há nada...

— Que *nós* possamos fazer — repetiu ele. — Tipo, você, eu ou qualquer um nesse quarto, inclusive esse bebezinho adorável. Não podemos lutar contra um vírus de gripe, Pesseguinho. Não com os punhos nem com a Fonte, a menos que usemos essa segunda opção para dizimar as cidades, e não acredito que ninguém queira isso.

— Tem razão.

— A Dee está dando o máximo de si para contestar a alegação de que são os Luxen que estão deixando os humanos doentes — explicou Daemon. — Tentando mostrar que a gripe está se espalhando como qualquer outra gripe, através do contato entre as pessoas. Ela não está culpando o Daedalus nem o governo. Se partisse para cima deles dessa forma, eles a calariam. Ninguém conseguiria escutá-la. Temos que rezar para que as pessoas estejam dando ouvidos a ela e tomando as precauções corretas, em vez de ficar criando apelidos idiotas para essa gripe.

— Precisamos *acreditar* nisso — corrigiu Kat. — Muitos humanos não têm medo dos Luxen. Eles devem conseguir enxergar a verdade por trás de toda essa merda.

— Mas e daí? — perguntei, olhando de um para o outro. — Que diferença faz se eles vão escutar a Dee ou não? O que vamos fazer depois que a gripe provocar o estrago previsto e matar ou transformar milhões de pessoas, mesmo que não ocorra mais nenhum surto?

Nem a Kat nem o Daemon responderam.

Inspirei fundo. Sabia o que isso significava — o que continuava significando mesmo que o Daemon estivesse disposto a me dar outra chance e ajudar o Luc a me deter antes que as coisas fugissem ao controle. Nenhum deles confiava em mim, não o bastante para me contar o que planejavam.

Isso me magoava e me irritava, mas o que mais me incomodava era saber que eu ainda precisava dar a eles um motivo real para confiarem em mim.

Sentindo que o Luc me fitava com atenção, perguntei:

— Qual é o apelido idiota que eles criaram para a gripe?

— Algo que não poderia ser menos criativo nem se você quisesse. — A voz do Daemon esbanjava desprezo. — Eles a estão chamando de ET.

21

Três dias depois de descobrir que a gripe com o apelido mais idiota do mundo estava se espalhando e que a única coisa que podíamos fazer era rezar para que as pessoas dessem ouvidos à Dee, consegui que a banana de pelúcia que a Zoe segurava voasse até a minha mão, em vez da minha cara.

— A-há! — gritei, lançando no ar o brinquedo que o Luc tinha roubado da casa da Kat e do Daemon.

— Você conseguiu de novo! — Zoe bateu palmas. Ela era uma plateia muito mais alegre e encorajadora do que o Grayson.

— Parabéns. — Soou uma voz ríspida, surpreendentemente mais irritante do que o tom seco do Grayson. — Você impediu que uma banana de pelúcia atacasse fisicamente seu rosto. — Seguiu-se uma pausa expressiva. — Depois de 23 tentativas.

Contei até dez enquanto olhava do Luc, que me observava com uma expressão divertida, para o sujeito idoso sentado numa cadeira dobrável de metal.

Infelizmente, nos últimos dois dias, a Zoe não tinha vindo sozinha.

O homem sentado esfregando o joelho era o general Eaton. Ele fazia mais comentários do que um locutor de futebol. Ao aparecer com a Zoe na véspera, o general tinha dito que desejava ver por conta própria como eu estava… como é que ele dissera mesmo? "Acordada e respirando sem tentar matar ninguém de cara."

Fantástico.

— Não foram 23 tentativas — rebati, resistindo à vontade de transformar a banana num míssil e arremessá-la na cabeça dele.

— Foram mais ou menos umas 15 — corrigiu Luc.

Fitei-o com os olhos estreitados.

— Você não está ajudando.

Luc deu uma risadinha, mas senti algo estranho na risada. Não consegui definir exatamente o quê; ou talvez tivesse sido somente imaginação minha.

Você fica linda irritada.

Não tenta me distrair.

Ele riu de novo, ergueu a mão e a banana voou direto para ele. Nos últimos dois dias, o Original vinha alternando constantemente entre falar em voz alta e através da Fonte, e embora ainda fosse um choque escutar a voz dele com tanta clareza em minha mente, responder desse jeito estava ficando mais fácil. E, apesar da atitude nada encorajadora do general, eu estava muito melhor no uso da Fonte. Tudo bem que minha mira não era lá grande coisa, mas, desde o primeiro dia, como o Luc se referia ao dia seguinte após eu acordar, a melhora era evidente. Já não errava mais quando tentava mover alguma coisa. Tampouco precisava me concentrar com tanta força. Na verdade, eu estava me sentindo bastante foda.

— Vamos tentar algo mais difícil — declarou Luc, jogando a banana no colo do Eaton. O general olhou para o brinquedo de cenho franzido. — Quero que tente mover coisas animadas. Algo que possa resistir.

Zoe ergueu a mão.

— Eu me voluntario como tributo.

Cruzei os braços.

— Não sei se fico confortável com isso.

— Eu fico. — Zoe puxou o elástico que trazia no pulso e prendeu os cachos. — Eu te desafio a me obrigar a me mover.

Eaton arqueou uma sobrancelha.

Olhei para o Luc. Os ombros dele pareciam tensos. Mover uma banana de pelúcia roubada era uma coisa. Forçar minha amiga era algo totalmente diferente.

Está tudo bem. Você não vai machucá-la, a voz dele soou na minha mente.

Como pode ter certeza?

Porque não estou pedindo para arremessá-la por uma janela.

Apertei os lábios e olhei para a Zoe.

— Tem certeza?

Ela fez que sim.

— A gente costumava fazer isso o tempo todo quando treinávamos. Foi assim que aprendemos a controlar a Fonte.

Legal, mas não fazia com que me sentisse muito melhor.

— E você não tem problema em fazer de novo?

— Vamos logo com isso, garota. — O general coçou o queixo. — O dia está passando.

— Se está entediado, pode procurar outra coisa pra fazer — sugeri educadamente.

Ele se inclinou para frente.

— Tenho um conselho pra você.

— Tem?

— É a razão de eu estar aqui — retrucou ele. — Se quiser transformar o que foi feito com você em algo de bom, precisa deixar esse mi-mi-mi de lado.

Pisquei.

— Como?

— Eaton. — Luc soltou um suspiro e se virou para o general.

— Não. Me escuta. — Ele ergueu uma das mãos. — Você pensa como uma humana... como se estivesse cercada por humanos pequenos e frágeis. Você não é humana. Não mais. E esses dois nunca foram. Precisa parar de pensar e agir como uma.

— Ele tem razão — disse Zoe após alguns instantes. — Você não vai me machucar.

Luc ficou calado enquanto eu mudava o peso de um pé para o outro. O lance era que eu *podia* machucar a Zoe, mas o Original tinha razão. Eu não ia tentar arremessá-la por uma janela nem nada parecido. O general também tinha razão. Eu continuava pensando como humana. Era difícil não pensar.

— Tudo bem. — Descruzei os braços. — Vamos lá.

— Quero que você empurre a Zoe sem tocá-la — instruiu Luc.

Zoe se aproximou e parou na minha frente com um sorriso de orelha a orelha.

— Me obrigue.

Olhei para ela.

— Anda. Você sabe o que tem que fazer. Me obrigue a me mover. — Ela cutucou meu ombro, me fazendo revirar os olhos. — Anda. Me. Obrigue.

— Não precisa ser tão irritante.

— Ah, você ainda não viu nada — retrucou ela. — Posso ser muito mais irritante do que isso. Lembra daquela vez que você e a Heidi queriam assistir aquele programa idiota sobre insetos dentro das pessoas e eu disse que não ia rolar?

Sorri ao me lembrar do caso.

— Você começou a dançar na frente da televisão, fazendo uma série de imitações horrorosas.

— Ah, é. Foi. — Zoe ergueu as sobrancelhas. — Posso fingir ser uma árvore de novo. Uma árvore sendo derrubada. — Ela levantou os braços acima da cabeça e começou a se balançar para frente e para trás. — Uma árvore triste, sendo derrubada.

— Que merda... — murmurou Luc.

Tentando não rir ao ver a Zoe se inclinar para a direita e, em seguida, para a esquerda, invoquei o zumbido de energia em meu peito e a imaginei se movendo...

— Ah, merda!

Os pés dela deslizaram pelo chão e ela *voou* para trás, a camiseta inflando ao seu redor. Ela abriu os braços e conseguiu parar antes de se arrebentar contra a parede.

Eaton riu.

— Legal, as coisas começaram a ficar interessantes.

— Ai, meu Deus! Me desculpa! — Dei um passo na direção dela.

— Isso foi espetacular! — exclamou Zoe, me fazendo parar. — Puta merda! Foi como ser atingida por ventos de furacão. — Ela fitou o Luc com os olhos arregalados. — Você viu?

— Vi. — Um ligeiro sorriso se esboçou em seus lábios. — Faz de novo, Evie. Mas dessa vez, Zoe, resista.

— Eu tentei. — Zoe ajeitou a camiseta e voltou para perto de mim. — Eu tentei resistir.

— Tente com mais força.

Ela franziu o nariz.

— Tudo bem. — Zoe se virou para mim, séria. Sem mais imitações. Ela baixou o queixo, firmou os braços e assentiu. — Vamos lá.

Fiz o que tinha feito antes, imaginei-a se movendo. Dessa vez, porém, as pupilas dela ficaram brancas e ela não saiu voando. Apenas deslizou alguns centímetros para trás.

— Empurre com mais força — ordenou Luc, o maxilar trincado.

Fechei os dedos contra a palma das mãos e empurrei. Zoe apertou os lábios e uma série de veias brancas surgiu sob sua pele enquanto ela recuava mais alguns centímetros.

— Merda — rosnou minha amiga, a camiseta grudando em seu peito e barriga.

Um segundo depois, ela perdeu a batalha e deslizou ainda mais. Parei de empurrar e olhei para o Luc.

O Original franziu o cenho.

— Você tá resistindo mesmo, Zoe?

— Estou! — Ela jogou as mãos para o alto. — Por um segundo, achei que ia conseguir, mas ela é… — Zoe voltou a atenção para mim. — Garota, você é forte. — Seus olhos me percorreram de cima a baixo. — E olha a sua pele agora! Muito maneiro.

Inflei o peito, orgulhosa. Zoe e eu voltamos a nos enfrentar. Ela conseguiu resistir por alguns segundos nas duas vezes seguintes, mas, depois disso, empurrei com mais força, e toda resistência foi para o ralo.

Ela precisou ir embora um pouco depois, e o Luc assumiu seu lugar. Zoe havia prometido ajudar a médica a fazer um check-up geral em todos os humanos. Tinha a sensação de que elas estavam verificando com atenção redobrada para qualquer sinal de gripe, muito embora fosse altamente improvável que qualquer um deles houvesse tido contato com o vírus.

Luc parou na minha frente, as pernas abertas, pronto para o tranco. Empurrei — empurrei com força. A camiseta colou em seu corpo e o cabelo foi soprado da testa. As pupilas brilharam com intensidade e, por vários segundos, ele não se moveu.

Mas, então, sim.

O Original deslizou uns 30 centímetros para trás antes de se recobrar. Uma luz branca explodiu, acendendo uma malha de veias em seu rosto e pescoço. Depois disso, ele não vacilou mais.

Inspirei fundo e brandi os braços à frente.

— Isso é tudo o que eu consigo.

Ele se empertigou, e a luz retrocedeu de suas veias. A boca exibia linhas de tensão.

— Você é poderosa. Isso a gente já sabia, mas quer saber o que mais eu sei?

— O quê? — Peguei a garrafa de água que ele jogou para mim e tomei um gole.

— Você é muito mais poderosa do que pensa. — Ele veio até mim e aceitou a água que lhe ofereci. — Sei disso em primeira mão.

Meu estômago revirou ligeiramente enquanto o observava beber.

— O que estou fazendo agora é diferente do que fiz na mata.

— Verdade, mas aquela força está aí dentro. Você deveria ser capaz de me arremessar do outro lado do armazém.

Abafei um bocejo, me perguntando por que ele parecia tão ansioso para ser arremessado.

— Cansada? — perguntou ele em voz baixa, aproximando-se um passo.

Eu não tinha conseguido dormir direito desde que acordara do meu breve coma. Pegar no sono era fácil, mas continuar dormindo é que era o problema. Não sabia se era por causa de todo o lance da mutação, da preocupação com a Heidi e a Emery, ou se por causa do que havia descoberto sobre a gripe, mas o resultado é que passava várias horas silenciosas pensando sobre essas coisas. A Dee e o Archer deviam voltar hoje, e eu esperava que ela trouxesse novas notícias sobre a gripe e o que estava acontecendo.

Uma coisa, porém, continuava me incomodando, algo que eu não conseguia definir direito. Tinha a sensação de que era algo que a Kat tinha dito quando eu a visitara, mas não sabia exatamente o quê.

— Estou bem — respondi e, em seguida, acrescentei de um jeito mais privado. *Eu te prometi que diria se estivesse me sentindo estranha ou algo parecido. Não estou.* — Não quero arremessá-lo contra a parede.

Luc botou a garrafa de lado.

— Esse é o problema.

Enrijeci.

Ele fechou os dedos na bainha da camiseta e a ajeitou.

— O Eaton podia ter dito o que disse de um jeito melhor.

— Acho que eu disse como precisava ser dito — murmurou o general.

O Original o ignorou.

— Mas você realmente está pensando como humana. E nos tratando como humanos. Você se segurou com a Zoe. Sei que sim — disse ele ao me ver abrir a boca para discordar. — Ela não devia ter sido capaz de resistir nem por um segundo. E você não a empurrou com tanta força como sei que pode fazer comigo. Precisa parar de se preocupar se vai machucá-la ou a mim.

Fechei as mãos na cintura.

— Mais fácil falar do que fazer, Luc. Sei que posso te machucar, e não conheço exatamente o limite.

— Perceber o limite é fácil. — Seus olhos se fixaram nos meus. — Você não quer me machucar, portanto não vai.

Ergui as sobrancelhas.

— Isso pode fazer sentido pra você, mas pra mim não faz.

Uma luz branca brotou na palma da mão dele. A energia crepitou suavemente quando o Luc envolveu meu rosto. Sua palma e a Fonte eram quentes ao toque, provocando ligeiras descargas de eletricidade por minha pele.

— Dói? — perguntou ele.

— Não.

— Mas você já me viu usar essa energia para matar, não viu? Já me viu encostar essa mesma mão em alguém e queimá-la de dentro pra fora, certo?

Fiz que sim, o peito apertado.

— Acho que nunca vou conseguir esquecer.

— A Fonte é a Fonte, Pesseguinho. A única diferença é o desejo por trás dela... a vontade de quem está por trás. Eu não quero te machucar, portanto não machuco. Você não quer me machucar, portanto não vai.

Ele trocou para uma forma mais particular de conversa. *Na noite do pesadelo, você entrou em pânico e perdeu o controle. Você não tinha comando sobre o que estava acontecendo, e quando a Fonte é liberada sem controle algum, ela geralmente se torna uma força de pura destruição.*

— Agora tente — disse ele, baixando a mão. A luz se apagou. — Invoque a Fonte e toque em mim.

A simples ideia fez meu coração acelerar.

— Tenho a impressão de que vocês estão fazendo o que a Kat e o Daemon fazem o tempo todo — resmungou Eaton. — Falando um com o outro do jeito que só vocês conseguem fazer.

Luc manteve os olhos fixos nos meus.

— Acho que alguém está com inveja. — *Tente, Evie, eu confio em você.*

Meu pulso estava a mil, mas eu sabia que precisava tentar. *Você vai me deter se eu te machucar?*

Não vai acontecer nada. Seguiu-se uma pausa. *Mas, se machucar, eu te obrigo a parar.*

Inspirei fundo para me acalmar, ergui a mão e invoquei a Fonte. Uma massa de luz e sombras brotou em minha palma. O general soltou um pequeno palavrão ao ver a energia se espalhar pelos meus dedos. Pontos brilhantes surgiram por baixo da Fonte como pedras de ônix incrustadas em minha pele. *Não quero machucá-lo. Não quero machucá-lo.* Repetindo essas palavras sem parar, estendi a mão e toquei o braço do Luc. Ao vê-lo se contrair ligeiramente, fiz menção de puxar a mão de volta.

— Estou bem — disse o Original. — Continue.

Inspirei de novo e assenti. A energia pulsou em volta do braço dele, mas não fez o que tinha feito antes, não começou a subir pelo braço como se estivesse tentando engoli-lo por inteiro. Olhei para ele.

Luc ergueu as sobrancelhas.

— É como se você estivesse me fazendo cócegas.

— Jura?

— Juro. Leves cócegas. — O tom violeta de seus olhos escureceu ligeiramente enquanto fagulhas de luz branca entremeada de sombras dançavam sobre sua pele e, em seguida, desapareciam, ou se apagando ou sendo absorvidas por ele. — É gostoso. — Ele mordeu o lábio inferior e fechou os olhos. — Muito.

Corei até a raiz do cabelo.

— Jesus, Maria e José — grunhiu Eaton. — Não quero nem saber o que você está fazendo com ele, mas dá para ver que não está machucando. Vamos em frente.

Puxei a mão de volta e forcei a Fonte a retroceder. Luc, por sua vez, abriu lentamente os olhos com um sorrisinho diabólico. As linhas de tensão em torno da boca haviam desaparecido.

— Quando a gente terminar aqui, vou me certificar de que você aprenda a esquentar a água. Mal posso esperar por um belo banho de banheira mais tarde.

Enrubesci ainda mais, e os músculos na parte inferior da barriga estremeceram. Luc e eu não tínhamos transado de novo desde aquela noite. Não por falta de vontade, só que a gente passava o dia inteiro treinando com a Fonte, e havia sempre gente à nossa volta. Quando conseguíamos ficar sozinhos era por pouco tempo. Ou a Zoe ou o Grayson apareciam, ou alguém precisando do Luc para alguma coisa, o que acontecia, tipo, toda noite. Quando ele, enfim, voltava, eu já estava desmaiada, e, quando eu acordava no meio da noite e o via dormindo tão placidamente, não tinha coragem de acordá-lo.

Embora duvidasse de que ele fosse reclamar.

— Promete? — perguntei.

— Juro pela alma… — Ele se virou para as portas duplas fechadas. — Estamos prestes a ter companhia.

Aí está a prova, pensei de maneira irônica, e não estávamos nem sozinhos. Acompanhei o olhar dele, mas não senti nada…

De repente, escutamos alguém esmurrar a porta.

— Eaton! Você está aí? Temos um problema… um problema sério — gritou uma voz que não reconheci. — Tipo, dos grandes.

Virei-me para o Luc.

— Como você faz isso?

— Tenho minhas habilidades — retrucou ele. Podia apostar que quem quer que estivesse lá fora era humano.

O general soltou um suspiro e se levantou, deixando a banana cair no chão.

— E quando o problema não é dos grandes? — resmungou ele.

Luc já estava na porta antes que o general desse um passo e, ao abri-la, minhas suspeitas se confirmaram. Era um jovem humano de pele escura, sem nenhuma aura visível. A camiseta cinza-claro e a calça cargo verde-oliva estavam sujas de sangue.

A expressão de alívio no rosto do rapaz ao ver o Luc foi notória.

— Graças a Deus você está aqui. Acabamos de receber um pacote, e a coisa está feia.

Um *pacote* significava um grupo de Luxen ou pessoas que tinham vindo buscar refúgio na Zona 3 e, a julgar pelo sangue, tinha a sensação de que algo dera terrivelmente errado. Pensei imediatamente na Heidi e na Emery. Elas ainda não deviam ter chegado, mas...

— Onde eles estão, Jeremy? — perguntou Luc com tanta calma e frieza quanto um lago de águas paradas.

O peito do Jeremy subia e descia, ofegante.

— Na primeira casa. A dra. Hemenway está indo para lá. Sei que o Daemon está com a Kat, e o general tem conhecimentos médicos, mas você pode curar, certo? A Zouhour está lá também, mas...

— Ela não vai conseguir fazer nada. — Eaton meteu a mão no bolso da calça jeans. Um punhado de chaves tilintou quando ele as puxou para fora. — Quem foi ferido?

— O Spencer. — Jeremy crispou as mãos ao lado do corpo. Ele olhou para mim, mas deu a impressão de não ter me visto. — A coisa está feia. Muito feia. O peito dele... — Ele inspirou fundo e acrescentou numa voz entrecortada. — É horrível.

Não tinha ideia de qual era a primeira casa nem de quem era o tal do Spencer, mas quando o Luc me lançou um olhar por cima do ombro, eu disse:

— Vai.

Ele assentiu com um ligeiro menear de cabeça e, num piscar de olhos, desapareceu.

— Vamos lá. — O general se virou e seguiu para a porta. — Podemos ir de carro. É mais rápido do que caminhar, e você pode me contar o que diabos aconteceu durante o caminho.

Com um rápido olhar inquisitivo na minha direção, Jeremy relaxou as mãos e esfregou as palmas nas pernas da calça.

— Não sei exatamente. Estávamos esperando a Yesi e o grupo dela agora de manhã. Eles estavam trazendo três Luxen sem registro e dois simpatizantes, mas somente o Spencer e os dois simpatizantes chegaram. Ele estava ferido, e tudo o que consegui descobrir através de um dos simpatizantes foi que eles sofreram uma emboscada na fronteira do estado.

— Oficiais da FTA? — Eaton parou junto à porta e olhou para trás. — Você não vem? Ou prefere ficar aqui e continuar brincando com essa banana de pelúcia mais um pouco?

Incapaz de esconder minha surpresa ou minha falta de vontade de continuar treinando com uma banana de pelúcia, dei um pulo à frente.

— Estou indo. — Alcancei-os num piscar de olhos e saímos juntos ao encontro do ar estagnado e empoeirado lá de fora.

— Presumimos que sim — respondeu Jeremy. — Eles têm aumentado o número de patrulhas na Louisiana e em Oklahoma. Estamos começando a achar que eles talvez saibam o que a gente vem fazendo aqui.

Eaton não respondeu. Resolvi perguntar:

— Esses simpatizantes são humanos?

— São. — Jeremy engoliu em seco. — Você sabe, que nem aliados numa guerra? Acho que é um termo militar. Pelo menos, foi o que eu ouvi.

— Faz sentido. — Observei o general abrir caminho pelo mato que havia crescido entre as frestas no asfalto, mancando menos ao seguir em direção a um velho utilitário semelhante ao que a médica usava. Olhei de relance para o jovem que nos acompanhava. — A propósito, eu sou a Evie.

— Jeremy. Mas você provavelmente já sabe. — Ele estendeu a mão com um leve sorriso, mas rapidamente a puxou de volta. — Desculpa. Sangue. — Em seguida, subiu na parte de trás do veículo enquanto o general metia a chave na ignição.

Acomodei-me no banco do carona. Mal tinha ajeitado o traseiro sobre o couro fino e gasto quando o carro partiu. Eaton acelerou com tudo, fazendo meu corpo colar contra o assento. Um segundo depois, ele deu uma forte guinada à esquerda. Ergui o braço e me segurei na barra superior antes que eu escorregasse para fora do carro e acabasse aterrissando sobre o que me pareceu uma faixa continental de erva venenosa. O carro passou feito um raio entre o armazém e uma cerca de arame farpado, quase arranhando as laterais no espaço tão estreito. Virei-me com os olhos arregalados para o general enquanto as rodas quicavam pelo terreno acidentado até alcançarmos a rua pavimentada diante do armazém. Ele, então, acelerou ainda mais, fazendo o vento soprar meu cabelo para longe do rosto.

Descemos a rua feito um tufão, passando pelos carros enferrujados. De repente, o general virou à esquerda e quase colidiu contra um caminhão que outrora devia ter sido de um vermelho brilhante. Agarrada à barra a ponto de as juntas dos dedos ficarem brancas, imaginei-me caindo de cara no asfalto a qualquer instante. Estava tão concentrada no martelar do meu coração que quase não percebi o movimento. Alguma coisa passou por trás do caminhão e, em seguida, por uma van com as letras semiapagadas. Foi um rápido vislumbre, mas consegui distinguir um reluzente cabelo castanho-avermelhado.

Nate.

A sacola de comida que eu havia deixado no jardim ainda estava lá na manhã seguinte, mas havia sumido um dia depois. Rezava para que tivesse sido o Nate quem a pegara, e não algum esquilo marombado.

Quase gritei para o general parar o carro, mas, se ele parasse, havia uma boa chance de que todos nós saíssemos voando. E não só isso, não queria que alguém que parecia ter sido gravemente ferido ficasse esperando demais pelo socorro.

Estiquei o pescoço para tentar ver o Nate de novo, mas ele parecia ter sumido. Pelo menos, ainda estava vivo. O que era uma boa notícia.

— Evie? — bufou Eaton, balançando a cabeça enquanto segurava o volante com uma única mão e descia varado a colina íngreme.

Virei-me para ele.

— Que foi?

— Fico com vontade de rir quando você se apresenta e atende por esse nome. Um dia desses... — comentou ele, virando o volante com tanta força que o carro descolou duas rodas do chão. Apesar do rugido do motor, escutei o Jeremy murmurar o que me pareceu uma prece a Deus. — Você vai tomar de volta o poder que seu nome de batismo lhe deu.

22

ra estranho como a resposta que eu vinha procurando podia pular da boca do general Eaton e me acertar como uma porrada na cabeça.

Tomar de volta o poder que seu nome de batismo lhe deu.

Kat dissera que o Luc devia ter feito alguma coisa para me arrancar do transe lá na mata. Ele tinha dito uma coisa. A mesma que me fizera acordar do coma.

Nadia.

Luc havia usado meu nome verdadeiro, ou, como diria o general, meu nome de batismo. O que não seria nada de mais não fosse pelo fato de que o Daedalus não havia programado e treinado a Evie.

Eu aprendera tudo quando ainda era a Nadia.

Devia ter uma conexão aí.

Qual, eu não fazia ideia, e agora não era a hora de tentar descobrir.

Estava tentando me manter viva.

O general dirigia como se estivéssemos na segurança de um tanque blindado, e a prece que o Jeremy murmurava era a prova. Quase fui arremessada do veículo várias vezes, e por pouco não me juntei a ele na oração quando cruzamos aos solavancos um campo cujo mato chegava à altura das portas do carro.

Meio que esperava que um maldito velociraptor desse um bote na gente.

Exceto que não foi um dinossauro do Jurassic Park que quase acabou com a nossa raça quando enfim terminamos de cruzar o campo, mas uma *vaca* pastando idilicamente.

Quase morri três vezes nos dez minutos que levamos para chegar ao nosso destino.

Com base na quantidade de bois e vacas que o general se desviou com uma facilidade impressionante, a tal casa da entrada era, na verdade, uma fazenda. Quando finalmente paramos ao lado de outro veículo igual ao nosso, saltei com uma velocidade que impressionou até a mim.

— A dra. Hemenway já chegou. — Jeremy saltou do carro com uma cara de quem estava prestes a vomitar, e baixou os olhos para sua roupa suja de sangue. — Bom. Isso é ótimo. — Ele estava tentando convencer a si mesmo, mas tudo em que eu conseguia pensar era no sangue que o cobria da cabeça aos pés e no tipo de ferimento que teria causado aquilo.

Diminuí o passo ao me aproximar da porta dos fundos. A casa parecia normal, mas, ao mesmo tempo, pulsava como se tivesse um coração. Ou como se seus ossos estivessem com dificuldade de conter o que quer que estivesse lá dentro. Jamais sentira nada semelhante antes, nem com um Luxen nem com um Arum.

— Esse Spencer é um… simpatizante? — perguntei.

— É. — A voz do Jeremy soou rouca. — É, sim.

Eaton se dirigiu a passos duros para a porta aberta, o mancar agora quase imperceptível.

— Onde eles estão?

— Na sala de jantar. — Jeremy fez sinal para que eu o seguisse.

O general já tinha desaparecido casa adentro quando entramos na área de serviço. Fui acometida por diferentes sensações. Havia definitivamente um Luxen ali. Senti também o que agora reconhecia como sendo um Original, e um híbrido, mas minha pele formigava de um jeito peculiar. Havia algo *mais*. Um gosto na ponta da língua, como as ruas sob um sol de verão. Como asfalto aquecido.

Ao deixarmos a área e entrarmos num corredor estreito, parei de pensar imediatamente sobre sensações e gostos inexplicáveis.

Armas.

Foi a primeira coisa em que reparei. Na verdade, a única. Uma lhama podia estar fazendo a dança do ventre na minha frente que ainda assim eu só conseguiria ver as armas.

Muitas. Armas.

Rifles de todos os calibres e comprimentos de cano estavam recostados contra a parede do corredor, uma quantidade suficiente para armar um… espera um pouco. Olhei de novo. Aquilo era um *lança-foguetes*?

Um grito de dor rasgou a casa, atraindo minha atenção. Jeremy partiu em disparada, as botas ecoando sobre o piso de madeira gasto.

Sequer vi a cozinha pela qual passei, diminuindo o passo mais uma vez, os olhos fixos na mesa da sala de jantar. Um aposento que outrora devia ter presenciado reuniões familiares e festas, um lugar de alegria. Agora, porém, seria difícil lembrar dessas coisas diante da tragédia que se desenrolava ali.

Dentre todas as pessoas reunidas, a primeira que eu vi foi o Luc. Era como se cada célula do meu corpo soubesse onde encontrá-lo. Ele estava ao lado de uma mesa com pés de cavalete, as mãos plantadas sobre um peito que... ai, meu Deus, havia algo muito errado com aquele peito. Não dava para distinguir os dedos dele sob a luz branca intensa da Fonte, mas pude ver o sangue que cobria seus antebraços. O rosto era uma máscara de pura concentração enquanto ele olhava para o homem, que se contraía e se remexia.

— Para de lutar. Vamos lá, cara, para de lutar — ordenou Luc, o maxilar trincado.

Um sujeito mais velho estava parado na cabeceira da mesa, os cabelos brancos feito neve despontavam por baixo de um chapéu de palha. A forma como segurava a cabeça do homem ferido dizia que ele já tinha visto muita coisa no decorrer da vida. Os tendões dos antebraços queimados de sol, que apareciam por baixo das mangas enroladas da camisa de brim suja de sangue, estavam saltados.

Sangue. Havia tanto sangue! Escorrendo pelas laterais do corpo do Spencer, formando poças sobre a mesa e pingando no chão.

A médica surgiu por trás do Luc segurando o que me pareceu uma bomba de ar combinada com uma seringa gigante. Tirando o Luc, todos no aposento eram humanos, embora eu pudesse sentir a presença de Luxen na casa. Luxen e outros, além de algo *diferente*. A sensação não apenas perdurara como se tornara mais forte. Não queria atrapalhar o Original, mas o instinto me dizia que ele precisava saber.

Luc, chamei, *estou sentindo algo estranho.*

Ele ergueu os olhos e me fitou por um breve segundo. *O quê?*

Tem alguma coisa diferente aqui. Minhas palmas começaram a suar.

— Quem mais está aqui? — perguntou Luc.

— Duas garotas humanas — respondeu o velho. — Só isso. A Zouhour está com elas. As garotas estão apavoradas.

Com certeza havia algo além de uma garota humana naquela casa.

O que quer que você esteja sentindo, vai ter que esperar. Estou perdendo a batalha, respondeu Luc diretamente para mim. Ele tinha razão. Qualquer outra coisa teria que esperar.

— Preciso que você estanque o sangue — pediu a médica, debruçando-se ao lado do Luc e enfiando a ponta da bomba na poça de sangue que brotava de um buraco na barriga do Spencer. — Aí vou conseguir ver a extensão dos danos. — Ela puxou o êmbolo da seringa e a bomba se encheu com um sangue grosso e escuro.

— Não tem muito o que ver — retrucou Luc. — Várias artérias foram rompidas... — Uma onda de luz se espalhou por cima do Spencer, que arqueou as costas. — E cada vez que ele se move, arrebenta a que eu acabei de arrumar.

— A aorta não deve ter sido danificada, ou ele já estaria morto. — A médica recuou um passo. — Mantenha-o vivo por dez minutos, Luc. Preciso de dez minutos para filtrar esse sangue e colocá-lo dentro de uma bolsa. — Ela olhou para a ferramenta que segurava. — Agradeço a Deus pelas inovações da medicina.

A sensação de dedos fantasmagóricos na minha nuca ficou mais forte.

— Não tenho certeza se todas as inovações médicas do mundo serão capazes de ajudá-lo. — A voz sarcástica do Grayson soou atrás de mim menos de um minuto depois. Olhei por cima do ombro para ele. Será que o Grayson era o Luxen que eu tinha sentido? Achava que não, a menos que ele estivesse em outra parte da casa antes. Sem sequer um olhar de relance para mim, o Luxen se recostou na moldura da porta e puxou um pirulito do bolso.

Cara, ele devia ser o Luxen mais imprestável de toda a face da Terra.

A dra. Hemenway lançou-lhe um olhar que deveria tê-lo fritado na hora.

— Se não fosse por três mulheres humanas inteligentes e generosas que se certificaram de que os países em desenvolvimento conseguiriam fazer transfusões de sangue mesmo sem eletricidade, o Spencer estaria morto, e eu enfiaria esse negócio na sua garganta com tanta força que você jamais conseguiria pensar num pirulito de novo sem estremecer.

Arregalei tanto os olhos que eles deviam estar parecendo dois pires.

Grayson abriu um sorrisinho presunçoso e meteu o pirulito de cereja na boca. De repente, o corpo do Spencer sofreu outro espasmo e, pelos palavrões que o Luc soltou, o sangue voltara a jorrar.

— Jeremy, vem aqui e segura a outra perna dele! — gritou Eaton, fechando as mãos na que estava tentando se encolher. — Evie, segura o braço dele. Rápido!

Fiz o que o general me pediu, agarrei o braço dele e o pressionei contra a mesa. Ignorando a sensação desagradável de pele fria e suada, dei uma boa olhada na ferida.

— Jesus! — murmurei, sentindo meu estômago revirar. A pele estava aberta, se soltando em tiras e deixando à mostra pedaços de cartilagem estraçalhada e músculos rasgados.

— Não olha, Pesseguinho — disse Luc num tom suave, enquanto a Fonte continuava a brilhar. — Olha pra mim. Sou uma visão bem mais agradável.

O velho que segurava a cabeça do Spencer bufou.

Não conseguia desviar os olhos daquela massa de carne despedaçada.

— O que provocou uma coisa dessas? Uma granada?

— Se tivesse sido uma granada, com certeza ele estaria morto — observou Grayson. — Quero dizer, mais morto.

— Obrigada pelo esclarecimento, capitão Babaca — rebati, fazendo a médica erguer os olhos para mim.

— Sabia que tinha um motivo para eu gostar de você. — Ela sorriu de novo. — Devíamos nos tornar amigas.

Spencer tentou se mexer enquanto eu respondia:

— Eu gostaria disso, doutora...

— Pode me chamar de Viv. — Lembrou-me ela. — É como todos me chamam. — Lançou outro olhar furioso na direção do Grayson. — Menos você. Para você eu continuo sendo a dra. Hemenway.

— Jamais passaria pela minha cabeça chamá-la de outra forma, *dra. Hemenway*.

— Preparem-se — disse Luc. Suas pupilas faiscaram um segundo antes de ele fechar os olhos. As veias se acenderam por baixo da pele, começando pelas bochechas e, em seguida, se espalhando pelo rosto, descendo pela garganta e desaparecendo debaixo da camiseta. Ele estava realmente invocando a Fonte com tudo. Uma aura se desenhou à sua volta, criando um contorno branco em volta do corpo. O ar se encheu de estática e, quando inspirei, senti o gosto de *vida*.

Prendi a respiração.

Deus do céu, o tipo de poder que o Luc controlava era de deixar qualquer um pasmo, mas algo diferente estava acontecendo dentro de mim. Era como se a Fonte em meu interior tivesse se encolhido até virar uma bolinha, e agora estivesse crescendo de novo, se desdobrando, ganhando força, não no fundo da garganta ou do estômago, mas no centro do peito, que, de repente, parecia vazio, gelado e dolorido. Sentindo minha pulsação acelerar, afrouxei a mão, e o corpo inteiro do Spencer enrijeceu como se ele tivesse encostado num fio desencapado. Arranquei-me desse transe e pressionei o braço dele de novo enquanto a Viv fazia o mesmo do outro lado da mesa. O grito perfurou meus tímpanos e me deixou com os olhos marejados, e…

E, de repente, senti uma parede de gelo pressionada contra minhas costas.

Minha pele se arrepiou, e o Luc abriu os olhos. As pupilas brancas ficaram ainda maiores ao me fitar. Com a respiração presa na garganta, olhei por cima do ombro. Grayson deu um passo para o lado ao mesmo tempo que uma massa ondulante e crescente de sombras pulsou na cozinha, tão escura que poderia ser confundida com um buraco negro. Não, sombras não. Um homem. Um homem feito de sombras e com uma pele da cor de alabastro que parecia, de alguma forma, destituída de sangue, embora não chegasse a ser horripilante. O cabelo era tão preto que sob a luz da lamparina ganhava um tom azulado, tal qual as asas de um corvo. Com um maxilar forte, nariz reto e traços duros como se ele tivesse sido esculpido em granito, o homem possuía uma beleza semelhante à do Grayson, fria e distante. Talvez até cruel.

E ele não estava sozinho.

Uma mulher baixa de cabelos pretos estava logo atrás dele, a mão pequena fechada em seu bíceps enquanto ela olhava para a mesa com os olhos castanhos entremeados de verde arregalados.

Ela era humana, mas ele era um Arum.

Seus olhos, de um azul tão claro que quase chegava a ser transparente, percorreram a sala, passando por mim para, em seguida, voltar para o ponto onde eu estava parada.

Essa era a primeira vez que eu sentia um Arum. Não tinha a menor dúvida de que era por esse motivo que me sentia como se estivesse mergulhada numa banheira de gelo, mas será que tinha sido ele quem provocara a sensação diferente antes? Não sabia ao certo, mas não conseguia me desvencilhar daquele gosto insinuante de asfalto aquecido por um sol de verão. Ele inclinou a cabeça de lado num movimento tão fluido quanto água, e tão sinuoso que me fez pensar no Arum que eu encontrara do lado de fora da Foretoken. O que se chamava Lore.

E que havia me perguntado o que eu era.

Lore havia sentido a presença de DNA Arum em mim, e era óbvio que este também sentia. Com as narinas infladas, ele deu um passo na minha direção, se soltando da mulher.

— Serena — disse ele, a voz tão grave que remetia a sonhos e pesadelos, e que, de alguma forma, sobressaiu acima dos gritos de dor do Spencer. — Quero que saia daqui. Agora!

— Por quê? — perguntou a mulher, visivelmente confusa.

O Arum não desviou os olhos de mim, mas pude perceber, pelo canto dos meus, Grayson tirar o pirulito da boca.

— Porque você já viu coisas horríveis demais para valer por uma vida inteira, e não quero que me veja matar essa coisa parada aí na minha frente.

23

u deveria ter ficado com medo — ou melhor, apavorada. Aquele Arum parecia perfeitamente capaz de cumprir a ameaça. E também ter pensado em sair correndo para pegar o lança-foguetes ao ver o corpo dele ganhar subitamente um contorno preto como carvão. O efeito esfumaçado foi se espalhando, fazendo os traços perderem definição ao mesmo tempo que sombras profundas brotavam da pele cada vez mais fina. Com o braço estendido para trás, a mulher que ele havia chamado de Serena começou a recuar.

Spencer ficou quieto, toda a rigidez se esvaindo de seu corpo. Ele parecia uma estátua, e eu não sabia se ainda estava vivo ou respirando...

Algo frio e *diferente* despertou no fundo do meu peito. Essa *coisa* foi subindo sinuosamente, se misturando aos meus pensamentos, acompanhando não apenas cada respiração e movimento do Arum como também da mulher humana, através dos *meus* olhos.

Não era como o que acontecera na noite do pesadelo, nem nada parecido com o que eu sentia quando estava treinando. Aquilo me fez lembrar da mata e da briga com a April, quando algo *além* de mim murmurou em minhas veias, assumindo o controle e me apagando no processo.

Era a Fonte — o tipo de poder que não era usado somente para mover objetos ou conversar telepaticamente com o Luc.

E *ela* não estava com medo.

Ela não ficou nem um pouco preocupada ao pressentir que a mulher estava tentando pegar uma arma.

A Fonte simplesmente sentiu a ameaça, tal como acontecera na mata e como eu supunha que tinha acontecido com a April. Mas, ainda assim, isso era completamente diferente.

Porque eu continuava no controle.

Eu teria que analisar tudo isso depois, juntamente com o lance da Nadia. Agora não era a hora, não com um Arum sedento para me matar.

Encarei-o, determinada, e vi seus lábios se repuxarem numa espécie de rosnado enquanto sombras e fumaça espiralavam à sua volta.

— Hunter. — A voz do Luc soou tão calma que provocou um arrepio em minha espinha. — Eu gosto de você e da Serena, de modo que odiaria ter que te matar na frente dela.

Hunter, ou seja, Caçador.

Que nome mais apropriado, porque eu realmente me sentia como se estivesse sendo caçada. Só que não era uma presa.

Era o que a Fonte me dizia. Abaixei ligeiramente o queixo.

Grayson jogou o pirulito numa pequena lixeira de plástico.

— Me disseram que você tinha ido se encontrar com o Lore e o Sin.

— Acabei de voltar — retrucou Hunter, e pude jurar que a temperatura baixou uns 10 graus. Apostava que ele e a esposa não tinham problemas com o verão quente e úmido do Texas.

Evie, quero que vá para o outro lado da mesa, mas ande devagar.

Eu o escutei, mas não me movi. Não precisava.

Metade do corpo do Hunter se tornou quase transparente.

— Se você sabe o que essa coisa é e quer proteger ela, então temos um problema, Luc.

— Sei exatamente quem eu estou protegendo. — Uma onda de calor fez pressão contra as minhas costas. — Também sei o que vai acontecer se você der mais um passo na direção dela. Vai virar uma pilha de cinzas. Ela não é responsável pelo que aconteceu, e, cara, sinto muito por isso. Ele era um cara legal. Melhor do que você. Não merecia.

Não tinha a menor ideia sobre o que o Luc estava falando, mas imaginei que tivesse lido a mente do Arum. Tentei ouvir também, mas não consegui escutar nada.

— Sai da minha cabeça, Luc — rosnou Hunter.

— Alguém precisa estar aí dentro — rebateu o Original. — Ela não é o que você pensa.

Mas eu sou exatamente o que ele acha que eu sou, murmurou a Fonte de volta para o Luc.

O calor aumentou, fechando minha visão. *Evie?*

Pisquei. *Não sei de onde veio isso.* Mentira. *Mas ainda estou aqui.*

Está no controle?

Sim? Não? Talvez? Decidi que *sim.*

As sombras em torno do Hunter ficaram mais intensas. Não achava que ele fosse dar ouvidos ao Luc.

Soltei o braço do Spencer ao mesmo tempo que o general recuou um passo, agarrando o Jeremy e o puxando junto. O rapaz estava petrificado, parecendo uma estátua.

— Que merda está acontecendo aqui? — perguntou o velho. Ninguém respondeu.

— Hunter. — Serena estava parada um passo atrás do marido, um pouco para o lado, de modo a poder me ver caso decidisse usar a arma que eu sabia que ela agora estava segurando. O fato de saber disso quase me deixava perturbada, mas, a essa altura, deduzi que fosse apenas mais outro instinto natural da Fonte que fora despertado. — A gente confia no Luc. Talvez devamos dar ouvidos a ele.

— A gente não confia no Luc.

— Agora você está ferindo meus sentimentos de propósito — disse Luc de maneira tranquila. Sabia, porém, que seria uma péssima escolha de vida julgar seu humor por aquelas palavras.

Os olhos quase brancos do Arum faiscaram.

— Uma dessas coisas matou meu irmão.

— Qual deles? — perguntou Grayson, numa postura aparentemente relaxada. No entanto, o fato de ele ter jogado fora o pirulito, algo que nunca o vira fazer, significava que o Luxen estava pronto para o que desse e viesse.

— O Lore. — Hunter soltou o nome como uma bomba de dor e pesar. Reconheci de cara. Ele estava vivo no Halloween. Como podia estar morto agora?

Mas o Kent também estava vivo naquela noite. Assim como o Clyde e o Chas.

E minha mãe.

— Merda — murmurou Grayson.

— Sinto muito em ouvir isso, de verdade — repetiu Luc. — Lore era um dos bons. Realmente bacana, mas ela não teve nada a ver com a morte dele.

— Ela não é natural — sibilou Hunter.

— Nem eu. — Toda falsa tranquilidade se esvaiu da voz do Luc. — E lembro claramente que, não faz muito tempo, você se deu conta de que eu podia acabar com a sua raça num piscar de olhos. E você não está errado, meu chapa. Essa conversa já é antiga, e eu estou começando a ficar entediado. Quer saber o que acontece quando eu fico entediado?

Serena fez menção de mover o braço...

— Ela tem uma arma — avisei, sem saber ao certo a quem estava dando o aviso. Para o restante das pessoas na sala ou para a própria mulher. Meus pelos se arrepiaram.

— Eu sei, Pesseguinho, mas ela não vai usá-la. — O Original fez uma pausa. — Vai, Serena?

Hunter piscou ao escutar o apelido, e a mulher respondeu:

— Não quero ter que usar.

— Então não use.

— Eu te aconselho a não usar — intrometeu-se Grayson, enfim dizendo algo de útil. — Depois, se vocês ainda estiverem vivos, eu conto o que aconteceu com o último grupo que ousou apontar uma arma pra ela. Quando ela finalmente terminou havia corpos por todos os lados.

Senti vontade de sorrir, o que seria totalmente errado, portanto me detive.

— As coisas estão um pouquinho tensas por aqui — murmurou Jeremy.

— Não sei o que está acontecendo, nem quero saber. O que quer que seja, resolvam em outro lugar — interveio Viv, retornando com uma bolsa de sangue numa das mãos e uma daquelas máscaras de oxigênio de bombeamento manual na outra, que jogou para o Jeremy. — Estou tentando salvar a vida do Spencer, se é que alguém se importa.

— Eu me importo — confirmou Jeremy.

— Eu também. Minha mulher está aqui nesta casa, cuidando das garotas que o Spencer trouxe — disse o velho. Escutei o som nítido de uma espingarda sendo engatilhada. — E as garotas já estão mais assustadas que coelhos perseguidos por lobos. Elas não precisam de mais outro motivo.

Spencer murmurou alguma coisa por entre os dentes, mas tudo o que consegui captar foi "eles". O restante foi tão baixo que não deu para entender.

Ao lado dele, Viv enfiou a agulha no seu braço e, em seguida, suspendeu a bolsa de sangue.

— Está tudo bem, Spencer. Não se preocupe. Vou dar uma olhada no seu peito enquanto esses alienígenas com testosterona em excesso terminam a discussão lá fora. Certo? — perguntou ela. Não precisei nem olhar para saber que ela estava falando com o Hunter e o Luc. — Pelo menos, em outro aposento.

— O que me diz, Hunter? — A voz do Luc soou mais próxima. A energia que emanava dele fez cócegas na minha pele. — Cozinha? Lá fora? — Ele, então, parou na minha frente, o corpo vibrando de poder. — Ou a terceira opção?

— Qual é a terceira opção? — A metade inferior do corpo do Hunter se solidificou.

Uma luz branca crepitou em torno dos dedos do Original.

— A terceira opção é eu terminar com isso antes mesmo que você perceba que começou.

Sombras e fumaça pulsavam em volta do Arum e se desfaziam de encontro à moldura da porta. O lugar ficava marcado onde quer que a substância escura tocasse. Hunter controlava uma versão mais escura, porém igualmente perigosa, da Fonte.

Meu corpo ficou imediatamente tenso, à espera do ataque do Arum. Eu *não* ia deixar que o Luc se ferisse.

— Vamos rezar para que isso não aconteça — murmurou o Original, lendo meus pensamentos.

Esperava realmente que não, pois não sabia se conseguiria controlar a Fonte se a invocasse de verdade. Nesse momento, porém, percebi que arriscaria qualquer coisa para proteger o Luc, por mais insano ou errado que fosse.

— Meu irmão foi morto por alguém como ela. — Uma dor profunda fez com que a voz do Hunter soasse como raspas de gelo.

— Sinto muito — falei. Ele se virou para mim. Era difícil distinguir o ódio e a dor. — Encontrei seu irmão uma vez, rapidamente, do lado de fora da boate do Luc. Ele… ele não me tratou mal. — Não podia dizer que ele tinha sido bacana, mas pelo menos não havia tentado me matar, o que já valia alguma coisa. — Sinto de verdade em saber que ele está morto, mas não sou como quem quer que o tenha matado.

— E eu devo acreditar simplesmente porque você está dizendo? — rebateu ele.

— Ou porque eu passei os últimos sei lá quantos minutos da minha vida te garantindo isso — replicou Luc.

Seguiram-se alguns momentos de pura tensão.

— O que você é?

— Não tenho certeza — respondi. Era um choque perceber o quanto a resposta era verdadeira. Finalmente entendi que eu não era como os outros Troianos.

— Luc — chamou a médica, o tom urgente. — Preciso de você. Ele voltou a sangrar.

Luc não se moveu.

— Preciso saber que posso confiar em você, Hunter.

— Estou bem — declarei. — Ajuda a doutora.

Hunter terminou de se solidificar, e os tentáculos de sombras e fogo negro desapareceram.

— Pode ajudar o humano. Vamos esperar lá fora.

Luc só se virou para o Spencer depois que o Arum seguiu para a cozinha, o braço em volta da cintura da esposa. Captando o olhar que o Original lhe lançou, Grayson girou nos calcanhares e foi atrás deles.

Fiquei parada por vários instantes sem dizer nada e, então, declarei o óbvio:

— Ela é humana.

— Eles se amam. — Um brilho branco voltou a envolver as mãos do Luc quando ele as posicionou acima do peito do Spencer. — Obviamente, Serena não tem muito bom gosto.

— Isso é comum? — perguntei, enquanto o general assumia o lugar da Viv segurando a bolsa de sangue e ela desenrolava um estojo de couro com instrumentos cirúrgicos, que brilharam sob a luz da sala.

— Não exatamente.

— Como eu posso ajudar? — Correndo os olhos em volta, vi o general preparar outra intravenosa enquanto o Jeremy segurava o pulso do Spencer.

— Fique onde está. — Luc franziu a testa em concentração. — Não é que eu ache que você não consiga cuidar de si mesma, mas vou ficar preocupado mesmo assim, o que vai me deixar distraído.

Todos os músculos do meu corpo se contraíram. Eu queria sair e conversar com o Hunter, a fim de descobrir o máximo possível sobre esse outro Troiano e o que tinha acontecido, mas conhecendo o Luc, ele ficaria preocupado. E, no momento, o Original precisava de toda a sua concentração focada no Spencer.

— Você pode me ajudar — disse a médica, erguendo rapidamente os olhos do peito do Spencer enquanto trabalhava ao lado do Original para fechar os ferimentos. — Tem uma sacola ali, ao lado do pé do George.

— Supus que George fosse o velho. — Dentro dela tem um monte de coisas. Preciso que encontre um pequeno nécessaire. Ele está cheio de seringas.

Fui correndo até a sacola, me ajoelhei e a abri. Ela não estava mentindo quando disse que tinha um monte de coisas dentro. Pilhas de caixas, rolos e mais rolos de gaze, entre outras parafernálias médicas. Comecei a vasculhar e rapidamente encontrei o nécessaire. Cara, aquilo era um gatilho para qualquer pessoa com medo de injeção.

— Achei — avisei.

— Perfeito. Agora abre. Você vai ver que as seringas estão rotuladas. Pega para mim a que está escrito *morfina* — instruiu ela. — Não se preocupe. As agulhas estão com a tampinha. Coloca sobre o aparador atrás de você.

Aliviada ao escutar isso, peguei a seringa. Ela era enorme. Virei-me para colocá-la sobre o aparador, mas minha atenção foi atraída para as fotos emolduradas que não tinha percebido até então. A superfície estava coberta de fotos do George e de uma mulher de cabelos grisalhos que imaginei ser a esposa. Desde jovens, com os rostos ainda lisos, até outras já com linhas de expressão. A coleção relatava décadas de uma vida compartilhada.

— Não se preocupe com as fotos, querida. Doris arruma depois qualquer coisa que esteja fora do lugar — disse George.

Ainda assim, coloquei a seringa com cuidado ao lado de uma foto dos dois, por volta dos vinte anos de idade, empoleirados na caçamba de uma caminhonete. Ao me virar de volta, minha pele continuava formigando daquele jeito estranho.

— Viv — murmurou Luc. Um peso invadiu meu coração. Conhecia aquele tom. Suave, porém carregado de pesar.

— Eu sei. Eu sei — rebateu ela. — Mas não vou desistir. Evie, tem outra seringa dentro do nécessaire. O rótulo diz *epinefrina*. Pega pra mim e tira a tampinha da agulha... com cuidado.

Mais outra seringa gigante. Destampei a agulha e esperei por novas instruções.

— Como está o pulso dele, Jeremy? — perguntou ela.

— Viv — repetiu Luc.

A testa do Jeremy brilhava de suor.

— Muito acelerado. Acho que não contei direito.

— Quanto está dando?

— Acima de 300 — murmurou ele.

— Merda — xingou Eaton.

— Ele está fibrilando — rosnou Viv. — Eaton, pega o aparelho de pressão e confere pra mim.

Eaton fez exatamente isso, inflou a pera e soltou um palavrão ao ver o resultado no mostrador. Ele, então, disse um número, que me pareceu baixo demais.

O brilho branco que envolvia as mãos cobertas de sangue do Luc retrocedeu.

— Viv.

— Eu sei! — gritou ela, enfiando um punhado de gaze num dos ferimentos. — Evie, entrega a epinefrina pro Eaton. Ele sabe o que fazer.

O general pegou a seringa e pediu a tampinha. Entreguei-a e o observei recolocá-la no lugar. George balançava a cabeça, desanimado.

— O que você está fazendo? — perguntou a médica. Uma mecha de cabelo caiu sobre seu rosto. — Preciso que você esteja pronto para usá-la quando o coração dele parar.

— Você sabe que ele precisa de uma descarga de choque, Viv. Não temos isso aqui — retrucou Eaton. — Não faz sentido desperdiçarmos a epinefrina quando ela pode ser útil em outra ocasião.

Cruzei os braços diante da cintura.

— Não significa que não devamos tentar.

— Essa injeção só irá gerar uma circulação espontânea, você sabe — disse Luc baixinho. — Não vai fazer nada além disso.

— Não. A gente precisa tentar. — Viv ergueu os olhos para ele ao mesmo tempo que o sangue voltava a encharcar a gaze. — Precisamos tentar salvar a vida dele...

— A gente tentou, mas ele só está respirando porque o George está bombeando oxigênio. Não temos como substituir todo o sangue que ele perdeu — argumentou o general. — O coração dele está prestes a parar, e mesmo que a gente "acerte na loteria" e consiga fazê-lo voltar a bater, não temos como continuar fazendo isso.

— Temos, sim — rebateu Viv. — Luc pode continuar fechando as...

— Não, não posso.

Essas simples palavras fizeram todos se calar e virar os olhos para ele.

— Eu posso continuar fechando as artérias até que elas parem de se romper, mas não tem mais nada aí dentro — explicou o Original, secando a testa com o braço. — Ele sofreu um profundo dano cerebral. Me parecem lesões.

— Lesões? — murmurou Viv e, ao ver o Luc assentir, voltou a enfiar mais gazes nos ferimentos. — Pode ser só uma leve isquemia. O Spencer é jovem. Ele...

— Deixa ele partir, querida. — George parou de bombear o oxigênio e fechou a mão no ombro da médica. — Você fez tudo ao seu alcance. Todos sabemos disso. O Spencer sabe também. É hora de deixar que Deus faça o resto.

Jeremy fechou os olhos e, lentamente, soltou o pulso do Spencer enquanto a Viv olhava para o velho.

— Ele não deveria morrer assim — murmurou ela.

— Ninguém deveria morrer assim. — George apertou o ombro dela de leve.

Evie? Vamos?

Em silêncio, aproximei-me do Luc. Saímos da sala e entramos na cozinha, onde seguimos até uma pia velha e arranhada. Havia uma jarra de água sobre a bancada. Peguei um frasco de sabonete para as mãos e borrifei um pouco do líquido com perfume cítrico nas palmas dele. Uma espuma avermelhada pingou na cuba e rapidamente escorreu pelo ralo.

Inspirei de maneira pesada.

— Você fez tudo o que pôde.

— Eu sei. — Ele continuou a esfregar as mãos. — Certos ferimentos nem eu consigo curar. Ele já estava morto antes mesmo de colocarmos o corpo dele sobre a mesa.

— Você... — Meu corpo inteiro começou a se arrepiar. Desviei os olhos do Luc e olhei para a porta. — Você conhecia...? Conhecia o Spencer?

— Só de passagem. — O Original fechou a água e se virou para mim. — Tudo bem?

O zumbido em meu peito ficou mais forte.

— Está sentindo?

— Sentindo o quê?

Um grito ecoou da sala de jantar.

— Ele morreu? Ai, meu Deus! Ele morreu.

Luc foi mais rápido e chegou à porta da cozinha antes de mim, mas eu estava logo atrás. Vi várias coisas ao mesmo tempo. A dra. Hemenway estava sentada numa cadeira de madeira num canto, as mãos ensanguentadas e entrelaçadas debaixo do queixo. O Jeremy e o George cobriam o corpo do Spencer com um lençol azul-marinho, enquanto o Eaton estava parado ao lado da médica. Havia três mulheres junto da porta, duas humanas e uma

Luxen. Uma tinha cabelos grisalhos que iam até os ombros. Reconheci-a pelas fotos. Doris. Ela estava com o braço em volta da garota humana, a que tinha gritado. A garota cobria a boca com as mãos e tremia de encontro à mulher mais velha. A terceira, com pele clara e olhos dourados, era uma Luxen. A aura em tons de arco-íris não deixava espaço para confusão.

Doris confortava a menina, murmurando baixinho e tentando fazê-la recuar de volta para a porta, onde percebi mais uma garota. Levei um tempo para reconhecê-la. Por dois motivos. Primeiro por causa daquele estranho efeito de sobreposição que obscureceu por um breve momento suas feições, como se houvesse duas dela paradas no mesmo lugar — uma clara e outra escura.

Em segundo porque, quando a aura desapareceu, ela me pareceu diferente. A última vez que a vira, o cabelo louro estava ensebado, suas veias pareciam cobras pretas e ela havia cuspido um líquido preto-azulado pouco antes de se lançar por uma das janelas da boate do Luc.

De repente, entendi perfeitamente o que vinha sentindo desde que entrara na casa. Não era por causa do Hunter que minha pele tinha se eriçado. Era por causa dela.

Sarah, a garota humana doente que se transformara numa Troiana e, em seguida, desaparecera, estava ali, na nossa frente.

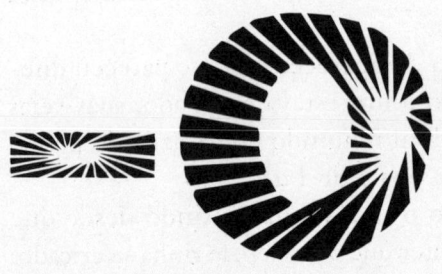 **dia hoje *não* tem como ficar pior, literalmente — disse Luc e, logo em seguida, perguntou para mim: *Foi isso que você sentiu?***

Foi. Sem sombra de dúvida.

Eu não senti absolutamente nada.

O que não era legal, mas não fiquei surpresa. Afinal, os Troianos deveriam passar despercebidos, certo?

— Você está com uma aparência muito melhor do que da última vez que te vi — observou o Original.

Sarah não pareceu escutá-lo — não pareceu sequer perceber que ele estava ali. Ela me fitava com a cabeça ligeiramente inclinada de lado, como um cachorro ouvindo um som que apenas ele conseguia captar.

— O que tá acontecendo aqui? — perguntou a Luxen de pele clara, as sobrancelhas escuras franzidas. Ela mudou de posição, se postando diante do que acreditava que fossem três humanas.

— Apenas amigos de longa data se reencontrando para um bate-papo. — Luc deu um passo à frente. — Por que você não leva a Doris e essa garota humana visivelmente traumatizada para tomarem um ar, Zouhour? O George pode te ajudar. Acho que um pouco de ar fresco também seria bom para a doutora. O que você acha, Eaton?

— Acho que seria bom para todos nós. — Empertigado como um mastro, o general lançou um rápido olhar na direção do Jeremy.

Uma expressão de confusão cruzou o rosto da Zouhour, mas graças a Deus ela não resolveu contestar. A Luxen fez menção de se virar para a Sarah, a fim de incluí-la...

— Não, ela não — interveio Luc num tom calmo, agradável até. Pelo canto do olho, vi o general fechar a mão no cotovelo da médica e suspendê-la. — Ela fica.

— Quanto mais eu penso, mais acredito que uma caminhada irá nos fazer bem. — Eaton conduziu a médica em direção à outra entrada da sala. — Conheço um ótimo lugar. Lá embaixo, próximo ao rio.

O que quer que o general tivesse dito significou alguma coisa para mais de metade das pessoas na sala. Tal como uma fileira de dominós, um após o outro os rostos assumiram uma expressão impassível.

Zouhour segurou com mais firmeza a garota que ainda chorava. A menina tinha dado um passo à frente, fazendo com que a atenção da Sarah se voltasse para ela.

Sininhos de alarme soaram por todos os lados, e pude sentir a Fonte se expandir em meu peito, ganhar força. Essa versão da Fonte, essa coisa *além de mim*, se concentrou no centro do peito, como uma mola encolhida. Meu coração acelerou e meu pulso foi a mil.

Estive procurando por você. A voz dela me invadiu de surpresa, como garras se fincando em minha mente. Recuei um passo. *Nosso mestre está muito decepcionado.*

A Fonte pulsou e começou a se expandir, invadindo minhas veias. Senti novamente o gosto no fundo da garganta. Metal aquecido e pedra. Estava acontecendo tão rápido — a Fonte estava tomando o controle, assumindo o comando dos meus músculos e nervos, respondendo à presença da outra Troiana.

Uma ameaça.

Um desafio.

Meus dedos comicharam e minha visão se aguçou e, lá no fundo, de onde a Fonte irradiava, uma porta começou a se abrir.

Não tinha ideia de qual seria o resultado final, se eu continuaria sendo eu mesma ou se me tornaria algo mais. Sequer tive a chance de entrar em pânico. Mal deu tempo de avisar o Luc.

Está acontecendo, falei para ele. *Tira todo mundo daqui. Agora.*

Um sonoro arquejo escapou dos lábios da Luxen, seguido por um dos típicos palavrões do general.

Sarah piscou, as íris como duas piscinas de ônix, as pupilas um par de estrelas brilhantes.

E, então, a proverbial merda atingiu o ventilador.

Os porta-retratos se elevaram no ar, enquanto tentáculos de sombras entremeados de uma luz branca se desprendiam da Sarah. Todos se afastaram, exceto o Luc. Ele...

O idiota, querendo bancar o cavaleiro imbecil numa armadura resplandecente, me puxou pelo braço e se enfiou na minha frente quando a Sarah deu um passo na minha direção. Uma luz branca intensa e crepitante emergiu dele. O Original era inacreditavelmente poderoso, mas a Sarah era uma Troiana.

E o poder de um Troiano era imensurável.

Não.

Eu não ia permitir que ele se ferisse.

De jeito nenhum.

A porta que havia dentro de mim se escancarou, e um poder primitivo e possante invadiu meu sistema. Minha pele se acendeu com diminutos pontos brilhantes e minha mente se entregou completamente à Fonte, ao instinto.

Usando a mente, eu empurrei — empurrei com *força*, tanto ele quanto o restante das pessoas ainda na sala. Não havia nada que nenhum deles pudesse fazer. Nem mesmo... *ele*. Olhos Violeta. Empurrei todos não só para fora da sala como da casa, de modo que ficamos apenas eu e ela.

Fazendo a própria Fonte retroceder, Sarah enfiou a mão no bolso e puxou algo preto, que me pareceu um chaveiro. O pequeno aparelho trouxe à tona lembranças de dor e perda. Mãos diferentes haviam segurado aquele objeto. Uma pequena, feminina. Outra maior, punitiva. Aquele aparelho machucava. *Roubava*. Um rosnado escapou da minha garganta.

De novo, não. Nunca. Jamais.

Eu me movi como uma cobra dando o bote. Peguei-a pelo pulso e torci. O osso se partiu, e seu grito de raiva se transformou em dor. Um espasmo abriu-lhe os dedos, e eu arranquei o aparelho de sua mão. Ao fechar a minha em volta dele, a Fonte pulsou numa espécie de queimação gelada. Abri a mão de novo.

Um punhado de pó caiu em direção ao piso chamuscado.

Sarah observou as partículas caindo por alguns instantes e, então, ergueu os olhos para mim. Meio segundo depois, ela se virou e fugiu em disparada pela casa.

Limpei a palma da mão e parti atrás dela, passando pela sala de estar e, em seguida, saindo pela porta da frente para a varanda.

As pessoas que estavam ali começaram a recuar. Humanos. Luxen. Outros.

Rostos.

Nomes.

Um deles se postou à frente dos outros. Olhos Âmbar. Ela se manteve diante dos demais enquanto eu descia os degraus, a madeira estalando sob meus pés. Corri os olhos pelo entorno, e vi a Troiana encurralada entre um Luxen louro e *ele*. Olhos Violeta. Ele virou a cabeça na minha direção.

A Troiana avançou sobre *ele*, a Fonte espocando em sua mão.

Ajoelhei-me e dei um soco na terra ressecada.

— Merda! — grunhiu Olhos Violeta. — Se afasta, Grayson.

Tarde demais.

O chão rachou, impregnando o ar com um cheiro de terra fresca. A fenda correu em direção a eles e se bipartiu ao alcançá-los. Ela, então, começou a se ramificar e aprofundar até o chão se abrir debaixo do Luxen e do Olhos Violeta, sugando-os e deixando-os fora do alcance da Troiana. Os gritos dos dois se transformaram em um ruído baixo enquanto a Troiana se voltava para os humanos — para a Olhos Âmbar que os protegia.

Eu não faria isso.

Os músculos dela enrijeceram e ela parou, os pés apontados para os humanos enquanto a cabeça se virava de volta para mim. A Fonte emergiu do meu corpo e carregou a atmosfera. O ar à minha volta se encheu de estática. O vento começou a soprar, levantando meu cabelo ao mesmo tempo que o céu acima das nossas cabeças escurecia, carregado de nuvens densas.

— Jesus! — murmurou alguém.

— Jesus não tem nada a ver com isso — respondeu outra pessoa.

A Troiana abriu a mão e o céu explodiu numa intensa luz branca. Um relâmpago cruzou o espaço entre eles e ela, seguido por outro e, então, mais outro. Alguém gritou, mas o som foi abafado pelo rugido de um trovão que chacoalhou as janelas e a casa atrás de mim. A luz ofuscante do relâmpago retrocedeu. Enquanto a grama fumegava, a Troiana saiu correndo em direção a uma distante fileira de árvores, o cabelo louro como uma bandeira ondulante às suas costas.

Um instinto primitivo foi despertado, uma necessidade de perseguir, de *caçar*, maior do que o desejo de dar logo um fim nisso. Parti atrás dela, que era rápida, mas eu era mais.

Pulei nela por trás, derrubando-a, a mão fechada em sua cabeça. Ela soltou um grunhido quando enfiei sua cara na terra dura.

A Fonte presente nela pulsou. Eu tinha cometido um erro. Tinha chegado perto demais. Já devia saber. O poder me acertou como um trem de carga desgovernado, me lançando contra uma árvore. Uma dor surda explodiu na base do meu crânio. Escorreguei, mas consegui me recobrar antes de me estatelar no chão. Algo molhado escorreu pelo meu pescoço.

Ela começou a avançar de gatinhas e, num pulo, se colocou de pé. Partimos novamente uma para cima da outra.

Uma descarga da Fonte atravessou as árvores. Troncos explodiram ao meu lado, e alguns pedaços menores cortaram meu rosto. Parei de supetão. A árvore atrás de mim foi arrancada do solo, punhados grossos de terra pendendo das raízes enquanto ela era arremetida contra mim. Joguei-me imediatamente no chão, e a árvore passou a centímetros da minha cabeça. Ergui os olhos e a detive com um simples olhar. A árvore ficou suspensa no ar, as sementes caindo como uma chuva sobre o solo. Voltei a atenção para a Troiana, parada sob um raio de sol, e lancei a árvore na direção dela.

Ela deu um pulo para o lado, mas não foi rápida o bastante. As raízes a acertaram em cheio, a velocidade do arremesso rasgando pele e carne. Contorcendo-se, a Troiana recuou alguns passos cambaleantes até bater em outra árvore. Seus olhos se arregalaram, e reconheci o olhar. Reconheci a dor e, por trás dela, algo bem mais poderoso.

Medo.

Sorrindo, me pus de pé. Ela contornou a árvore e fugiu mais uma vez. Parti atrás dela, a princípio devagar, mas ganhando velocidade pouco a pouco.

A Troiana corria ziguezagueando por entre as árvores, que pareciam um borrão, passando por feixes de luz que incidiam por entre os galhos grossos. Saímos, então, para um campo aberto coberto por um mato alto. Fileiras e mais fileiras de casas idênticas, de um só andar, surgiram mais à frente.

Ela deu uma guinada à esquerda, seguindo para a primeira casa. Enquanto ela atravessava o calçamento rachado da entrada de garagem, a porta da frente se abriu com tanta força que foi arrancada das dobradiças. Ao vê-la entrar na casa, diminuí a velocidade e analisei o entorno. Janelas cobertas por tábuas de madeira. Buracos no telhado. Com os sentidos aguçados, atravessei a varanda. A casa estava vazia, exceto por ela, o ar estagnado cheirava a poeira. Entrei no aposento escuro e destituído de móveis.

Gritos soaram lá fora, mas eu estava tão concentrada em perseguir a Troiana que não dei atenção. Continuei procurando, e a encontrei na cozinha deserta, sem nenhuma bancada ou eletrodomésticos.

Inspirei fundo, absorvendo o cheiro de terra e sangue. Perguntei-me se ela iria fugir novamente. Meus lábios se curvaram num ligeiro sorriso. Esperava que sim. Meu corpo inteiro pulsava em expectativa. Seria fácil demais. Ela estava ferida, mas uma presa machucada ainda seria divertido.

Avancei.

Respirando de maneira pesada, a Troiana recuou, limpando um fio de sangue preto-azulado que escorria de sua boca. Ela não tentou lutar, embora houvesse oportunidade e armas. Tábuas que poderia arrancar do piso. Um teto para fazer desabar sobre mim. E ferramentas esquecidas capazes de cortar e até mesmo matar.

Ela não usou nenhuma dessas coisas. Em vez disso, continuou se afastando, o peito subindo e descendo.

Parei no meio do aposento e a estudei. *Por quê?*

Ela pareceu entender o que eu estava perguntando.

— Não sei como.

Meus lábios se curvaram num meio sorriso.

— Eles não me treinaram. — Ela secou o sangue novamente. — Só me ensinaram o básico. Eu deveria…

Deveria o quê?

— Encontrar você. — A Troiana baixou a mão. — Ver se a Onda Cassiopeia funcionaria dessa vez. Se funcionasse, eu deveria te levar de volta comigo.

E se não?

Sua respiração desacelerou.

— Significaria que eu tinha falhado. Você sabe o que isso significa.

Não tinha certeza. Meu cérebro parecia um caos de lembranças e pensamentos, necessidades e desejos. Botei tudo de lado, os vislumbres de risos e olhos da cor de ametistas, as imagens de dor e do homem parado atrás de mim, as mãos nos meus ombros.

Eu conhecia esse homem.

Jason Dasher.

Sabia também que não gostava quando ele parava atrás de mim. Somente um tolo o deixaria fora de seu campo de visão. Ele podia se mover tão rápido quanto qualquer um de nós, até *mais*.

— *Fracasso* — disse ele junto ao meu ouvido. — *Fracasso é a opção para aqueles que desejam a morte. Não irei tolerá-lo. Veja. Abra os olhos e veja o que fracasso significa.*

Abri os olhos. Diante de mim estava o que restava de outro como eu, as roupas e a pele cobertas de sangue, um rio vermelho manchando o piso branco e escorrendo em direção ao centro do aposento, para um ralo que parecia coberto de ferrugem. O fluxo de sangue desacelerava ao chegar ali, formando uma chocante e grotesca poça de vida desperdiçada e ambições desalmadas.

Meu peito se encheu de ódio, o qual encontrou um lar na Fonte. Crispei as mãos e a encarei. Ela me fitava de volta em silêncio, os olhos totalmente negros exceto pelas pupilas brancas. A Troiana não fez nada, nem disse uma única palavra.

A Fonte escapou de mim, desprendendo-se do meu corpo em sombras escuras. Minha boca se encheu com um gosto de ozônio queimado. Minha pele pareceu crepitar, repuxada pela Fonte. Um vento começou a soprar pelo aposento, jogando meu cabelo na frente do rosto e suspendendo tudo que não estava aparafusado ao chão. Martelos. Cadeiras quebradas. Mesas cobertas de poeira. Garrafas vazias. Lixo. Tudo foi suspenso como se não tivesse peso algum.

Eu fiquei sem peso algum enquanto todo aquele poder saturava o ar à minha volta, mergulhando o aposento em tons de crepúsculo e aurora. Vidros racharam e se partiram. Um estrondo estremeceu a casa quando o telhado foi arrancado como a página de um livro antigo, deixando à mostra nuvens escuras e tempestuosas.

— Evie! — gritou alguém, a voz soando perto.

Sarah deu um passo à frente, e uma luz preta-esbranquiçada emergiu de sua palma...

Um ciclone de energia, uma combinação volátil de poder e ódio, explodiu dentro de mim e encontrou um alvo. Deixei a Fonte se expandir até ela começar a queimar minha pele e pressionar minhas entranhas, me deixando quase sem espaço para respirar ou para o coração bater. E, então, quando já não conseguia mais segurá-la, eu a liberei.

A explosão de poder emergiu de mim numa onda. Uma verdadeira erupção, mais potente do que a detonação de uma bomba. Uma vez liberada, a Fonte se tornou uma violenta força destrutiva, desintegrando qualquer coisa em seu caminho assim que os tentáculos de sombra e luz o tocavam. Tijolos. Gesso. Madeira. Roupas. Metal. Tudo foi transformado em partículas brilhantes, que me envolveram como milhares de vaga-lumes e, aos poucos, foram caindo no piso nu, sem nenhum tapete gasto e manchado por anos de uso. Não havia contrapiso ou espaço entre o piso e o solo. As brasas incandescentes formaram um manto sobre o chão de barro marrom-aver-melhado que, no momento, encontrava-se a alguns metros abaixo de mim.

Olhei para o ponto onde antes estava a Sarah. Não havia nada. Nem mesmo cinzas. Fui invadida por uma profunda sensação de satisfação.

Ela havia fracassado.

Eu não.

Abri um sorriso ao ver o que havia restado. A absoluta destruição parecia estar limitada ao piso abaixo de onde eu flutuava; contudo, a explosão tinha liberado uma onda de choque que chacoalhara as casas próximas, quebrando algumas de suas janelas. As cortinas agora balançavam através dos buracos abertos nos vidros, seu farfalhar quebrando o silêncio das casas construídas nas colinas e vales que circundavam a cidade morta.

— Você pode voar? — perguntou uma vozinha fina.

Mechas de cabelo flutuavam ao redor dos meus ombros. Baixei os olhos.

Uma criança pequena estava parada, descalça, na calçada rachada, uma garotinha de uns quatro ou cinco anos. Ela usava um macacão com as pernas enroladas e uma das alças superiores pendendo solta, deixando à mostra uma camiseta azul estampada com margaridinhas brancas e amarelas. O cabelo era de um castanho bem fechado e selvagem demais para se manter nas marias-chiquinhas que tentavam desesperadamente domar as ondas e cachos. A menininha abraçava uma lhama de pelúcia junto ao peito e me fitava com olhos grandes de um tom belíssimo de violeta.

Aqueles olhos me faziam lembrar de alguma coisa.

Alguém.

— Pode? — perguntou ela de novo, aproximando-se do ponto onde o calçamento dava lugar à terra batida.

Será que eu podia?

— Não sei.

Ela inclinou a cabeça ligeiramente de lado.

— Você devia tentar.

A garotinha estava certa. Eu devia tentar. Assim sendo, desejei me projetar para frente, ir ao encontro dela, e consegui me deslocar em pleno ar.

— Você pode voar! — O rostinho em forma de coração se abriu num largo e desinibido sorriso enquanto ela dava um soco no ar e abraçava a lhama de pelúcia com mais força.

Meus lábios se curvaram num sorriso.

— Posso mesmo.

— Eu queria poder também. Só consigo fazer os outros voarem. Já tentei comigo, mas a mamãe ficou muito triste, e o papai começou a gritar. — Ela franziu o nariz. — Foi a única vez que ouvi o papai gritar. — Ergueu a lhama até o queixo. — Foi você quem fez isso?

— Foi.

— Seu papai vai gritar com você também?

— Eu... — Não sabia ao certo como responder. — Não tenho um papai.

— Mas você tem dois nomes. — Ela abriu um sorrisinho travesso. — Eu queria ter dois nomes.

Eu tinha mesmo, porque era duas pessoas e, ao mesmo tempo, era algo *mais*.

— Ashley! Ai, meu Deus! — Uma mulher aproximava-se correndo pela calçada, segurando um felpudo cobertor rosa numa das mãos, o cabelo do mesmo tom castanho-escuro que o da menina balançando às suas costas.

A garotinha, que pelo visto se chamava Ashley, olhou de relance para a mulher.

— Mamãe vai chorar de novo. — O sorrisinho travesso reapareceu quando ela se virou de volta para mim. — Eu devia estar tirando uma soneca, mas senti você.

A mulher me lançou um rápido olhar de relance e pegou a garotinha no colo. Em seguida, recuou, apertando o cobertor de encontro às costas da menina. Só então olhou para mim e, sem desviar os olhos, continuou a se afastar.

Um súbito burburinho na rua atraiu minha atenção. Pessoas começaram a surgir atrás da cerca dilapidada. Corpos avançaram. Um deles era o Olhos Azuis, o rosto sujo de terra. Ele parou ao chegar à entrada da casa.

— Ah, merda!

Atrás dele estava uma Luxen de olhos âmbar. Ambos eram poderosos. Isso eu podia sentir, mas nenhum dos dois conseguiria me derrubar. O Olhos Azuis estava lívido, aparentemente chocado. A mulher parecia... *pronta*.

Minha nuca comichou com uma súbita pressão de poder. Olhei por cima do ombro. Olhos Violeta estava ali, o cabelo sendo soprado para longe do rosto sujo — um rosto repleto de pequenos arranhões. Ele devia estar perto demais da casa na hora da explosão. E não estava sozinho. Um homem feito mais de sombras do que de carne e ossos estava ao seu lado, juntamente com outro Luxen, um que eu sabia que já havia feito sangrar. Seus olhos verdes transmitiam a lembrança desse momento.

Olhos Azuis às minhas costas. O Arum à direita e o Olhos Verdes à esquerda. E *ele* diante de mim.

Eles estavam tentando me encurralar, o que não era legal. Tampouco entendia por quê, visto que não desejava machucá-los. Não entendia muito bem, mas sabia que não era essa a minha vontade. Calculando rapidamente, descobri qual deles era o mais ameaçador.

Olhos Violeta. Ele era poderoso. Seu corpo brilhava com o poder. Ele podia ser uma ameaça, eu sabia, mas não queria machucá-lo. Nem os outros.

Voltei os olhos para o Arum. Ele era outra história. Ele desejava me machucar. Eu me lembrava. E havia uma razão, um motivo triste. Lembrei de ter sentido a tristeza, mas agora...

Ele era um predador.

Mas eu estava no *topo* da cadeia alimentar.

Elevei-me ainda mais e invoquei a Fonte. Pude senti-la espocar, fraca, porém lá. Virei-me para o Arum.

— Que merda, Hunter! — rosnou Olhos Violeta. — Abaixa a bola!

A escuridão que o envolvia piscou e, em seguida, se apagou, revelando um homem de cabelos escuros. Ele não parecia muito satisfeito, mas estava recuando. Continuei olhando para ele, sem confiar que fosse de fato desistir.

— Olha pra mim. — Escutei a ordem, dita numa voz suave. Só a acatei porque era *ele*. Olhos Violeta deu um passo à frente, as mãos erguidas ao lado do corpo. Seus dedos estavam sujos de terra. Presumi que ele e o Olhos Azuis tivessem tido que escalar para sair do buraco. Duvidava de que houvessem gostado, mas estavam vivos, não estavam? — Evie?

Evie. Era um dos meus nomes.

— Você se lembra de mim, certo? De todos nós.

Lembrava. Sabia que sim. Só precisava de um momento para dar sentido às minhas lembranças.

— Está tudo bem — continuou ele, a voz tranquila. Gostava daquela voz. Na verdade, a amava... tanto o som como o que ela me fazia sentir. — Você agiu bem. Certificou-se de que a garota não machucasse ninguém. Agiu muito bem.

Eu não tinha fracassado.

Uma expressão de alívio cruzou os traços belíssimos, ainda que sujos de terra, do Olhos Violeta. Ele estava totalmente focado em mim, apenas em mim.

— Não, Pesseguinho, você não fracassou.

Voltei para o chão. Assim que meus pés tocaram o solo, escutei um estalo seco, como um estampido. Uma forte dor explodiu em minhas costas, entre os ombros, e irradiou para o peito, roubando o ar dos meus pulmões.

25

udo aconteceu muito rápido. Olhos Violeta se virou para o Luxen de olhos verdes, que se virou também. Um homem estava parado a uma certa distância, segurando uma arma.

— O que você fez? — Soltou o Luxen de olhos verdes num arquejo.

— Ela é a espiã, certo? — O homem manteve a arma apontada. — Só pode ser! Olha o que ela fez com a casa! Eu tive que...

Atordoada, baixei os olhos para minha camiseta. Ela era de um cinza clarinho, mas uma pequena mancha escura havia surgido no centro do meu peito, um círculo irregular que em poucos segundos tinha dobrado de tamanho...

O som que cortou o ar foi um rugido de puro e inacreditável ódio, e veio *dele*. Olhos Violeta. O brilho luminoso da Fonte acendeu uma malha de veias em seu rosto e se espalhou para o pescoço.

Olhos Verdes girou nos calcanhares.

— Luc...

Ele puxou o braço direito para trás ao mesmo tempo que uma bola de energia se formava em sua palma. A descarga crepitante atravessou o espaço como um raio, seguindo direto para o alvo. O grito do homem terminou antes mesmo de começar, consumido pela Fonte, que incinerou roupas e pele, derreteu músculos e ossos.

Segundos, apenas uma questão de segundos entre o espocar da Fonte e a mancha carbonizada no chão.

Tentei respirar, porém uma dor aguda me consumiu da cabeça aos pés. Consegui somente inspirar de maneira superficial e chiada. Levei a mão ao peito. Meus dedos ficaram sujos de sangue, que continuou brotando por entre eles. Um calor úmido escorreu pelas minhas costas enquanto eu dava um passo cambaleante para trás. Meus joelhos, então, cederam e...

Alguém me pegou por trás. Um Luxen. O que tinha olhos azuis, que estava sempre com um pirulito na boca.

— Ela está ferida! — gritou ele. Tentei me desvencilhar, mas ao que parecia, eu já não tinha mais controle sobre o meu corpo. Comigo nos braços, Olhos Azuis se abaixou até ficar de joelhos no chão. — Luc!

Confusa, olhei para minha mão, para o sangue que escorria pelo meu braço por cima dos pontos pretos, que piscavam sem parar.

Eu não tinha visto o atirador. Não havia pressentido a ameaça.

Um braço passou por baixo do meu pescoço, me envolvendo com um perfume de pinho e folhas queimadas. O instinto, alimentado pela Fonte, me disse que eu ia me curar — só precisava encontrar um lugar seguro, longe de onde estava agora. Precisava dar o fora dali, porém meu corpo não estava respondendo a nenhuma mensagem enviada pelo cérebro. Tentei invocar a Fonte, mas a vibração no meu peito estava fraca demais. As marcas na minha pele já não mais pareciam pedaços brilhantes de ônix. Eu não conseguia me mover, e não estava segura...

— Você está segura, sim, Evie. Eu estou com você — disse uma voz grave, pertencente a um par de mãos que gentilmente afastava meu cabelo do rosto. — Não vou deixar ninguém te machucar. Você está segura.

Fui deitada no chão e, num piscar de olhos, as nuvens escuras foram substituídas por um rosto que eu conhecia, por olhos da cor de violetas selvagens e pupilas de um branco brilhante. *Ele*. Eu sabia o nome dele. Estava na ponta da língua.

Ele tirou a mão do meu rosto e a posicionou sobre o peito. As minhas pendiam, flácidas, ao lado do corpo. De maneira instintiva, continuei tentando invocar a Fonte, porém o zumbido de energia estava cada vez mais fraco.

— Acho que a bala penetrou pelas costas — disse o Luxen de olhos azuis. — E saiu pelo peito.

Olhos Violeta fechou a mão na minha camiseta e a suspendeu. Com um palavrão, começou a me virar de lado, de frente para ele...

Uma fisgada aguda de dor explodiu em meus ombros, tão forte e repentina que soltei um grito. A Fonte pulsou em resposta, emergindo de dentro de mim.

Olhos Violeta soltou um grunhido e se contraiu, mas não me soltou.

— Sinto muito, Pesseguinho. Sinto muito, mesmo. — Ele continuou a me virar até me botar de lado, provocando uma onda de agonia tão infinita que me fez gritar de novo. — Sei que está doendo. Sinto muito.

A Fonte não respondeu dessa vez, nem mesmo quando ele mudou de posição e pressionou a mão sobre o ponto que mais doía. Um súbito calor irradiou dela e começou a combater as fisgadas intermitentes. O calor, então, desceu pelas minhas costas.

— Abre os olhos. Preciso que abra os olhos, Pesseguinho. Por favor. Abre esses lindos olhos.

Por favor.

Eles não estavam abertos? Acatando o pedido desesperado, forcei-me a levantar as pálpebras.

O corpo inteiro dele brilhava, não apenas os olhos. O calor pulsante estava por todos os lados, fluindo em todas as direções.

— Aí está você. — Ele sorriu. Achei, porém, que havia algo de errado com o sorriso. — Você vai ficar bem. Está me escutando, Evie?

— Eu... falhei.

Uma emoção semelhante a dor endureceu as linhas do rosto dele.

— Você não falhou, Evie. Você não. Eu falhei.

Abri a boca para responder, mas em vez de palavras, soltei uma tosse molhada — uma tosse com um gosto rico de ferro.

— Está tudo bem. — O lindo rosto do homem acima de mim perdeu definição nos cantos. — Está tudo bem. Eu juro. Só fique comigo.

Ele se debruçou sobre mim e, ao pressionar os lábios na minha testa, uma descarga de eletricidade me varreu da cabeça aos pés. Lembranças dele fazendo a mesma coisa repetidas vezes vieram à tona. Lábios contra a minha têmpora, sobre a pele, e sobre meus próprios lábios. Ele me beijara tantas vezes antes, porque era meu...

— Eu sou seu tudo — murmurou ele, me envolvendo com o próprio corpo. — E você é meu tudo.

❋ ❋ ❋

Acordei me lembrando de tudo.

Eu estava esparramada sobre o Luc, o rosto apoiado no peito dele. Ambos estávamos nus da cintura para cima, com um lençol sobre nós. Tinha uma vaga recordação da Viv e da Zoe tirando minha camiseta encharcada de sangue para examinar o ferimento já em processo de cicatrização.

Encolhi-me. As coisas estavam um pouco confusas, mas infelizmente me lembrava com clareza de ter me agarrado ao Luc como um carrapato faminto quando a médica e minha amiga tentaram nos separar. Eu estava tão mal que o Original tivera que me carregar.

Jesus!

Ele jamais me deixaria esquecer isso.

Meu comportamento provavelmente se devera ao fato de que na hora eu não sabia quem eram a Zoe e a Viv e, em minha mente infestada pela Fonte, eu me sentira segura com o Luc porque ele havia me curado.

Também me lembrava da Viv ter ficado empolgada com meu comportamento, dizendo que ele dava mais crédito à sua teoria sobre religamento. Na hora, não fazia ideia sobre o que ela estava falando, mas agora sim. Ao deixar a Fonte assumir o controle, eu fizera isso de um jeito diferente do que acontecera na mata. Eu me tornara outra coisa, mas não uma assassina homicida. O que era uma melhora indiscutível.

Já tomar um tiro? Nem tanto.

Não conseguia acreditar que tinha sido baleada ou que estava viva e bem, exceto pela área entre as minhas omoplatas ainda estar dolorida. Precisava agradecer ao Luc por isso.

Tinha a distinta sensação de que teria me curado mesmo sem a intervenção dele, porém o mesmo instinto me dizia que teria sido um processo bem mais longo e penoso. Será que eu tinha poderes de regeneração? Ou seria igual ao que acontecera com o Luc, que removera as balas do próprio corpo? Ele achara que conseguiria se curar ao remover as balas, porém elas eram diferentes. Eram projéteis modificados, com uma versão mais branda de pulsos eletromagnéticos, projetados para ferir, e não matar. Será que eu saberia como me curar? Não tinha ideia.

O peito do Luc se moveu de forma profunda e ritmada sob o meu. Os pelos que cobriam seu peito pinicaram minha pele ainda sensível. Não me lembrava de ter pego no sono nessa posição, mas com base no que me lembrava, eu provavelmente o escalara até ficar em cima dele. Embora estivesse um pouco sem graça pelas pessoas terem me visto virar uma Exterminadora, não estava constrangida por ele ter despertado essa reação em mim durante um momento em que eu não estava no completo controle de mim mesma. Era um sinal de que eu talvez fosse menos perigosa do que antes. Pelo menos para ele.

Mas não para a garota.

Abri os olhos, sem querer pensar sobre nada disso agora. Uma lamparina a gás brilhava suavemente sobre a mesinha de cabeceira, projetando um feixe de luz sobre a cama. Outra estava sobre a cômoda, quebrando um pouco a escuridão profunda do quarto...

Olhei para a poltrona situada num dos cantos, fora do alcance da luz suave. Ela não estava vazia, e o que eu vi não era apenas uma sombra em forma de gente.

Grayson.

Soltei um arquejo ao mesmo tempo que ele se levantava da poltrona e cruzava o quarto, silencioso como um fantasma. Ele se ajoelhou ao lado da cama, olhou para o Luc e, em seguida, para mim.

O Luxen não disse nada. Nem eu.

Grayson, então, falou, a voz tão baixa que duvidava de que pudesse acordar o Original.

— Ele não é indestrutível, você sabe. Pode enfraquecer.

Senti um buraco no estômago só de pensar. Luc sempre me parecera maior do que a própria vida. Ele nunca demonstrava fraqueza ou cansaço, mas eu sabia que não era bem assim.

— Eu sei — murmurei.

Grayson fechou os olhos, e um brilho dourado começou a irradiar do centro de seu peito. A luz o envolveu por completo quando ele assumiu a forma verdadeira. Um ser de luz com contornos humanos, tão brilhante que era quase como olhar para o sol. O Luxen ergueu o braço e, em meio à luz, consegui distinguir a mão e, em seguida, os dedos, os quais colocou sobre o braço do Luc que estava mais perto dele. Uma onda de luz dourada e brilhante se espalhou pelo braço do Original. Senti o calor e o zumbido baixo de energia nos pontos onde nossas peles encostavam.

Luc continuou dormindo, a respiração ainda mais profunda. Grayson estava compartilhando sua própria energia, completando parte, se não tudo o que o Original havia perdido enquanto tentava salvar o Spencer e depois a mim.

Ao terminar, o Luxen puxou a mão de volta, se levantou e se afastou da cama, voltando novamente à forma humana. Ele, então, saiu do quarto sem dizer uma única palavra.

Pouco depois de o Grayson ter ido embora, o braço do Luc que envolvia minha cintura se contraiu e, em seguida, relaxou. Ergui a cabeça e o observei abrir os olhos. Eles ganharam foco, fixando-se nos meus.

— Olá — murmurei.

— Oi — respondeu ele, a voz ainda rouca pelo sono. O Original ergueu o braço que o Grayson havia tocado e fechou a mão no meu rosto. — Como você está?

— Bem. Minhas costas ainda estão doendo um pouquinho, mas não sinto como se tivesse... você sabe, levado um tiro ou algo assim.

— Que bom! — Luc manteve os olhos fixos nos meus, o olhar intenso. Só agora eu tinha começado a perceber que essa intensidade sempre estivera presente, todas as vezes que ele me fitava. Tomar *consciência* disso me deixou toda arrepiada.

— E você? — perguntei baixinho.

— Estou novo em folha.

Perguntei-me o quanto disso tinha a ver com o Grayson, mas não disse nada. Tinha a sensação de que o Luxen não ia querer que o Luc soubesse o que ele havia feito

— Tem certeza de que está bem? — perguntou ele. — Foi um ferimento sério. O tiro perfurou um dos seus pulmões. E rasgou umas duas artérias vitais.

Senti a pele gelar ao entender o significado embutido nessas palavras. Se eu fosse humana, provavelmente teria tido o mesmo fim que o Spencer, teria sangrado até a morte antes que alguém pudesse fazer qualquer coisa.

— Estou ótima — confirmei. — E você é o responsável.

Ele continuou me fitando no fundo dos olhos.

— Eu matei o homem.

— Eu sei.

— Ele não sabia quem você era. O Eaton emitiu um alerta de que havia um espião entre nós. Ele te viu e achou que fosse você. Apenas fez o que todos esperavam dele, e eu o matei.

Ergui o corpo um tiquinho e o estudei. Senti um ligeiro repuxar na pele das costas, mas nada além disso.

— Luc...

Mas ele te machucou, fez você sangrar. Sua voz soou em minha mente. *Não me arrependo do que fiz.*

— Eu teria feito a mesma coisa — admiti, e era verdade. Certo ou errado, era a mais pura verdade.

— Eu sei. — Luc correu o polegar pela linha do meu maxilar e, em seguida, desceu para o pescoço, onde parou com a ponta do dedo sobre a veia. — Não tinha ideia se você poderia morrer de um ferimento desses ou se o cara dos Filhos da Liberdade estava certo sobre a única maneira de matá-la.

Extenso dano cerebral. Era o que, segundo o Steven, podia acabar com um Troiano. Aparentemente, explodi-los até não restar nada também, mas não dava para ter certeza. Especialmente se eu fosse diferente dos outros e, pelo visto, parecia que sim.

— Você sangrou muito. Sua pele ainda está suja de sangue. A minha também. Foi a segunda vez num curto período de tempo que fiquei com medo de te perder.

— Eu...

— Não se desculpe, Evie. Não faça isso. — Luc envolveu minha cabeça com uma das mãos e se sentou. O movimento foi fluido, e só provocou um ligeiro repuxar da pele entre as minhas omoplatas. — Precisamos conversar sobre um monte de coisas. A Sarah. O Hunter. O que aconteceu com ela e com você. Mas, no momento, eu preciso de você. Preciso te sentir, mergulhar na sua essência. — Ele pressionou a testa na minha. — Preciso esquecer que ambos estamos sujos com o seu sangue.

Inspirando de maneira superficial, fechei os olhos e envolvi o rosto dele entre as mãos.

— Você me tem.

O Original me beijou. Não houve nada de lento ou hesitante no modo como sua boca se moveu ou como os lábios entreabriram os meus. O beijo tornou-se mais profundo, com um quê de desespero e resquícios de medo.

O lençol voou de cima da gente, aterrissando em algum lugar no chão, próximo ao pé da cama. Luc interrompeu o beijo e saiu debaixo de mim. Antes que eu pudesse perguntar o que ele estava fazendo, seus lábios pressionaram o ponto dolorido entre meus ombros ao mesmo tempo que os dedos se fechavam no cós da minha calça.

Senti uma súbita corrente de ar frio na parte inferior do corpo, agora despida, porém o calor que emanava do Luc rapidamente a afastou. Ele se ajeitou atrás de mim, pele contra pele. Um arrepio desceu pela minha espinha quando senti a descarga de eletricidade que espocou entre nós, algo que jamais poderia ser fingido ou forçado.

A visão de uma das mãos dele plantada no colchão ao lado da minha cabeça e a sensação da outra sobre o meu quadril fez minhas entranhas se contorcerem de tal forma que enterrei os dedos no lençol da cama. Desejo não era a única coisa que carregava o ar à nossa volta. Sentimentos muito mais fortes vieram à tona quando ele pressionou o corpo contra o meu, dentro de mim. Amor. Medo. Alívio. Aceitação. Estendi o braço e apoiei a mão sobre a dele, entrelaçando nossos dedos.

Ficamos assim, imóveis, por um longo e antagônico momento, com o corpo do Luc encolhido como uma mola prestes a arrebentar, e, então, ele se moveu. O som que escapou do fundo de sua garganta queimou minha pele, destruindo qualquer resquício de controle ou inibição. Ambos mergulhamos de cabeça e sem reservas, nos entregando juntos ao turbilhão de sensações que ia muito além do físico. Perdi noção de tudo, exceto do Luc, a sensação do corpo dele contra o meu, a maneira como se movia e como não havia nada que ele não fizesse por mim. Assim como não havia nada que eu não fizesse por ele.

E, quando nós dois caímos do precipício, fizemos isso juntos. Não sei quanto tempo ficamos ali, nossos corpos encaixados, ambos tremendo e com o coração acelerado.

Luc encostou a testa no meu ombro, mantendo seu peso apoiado no braço, o mesmo braço no qual eu me enroscara toda em algum momento.

— Eu não te machuquei, machuquei?

— Não. — Beijei a mão dele, e senti o estremecimento que o percorreu de cima a baixo. — Você se machucou?

Ele riu.

— Acho que talvez tenha estirado um músculo.

Ri também.

— Que bom!

— Eu provavelmente devia ter me controlado — disse ele, a respiração quente de encontro ao meu pescoço. — Isso foi totalmente inapropriado da minha parte.

— É, foi.

Ele mudou de posição, e senti seus lábios tocarem a parte dolorida entre minhas omoplatas mais uma vez.

— Mas acho que você gosta quando eu sou totalmente inapropriado.

Sorri.

— Gosto mesmo.

Ele plantou mais um beijo sobre o local onde a bala atravessara meu corpo horas antes.

— Qual de nós é má influência? Aposto que é você.

— O quê? — Ri de novo. — Como assim?

— Eu fui um garoto puro e decente por anos, Evie. Anos.

Bufei.

— Está duvidando?

— Você *não* era um garoto puro só porque nunca tinha feito...

— Porque nunca tinha feito... o quê? Pode dizer. São só quatro letrinhas lindas somadas.

Revirei os olhos.

— Sexo.

— Você ficou vermelha?

— Você ficou? — rebati.

— Fiquei. Porque ainda sou puro e...

— Indecente?

— É um convite?

— Ai, meu Deus! — Ri com mais vontade. — É, você realmente soa como um garoto puro.

— Como eu disse, eu era. — Ele se moveu de novo, esticando-se sobre mim de modo a roçar os lábios no meu rosto enquanto falava: — Mas agora? Com você? — Deslizou a boca para minha orelha. As palavras que ele murmurou no meu ouvido fizeram minha pele queimar e provocaram um forte arrepio em minha espinha. — Esse é quem sou agora.

Mordi o lábio e fechei os olhos, sentindo meus dedos dos pés se enroscarem entre os lençóis amassados.

— O que você acha? — perguntou ele, dando uma leve mordiscada no meu lóbulo.

Abri os olhos. *Adoro quem você é.*

Um grunhido rouco de aprovação varreu minha pele. *Evie?*

De alguma forma, soube o que ele queria perguntar. Talvez fosse o modo como tinha dito meu nome. Ou talvez fosse por causa da nossa ligação, forjada durante anos de uma convivência da qual eu não me lembrava e reforçada desde que havíamos voltado um para a vida do outro.

Ergui a cabeça e a virei para ele. Luc fechou os lábios sobre os meus, num beijo que me fez acreditar em combustão espontânea. Tal como um fósforo riscado, peguei fogo. Nós dois pegamos.

26

empos depois, Luc estava deitado de lado, de frente para mim, um dos pés enfiado entre as minhas panturrilhas. Ele brincava com as mechas do meu cabelo enquanto eu ficava ali, de olhos fechados, apreciando o leve repuxar dos fios entre seus dedos.

— Está na hora — disse ele, soltando um suspiro. — De sermos maduros e responsáveis. Precisamos conversar.

Precisávamos mesmo.

— Gostaria que a gente pudesse ficar assim, desse jeito, para sempre.

— Você não faz ideia do quanto eu adoraria isso — retrucou ele. Tinha a sensação de que fazia, sim, mas abri os olhos. — Do que você se lembra?

— De tudo — respondi. — Bom, tudo até você começar a me curar. Depois disso, as coisas estão um pouco confusas.

— Muito conveniente — murmurou ele.

— Lembro de me agarrar a você...

— Como se a gente fosse feito de velcro?

— Cala a boca.

— Mantenha o foco — brincou o Original. — Me conta o que você se lembra.

— Eu me lembro bem de tudo desde o momento que a Fonte pegou o volante e assumiu a direção. — Contei a ele sobre a Onda Cassiopeia e o que a Sarah dissera; o que eu havia sentido o tempo todo. — Foi diferente. Eu não estava no comando, mas também não me tornei uma psicopata.

— Você acha que não estava no comando? — Ele arqueou uma sobrancelha.

— Não tenho ideia de como eu fiz as coisas que fiz. Foi a Fonte. Não eu.

— Você não machucou ninguém. Nem quando nos expulsou da casa, o que, a propósito, se algum dia fizer de novo, vou surtar pra valer.

Fiz menção de abrir a boca para retrucar.

— Eu entendo por que você fez. Você percebeu o que ela era e o que era capaz de fazer, e queria nos proteger. Isso é admirável. Merda, mais do que admirável. — Ele soltou meu cabelo. — Mas não preciso que me proteja. Não quero que se preocupe em ter que me proteger. Isso vai tirar seu foco, e pode te deixar vulnerável.

Ergui-me nos cotovelos e olhei para ele.

— Já terminou com o sermão?

— Na verdade, não. A Sarah podia ter me dado uma surra. Podia até ter me machucado. Pouco provável, mas ei, coisas estranhas acontecem — continuou ele. Estreitei os olhos. — Você pode ser uma Troiana foda, mas eu sou seu. E você é minha. Isso significa que quando você encara alguém ou alguma situação, entra na batalha comigo ao seu lado e, se eu cair durante a luta enquanto tento te ajudar, não vou sentir um pingo de arrependimento. A escolha é minha, e você a tirou de mim.

Não conseguia acreditar no que estava ouvindo.

— Acabou agora?

Ele sorriu.

— Acabei.

— Você teria feito a mesma coisa, certo? Não mente. Você teria me arrancado daquela sala se pudesse. E não faria diferença se alguém se machucasse no processo, desde que eu ficasse bem.

— Certo.

— Errado.

O sorriso dele esmoreceu.

— Em primeiro lugar, sei que quer me proteger, e eu te amo por isso — falei. O ligeiro muxoxo deu lugar a outro sorriso, mas que não durou. — Mas não vou deixar que as pessoas à nossa volta se machuquem e morram. Posso proteger você e os outros ao mesmo tempo, e sei que você pode também. Em segundo lugar, esse lance de "a escolha é sua e eu a tirei de você"? É uma via de mão dupla, meu chapa. Já perdi a conta de quantas vezes você me tirou da zona de confronto enquanto todos os outros, inclusive você, assumiam grandes riscos. Lembre-se disso da próxima vez que a merda atingir o venti-lador e você se colocar na minha frente, em vez de ao meu lado.

Luc me fitou e, após alguns instantes, disse:

— Merda!

— Exato.

— Você me pegou.

— Eu sei. — Abri um sorriso de orelha a orelha.

Ele não parecia lá muito feliz.

Problema dele.

— De qualquer forma, fico feliz que tenhamos resolvido *isso* para que possamos retomar o assunto — falei. — Você acha que eu estava no controle só porque não machuquei ninguém?

Luc estreitou os olhos. Em seguida, inclinou-se e me beijou.

— Ainda bem que eu te acho adorável. — Ele se afastou de novo. — Você explodiu uma casa e uma Troiana até só restar pequenos pedacinhos brilhantes, e só quebrou umas duas janelas das casas vizinhas no processo. Portanto, sim, acho que você conseguiu manter o controle em algum nível, quer perceba ou não.

— Tipo, num nível subconsciente?

— Acho que não ficou com medo do que você é. Que confiou em si mesma — respondeu ele. Não sabia se isso era verdade ou não. Tinha ficado com medo do risco que estava tomando, mas... — A meu ver, você ficou com mais medo da Sarah machucar alguém e de ela te transformar em algo mais.

— Tem razão. — Eu estava um pouco decepcionada. — Gostaria de não ter destruído a Onda Cassiopeia. A gente poderia estudá-la, ver o que ela faria. Pelo jeito que a Sarah falou, o Daedalus também não sabia.

— Seria bom se ainda a tivéssemos, mas o melhor é que ela não foi usada em você.

Essa não era a única coisa que eu gostaria de ter feito diferente, e talvez por isso estivesse relutante em aceitar que havia tido algum controle, porque isso significaria...

Significaria que tinha sido eu quem matara a Sarah.

— Evie? — chamou Luc baixinho.

— A Sarah não foi treinada como eu. Ela admitiu isso quando a encur-ralei dentro da casa. Ela sabia que era o fim. Que tinha falhado. Eu podia ter recuado, ter deixado ela viver. Seria a coisa mais esperta a fazer. Nós poderíamos interrogá-la, comparar nós duas para descobrir até que ponto eu sou diferente...

— Mas não foi o que aconteceu.

— Não — murmurei. — Ela desistiu de lutar, Luc. Fechou os olhos e ficou parada, e tudo o que eu senti foi desprezo por ela ter falhado. Se era eu quem estava no controle, então isso veio de mim. Não foi a Fonte, não totalmente.

— Não é incomum que a Fonte torne os híbridos mais agressivos. A chave é reconhecer quando ela produz esse efeito. Não é algo que você não possa mudar. — Ele tocou de leve meu braço. — Tenho uma pergunta.

— Tudo bem.

— Se você fosse encurralada por um Troiano que acreditasse ser capaz de te derrotar, o que você faria se ele parasse de lutar e recuasse?

— Eu... — interrompi-me antes de responder da maneira como faria um ano atrás. — Honestamente?

Luc correu o dedo pelo meu cotovelo.

— Honestamente.

— Eu atacaria — admiti, me sentindo pequena e mesquinha. — Quero dizer, é o que faria mais sentido.

— Verdade. — Ele voltou a correr o dedo pelo meu braço acima, desenhando pequenos círculos. — Demonstrar misericórdia pode ser uma fraqueza a ser explorada.

— Você acha que é o que a Sarah teria feito?

— Provavelmente.

Queria demais acreditar nisso. Assim poderia convencer a mim mesma de que tinha feito a coisa certa.

Você fez o que foi treinada para fazer.

— O que não significa que seja correto.

— Mas também não significa que seja errado. — Luc fechou a mão em volta do meu cotovelo. — Poder interrogar a Sarah teria sido ótimo, mas também seria um tremendo risco. A gente não tem ideia do que ela teria feito nem se conseguiríamos contê-la. Você fez o que eu faria, e sei que isso não significa grande coisa. Eu sou um pouco mais propenso a matar do que você jamais será, mas ela estava aqui para ver se conseguiria te transformar em alguém igual a ela. E se você tivesse deixado esse seu lindo coração, lindo, porém piedoso demais, tomar essa decisão e ela acabasse te machucando? Ou alguém mais? Você jamais se perdoaria.

Ele estava sendo bastante lógico, mas, e se a Sarah não atacasse? Ela sabia que tinha sido derrotada, que tinha falhado e era o fim. Estava pronta para morrer...

— Você acha que o Daedalus treinaria qualquer um de vocês para desistir e morrer? Sei que não se lembra do tempo que passou com eles, mas eu sim. Assim como a Zoe, a Kat, o Dawson, o Daemon e a Beth. Pergunta pro Archer. — Ele deslizou o polegar pela pele logo acima do cotovelo. — Ela pode ter passado muito pouco tempo com eles, mas pode ter certeza de que lutar até a morte foi gravado a ferro e fogo em sua mente. Não acredito nem por um segundo que ela não estivesse se fingindo de morta. Para o Daedalus, fracasso...

— É a opção para aqueles que desejam a morte — completei.

O Original trincou o maxilar.

— Você teve outra lembrança? Não me disse nada.

— Foi muito rápida. E não achei que fosse importante.

— Qualquer lembrança é importante. — Ele puxou meu braço de leve e se aproximou um pouco mais.

Contei tudo que havia lembrado.

— Só isso. Nada de mais.

— Você viu alguém morto, sangrando no chão, e acha que não foi nada de mais? Jesus! — Luc fechou o resto da distância que nos separava e passou o braço em volta do meu ombro. Aconcheguei-me com a cabeça sob seu queixo. Seus dedos se fecharam em meu cabelo. — Sei que estou certo sobre a Sarah.

— Você diz isso porque sempre acha que está certo a respeito de tudo.

— E sempre estou.

Minha risada soou abafada de encontro ao peito dele.

— Definitivamente estou certo a respeito disso.

— Tudo bem. — Deixei passar. Por ora. — Não acredito que destruí uma casa inteira.

— Não tem problema.

— Não tem problema? — Afastei-me o suficiente para poder olhar o rosto dele. — Como explodir uma casa não é problema?

— Era uma casa impraticável de se morar e que estava sendo saqueada de pouco em pouco. — Luc fez uma pausa. — O que você fez foi realmente foda!

Meus lábios se repuxaram num ligeiro sorriso.

— Foi mesmo.

Ele baixou a cabeça e roçou os lábios na minha testa.

— Tem mais uma coisa sobre a qual precisamos conversar.

— O que a Sarah estava fazendo com eles em primeiro lugar?

— Isso também, mas estou falando de outra coisa.

— Ó céus!

Luc me apertou um pouco mais.

— Quando a Fonte assumiu o controle, você se calou. Não consegui captar nenhum pensamento seu. Absolutamente nada, até o lance com a casa. Depois disso, consegui te ouvir de novo.

Passei um braço em volta da cintura dele.

— O que você acha que isso significa?

— Não sei — respondeu ele, enquanto eu esfregava o nariz em seu peito. Luc inspirou fundo. — Por que seu nariz tá tão gelado?

Eu ri.

— Desculpa. Sinto muito.

— Sente nada.

O Original estava certo. Não sentia mesmo. Pensei sobre o que ele tinha acabado de dizer.

— Talvez a Viv esteja certa. Talvez eu estivesse religando e, quando voltei a ficar online... — Cara, isso soava mais estranho do que achava que fosse possível. — Você pôde me ouvir de novo. Mas não explica por que não conseguiu me ouvir no começo.

— Talvez porque tenha sido quando você começou a religar, e eu não...

— Ai, meu Deus! — Afastei-me num movimento brusco, encolhendo-me ao sentir o repuxar nas costas.

Um lampejo de preocupação cruzou o rosto do Luc.

— Você está bem?

— Estou. Ótima. Acabei de me lembrar de algo que descobri antes de tudo acontecer — falei. — É a Nadia!

Ele teve um visível sobressalto.

— O quê?

Não era comum ver o Luc ser pego desprevenido, o que era divertido. Queria poder aproveitar o momento, mas agora não era a hora.

— A Kat disse uma coisa outro dia que vem me deixando louca. Ela falou que talvez você tenha feito algo na mata que me arrancou do transe. É verdade. Foi a mesma coisa que você fez quando eu entrei naquele sono comatoso. Eu escutei, e foi o que me acordou. Você me chamou de Nadia. Nas duas vezes.

Luc engoliu em seco e, em seguida, sua expressão abrandou.

— Verdade. — Ele pigarreou. — Eu te chamei de Nadia nas duas vezes. Sei que odeia...

— Não odeio.

Ele ergueu uma sobrancelha.

— Certo. No começo eu odiava sim, porque me deixava confusa, e ainda é estranho. Quero dizer, eu não conheço a Nadia... ou melhor, não conheço essa versão de mim. — Com um gemido, tentei de novo. — Só é estranho. Tudo o que sei é que não me aborrece mais porque eu sou ela, e essa parte de mim responde a você. Eu fui transformada e treinada como Nadia, não Evie, então isso deve significar alguma coisa, certo? Tem que haver alguma ligação aí.

Ele afastou meu cabelo do rosto.

— Acho que é exatamente isso. Como você é ela e passou pela mutação como Nadia, sua consciência responde a mim em algum nível. — Luc soltou o ar lentamente. — É bom saber disso. É mais uma alternativa a seguir se as coisas fugirem ao controle. Algo que eu posso tentar usar antes de nocautear você.

— Você tentou me nocautear hoje?

— Não. — Ele prendeu meu cabelo atrás da orelha. — Seu silêncio aconteceu tão rápido que...

— Mas você podia ter feito isso assim que falei que estava perdendo o controle.

— Podia, mas queria ver como você ia reagir primeiro.

— Ai, meu Deus, Luc. — Fitei-o. — E se eu tivesse surtado e você não conseguisse me arrancar do transe?

— Eu estava disposto a apostar que isso não ia acontecer. — Ele baixou a mão novamente para o meu braço. — Como eu já disse, Pesseguinho, acredito em você. Acredito que você não vai se permitir chegar ao ponto que chegou na mata, e foi o que aconteceu. Desde o pesadelo, algo mudou. Quer saber qual é a grande diferença? Você começou a usar a Fonte. Parou de sentir medo dela. Começou a confiar em si mesma, e já não era sem tempo.

Meu coração deu uma cambalhota. Deus do céu, ele tinha razão.

— Eu sei.

Ignorei a observação.

— Por que é tão difícil pra você acreditar em si mesma? — perguntou ele baixinho.

Cara, era uma pergunta difícil de responder, de explicar. Virei de barriga para cima, aliviada ao perceber que o movimento não provocou nenhuma dor. Senti um buraco no estômago ao pensar mais uma vez que eu tinha sido literalmente baleada mais cedo. Sem conseguir forçar meu cérebro a digerir esse fato, enfiei a mão por baixo do lençol e toquei a pequena área de pele recém-cicatrizada.

— Vai ficar alguma marca?

— Nas suas costas? O ponto por onde a bala entrou? Ainda dá para ver uma marquinha suave, que até amanhã deve desaparecer. Já o peito deve ficar com alguma cicatriz, mas em uns dois dias mal vai dar para perceber. Vai ser como a cicatriz de um machucado que aconteceu anos atrás.

— Isso é tão estranho! Não consigo nem imaginar. — Cutuquei o ponto onde a pele ainda estava fina, e me encolhi ao sentir uma fisgada. — Ainda está dolorido.

— Eu sei. — Ele estendeu o braço e puxou minha mão de debaixo do lençol. — Tenta não cutucar.

— Boa ideia.

Luc ficou em silêncio enquanto eu resistia à vontade de cutucar mais um pouco.

— Pesseguinho?

— Hum?

— Por que você não acredita em você mesma?

— Não sei. — Soltei um suspiro e olhei para o teto. Será que não sabia mesmo? Talvez, no fundo, soubesse. — Acho que o Eaton está certo. Continuo pensando como a Evie de antes, achando que as coisas estão fora do meu controle, porque…

Luc se ergueu num dos cotovelos.

— Porque é mais fácil?

Fechei os olhos. Era difícil reconhecer a verdade, dizê-la em voz alta. *Porque é como eu sempre me senti. Como se nunca houvesse tido controle sobre nada.*

— Isso não é verdade.

Abri os olhos de novo e virei a cabeça para ele.

— Como assim?

— Antes, mesmo quando você se deparava com coisas que não podia controlar, como seu pai e a doença, você fazia de tudo para recuperar o máximo de controle possível. Encarava tudo de frente, independentemente da situação — respondeu ele. — Essa força invejável ainda está aí dentro. Ela jamais poderia ser subjugada por algum soro, não completamente.

Nadia era foda, mas ela era eu, de modo que me perguntei quanto dela ainda existiria dentro de mim. E se como eu costumava ser era o motivo de, como Evie, sempre ter me sentido insegura e sem objetivos, como alguém forçada a usar uma roupa que não lhe cabia.

— Sua vida como Nadia foi praticamente toda apagada, mas mesmo naquela noite em que entrou na boate pela primeira vez, pude ver diversas das características dela em você. Não estou falando apenas das comidas e bebidas que você gosta ou deixa de gostar. Nem do seu amor pela fotografia. Vejo isso na maneira como você não se deixou intimidar por mim, no modo como revidou mesmo antes de saber se estava segura comigo ou não. Esse era o jeito da Nadia. Essa força interior. A maioria das pessoas teria surtado sob a pressão e todas as coisas que você passou. Você não. Assim como não surtou quando fez o que tinha que fazer para fugir do seu pai. Ou como quando foi diagnosticada com o câncer. Você continuou seguindo em frente.

Os olhos dele perscrutaram os meus.

— Eles podem ter roubado suas memórias e te feito usar uma roupa que não te cabia, mas sua essência sempre esteve presente. Acredito que ter sido forçada a manter essa força de vontade sob rédea curta fez com que você sentisse que não tinha controle. Talvez seu subconsciente estivesse tentando te dizer que algo estava errado.

Pensei no que o Eaton tinha dito.

— Está na hora de tomar de volta o poder que meu nome de batismo me deu... minha verdadeira identidade.

Luc não disse nada, mas eu sabia que era isso. Já estava mais do que na hora. Essa realização, porém, não foi um daqueles momentos decisivos na vida, pelo menos não que eu pudesse sentir. Não era como se, de repente, eu não fosse mais sentir medo ou passasse a acreditar que era capaz de tudo e qualquer coisa. Tampouco significava que de agora em diante fosse começar a responder como Nadia, mas era um grande passo na direção certa, um que já devia ter dado há muito tempo.

Porque sabia em meu âmago que, independentemente da situação, a Nadia jamais machucaria pessoas inocentes. Ela acreditaria em si mesma tanto quanto acreditava no Luc. E com certeza não aceitaria as coisas sem lutar. Ela explodiria todo e qualquer obstáculo. E faria isso sorrindo.

Os cantos dos meus lábios se curvaram num sorriso.

— Está com fome? — Luc quebrou o silêncio. — O Daemon trouxe algumas coisas pra gente comer. Pelo menos foi o que ele disse quando esteve aqui.

Meu sorriso falhou.

— O Daemon esteve aqui enquanto eu te usava como um colchão inflável?

O Original abriu um meio sorriso.

— Esteve.

— Ó céus! — gemi.

— Não foi ruim. Achei até um tanto reconfortante. — Ele correu o dedo pelo meu braço. — Você parecia um daqueles cobertores gravitacionais. Precisamos dormir assim mais vezes.

Luc tinha sido surpreendentemente confortável, mas nosso jeito de dormir não era a coisa mais importante no momento.

— O Daemon conseguiu descobrir alguma coisa sobre como a Sarah terminou nesse grupo que veio para cá?

— Conseguiu. — O meio sorriso desapareceu, e meu estômago foi parar no chão. — A outra garota humana? O nome dela é AJ. Ela pôde preencher algumas lacunas depois que se acalmou. AJ estava com um Luxen sem registro, um amigo de infância. Eles estavam preocupados com o que vem acontecendo e queriam um lugar para se esconder. Nós temos contatos em centros de apoio aos Luxen que fazem uma triagem naqueles que querem escapar do sistema. AJ e o amigo passaram na seleção, e receberam informações detalhadas de onde se encontrar com o Spencer e a Yesi. Segundo ela, a Sarah já estava lá com outro Luxen, esperando para ser transferida para cá. AJ disse também que ela e o Luxen ficaram na deles, o que é comum. Eles são instruídos a não dizer nem o próprio nome até chegarem aqui. O mesmo vale para os responsáveis pelos pacotes. Eles não falam sobre ninguém que vive aqui nem para onde estão indo. É uma forma de proteger a Zona caso algum deles seja capturado. Os que buscam os pacotes são os mais confiáveis entre nós. Não importa o que aconteça, eles são capazes de morrer sem dizer uma única palavra.

Luc ergueu um braço e eu me aconcheguei a ele.

— Ainda segundo a AJ, as coisas foram pelo ralo quando eles chegaram ao local onde a gente dispensa os carros. A Yesi estava um pouco mais à frente com a Sarah, o tal Luxen misterioso e mais outro. A gente acha que foi quando a Sarah os atacou. Por quê, não temos ideia. A essa altura, a Sarah teria entrado aqui na Zona independentemente de qualquer coisa. Talvez a Yesi tenha visto ou pressentido algo, mas a AJ falou que eles escutaram sons abafados de luta no escuro e, antes que o Spencer pudesse verificar o que estava acontecendo, alguém saiu do meio da mata e a derrubou. Ela ficou apagada por um tempo e, quando voltou a si, estavam todos mortos, exceto por ela própria, a Sarah e o Spencer.

— Ai, meu Deus! — Estremeci.

— Ela e a Sarah ajudaram o Spencer a chegar até o muro. AJ não fazia ideia de que tinha sido a Sarah quem os atacara. — Luc correu os dedos pela minha coluna. — O Dawson e o Archer foram até o local onde a Sarah disse que eles tinham sido emboscados. Eles encontraram os corpos de quatro Luxen, inclusive o do que imaginamos que estava com ela. Assim sendo, embora não exista o risco de que esse Luxen volte para o Daedalus, ficamos sem saber como ele terminou em companhia dela ou por que motivo ela se voltou contra ele.

— Você acha que o Daedalus forçou esse Luxen a vir com a Sarah e que ela recebeu ordens de matá-lo antes que ele pudesse alertar os outros? Porque, se fosse esse o caso, seria um risco enorme deixar ele se aproximar de qualquer um que pudesse ajudar. — Encostei a mão aberta sobre o peito dele, bem em cima do coração. — Isso, porém, significaria que o Daedalus sabe sobre as Zonas.

— Se o Daedalus soubesse sobre quem está escondido aqui, eles já teriam derrubado esse muro há séculos — retrucou ele secamente. — Mas eles devem saber que os Luxen sem registro estão sendo transferidos e escondidos em algum lugar. E já devem ter deduzido que nós provavelmente nos refugiamos em um desses lugares. Juntar a Sarah com um Luxen que eles estivessem controlando de alguma forma aumentaria as chances de ela ser aceita em pelo menos um desses esconderijos. Ou ela teve uma sorte inacreditável de terminar no lugar certo ou conseguiu descobrir com alguém de dentro que os contatos a que ela recorreu trabalhavam com a nossa Zona.

— Esses contatos sabem para onde os Luxen sem registro são transferidos? — perguntei, imaginando que isso seria um tremendo risco. Não era difícil visualizar o Daedalus sequestrando membros das famílias desses contatos para forçá-los a abrir o bico.

— Não. A Zona continua sendo segura. — Luc esfregou o queixo no topo da minha cabeça. — O Daemon também queria passar uma mensagem pra gente. A Cekiah quer nos ver assim que acordarmos.

27

Tá todo mundo me olhando como se eu fosse uma aberração.

Todo mundo, não, respondeu Luc, me pegando pela mão e me forçando a sentar no colo dele. *A Kat não está.*

Corri os olhos por um punhado de rostos familiares e um monte de outros que eu não conhecia. Olhos vibrantes, típicos de Luxen, e alguns normais, bem humanos, me fitavam de volta com escancarada desconfiança. Ser observada por um grupo de legítimos alienígenas como se eu fosse uma criatura estranha e perigosa era bastante desconcertante.

Kat estava sentada a uma mesa comprida, daquelas usadas em salas de conferências, a cadeira ligeiramente afastada enquanto ninava o pequeno Adam.

Só porque ela está focada no bebê.

Luc fechou o braço em volta da minha cintura. *O Daemon também não.*

Porque ele está olhando para a esposa e o filho. O que era verdade. Com a cabeça abaixada, ele brincava com os diminutos pezinhos envoltos em meias do neném.

Todos te olham para admirar sua beleza.

Meus lábios se retorceram num ligeiro muxoxo. Meu estômago roncou. Luc e eu tínhamos tomado café cerca de meia hora antes, mas sentia como se não comesse nada há uma semana, o que me fez lembrar da sensação que tivera pouco antes de entrar no meu breve coma. Uma lembrança que seria bastante preocupante se eu não estivesse diante do que me parecia uma verdadeira brigada de bombeiros. *Claro.*

E porque você explodiu uma casa com a mente.

Suspirei. *Você não está ajudando.*

A risadinha que ele soltou em resposta reverberou em minha mente. Só o Luc para não estar preocupado num momento desses.

Cekiah pigarreou, atraindo minha atenção. Seu cabelo estava afastado do rosto, preso num penteado fascinante e intricado que ressaltava as tranças azuis. Ela não estava sentada à cabeceira da mesa. Na verdade, ninguém estava. Não havia sequer cadeiras nas pontas. Um arranjo interessante, que dizia muito.

Ninguém ali era chefe de nada.

Os olhos dela, num tom de mel mais profundo se comparados aos da Zouhour, estavam fixos nos meus.

— Espero que já esteja totalmente recobrada.

Fiz que sim.

— Estou. Obrigada.

Ela olhou para algum ponto acima do meu ombro.

— Gostaria de poder dizer o mesmo do Jonas.

— Eu também — retrucou Luc calmamente. Fiquei tensa.

— Ele era um homem bom, e só estava fazendo seu trabalho — disse um Luxen mais velho, a pele destituída de rugas exceto por uns poucos e suaves pés de galinha.

— Tenho certeza de que ele era uma pessoa fantástica, Quinn, mas ele atirou na Evie. — O tom do Luc não se alterou. — O tipo de homem que ele costumava ser já não importa mais.

Daemon ergueu a cabeça ao escutar isso, e nossos olhos se encontraram. Era muito fácil lembrar o que ele tinha me dito naquela noite na Foretoken.

Não somos maus, mas também não somos bonzinhos.

Quinn trincou o maxilar.

— Ninguém aqui está bancando juiz e júri. Ninguém tem esse poder.

— Tem certeza de que ninguém está bancando juiz e júri? — perguntou o Original, correndo os olhos pela sala. — É o que parece que está acontecendo. A única diferença é que eu não disfarço quando faço isso.

— Luc — repreendeu Cekiah de maneira suave.

Ele deu de ombros.

— Não sei bem o que vocês querem que eu diga sobre o Jonas, exceto que deveriam treinar melhor seu contingente humano para que eles saibam com certeza em quem estão atirando antes de puxarem o gatilho.

Sentado em frente à Cekiah, o general Eaton ergueu as sobrancelhas.

— Anotado.

Não precisei sequer olhar para saber que o Original estava sorrindo.

— Qualquer um de nós teria feito o mesmo que o Luc — declarou Daemon, empertigando o corpo.

— Certo ou errado, é assim que as coisas são — concordou Dawson, sentado ao lado do irmão. Não pude deixar de me perguntar se eles tinham feito isso de propósito para confundir todo mundo. Ele olhou diretamente para o Quinn. — Você teria feito a mesma coisa se o Jonas tivesse atirado na Alyssa.

Quinn se recostou na cadeira sem dizer nada. Tive a impressão de que a tal Alyssa era alguém muito importante para ele.

— O silêncio dele já diz tudo — comentou Hunter, a cadeira reclinada e os pés apoiados sobre a mesa. Serena estava ao lado dele. Por sorte, hoje nenhum dos dois parecia querer me matar. — Mas ele é um Luxen *civilizado*.

Daemon bufou. Ergui as sobrancelhas.

— O que aconteceu com o Jonas foi uma fatalidade que poderia ter sido evitada — intrometeu-se Bethany, sentada do outro lado do Dawson. — Mas não acredito que marcamos essa reunião para discutir isso.

Ela estava tão colada no marido que os braços roçavam um no outro. O buraco em meu estômago aumentou ao me lembrar do horror em sua voz. Bethany tinha ficado apavorada pela filha, com o que eu tinha feito.

Com o que eu poderia fazer.

— Vocês estão aqui para falar sobre mim. — Não havia motivo para ficar enrolando. — Se eu devo ou não ter permissão de continuar aqui. Sei que fui avisada de que haveria problemas caso eu provasse ser um risco.

Alguns dos humanos pareceram surpresos ao escutar isso, mas não a Cekiah.

— Eu avisei o Luc. Mantive o segredo de vocês até não poder mais.

— Até ontem, a gente não tinha ideia de que você não era apenas uma simples humana — disse a Luxen que eu vira no dia anterior, a expressão tensa. — Não preciso nem dizer que nenhum de nós ficou feliz ao descobrir que não foi só a Cekiah que guardou segredo da gente. Vários dos nossos membros mais confiáveis também.

Não tinha ideia de como retrucar. Nenhum desses tais membros confiáveis parecia nem um pouco incomodado por ter sido chamado a atenção. Na verdade, o Daemon e o Dawson pareciam entediados.

— E eu aqui pensando que a gente ia conversar sobre coisas mais importantes, tipo, como o quão perto o Daedalus chegou de descobrir nossa comunidade. — Luc apoiou o cotovelo no braço da cadeira e escorou o rosto no punho fechado. — E o que vamos fazer para que isso jamais aconteça de novo.

— É o que estamos discutindo — retrucou Cekiah. — Aquela coisa veio para cá por causa da Evie.

Aquela *coisa*.

— O que significa que a comunidade está em perigo — disse um dos humanos, uma mulher jovem, por volta dos trinta anos. — Alguém mais pode vir atrás dela do mesmo jeito que essa coisa fez.

Lá estava a palavra de novo. *Coisa*. Crispei as mãos. Eu não era como a Sarah, mas será que eles percebiam? Será que para eles eu era uma *coisa* também?

— Então vamos parar de trazer para cá aqueles que precisam de um lugar seguro? — perguntou um rapaz híbrido. — Pois, de que outra forma vamos prevenir que algo semelhante aconteça de novo?

Gelei. Pensei na Heidi e na Emery ainda lá fora, e em todos os outros Luxen sem registro que precisavam de abrigo. Se eles fechassem a Zona, será que as outras fariam o mesmo, por precaução?

— Vocês não podem fazer isso — falei. — Ainda tem Luxen e outros aí fora que precisam de um lugar seguro. Se vocês e as outras Zonas começarem a negar abrigo, eles ficarão indefesos. Todos os que são levados em custódia e processados jamais são vistos novamente. Se as Zonas fecharem as portas estarão assinando a sentença de morte deles.

— Fico aliviada em ver que você pensa naqueles que precisam da nossa ajuda. — Zouhour me fitou, o nariz franzido. — Significa que você entende a importância do que fazemos aqui.

— Entendo, sim.

— Então também precisa entender o quanto estamos apreensivos que a sua presença coloque em risco o que fazemos.

Eu entendia.

Ergui a mão e esfreguei o ferimento que com certeza teria me matado se eu fosse humana e o Luc não estivesse lá para me curar. Eu precisava continuar aqui, onde estava segura, exceto pelo risco de tomar um tiro, a fim de poder aprender mais sobre o que eu era capaz de fazer e até que ponto ia meu controle sobre a Fonte. No entanto, não podia admitir ser o motivo de que outros fossem deixados na mão, sozinhos para se defender.

Não podia.

Evie. A forma como o Luc disse meu nome foi um aviso velado.

Fechei os olhos. *Não é certo.*

Uma ligeira descarga de eletricidade se desprendeu do Original e pinicou meu pescoço. Não tive dúvidas de que os outros sentiram também.

— Ela entende perfeitamente, mais do que qualquer um de vocês pode imaginar. Exceto você, Kat, que tem um coração tão grande quanto o dela.

Sem erguer os olhos do rosto do filho, que dormia profundamente, Kat disse:

— Pelo tempo que passei com a Evie, posso garantir que ela jamais ia querer fazer qualquer coisa que pudesse colocar algum de nós ou o que fazemos aqui em perigo. — Kat sorriu para o neném. — Tenho certeza de que ela está prestes a sugerir ir embora. É o que eu faria.

Daemon soltou um forte suspiro e meneou a cabeça em concordância, lançando um raro olhar de simpatia na direção do Luc.

— Não me importo se outros cem aparecerem aqui à procura dela. Eu a trouxe para cá porque era o lugar mais seguro em que consegui pensar. — Luc mudou de posição, e o braço em volta da minha cintura se fechou com um pouco mais de força. Seu tom tornou-se mais duro. — Não existe nada que eu não esteja disposto a fazer para garantir que ela permaneça o mais segura possível.

— *Luc!* — Lancei-lhe um olhar de repreensão por cima do ombro.

Ele me ignorou.

— Absolutamente nada — enfatizou o Original.

— Confie em mim — resmungou Eaton, correndo o polegar pela sobrancelha. — Todos nós estamos cientes disso.

— Então não sei por que estamos tendo essa conversa — retrucou Luc.

— Esse é o detalhe. — Kat enfim ergueu os olhos. — Mesmo que a Evie vá embora hoje, o Daedalus não vai saber, a menos que ela seja vista fora da Zona. Outros poderão ser enviados mesmo que ela não esteja mais aqui. Embora essa seja uma preocupação válida, é sem sentido, e não podemos negar abrigo aos que precisam da nossa ajuda.

Entreabri os lábios e olhei para a Kat ao mesmo tempo que a mulher humana se virava para ela.

— Então o que você sugere que a gente faça?

— Que a triagem seja feita com muita atenção e que passemos um pente fino em todos os nossos contatos, porque não acredito nem por um segundo que essa garota e o Luxen que veio com ela tenham sido devidamente averiguados. Não estou dizendo que a gente tenha um espião entre os nossos contatos, mas acho que alguém foi desatento — disse ela. O pequeno Adam ressonou de leve. — Mas é só uma sugestão, Jamie. Uma resposta mais ponderada, menos extrema.

— Você está sugerindo que eu estou tentando incutir medo nas pessoas? — rebateu a mulher.

— Eu jamais ousaria dizer uma coisa dessas. — Kat a encarou. — Mas o que você acha que a Zona de Chicago irá fazer se a gente fechar as nossas portas? Eles irão nos copiar.

Seguiu-se uma troca de olhares por toda a mesa e, no fim, foi a Zouhour quem falou:

— Você tem razão.

Luc relaxou.

— Você já parou para pensar na sorte que tem de ter uma mulher tão brilhante, Daemon?

Daemon sorriu.

— Todo. Santo. Dia.

— Existe um risco para os nossos contatos também. Precisamos descobrir como essa coisa passou pela triagem e conseguiu entrar — observou Quinn.

— Ela não era uma coisa — rosnei, sentindo o buraco em meu estômago começar a se transformar numa dor de cabeça. — O nome dela era Sarah, e o que quer que tenha sido feito com ela foi feito contra sua vontade. Nós a vimos passar pela mutação. A Sarah não tinha ideia do que estava acontecendo. Ela pode ter se tornado a personificação do mal, mas um pouco de empatia nunca matou ninguém.

A mulher humana abriu a boca para retrucar.

Eu, porém, ainda não havia terminado.

— E, para que estejamos todos na mesma página, tanto a Sarah quanto eu fomos transformadas pelo Daedalus. Mas não somos iguais, e eu também não sou uma *coisa*.

O ruído de aprovação do Luc se misturou aos meus próprios pensamentos, e seu braço apertou ligeiramente minha cintura.

— Peço desculpas. — Quinn inclinou a cabeça em respeito. — Você está certa.

— Você diz que não é como ela, mas as duas foram transformadas. — Cekiah cruzou as pernas. — Sei o que o Luc e a Zoe me contaram. E o que você própria me disse. O que mudou para que, de repente, você saiba o que você é?

Podia sentir o Luc se preparando para uma resposta ferina, mas essa batalha era minha. Coloquei-me de pé, e ele não tentou me impedir.

— Sei que, o que quer que eu seja, não sou como ela. Não acho que tenha sido programada como ela e os outros Troianos.

— Você não *acha*? — rebateu ela.

— É. Eu não *acho*. Eu não matei aquele ali. — Apontei com a cabeça na direção do Hunter. — Mesmo que ele definitivamente quisesse me matar.

— Verdade — murmurou o Arum.

Luc se virou para ele, que revirou os olhos e tirou os pés de cima da mesa.

— Preciso pedir desculpas a ela por isso — grunhiu Hunter. — Sinto muito.

Ergui as sobrancelhas. Antes que pudesse responder, Serena se intrometeu:

— E quando peguei uma arma, ela não me atacou. — Um pequeno sorriso sem graça repuxou-lhe os lábios. — Eu também preciso pedir desculpas por isso.

— Hum, tudo bem. — Pisquei. Jamais poderia imaginar que um dia me veria na posição de aceitar as desculpas de duas pessoas que haviam tentado me matar na véspera.

— Mas o que isso nos diz realmente? — perguntou Zouhour com genuína curiosidade.

— Até onde a gente sabe, os Troianos são treinados para pressentir qualquer ameaça ou desafio e eliminá-lo. Eles jamais teriam recuado diante de uma situação dessas — expliquei.

— Você está dizendo, então, que dessa vez conseguiu controlar seu instinto natural? — perguntou Jamie, os braços cruzados diante do peito.

Virei-me para ela.

— Consegui, sim, e eliminei apenas a Troiana que provavelmente não teria se contido após tentar me transformar em algo exatamente igual a ela. Eu a impedi de ferir os demais e não machuquei nem uma única pessoa no processo. Foi isso o que eu fiz dessa vez.

— Você explodiu uma casa inteira — rebateu ela.

— Mas algum de vocês morreu? Alguém além da vilã em questão? Não. — Luc se inclinou para frente, as mãos apoiadas nos joelhos. — Isso responde sua pergunta, Jamie?

Sem ousar olhar para o Original, ela disse:

— Ainda assim, não significa que ela não possa vir a se tornar um risco da próxima vez.

— Ela tem trabalhado para aprender a controlar a Fonte — observou Eaton, esticando a perna esquerda. — Ela e o Luc. A Evie tem usado a Fonte com frequência.

Assenti com um menear de cabeça, respirando com mais facilidade.

— Não é que eu não acredite que eles não tenham tentado me tornar igual aos outros, mas acho que não funcionou. A Viv... a dra. Hemenway... acha que é porque eu tomei três tipos de soros diferentes, e que os outros dois previamente em meu sistema podem ter, de alguma forma, interagido com o soro Andrômeda.

— Essas são apenas teorias — argumentou Cekiah.

— Um desses Troianos matou meu irmão, e você todos o conhecem... — Hunter inspirou fundo. — Quero dizer, conheciam. O Lore não era fraco. Ele lutou com todas as forças. Assim como o Sin e eu, mas o Troiano não demonstrou a menor piedade. Ele partiu para cima da gente assim que deixamos o refúgio do Lotho e voltamos para a superfície.

Lotho?

Ele é o líder dos Arum, respondeu Luc. *É um cara um pouco excêntrico.*

Um pouco excêntrico? Senti um súbito interesse. *Por falar no Hunter, quero conversar com ele. Quero saber como ele me pressentiu e a Sarah também.*

Já providenciei. Ele estará disponível hoje mais tarde.

Esperava com todas as forças que realmente houvesse um mais tarde.

— Foi como se ele estivesse esperando pela gente. Nós três juntos conseguimos feri-lo, mas o sujeito escapou com vida. — Um músculo pulsou no maxilar do Arum. — Nunca tinha visto nada parecido. Também nunca tinha visto nada igual a ela, mas o cara que enfrentamos em Atlanta era diferente. Agora eu percebo.

Prendi a respiração. Atlanta. *A gente estava lá, Luc.*

Eu sei, respondeu ele suavemente.

Fechei os olhos. Não era preciso ser um gênio para deduzir que o Troiano estava lá procurando pela gente — por mim.

— O Troiano que nós encaramos também não demonstrou nenhuma piedade — intrometeu-se Daemon. — Quase não conseguimos derrotá-lo, que dirá matá-lo. Ele me fez lembrar... — Ele se interrompeu e balançou a cabeça. — É difícil explicar. Tinha algo profundamente animalesco a respeito dele.

— O que eu vi me fez lembrar aquele robô fluido de *O Exterminador do Futuro* — disse Hunter.

Franzi o cenho.

— O T-1000? — perguntou Beth. Ao ver vários pares de olhos se virarem para ela, a híbrida se encolheu. — Que foi? Adoro esse filme.

— É. Esse mesmo. — Hunter correu uma das mãos pelo cabelo. — Aquele com uma expressão impassível, robótica, totalmente destituída de emoção. Sem nenhum indício de medo. Nada.

Dawson meneou a cabeça em concordância.

— Exato. O que a gente encontrou era um T-1000 perfeito.

— Não faço ideia do que seja um T-1000 — murmurou Zouhour.

O híbrido sentado ao lado dela deu-lhe um tapinha no braço.

— Eu te explico depois.

Cekiah abriu a boca para falar, mas tive a impressão de que ela sentiu um roçar de dedos na nuca e entre as omoplatas ao mesmo tempo que eu.

— Acho que estamos prestes a ter companhia.

A porta se abriu e, segundos depois, a Zoe entrou acompanhada do Grayson. Eles pararam junto dela, que voltou a se fechar com suavidade.

Zouhour franziu o cenho.

— Não sabia que vocês tinham sido convidados a participar dessa reunião.

— Não fomos. — Grayson se recostou na parede e cruzou os braços diante do peito. — Mas viemos mesmo assim.

A resposta lhe garantiu alguns vários olhares estreitados.

— O que o Grayson *quis* dizer é que sabemos que não fomos convidados — explicou Zoe. — Mas também sabemos por que motivo essa reunião foi convocada, e queríamos estar presentes.

— E qual você acha que foi o motivo? — perguntou Cekiah.

— Expulsar a Evie, ou pelo menos tentar. Estamos aqui para impedir vocês de fazer uma péssima escolha de vida — retrucou Zoe, parada como se estivesse prestes a entrar numa guerra. — Posso entender por que vocês não a querem aqui. Ninguém jamais viu nada igual a ela. A Evie é diferente. Vocês acham que ela é um risco, mas eu a conheço há anos. O Grayson também.

Não tinha certeza se ficar vigiando alguém por anos significava que o Grayson me conhecia de verdade, mas estava disposta a aceitar todo e qualquer apoio.

— Ela é uma boa pessoa que passou por muita coisa, e precisa da proteção dessa comunidade. Ela merece essa proteção — declarou Zoe. Deus do céu, eu a amava. Não podia ter escolhido uma amiga melhor.

— Tenho certeza de que ela é uma pessoa maravilhosa, mas essa não é uma questão pessoal — replicou Quinn, sem um pingo de desprezo na voz. Eu acreditava nele. — Você tem razão. A gente nunca viu nada igual a ela. E nenhum de nós, inclusive a própria Evie, sabe o que ela é capaz de fazer.

— Os humanos também nunca tinham visto nada igual aos Luxen. Eles continuam sem a menor ideia do que vocês são capazes de fazer, e o medo do desconhecido é o motivo de essa comunidade existir. Todos vocês não desejam a oportunidade de provar que vieram em paz e blá-blá-blá? — argumentou Zoe. — Ou será que os humanos e os Luxen compartilham essa mesma falha de caráter?

— Iai — murmurou Luc. Meus lábios se curvaram num ligeiro sorriso.

Todos os que possuíam DNA alienígena empalideceram ou se encolheram diante da acusação escancarada de hipocrisia. Jamie, a única mulher humana, não pareceu nem um pouco satisfeita em escutar isso, mas um lampejo de dúvida cintilou em seus olhos castanhos.

— Para ser franco — interrompeu Grayson com um longo e sofrido suspiro. — Quase todos aqui, inclusive ela, acham que ela precisa da proteção dessa comunidade. Não é verdade. Nem de longe. A verdade é que vocês precisam dela.

Virei-me para ele, surpresa. Ele estava realmente me defendendo?

— Ela é mais poderosa do que todos nessa sala juntos — continuou o Luxen, descruzando os braços e metendo a mão no bolso. Como sempre, ele puxou um pirulito de maçã verde. — O Daedalus possui outros como ela sob seu comando e, quando eles decidirem atacar essa pequena milícia que vocês montaram aqui, não é preciso ser muito inteligente para perceber que será uma boa ideia tê-la do nosso lado.

O mundo havia parado de girar em seu próprio eixo. Porcos tinham criado asas. Papai Noel era real. O inferno havia congelado.

— Mas tenho a impressão de que a maioria de vocês é demasiadamente humana. — Grayson ainda não tinha terminado. Ele correu um olhar de desprezo por todos os Luxen presentes na sala. — Se vocês a expulsarem, vão perder a Zoe. E a mim. E com certeza vão perder o Luc. Precisam ser muito burros para não levarem isso em consideração.

Luc soltou uma risadinha de deboche e correu os olhos por cada um dos membros "não oficiais" do conselho.

— Ele tem jeito com as palavras, não tem?

— Sem dúvida. — Cekiah tamborilou os dedos debaixo do queixo. — Mas não estamos totalmente indefesos. Temos nos virado muito bem sem a presença de vocês.

— Mas como vão ficar sem a nossa? — perguntou Daemon, me deixando mais uma vez chocada.

— Ou a nossa? — Dawson se recostou no assento e passou um dos braços por cima do encosto da cadeira da esposa.

O sorriso do Hunter foi como fumaça.

— Ou sem a minha e dos outros Arum?

Eu precisava me sentar.

— E tenho certeza de que o Archer e a Dee sairiam logo atrás da gente — acrescentou Daemon.

Eu realmente precisava me sentar antes que caísse. Recuei um passo e despenquei numa cadeira vazia que não achava que estivesse ao lado do Luc momentos antes.

Luc ostentava aquele meio sorriso enfurecedor para qualquer um a quem se destinasse.

— O que você estava dizendo mesmo, Cekiah?

Ela pressionou os lábios numa linha fina.

— Não gosto dessa ameaça nem um pouco velada que vocês acabaram de fazer. Esperava mais de alguns de vocês. Não de você, Luc. De você eu não esperaria nada diferente.

— Ainda bem que você sabe — retrucou ele.

Cekiah soltou uma risada seca, o olhar recaindo sobre o Daemon e companhia.

— Você realmente iria embora com um recém-nascido? Arriscaria a vida do seu filho para se juntar a eles?

— Quer escutar uma coisa interessante? — perguntou Kat. O pequeno Adam havia acordado e estava com uma das mãos estendidas. Ela pressionou um beijo nos diminutos dedinhos. — Eu falei pra Evie o que a gente faria se ela provasse ser uma ameaça. Que todos nós arriscaríamos a morte pelas mãos do Luc para garantir a segurança da Zona 3. E, querem saber como ela respondeu? A Evie não ficou puta, não gritou nem chorou. Ela disse que entendia perfeitamente, e eu acreditei nela. Continuo acreditando.

A sala recaiu em silêncio, e a Kat continuou:

— Não quero ir embora. Não até o Daedalus ser completamente destruído e o mundo se tornar um lugar onde eu possa criar meu filho em paz. Não é para isso que estamos nos preparando?

Olhares sérios repousaram sobre os rostos daqueles em volta da mesa. Kat, porém, não se deixou intimidar.

— Estamos treinando todos em condições de lutar para fazerem exatamente isso. — Seus olhos cinzentos se fixaram nos meus. — É isso o que estamos fazendo no Parque.

Alguém, acho que o Quinn, fez um barulho como se estivesse tendo um ataque cardíaco.

— Kat... — murmurou Jamie.

— Não a interrompa. Você não vai gostar — disse Daemon calmamente, como se estivesse explicando para alguém a melhor rota a seguir. — E não é por minha causa que estou te dando esse aviso. O Adam manteve a gente acordado a noite inteira. Minha garota não está de muito bom humor.

Jamie fechou a boca.

Kat abriu um sorriso sedento de sangue.

— Nós sabíamos, antes mesmo de termos provas de que o Daedalus continuava operante, que mais cedo ou mais tarde alguém viria atrás da gente. Eles sempre vêm, mas dessa vez estaremos preparados. Qualquer um que tente nos destruir estará assinando sua sentença de morte. Depois disso, vamos sair e caçar todos os membros do Daedalus e todos os que os ajudaram ou permitiram que eles elegessem um presidente que não irá parar até eliminar todos os Luxen da face da Terra. Ah, sim, ele está na nossa lista. Nem todos aqui presentes ajudaram a salvar o planeta quando os Luxen invadiram, mas pelo menos metade ajudou, e não estou exagerando. Não vamos permitir que tudo pelo qual lutamos e nos sacrificamos se torne algo pior do que aconteceria se os Luxen invasores tivessem vencido. O mundo fora desse muro pertence a todos nós. E vamos nos certificar de que todos saibam disso.

Acho que a essa altura eu tinha parado de respirar.

— Todos os Luxen e híbridos estão sendo treinados para usar a Fonte como arma, assim como todos os humanos em condições de usar os punhos. — Ela deu mais um beijinho na mão do filho. — Aqueles que não tem condições de fazer isso estão sendo treinados para lutar de outras formas, quer seja providenciando ajuda médica ou qualquer outra coisa que venhamos a necessitar.

Era para isso que serviam os prédios espalhados pela comunidade, para cuidar de todos, independentemente da idade ou capacidade pessoal. Todos ajudavam, quer fosse lavando roupas ou cultivando alimentos, cuidando dos mais velhos ou ensinando as crianças. Todos tinham um objetivo em comum.

Retomar o planeta.

Kat sorriu ao escutar o suave som que o filho fez.

— Ouvi dizer que o Dasher afirma ter um exército. Bom, nós também, e ele é maior do que vocês possam imaginar ou do que o Daedalus possa sonhar.

— Lembra quando você me perguntou se alguém já havia ido embora da Zona? — perguntou Zoe, parada atrás de mim. Fiz que sim. — Já. Tanto aqui quanto em Chicago. Alguns de nós saem para encontrar outros e montar enclaves por todo o território norte-americano. Para recrutar membros de suas famílias e amigos que achavam que eles estavam mortos. Não é preciso muito para abrir os olhos dessas pessoas para o que está realmente acontecendo.

Não, tinha certeza de que não.

— Existe uma dúzia de locais estrategicamente posicionados por todos os Estados Unidos, cada um comandado ou por um dos líderes das Zonas ou por um humano confiável com experiência militar — disse Dawson. — O Eaton tem ajudado a coordenar e escolher.

— Temos bases em outros países também, lugares que não se alinharam com a política administrativa vigente. — Serena sorriu. — O Daedalus pode ser muito influente, mas eles se esquecem da enorme influência que alguns Luxen conquistaram, especialmente na Europa.

— Nossa força está na casa das dezenas de milhares — comentou Kat. — E, quando lutarmos, não estaremos lutando em nome da ambição ou da sede de poder de outra pessoa. Não faremos isso por dinheiro ou por condecorações. Iremos lutar pela nossa sobrevivência.

— Não existe estímulo melhor do que esse em nenhuma situação — observou Hunter, enfatizando *situação*.

— Assim sendo, não vamos criar nosso filho no mesmo tipo de sociedade que estamos querendo derrubar, em meio a uma comunidade que já deveria ter aprendido com a experiência, que já recebeu uma segunda, terceira ou quinta chance e, ainda assim, se recusa a conceder a mesma cortesia a alguém porque essa pessoa é diferente. — Kat olhou para cada um dos membros do conselho. — Virar as costas para a Evie estabelece o mesmo tipo de precedente que vem destruindo o mundo fora dessas paredes há séculos. O mesmo precedente que acabaria regendo o mundo que queremos construir.

— Somos melhores do que isso — interveio Beth em voz baixa, atraindo todos os olhares. — Pelo menos, é no que sempre acreditei. No entanto, ao escutar alguns de vocês hoje, fico com medo de ter me equivocado.

— Como você pode não estar preocupada, Bethany? — perguntou Quinn gentilmente.

— Nenhum de nós está dizendo que não se preocupa com o que ela pode fazer ou se tornar. Deus sabe que eu fiquei morta de medo ontem quando vi a Ashley diante dela. — Ela engoliu em seco. Dawson afastou uma mecha de cabelo do seu rosto, a mão se demorando em volta da nuca. — Mas minha filha não tem medo dela. Tudo o que ela fez ontem foi ficar falando sobre a nova amiga que sabia voar.

Uau.

Uau!

Ela estava falando de mim. Euzinha.

— E nossa filha é uma melhor juíza de caráter do que praticamente todos que a gente conhece — acrescentou Dawson. — Se a Ashley quer ser amiga dela, então a Evie tem o meu voto.

— Eu dei a ela motivo mais do que suficiente para me atacar, e ela não atacou — declarou Hunter. — Ela tem o meu voto também.

— E o meu. — Serena ergueu a mão. — Eu estava prestes a apontar uma arma para ela. E tudo o que a Evie fez foi me alertar. — Ela se encolheu. — Mais uma vez, desculpa.

— A Evie também tem o meu voto — disse Kat. — Se é que já não ficou óbvio.

— Depois de ver o que eu vi ontem? — Daemon olhou para o Luc. Não era apenas uma retribuição por tudo o que o Original havia feito. Esse não era o principal motivo. Eu não ia menosprezar o que eles estavam fazendo se colocando do meu lado. Eles confiavam em mim. — Quando a hora de entrarmos na batalha chegar, quero ela no meu time.

— Ela tem o meu voto — anunciou Zouhour. Uma simples pena podia ter me derrubado da cadeira. — A Kat e a Bethany estão certas. Estamos tentando construir um mundo melhor. Não podemos fazer isso se nos deixarmos guiar pelo medo do que não sabemos ou compreendemos.

Fechei as mãos nos braços da cadeira para me impedir de fazer algo idiota, tipo, subir em cima da mesa e abraçar todos eles, inclusive o pequeno Adam.

Cekiah correu os olhos por cada um dos membros do conselho e, um a um, todos assentiram, até mesmo a Jamie. Com a sombra de um sorriso repuxando-lhe os lábios, ela me fitou.

— Bom, acho que alguém deveria te mostrar o Parque.

28

Parque era exatamente o que eu esperava, e mais um pouco. Ainda atordoada pelo que tinha acontecido durante a reunião e totalmente sem graça pela enxurrada de palavras ao tentar agradecer à Kat e aos demais depois, fui ouvindo as explicações da Cekiah durante o tour. Luc nos seguia calmamente alguns passos atrás.

O Parque em si ficava atrás da antiga escola, e englobava um estacionamento, dois campos de futebol e outro de beisebol.

Mas não era só isso. Ao nos aproximarmos das portas duplas abertas, escutei uma série de estalos suaves e repetitivos.

— Que barulho é esse?

— O auditório já possuía revestimento à prova de som, de modo que se tornou o lugar perfeito para um estande de tiro — explicou Cekiah. — Não queríamos que as crianças e as pessoas mais debilitadas se assustassem com o barulho das armas. Claro que só dá para abafar o som até certo ponto, e está longe de ser o ideal usar um espaço dentro de uma escola para esse propósito, mas a menos que você esteja nessa parte da propriedade, não dá para escutar.

— Faz sentido. — De onde estávamos, dava para ver o contorno de pessoas andando de um lado para o outro. Tirando os Troianos e demais alienígenas, todos usariam armas. Afinal, armas de fogo eram o principal meio de defesa da humanidade. Fogo para combater fogo.

— Também usamos as salas de aula para montar planos estratégicos que serão implantados por aqueles com potencial para liderar as bases fora dos nossos muros — continuou ela. — A escola possui dois ginásios, que utilizamos para treinar as lutas corpo a corpo.

— Tipo luta livre — interveio Luc. — Só que um pouco mais intenso, uma vez que utilizamos um misto de artes marciais. O mesmo tipo de treinamento que o Daedalus usa.

— Levando em conta o modo como lidei com a April, imagino que tenha sido treinada desse jeito, embora as lembranças estejam bloqueadas.

— Isso é fascinante. — Cekiah se virou para mim e arregalou os olhos. — Não que eu ache que o que foi feito com você seja fascinante, mas sim o fato de que esse conhecimento reside num nível inconsciente. A forma como você é capaz de acessar e usar esse conhecimento é que eu acho muito interessante.

— Eu também — murmurei.

— Seria legal ver se você consegue acessar essas técnicas nas circunstâncias certas. — Luc desviou os olhos do prédio de tijolos. — Acredito que seja igual à Fonte. Assim que você começar a usar esse treinamento, ele virá mais naturalmente.

— Não sei. — Cruzei os braços. — Ser capaz de usar uma fonte de poder alienígena me parece mais verossímil do que perceber de repente que sou faixa preta em jiu-jitsu.

O Original riu.

— Tão fácil quanto imaginar que você seria capaz de correr mais rápido do que eu?

Sorri ao me lembrar desse dia, feliz com aquele pequeno momento de vitória.

Sem-vergonha.

Não seja estraga-prazeres.

— Quem é o responsável pelo treinamento?

— Várias pessoas. Em sua maioria, gente com perícia naquilo que estiver ensinando. Tivemos sorte com o Eaton. Ele conhecia muitos homens e mulheres que não estavam felizes com o que vinha acontecendo. Inclusive alguns que, como ele, sabiam do Daedalus e, no começo, acreditaram que estavam trabalhando por um bem maior.

— Você acha que no começo eles tinham boas intenções? — perguntei, curiosa para saber a opinião dela.

Cekiah se virou de costas para a escola e balançou a cabeça de leve.

— Acho que tudo que envolve os humanos não é tão claro e definido. O mesmo vale para os Luxen e para qualquer espécie que tenha emoções, desejos e necessidades. — Ela olhou de relance para mim. — A história nos mostra que algumas das maiores atrocidades foram cometidas por pessoas bem-intencionadas.

— Bom, dizem que o inferno é cheio de boas intenções — comentou Luc, metendo as mãos nos bolsos.

Cekiah nos conduziu para longe da entrada, em direção à cerca de arame farpado.

— O campo de futebol é uma das áreas onde os humanos são treinados para o combate corpo a corpo — explicou ela, enquanto atravessávamos o estacionamento. — Como você pode ver.

Realmente dava para ver.

Havia várias arenas armadas por todo o campo, cujas linhas originais de marcação no gramado há muito haviam se apagado. Algumas dessas arenas eram lideradas por um Luxen ou um híbrido, outras por humanos.

Dúzias de humanos estavam envolvidos em combates, uns batendo, outros apanhando. Um grupo próximo à trave enferrujada do gol treinava técnicas para derrubar o oponente sobre colchonetes de um vermelho vibrante.

Algo a respeito dessa cena mexeu com os recônditos do meu subconsciente.

— Eles estão aprendendo...? — Havia uma palavra específica para isso, e não era *derrubar*. No momento, eles estavam sendo instruídos a usar as pernas ou como puxar o oponente pelo braço. De repente, a palavra correta me veio à mente. — Takedown! Eles estão treinando takedowns?

— Parabéns! Você ganhou uma estrelinha de ouro! — murmurou Luc atrás da gente.

Lancei-lhe um olhar irritado por cima do ombro ao mesmo tempo que meu estômago escolhia esse momento para roncar alto.

Ele ergueu as sobrancelhas.

Cekiah anuiu com um menear de cabeça.

— Em todas as lutas, suas chances melhoram se você conseguir derrubar o oponente. Eles também estão aprendendo como cair de forma a não se machucar tanto, assim como a se levantar o mais rápido possível.

Em outras arenas, eles aprendiam socos e chutes e outras técnicas mais complicadas que me remeteram a um misto de artes marciais. Ao nos aproximarmos do segundo campo de futebol, escutei uma série de estalidos baixos. Assim que consegui ver o que estava acontecendo, meu queixo caiu.

— Puta merda! — murmurei.

— Impressionante, não é? — Cekiah sorriu. — Essa foi uma das ideias iniciais do Eaton, e levamos quase um ano para viabilizá-la.

— Parece uma pista de obstáculos padrão tropa de elite. — Pisquei, mais do que impressionada, porque era exatamente o que parecia, e estava sendo usada no momento.

— É basicamente isso — confirmou ela.

Duas mulheres partiram. Elas pularam com facilidade o primeiro obstáculo, que parecia ter sido montado com postes telefônicos, saltaram sobre outro que ficava a mais de um metro do chão e se agarraram a uma barra posicionada numa altura de mais de dois metros. Após suspenderem o corpo e passarem uma perna e um braço por cima da barra, as duas pularam de volta para o chão. Sob gritos de estímulo das pessoas que assistiam nas laterais da pista, elas venceram o obstáculo seguinte e seguiram para um tronco, de onde pegaram impulso para se agarrar ao que me pareceu um trepa-trepa largo e comprido. Balançando-se no ar e avançando de barra em barra, as duas o atravessaram e aterrissaram sobre um caminho de troncos serrados, o qual percorreram em disparada.

Ainda não havia terminado.

As mulheres se depararam com uma parede de dois metros de altura, a qual escalaram e passaram por cima. Uma vez do outro lado e de volta ao chão, elas atravessaram correndo uma série de toras dispostas em variadas alturas e chegaram a outra barra alta; só que dessa vez eram duas. Boquiaberta, observei-as pular e se agarrar à primeira barra. Elas, então, começaram a se balançar para ganhar impulso até conseguirem se lançar de corpo inteiro por cima da outra, uns 30 centímetros mais alta.

Mais uma vez de volta ao chão, as duas chegaram ao último obstáculo: uma corda de escalada. A subida exigia o uso de força dos membros superiores e inferiores. Elas alcançaram o topo e voltaram pelo mesmo caminho, lado a lado.

Uma salva de palmas acompanhada por gritos de vivas explodiu quando as duas mulheres terminaram o percurso ao mesmo tempo. Elas, então, se abraçaram.

— Estou exausta só de olhar — murmurei, balançando a cabeça. Sentia como se precisasse me sentar após assistir a todo aquele esforço físico.

— Essa pista serve para desenvolver força e resistência. — Cekiah retomou a caminhada ao mesmo tempo que um homem e uma mulher começavam a prova. — E, segundo o Eaton, estimula parceria e confiança entre os participantes.

— Eu jamais pararia de me vangloriar se conseguisse completar esse percurso — admiti.

— Mas você não precisa completá-lo — retrucou Cekiah, apontando com a cabeça na direção do campo de beisebol que ficava na base de uma pequena colina. — Nem eles.

Prendi a respiração ao sentir o ar carregado de estática. Lá embaixo, vários Luxen invocavam a Fonte. Uma luz branca envolvia-lhes as mãos. O zumbido da Fonte se manifestou em meu peito, e meu coração acelerou. Uma suave descarga de energia se espalhou por minhas veias. O vazio em meu estômago pareceu aumentar ao mesmo tempo que um movimento na outra ponta do campo atraía minha atenção.

Três Luxen seguravam balões de encher. Eles os soltavam no ar e, em seguida, usavam a Fonte para movê-los de um lado para outro.

Uma vez dada a ordem, um a um, Luxen e híbridos davam um passo à frente. Eles, então, invocavam a Fonte para acertar os balões de forma consecutiva. A energia pura e letal não os explodia. Ela os engolia por inteiro, desintegrando-os sem um único som.

— Alvos em movimento. — Soltei num arquejo. — Eles estão treinando acertar alvos em movimento com a Fonte.

— Num combate, os alvos não ficam parados, ficam? — indagou Cekiah. A brisa suave levantou a bainha de sua blusa fina. — Você é mais do que bem-vinda a usar o Parque. Peço apenas que faça isso sob a supervisão do Luc. — Ela fez uma pausa. — Ou de um dos que te defenderam durante a reunião.

— Combinado — concordou Luc. Tentei imaginar o Hunter me ajudando com qualquer tipo de treinamento.

Assenti com um menear de cabeça ao ver a Luxen me lançar um olhar de relance. Eu podia não ter sido expulsa da Zona, mas não significava que ela ou os outros estivessem prontos a me deixar zanzar livremente. Não podia culpá-los.

Cekiah, então, foi ao encontro de um híbrido que vinha subindo a colina, os olhos dardejando entre nós e a Luxen. Observar os Luxen e híbridos treinando lá embaixo não fez com que a ficha de que eles estavam se preparando para uma guerra simplesmente caísse, fez com que ela explodisse como uma bomba.

O discurso da Kat não tinha sido um exagero dramático. Era uma realidade e, embora eu já soubesse disso ao escutá-lo, ver com meus próprios olhos era completamente diferente.

Corri os olhos pelo campo e, de repente, pensei no Nate. Isso talvez explicasse por que o garoto tinha tanto medo. Qualquer um que visse todo aquele treinamento ficaria com medo, especialmente se não soubesse por que motivo ele estava acontecendo. Merda, eu sabia e, ainda assim, era um tanto assustador observar.

— Está tudo bem? — perguntou Luc em voz baixa, aproximando-se de mim.

— Sim? — Soltei o ar com força. — Não? — Olhei por cima do ombro ao mesmo tempo que outra leva de balões evaporava em pleno ar. Até onde eu sabia, nem todos os Luxen conseguiam usar a Fonte daquela maneira. A maioria deixaria uma carcaça fumegante para trás. De qualquer forma, usar a Fonte para acertar um humano seria totalmente diferente de usá-la para evaporar um balão. — Não me lembro muito bem da invasão. Antes de saber a verdade, achava que tinha enterrado as lembranças. Tipo, por ter sido tão assustador e traumatizante que era a única forma que eu havia encontrado de lidar com elas. Agora sei o motivo. Eu ainda era a Nadia quando tudo aconteceu. Talvez se me lembrasse, não ficaria tão perturbada com tudo isso. Mas fico — admiti, virando-me para ele. — Acho que se não ficasse é que seria um problema, entende? Quero dizer, você provavelmente não fica porque sua vida sempre foi assim.

— De vez em quando, essa realidade também me deixa chocado. — Luc pegou minha mão e entrelaçou os dedos nos meus. Sob a luz do sol, seus olhos pareciam duas ametistas polidas. — Em geral, quando a vida começa a ganhar um aspecto mais normal, pelo menos para mim, as coisas que testemunhei me pegam desprevenido. — Ele se virou para o campo abaixo. — Posso ser capaz de matar quando necessário, e posso até não me arrepender, mas nunca esqueço nenhuma das vidas que tirei.

Sentindo o coração doer, apertei a mão dele.

Luc piscou e retribuiu o gesto.

— E antes que tudo termine, muitas outras vidas serão perdidas. Em ambos os lados. — Ele me fitou. — Está pronta para encarar essas coisas, Evie? Haverá outros iguais à Sarah. Pessoas que irão se tornar nossos inimigos mesmo contra a vontade. E outros que acreditarão estar do lado certo da história.

Um novo buraco se abriu em meu estômago.

— Preciso estar pronta. Quero deter o Daedalus. E não posso fazer isso sem sujar as mãos.

— Você não vai simplesmente sujar as mãos. — Ele virou o corpo para mim e me fitou no fundo dos olhos. — Vai cobri-las de sangue.

— Eu sei. — Meu estômago revolveu de novo, porém dessa vez não por fome.

Com os olhos ainda fixos nos meus, Luc ergueu uma das mãos e roçou os dedos no meu rosto.

— Coração mole — murmurou ele. — Não quero que ele endureça ou se parta.

— Nem eu. — Fechei a mão em volta do pulso dele. — Mas se eu não fizer nada, vai ser ainda pior para o meu coração, Luc. Além disso, não temos escolha. Precisamos lutar.

— Nós temos escolha, sim, Pesseguinho. Sempre existe escolha. — Ele se aproximou um pouco mais. — A gente pode desaparecer. Eu tenho esconderijos espalhados pelo mundo todo. Lugares que o Daedalus levaria décadas para descobrir. Não precisamos fazer nada.

Levei um momento para entender o que ele estava dizendo. Minha mente havia travado no lance de o Luc ter esconderijos-pelo-mundo-todo.

— Sério?

— Sério.

— Onde?

O Original abriu um meio sorriso.

— Tenho uma pequena mansão na Grécia.

Pisquei.

— Uma pequena mansão?

Ele assentiu.

— O Paris a comprou uns dois anos antes da invasão. Foi você quem escolheu o local.

— Eu... — Não fiquei exatamente surpresa em escutar que eu havia escolhido esse local. Como Evie, eu também sempre quisera conhecer a Grécia. — Você tem casas em outros lugares também?

— Tenho um apartamento no sul de Londres e outro em Edimburgo — respondeu Luc. Tudo o que consegui fazer foi encará-lo. — E uma casa em Puna'auia.

— Não sei nem onde fica isso.

— Posso mostrar exatamente onde fica. É só você dizer que a gente desaparece. — Ele inclinou a cabeça ligeiramente de lado. — Podemos até levar seus amigos se eles quiserem ir.

Era uma oferta tentadora, demasiadamente tentadora. Não haveria mãos cobertas de sangue com as quais me preocupar. Nenhum Jason Dasher ou Daedalus, pelo menos por décadas, e décadas representavam uma eternidade. Podíamos desaparecer com todas as pessoas importantes para nós.

Mas o resto do mundo não desapareceria com a gente. Nem esse maldito vírus ou o Daedalus. Eles continuariam procurando por nós e, mesmo que não nos encontrassem, encontrariam outros. O mundo continuaria seguindo por um caminho que mudaria tudo para sempre.

Baixei os olhos.

— O que está acontecendo... é maior do que a gente, Luc. Não sei se conseguiria viver comigo mesma se desaparecêssemos sem tentar fazer nada para impedir. — Ergui os olhos lentamente de volta para ele. — É isso o que você quer?

— No que diz respeito a você, sou incrivelmente egoísta. Você já devia saber qual vai ser a minha resposta.

— Você pode ser egoísta, mas não é indiferente — retruquei. — Se fosse, não se lembraria das mortes que mencionou.

Um lampejo de emoção turbilhonou nos olhos ametista do Original, que baixou os cílios. O que eu disse a seguir apenas ele poderia escutar. *Uma decisão dessas iria nos corroer por dentro.*

Um longo momento se passou e, então, sua voz murmurou em minha mente. *Tem razão.*

— Você pode me mostrar todos esses lugares depois.

— Posso, sim.

— Promete?

— Prometo.

❊ ❊ ❊

Depois de me refestelar com queijo e algum tipo de carne curada que me remeteu a carne seca, saímos para encontrar o Hunter. Eu continuava com fome.

— Talvez sejam vermes — comentou Luc enquanto cruzávamos os dois quarteirões até a casa do Hunter e da Serena.

Fiz uma careta e olhei para ele.

— Jura? Essa é a sua explicação?

Ele riu e bateu o ombro de leve no meu.

— Quero dizer, uma lombriga crescida explicaria essa sua fome constante.

— Não acho que funcione assim. — Afastei-me antes que ele batesse no meu ombro de novo.

— Bom, também existe uma doença rara que...

— Quer saber? Esquece que eu disse qualquer coisa. — Pulei para a calçada. — Não está tão ruim como antes das minhas férias mentais, portanto deve ser só meu corpo se adaptando à carência de açúcar.

— Quanto de açúcar você costumava comer?

— Nem tanto.

— Quantos gramas?

— Como diabos eu poderia saber quantos gramas de açúcar...

Luc esbarrou o pé no meu, me fazendo tropeçar.

— Que merda! — Rindo, me virei para ele, mas antes de terminar de girar o corpo, o Original já estava meio quarteirão à frente. — Isso é trapaça.

— Acho que você precisa trabalhar seus reflexos.

Mostrei-lhe o dedo do meio. Com uma risadinha presunçosa, Luc parou ao lado de um jardim cheio de árvores grandes com folhas vermelhas e ressecadas.

— Você pode ser o Original mais poderoso de todo o planeta...

— Universo — corrigiu ele.

Ignorei a observação.

— Mas, de vez em quando, parece um garoto de doze anos.

— Um garoto de doze anos que é o Original mais poderoso de todo o planeta.

Parei a alguns metros dele e o encarei.

Ele baixou o queixo, rindo.

— Mas você me ama.

Um sorriso repuxou meus lábios.

— Amo mesmo. — Dei um pulo, forçando meu corpo a se mover rápido. Percebi que o havia pego de surpresa quando envolvi seu rosto entre as mãos e o vi recuar um tiquinho. Colocando-me na ponta dos pés, eu o beijei... beijei com vontade. Luc fez menção de me abraçar, mas eu fugi. Ele fez um biquinho e soltou os braços ao lado do corpo. — Você tomou um susto.

— Tomei. — Com os olhos cintilando, o Original me observou passar quicando por ele de novo. — Tem ideia de para onde você está indo?

— Não. — Continuei andando. — Mas imagino que vou saber onde estou quando meus sentidos especiais de detecção alienígena se manifestarem.

Ele me alcançou e voltamos a descer o quarteirão, a rua flanqueada por árvores grandes. Cruzamos para o outro lado quando senti uma espécie de sopro gelado em minha nuca. De repente, parei e me virei para a direita. O jardim estava tomado pelo mato, porém o caminho pavimentado que levava à varanda da frente estava limpo.

— Me dá só um segundo. — Ao vê-lo assentir, continuei andando. Passei por mais duas casas e, quando a sensação diminuiu, voltei. Parei e olhei para o outro lado da rua, balançando a cabeça. — É essa aqui.

— Duas estrelinhas de ouro para você num único dia. — Ele se virou para subir o caminho de entrada.

Fui atrás dele, mas esperei um pouco quando o Original começou a subir os degraus da varanda. Esticando a perna, chutei de leve seu pé. Luc tropeçou, mas conseguiu se recobrar e se virou, erguendo as sobrancelhas.

— Três estrelinhas de ouro — corrigi.

Lentamente, ele abriu um sorriso de orelha a orelha, do tipo que me deixava sem ar e derretia meu coração.

— Sabe o que acontece quando você consegue três estrelinhas de ouro num único dia?

— O quê? — Comecei a subir os degraus e parei no penúltimo, logo atrás dele.

Curvando-se, o Original roçou os lábios nos meus e disse:

— Você ganha um prêmio.

Fechei os olhos.

— Tipo, chocolate?

— Melhor. — Ele roçou os lábios de novo nos meus.

— Hummm. — O farfalhar em meu peito desceu para a barriga. — Pipoca coberta de chocolate?

— Melhor ainda. — Luc mordiscou meu lábio inferior e capturou meu arquejo com um beijo. Estávamos tão absortos um no outro que nenhum de nós percebeu quando a porta se abriu.

— Acho que existem varandas melhores para vocês fazerem isso — disse Hunter. — Quero dizer, qualquer uma que não a minha.

Arregalando os olhos, vi o Luc abrir um sorriso e me dar um rápido selinho antes de se virar para o Arum.

— Eu pediria desculpas, mas isso significaria que me importo.

Hunter bufou e olhou de relance para mim.

— Não sei como você aguenta.

— Se ela te conhecesse um pouco mais, perguntaria a mesma coisa pra Serena.

Com uma insinuação de sorriso, o Arum nos convidou a entrar.

— Verdade.

Assim que entrei atrás do Luc e do Hunter, minha primeira impressão foi de que a casa, além de pequena, era muito monocromática. Paredes brancas e nuas. Sofás e poltronas pretos complementados por mesinhas de canto e uma de centro também pretas. O carpete e as cortinas, brancos. Na verdade, não havia cor nenhuma na casa exceto pelas pequenas estatuetas de madeira espalhadas por toda a sala. Um lobo decorava uma das mesinhas de canto, ao lado de uma lamparina preta. Um urso grande e empinado nas patas traseiras estava posicionado entre duas velas brancas já queimadas até a metade. Havia também um cavalo a meio galope na outra mesinha de canto, e vários cachorros pequenos enfileirados sobre um móvel que outrora devia ter acomodado uma televisão. Cada uma das estatuetas era tão detalhada que imaginei terem levado horas para serem entalhadas.

Você acha que ele procurou uma casa já previamente decorada em preto e branco?, perguntei, imaginando como a gente tinha terminado na casa dos aficionados por anjos.

Provavelmente. Ele precisava de um lugar tão escuro e carregado quanto seus sombrios pensamentos. Arum são góticos por natureza.

Bufei.

Hunter estreitou os olhos.

— Vocês dois estão tendo uma conversinha particular? É um tanto grosseiro fazer isso na casa dos outros.

De repente, achei o urso entalhado absolutamente fascinante. Esperava que ele não tivesse percebido minhas bochechas queimando.

— A gente jamais faria uma coisa dessas. Cadê a Serena? — Mudando rapidamente de assunto, Luc se sentou no sofá e deu um tapinha no espaço ao lado dele. Sentei no local indicado enquanto o Hunter optava por uma das poltronas.

— Ela foi visitar a Kat. — Ele plantou um dos pés calçados com botas sobre a mesinha de centro. — Namorar o bebê um pouco.

— Por que não fico surpreso que você não tenha ido junto?

O Arum soltou uma risadinha silenciosa que fez os ombros tremerem e, em seguida, apoiou o braço sobre a perna dobrada.

— Poucas coisas na vida me assustam, mas bebês são uma delas.

Ahn. Ele e eu tínhamos algo em comum.

— Então, vocês queriam conversar? — Aqueles olhos azuis quase brancos se fixaram em mim. — Espero do fundo do coração que você não tenha vindo para escutar mais um pedido de desculpas.

Bufei.

— Não.

— Também espero que não tenha vindo me agradecer de novo. Acho que não aguentaria passar por outra cena daquelas.

Pressionei os lábios até sentir minhas bochechas inflarem. De olhos arregalados, retruquei:

— Talvez eu tenha sido um pouco efusiva demais.

— Achei que você ia me abraçar.

— Com isso você não precisava se preocupar. Não tenho o hábito de abraçar pessoas que na véspera queriam me matar.

Ele sorriu, deixando transparecer a ponta dos dentes brancos.

— Sábia escolha. Então, por que vocês dois estão aqui?

Luc ficou em silêncio enquanto eu me ajeitava na beirinha do sofá.

— Antes de perguntar qualquer coisa, quero dizer que sinto muito pelo seu irmão.

— Por quê? — Ele começou a tamborilar os dedos no braço da poltrona. — Você o conhecia?

— Na verdade, nós nos encontramos rapidamente. — Contei como tinha esbarrado com ele do lado de fora da Foretoken. — Ele não tentou me atacar nem nada parecido. Meio que só disse tchau e entrou.

Um músculo pulsou no maxilar do Arum.

— O Lore não tinha o hábito de atacar garotas adolescentes.

— Bom saber — murmurei.

— Qual é a sua pergunta? — instigou Hunter. Estava na cara que ele não queria falar sobre o irmão.

Eu podia entender melhor do que ninguém. Todas as vezes que a imagem da minha mãe pipocava na minha mente, tentava pensar em outra coisa. Perguntei-me se o Luc fazia o mesmo.

— Você me sentiu, certo? Ou sentiu a Sarah, ou talvez nós duas. Como? Os Arum conseguem...

— O Lore te sentiu?

Fiz que sim.

Ele olhou para o Luc.

— Você não sente?

— Não. Nem os Luxen — respondeu o Original.

— Interessante — murmurou Hunter. — Posso fazer algo que você não.

— Deve ser uma sensação maravilhosa — retrucou Luc. — Eu não saberia dizer. Entenda, passei a vida inteira fazendo coisas que os outros não conseguem.

Argh.

Hunter riu.

— Você é tão babaca!

— É por isso que você gosta de mim.

— Verdade. — Ele assentiu. — Posso sentir o DNA Arum em você, só que é estranho. Como se fosse fraco demais. Não sei se senti apenas você ou as duas. Foi como uma espécie de peso no ar...

— E na pele? — Fechei as mãos nos joelhos.

Ele ficou imóvel por alguns instantes e, então, fez que sim.

— Exatamente.

Virei-me para o Luc.

— Me pergunto por que os Arum conseguem me sentir, mas não os Originais ou os Luxen.

— O que você acha, Hunter? — indagou Luc.

O Arum abriu um meio sorriso.

— Acho que tem a ver com o modo como conseguimos perceber e ver os Luxen ou qualquer coisa com DNA Luxen. Somos mais sensíveis.

— Tá falando das auras que eu consigo ver agora? — perguntei.

— É. Os Luxen gostam de pensar que são caçadores, mas não são. Nós somos. Biologicamente, somos predadores naturais. Nossos sentidos são muito mais aguçados do que os dos Luxen: visão, audição, paladar e olfato. Pelo visto, o Daedalus conseguiu replicar isso. Eles vêm tentando desde que eu me lembro.

— Eu senti a Sarah assim que me aproximei da casa. Só não sabia interpretar a sensação. — Inspirei fundo. — Também consegui me comunicar com ela do jeito que faço com o Luc, e acho que a escutei em minha mente durante a mutação dela.

— Faz sentido. Nós conseguimos nos comunicar uns com os outros desse jeito. — Ele continuou a tamborilar os dedos. — Você consegue escutar os pensamentos de outras pessoas que nem o sr. Especial aí?

Fiz que não.

— Ficou aliviado em saber, não ficou? — perguntou Luc.

Hunter estreitou os olhos.

— Agora você está tentando provar alguma coisa, e vai acabar me deixando irritado.

— Você consegue se comunicar comigo desse jeito? — perguntei, antes que nossa reuniãozinha fosse pelo ralo.

— Já tentei, mas você não me escutou. E eu não consigo escutar você.

Franzi o cenho.

— Talvez só funcione com outros Troianos.

— O que não explica como vocês dois conseguem.

— Ele me curou, tipo, algumas dúzias de vezes. — Dei de ombros.

Hunter lançou um olhar penetrante na direção do Luc. Alguma peça pareceu se encaixar por trás de seus olhos.

— O ferimento que você provocou no Troiano que atacou vocês foi grave? — perguntou o Original.

— Eu abri um buraco no peito dele. Tipo, dava para ver através — respondeu o Arum. — Grave assim.

— Uau! — exclamei.

— Ele não partiu para cima da gente como você fez com a Troiana. Ele podia ter explodido qualquer um dos prédios à nossa volta, mas não explodiu. — Hunter parou de tamborilar os dedos. — Acho que foi por isso que o tiro a derrubou de jeito. Você gastou toda a sua energia. Estava totalmente exaurida. Pelo menos, é o que eu acho.

Luc inclinou o corpo para frente. A típica arrogância preguiçosa havia evaporado.

— Refresca minha memória, Hunter. O que acontece quando você esgota a Fonte? Quando não se alimenta?

Ele arqueou uma sobrancelha.

— Tipo, quando o poço seca totalmente? Poucos de nós escolhem viver assim, mas quando acontece, a gente fica fraco, quase como se fôssemos humanos. A primeira vez é a pior. É como um processo de desintoxicação. Ficamos famintos.

Ergui os olhos.

— O quê?

— Uma fome que comida nenhuma consegue aplacar. Ela parece te corroer por dentro, primeiro o estômago e depois o peito — explicou ele.

Senti como se o sofá tivesse se mexido debaixo de mim. — Muitos acabam dormindo a maior parte do processo.

— Dormindo? — guinchei. — Tipo, por uns dois dias?

Ele me fitou.

— É. De vez em quando, mais.

— Ah, merda — murmurei.

— Jesus! — Soltou Luc, se virando para mim. — Eu devia ter pensado nisso. Você é parte Arum. Começou a sentir fome depois do que aconteceu na mata, e aí acabou dormindo por quatro dias.

— Isso devia ter sido uma tremenda pista — comentou Hunter.

Tudo o que consegui fazer foi ficar sentada olhando para o urso.

— Talvez pra você, mas a Evie não é completamente Arum. Tenho certeza de que já sabe tudo o que aconteceu com ela.

— Sei. Só não sabia que ela havia dormido por quatro dias — retrucou ele. — O que aconteceu quando você acordou?

Pisquei e me forcei a diminuir a força com que estava apertando os joelhos.

— Acordei bem.

— Você é parte Luxen, portanto deve ter usado esse tempo para recuperar a energia que gastou. Foi a primeira vez que você usou a Fonte completamente depois de ter sido ativada, certo? O que não destrói a teoria da doutora. Na verdade, meio que a comprova — disse o Arum, rindo.

— O que tem de tão engraçado? — perguntei.

— Nada — respondeu Hunter. Com um sorriso, ele olhou para o Luc. — E aí, como você se sente em se tornar o energético pessoal dela?

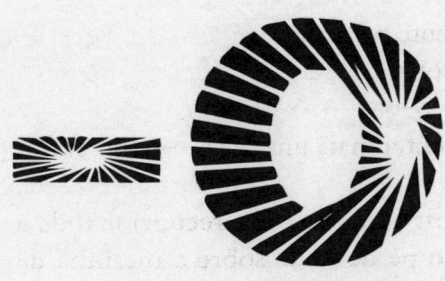 quê? — Levantei num pulo. — Você está dizendo que vou ter que me alimentar do Luc?

Arqueando uma sobrancelha, Hunter olhou para mim.

— Ou dele ou de algum Luxen. Híbridos não servem. Tente se alimentar de um híbrido e você vai estar faminta em poucas horas. Já os humanos, bom, a gente se alimenta deles por outros motivos.

Abri a boca para perguntar por que, mas, felizmente, lembrei da Serena e me dei conta de que a pergunta era desnecessária.

Virei-me para o Luc. Ele estava com uma expressão pensativa. Meu estômago foi parar nos pés.

— Não vou me alimentar de você.

Ele inclinou a cabeça ligeiramente de lado, mas não disse nada.

— Estou certo de que você pode encontrar um Luxen disposto a servir de petisco. — Hunter baixou o queixo. — Entenda, não precisa ser doloroso...

— Pode doer? — perguntei, levando as mãos ao peito.

— Só se você quiser. — Hunter tirou o pé de cima da mesa e se inclinou para frente. — Mas você também pode fazer com que seja extremamente prazeroso para o doador.

Minhas bochechas queimaram.

— Nem sei como fazer para me alimentar.

Hunter lançou um olhar significativo na direção do Luc.

— Conheço um ou dois Arum que ficariam mais do que felizes em te ensinar.

Luc se virou imediatamente para ele.

— Isso não será necessário.

— Tem certeza? O Sin vai chegar logo. — O Arum mordeu o lábio inferior. O canalha estava definitivamente se divertindo. — E você sabe o quanto ele é prestativo.

O sorriso do Original lançou centelhas no ar.

— Também sei o quanto vai doer o soco que eu vou dar na sua cara.

— Foi só uma sugestão.

— Ah, sim, você está sendo realmente prestativo.

Rindo, Hunter se recostou na poltrona.

— Esse é meu nome do meio.

— E se eu não me alimentar? — Sentei mais uma vez. — Vou entrar em coma de novo por mais alguns dias?

— É o que parece. Você vai dormir até seu corpo recuperar toda a energia que perdeu. — Hunter botou o pé de volta sobre a mesinha de centro. — De certa forma, você tem sorte. Se fosse totalmente Arum, sua única opção seria se alimentar, a menos que quisesse perder completamente a capacidade de usar a Fonte.

— Sorte? — Soltei uma risada seca. — É, acho que sim.

— Tem mais uma coisa — acrescentou o Arum. — Opala.

— Opala? — Olhei de um para o outro. — Tá falando da pedra?

Luc assentiu.

— Lembra quando eu falei que o quartzo-beta mascara a presença dos Luxen, neutralizando seus comprimentos de onda? Não é o único tipo de pedra que produz um impacto. Algumas são boas. Outras ruins.

— Como o ônix? Sei que ele machuca os Luxen. — Fora dos muros, havia borrifadores instalados na maioria dos edifícios públicos, os quais emitiam um jato de ônix. A mistura produzia um efeito bizarro no DNA alienígena, fazendo com que os Luxen sentissem como se suas células estivessem colidindo umas contra as outras. Tinha me esquecido disso. Será que eu seria afetada?

Balancei a cabeça em negação. Era melhor focar numa merda de cada vez.

Luc devia ter captado meus pensamentos, porque disse:

— O ônix e as misturas feitas com diamantes não afetam os Originais. Acho que com você vai ser igual.

— Diamantes? — Nunca tinha escutado nada a respeito de diamantes. Ele assentiu.

— Os diamantes possuem um alto índice de refração da luz. Eles não machucam nem os Luxen nem os híbridos, mas em grandes quantidades podem drenar a Fonte.

— A opala, porém, é completamente diferente. — Hunter apoiou a cabeça no encosto da poltrona. — Ela refrata e reflete ondas específicas de luz, alterando sua velocidade e direção. Para qualquer um com DNA Luxen, ela potencializa os poderes. E, para os Arum, não só garante mais poder como diminui a necessidade de alimentação.

— Você por acaso tem um pedaço de opala sobrando por aí? — perguntei para o Original.

Ele fez que não.

— Desde que o presidente McHugh assumiu o cargo, ficou mais difícil encontrar opalas. A maioria foi confiscada ou destruída.

— Você não tem uma reserva particular? — O tom do Hunter foi de profunda surpresa.

— Eu tinha — retrucou Luc secamente. — Na verdade, em dois lugares. Um deles eu precisei abandonar de maneira um tanto ou quanto inesperada, e o outro fica a uma distância considerável daqui. Confie em mim, se eu tivesse qualquer pedaço, a Evie estaria usando.

— Bem, é uma pena. — Os olhos do Arum se voltaram para mim. — Alimente-se ou durma. Essas são suas opções.

❊ ❊ ❊

— **Não temos escolha** — argumentou Luc. — Você precisa se alimentar.

Com as mãos nos quadris, lancei um olhar irritado na direção do Original, que estava esparramado no sofá, um dos braços jogado por cima do encosto e um pé descalço apoiado sobre a mesinha de centro. Ele parecia confortável demais para alguém que estava prestes a tomar um cascudo.

A discussão havia começado assim que saímos da casa da médica, a qual tínhamos ido visitar logo depois de nos despedirmos do Hunter. Eu queria saber se ela achava que poderia haver alguma alternativa. Tipo, sei lá, uma dieta restrita a carnes vermelhas e vegetais in natura. Ou talvez ela tivesse um estoque de injeções de vitamina B guardado em algum lugar. Luc havia concordado com a visita só para me satisfazer. A dra. Hemenway dissera que não havia nada que ela pudesse fazer, nenhuma sugestão. Aparentemente, ela jamais conhecera um Arum que não se alimentasse. Todos os outros que viviam ali, e que não eram poucos, usavam Luxen como doadores voluntários.

O que me levara a perguntar ao Luc durante o caminho de volta:

— Quem o Hunter usa para se alimentar?

— Não sei e não quero saber — respondeu ele.

Tal como o Original, a médica havia ficado incomodada por não ter pensado no fato de que, já que eu possuía DNA Arum, precisaria me alimentar. Mas quem teria imaginado uma coisa dessas? Os Troianos eram uma espécie nova, e eu era particularmente única.

Tinha descoberto durante o caminho de volta para casa que a outra reserva de opala do Luc estava guardada em sua "pequena mansão" na Grécia, portanto, sem chance.

— Não sei por que você está tão preocupada com isso. — Luc colocou o outro pé sobre a mesinha de centro e cruzou as pernas na altura dos tornozelos. — O Hunter explicou como fazer.

O que havia soado extremamente esquisito. O Arum se divertira com a explicação, oferecendo instruções passo a passo enquanto citava repetidamente o "Luc ou alguém mais disposto a servir de petisco".

Para ser honesta, estava surpresa pelo Hunter ainda estar vivo.

Ao explicar como seria a alimentação, ele fizera parecer mais fácil do que eu imaginava que seria. O Arum alegou que meu corpo saberia o que fazer, e admitiu que estava chocado por eu ainda não ter me alimentado do Luc sem querer. Depois, explicou como tinha feito isso acidentalmente com a esposa, o que, francamente, tinha sido mais informação do que eu desejava no momento.

— Ele também disse que não precisa ser doloroso — continuou Luc. — E, mesmo que fosse, eu continuaria me oferecendo.

Franzi o cenho.

— Olha só, estou disposto a fazer o que for preciso para me certificar de que você fique bem…

— Eu estou bem.

Ele abriu um sorrisinho debochado.

— Você acabou de comer e continua com fome. Quanto tempo mais até começar a se sentir tonta e acabar desmaiando?

— Não sei. — Joguei as mãos para o alto. — Prometo te informar antes que aconteça.

— Não vou deixar chegar a esse ponto. — Luc correu uma das mãos pelo cabelo. — Você entrar em algo equivalente a um coma não é uma opção. O fato de chegar a pensar nessa possibilidade me deixa de cara.

— De cara? Jura?

— Isso mesmo. Me. Deixa. De. Cara. Você ficou apagada por quatro dias. Eu sequer sabia se iria acordar, e mesmo que agora saiba que sim, não faz com que seja mais fácil — prosseguiu ele. — E se algo acontecer enquanto você estiver dormindo?

— Isso me lembra o título de um filme.

Ele assumiu uma expressão impassível.

— Eu sei. É um dos seus prediletos — comentou o Original, fazendo meu coração pular uma batida. Como Evie, jamais contara a ele sobre esse filme. — E se a gente sofrer um ataque? Ou se enquanto estiver lutando para defender o planeta, você tiver que repor a energia que gastou? Vai simplesmente tirar um tempo de folga pra dormir?

Pressionei os lábios numa linha fina.

— Você acha que o Daedalus vai respeitar esse tempo? Dar uma trégua enquanto você se recobra? Vamos fazer melhor, invoca a Fonte agora, Evie.

Tirei as mãos dos quadris.

Ele ergueu as sobrancelhas.

— Ou será que você já tentou e não conseguiu?

Eu ia bater nele.

— Você já tentou.

Já tinha mesmo.

Tinha tentado invocar a Fonte enquanto estava no banheiro. Só conseguira conjurar uma pequena bola de energia, que rapidamente desaparecera.

Cruzei os braços.

— Por que está me perguntando isso se já sabe a resposta?

— Para que perceba que não pode sequer treinar com a Fonte até que reponha o que gastou. Infelizmente, não temos energia aqui. A gente poderia maratonar *Buzzfeed Unsolved*.

— Não precisa bancar o espertinho — rebati. — Claro que já pensei nisso. Já pensei em tudo.

— E continua discutindo comigo? Sério?

— Além do fato de não ter certeza se vou te machucar ou não, o Hunter disse que eu posso perder o controle e te drenar completamente — respondi. O Arum mencionara esse pequeno detalhe *quando já estávamos de saída*. — Não gosto da ideia de que algo assim possa acontecer. A energia é sua, e você precisa dela. Me parece errado.

Luc me fitou. Em seguida, botou os pés no chão e se inclinou para frente.

— O que você acha que eu fiz quando suguei a Fonte de você na noite em que perdeu o controle? Aquilo pareceu errado?

Encolhi-me.

— Porque é basicamente a mesma coisa, Evie.

— Mas você teve que...

— E agora *você* tem que fazer. — Sua voz tornou-se mais branda. — Duvido que perca o controle, mas, se perder, eu te detenho.

Inspirando de maneira rápida e superficial, desviei os olhos.

— Não estou tentando bancar a difícil.

— Eu sei.

— Sabe mesmo? Entende por que isso é...? — Não sabia nem como descrever o que estava sentindo.

— Muita coisa para digerir? — sugeriu o Original, fazendo com que me virasse de novo para ele. — É, eu entendo. Se fosse o contrário, eu estaria lutando com você com unhas e dentes. E, quer saber? Você estaria fazendo a mesma coisa que estou agora.

Pressionei os lábios de novo, odiando o fato de ele estar certo. Só que era mais do que isso. Há menos de um dia, Luc havia usado a Fonte para tentar salvar o Spencer e depois me curar. Ele tinha se exaurido e, se o Grayson não tivesse feito o que fez, será que ele agora não estaria com olheiras e linhas de tensão em volta da boca?

— Eu estaria bem, mesmo sem a ajuda do Grayson — disse o Original baixinho, me pegando de surpresa. — E, não. Não li os seus pensamentos. Eu já sabia. Mas o Grayson não sabe que eu sei. E quero que continue assim.

— Você ficou exausto, Luc. Isso aconteceu ontem...

— E hoje estou mais do que cem por cento carregado. Não é como se eu não fosse conseguir me recuperar sozinho — disse ele. — Não preciso dormir para que isso aconteça. Preciso somente de cerca de uma hora para me recobrar. Também não é algo que você vai ter que fazer com tanta frequência assim. Se o Hunter estiver certo, você só vai precisar se alimentar quando utilizar quantidades extremas da Fonte. — Ele puxou o corpo para frente, ajeitando-se na beirinha do sofá. — Sabe quantas vezes durante a sua doença eu desejei poder fazer mais? Poder ser sua cura miraculosa? Na época, não pude fazer nada, mas agora posso. Não estou querendo fazer chantagem emocional. Só estou sendo sincero. Me deixa te dar o que você precisa.

Descruzei os braços, fechei os olhos e soltei o ar com força.

— Não tenho problema algum em me tornar sua pilha Duracell particular.

Balancei a cabeça e abri os olhos.

— Isso não é motivo de piada.

— Tudo é motivo de piada. — Seus olhos se fixaram nos meus. — Se esquecermos o bom humor, perdemos tudo.

Algo a respeito daquelas palavras mexeu comigo. Elas pareceram ecoar em minha mente e minha alma. Tinha certeza de que já o havia escutado dizê-las antes, muitas vezes. Só Deus saberia dizer por que motivo, mas elas me levaram a tomar uma decisão.

Sem perceber o que estava fazendo, contornei a mesinha de centro e me sentei ao lado dele. Meu coração martelava como se eu tivesse corrido mais de um quilômetro para chegar ali, em vez de ter dado apenas uns poucos passos.

Luc não tirou os olhos de mim nem disse nada, simplesmente se aproximou. Disse a mim mesma que era o que eu tinha que fazer, o que precisava fazer, porque, em algum momento entre ele fazer aquele comentário e eu me sentar ao seu lado, percebi que se não aceitasse essa opção ficaria fraca.

E, por conseguinte, ele ficaria fraco também. Muito mais do que se eu me alimentasse, pois ficaria distraído e preocupado, e qualquer coisa poderia acontecer nesse meio-tempo.

Luc esperou até eu me sentir pronta, o que levou uma pequena eternidade. Quando, enfim, me senti, a coisa aconteceu.

O vazio em meu peito pulsou, acompanhado por uma centelha da Fonte. Ela continuava tão fraca quanto antes, mas estava ali, como se soubesse o que eu estava prestes a fazer. Fechei a mão trêmula no braço do Original.

— Se eu te machucar, me detenha.

Luc assentiu. Parte de mim, porém, sabia que ele estava mentindo. Ele não me deteria, e eu não sabia se queria gritar com ele ou dizer que o amava.

Inspirei de maneira superficial e encostei a outra mão em seu peito, no mesmo lugar onde sentia a Fonte dentro de mim, tal como o Hunter havia instruído. Fechei os olhos e, segundos depois, senti o Luc cobrir minha mão com a dele. Lágrimas se acumularam em meus olhos ao ser subitamente invadida por uma forte emoção. Inspirei fundo. Em vez de botar de lado a confusão de sentimentos, mergulhei neles. Guardei em meu coração todo o amor, toda a aceitação.

Hunter não tinha mentido.

O instinto assumiu as rédeas. Inclinando-me, posicionei meus lábios a centímetros dos dele e *inalei*.

Senti o espocar da Fonte contra o peito dele e, em seguida, um calor começou a fluir por minha mão e minha garganta como uma cascata de luz solar. A Fonte em meu peito pulsou de novo, dessa vez mais forte e brilhante, como uma manhã gloriosa se abrindo para os primeiros raios de sol.

Um espasmo sacudiu o Luc. Subitamente temerosa, fiz menção de me afastar.

Estou bem. Sério. Sua voz sussurrou em minha mente. *Não está doendo. Só é... diferente. Continua.*

Atenta, busquei qualquer sinal de dor em sua voz. Não encontrei nenhum, o que era bom, porque eu precisava de mais. Inspirei de novo e, dessa vez, o calor começou a se espalhar por todo o meu corpo, penetrando o cerne pulsante em meu peito. De repente, a energia do Luc parecia ter me invadido por completo. Minha pele zumbiu e meu sangue acelerou em resposta. Dessa vez, a centelha não se apagou. Ela se tornou uma labareda e...

Sem nenhum aviso, várias imagens começaram a pipocar. Vi a mim mesma, uma garotinha vestida com o que me pareceu um lençol branco com um buraco para a cabeça e um cinto prateado em volta da cintura. Meu cabelo estava preso em dois coques enrolados acima das orelhas. Eu girava, as pontas do lençol se levantando e deixando à mostra um par de leggings brancas enquanto eu brandia um sabre de luz de plástico. Risos, escutei risos, e *soube* que era o Luc. Lancei-me em direção ao som, empunhando o sabre como se fosse uma espada. A imagem foi rapidamente substituída por outra; eu agora cerca de um ano mais velha...

Estava sentada no chão ao lado de um homem lindo que parecia feito de ouro e diamantes. Sua pele era de um dourado belíssimo, os cabelos como raios de sol.

Paris.

Ai, meu Deus, aquele era *o* Paris.

Ele me observava enquanto eu balançava a mão e, em seguida, abria os dedos. Cinco dados caíram. Todos virados no número seis.

— Yahtzee! — gritei.

Paris riu.

— Quantos agora, Luc?

Escutei um suspiro irritado.

— Cinco. Esse é o quinto Yahtzee. Você tá ajudando ela a trapacear.

Escutei a mim mesma rir de um jeito que eu jamais rira antes, a ponto de cair de lado.

A imagem evaporou, substituída por outra versão ainda mais velha de mim. Eu usava um brilhante vestido prateado, os cabelos compridos e selvagens. Minhas bochechas estavam vermelhas de raiva e as mãos crispadas. Eu estava parada na porta de um escritório. Havia pilhas de dinheiro sobre uma escrivaninha e, em cima de uma delas, uma espécie de joguinho eletrônico portátil.

— Odeio quando você faz isso — falei.

— Faço o quê? — O jeito despreocupado era típico do Luc. Era a voz dele, porém não tão grave quanto agora.

— Não finge que não sabe do que estou falando! Aquele casal e o cara que estiveram aqui ainda agora. Você não queria que eles me vissem. O que tem de errado com eles? Eles me pareceram…

— Não é com o casal que estou preocupado — respondeu Luc. — É o outro. Ele não precisa saber da sua existência.

Meus pensamentos se embolaram num misto de luz e sombras, trazendo outras imagens…

Chega! Já era o suficiente. Eu precisava parar.

Mas o gosto do Luc estava em meus lábios, dentro de mim. Eu estava cercada por ele. Tinha a sensação de que poderia me afogar nele que ficaria tudo bem. Ficaria mais do que…

Não.

Se eu me afogasse, ele se afogaria comigo. Eu já tomara o suficiente, mais do que suficiente.

Puxei a mão e ergui a cabeça. Isso foi tudo que consegui fazer. De alguma forma, o Original havia se deitado e eu estava metade sobre ele, metade do lado. Seu braço estava fechado com força em volta da minha cintura, o coração batendo acelerado sob meu peito. A cabeça estava jogada para trás, os olhos fechados e a boca relaxada. Senti uma fisgada de medo parar meu coração enquanto meu corpo inteiro vibrava de poder.

— Luc? Você está…?

— Estou ótimo. — Ele engoliu em seco. — Não estou com dor.

— Mas parece.

— Mas não estou.

Franzindo as sobrancelhas, fiz menção de sair de cima dele.

— Não. — Seu braço me apertou ainda mais, me mantendo firme ao seu lado. — Não saia daí.

Fitei-o.

— Tudo bem. Isso eu posso fazer.

— Ótimo. Fantástico. — Ele trincou o maxilar e, em seguida, virou a cabeça para mim. Ao abrir os olhos, constatei que as pupilas estavam completamente brancas. — Como está se sentindo? Foi o suficiente?

— Como eu…? — Fiz que não. — Acabei de me alimentar de você, e está me perguntando como eu estou?

Ele franziu o cenho.

— Por que não perguntaria?

Continuei olhando para ele, sentindo as lágrimas se acumularem em meus olhos novamente.

— Eu te amo — murmurei.

A expressão dele abrandou e um pequeno sorriso apareceu.

— Eu sei.

Fechei a mão em sua camiseta.

— Obrigada…

— Não me agradeça por isso, não por eu ter feito o que precisava fazer.

O rosto dele tornou-se um borrão.

— Quando devo te agradecer, Luc?

— Quando eu fizer algo que mereça agradecimento. — A luz em seus olhos retrocedeu enquanto eu me perguntava que diabos ele consideraria como algo mais merecedor de agradecimento do que o que acabara de fazer por mim. — Você viu alguma coisa, não viu? Enquanto se alimentava?

A pergunta me trouxe à mente a imagem de mim mesma vestida com um lençol e brandindo um sabre de luz. Sabia o que isso significava. Era eu vestida de princesa Leia para o Halloween. Sabia porque ele havia me contado.

— Vi suas lembranças — murmurei.

— É. Eu devia ter avisado que isso poderia acontecer. Quando um Arum se alimenta, ele consegue ver lembranças e algumas vezes captar emoções. Não tinha certeza se seria assim com você, mas queria estar preparado. Queria que você visse algumas das minhas boas lembranças.

30

uc precisou de mais de uma hora para se recobrar... e do restante da tarde, mas, ao cair da noite, já estava de volta ao normal. Quase. O Original acabou indo dormir cedo. Tentei não me preocupar demais com esse fato. Segundo ele, uma boa noite de sono o deixaria novo em folha. Eu precisava acreditar nisso.

Deitada ali ao lado dele, não mais sentindo como se minha barriga estivesse se autodevorando, uma ideia me ocorreu. Levantei pé ante pé e atravessei a casa em silêncio. Reuni várias latas de comida que não achei que ele fosse dar por falta e as coloquei numa sacola de papel, juntamente com algumas garrafas de água e um pacote de pão fresco. Dessa vez, porém, acrescentei mais uma coisa. Minha visão havia definitivamente melhorado, pois, mesmo no escuro, encontrei com facilidade um bloquinho antigo e um lápis sobre a bancada da cozinha. Escrevi um rápido bilhete para o Nate, perguntando se ele precisava de alguma coisa em particular. Botei uma folha em branco e o lápis dentro da sacola e dei um passo em direção à porta. De repente, senti a presença de um Luxen. Não achava que fosse o Daemon, a menos que ele estivesse mais uma vez tentando fazer o Adam dormir e tivesse resolvido fazer isso no nosso jardim dos fundos.

Soltei a sacola sobre a bancada e fui abrir a porta. Um cheiro de chuva penetrou a casa acompanhado de lufadas de ar gelado. Corri os olhos pelo jardim. A sensação de que havia mais alguém se intensificou...

— Você me sentiu, não sentiu?

Não pulei ao escutar a voz do Grayson, o que me deixou com vontade de parabenizar a mim mesma. Em vez disso, saí ao encontro da noite e fechei a porta. O Luxen apareceu pelo caminho estreito que separava nossa casa da do Daemon e da Kat.

— Senti — respondi.

Ele inclinou a cabeça ligeiramente de lado.

— Isso acaba com a graça de uma aproximação sorrateira.

Minha visão recém-aprimorada conseguia distinguir suas feições com uma clareza quase total. Ele não estava olhando para mim, e sim na direção do quarto.

— Eu diria que é uma pena, mas estaria mentindo.

Grayson soltou uma risadinha debochada.

— Está patrulhando? — perguntei.

— Em outras palavras, quer saber por que estou aqui? — rebateu ele.

Eu não conseguia ver os olhos dele com nitidez, mas podia sentir seu olhar.

— Exato.

— Encontrei o Hunter.

Os músculos em meu pescoço enrijeceram.

— Ele te contou, não contou?

— Contou.

— Já imaginava. — Soltei um suspiro e cruzei os braços. — Aposto que ele ficou superfeliz em explicar o que eu teria que fazer.

— Ficou mesmo. — Um ligeiro sorriso repuxou-lhe os lábios, mas desapareceu rapidamente.

Agora eu sabia por que o Grayson estava aqui.

— O Luc está bem. Só está dormindo. Não suguei demais nem machuquei ele — informei, olhando para a fogueira e sentindo as bochechas queimarem. Sabia que não devia me sentir constrangida. Isso era algo que todos os Arum precisavam fazer, e eu não tinha escolha. Não de verdade. — Não é algo que eu gostaria de ter feito. A gente discutiu a tarde quase toda, mas no fim...

— Você teve que fazer — completou ele, me pegando de surpresa. — O Luc jamais teria permitido outra coisa. Ele provavelmente se sentaria em cima de você até você se alimentar.

Soltei uma risada seca.

— Provavelmente. — Olhei de relance para ele e vi que o Grayson estava novamente olhando na direção do quarto. — Não vou machucá-lo

— acrescentei. Lentamente, o Luxen se virou para mim. — Sei o que aconteceu na mata, mas quando fui atrás da Sarah, tudo o que eu queria era protegê-lo. Na verdade, todos vocês. A simples ideia de fazer algo que possa machucá-lo, mesmo que eu não tenha total controle sobre mim mesma, me deixa de cabelo em pé. Eu jamais conseguiria viver comigo mesma se o ferisse.

Ele ficou em silêncio por um bom tempo.

— Eu não permitiria que você o machucasse de novo. Provavelmente acabaria morto no processo ou, na melhor das hipóteses, depois. Mas não vou deixar que a coisa chegue a esse ponto.

Não era uma ameaça. Pelo menos, não achei que fosse. Assim sendo, assenti com um menear de cabeça. Não sei por que, mas, de repente, me perguntei se eu não teria julgado mal a lealdade do Grayson. Pensei no que ele havia feito pelo Luc após o Original me curar, e no quão chocado ficara ao descobrir que eu era a Nadia. Houvera, também, outros momentos que agora eu conseguia enxergar por um ângulo diferente, e cheguei à conclusão de que talvez soubesse por que o Luxen parecia não gostar de mim.

— Por que você está me olhando assim? — perguntou Grayson.

Como ele sabia muito bem o que eu estava fazendo, tendo em vista que continuava focado no quarto, estava além da minha compreensão. Disse a mim mesma para não fazer a pergunta que me coçava a ponta da língua, mas nem meu cérebro nem minha boca me deram ouvidos.

— Você ama o Luc?

Grayson se virou para mim.

— Você acha que é por isso que eu não gosto de você?

Bom, era uma resposta curta e grossa, portanto retruquei da mesma forma.

— Acho.

Ele baixou o queixo e riu. Ergui as sobrancelhas ao vê-lo balançar a cabeça.

— Te incomodaria se eu dissesse que sim?

Pensei um pouco antes de responder.

— Não. Não incomodaria.

— Porque ele te ama?

— É — admiti. — Ele deve saber que você o ama. O Luc sabe de quase tudo. E, obviamente, ele não se incomoda.

— Tenho certeza de que ele sabe. — Seguiu-se uma pausa. — Mas você está errada sobre uma coisa. Eu não te odeio.

Abri a boca para retrucar, mas antes que pudesse decidir o que dizer, Grayson se virou e desapareceu em direção à lateral da casa. Ele não me odiava? Com uma risada estrangulada, me virei para a porta. Não via motivo para o Luxen ter mentido. Não era como se ele jamais tivesse demonstrado preocupação com os meus sentimentos. Peguei a sacola de papel e fui direto até a fogueira, dizendo a mim mesma que o Grayson devia ser o cara mais complicado que eu já conhecera.

E, considerando tudo, isso não era pouca coisa.

Na tarde seguinte, a sacola havia desaparecido. Tentei não ficar desapontada ao não encontrar bilhete algum, apenas aliviada pelo Nate ainda estar vivo, sobrevivendo da melhor maneira possível.

Não contei ao Luc sobre a minha conversa com o Grayson e, se ele captou alguma coisa, não disse nada.

E, nos três dias seguintes, o Grayson também não. Eu estava ficando muito boa em usar a Fonte para deter objetos e até mesmo pessoas. O Luxen era a cobaia de teste da vez, para seu grande desprazer. Uma vez que ele estava agindo como se nunca tivéssemos tido aquela conversa, resolvi que faria o mesmo. O que ele meio que tinha admitido não me incomodava. O Original era, bem, adorável quando queria ser, e eu estava um tanto aliviada em perceber que o Grayson era capaz de demonstrar qualquer emoção além de desprezo ou raiva.

Até o Luc se mostrara impressionado com meu desenvolvimento no uso da Fonte. E não foi uma coisa fingida, vazia, só para transmitir apoio, porque eu literalmente congelei o Grayson e depois a Zoe. Nenhum dos dois conseguiu se desvencilhar de mim.

O próprio Luc levou algum tempo para conseguir se desvencilhar, o que me obrigou a usar uma parcela ainda maior da Fonte. Quando, enfim, demos o exercício por encerrado, ele estava com os ombros tensos, e as linhas em torno da boca me fizeram lembrar da outra vez em que tínhamos treinado tanto. Fiquei preocupada que isso tivesse a ver com a energia que eu sugara dele durante a alimentação, mas ele me garantiu que estava bem.

Assim sendo, estava ultrassatisfeita comigo mesma. No entanto, quando a sala de aula com janelas de parede a parede que estávamos usando para treinar naquela tarde foi subitamente imersa em escuridão e a temperatura baixou até quase o ponto de congelamento, não consegui suprimir o calafrio que desceu pela minha espinha. Eu não conseguia enxergar nada e, com base no palavrão que a Zoe soltou, ela também não.

— Exibido — murmurou Luc de algum ponto da sala de aula. Até as luzes se apagarem, ele estava sentado em cima da mesa. Agora, podia estar em qualquer lugar.

De alguma forma, ele tinha convencido o Hunter a treinar comigo as habilidades típicas dos Arum, o que aparentemente incluía fazer o dia virar noite. Parte de mim achava que o Arum tinha ficado secretamente aliviado em ter algo para fazer. De vez em quando, uma profunda tristeza cruzava seu rosto, e eu sabia que ele devia estar pensando no irmão.

Ergui a mão. Não conseguia sequer enxergá-la.

— Como você fez isso?

— *Habilidade* — respondeu Hunter. Tendo assumido a forma verdadeira, sua voz soava como sombras e fumaça. Tal como a voz da Sarah e a minha quando conversáramos telepaticamente uma com a outra. — *Essstou usssando a Fonte para obsssscurecer minha presssença.*

— Será que eu consigo também?

— *Não vejo por que não.*

— É bastante útil quando você precisa sair de fininho — observou Zoe. — Tipo, como quando você está numa festa e alguém está te irritando.

— Ou quando me pedem para ajudar no treinamento — comentou Grayson.

— Ou quando o Grayson aparece de repente — acrescentei.

— Isso não foi legal — rebateu o Luxen em meio às trevas.

Dei uma risadinha.

De repente, a escuridão pareceu se mexer diante de mim e ficar mais espessa. Estreitei os olhos, sentindo que o Hunter havia se aproximado.

— Você pode combater as trevas — aconselhou Luc. — Esse truque só serve para cegá-la momentaneamente. Se deixar a escuridão perdurar, vai perder a vantagem.

Combater as trevas? Hum. Invoquei a Fonte e a senti se espalhar por minhas veias. Uma luz preta e branca envolveu minha palma. Visualizei-a crescendo até a sala inteira ser inundada por luz. Não queria, porém, machucar ninguém, apenas enxergar.

O brilho convoluto explodiu, lançando meia dúzia de pequenas bolas no ar. Cada uma delas espocou como fogos de artifício, derramando uma chuva de diminutas partículas incandescentes sobre as sombras e dissipando-as como ácido, para então se desfazerem antes de bater no chão. Em segundos, a escuridão se desfez. Hunter *tinha* realmente se aproximado.

— Bacana — disse ele, já de volta à forma humana. — *Esse* é sem dúvida um belo truque.

— Eu não queria machucar ninguém. — Fiz uma pausa. — Nem mesmo você. Podia simplesmente tê-lo nocauteado para dissipar as sombras.

Por cima do ombro do Hunter, vi o Luc abrir um sorrisinho presunçoso e o Grayson se recostar na mesa.

— Essa é a minha garota — disse o Original.

Com um sorriso de orelha a orelha, voltei a atenção mais uma vez para o Arum.

— Como você fez as sombras fazerem aquilo?

— Mais ou menos do mesmo jeito que você faz a energia virar luz. — Ele foi até a mesa e pegou a maçã que havia trazido. — Tirando o efeito de fogos de artifício.

Olhei para a Zoe, que ergueu as sobrancelhas. Fiz menção de pedir mais detalhes, mas pelo que eu havia aprendido, a resposta da Fonte dependia do que você *desejava*, do que queria que ela fizesse. Não havia motivo para ficar pensando nisso.

Não tem mesmo, disse Luc.

Assenti com um menear de cabeça, ergui as mãos e invoquei a Fonte mais uma vez. Dessa vez, as bolas de energia em torno das minhas mãos foram mais escuras do que claras. Visualizei-as crescendo e se expandindo, e a energia pulsou, lambendo minhas palmas e se desprendendo em direção ao ar. Sombras densas e profundas brotaram ao mesmo tempo que a pele dos meus braços se encheu de pontos pretos brilhantes. A Fonte rugiu à minha volta como uma tempestade, espalhando-se rapidamente por cima das janelas e bloqueando a luz do dia. Abri um sorriso ao ver toda luz ser sugada da sala, mas eu ainda conseguia enxergar. Luc continuava sentado em cima da mesa, olhando para o teto. Grayson estava ao lado dele, parecendo tão acessível quanto um javali raivoso. À minha esquerda, Zoe mantinha as mãos entrelaçadas debaixo do queixo, os olhos arregalados. E o Hunter estava diante da mesa, me observando.

Todos visíveis em tons de cinza.

— Consegue me ver? — perguntei para o Arum.

Ele fez que não.

— Não, mas você consegue ver a gente.

— Consigo — respondi. Luc baixou o queixo. — Tudo ficou meio acinzentado, mas consigo ver.

— Essas sombras, como você as chama, são parte de você, quase como uma extensão. Elas não te impedem de enxergar — explicou Hunter.

— Ah... muito legal.

— Tem razão. — Ele cruzou os braços. — Só não esqueça que, tal como você, os outros Troianos podem fazer o mesmo.

Essa informação cortou um pouco o barato da história.

— Como é que eu fico em tons de cinza? — perguntou Luc. — Tenho certeza de que continuo incrivelmente gato.

Revirei os olhos e ri.

— Dá pro gasto.

— Mentirosa — retrucou ele.

Zoe correu os olhos arregalados pelo aposento.

— Aposto que eu estou esquisita.

— Não...

Ela descruzou os braços e começou a sacudi-los como se fossem fios de espaguete molenga enquanto erguia bem os joelhos e pulava de um pé para o outro, parecendo uma marionete desconjuntada.

— É — corrigi-me. — Você definitivamente está esquisita agora. E um tanto assustadora.

Zoe riu e soltou um gritinho esganiçado.

— Será que devo perguntar o que ela está fazendo? — comentou Grayson.

· — Não. — Observei a Zoe inflar as bochechas.

— Tome cuidado ao fazer isso — interveio Hunter, atraindo minha atenção de volta para ele. — As sombras possuem uma espécie de peso. Se você imergir a sala inteira em escuridão, vai impedir a entrada de oxigênio. Sabe aquele cheiro de ozônio que geralmente sentimos quando usamos a Fonte?

Fiz que sim.

— É a Fonte engolindo as moléculas que compõem o oxigênio. Nesse caso, você não está apenas bloqueando a luz, está literalmente sugando o oxigênio mais rápido do que qualquer um pode devolvê-lo à atmosfera. Você acabaria matando qualquer coisa com um pouco de DNA humano no corpo, inclusive a si mesma.

— Ah! — murmurei, correndo os olhos em volta, preocupada. Permiti que feixes de luz penetrassem a escuridão. — Quanto tempo leva para sugar todo o oxigênio de uma sala?

— Cerca de três minutos, se você tiver sorte — respondeu Grayson. — Talvez um pouco mais para aqueles com DNA Luxen, mas não muito. — Um ligeiro sorriso desenhou-se em seus lábios. Franzi o cenho. — Seria interessante descobrirmos quanto tempo exatamente.

Franzi ainda mais o cenho. Cara, de vez em quando ele era realmente assustador.

De repente, a porta da sala se abriu. A luz penetrou o aposento juntamente com o Daemon, que parou ao mesmo tempo que a aura em tons de arco-íris em volta dele desaparecia para revelar sobrancelhas tão levantadas que quase sumiam debaixo da linha do cabelo.

— Que merda...?

Perdi a concentração, fazendo a massa de sombras perder intensidade e rapidamente se desfazer.

Daemon correu os olhos pela sala e deixou-os recair sobre a Zoe. Ela havia congelado no meio de uma dancinha, ou o que quer que estivesse fazendo agora.

— Não quero nem saber o que foi isso.

Lentamente, ela botou o pé de volta no chão e entrelaçou as mãos atrás das costas.

— Eu estava aprendendo como bloquear a luz para que ninguém veja eu me aproximar — expliquei. — E, aparentemente, o Grayson gostaria de saber quanto tempo levaria para um de nós morrer por falta de oxigênio.

Daemon ergueu as sobrancelhas.

— É a cara dele.

Grayson deu de ombros.

— Qual é o problema? — perguntou Luc.

— Peço desculpas por interromper — começou Daemon.

O Original riu.

— Até parece.

— Tem razão. — Um rápido sorriso repuxou os lábios do Luxen. — O Eaton me falou que estavam todos aqui. Preciso pedir um favor a dois de vocês.

— Desculpa — declarou Luc enquanto eu ia até ele. Sem dizer uma única palavra, o Original passou o braço em volta da minha cintura e me ajeitou entre as pernas. — Não posso ser babá do Adam. É contra a minha religião.

Daemon arqueou uma sobrancelha.

— Você seria a última pessoa a quem eu pediria para cuidar do meu filho.

— Ele? Eu não? — perguntou Grayson. — Estou chocado.

— Correção. Você seria a penúltima pessoa a quem eu pediria para cuidar do Adam.

— Bom, isso é um tanto ofensivo. Sou totalmente confiável — argumentou Luc. — E dou ótimos presentes.

Daemon cruzou os braços.

— Você uma vez tentou dar uma lhama pra mim e pra Kat porque, segundo você e apenas você, elas são excelentes animais de estimação para um bebê.

O quê?

O sorriso do Luc se tornou pensativo.

— Elas protegem o rebanho…

— Uma única criança não constitui um rebanho, Luc. — Daemon suspirou.

— Uma única criança equivale a um rebanho de ovelhas. — O Original passou o outro braço em volta da minha cintura e entrelaçou as mãos.

— Não vou discutir sobre isso. Espera um pouco. — Daemon olhou para a mesa, os olhos estreitados. — Aquilo ali é a banana de pelúcia do Adam? Eu tava procurando em tudo quanto é canto.

I… iai!

— Você deve estar tendo um AVC — retrucou Luc. — Não tem banana nenhuma aqui.

A banana estava definitivamente ali.

— Na verdade, não tem nem ninguém nessa sala — continuou o Original.

— Qual é o favor? — perguntei, estendendo o braço para pegar a banana. Joguei-a para o Daemon.

Ele a pegou no ar.

— O favor não é necessariamente pro Luc. Está aberto a quem se dispor.

Não começa, avisei meu namorado, sabendo que ele estava prestes a dar uma resposta inacreditavelmente sarcástica.

Estraga-prazeres, retrucou ele, apoiando o queixo no meu ombro.

— Alguns medicamentos estão quase acabando, a vamos ter que sair antes do previsto para arrumar mais — explicou Daemon. — Como o Archer deve demorar mais um ou dois dias para voltar, e com o Jeremy e os outros acompanhando outro pacote, estamos com pouco pessoal.

— Você precisa que eu vá? — resumiu Luc.

— Precisamos de duas pessoas dispostas a ir. — Daemon meteu a banana de pelúcia no bolso de trás da calça. — Vai ser só por uma noite. A gente sai hoje no final da tarde e volta amanhã à noite.

— A gente? — Luc ergueu o queixo. — Está planejando ir também?

— Estou. Eu não queria, mas como o Archer não está aqui e fomos nós dois que vasculhamos o lugar, só eu sei os pontos de acesso. É por esse motivo que vai ser rápido. O Dawson também vai, mas precisamos de mais duas pessoas.

— Sei que você só está tentando passar um tempo comigo, portanto vou satisfazer sua vontade e vou também — respondeu Luc.

Daemon abriu um meio sorriso.

— Acertou em cheio.

— Eu iria se pudesse — disse Hunter. — Mas o Sin está a caminho, e pode chegar a qualquer momento. Talvez amanhã, talvez semana que vem. De qualquer forma, preciso estar aqui quando ele chegar.

Daemon assentiu.

— Precisa mesmo. Só Deus sabe o tipo de confusão em que ele acabaria se metendo.

— Eu posso ir. — Desvencilhei-me do Luc, animada. Eu podia, enfim, ser útil, fazer valer toda a comida que vinha consumindo.

E que não era pouca.

Para não falar na que eu estava fornecendo para o Nate.

Que também não era pouca.

— Não sei exatamente do que você precisa, mas melhorei muito o meu controle sobre a Fonte, e...

— Vou interromper você — interveio Daemon, e todo o meu entusiasmo colidiu contra um muro de tijolos a 120 km por hora. — Não quero que leve para o lado pessoal, nem quero parecer um babaca, mas as coisas podem ficar complicadas lá fora. Já nos deparamos com oficiais da FTA mais de uma vez, e embora você tenha conseguido manter o controle ao lidar com a Troiana, sei que ainda está trabalhando nisso. Não podemos correr o risco de você acabar explodindo outro prédio.

Bom argumento. Na verdade, excelente. Mesmo assim meus ombros penderam sob o peso da decepção.

— Também existe o risco de você ser reconhecida. — A voz da Zoe transbordava simpatia. — Sua cara apareceu em todos os noticiários em ligação com o assassinato da Syl... da sua mãe.

Outro ótimo argumento. Não era como se eu tivesse esquecido que tinha sido convenientemente acusada pela morte dela. Só vinha tentando não pensar nessa merda toda. O lembrete, porém, foi como um soco no peito.

— É. Vocês têm razão. — Recostei-me na mesa, e senti a mão do Luc se fechar em meus quadris. Ele me deu um leve apertão. — Sei que não é pessoal.

Daemon me fitou no fundo dos olhos.

— Juro que não é. Espero que saiba disso.

— Eu sei. — E sabia mesmo. Mas, de vez em quando, a verdade era pior do que algo pessoal.

Poucas pessoas sabem quando deixar um assunto de lado, sussurrou a voz do Luc em minha mente.

Inspirei fundo para me acalmar. *Só queria poder ajudar.*

Eu sei. Sua mão deslizou para a base das minhas costas. *Você vai.*

— Eu posso ir — disse Zoe. — Já fiz isso antes.

— Perfeito. — Daemon olhou para o Luc. — A gente se encontra ao cair da noite na primeira casa.

Esperava que tudo fosse bem mais tranquilo do que da última vez em que todos estivéramos lá. Perguntei-me por que o Grayson não tinha se oferecido, mas esperei até mais tarde, enquanto o Luc se preparava para sair, para perguntar.

Sentada na cama, observei-o vasculhar uma pilha de camisetas. Os cabelos úmidos penderam sobre sua testa quando ele se inclinou para puxar uma totalmente preta. As calças cargo, também pretas, ainda estavam desabotoadas. Tinha certeza de que elas não escorregavam perna abaixo por mágica ou por causa da Fonte, visto que pareciam desafiar a gravidade.

— Por que o Grayson não se ofereceu para ir? — perguntei.

Ele sacudiu a camiseta para esticá-la.

— Ele sabe que precisamos dele aqui.

Fiz menção de perguntar por que, mas, de repente, a ficha caiu.

— Ele vai ficar para cuidar de mim.

— Eu não diria *cuidar*. — Luc se empertigou e olhou para mim. Pareceu congelar por um momento, me fitando com os olhos ligeiramente arregalados.

Esquecendo a camiseta ainda em sua mão, veio na minha direção e parou diante de mim. Ele, então, fechou as mãos nos meus ombros, inclinou a cabeça e me beijou.

O beijo foi lento e doce, do tipo que ameaçava me partir em milhões de diminutos pedacinhos. Quando ele me beijava assim, com tamanha doçura, transmitia mais do que qualquer palavra conseguiria traduzir.

Luc pressionou a testa na minha e, estremecendo, deslizou as mãos pelos meus braços.

— Esqueci sobre o que a gente estava falando.

Soltei uma pequena risada, porque eu também precisei pensar para me lembrar.

— Sobre o Grayson cuidar de mim.

— Ah, isso. — Ele virou a cabeça e beijou minha têmpora. — Ele só precisa ficar de olho nas coisas.

— Me parece que esse é o principal trabalho dele.

— É o mais importante.

Mordi o lábio inferior ao vê-lo se afastar, a camiseta agora amassada em sua mão. Uma dor surda invadiu meu peito. Luc devia saber como o Grayson se sentia, e fazer de mim a prioridade do Luxen me parecia errado.

— Eu sei.

Pisquei.

— O quê?

Seus olhos se fixaram nos meus.

— Eu *sei*.

Grayson.

Ele estava dizendo que sabia o que o Grayson sentia.

— Mesmo assim acha que obrigar ele a ficar aqui é uma boa ideia?

— Sei que é, porque é o que ele quer.

— Isso não faz o menor sentido — admiti após alguns instantes. — Quero dizer, a menos que o que ele sinta seja um tipo de amor puro e abnegado onde ele…

— Te protege porque sabe como eu ficaria se alguma coisa acontecesse com você? — completou o Original.

Assenti com um menear de cabeça.

— Preciso admitir que eu… é, eu não seria tão altruísta assim.

— Nem ele é. Não acredito que você tenha cogitado essa hipótese. Quantas horas faz que ele perguntou quanto tempo levaria para as pessoas sufocarem? O Grayson não é altruísta. — Luc deu uma risadinha. — Você devia ver sua cara agora.

— Não preciso ver a minha cara para saber que minha expressão é de total confusão — respondi. — Se ele não é tão generoso, então por que ia querer ficar para trás?

— Porque o amor pode ser complicado, Evie.

Ergui uma sobrancelha.

— Certo. Isso foi desnecessariamente vago.

— Olha só. Não se preocupe com o Grayson. Ele está bem. Se eu achasse que não, não o deixaria aqui. — Luc vestiu a camiseta. — A menos que a presença dele te deixe desconfortável.

— Não deixa. — Franzi o nariz. — Bom, quero dizer, na metade do tempo nem sei que ele está por perto.

— Ele é muito bom no que faz.

— Você quer dizer assustador — murmurei.

Luc riu e afastou o cabelo da testa.

— Preciso admitir uma coisa. — O Original enfim fechou o zíper da calça. — Quase insisti para que você viesse junto.

— Jura?

Ele fez que sim.

— Por motivos totalmente egoístas. Não gosto da ideia de te deixar sozinha. Não porque você não saiba se proteger ou eu ache que algo possa acontecer. — Luc abotoou a calça e olhou para mim através das pestanas grossas. — Mas preferiria ter você ao meu lado. Sou supercarente.

— Eu também preferiria ficar com você.

— Eu sei. — Ele pegou um par de coturnos pretos e se sentou ao meu lado. — Mas nós seremos vistos por gente de fora. É inevitável. Se você for reconhecida e alguém contatar as autoridades, a coisa vai ficar feia.

Tinha pensado nisso.

— Você acha que tem tinta de cabelo em algum lugar por aqui?

Ele amarrou um dos coturnos e ergueu os olhos para mim.

— Está pensando em pintar o cabelo?

Peguei uma mecha.

— E talvez cortar. Em algum momento, terei que sair daqui, e talvez seja uma boa ideia mudar minha aparência. Mudar a cor e cortar não vai me deixar irreconhecível, mas vai dificultar um pouco.

Seus olhos me percorreram de cima a baixo. Luc, então, assentiu.

— É uma boa ideia. Não sei se eles têm tinta por aqui. Você pode verificar com a Zouhour. Ela mantém um inventário de tudo o que a gente tem, mas vou ficar de olho também enquanto estiver lá fora. Alguma cor em mente?

— Não sei. — Soltei a mecha de cabelo. — Castanho? Algo fácil que pareça natural. Eu sempre quis ser ruiva, mas acho que não vai ficar legal com essas cores industrializadas.

— Castanho? — Ele amarrou o outro coturno. — Acho que consigo encontrar.

Dei uma risadinha.

Ele baixou o pé para o chão.

— Você vai ficar bem aqui sozinha por uma noite?

— Vou ficar ótima.

— Não acho que você vá "ficar ótima". Provavelmente vai ficar acordada a noite inteira, abraçando uma das minhas camisetas junto ao peito e chorando.

— Provavelmente vou ter a melhor noite de sono da minha vida — retruquei. Para ser honesta, não estava muito feliz em ter que dormir sozinha. Estranho como já tinha me acostumado tanto com a presença dele.

Luc levou a mão ao peito com uma expressão magoada.

— Eu vou ficar abraçado com uma das suas camisetas, chorando a noite toda.

Soltei uma risada por entre os dentes e fiz que não.

— Honestamente, devo passar uma boa parte da noite preocupada com vocês. Todos são foda e tudo o mais, só que qualquer coisa pode acontecer — admiti. — Promete que vai tomar cuidado.

— Eu sempre tomo, mas prometo. — Ele acariciou meu rosto e disse, num tom agora sério: — Nada jamais vai me tirar de você, Evie. Nada.

eia hora depois de o Luc ter saído, escutei uma leve batida à porta da cozinha. Eu não senti nada, o que significava que só podia ser um humano. Uma fagulha de esperança brotou em meu peito, e corri para abri-la. Ninguém além do Nate ia bater na porta dos fundos.

Dizendo a mim mesma para não criar tantas esperanças, abri a porta e olhei para fora. A princípio, não vi ninguém. Meus lábios se curvaram num muxoxo, mas então vi de relance uma massa de cabelos laranja-acobreado despontando da quina da casa. Meu coração quase parou.

— Nate — murmurei.

Um segundo depois, seu rostinho branco surgiu sob a luz do luar. Ele parecia um pouco menos sujo do que da última vez que o vira.

— Oi — cumprimentou ele, esticando o pescoço para olhar por cima do meu ombro, ansioso.

— Não tem ninguém aqui — informei, dando um passo para o lado para que ele pudesse entrar.

— Eu sei. — Ele apareceu de corpo inteiro, mas não fez menção de entrar. — Vi os outros saírem. Ele. O cara que vive aqui com você. Eu não estava vigiando a casa… quero dizer, estava sim, mais ou menos, para… você sabe… saber quando podia aparecer.

— Está tudo bem. Pode vir mesmo com ele aqui. Você vai gostar dele. O Luc conhece um monte de piadas idiotas — comentei. Nate não pareceu muito convencido. — Quer entrar?

Ele ponderou por alguns instantes. Então, inspirou fundo e deu um passo, mas manteve uma distância segura ao entrar. Fechei a porta em silêncio.

— Eu... hum... peguei a comida que você deixou pra mim. Obrigado.

— Fico feliz em saber. Estava preocupada que um esquilo tivesse fugido com ela. — Sob o brilho da lamparina, tive a impressão de que ele estava mais magro, o rosto mais encovado.

— Só se fosse um esquilo gigante.

— Verdade.

Ele abriu um leve e hesitante sorriso, que rapidamente desapareceu.

— Eu vim uma vez antes, mas tinha muita gente aqui.

Sem querer preocupá-lo, apenas assenti.

— Eu não estava me sentindo muito bem, mas agora estou. Desculpa não estar disponível quando você veio — acrescentei ao perceber que ele ia insistir no assunto. — Recebeu o bilhete que eu deixei?

Nate fez que sim.

— Eu ia responder, mas fiquei com medo de outra pessoa encontrar.

Não fiquei exatamente surpresa em escutar isso. Ganhar a confiança do garoto não era fácil. Mesmo agora, ele continuava olhando em volta como se a qualquer momento alguém fosse pular de um dos armários.

— Estava preocupada com você.

Ele piscou.

— Estava?

A surpresa na voz dele foi tão sincera que senti uma fisgada no peito.

— Claro. Não sabia se você tinha comida ou água suficiente. Foi por esse motivo que voltou?

— Não. Queria saber... quero dizer, estava esperando que você tivesse alguma coisa para ajudar a desinfetar a pele.

— Tipo álcool ou mertiolate? — Sabia que tínhamos ambos no banheiro. Ao vê-lo assentir, o alívio deu lugar à preocupação. — Alguém se machucou?

— Não. — Ele franziu o nariz. — Quero dizer, nada sério. A gente tem gaze e coisas do gênero, mas nada para... você sabe... limpar a pele? Não sei muita coisa, mas sei que cortes precisam ser limpos. Era o que minha mãe fazia quando eu me machucava.

— O que aconteceu com a sua mãe? — perguntei, já meio que esperando que ele não respondesse.

— Ela morreu. Não conheci meu pai. — Ele deu de ombros. — Ele deve estar morto também.

— Ela morreu na invasão?

Nate esfregou a mão no peito e fez que não.

— Ela morreu alguns anos antes. Nós... quero dizer, eu estava num orfanato quando a invasão começou. Havia um monte de crianças lá, e quando as pessoas começaram a morrer ou fugir, a gente ficou sozinho.

De repente, a ficha caiu.

— Quer dizer que vocês foram abandonados pelas pessoas que cuidavam do orfanato?

— É, mas não fez muita diferença. — Nate deu de ombros de novo. Eu fui tomada por uma raiva tão forte que senti a Fonte pulsar em resposta. — Na verdade, nós cuidávamos uns dos outros.

— Ainda assim, não é certo. Ninguém deveria ser abandonado — retruquei, contendo minhas emoções antes que ele percebesse que eu não era exatamente humana.

— É, mas as pessoas já eram abandonadas antes de tudo ir pelos ares — rebateu ele. — Tipo os moradores de rua. Ninguém nunca quis saber deles.

Ele tinha razão, de modo que só pude concordar.

— Sei que é difícil de acreditar, mas nessa comunidade ninguém é abandonado. Todos são cuidados, e todo mundo ajuda de um jeito ou de outro.

Nate não disse nada, apenas esfregou o peito.

— Vou pegar mertiolate ou algo do tipo pra você. — Dei alguns passos em direção à sala, mas parei. — Não saia daí. Por favor. Já volto.

Ele anuiu.

Fitei-o por mais alguns instantes, quase desejando poder congelá-lo. Isso, porém, não ajudaria a ganhar a confiança dele, de modo que corri até o banheiro. Enquanto pegava alguns frascos de álcool e mertiolate e os metia numa mochila velha que tinha encontrado, juntamente com um pacote de bolas de algodão e uma cartela de comprimidos para dor, decidi que o convenceria a me levar até o restante das crianças. Sabia que seria perigoso mesmo que não houvesse nenhum adulto com eles, e sabia que o Luc ficaria furioso quando descobrisse, mas com base na aparência do Nate, ele não conseguiria sobreviver muito mais tempo desse jeito. Talvez eu não fosse capaz de convencê-lo a vir para cá, mas quem sabe não teria mais sorte com os outros? Também precisava descobrir quantas crianças havia ao todo, e o quão machucada estava a que ele mencionara. Além disso, seria uma boa ideia ver como o Nate conseguia entrar e sair da cidade sem ser visto.

Eu podia me defender, e ajudar o garoto seria muito mais útil do que ficar sentada aqui sentindo falta do Luc, da Zoe e dos outros.

Encontrei um tubo de pomada antibacteriana e o peguei também. Não tinha ideia se estava na validade ou não, mas imaginei que mal não fosse fazer.

Nate continuava esperando onde eu o deixara, os olhos fixos na entrada da sala. Tive a impressão de detectar um lampejo de alívio em seu rosto quando voltei para junto dele.

— Peguei algumas coisas que acho que vão ajudar. — Soltei a mochila sobre a bancada da cozinha, deixando-a aberta para que ele pudesse dar uma olhada no que eu havia coletado. — Mas esse é o acordo... — Esperei até que ele olhasse para mim. — Sei que você vai tentar discutir comigo, mas se quiser essas coisas para ajudar seu amigo ou amiga, terá que me levar junto.

Ele abriu a boca para retrucar.

— Eu confio em você, Nate. Óbvio, né, já que te deixei entrar na minha casa. Espero que possa confiar em mim também. Não contei a ninguém sobre você. — O que não era mentira. — Estou mais do que disposta a ajudar, mas preciso ver quem se feriu. Você disse que não é nada sério, mas não tenho como ter certeza, e a dúvida vai acabar me comendo por dentro. Portanto, esse é o acordo. Posso até colocar um pão e algumas latas de comida aí dentro. É pegar ou largar.

Senti-me inacreditavelmente adulta naquele momento, ainda que só fosse uns quatro anos mais velha do que o garoto, no máximo. De qualquer forma, fiquei com vontade de parabenizar a mim mesma.

Ele mudou o peso de um pé para o outro, o maxilar trincado. Após alguns instantes, disse:

— Fechado.

Fiquei tão surpresa que tive vontade de me sentar.

Ele não parecia nem um pouco feliz por concordar, mas tinha concordado, e eu não lhe daria a chance de mudar de ideia. Num piscar de olhos, peguei algumas latas de feijão-verde, salsicha e um pacote de pão.

— Se você fizer qualquer coisa que assuste os outros, eles vão fugir — disse Nate quando me virei para ele. — Vão parar de confiar em mim, e eles não vão conseguir sobreviver sozinhos lá fora.

— Não vou fazer nada que possa assustar seus amigos. Prometo.

Nate soltou um suspiro.

— Não tem medo de que eu te machuque? Ou um dos outros? Você não me conhece. Nem conhece meus amigos.

Só o fato de ele fazer aquela pergunta diminuiu qualquer preocupação que eu pudesse ter. Fitando-o no fundo dos olhos, fechei a mochila e lembrei a mim mesma que eu era uma Troiana foda.

— Eu não vou deixar que você nem ninguém me machuque, Nate. Se alguém tentar, juro que a coisa não vai terminar bem pra pessoa.

Ele arregalou os olhos ligeiramente e, então, assentiu.

— Tudo bem.

Pendurei a mochila no ombro e abri um sorriso.

— Vamos lá.

O modo como o Nate entrava e saía da comunidade se tornou rapidamente óbvio quando ele me conduziu por um labirinto de vielas estreitas entre casas abandonadas em direção ao final da rua onde o Eaton morava.

Escondidos atrás de um carro, observamos um Luxen patrulhar a cerca de arame farpado que separava a comunidade de uma área verde e do restante da cidade.

Assim que o Luxen sumiu de vista, virei-me para o garoto.

— Você decorou os horários deles?

Nate assentiu.

— Eles passam em intervalos de poucos minutos. — Ele se levantou. — Vem comigo.

O fato de que um garoto, sem a ajuda de um relógio, conseguia descobrir exatamente quando os guardas passariam por determinada área era mais do que preocupante. Guardando essa informação para discutir depois com o Luc, atravessamos a rua de terra batida iluminada apenas pelo luar e, em seguida, um trecho coberto pelo mato. Nate me conduziu direto até um ponto onde havia um buraco parcialmente escondido na cerca.

Outro assunto para ser tratado depois.

Passamos rapidamente por entre as árvores, meus olhos se ajustando à fraca iluminação da lua. Não tinha ideia de como o Nate conseguia navegar por ali, mas imaginei que tivesse muito a ver com repetição. Ainda assim, ele tropeçou algumas vezes nas raízes expostas e no piso irregular.

Assim que terminamos de passar pelas árvores e pude ver a cidade mais à frente, meu estômago revirou.

— Aqui era um parque público — explicou Nate enquanto prosseguíamos, o mato chegando na altura de seus quadris. — Tinha um monte de trilhas e coisas assim, e as pessoas costumavam correr por aqui. De vez em quando, rolava apresentações também.

Postes apagados erguiam-se em meio ao mato, e volta e meia eu conseguia distinguir a silhueta do que me pareciam bancos escondidos pela vegetação.

— Você costumava ir às apresentações?

— Algumas.

Ao chegarmos na fronteira do parque, pude sentir o mato sob meus pés ser substituído por cimento. O que imaginei que outrora devesse ter sido um estacionamento fora convertido numa espécie de acampamento temporário. Barracas tinham sido armadas de tantos em tantos metros, algumas semidestruídas, outras balançando ao sabor do vento. Um calafrio desceu pela minha espinha ao passarmos por elas e entrarmos numa rua que um dia com certeza fora bastante movimentada.

Vi vários carros abandonados no meio da rua, alguns com as portas escancaradas e os vidros quebrados, enquanto outros pareciam literalmente intocados, exceto pela deterioração de anos de exposição aos elementos. Papéis e pedaços de roupas flutuavam pela rua, parando apenas para serem novamente capturados pelo vento e soprados em direção a vitrines escuras. Não conseguia parar de imaginar uma matilha de cães selvagens surgindo de repente do meio das sombras, mas isso não aconteceu.

Sombras altas e negras erguiam-se em direção ao céu escuro, silenciosas e agourentas, mas, por um momento, quase pude ver dúzias de janelas acesas nos arranha-céus e escutar o burburinho do trânsito e de pessoas indo e vindo.

Lembrei da minha casa.

Meu coração apertou. Tentei não pensar na minha antiga vida, numa cidade que fervilhava com sons, gente e normalidade. Ou, pelo menos, algo semelhante à normalidade. No entanto, ver agora o que restara de Houston me fez imaginar se haveria mais cidades como essa, o que me deixou com saudade do... *passado*. Não que eu quisesse voltar à ignorância, a não saber o que estava acontecendo, ou quem eu era, ou não ter o Luc ao meu lado, mas sentia falta da vida simples com meus amigos e...

Da minha mãe.

Um bolo de emoções fechou minha garganta. Deus do céu, eu sentia falta dela. Esses sentimentos não tinham se tornado menos confusos ou mais fáceis de lidar. Eu a odiava e, ao mesmo tempo, a amava. Assim como odiava e amava a minha falsa vida na Columbia.

— Está tudo bem? — A voz do Nate interrompeu meus devaneios.

— Está. — Pigarreei. — Por quê?

— Você parece, sei lá, prestes a chorar ou algo assim.

— Isso te deixaria incomodado? — perguntei.

— Hum... sim.

Soltei uma risadinha.

— Então não vou chorar.

Ele puxou a bainha da camiseta e olhou de relance para mim.

— Mas você tá triste, não tá?

— Um pouquinho — admiti. — Eu costumava morar numa cidade. Não tão grande quanto essa, mas ela me fez pensar na minha casa.

— E por que você não tá mais lá?

Eu levaria a noite inteira se tentasse explicar.

— Algumas pessoas tentaram machucar a mim e os meus amigos. Minha mãe foi morta, e esse era o único lugar pra onde a gente podia vir.

— Sinto muito pela sua mãe. — Ele desviou os olhos. — Por que alguém ia querer machucar você e os seus amigos?

Sem poder me aprofundar muito no assunto, disse:

— E por acaso as pessoas precisam de motivo?

— Não. — Ele suspirou. — Então você tá se escondendo.

— É, estou. — Fiz uma pausa. — Que nem você, eu acho.

Ele assentiu e, em seguida, parou diante de um prédio baixo e quadrado que parecia destoar em meio aos outros, mais altos e largos.

— Esse lugar costumava ser uma igreja. Era uma igreja pequena, mas durante a invasão ela foi convertida num abrigo para pessoas que tinham perdido as casas. Tem um monte de camas — explicou Nate. — É um dos lugares que a gente usa.

— Tem outros?

— Temos mais uns dois. — Ele voltou a andar e parou diante da porta. — Eles já devem ter te visto. — Apontou com a cabeça para uma das janelas. — E devem ter se escondido, portanto, fica quieta quando entrar, ok? Deixa que eu falo.

Com o coração acelerado, assenti e prendi a respiração enquanto o Nate abria a porta e entrava, fazendo sinal para que eu o seguisse. A pequena recepção estava um breu. Mesmo com meus olhos especiais de Troiana, tive dificuldade em distinguir as sombras reunidas junto à parede. O cheiro que impregnava o ar era um misto de mofo, suor e madeira queimada.

Nate atravessou um corredor estreito até chegarmos num aposento espaçoso. Era ali que eles deviam rezar a missa, a julgar pelo altar posicionado nos fundos e os bancos típicos de igrejas empilhados nos cantos. Velas ardiam sobre o altar e sobre mesinhas improvisadas espalhadas em torno das camas de armar. Cobertores e jornais velhos cobriam as janelas. Um latão de metal estava situado no centro do salão, com uma espécie de grelha no topo. Ao lado havia uma pilha de panelas e latas abertas. Reparei no que me pareceu restos de creme de milho, e senti um cheiro de madeira queimada. Pelo visto, era assim que eles aqueciam a comida.

Não sabia se queimar madeira ali dentro era uma coisa saudável, mas podia apostar que eles tinham medo demais de acender uma fogueira lá fora.

— Está tudo bem — disse Nate em voz alta, dando um passo à frente. — Ela é a amiga que tem arrumado comida e outras coisas pra gente. Até trouxe mais agora. O nome dela é Evie. A gente pode confiar nela.

Enquanto ele falava, concentrei-me nos bancos empilhados contra a parede. Havia alguns bons centímetros entre os assentos e o piso. O espaço estava um breu, mas...

— Vocês podem sair. Juro que é seguro. — Nate parou e correu os dedos pelo cabelo. — Ela não vai fazer nada.

Escutei um leve arranhar vindo de debaixo dos bancos, mas não vi movimento algum.

Ele se virou para mim com um suspiro.

— Mostra pra eles o que você trouxe.

Com um menear de assentimento, baixei a mochila do ombro e a abri. Comecei a puxar as coisas para fora: mertiolate, algodão, comida, água... e coloquei tudo em cima de uma das mesas.

— Jamal? Nia? — chamou o garoto. — Vamos lá. Não temos o dia inteiro.

O silêncio perdurou, mas, de repente, um garoto surgiu de uma das portas escuras que ficavam atrás do altar. Ele era um pouquinho mais alto do que o Nate, mas, ao se aproximar, imaginei que os dois devessem ter mais ou menos a mesma idade. Sua pele negra estava mais escura próximo a um dos olhos, ou por sujeira ou devido a um hematoma. Um segundo depois, apareceu outra criança pela mesma porta, uma garota com a mão fechada sobre uma blusa rosa fininha. O cabelo estava preso numa trança, com alguns fiapos escapando do penteado. Ao vê-la se aproximar, percebi que a pele morena parecia um pouco ruborizada. Ela parou atrás do menino que o Nate havia chamado de Jamal. Pelo visto, também tinha mais ou menos a mesma idade dos dois.

— O que você está fazendo? — perguntou Jamal, a voz pouco mais do que um sussurro. — Você trouxe ela pra cá?

— Eu sei, mas ela queria ajudar, e é de boa. Ela não é como os outros — respondeu Nate. Mantive uma expressão impassível. — Ela trouxe um lance pra limpar sua mão, Nia.

A garota olhou de relance para a mesa, mas não se moveu.

Afastei-me um passo sem dizer nada. Três pares de olhos acompanharam meu movimento. Imaginei que houvesse mais.

— Está tudo bem — repetiu Nate. — Ela não contou da gente pra ninguém. — Ele suspirou. — Eu falei pra vocês sobre ela. A Evie não é como os outros.

Um movimento à minha esquerda atraiu meu olhar. Outra criança saiu de debaixo de um dos bancos, uma garotinha tão pequena que não podia ter mais do que uns cinco ou seis anos. Sua camiseta era tão grande que mais parecia um vestido sobre a calça jeans.

— Quero creme de milho.

Pisquei.

Nate soltou outro suspiro.

Ao vê-la chegar mais perto, percebi que segurava alguma coisa junto ao peito. Não era uma boneca nem um bichinho de pelúcia. Parecia um pequeno cobertor.

— Você mandou creme de milho pra gente.

— Mandei.

Ela pressionou o cobertor debaixo do queixo.

— Eu gosto.

— Eu trouxe mais. Está em cima da mesa.

A menininha olhou de relance para o Nate e, ao vê-lo assentir, foi correndo até a mesa. Esticando ansiosamente a mãozinha, pegou uma das latas.

— Isso é feijão-verde — falei, aproximando-me devagar. Ela não tentou fugir. Peguei a lata de creme de milho. — É essa aqui.

Ela soltou a que estava segurando no chão, pegou a outra e a pressionou de encontro ao peito. Em seguida, se virou e correu para o Nate. Ajoelhei-me, peguei a lata que ela havia soltado e, ao me levantar, meu coração parou.

E se partiu em vários pedacinhos.

Um monte de crianças saiu de debaixo dos bancos, a maioria não muito mais velha do que a menininha. Algumas estavam mais para a idade do Nate, os corpos magros demais tendo se contorcido só Deus sabe como para caberem sob os bancos. Todas pareciam assustadas, olhando inquietamente de um lado para o outro tal como o Nate havia feito lá em casa. Nenhuma tinha uma aparência lá muito saudável. Eram todas magras, pálidas, sujas ou acinzentadas demais, e havia muitas. Corri os olhos por cada um dos rostinhos. Devia haver... ai, meu Deus, umas vinte? Talvez mais? Era difícil contar, tendo em vista que elas haviam se dividido em pequenos grupos e se posicionado de forma a tentar esconder os mais jovens.

Senti vontade de chorar.

O bolo de emoções que havia se formado em minha garganta desceu para o peito enquanto as observava. Soltei um forte suspiro numa tentativa de conter as lágrimas e me concentrei na Nia.

— Foi você que se machucou?

Ela deu de ombros.

— É só um arranhão.

— Arranhões infeccionam — comentou Jamal.

— Isso acontece com frequência? — perguntei.

Nate olhou para a garota.

— Não muito. De vez em quando. A gente costuma ter sorte.

Costuma. Engoli em seco.

— Eu trouxe álcool e mertiolate. Também trouxe algodão e pomada. O Nate falou que vocês têm gaze. — *De preferência limpas*, senti vontade de acrescentar.

— Temos — respondeu Jamal, enquanto os outros observavam em silêncio. — Isso é aspirina ou algo do tipo?

Fiz que sim.

— Se não me engano é ibuprofeno. Imaginei que vocês pudessem precisar.

— Legal. — Jamal olhou para o remédio como se fosse uma nota de cem dólares. — É bom ter.

Nia deu um passo à frente e pegou um dos frascos. Não ousei me mover.

— Vai doer, não vai? Quero dizer, vai arder e queimar.

— Talvez um pouco, mas significa que está funcionando. — Feliz por ela estar falando comigo, decidi arriscar a sorte. — Posso ver sua mão?

Ela baixou os olhos para a mão e, em seguida, a estendeu. Ao abrir os dedos, pude ver um corte fino e irregular em sua palma.

— Tá muito feio? — perguntou Jamal.

O corte não era profundo nem largo, mas a pele em volta estava vermelha.

— Acho que não, mas não sou médica. Minha mãe era, e lembro que uma vez ela disse que quando a ferida está infeccionada, a gente consegue ver algo parecido com linhas em torno do ferimento. Não sei se isso acontece sempre ou não. — Ergui os olhos, desejando ter prestado mais atenção quando minha mãe falava sobre essas coisas.

— Não tem nenhum pus — comentou Jamal. — Volta e meia eu checo.

— E eu mantive o corte limpo — acrescentou Nia. — Pelo menos, tentei.

— Isso provavelmente ajudou.

Nate havia se aproximado e aberto um dos frascos.

— Vamos acabar logo com isso.

Sem esperar mais, ele derramou um pouco do mertiolate sobre o corte. Nia soltou um assobio ao mesmo tempo que o líquido começava a borbulhar. Deixamos assim por alguns instantes e, em seguida, ela secou o excesso com uma bola de algodão. Nate, então, despejou um pouco de álcool, o que provavelmente era um exagero, mas eu não saberia dizer. Tentei fazer perguntas enquanto uma das outras crianças se aproximava com um pacotinho fechado de gaze. Há quanto tempo eles estavam aqui? Quantos anos tinham? Havia alguém doente? Tudo o que consegui foram respostas evasivas e alguns vários dar de ombros. No entanto, à medida que outras crianças se aproximavam, vi que várias tinham hematomas. Nos braços. Ao longo do maxilar. Algumas ostentavam até lábios cortados.

Olhei para o Nate enquanto o Jamal enrolava cuidadosamente a mão da Nia.

— Por que tantos hematomas?

Jamal congelou por um breve instante e, então, Nate respondeu:

— Alguns entram em brigas. Mas somos todos como uma família.

— Uma família esquisita — murmurou Nia.

— Vocês deviam, sei lá, evitar brigas físicas? — sugeri.

Jamal abriu um leve sorriso.

— Boa ideia.

— Todos vocês vieram de orfanatos? — perguntei.

— Cerca de metade. Alguns viviam na rua. Havia mais crianças, mas...
— Jamal deixou a frase no ar. Em seguida, pigarreou. — Algumas ficaram doentes, você sabe como é. Outras tiveram acidentes.

Meu peito apertou ainda mais.

— Você tá dizendo que havia mais crianças e que elas morreram?

Nia assentiu.

— É, e outras...

— Droga — murmurou Nate ao mesmo tempo que uma voz grave e definitivamente masculina ecoava pelo salão.

— Que merda vocês estão fazendo aqui?

**s crianças começaram a fugir em debandada. Todas correram direto para debaixo dos bancos, exceto o Nate, que permaneceu ao** meu lado enquanto um homem atravessava a porta escura pela qual a Nia e o Jamal tinham surgido um pouco antes.

Não gostei do sujeito de cara. E não foi uma reação irracional. Eu tinha motivos. Para começar, o fato de que era um homem adulto, por volta dos trinta, trinta e poucos, e estava muito mais limpo do que qualquer uma das crianças. Não havia uma única manchinha de sujeira em seu rosto rosado nem no boné. A camisa de flanela e a camiseta por baixo também pareciam estar em excelentes condições. Ele tampouco parecia tão magro quanto as crianças, o que fez com que sininhos de alarme repicassem um atrás do outro. E, o mais importante, se eu apostasse que aquele sujeito não saía em busca de comida e suprimentos, tinha certeza de que ganharia.

Como diabos um homem adulto podia ficar sentado e deixar que crianças saíssem à procura de alimentos e outras necessidades?

— Que merda você está fazendo aqui? — perguntou ele num tom autoritário, abrindo caminho aos chutes pelas camas de armar e cobertores caídos no chão. O sujeito era definitivamente humano, isso eu podia sentir.

— É ela quem tem arrumado a comida. E a gente precisava de algo pra mão da Nia. Achei…

Um simples olhar calou o menino.

— Não te perguntei nada, garoto.

Nate deu um passo, se colocando na minha frente. Nem pensei. Agarrei o menino pela parte de trás da camiseta e o puxei para que ficasse atrás de mim.

— Quem é você? — rebati, sentindo a Fonte pulsar em meu peito.

O sujeito abriu os braços e várias crianças se encolheram. Algumas chegaram até a levantar os bracinhos para se proteger. Lembrei dos hematomas e dos lábios cortados, e um calafrio desceu pela minha espinha. Ele ergueu as sobrancelhas, que desapareceram debaixo da pala do boné.

— Você está na minha casa querendo saber quem eu sou?

— Exato — respondi de modo frio, vagamente ciente de que devia estar com, pelo menos, um pouquinho de medo. A velha Evie estaria, mas eu não. Tudo o que sentia era uma raiva fria e pulsante.

— Meu nome é Morton. Esses são meus filhos, e sei muito bem de onde você vem. Como conseguiu convencer o Nate a te trazer aqui, hein? Dizendo pra ele que queria ajudar? Que aquelas aberrações que vivem lá na comunidade o acolheriam de braços abertos? Acolheriam todas as crianças?

Aberrações?

— Essas crianças podem ser um pouco ingênuas, mas não são idiotas. Bem, pelo menos a maioria não é — continuou ele. A Fonte pulsou novamente. — Elas sabem, ou deveriam saber, que não podem confiar em nenhum de vocês. Aposto que você mentiu para eles, não mentiu? Só assim estariam todos aqui. — Ele parou a alguns passos de mim. — Aposto que disse pra eles que você é humana, não foi?

Não consegui impedir meus olhos de se arregalarem em surpresa, nem ignorar o fato de que a maioria das crianças se afastou ainda mais.

Morton soltou uma risadinha debochada.

— Você acha que eu não consigo perceber? Ah, pode apostar que sim. Você veio até aqui desarmada. Nenhum humano é tão estúpido. Já aquelas aberrações alienígenas? Outra história.

— Eu devia estar armada? — perguntei.

— Seria mais idiota do que imagino se não estivesse. — Ele pegou alguma coisa encostada na beirada da mesa e a levantou... um taco de beisebol.

O instinto veio à tona, e não pude contê-lo. A Fonte zumbiu em minhas veias e, quando ergui a mão, aconteceu o que eu desejava. O taco foi arrancado da mão do Morton e veio voando para a minha. A pancada ao bater contra minha palma doeu um pouco, mas não o soltei.

— Você está errado — retruquei. — Não vim desarmada.

Morton recuou um passo, e mesmo que as crianças não tivessem soltado um arquejo de surpresa, eu não teria me sentido foda. A reação delas acabou com qualquer satisfação que eu pudesse sentir.

— Vai fazer o quê? — perguntou Morton. — Me bater?

Cara, se minhas suspeitas estivessem corretas, era o que eu gostaria de fazer sim, mas não fiz. Em vez disso, soltei o taco sobre outra mesa.

— Por que eu faria isso?

Ele me fitou por alguns instantes.

— Eu falei pra vocês, não falei? Falei para cada um de vocês. — Morton correu os olhos pelas crianças agrupadas. — Eles podem se parecer com a gente. Podem parecer uma simples garota loura e inofensiva. — Ele recuou mais um passo e acrescentou, se dirigindo a mim: — Nós não precisamos da sua ajuda, e não queremos.

— Quer dizer que é você quem sai para procurar comida e outros suprimentos? — perguntei.

Ele crispou os dedos da mão direita.

— Como eu disse, a gente não precisa nem quer a sua ajuda. Não queremos nem precisamos te ver de novo, e se estiver pensando em voltar aqui com uma dessas aberrações que chama de amigo, esquece. Não estaremos mais aqui. Espero que se lembre do caminho de saída — disse ele. — É melhor ir embora.

Não movi um músculo, e fiquei surpresa ao sentir o Nate puxar meu braço.

— Está tudo bem. Vamos.

Continuei encarando o Morton até o Nate me puxar de novo. Deixei o garoto me levar embora, me virando de costas ao ver o sorrisinho de deboche do homem. Não confiava em mim mesma sequer para abrir a boca até estarmos do lado de fora.

— Quem é aquele cara? — perguntei assim que nos vimos no meio da rua deserta.

— Você mentiu pra mim — rebateu Nate. — Disse que não era uma alienígena.

— E não sou — respondi, olhando para ele. — Mas também não sou totalmente humana.

Ele jogou as mãos para o alto.

— E tem diferença?

— Na verdade, não. Mas não tem nada de errado em ser um alienígena. Só porque não sou cem por cento humana, não significa que eu seja má, traiçoeira ou uma aberração — expliquei. — Quem é aquele cara?

Nate me encarou com um olhar irritado por mais alguns instantes e, então, balançou a cabeça e olhou de volta para o prédio. O Jamal e a Nia estavam parados na porta.

— Ele é um dos adultos que... você sabe, conseguiu sobreviver.

Enquanto as duas outras crianças se aproximavam, perguntei:

— Tinha outros?

— Meus pais — respondeu Nia, parando a uma pequena distância da gente, os dedos brincando com o curativo que o Jamal tinha feito em sua mão. — Eles ficaram doentes uns dois anos atrás, e morreram um depois do outro.

— Minha avó estava comigo — acrescentou Jamal, engolindo em seco. — Ela também ficou doente. Cortou a mão em alguma coisa, e morreu pouco depois.

Não era de admirar que ele tivesse ficado tão preocupado com a mão da Nia.

— Tinha outros. Alguns eu acho que viviam nas ruas, que nem o Morton — disse Nia. — Mas agora estão todos mortos. A maioria morreu no primeiro ano.

Muito conveniente para o tal do Morton.

— Ele por acaso sai pra arrumar comida? Suprimentos?

Nenhum dos três respondeu, o que confirmou minhas suspeitas. O sujeito estava usando as crianças.

— Ele machucou algum de vocês? — Olhei para o Jamal. — Foi ele quem fez isso com o seu olho?

— Não — respondeu Nate. — Não é nada disso.

Não sabia se acreditava nele ou não.

— O que eu vou dizer agora vai parecer estranho, e talvez difícil de escutar, mas eu preciso dizer. Os Luxen podem curar os humanos... qualquer coisa que não seja de origem interna. Qualquer um dos que vivem *aqui*, que não são aberrações, nem são maus nem nada parecido, teria curado o corte na mão da sua avó e salvado a vida dela. Quanto aos seus pais e os outros... — Olhei para a Nia e o Nate. — Eles podiam até ter ficado doentes, mas garanto que teriam sido cuidados e ficado num lugar com melhores chances de recuperação. Odeio ter que dizer, porque nada disso é culpa de vocês, e sei que vocês provavelmente viram coisas horríveis durante a invasão, mas os Luxen que vivem aqui não são maus. Aquele homem lá é cheio de merda.

Jamal lançou um olhar de relance para o Nate, nervoso, e a Nia fez uma careta ao escutar o palavrão.

— Vocês não me conhecem. Não de verdade, mas podem acreditar quando eu digo que se os Luxen que vivem na comunidade quisessem machucar vocês... se eu quisesse... não teria mais ninguém aqui.

Nate olhou para mim de novo.

— Isso é uma ameaça?

— Não. Só estou dizendo que se eu quisesse machucar vocês, já teria machucado. Se quisesse machucar aquele homem... e estou sendo generosa ao usar o termo *homem*... já teria também. Eu não quero machucar vocês. Pelo contrário, só quero ajudar. Então, por que diabos vocês acham que os outros são diferentes? Sou capaz de cair de joelhos e implorar que acreditem em mim quando digo que nem todos os Luxen são invasores de corpos perversos. Assim como nem todos os humanos são maus. — Inspirei fundo. — A gente pode ajudar.

— A gente tá bem aqui — retrucou Nate.

— Tem certeza? — Arqueei uma sobrancelha.

Os outros dois viraram a cara, mas ao ver o Nate anuir com um menear de cabeça me forcei a engolir uma série de palavrões. Queria voltar correndo lá, pegar todas aquelas crianças e me mandar com elas. Eles podiam ter uma vida melhor, mesmo que não acreditassem a princípio. No entanto, tinha constatado a verdade na maneira como haviam reagido ao verem que eu não era exatamente humana. Estava chocada por aqueles três ainda estarem aqui, conversando comigo. Se eles fossem levados à força, seria preciso uma vida inteira para desfazer o dano. Eu precisava dar a eles a chance de verem por si mesmos antes de tentar ajudá-los a decidir o que era melhor para eles.

— Sei que você acha que a nossa situação é ruim, mas não venha mais aqui, nem traga ninguém com você. Não precisamos de ajuda. Não desse jeito — disse Nate. — Não perca seu tempo. A gente vai embora ainda hoje.

— Mas e se eu voltasse? — rebati. — Ele machucaria vocês?

— Eu te falei, não é nada disso. — As palavras soaram desapaixonadas. — Você viu como os outros reagiram. Eles vão fugir. E você viu como a maioria é nova demais. Vai ser o fim deles.

Soltei um longo e demorado suspiro.

— Não vou voltar. Já tinha dito que não traria ninguém comigo. Não menti, mas ainda quero que você vá me procurar se precisar de qualquer coisa e, se um dia decidir que quer experimentar viver na nossa comunidade ou se precisar da minha ajuda para que isso aconteça, me procura, ok?

Nia baixou o queixo, mas fez que sim.

— Beleza — respondeu Jamal.

Olhei para o Nate.

— Estamos combinados?

— Estamos — murmurou ele.

— Promete? — insisti.

Ele me encarou.

— Prometo.

Rezei para que ele estivesse sendo sincero.

— Você sabe voltar daqui? — Ao me ver assentir, ele acrescentou: — É melhor ir logo. O pessoal que faz a ronda nessa área não deve demorar. Você não pode ser vista.

— Eu sei. Não vai acontecer. — Sem querer abandoná-los com um homem que os tratava como sua tribo infantil particular de caça e coleta, demorei-me mais um pouco. — Se cuidem. Todos vocês. Por favor.

Após outra rodada de promessas, comecei a me afastar, mas o Jamal me deteve.

— Se você não é totalmente humana nem é um deles, então o que você é?

Como responder? Não tinha ideia, de modo que apenas disse:

— Eu sou só a Evie.

Dito isso, saí correndo por entre os arranha-céus altos e escuros, seguindo a rua, dando o melhor de mim para não pensar em como tudo parecia tão quieto e deserto. Assim que me aproximei da divisa com o parque, senti a presença de um Luxen.

— Merda! — murmurei, me escondendo atrás de algum tipo de arbusto. A sensação ficou mais forte, e meus músculos tensionaram, prontos para entrar em ação. Eu podia correr rápido... provavelmente tão rápido que nem mesmo o Luxen conseguiria me ver...

Um barulho muito próximo de botas pisando em cascalho me fez levantar a cabeça.

Grayson estava parado diante de mim sob o luar prateado, o rosto impassível.

— Merda! — repeti, me levantando devagar. Parte de mim sabia que não devia ficar surpresa. Afinal, ele tinha sido designado para ficar de olho em mim. — Não tinha te sentido até agora.

— É que me mantive longe o bastante para que você não percebesse nada.

Pressionei os lábios numa linha fina.

— Isso não é justo.

— Justo ou não, quer que eu te dê um exemplo de burrice extrema? Você sair correndo no meio da noite com um cara qualquer...

— Um cara qualquer? Você quer dizer uma *criança* qualquer.

— Em direção a uma cidade com a qual não está familiarizada — continuou ele. — Sozinha, sem dizer nada pra ninguém.

— Bom, obviamente eu não estava sozinha — rebati. — Além de estar com uma criança qualquer, estava sendo seguida por um stalker nível A.

Os olhos dele ficaram subitamente brancos.

— Já sei... você vai querer me passar um sermão, mas dá pra esperar um pouco? Eu... bem, a *gente* precisa voltar antes que sejamos vistos. — Ergui a mão ao perceber que ele ia tentar argumentar. — Prometo que explico tudo depois, e prometo que fico quietinha e te deixo falar até você ficar sem saliva, mas podemos, por favor, ir embora *agora*?

Grayson deu um passo para o lado e estendeu a mão.

Passei pelo Luxen com um olhar furioso e, em seguida, retomei a corrida, acelerando cada vez mais. Ele se manteve grudado enquanto eu atravessava a clareira, seguindo em direção à linha de árvores. Não diminuí a velocidade nem quando alcançamos o buraco na cerca que separava nossa comunidade do restante da cidade. Continuei correndo a toda até as casas surgirem à vista.

Ainda surpresa por minha própria velocidade, afastei algumas mechas de cabelo do rosto ao chegar na parte asfaltada da rua onde o Eaton morava.

Grayson agarrou minha mochila, me forçando a parar.

— Tá na hora de você me escutar até eu ficar sem saliva.

Desvencilhei-me dele e o encarei.

— Antes disso, me deixa explicar o que estava fazendo.

— Não foi esse o acordo.

— Não fizemos acordo nenhum. — Antes que ele pudesse retrucar, fiz o menor e mais breve resumo possível sobre o Nate e as outras crianças. Disse até que o Luc já sabia sobre o garoto. — Você não pode dizer nada pra ninguém, só pro Luc — pedi ao terminar. — Se alguém for lá, as crianças vão fugir, e o cara que eu vi...

— Pode parar por aí. — Grayson deu um passo à frente. — Não dou a mínima para essas crianças ou esse cara, nem que eles estejam com fome, machucados ou cheios de hematomas.

Encarei-o, boquiaberta.

— A única coisa que me importa é te manter viva — completou ele, me fazendo fechar a boca. — O que continua sendo um trabalho em tempo integral. Só você pra fazer algo tão inacreditavelmente...

— Se você disser *estúpido* vamos ter problemas — avisei.

— Inconsequente — grunhiu ele. — Você quer ajudar todas as crianças perdidas do mundo. Bacana. Mas não saia sozinha por aí sem dizer nada a ninguém.

Uma pequena parte de mim entendia o que ele estava dizendo, mas a outra, bem maior, ficou simplesmente irritada.

— Não preciso dar conta de nada do que eu faço. Ninguém manda em mim, Grayson. Nem mesmo o Luc, e muito menos você.

— Como eu disse, inconsequente.

— Inconsequente? — Eu o encarei, sem palavras, desejando poder espancá-lo com a mochila. — Estou tentando ajudar um bando de crianças.

— Tem ideia do que o Luc faria se alguma coisa acontecesse com você? De novo? — perguntou ele. — O que aconteceria com ele? E com qualquer um em seu caminho?

— Eu sei...

— Acho que não sabe, não — interrompeu Grayson, as pupilas como dois diamantes brancos. — Porque se soubesse, teria parado um segundo pra pensar na possibilidade de que isso podia ser uma armadilha. De estar sendo levada para algum lugar ou até alguém com acesso à Onda Cassiopeia. De acabar capturada. Você não está cem por cento segura aqui. Ninguém está e, mesmo assim, você sai zanzando por aí sem pensar duas vezes. — Ele tinha se aproximado ainda mais, e a raiva emanava de seu corpo em ondas. — Esqueceu que eu estava de vigia? Ou foi por isso que achou que estava segura o bastante para fazer o que fez?

— Não, não esqueci. — Encarei-o no fundo dos olhos. — Só não pensei que você fosse ficar agarrado em mim que nem um carrapato.

— Talvez você devesse pensar um pouco mais — observou ele.

— E talvez você devesse ser menos babaca? — rebati, crispando as mãos. — Por que não interveio? Se estava tão preocupado que eu pudesse cair numa armadilha, por que não me impediu?

— Queria ver o que você ia fazer.

— Ah, tá! Isso faz total sentido. — Eu ri. — Talvez você estivesse rezando para que fosse realmente uma armadilha.

A expressão de choque que cruzou o rosto dele foi a emoção mais forte que eu já o vira demonstrar. Foi um rápido lampejo, mas que o deixou momentaneamente sem palavras. Grayson, então, trincou o maxilar e estreitou os olhos.

— Talvez você me odeie, *Nadia*. E talvez ache que eu te odeio. Não posso te culpar por nenhuma dessas coisas, mas *jamais* ouse insinuar que eu poderia deixar algo assim acontecer.

Sentindo o coração martelar de encontro às costelas, recuei um passo sem perceber.

Grayson jogou a cabeça para trás.

— Você realmente acha que o Luc não me falou sobre esse garoto? Meu queixo caiu.

— Que naquela noite eu não te vi entregando comida pra ele? — continuou o Luxen. — Não tem muita coisa que o Luc não compartilhe comigo. Ele confia em mim, até mesmo com você. Eu nunca faria nada para decepcioná-lo ou... — Ele se interrompeu, o peito subindo e descendo de maneira descompassada. — Vai pra casa, Evie. Vai logo. Por favor.

Qualquer outra hora eu teria fincado o pé e me recusado a obedecer, mas o instinto me disse que era melhor não discutir. O que mais me chamou a atenção e me deixou incomodada foi o fato de o Grayson ter pedido *por favor*.

a manhã seguinte, eu estava concentrada em fazer as estatuetas de anjos que eu tinha pego num dos quartos extras pularem umas sobre as outras na mesinha de centro, tipo uma corrida de obstáculos.

Eu não estava me divertindo, estava treinando a Fonte. Melhor do que ficar me acabando de preocupação por causa do Luc, da Zoe, do Daemon e do Dawson, ou das crianças e do tal Morton.

Ou pensando no que o Grayson tinha dito. Algo que já tinha feito mais do que o suficiente por metade da noite, deitada sem conseguir dormir. Odiava o fato de ele ter razão. Não era como se eu não soubesse do risco, só que decidira corrê-lo, e talvez isso fizesse de mim alguém inconsequente ou, pelo menos, descuidada.

Soltei um palavrão ao ver uma das estatuetas quase cair da mesa. Não sabia bem por que, mas usar a Fonte para mover objetos leves era muito mais difícil do que coisas mais pesadas.

A tartaruga marinha alada tinha acabado de pular por cima de um coelho com asas quando escutei uma batida à porta. Ela quase caiu, mas consegui impedir a queda e depositá-la de volta sobre a mesa. Em seguida, levantei do sofá e fui correndo atender. Como não tinha pressentido nada, sabia que quem quer que fosse era humano. Mas não devia ser o Nate, ele não bateria na porta da frente em plena luz do dia.

Era a dra. Hemenway, os cabelos castanhos compridos presos num rabo de cavalo. Eu não a via desde que tudo acontecera. No mesmo instante, meu estômago foi parar nos pés.

— Tá tudo bem?

— O quê? — Ela pareceu momentaneamente confusa, mas se recobrou rápido. — Ah! Sim, claro que sim. Bom, pelo menos eu acho. Não tive nenhuma notícia.

Relaxei. Um pouco.

— Passei para ver se você gostaria de me acompanhar hoje — explicou Viv, para minha total surpresa. — O que provavelmente significa que vamos passar o dia quase todo sentadas sem fazer nada. Talvez um ou dois curativos, mas você se saiu muito bem com o Spencer. Manteve a calma e foi uma ótima ajudante. Imaginei que talvez fosse gostar de ajudar.

As palavras provocaram outra onda de surpresa, mas que logo deu lugar a uma súbita animação.

— Claro! Com certeza. Vai ser ótimo. Eu adoraria.

Viv riu.

— Beleza. Então podemos ir. Eu vim de carro, portanto o trajeto vai ser rápido.

— Legal! Deixa eu só me calçar.

— Não tenha pressa.

Eu me apressei de qualquer forma. Fui correndo até o quarto, calcei os tênis e voltei num piscar de olhos. Só quando já estávamos perto do carro foi que a ficha caiu. Lancei um olhar de relance para a médica enquanto dava a volta pela frente do veículo.

— Foi o Luc — falei.

— O que tem ele? — Ela se sentou atrás do volante.

— Isso foi ideia dele.

— Foi — admitiu ela. — Mas quando ele sugeriu achei que era uma excelente ideia. Ele não precisou me convencer. Se eu não achasse que seria legal, jamais teria concordado.

Eu acreditava nela.

— Espero que não fique chateada — disse a médica enquanto eu me ajeitava no carona.

— Não estou. — Recostei no banco. Não precisava me olhar no espelho para saber que estava sorrindo feito uma idiota. Luc sabia que eu queria me sentir útil, ajudar de alguma forma, e tinha dado um jeito de atender meu pedido. — Estou feliz que ele tenha falado com você.

— Eu também. — Ela passou a ré para sair da entrada de carros e virou na rua. — Estou treinando algumas pessoas para o caso de precisar de ajuda se alguma coisa acontecer. Portanto, quanto mais gente souber algo além de primeiros socorros, melhor.

— É engraçado. Cheguei até a pensar em me tornar enfermeira antes de... antes de tudo ir pelos ares. — Observei as casas pelas quais passávamos. — Mas costumava achar que não teria estômago pra isso.

— Você tem — retrucou ela de modo confiante. — Se não tivesse, jamais teria conseguido ficar na mesma sala que o Spencer. — Apertando os olhos, soltou um sonoro suspiro. — Nunca na vida tinha visto nada igual aquilo.

— O que provavelmente é bom — retruquei, enquanto nos aproximávamos do parque abandonado. — Você fez o máximo para salvar a vida dele. Não foi sua culpa.

— Gostaria de não sentir como se tivesse sido. — Ela apertou o volante com força. — Mas eu sei que fiz o meu melhor. Todos fizemos. É só... que é uma merda.

— É — concordei baixinho. — É mesmo.

Um ligeiro sorriso repuxou-lhe os lábios.

— Vou confessar uma coisa... juro que nunca mais reclamo de estar entediada.

Assenti com uma risadinha e vi o mercado surgir adiante.

— Ah, você se incomoda de a gente dar uma paradinha rápida na biblioteca? — pedi. — Preciso de tinta de cabelo, e não tenho ideia de onde mais encontrar a Zouhour.

— Sério? — A médica me lançou um olhar questionador.

— Quero mudar a minha aparência — expliquei. — Em algum momento terei que deixar a proteção desses muros, e não quero que seja tão fácil as pessoas me reconhecerem.

— Ah! — Viv riu. — Faz sentido. Estava pensando que era um momento um tanto estranho para uma repaginada.

— Sem dúvida — concordei.

Paramos diante da velha biblioteca e, após alguns minutos de espera, a Zouhour apareceu com uma pasta grossa que listava todos os produtos em estoque. Acabei descobrindo que eles costumavam ter tinta de cabelo, sim, mas as caixas tinham sido jogadas fora uma vez que ninguém estava disposto a arriscar usar um produto vários anos fora da validade. Compreensível. Eu não arriscaria.

Rezando para que o Luc encontrasse alguma durante sua incursão, agradeci à Zouhour e segui com a Viv para o centro médico que ficava atrás do mercado. Ela parou o carro diante do "consultório" e entramos juntas.

A recepção estava bem iluminada pela luz que penetrava pelas janelas, mas, em vez de fileiras de cadeiras, cinco mesas de exame tinham sido dispostas no local.

A doutora percebeu meu olhar fixo.

— É um local estranho para tratar os pacientes, eu sei, mas a luz aqui é boa demais para ser desperdiçada. — Ela soltou as chaves sobre a bancada. — Os quartos lá atrás só são usados quando precisamos de privacidade. Tirando um, todos os outros possuem janelas que permitem alguma entrada de luz, e a gente acende lamparinas quando necessário. — Fez sinal para que eu a seguisse. — Por sorte, não precisamos deles com frequência. O Daemon consegue cuidar da maior parte dos ferimentos e, além dele, agora temos o Luc. Isso reduz a quantidade de situações que fazem com que minha cabeça pareça estar debaixo d'água.

— Não tem outros Luxen aqui que possam curar? — perguntei.

— Alguns conseguem tratar ferimentos leves, mas nada como o que aconteceu com o Spencer. Se nem o Luc conseguiu estabilizá-lo, ninguém mais conseguiria, nem mesmo o Daemon.

— Pelo que me disseram, todos os Luxen conseguem curar, embora em graus diferentes. — Eu a segui por um corredor estreito. A maior parte das portas pelas quais passamos estavam fechadas.

— É verdade. Ao que parece, os que eram realmente bons na arte de curar não conseguiram chegar aqui.

Qualquer coisa poderia ter acontecido com eles, embora eu tivesse a sensação de que o Daedalus fosse um dos maiores responsáveis. Os que tinham a habilidade de curar pessoas totalmente estranhas eram excelentes candidatos ao programa de mutações.

— Aqui é o nosso estoque. — Viv abriu a porta do que outrora devia ter sido um pequeno laboratório. A luz de fora penetrava o ambiente através das janelas, lançando um brilho suave sobre as prateleiras de metal ao longo das paredes. Corri os olhos pelo aposento, pensando nas crianças e na avó que tinha morrido por causa de um simples corte na mão. Diante de mim estavam várias coisas que poderiam ter salvado a vida dela. Caixas de curativos, luvas de látex, estojos de seringas, bolsas de soro intravenoso, fileiras e mais fileiras de frascos de remédios; inúmeros equipamentos médicos e kits de primeiros socorros repletos de tudo necessário para desinfetar um corte. — Estávamos ficando sem algumas coisas, principalmente bombinhas. Algumas pessoas aqui têm problemas sérios de asma, e elas estavam prestes a ficar sem…

O sininho preso à porta da frente repicou, indicando que alguém havia chegado.

— Já vai — gritou Viv, virando-se para mim e erguendo as sobrancelhas. — Vamos ver quem chegou.

Era um homem humano com a pequena Bebê Maravilha — a garotinha que a Ashley tinha feito voar no playground. A menina estava coberta de placas vermelhas, que descobrimos terem sido provocadas por algum tipo de urtiga, para alívio do pai. A dra. Hemenway receitou uma pomada calmante, juntamente com um antialérgico e um aviso severo de não coçar, que a garotinha acatou com uma solene promessa, embora segundos depois estivesse coçando os bracinhos como se quisesse arrancá-los fora. Na saída, ela acenou em despedida e o pai meneou a cabeça na minha direção. Foi a única vez que ele deu sinal de perceber a minha presença.

Tempos depois, chegou um adorável casal de idosos. O marido estava preocupado com a esposa. Ela vinha sentindo dores no peito. Após um breve exame que incluiu medir a pressão da mulher, verificar a pulsação e mais uma série de perguntas, a Viv estava quase certa de que não era nada sério. Ainda assim, recomendou que ela viesse a qualquer hora caso sentisse falta de ar ou enjoo. Nenhum deles me deu muita atenção, nem quando a Viv me mostrou como usar o aparelho de pressão.

Depois que eles saíram, a médica se sentou numa banqueta e, deixando os ombros penderem, observou o casal seguir na direção do mercado.

— Acho que ela está começando a apresentar problemas cardíacos — disse após alguns instantes.

Meu peito apertou. Eu não precisava perguntar. Os Luxen não podiam curar coisas desse tipo. Nem mesmo o Luc.

— E não há nada a fazer.

Viv fez que não, triste.

— Não. Não aqui. Não temos sequer como fazer os exames necessários para um diagnóstico preciso, e eu não posso prescrever remédios às cegas. Eles podem acabar fazendo mais mal do que bem.

— Deve ser difícil saber que talvez ela tenha algo sério e você não pode fazer nada.

— A gente pode fazer algumas coisas. — Viv girou na banqueta. — No ano passado, suspeitamos que um sujeito estava com câncer. Ele já havia tido outro antes, e todos os sintomas indicavam câncer de pâncreas ou fígado, que é algo que não temos como tratar aqui. Oferecemos acompanhá-lo até uma das nossas bases lá fora. Prometemos dar a ele uma nova identidade e um pouco de dinheiro. Sem um seguro de saúde, isso era muito pouco, mas era melhor do que nada.

— E ele aceitou?

Viv me ofereceu um sorriso contrito.

— Não. Jamais vou esquecer. Ele disse que sabia que nenhum tratamento no mundo iria fazer diferença e que preferia continuar aqui. Não podemos forçar ninguém a fazer nada, e algo como câncer de pâncreas não costuma mostrar sinais até já ser tarde demais. Ele estava certo. Morreu em menos de um mês. Os tratamentos poderiam ter prolongado a sua vida, mas provavelmente sem grande qualidade.

Uma sensação de pesar se abateu sobre mim, mas não tive muito tempo para ponderar sobre ela. Outra pessoa chegou, apertando um lenço ensanguentado em volta da mão.

Por um segundo, achei que o cara ia sangrar até a morte ali mesmo, mas, como eu descobri, os dedos tendem a sangrar muito. Ele só precisou de cinco pontos. E, tirando um oi, não se dirigiu a mim em nenhum momento. O mesmo aconteceu com o segundo sujeito que precisou fechar um corte na palma da mão, ocorrido enquanto ajudava a consertar um telhado. Uma injeção de lidocaína e uma fileira de pontos depois, e ele foi liberado, substituído em seguida por uma dor de dente, um caso de indigestão, uma crise de pedras no rim e o que a Viv acreditou ser um simples problema de dor de estômago.

— Como você consegue diagnosticar essas pessoas? — Eu estava curiosa. — Não que eu duvide das suas conclusões, mas pedras no rim? Indigestão?

— Eu leio mentes — brincou ela. — Na verdade, está vendo aqueles livros ali? Eu li todos os manuais de diagnóstico em que consegui colocar as mãos. E, na maioria das vezes, acerto. — Ela franziu o nariz. — Bom, exceto por uma vez.

— Me conta.

Ela riu.

— A mulher estava reclamando do estômago. Disse que andava vomitando e sentindo fadiga. Fiz todas as perguntas padrão. O que você comeu? Quando foi sua última menstruação? Os sintomas melhoram antes ou depois de comer? E por aí vai. Nada me indicava que poderia haver outra coisa além de um problema de estômago. Algumas semanas depois, ela voltou com a mesma reclamação, mas tinha ganhado um pouco de peso. Perguntei de novo sobre a menstruação e, dessa vez, ela disse que não se lembrava.

Comecei a rir.

— Um simples teste de xixi e descobrimos que ela estava grávida. Assim sendo, não foi culpa minha.

Continuei rindo.

— Bom, imagino que seja fácil perder a noção de tempo por aqui.

— A mulher estava com uns cinco meses. Como você esquece que não menstrua há cinco meses?

Arregalei os olhos.

— Tem razão.

— Claro que tenho.

Olhei pela janela e vi vários homens e mulheres carregando cestos em direção à parte de trás das barracas.

— Posso te perguntar uma coisa?

— Claro.

— É normal as pessoas aqui não serem muito amigáveis com gente nova? Ou é porque eu explodi uma casa?

— As pessoas aqui desconfiam de tudo e de todos — respondeu ela. — E, além disso, você explodiu uma casa. Não dá pra culpá-los, certo?

— Não, não dá — respondi, rindo.

— Eles vão acabar relaxando. — A médica estendeu a mão e me deu um tapinha no braço. — Especialmente se você não explodir mais nenhuma casa.

— Vou tentar.

— Só não tente demais, a ponto de acabar não fazendo o que precisa ser feito quando for necessário. — Ela se levantou. — Preciso de proteína. E tenho o drinque perfeito para você experimentar.

Quinze minutos depois, me peguei olhando para o que a Viv chamava de Almoço dos Campeões, o qual consistia em uma batida de verduras cruas, algum tipo de pó que ela jurou ainda estar na validade e leite fresco. Parecia uma gosma verde. Na verdade, uma gosma verde vomitada por outra gosma verde.

Eu estava *prestes* a contar a ela sobre as crianças quando a vi tomar um generoso gole e, em seguida, me oferecer o copo.

— Experimenta. Não é ruim.

— Ahn... acho que não.

Ela me fitou com uma das sobrancelhas arqueadas.

— Você é uma híbrida alienígena capaz de explodir uma casa, e tem medo de um shake de proteínas vitaminado?

Fiz que sim.

Viv pressionou os lábios numa linha fina.

— Juro que não é ruim. A Kat adora.

— A Kat acabou de ter um bebê.

— Evie.

Com um suspiro, peguei o copo.

— Ok.

— Show! — Ela mordeu o lábio inferior e me fitou. — Experimenta. Vamos lá. Você consegue.

Ergui o copo e, tentando não cheirar, tomei um diminuto gole...

— Beba com vontade.

— Estou bebendo!

— Isso não é beber. Você precisa tomar um gole como se fosse seu primeiro spring break com os amigos.

Bufei, mas resolvi tomar um generoso gole. Assim que a mistura grossa e meio áspera encostou na minha língua, senti imediatamente uma ânsia de vômito.

— Gostoso, né? — perguntou a médica.

Sem querer ferir os sentimentos da Viv, forcei-me a engolir e, em seguida, fiquei alguns segundos me controlando para não vomitar. Só quando tive certeza de que não ia despejar o conteúdo do meu estômago em cima dela, foi que eu disse:

— É... hum... diferente.

Ela fez uma careta.

— Você não sabe o que é bom. — Pegou o copo de volta. — Mas acho que você não precisa de shakes proteicos nem de vitaminas, né?

Observei-a virar metade do copo.

— Graças a Deus.

Ainda bebendo, ela me lançou um olhar de relance.

— Aposto que o seu spring break foi maravilhoso — comentei.

A médica parou de beber por tempo suficiente para responder:

— Não me lembro da maioria deles, portanto, vou dizer que sim.

Olhei pela janela de novo ao sentir um familiar arrepio na nuca. Fiquei tensa ao ver o Grayson. Eu não o sentira o dia todo, mas me dei conta de que ele devia ter se mantido por perto, apenas longe o bastante para que eu não o pressentisse. O que era um tanto irritante.

Ainda não tinha ideia do que fazer com as coisas que o Luc me dissera antes de partir ou com a conversa que eu tinha tido com o Grayson na noite passada. Perguntei-me se o Luxen dormia em algum momento.

— Ó céus, aí vem o cara mais legal de todo o planeta — resmungou Viv. Quase não consegui segurar o riso ao vê-lo entrar. — A que devemos o prazer da sua visita, *sir* Grayson?

O Luxen arqueou uma sobrancelha.

— Duvido que minhas visitas sejam prazerosas.

— Claro que são — retrucou a médica, tão convincente quanto uma criança pega em flagrante com a mão no pote de biscoitos tentando negar o roubo.

Aqueles olhos azuis ultrabrilhantes se fixaram em mim.

— Tenho notícias.

Empertiguei-me no banco.

— Sobre?

— Acabei de saber que chegou um novo pacote. Um dos integrantes é uma mulher humana com cabelos cor de fogo.

Levantei num pulo, sentindo como se meu coração tivesse parado de bater.

— É a Heidi? Ela e a Emery chegaram?

— A menos que você conheça alguma outra garota humana de cabelos ruivos que eu me daria ao trabalho de vir te avisar sobre a chegada, presumo que sim.

— Ai, meu Deus. — Eu me virei para a Viv. — Me desculpa, mas será que...?

— Sem problema. Vai! — A médica brandiu as mãos como que me expulsando. — Vai logo!

Virei-me de volta para o Grayson, explodindo de alegria e alívio.

— Onde elas estão?

— Na primeira casa.

— Obrigada.

Não esperei pela resposta dele — não esperei mais nada. Passei voando pela porta, cruzei o estacionamento e me deixei pegar cada vez mais velocidade, sabendo exatamente para onde estava indo. Corri tão rápido quanto tinha corrido com o Luc. O vento levantou meu rabo de cavalo, inflou minhas roupas. Sabia que estava correndo feito um raio, mas pude sentir a presença próxima de um Luxen. Grayson estava me seguindo.

Atravessei o campo arborizado, sem parar para pensar na última vez que estivera ali. Em menos de um minuto, tinha passado pela área de terra revolvida no ponto onde sugara o Grayson e o Luc para um buraco no chão.

Diminuí a velocidade para não colidir contra a parede. Subi quicando os degraus e passei pela porta aberta. Eu provavelmente devia gritar para anunciar minha presença, visto que era grosseria entrar na casa dos outros desse jeito. Com o coração martelando contra as costelas, escutei um burburinho de vozes — algumas masculinas e outra mais suave, feminina.

Ao entrar na sala de jantar, olhei de relance para a mesa, mas rapidamente desviei o rosto. Ela agora parecia normal. Perguntei-me se tinha ficado manchada com o sangue do Spencer.

Botando esse pensamento de lado, segui as vozes até a cozinha. Meus sentidos especiais de Troiana vieram à tona. Vi de cara um Luxen de cabelos escuros parado junto à porta, a aura em tons de arco-íris obscurecendo suas feições por alguns instantes. Um leve zumbido indicou que havia um híbrido nas proximidades também, mas foi a cabeça de um tom vermelho vibrante que atraiu minha atenção.

— Heidi! — gritei.

Ela se virou para mim com um sorriso de orelha a orelha.

— Evie! Ai, meu Deus! Evie!

Cruzei a distância que nos separava em um nanossegundo. Tipo, nano mesmo. Rápido o bastante para captar sua expressão de surpresa antes de colidir contra ela e a envolver num abraço apertado.

— Eu estava tão preocupada com você e a Emery! Ai, meu Deus, você não faz ideia! Tive medo de que alguma coisa pudesse ter acontecido e não sabia o que fazer. Espera um pouco. Cadê a Emery?

— Estou bem aqui — soou uma voz familiar que me fez arregalar os olhos. A Luxen estava parada no meio da área de serviço, os cabelos negros presos num rabo de cavalo. A lateral raspada tinha começado a crescer. Ela acenou.

— Oi! — gritei.

Emery riu.

— Oi, Evie.

— Senti saudade também — murmurou Heidi. — De você, da Zoe, do Luc e de todos os outros… — Ela se afastou e envolveu meu rosto entre as mãos frias. — Gata, você foi rápida. Tipo, super-hiper-rápida. Acho que perdi muita coisa.

— É, perdeu. Tenho tanta coisa pra te contar!

— Espera um pouco. Que nomes você citou mesmo? — perguntou um dos caras atrás da gente.

Heidi me soltou e olhou de relance para a Emery.

— Ah, merda! Esqueci que não devia falar nomes.

— Eu acabei de gritar o seu para o mundo inteiro ouvir — comentei, piscando para conter as lágrimas de felicidade. Em minha animação, tinha esquecido completamente que os integrantes dos pacotes não tinham permissão de compartilhar nenhum tipo de informação, nem mesmo seus nomes verdadeiros.

— Não tem problema. Agora já estamos aqui. — Jeremy surgiu por trás da Emery, tirando um gorro preto. — Todos podem se apresentar.

— Que nomes você falou? — perguntou o cara de novo. Virei-me para ele, ainda segurando a Heidi como se ela pudesse desaparecer.

A pergunta não tinha sido feita pelo Luxen. Ele parecia horrorizado demais para dizer qualquer coisa, e apenas encarava o homem ao seu lado. Um híbrido, com cabelos castanho-claros puxados para trás e um rosto atraente. Uma série de leves cicatrizes brancas recortavam as bochechas e o nariz, quase como uma teia de aranha. Os olhos, de uma estranha combinação de castanho e verde-escuro, se fixaram nos meus. Ele recuou um passo, empalidecendo com um misto de choque e reconhecimento.

— Ai, meu Deus! — murmurou ele.

Soltei a Heidi, vagamente ciente de que o Grayson tinha acabado de entrar na cozinha.

— Você está me reconhecendo, não está?

— Jesus! — murmurou o sujeito de novo.

Grayson passou por mim como um raio. Num piscar de olhos, agarrou o híbrido pela frente da camisa e o empurrou contra um dos armários, fazendo a louça chacoalhar. O Luxen recém-chegado gritou e, circundado pela luz da Fonte, fez menção de partir para cima deles.

Não parei para pensar.

Invoquei a Fonte e *congelei* o Luxen. Seu corpo foi para a frente como se os pés tivessem sido subitamente colados no chão. Isso não o impediria de lançar uma bola de energia, mas eu esperava que fosse aviso suficiente.

— Por favor, não ataca o Grayson — pedi. O Luxen virou a cabeça para mim e inspirou fundo pela boca. — Não quero te machucar.

— Puta merda! — murmurou Heidi. — Evie... você está coberta de pontos pretos brilhantes.

— Eu sei. — Mantive os olhos fixos no Luxen. — É uma das coisas que preciso te contar.

— Eu também não quero machucar ninguém — respondeu o Luxen. — Nem ele.

— Tem certeza? — retruquei. — Você tá brilhando feito um vaga-lume.

— Desculpa. Foi uma reação instintiva — disse ele, fazendo o brilho retroceder até sumir por completo.

Assenti com um menear de cabeça, mas não o liberei.

— Quem é você? — perguntou Grayson.

Por cima do ombro do Grayson, vi os olhos arregalados do híbrido fixos em mim. Ele engoliu em seco ao mesmo tempo que um arrepio de frio se espalhava por meus músculos.

— Um homem morto. Eu sou um homem morto.

um nome muito estranho — comentou Grayson, suspendendo o híbrido até os pés dele descolarem do chão. — Acho melhor pensar bem e responder de novo.

George, o velho fazendeiro, entrou na cozinha com um cesto de vime debaixo do braço e parou de supetão. Ele correu os olhos pelo cômodo e soltou um suspiro.

— Ah, de novo não. Doris — chamou, soltando o cesto. Em seguida, abriu a porta da geladeira.

Meus olhos quase pularam para fora das órbitas. O interior da geladeira tinha sido removido para acomodar outro estoque de espingardas.

— Que foi? — respondeu Doris.

George pegou uma das espingardas e a apontou para a cabeça do híbrido.

— É melhor esperar aí fora. Estamos com um probleminha aqui.

Grayson suspendeu o híbrido ainda mais, o poder da Fonte crepitando à sua volta.

— Estou começando a ficar impaciente e, só pra você saber, não sou famoso pela minha paciência.

— Eu sei o nome deles — disse Jeremy, que também havia pego uma espingarda na área de serviço. Com um rápido olhar de relance, vi que a Emery havia se postado na frente da Heidi. As pupilas da Luxen brilhavam feito diamantes. — Eles passaram pela triagem. O Luxen se chama Chris Strom — informou Jeremy. — E o híbrido é Blake Saunders.

Nenhum dos dois nomes me disse nada, mas, pelo visto, para o Grayson e a Emery sim.

— Puta merda! — murmurou Emery.

— Não pode ser. — A Fonte pulsou em torno do Grayson. — Eu conheço esse nome. Blake Saunders está morto.

O híbrido não disse nada, porém o Luxen sim:

— É verdade. O nome dele é Blake Saunders, e sei que muitas pessoas acham que ele está morto, mas não está. Não estamos mentindo. Não queremos causar problemas. Se soubéssemos que o Luc estava aqui, não teríamos vindo…

— Por que isso causaria problemas? — perguntei. — Quem são vocês?

O híbrido olhou para mim.

— Não olha pra ela — avisou Grayson. — Jeremy, vai chamar o Hunter. Agora. Ele pode confirmar quem são esses dois. E seja rápido — acrescentou o Luxen. — Não fale com ninguém mais sobre isso.

— Tô indo — respondeu Jeremy, partindo em seguida.

— Quero que todos saiam. Desculpa, George, sei que a casa é sua, mas quero que você e a Doris saiam também — instruiu Grayson. — Levem a Emery e a Heidi para ver a Cekiah. Ela está na antiga biblioteca. Digam pra ela o que está acontecendo. Mas sejam discretos. Tem gente aqui que não precisa saber sobre nada disso.

— Gente? — perguntou Chris, ainda congelado no lugar, o peito subindo e descendo rapidamente. — Quem mais está aqui?

Grayson ignorou a pergunta e soltou o híbrido. Ele caiu de encontro à bancada, arregalando os olhos. A gola da camiseta estava rasgada. Sem dar um pio, o tal Blake continuou com os olhos fixos no Grayson.

— Evie — chamou Grayson, enquanto a Emery puxava a Heidi pelo braço para irem se juntar ao George. — Vai com eles.

— O quê?! — exclamei. — Não vou a lugar algum.

— Não discuta. Você pode ir para onde quiser, mas sai daqui.

— De jeito nenhum.

Com uma das mãos ainda plantada no meio do peito do híbrido, Grayson me lançou um olhar de relance.

— Não estou pedindo.

— Que bom — revidei. — Porque mesmo que estivesse, eu não te daria ouvidos. Se quiser que eu saia, vai ter que me obrigar, e *isso* é algo que eu adoraria te ver tentar.

A Fonte em volta dele pulsou de maneira violenta e, por um momento, achei que ele ia tentar mesmo. Grayson, porém, apenas apertou os lábios numa linha fina.

— Seu mundo, suas regras, né? — Em seguida, se virou de volta para o híbrido. — Sentem-se. Quero os dois sentados.

A essa altura, já não tinha mais ninguém na cozinha. Parte de mim queria ir atrás da Heidi. Eu tinha tanta coisa para contar a ela, e queria abraçá-la de novo. Meu instinto, porém, me dizia que eu precisava ficar.

O híbrido se sentou lentamente no chão, com uma das pernas dobradas de encontro ao corpo e a outra esticada.

— Você também. — Grayson olhou para o Luxen.

— Não dá — retrucou ele. — Não consigo me mover.

— A culpa é minha. — Removi a força que o mantinha preso no lugar.

Movendo-se como uma marionete cuja corda foi puxada, o Luxen virou a cabeça na minha direção e se sentou a pouco mais de um metro do híbrido.

— Como você fez isso?

Sem saber o que podia revelar na frente dele, achei melhor não responder.

— É o Daedalus — respondeu o híbrido. — O soro Andrômeda, certo?

Olhei para ele.

— Quero saber como você me conhece.

— Não — respondeu o híbrido, trincando o maxilar. — Você não quer, acredite.

Sentindo meu estômago se retorcer em pequenos nós, dei um passo na direção dele.

— Se você quer realmente ficar, pelo menos se mantenha longe deles. — Grayson me bloqueou com um braço. — Se eles forem quem dizem ser, o Luc não ia te querer nem no mesmo bairro.

Os nós ficaram maiores. Nenhum dos dois parecia muito ameaçador no momento. O Luxen dava a impressão de estar prestes a ter um colapso. Mas, por outro lado, podia ser tudo fingimento.

Eu não os conhecia, embora o híbrido parecesse me conhecer.

— Quem são eles? — perguntei para o Grayson.

— Quer dizer, quem eles alegam ser? — Grayson puxou um pirulito do bolso. — Dois caras que deviam estar mortos.

— Isso não me diz nada.

— Eu nunca te vi. — Ainda sentado, o híbrido encarou o Grayson.

— Não, não viu. — Ele desembrulhou o pirulito. — Mas, se vocês forem quem dizem ser, eu escutei as histórias.

— Através do Luc? — perguntou Blake.

Grayson não respondeu.

Os lábios do híbrido se curvaram num dos cantos como se ele estivesse tentando sorrir.

— Se não foi ele quem te contou, acho que já sei quem mais está aqui.

— Então sabe que esse seu retorno do mundo dos mortos não irá durar muito.

— Não viemos causar problemas — interveio o tal Chris. — Juro que não. Só estávamos procurando um lugar seguro, e ouvimos dizer que havia lugares para onde podíamos ir. Não tínhamos a menor ideia de quem estava aqui. Ninguém nos disse nada. Se soubéssemos, não teríamos vindo. Juro. A gente ia preferir arriscar continuar lá fora.

— Não adianta, Chris — disse o híbrido, recostando a cabeça no velho e desbotado armário branco. — Eles não vão acreditar na gente.

— E você pode culpá-los? — murmurou o Luxen.

Ele virou a cabeça para o amigo e fez que não.

— Não. Eu não culpo nenhum deles.

O Luxen fez menção de se colocar de joelhos, mas se deteve ao ver o olhar que o Grayson lhe lançou. Ele se ajeitou de volta e encarou o híbrido.

— Você fez o que precisava para se manter vivo. Nós todos fizemos.

— O que você fez? — perguntei.

Ainda olhando para o Luxen, Blake pressionou os lábios e, em seguida, disse:

— Eu traí todo mundo. Todos, exceto o Luc. Ele sempre soube. Não dá pra esconder muita coisa dele. Mas o Luc nunca contou pros outros a verdade a meu respeito. Só depois entendi por quê.

Nada do que ele estava dizendo fazia o menor sentido.

— Quero saber como você me conhece — repeti, ignorando o olhar penetrante que o Grayson me lançou.

— Tem certeza? — O híbrido me fitou, os olhos assombrados.

Uma profunda inquietação recaiu sobre mim como um cobertor pesado.

— Você me conheceu quando eu era a Nadia.

Ele franziu as sobrancelhas. Uma delas era cortada por uma diminuta cicatriz.

— Eles te fizeram esquecer. Apagaram sua memória.

O ar ficou preso nos meus pulmões.

— Então é verdade. É o que eles disseram que iam fazer. Minha memória anda um pouco falha ultimamente. — Um sorrisinho irônico repuxou-lhe os lábios. — Mas eu não sabia que eles tinham chegado às vias de fato. Um dia você estava lá. No seguinte, havia sumido.

Ai, meu Deus, ele tinha me conhecido durante o período que eu passara com o Daedalus. Abalada, não sabia o que deveria dizer ou fazer. Estava dividida. Parte de mim queria dar início a um verdadeiro interrogatório, forçá-lo a me contar tudo. O desejo de saber mais sobre o tempo que me fora roubado me queimava por dentro, fazendo minha pele comichar. Mas a outra parte? Com base no modo como o Luc havia empalidecido ao descobrir que durante esse período eu ainda era a Nadia, na maneira como tanto a Kat quanto a Zoe tinham dito que minha "amnésia" era uma bênção, e nas poucas lembranças que de vez em quando pipocavam em minha mente, essa outra parte não tinha certeza se eu desejava saber o que tinha sido feito comigo. Ou o que eu provavelmente havia feito com outros.

— O Luc tentou te esconder, mas eu te vi com ele uma vez — disse Blake. — Isso foi antes do Daedalus. — Ele ergueu os olhos para mim. — Antes de eu entender por que ele não contou aos outros quem eu era. Foi por sua causa.

— Já chega! — Grayson tirou o pirulito da boca. — Está na hora de todo mundo se aquietar.

Eu não ia me aquietar, não quando rapidamente comecei a encaixar as peças do quebra-cabeça. Luc tinha usado o Daemon e a Kat para ter acesso ao Daedalus e aos soros que achava que poderiam me curar. Será que esse Blake estava envolvido, e que as pessoas que ele disse que havia traído eram o Daemon e a Kat? Se fosse, isso significava…

Fui tomada por um acesso de raiva.

— Você trabalhava pro Daedalus?

— Não por escolha própria — respondeu Chris com um olhar nervoso na direção do Grayson. — A gente cresceu junto. Éramos próximos. Como irmãos. Aconteceu um acidente quando éramos mais jovens. Um acidente feio, e eu curei o Blake. Ele se transformou, e o Daedalus descobriu, e desde então… até finalmente conseguirmos escapar… o Daedalus me usou para controlá-lo. Foi assim por muitos e muitos anos.

— Achei que tinha mandado todo mundo ficar quieto — disse Grayson.

— Eles o obrigaram a fazer coisas horríveis… coisas que ele nunca teria feito se eles não estivessem me usando para chantageá-lo. O Daedalus nos controlava. Vocês precisam entender — implorou Chris. — Tudo o que ele fez foi para que eu continuasse vivo. O Blake só fez o que qualquer um teria feito.

— Alguns teriam feito pior — murmurou o híbrido, me encarando. — Alguns fizeram pior.

Senti uma lufada de ar frio contra as costas e, embora as palavras dele fossem enervantes, sabia que a sensação significava que o Hunter estava próximo. Segundos depois, o Arum entrou pela área de serviço e seguiu direto até os dois caras sentados no chão.

Grayson deu um passo para o lado. Sem dizer nada, Hunter se ajoelhou na frente do Luxen. A reação do híbrido foi instantânea, provocando uma descarga de estática no ar. Grayson, porém, foi mais rápido. Agarrando-o pelo pescoço, pressionou sua cabeça contra o armário.

— Nem pensa — disse Grayson, com o pirulito de volta na boca.

Hunter pressionou uma das mãos no meio do peito do Chris e baixou a cabeça. A mão do Arum entrou no peito do Luxen, que estremeceu e arqueou as costas, o corpo inteiro se acendendo. Chris assumiu a forma verdadeira, um ser de luz envolto num brilho que piscava de forma rápida e intermitente enquanto o Hunter se alimentava.

Imaginei que esse fosse o jeito de tornar a alimentação algo doloroso. Cruzes!

Hunter estava absorvendo as memórias do Luxen, tal como eu tinha feito ao me alimentar do Luc. Era algo ao mesmo tempo horrível e fascinante de se observar.

— Para! — gritou o híbrido. — Você vai matar ele! Para!

Um buraco se abriu no meu estômago ao escutar a risada do Grayson.

— Ele não está matando ninguém. — Seguiu-se uma pausa. — Ainda.

O Arum soltou o Luxen alguns instantes depois, que despencou contra a parede, sua luz ainda piscando, embora já não tão rápido.

— Chris? — chamou Blake num fio de voz.

Hunter se levantou e olhou para o híbrido.

— Você *é* um homem morto.

❋ ❋ ❋

Cekiah chegou pouco depois com outros Luxen, e os dois homens foram levados para uma área de detenção até que fosse decidido o que fazer com eles. Ouvi dizer que ambos seriam revistados novamente em busca de rastreadores.

Hunter achou melhor ninguém dizer nada para a Kat e a Bethany sobre a chegada dos dois, pelo menos não até o Daemon voltar. Soube na hora que o que quer que o Blake tivesse feito era uma das coisas horríveis que o Chris havia mencionado, e que isso envolvia uma delas ou as duas. Não conseguia imaginar o que poderia ser tão horrível a ponto de eles acharem melhor manter uma pessoa tão forte quanto a Kat no escuro. Horas depois isso ainda me incomodava. E continuava incomodando mesmo agora, já sentada na casa que havia sido arrumada para a Heidi e a Emery, que ficava a duas casas da que eu dividia com o Luc. Velas e lamparinas iluminavam a sala de estar, afastando o lusco fusco do fim de tarde. Eu tinha acabado de contar para elas tudo o que acontecera desde a noite em que a gente fugira de Columbia. Heidi estava sentada ao meu lado no sofá, mas se levantou assim que terminei de contar sobre o Kent.

Ela se sentou de novo no braço da poltrona e correu os dedos pelo cabelo da Emery.

— Não sei o que dizer. — Curvando-se, beijou a testa da namorada. — Sinto muito pelo Kent — murmurou. — Ó céus, sinto também pelo Clyde e pelo Chas. Por todos eles.

Emery olhava para o nada, os lábios pressionados numa linha fina, inspirando fundo pelo nariz.

— Eles estão mortos? — perguntou ela, piscando. — Os homens que mataram o Kent? Eles estão mortos?

— Estão — respondi. — Todos eles.

Ela inspirou fundo de novo e assentiu.

— Que bom.

Observei-a se virar para a Heidi, mas virei o rosto ao vê-las se abraçarem. Queria dar a elas um momento de privacidade.

Após um longo tempo, Emery disse:

— Houve um aumento considerável no número de oficiais da FTA, mas no momento o maior problema é a Guarda Nacional.

Heidi assentiu.

— Eles estão por todos os lados.

— O patrulhamento é acirrado nas interestaduais e nos pontos de parada — informou Emery. — Nunca vi nada igual. Gente uniformizada e armada até os dentes. Foi por isso que a gente demorou tanto. Tivemos que refazer o caminho várias vezes, pegar estradinhas alternativas e nos esconder. Segundo os noticiários, a presença deles é para assegurar que ninguém entre ou saia das zonas de quarentena, mas havia patrulhamento até mesmo em estados onde não houve nenhum surto da tal gripe.

— ET. — Heidi revirou os olhos e balançou a cabeça, frustrada. — Já viu apelido mais idiota?

— É, muito — concordei, inclinando-me para a frente. — E como estão os surtos?

Ela repetiu basicamente o que o Daemon tinha dito.

— Mas o lance é que ninguém consegue entrar ou sair dessas cidades. Além disso, tem rolado algumas merdas estranhas nas redes sociais.

— Eu criei uma conta falsa para tentar descobrir se o James e os nossos colegas estavam bem. Não quis entrar na minha para o caso de estar sendo rastreada. No fim, consegui, e descobri que ele está bem, mas as escolas foram fechadas, assim como parte do comércio. — Heidi afastou uma mecha de cabelo do rosto. — Ele falou que tem rolado toque de recolher e que o exército entrou na cidade, tomando quase tudo. O James também postou... — Ela deixou a frase no ar e balançou a cabeça de novo.

— Que foi? — Olhei para a Emery.

— Acho que ela está falando das postagens sobre os mortos.

— Ai, meu Deus!

— É. — Heidi empertigou os ombros. — Ele falou que os soldados foram de casa em casa no bairro dele, dizendo para todo mundo que se alguém ficasse doente, eles deviam pendurar uma toalha branca na janela ou na porta da frente. Uma das casas próximas acabou pendurando uma. E, no dia seguinte, ele viu os soldados saindo com três sacos daqueles usados para cadáveres.

Cobri a boca com as mãos.

— A última postagem dele foi sobre os outros. — Heidi abraçou o próprio corpo. — Os que ficaram doentes, mas não morreram.

— Eles se transformaram? — perguntei, a boca ainda coberta.

— Acho que sim — respondeu ela. — O James não sabe nada sobre isso, mas ele postou algo sobre achar que eles eram a verdadeira razão para o exército estar lá. Disse que as pessoas estavam agindo estranho. Atacando outros e, sei lá, parecendo furiosas. Falou também que de noite era pior. Que dava para ouvir os gritos. Segundo ele, parecia uma cena de filme de terror.

Tendo visto com os próprios olhos o que a Sarah e o Coop tinham feito, não conseguia sequer imaginar dúzias ou centenas de pessoas passando pela mesma coisa.

— O que o exército tá fazendo? Atirando nelas?

— Não sei — respondeu Heidi. — A última postagem dele foi pouco antes de chegarmos a Arkansas.

O medo era como ácido em minhas veias.

— Ó céus!

— Não sei se algo aconteceu com ele depois disso. Ao que parece, as mídias sociais foram tiradas do ar na Columbia e em outras cidades, mas os noticiários continuam dizendo pra todo mundo que as coisas estão sob controle. Que cada vez menos gente está ficando doente. Se fosse verdade, por que eles silenciariam essas cidades completamente?

Ponderei um pouco sobre a pergunta.

— Eles não querem que o mundo descubra o que está acontecendo. Querem todos despreparados.

— Tem razão. A maioria das pessoas tá levando a vida como se nada estivesse acontecendo e como se isso não pudesse afetá-las. — Emery se recostou na poltrona. — A gente esbarrou com esses dois em Arkansas. Eu não tinha ideia de quem eram eles. Por que teria? Ouvi as histórias, mas me disseram que eles estavam mortos.

— Quem são eles? — perguntei, esperando dessa vez obter uma resposta.

— Até onde eu sei, o Blake é um híbrido que o Daedalus usava para espionar outros híbridos recém-transformados. Ver se eles eram viáveis... se conseguiam controlar seus poderes e poderiam ser úteis para o Daedalus. Ele foi enviado para Petersburg, na West Virginia, alguns anos atrás, e se matriculou na escola que a Kat e o Daemon frequentavam. O Daedalus queria saber se a Kat tinha sido transformada, e desejava relatos em primeira mão. Ninguém tinha ideia de quem o Blake realmente era até ser tarde demais. Ele matou um dos amigos deles... um Luxen que a Dee namorava, Adam Thomson.

Adam. Inspirei fundo, sabendo de maneira instintiva que o bebê tinha sido batizado em homenagem a ele.

— Mas tem muito mais. O cara era ou é um mentiroso e um tremendo manipulador. Ele acabou fazendo com que a Kat fosse capturada pelo Daedalus, e durante o período que ela ficou com eles, o Jason Dasher a obrigou a lutar com outros híbridos... entre eles, o próprio Blake. Ela o matou — disse Emery. — Pelo menos, era o que ela e todo mundo acreditava.

— Jesus! — Esfreguei o rosto. Não era de admirar que ninguém quisesse dizer nada para a Kat até o Daemon voltar. — E o que ele tem a ver com o Luc?

Emery deu de ombros.

— Não sei como o Luc conhece ele. Tudo o que sei é que eles se encontraram umas duas vezes, mas eu ainda não fazia parte do grupo.

Não tinha ideia se a Emery estava dizendo a verdade ou não. Teria que verificar com o Luc depois.

— Ele me conhece — falei, soltando as mãos sobre o colo. — Acho que ele estava lá, com o Daedalus, durante o meu treinamento.

— Quando você foi transformada numa Troiana foda com tatuagens que aparecem e desaparecem do nada? — Heidi se levantou do braço da poltrona e sentou de novo ao meu lado. — Porque é o que esses pontos me lembram. Ou pedras incrustadas... tatuagens ou pedras que se movem. — Ela me fitou com um sorriso. — É muito legal de observar.

Soltei uma risadinha.

— Mas vou ser honesta — acrescentou ela, mordendo o lábio inferior. — Estou tendo dificuldade em imaginar você correndo rápido para onde quer que seja. Quero dizer, lembro de você na aula de educação física. Você corria como se estivesse em câmera lenta.

Com uma sonora gargalhada, recostei-me nela e apoiei a cabeça em seu ombro.

— Jesus, como eu senti a sua falta!

— Eu também — murmurou ela.

Sabendo que o Luc e o resto da galera estavam prestes a chegar, fomos para a primeira casa. Grayson apareceu do nada e se junto à gente. Fizemos em silêncio o percurso até a fazenda.

Ela parecia totalmente diferente à noite, a entrada de carros e a varanda iluminadas por tochas e lâmpadas solares. A claridade era tamanha que pude ver imediatamente que o Arum que eu senti ao nos aproximarmos era o Hunter. Ele estava sentado numa das cadeiras de balanço, com a mulher ao lado.

Doris saiu de dentro de casa com uma bandeja cheia de copos.

— Imaginei que íamos ter mais companhia do que o normal essa noite. Preparei chá gelado.

— Obrigada — agradeci, pegando um dos copos e me sentando no degrau de cima. Quase soltei um gemido de prazer ao tomar um gole. O chá estava *doce*, bem doce.

Heidi e Emery foram falar com o Hunter e a esposa, enquanto o Grayson se postava em algum ponto à minha esquerda. Ainda segurando o copo, me perguntei como o Daemon e a Kat iam lidar com a notícia.

— Ei.

Virei para a esquerda e, tal como eu suspeitava, lá estava o Grayson, posicionado fora do alcance das luzes. Ele estava parado sobre o que outrora devia ter sido uma jardineira. Por algum motivo, lembrei do que o Luxen tinha me dito na noite anterior. *Talvez ache que eu te odeio.* Ele com certeza não agia como se gostasse de mim, e, se gostava do Luc como eu achava que gostava, não podia culpá-lo.

— Tenho a sensação de que isso vai entrar por um ouvido e sair pelo outro. Também acho que o Luc vai te dizer a mesma coisa — começou ele, a voz tão baixa que duvidava que alguém mais pudesse escutar. — Sei que você quer falar com o Blake, mas tem que entender que precisa suspeitar de qualquer coisa que ele te conte. Aquele cara não é confiável.

Assenti com um menear de cabeça.

Grayson estava certo. Eu queria falar com o Blake, mas mesmo que tivesse a chance, será que acreditaria em qualquer coisa do que ele dissesse? Essa, porém, era uma pergunta para ser respondida depois.

— A propósito, não contei a ninguém onde você esteve ontem à noite — acrescentou ele.

— Imaginei que não. Caso contrário, alguém já teria vindo gritar comigo — respondi. — Mas, de qualquer forma, obrigada.

Ele ficou em silêncio por alguns instantes.

— Mas vou contar pro Luc assim que esse drama aqui for resolvido.

— Eu mesma vou contar — murmurei. — Jamais esconderia isso dele.

O que estava acontecendo com o Nate e as outras crianças era importante, embora essa história com o Blake tivesse prioridade.

Poucos minutos depois, senti a chegada deles antes mesmo de vê-los. Levantei num pulo, soltei o copo de chá sobre uma mesinha para que ninguém o derrubasse e desci os degraus da varanda. Em questão de segundos, o pequeno grupo apareceu. Quatro tinham saído. Quatro voltaram. Todos carregavam mochilas e sacolas de lona cheias até a boca.

Senti vontade de sair correndo e interceptar meu namorado, tal como a Heidi estava fazendo, correndo em direção à Zoe, mas achei melhor ficar onde estava. Sentia que algo grande iria acontecer assim que o Daemon soubesse da notícia. Observei o Luc se aproximar da área iluminada, seu belíssimo rosto se abrindo num sorriso. O sorriso, porém, desapareceu assim que ele captou meus pensamentos. Contei mentalmente tudo o que havia acontecido.

Com uma expressão impassível, o Original olhou para o Hunter, ainda sentado na cadeira de balanço. Ele, então, passou por mim, parando apenas para me dar um rápido selinho, antes de soltar a mochila e a sacola de lona

A NOITE MAIS BRILHANTE

no chão da varanda. Em seguida, esperou o Daemon fazer o mesmo. A essa altura, o Arum já tinha se levantado.

— Daemon — cumprimentou Hunter.

O tom baixo com que ele falou deve ter sido aviso suficiente para o Luxen, porque o Daemon imediatamente congelou.

— O que aconteceu?

— O Blake Saunders está vivo — disse Hunter. — E ele está aqui.

35

aemon recuou um passo, soltando os braços ao lado do corpo.

— Não é possível.

— Mas é verdade — retrucou Hunter. — Eu me alimentei do Luxen. Não consegui ver como os dois sobreviveram, mas sei que eles são quem dizem ser.

— Aquele filho da puta está vivo, e aqui? — Daemon fez menção de se virar, as pupilas brancas feito diamantes. — Onde ele está?

— Eles foram levados para o porão da biblioteca — respondeu o Arum.

— Espera um pouco — disse Luc ao ver o Daemon começar a descer os degraus da varanda. — A gente precisa conversar.

— Conversar sobre o quê? Ele devia estar morto. O Blake tem que morrer. Não vou deixar que ele continue vivo, de jeito nenhum. — Com um brilho branco envolvendo seu corpo, Daemon desceu os degraus. — Não há nada para conversar.

Luc se meteu na frente do enraivecido Luxen.

— Você precisa se acalmar.

— E você precisa sair da minha frente.

— Vou ignorar essa observação. Entendo que esteja puto. Você tem todo o direito de estar, mas precisamos descobrir como ele sobreviveu.

— Não dou a mínima. Nada do que ele diz é confiável. — Daemon estava perdendo o controle de sua forma humana. — Você sabe disso, Luc. Não podemos confiar nele.

— Não estou sugerindo que a gente confie.

Daemon desviou os olhos, e a luz que o envolvia piscou. Ele começou a se virar de costas para o Luc, mas parou.

— Você tem ideia do que ele fez com a Kat? Tem?

— Eu sei o bastante — respondeu baixinho o Original. — Mas a gente precisa falar com ele. Precisamos descobrir como ele acabou aqui e o que está tramando. Ele reconheceu a Evie. O Blake esteve com ela durante o tempo que ela ficou com o Daedalus. Precisamos descobrir o que ele sabe.

— Qual parte de *eu não dou a mínima* você não entendeu? — rosnou Daemon.

— Não espero que você se importe, mas, antes que o mate, eu preciso falar com ele — ponderou Luc. Um calafrio me percorreu de cima a baixo. — Ele não pode mentir pra mim.

Foi a coisa errada a dizer.

Daemon virou a cabeça de volta para o Luc, e a Fonte pulsou à sua volta. Todos os pelos do meu corpo se arrepiaram.

— Ele nunca pôde, não é mesmo?

As palavras do Blake ressoaram em minha mente, e meu estômago, já revirado, foi parar no chão. Daemon continuou:

— Você sempre soube o que ele era… o que pretendia fazer. — Ele se colocou cara a cara com o Luc. Grayson saiu do meio das sombras. — Você sabia que o Blake ia nos trair, mas precisava botar as mãos naqueles soros. Nós fomos apenas um meio para um fim, o seu esquema de delivery. Ele matou o Adam, Luc. E matou outros também, mas você não liga. Porque só *ela* importa, certo?

— Como se você não tivesse feito a mesma coisa se estivesse tentando salvar a vida da Kat. — Luc sequer tentou negar.

— Você sabe muito bem que sim — admitiu Daemon. — Mas não foi o que aconteceu.

— O Daedalus teria capturado vocês com ou sem a minha ajuda. — As pupilas do Original começaram a brilhar. — Mas do jeito que aconteceu, eu pude oferecer o máximo de proteção possível a vocês lá dentro, ou será que se esqueceu disso?

— Sua proteção só chegou até certo ponto, Luc. Eles torturaram a Kat! — gritou Daemon. Um relâmpago espocou no céu acima. — Eles a usaram para me forçar a transformar outras pessoas. Eles a retalharam. As coisas que ela viu ainda a fazem acordar no meio da noite.

— E eu nunca vou me perdoar por isso — rebateu Luc. A essa altura, me dei conta de que todos os humanos, inclusive a Heidi, tinham sido postos para dentro de casa. Só os que possuíam algum percentual de DNA alienígena continuavam ali fora.

— Mas você não mudaria porra nenhuma, mudaria?

— Não — admitiu o Original. Fechei os olhos.

— Os soros nem sequer curaram ela. — Daemon parecia pasmo.

— Mas eles garantiram mais alguns meses! — gritou Luc. Mesmo por trás das pálpebras fechadas, percebi outro relâmpago. — Deram a ela tempo suficiente para que uma cura fosse desenvolvida. Se vocês não tivessem pego aqueles malditos soros, ela estaria morta.

Um gosto amargo brotou no fundo da minha garganta. Abri os olhos. Eu sabia que o Luc tinha jogado o Daemon e a Kat na fogueira em suas tentativas de salvar a minha vida. O próprio Daemon me contara. Na hora, eu não soubera como processar esse fato e, mesmo agora, tudo o que conseguia era me sentir horrorizada. Até então, não fazia a mínima ideia do que eles haviam passado. Imaginava que tinham sido coisas terríveis, mas nunca soubera dos detalhes.

Zoe surgiu ao meu lado, me pegou pelo braço e me puxou. Eu, porém, não conseguia me mover. A constatação de que tinha sido o motivo para eles terem sido capturados pelo Daedalus me atingiu como um caminhão em alta velocidade. Não fazia diferença que cedo ou tarde o Daedalus fosse acabar capturando os dois. Isso acontecera por minha causa.

Por causa do Luc.

E agora, eu seria novamente responsável por provocar ainda mais sofrimento.

— Se ela tivesse morrido, não teria acabado nas mãos do Jason Dasher e passado por só Deus sabe o que para se transformar numa coisa desenvolvida para matar todos nós — rebateu Daemon. — Foi você quem fez isso, Luc. Parabéns!

Inspirei fundo ao mesmo tempo que o Luc se movia num piscar de olhos. O punho dele colidiu contra o queixo do Daemon, fazendo a cabeça do Luxen voar para trás. Ele, porém, não caiu. Dawson gritou, mas já era tarde.

— Para! — berrei.

Os dois partiram um para cima do outro como trens de carga. Cada um acertou um golpe, e ambos caíram simultaneamente. Daemon por cima por cerca de meio segundo antes que o Luc o fizesse rolar, agarrando-o pela camiseta.

— Você acha que eu não sei disso? — O Original ergueu o tronco do Daemon e colou o nariz no do Luxen. — Acha que não sei exatamente o que eu provoquei?

— E aí, valeu a pena? — rebateu Daemon.

— Como pode me perguntar isso? — As veias do Luc se acenderam ao mesmo tempo que ele armava o braço para outro soco.

Eu tinha visto o suficiente.

Provavelmente ficaria surpresa comigo mesma depois pela maneira como sequer hesitei nem senti um pingo de receio de machucar alguém, mas, na hora, tudo o que eu queria era acabar com aquilo. Erguendo a mão, invoquei a Fonte e tirei o Luc de cima do Daemon. Ele caiu em pé a alguns metros de distância, arfando visivelmente.

Sem mais o peso em cima dele, Daemon se colocou de pé. Ele cuspiu um punhado de sangue e fez menção de partir para cima do Luc novamente.

— Já chega! — Congelei o Luxen. Ele virou a cabeça para mim, os lábios repuxados num rosnado. — Já deu pra vocês, não?

— Não, ainda não. — Luc sorriu. — Ele precisa do outro olho roxo também pra combinar.

— Vou te dizer o que eu preciso ou não. — Daemon se virou de volta para o Luc. — Não preciso que a minha namorada lute as minhas lutas.

— Ah… que tal você ir se fo…

— Calados — rosnei. — Os dois. Quietos.

— Você não devia ter se intrometido — observou Hunter, recostado contra o guarda-corpo da varanda. — A briga estava começando a ficar boa.

— Calado você também — rebati. O Arum riu. — Vocês dois estão agindo feito crianças.

— É, tem razão — retrucou Luc. — Porque ele bate feito uma criancinha.

— Eu é que estou prestes a bater em você feito uma criancinha — ameacei. Luc se virou para mim, as sobrancelhas erguidas. — Juro por Deus, vocês podem se espancar até quase a morte, não dou a mínima, mas não quero ouvir nenhum dos dois reclamar depois. Vocês são amigos. Nem sei como e, francamente, também não me interessa, mas os dois estão agindo feito babacas.

— Por que eu estou agindo feito babaca? — perguntou Daemon. — Agora, sério, me descongela, ou seja lá o que você esteja fazendo.

— Você vai tentar bater no Luc de novo?

Daemon pareceu ponderar por alguns instantes.

— Provavelmente.

O Original bufou.

— Então pode continuar congelado, amigão — repliquei. — Sugerir que eu estaria melhor morta é uma tremenda babaquice.

Um músculo pulsou no maxilar dele. Daemon se virou para mim. Momentos depois, disse:

— Não foi o que eu quis dizer.

— Não?

— Mas foi o que pareceu — interveio Luc.

— Eu sei, mas não foi o que eu quis dizer — insistiu Daemon. — De vez em quando eu falo sem pensar e solto alguma idiotice. Pergunta pra Kat. Ela pode confirmar.

— Eu posso confirmar — murmurou Dawson.

Assenti com um menear de cabeça, aceitando as desculpas dele só porque essa não era nossa prioridade no momento.

— Você devia estar mais preocupado em como vai contar pra sua mulher que o cara que ela achava ter matado ainda está vivo e aqui, em vez de ficar brigando com o Luc ou tentar sair correndo para matar alguém. Acha mesmo que ela não vai descobrir? Ou que não vai ficar puta da vida ao descobrir que você sabia e que, em vez de ir falar com ela, foi ver o Blake?

Daemon fechou a boca.

— Ela tá certa — observou Luc.

— E você... — Eu me virei para o Original.

— *Moi?* — Luc levou a mão ao peito.

— É, você. Não sei tudo o que esse tal de Blake fez, mas sei o bastante. Não pode esperar que o Daemon aceite qualquer outra coisa que não um assassinato sangrento — continuei. — E nem sei como me sinto sobre matar alguém que no momento não está tentando me matar nem nenhuma das pessoas que eu amo.

— Ele merece — grunhiu Daemon.

— Merece mesmo — concordou o irmão. — Tipo, mais do que você pode imaginar.

— Então o quê? Devo esperar que ele enfie a faca nas minhas costas mais uma vez? — perguntou Daemon. — Só por diversão?

— Por que você não congelou a boca dele também? — murmurou Luc.

Ignorei a observação.

— Não estou sugerindo isso. Só estou dizendo que não posso concordar com "Ei, matar é legal!". Mas acho que o que quer que o Blake saiba sobre mim ou sobre o Daedalus não compensa a dor que ele pode provocar no Daemon, na Kat ou em qualquer outra pessoa.

— Ele pode nos dizer o que foi feito com você durante o tempo que você passou com o Daedalus — argumentou Luc. — Pode nos contar sobre os outros Troianos.

— A gente não tem como saber o que ele sabe ou não...

— Esse é exatamente o ponto. O Blake pode ser uma mina de ouro de informações.

— Mas isso vale a dor que ele pode causar nos seus amigos? — rebati, as mãos trêmulas ao lado do corpo. — Porque te digo desde já que para mim não vale, não sabendo que eu sou a raiz dessa dor.

— Você não é a raiz de dor nenhuma — respondeu Luc, com uma expressão de choque. Num piscar de olhos, ele estava diante de mim. — Você não machucou ninguém.

Eu sei. Fitei-o no fundo dos olhos. *Mas você sim, por minha causa. Você não é um monstro que não se importa com os outros. Eu sei disso, porque caso contrário jamais teria me apaixonado por você duas vezes.* Ao vê-lo empalidecer, meu coração sangrou.

— Eu não vou ser a causa de novo.

O Original virou a cara, o maxilar trincado. Em seguida, olhou para mim novamente.

— Eu não queria que eles se ferissem. Nunca quis, mas foi preciso. — Ele recuou um passo, se virou para o Daemon e acrescentou numa voz rouca: — Ela é a única coisa de que já precisei em toda a minha vida... a única que eu amei, e ela estava escorrendo por entre os meus dedos. Eu a observava morrer um pouco mais, dia após dia, e não havia nada que eu pudesse fazer. Não podia curá-la. Ninguém podia. Eu ia perdê-la, *estava* perdendo. Você pode imaginar o que é passar por isso?

Daemon fechou os olhos.

— Não — respondeu ele, o tom grave. — Não posso. E não quero.

— Espero que nunca precise. Eu sei que fui eu quem fez isso com ela. — A voz do Original falhou. — Mas eu não podia deixar ela morrer. Não podia.

— Você não é responsável pelo que o Daedalus fez comigo. — Dei um passo na direção do Luc, mas ele se afastou. Engoli em seco. — Você não fazia ideia. Não pode se culpar pelo que aconteceu. E você também não pode culpá-lo — falei para o Daemon.

— Foi golpe baixo — murmurou Dawson, os braços cruzados. — O golpe mais baixo que eu já te vi dar.

— Eu sei. — Daemon deixou a cabeça pender para trás. Sentindo que ele não ia mais tentar bater no Luc, eu o soltei. Ele não pareceu perceber. — Eu não devia ter dito aquilo.

Luc não disse nada.

— Então — intrometeu-se Hunter. — A gente vai matar o cara ou não?

— Ninguém vai matar ninguém — falou Cekiah, me dando um susto. Eu estava tão concentrada na situação que não havia pressentido a chegada dela nem da Zouhour. Ambas estavam paradas no meio da entrada de carros. — Apesar do que o Luc fez com o homem que atirou na Evie, não é assim que resolvemos as coisas por aqui. Não importa o caso.

Daemon se virou para elas.

— Ele não pode continuar vivo.

— Mas ele não vai morrer — declarou Zouhour. — Pelo menos, não essa noite.

❋ ❋ ❋

Λ discussão sobre o futuro do Blake passou para dentro de casa e, graças a Deus, a essa altura as trocas de socos haviam cessado, embora parecesse que a Kat estava pronta para começar a quebrar coisas. O Dawson tinha ido chamá-la. O bebê Adam havia ficado com a tia Beth.

Hunter parecia prestes a dormir no sofá, enquanto o Grayson se mantinha num dos cantos da sala, acrescentando basicamente nada à discussão além de sua presença — o que valia para mim também. Eu só continuava ali por causa do Luc. A Emery e a Heidi tinham ido embora com a Zoe, enquanto o George e a esposa já haviam dado boa-noite a todos e se recolhido, não querendo tomar parte na conversa.

Kat andava de um lado para o outro do aposento, os olhos do marido seguindo cada passo dela.

— Não acredito que estamos tendo essa conversa.

— Você acha que a decisão de matar alguém não é motivo para conversa? — retrucou Zouhour, parada atrás da Cekiah.

— Não em se tratando do Blake. — Ela deu outro passo sobre o gasto tapete. — Vocês não têm ideia de quem estão mantendo preso.

— Ele foi forçado a trabalhar para o Daedalus — argumentou Cekiah. — Eles estavam usando o Chris para chantageá-lo. É, ele nos contou.

— Ele contou também o que fez enquanto trabalhava para eles? — rebateu Kat.

— Ele disse que ganhou a confiança de vocês e depois os traiu, provocando com isso a morte de um dos seus amigos e a sua captura. — Cekiah olhou para a Kat. — Disse também que você foi forçada a lutar com ele, e que eles a levaram a acreditar que você o havia matado.

Ela parou e crispou as mãos.

— Eu sei que matei o Blake. Eu vi o corpo... — A voz dela falhou. Daemon estendeu o braço, pegou a mão da esposa e a puxou para o colo. Passados alguns momentos, ela continuou, a voz agora já firme: — Eu vi o que eu fiz. Ninguém perde tanto sangue e continua vivo.

— Aparentemente, ele sobreviveu — disse Cekiah de maneira gentil. — O Chris o curou, e ele foi transferido para outra base para se recuperar. Segundo ele, a recuperação levou meses.

Kat pressionou os lábios e fez que não.

— Não acredito.

— O Blake não é confiável. Só o fato de estar aqui já configura um tremendo risco para todo mundo — observou Daemon, acariciando as costas da Kat. — Ele não apareceu aqui por acidente.

— A gente revistou os dois. Não encontramos nenhum rastreador — declarou Zouhour. — O DNA Luxen interfere com todos os rastreadores já usados até hoje.

— E não só isso. Eles também passaram pela triagem — acrescentou Cekiah.

— E olha o que aconteceu da última vez — comentou Hunter. Excelente observação.

— De qualquer forma, não saímos por aí matando pessoas — retrucou Zouhour.

— Tirando o Luc — murmurou Daemon.

Olhei de relance para o Original. Ele estava quieto, inacreditavelmente quieto.

— Aquele foi um incidente único que não pretendemos repetir. — Cekiah se virou para a Kat e o Daemon. — Vocês fizeram um tremendo discurso sobre quererem que o que fazemos aqui seja diferente... que a gente construa um mundo onde vocês possam criar o seu filho. Eu concordei com tudo o que vocês disseram. Como matar alguém estaria ajudando a construir um mundo diferente do que rola lá fora?

— Pessoas como o Blake não deveriam fazer parte de nenhum mundo.

A discussão prosseguiu num violento ciclo vicioso, até que a Zouhour disse:

— Ao que parece, ele fez o bastante em sua vida pregressa para garantir uma pena de morte, mas não estamos falando apenas dele. O Chris foi mantido como refém por mais de metade de sua vida. E ele não fez nada com nenhum de vocês. Se matarmos o Blake, ele morre também. Estão dispostos a carregar isso em suas consciências?

— Eu estou — murmurou Daemon.

Pelo visto, nem a Cekiah nem a Zouhour esperavam essa resposta. Eu também não esperaria se não tivesse visto a fúria do Daemon. Ainda não tinha ideia de como devia me sentir em relação a tudo isso. Eles estavam falando de pena capital sem direito a julgamento, e eu sempre me sentira dividida perante a ideia de uma vida por uma vida. Parte de mim acreditava que algumas pessoas cometiam crimes tão atrozes que deveriam perder o direito à vida, mas a outra parte? Como matar alguém podia ser considerado correto? Pensei, porém, no Jason Dasher. Ele não merecia viver.

Era tudo real demais. Antigamente, eu jamais teria sequer pensado na possibilidade de tomar parte na decisão de matar alguém. Agora, estava testemunhando em primeira mão. Acho que esse era um dos aspectos de normalidade da minha antiga vida de que eu tanto sentia falta.

Com outro olhar de relance para o Luc, vi que ele observava todo mundo, mas dava para perceber também que o Original mal estava acompanhando a conversa. Sabia que ele não tinha problema algum com esse lance de olho por olho, dente por dente, mas ele queria o Blake vivo, pelo menos por enquanto. Pelo visto, Luc conseguiria seu desejo. No entanto, enquanto analisava seu perfil, tive dúvidas se era isso mesmo que ele queria. Sua expressão era totalmente impassível.

Luc?

Ele piscou. *Que foi?*

Está tudo bem?

Seguiu-se um momento de silêncio e, então, ele respondeu. *Está.*

Foi como se uma pedra tivesse caído em meu estômago. Eu não precisava escutar a voz dele ou ver sua expressão para saber que ele estava mentindo.

As coisas que o Daemon tinha dito — que eu tinha dito — ainda o rasgavam por dentro. Não era preciso ler mentes para perceber.

Quer dar o fora daqui?, perguntei.

Na verdade, estou precisando de um pouco de ar fresco.

Fiz menção de me levantar, mas ele me deteve.

Sozinho. Eu te vejo em casa. Não me espere acordada.

E, com isso, ele saiu da sala sem sequer olhar para trás.

u esperei acordada.
Como conseguiria dormir?
Fui embora pouco depois do
Luc, e fiquei horas esperando,
mas ele não apareceu. Já passava
muito da meia-noite quando enfim cedi à exaustiva preocupação que me fez
ficar vagando feito um zumbi pela casa escura e fui me deitar.

Tempos depois, senti um movimento ao meu lado e o peso de um braço
quente sobre a minha cintura. Fiz menção de me virar.

— Dorme — murmurou Luc, me apertando de encontro a si. — De
manhã a gente conversa.

Sonolenta e cercada pelo perfume familiar de pinho e ar fresco do
Original, fiz exatamente o que ele me pediu. Não devia ter feito. Quando
acordei, ele tinha saído de novo. Agora, já passava da hora do almoço e ele
ainda não havia voltado. Encontrei, porém, um tubo de tinta de cabelo sobre
a cômoda. De acordo com o rótulo, a cor era *castanho-chocolate*. Deixei-o
onde estava; agora não era a hora para o meu desejado makeover.

Minha preocupação não era apenas uma pulga atrás da orelha. Era uma
entidade completa e palpável que tornava difícil prestar atenção à conversa à
minha volta. Sabia exatamente o que estava mantendo o Luc longe de mim.
Era o que o Daemon tinha dito na véspera.

E o que eu tinha dito.

Mas isso vale a dor que ele pode causar nos seus amigos?

Eu tinha dito isso, e não podia voltar atrás. Nem voltaria. Era a mais
pura verdade. As tentativas do Luc de salvar a minha vida tinham colocado
outros em perigo. Ferido pessoas. Provocado mortes. Coisas com as quais ele

teria que conviver — nós teríamos que conviver —, mas eu não o culpava. Não podia sentir qualquer tipo de arrependimento por ele ter ido tão longe para me manter viva. E, mesmo sem ter lido a minha mente, ele devia saber. Luc devia saber que eu teria feito a mesma coisa no lugar dele. Quer fosse quem eu costumava ser ou quem era agora, eu teria feito qualquer coisa para salvar a vida dele.

— Você acha que eles vão matar os dois? — perguntou Heidi, sentada ao lado da Emery. Estávamos reunidas em volta da fogueira. As duas estavam sentadas na namoradeira, e a Zoe enroscada numa das outras cadeiras.

Corri os olhos em volta. Era quase fácil fingir que estávamos num pitoresco jardim e que tudo estava de volta ao normal. Pelo menos, um novo normal. Estávamos juntas, finalmente. Exceto pelo fato de que o James não estava conosco e que elas estavam discutindo se o Blake merecia ser executado ou não.

Portanto, como eu disse, era *quase* fácil.

— O Blake não pode continuar vivo — respondeu Emery, brincando com o cabelo da Heidi. — Mesmo que ele tenha mudado, não podemos confiar nele e, por conta disso, também não podemos simplesmente expulsá-lo ou coisa parecida.

— E se o Blake ainda estiver trabalhando para o Daedalus? — argumentou Zoe, abraçando os joelhos. — Ele agora sabe demais.

Emery assentiu.

— É, ele agora sabe sobre a Zona e *quem* está aqui. E, assim que eles descobrirem que o Daemon, o Archer, a Kat e a Dee estão aqui, vão arrasar com esse lugar.

— O Daemon e o Archer? Quando eles descobrirem que o Luc e sua Troiana desaparecida estão escondidos aqui, vai chover oficiais do Daedalus — retrucou Zoe. — Eles já saberiam se a Evie não tivesse detido a Sarah. Não consigo deixar de pensar que é só uma questão de tempo até sermos descobertos.

Olhei para ela. Alguma coisa no jeito como ela havia dito aquilo me fez pensar que a Zoe estava falando de algo além do Blake.

— O que você quer dizer com isso?

Ela mordeu o lábio inferior e fez que não.

— O quê? — insisti.

— Não sei. Mas não posso ser a única que acha que a Sarah teve ajuda de alguém de dentro. Mesmo que nossos contatos nos postos de controle lá fora não saibam para onde os pacotes são levados, me parece conveniente demais que a Sarah tenha encontrado seu caminho até aqui.

Afundei na cadeira.

— Você não é a única.

— Mas se eles soubessem o que rola aqui, não acha que já teriam invadido? — perguntou Emery.

— É isso que não bate. Se eles já sabem, por que ainda não invadiram? — Zoe deu de ombros. — O que significa que devo estar sendo superparanoica.

— Não acho que você seja superparanoica — repliquei, afastando uma mecha de cabelo que o vento tinha soprado na minha cara.

— Mas, voltando ao Blake… — Emery olhou de relance para a namorada. — As coisas não me parecem boas pro lado dele.

— Não sei, não — comentou Zoe, esticando as pernas. — A Cekiah e a Zouhour são contra execuções desse tipo, especialmente se isso provocar a morte de um Luxen inocente.

— Presumidamente inocente — corrigiu Emery. — A gente não sabe com certeza. Só os poucos fatos que eles querem que a gente saiba.

Verdade, não dava para contestar.

— Não sei como me sinto nesse caso — admitiu Heidi. — Quero dizer, entendo que esse Blake fez coisas horríveis e que não é confiável, mas e se ele, sei lá, mudou? Ou se realmente fez tudo apenas para manter o amigo vivo? — Ela correu os olhos por nosso pequeno e incompleto círculo. — Todas nós faríamos o que quer que fosse para manter seguras as pessoas que amamos. Eu só estou aqui por causa disso. Não que eu não queira estar com a Emery, mas deixei minha família para não colocá-los em perigo. Eles agora estão presos numa cidade fechada para o resto do mundo. Não tenho ideia de como estão passando e nem se ainda estão… — Sua voz falhou, e eu senti meu peito apertar. — Nem se estão vivos. Quero falar com eles, mas sei que isso não apenas colocaria a gente em perigo como eles também, principalmente se o Daedalus descobrir que pode usá-los contra nós.

Emery soltou a mecha de cabelo com a qual estivera brincando e pegou a mão da Heidi, fitando-a com uma expressão sombria.

— A verdade é que qualquer uma de nós e, provavelmente, quase todos aqui fariam coisas terríveis para salvar aqueles que amam. — Os olhos da Heidi brilhavam, marejados. — Vamos punir alguém por fazer o que ele tinha que fazer para manter seu ente querido vivo?

— Como você reagiria se ele tivesse feito algo que acabasse fazendo com que a Emery fosse torturada? — perguntou Zoe.

— Eu ia querer matar o desgraçado — respondeu Heidi. Zoe jogou as mãos para o alto. — Mas rezaria para ainda ter empatia suficiente dentro de mim para entender por que ele tinha feito o que fez caso algo assim acontecesse.

— Eu não teria — admitiu Emery, apertando a mão da Heidi. — Não vou mentir. Não sou tão boa quanto você.

— Não acho que tenha a ver com ser uma pessoa boa ou não, porque você é, eu sei — retrucou Heidi, puxando a mão dela para o colo. — Eu só sou mais sensível.

Zoe bufou.

Heidi a ignorou.

— Sou contra a pena de morte. Entendem meu conflito?

— E quanto a você? — Zoe se virou para mim. — O que você acha?

Abri a boca para responder, mas a fechei de novo. O que eu achava? Não havia resposta fácil.

— Honestamente, não sei.

— Fala logo — murmurou Zoe.

— Não. É sério. — Inclinei-me para a frente. — Parte de mim acha que ele devia ser, sei lá, humanamente sacrificado. Tenho a sensação de que não sabemos nem metade do que ele fez, e o que a gente sabe já é horrível o bastante. Ninguém aqui vai conseguir confiar nele, portanto, não podemos deixar que ele fique zanzando por aí nem que volte para o mundo lá fora.

— Mas? — perguntou Heidi.

Suspirei.

— Mas se o Blake morrer, o Chris também morre, e se ele fez todas essas coisas para manter o Chris vivo, então ele só fez o que precisava fazer. A mesma coisa que qualquer uma de nós teria feito.

Zoe olhou para mim.

— Tenho a sensação de que tem outro *mas* aí.

— É, tem. — Sentindo a familiar comichão que indicava a aproximação de um Luxen, corri os olhos em volta e baixei a voz, com receio de que fosse o Daemon no jardim da casa ao lado. — Mas, se ele tivesse feito com o Luc o que fez com a Kat ou com qualquer uma de vocês, eu ia querer matar o Blake. Só não sei como me sinto a respeito disso.

Heidi assentiu e se recostou, baixando os olhos para a própria mão, ainda entrelaçada com a da Emery.

— As coisas costumavam ser muito mais fáceis.

O eufemismo do ano.

Um movimento atraiu minha atenção. Olhei por cima do ombro para a casa. Grayson estava parado na passagem estreita que ligava ao jardim da frente. Meu coração pulou uma batida.

— Com licença — murmurei. Em seguida, levantei num pulo e fui correndo até ele. — Você sabe onde o Luc está?

Ele correu rapidamente os olhos frios pelo meu rosto e os focou uns dois centímetros acima da minha cabeça.

— Na biblioteca. Achei que você gostaria de saber que ele está se preparando para falar com o Blake.

Não acreditava que o Luc ia tentar falar com o Blake sem que eu estivesse junto. Também não acreditava que o Grayson tivesse vindo me avisar.

Sentindo o estômago revirar, fiz menção de partir em disparada, mas me detive. Virando-me de volta para as meninas, disse:

— Preciso ir.

Ignorando suas expressões de curiosidade, me virei de volta para o Grayson.

— Obrigada.

Ele baixou os olhos. Não sei por que fiz o que fiz em seguida, mas eu o toquei. Estendi o braço e peguei a mão dele. Sua pele era quente, o oposto de tudo o que dizia respeito a ele. Eu a apertei. Só isso, mas o corpo inteiro do Luxen estremeceu como se eu tivesse lhe dado um choque. Grayson arregalou os olhos, o corpo rígido.

— Vai se sentar com elas. Converse um pouco — sugeri, soltando a mão dele antes que ele desmaiasse. — Elas vão gostar.

Aqueles olhos de um azul glacial se fixaram nos meus.

— Tem certeza?

Bom...

— Tenho certeza que a Emery adoraria conversar com você — respondi com uma risadinha.

Os cantos de seus lábios se curvaram ligeiramente, o que já era *alguma coisa*.

— É melhor você se apressar.

✾ ✾ ✾

Encontrei o Luc menos de dois minutos depois,
tendo corrido o mais rápido que pude até a antiga biblioteca. Quase derrubei as portas ao entrar, mas dei de cara com ele bem ali, no primeiro saguão, conversando com a Cekiah.

— Prometo que só vou conversar com ele — dizia Luc. Parei de maneira tão brusca que meu cabelo voou para frente, encobrindo metade do meu rosto. O Original olhou de relance para mim e arqueou uma sobrancelha ao mesmo tempo que eu afastava o cabelo da cara.

Nossos olhares se cruzaram e, por um excruciante segundo, achei que ele ia me ignorar. Que ia fingir que eu não estava ali. Não sabia qual seria minha reação se ele fizesse isso. Na verdade, sabia sim. Eu ia ficar puta. Provavelmente faria uma cena e, em seguida, sairia correndo para me esconder e chorar como uma pessoa madura.

— Correção... — Ele se virou de volta para a Cekiah. — *Nós* não iremos tocar num único fio de cabelo do Blake. Só queremos falar com ele.

Um forte suspiro escapou dos meus pulmões.

Cekiah olhou para mim e pressionou os lábios numa linha fina. Tive a sensação de que um minuto inteiro se passou antes que ela dissesse:

— Vocês têm meia hora. Nem um segundo a mais. Você sabe onde ele está.

Observei-a se virar e atravessar as portas duplas abertas que levavam ao salão principal da biblioteca. De onde estava, dava para ver fileiras e mais fileiras de livros. Lentamente, olhei para o Luc. Ele continuava igual a quando eu o vira subindo a entrada de carros da primeira casa, do mesmo jeito que estava antes de ir embora. Os lindos e intrigantes traços de seu rosto eram bem familiares, assim como a largura dos ombros e a rigidez dos músculos. Os olhos também continuavam estonteantes, com um tom tão brilhante que mais pareciam duas pedras preciosas.

Mas havia algo diferente nele.

— Imagino que alguém tenha te avisado sobre o que eu ia fazer.

— Não sei de nada — brinquei. A brincadeira, porém, não surtiu nenhum efeito. Queria conversar com ele sobre o que o estava incomodando, mas não era a hora. — Você não conversou comigo hoje de manhã como prometeu que faria.

Luc não disse nada.

Inspirei de maneira superficial.

— Você veio falar com o Blake.

Ele assentiu.

— Não parou pra pensar que eu podia querer estar presente? — perguntei, percebendo que minha voz não estava nem de longe tão calma quanto eu gostaria que estivesse.

— Parei.

Ergui as sobrancelhas.

— E?

— E cheguei à conclusão de que como só Deus sabe o que o Blake vai dizer, era melhor você não estar aqui.

A resposta me deixou imediatamente irritada.

— Que bom que você não decide por mim.

Um lampejo de alguma coisa cruzou o rosto dele, mas desapareceu tão rápido que não consegui interpretar. Sua expressão, então, voltou a ficar neutra.

— Vamos.

Ignorando o incômodo e a incerteza, atravessei o saguão atrás dele em direção a uma porta sem janelas situada na outra extremidade, ao lado de um nicho com uma estante de vidro, que outrora devia ter contido livros. A porta se abriu para um corredor escuro e apertado. Mesmo com meus novos olhos especiais de alienígena, não dava para enxergar um passo naquele breu. Isso, porém, não durou muito. O brilho da Fonte envolveu a mão do Luc e iluminou o caminho. Ele, então, começou a descer uma série de degraus.

Mesmo sabendo que não era o momento para termos nossa conversa, não consegui me segurar. Abri a boca e soltei:

— Tá tudo bem?

— Tá — respondeu ele, mas eu sabia que era mentira.

— Tem certeza? — insisti ao fazermos a curva. — Estou preocupada.

Ele continuou a descer em silêncio, mas parou ao chegar na base da escada. Luc então se virou, o brilho da Fonte abrandando seus traços.

— Se você pretende falar com o Blake, não pode ficar se preocupando comigo. Eu vou saber quando ele estiver mentindo, mas você não, e posso não ter a chance de te avisar antes que o estrago seja feito. Essa é a verdade — disse ele. — Você não pode se deixar levar por qualquer coisa que ele diga. Entende?

Meu coração apertou, mas fiz que sim.

— Entendo.

Seus olhos perscrutaram os meus. Repeti mentalmente o que tinha acabado de dizer. *Entendo.*

— Tudo bem. — Luc se virou de novo e abriu a porta.

Tochas presas ao longo das paredes projetavam luz suficiente para que não precisássemos mais usar a mão do Luc como lanterna. Passamos por várias caixas de suprimentos etiquetadas, mas não prestei muita atenção a nada enquanto prosseguíamos para outra porta na extremidade oposta do aposento, a qual se abria para um espaço iluminado da mesma forma. Sentindo o cérebro embotado, constatei que havia uma cela. Na verdade, várias, todas brilhando sob a luz suave como se tivessem sido salpicadas com purpurina.

— Ônix — explicou Luc. — As barras são revestidas com ônix e diamantes para impedir que os Luxen escapem.

— Como vocês conseguiram fazer isso?

— Acho que as barras já existiam. Elas foram instaladas aqui por humanos — disse o Original. Não pude evitar me perguntar que tipo de pessoas tinham sido mantidas ali. No entanto, precisava me concentrar em quem estava sendo mantido agora.

Blake estava na cela do meio, sozinho. Ele estava sentado numa cama, com uma das pernas dobradas junto ao corpo e a outra apoiada no chão. Corri os olhos em volta e vi que as outras celas estavam vazias.

O Chris está sendo mantido em outro aposento, a voz do Luc penetrou meus pensamentos. *Eles não querem os dois juntos.*

Fazia sentido.

Blake ergueu a cabeça ao nos aproximarmos. Um sanduíche pela metade descansava num prato ao lado da cama, junto com uma garrafa de água. Ele não sorriu nem demonstrou emoção alguma.

— Estava esperando vocês.

37

esculpa por te deixar esperando. — Luc parou a centímetros das barras. O Original não parecia nem um pouco arrependido.

Blake percebeu, pois soltou uma risadinha de deboche.

— Vejo que você não mudou nada.

— Se eu te deixasse sair daí, você ia perceber num piscar de olhos que outras pessoas também não mudaram — retrucou o Original.

A risadinha esmoreceu.

— Então o Daemon sabe que eu estou aqui.

— Sabe.

Ele ergueu os olhos para o teto, que também brilhava com pedaços de ônix.

— E a Kat?

— Se eu fosse você, sequer pensaria no nome dela, que dirá dizer em voz alta.

— É. — Ele soltou o ar com força. — Eles me querem morto.

— É claro — respondeu Luc.

— Mas não é por isso que você está aqui. — Blake baixou os olhos de novo.

— Não — confirmou Luc. Dei um passo à frente. — Pelo que ouvi dizer, você só está vivo porque o Chris te curou.

— Mas eu morri. Mais de uma vez. A Kat me deu uma verdadeira surra. Tenho as marcas pra provar. — Ele apontou para a própria cara. — E elas não param por aí. Meu corpo inteiro está coberto de cicatrizes.

— É pra eu ficar com pena? Porque se for, me deixa esclarecer: bem feito!

— Não espero que você sinta pena de mim — respondeu ele. — O Chris me curou. Me trouxe de volta dos mortos, e depois eles me transferiram para outro local. Se quer saber por que eles deixaram que ela acreditasse que eu estava morto, não tenho a mínima ideia.

— Como o Chris te curou se você morreu? — perguntei. — Ele não deveria ter morrido também?

Os olhos do Blake se fixaram em mim.

— Boa pergunta. Os Luxen nem sempre morrem imediatamente quando o híbrido que eles transformaram morre. Alguns demoram um pouco. Por sorte... ou por azar... o Chris foi um desses casos. Mas ele teve ajuda. O Daedalus me submeteu a várias ressuscitações cardíacas e transfusões sanguíneas.

Olhei de relance para o Luc.

— Ele está dizendo a verdade — confirmou ele.

— Por que eles tentariam te ressuscitar? — perguntei. — Pelo que eu sei do Daedalus, eles não toleram fracassos, e se a Kat te deu uma surra, isso significa que você fracassou.

— Eles achavam que eu ainda poderia ser útil.

— E você foi? — perguntou Luc.

— Eu levei semanas para me curar completamente, e acabei passando a maior parte da guerra confinado com o Chris em Raven Rock.

— Raven Rock? — Franzi o cenho.

— Uma base militar na Pensilvânia equipada com tudo o que é necessário para sobreviver a uma guerra nuclear — explicou Luc. — Eu transformei o lugar num monte de cinzas — acrescentou ele, como se estivesse falando sobe cortar a grama de um jardim.

— Foi o que eu ouvi, mas a essa altura nós já tínhamos sido transferidos de novo.

Os ombros do Original ficaram subitamente tensos.

— Vocês foram transferidos para o Forte Detrick.

Inspirei de maneira trêmula. Eu nem precisava perguntar, mas perguntei mesmo assim:

— Foi lá que você me viu, certo?

— Eu já tinha te visto antes — relembrou-me Blake. — Na boate. Você estava dançando.

— Eu devia ter te matado ali mesmo — rosnou Luc. A feroz sinceridade de suas palavras provocou um calafrio em minha espinha.

— Devia, mas você precisava de mim. — Blake cruzou os braços diante do peito. — Eu te vi de novo no forte.

Meu coração começou a martelar.

— Eu fui treinada no Forte Detrick? O tempo todo eu estava lá?

Blake assentiu.

— Num dos últimos andares subterrâneos, abaixo da área de risco biológico nível 4. Você não sabia sobre esse lugar, sabia Luc?

Luc não respondeu. Ele nunca soubera que eu tinha passado um tempo no forte.

— O que você pode me contar sobre o que eu fazia lá? — perguntei.

— O que eles queriam que você fizesse. — Blake esticou a perna dobrada. — Mais cedo ou mais tarde.

— Pode parar com o drama, Blake. Você sabe que eu não sou muito paciente — alertou Luc. — Isso também não mudou com o passar dos anos.

Ele trincou o maxilar.

— Você ainda não havia terminado o programa quando eu te vi.

— Eu tentei resistir?

— Tentou.

Senti vontade de sorrir ao escutar isso. Sei que soava insano, mas saber que eu não tinha simplesmente aceitado de cabeça baixa o que o Daedalus queria era o máximo.

— Mas isso não durou muito — observou o híbrido.

Ah! Um pouco da satisfação esmoreceu.

— Tem certeza de que quer saber? — perguntou ele.

Luc se virou para mim. Consegui ler em seus olhos o que ele achava melhor. Por ele, eu não estaria nem aqui. Não participaria dessa conversa. Mas eu podia lidar com o que quer que o Blake me dissesse.

— Quero.

Blake balançou a cabeça e soltou um forte suspiro.

— Você resistiu o máximo que conseguiu, recusando-se a aprender a lutar. E, quando eles te forçavam, você se recusava a usar o que quer que tivesse aprendido contra os outros. — Ele fechou os olhos. — Mas eles sempre encontravam um jeito de conseguir o que queriam. Eu não te via com frequência, mas numa das vezes que nos encontramos, você parecia ter perdido uma briga contra um lutador peso-pesado.

Luc esticou o pescoço para um lado e, em seguida, para o outro.

— Eles me surraram até eu ceder? — perguntei, estranhamente indiferente ao que acabara de ouvir. Talvez porque não fosse uma grande surpresa.

— Privação de comida e sono. Sei que eles usaram essa tática, porque é o que faziam quando não conseguiam o que queriam. Também sei que eles usaram isso porque em outra das vezes que eu te vi, você parecia estar sem dormir há uma semana. E essas coisas eram só o começo. Imagino que eles também tenham usado outros métodos. — Blake soava exausto, derrotado. — Eles podiam ser bem criativos.

Engoli em seco, sem ousar olhar para o Luc.

— E depois?

Ele olhou para o Original antes de responder.

— Eles te quebraram.

Uma descarga de energia tornou o ar mais denso. As lamparinas a gás piscaram. Blake descruzou os braços.

— Luc. — Estendi a mão e pressionei a base das costas dele. *Está tudo bem. Eu estou aqui. Eles não me quebraram.*

Não está nada bem. Nunca vai ficar bem. Outra onda de energia varreu o espaço. Ele, então, inspirou fundo.

Assim que tive certeza de que o Luc não ia perder a cabeça, perguntei:

— Quer dizer que eu virei uma minion sem vontade própria?

O híbrido fez uma careta.

— Acho que eles nunca conseguiram te transformar num verdadeiro minion. Você era diferente dos outros.

Sentindo a respiração presa na garganta, baixei a mão.

— Como assim?

Ele chegou mais para a beirada da cama.

— Eu não te via com frequência. Só de vez em quando, mas você parecia ter consciência do que estava acontecendo, diferentemente dos outros. Você percebia as coisas de maneira diferente, como se estivesse analisando tudo. Pensava antes de agir, mesmo quando fazia o que eles queriam.

— Eles? Você quer dizer o Jason Dasher?

— O Jason e os outros que trabalhavam com os Troianos. Ele me colocou no ringue uma vez com um de vocês. — Blake olhou rapidamente de relance para o Luc. — Eu nunca lutei com ela. Juro.

O Original ergueu o queixo ligeiramente. Deduzi que isso significava que ele acreditava no híbrido.

— O que você quer dizer com *ringue*?

— Era um aposento onde eles colocavam vocês para lutarem uns contra os outros...

— Com paredes brancas e um ralo no meio?

Ele assentiu.

— Mais fácil de limpar assim. Bastava abrir a mangueira depois.

Senti uma súbita onda de enjoo ao me lembrar do sangue em volta do ralo. Coloquei a lembrança de lado.

— Eu matei outros iguais a mim? — Ao não obter resposta, aproximei-me um passo. — Quero saber.

— Se eu pudesse esquecer um décimo do que eu fiz, agarraria essa oportunidade com unhas e dentes. Por que você quer saber?

— Eu não sou você.

— Não. Imagino que não. — Ele ergueu ligeiramente o queixo. — Sim. Você matou alguns iguais a você. E outros diferentes.

Aquilo me deixou chocada.

— Outros diferentes?

— Luxen. Híbridos. Um ou dois Originais — respondeu ele, e um gosto de fel me subiu à garganta. — Humanos...

— Já chega — interrompeu Luc. — Eles se certificaram de que ela soubesse usar seus poderes para lutar e matar. A gente entendeu.

Pressionei minha barriga.

— Depois disso, eu te vi só mais uma vez. Você estava com ele. E não parecia muito orgulhosa de si mesma. Não como os outros quando conseguiam agradar o criador.

O que era um alívio, eu acho.

— Você ficava muito ao lado do Dasher — continuou Blake. — Ele a tratava de maneira diferente. Trazia comida de fora. Te deixava assistir televisão. Ficar com ele enquanto ele trabalhava.

Aquilo me fez lembrar da relação do Luc com a Nancy. Acho que o Original pensou a mesma coisa, porque ele trincou o maxilar com tanta força que era de surpreender que não tivesse quebrado um dos molares.

— Eu vi o pessoal do Daedalus fazer esse tipo de coisa com híbridos ou Originais durante o tempo que passei com eles. Isso costumava irritar os demais. — Blake ergueu as sobrancelhas. — Mas não parecia surtir nenhum efeito nos Troianos. Como se o ciúme tivesse sido completamente erradicado deles, o que era estranho pra cacete, levando em consideração o quanto eles eram competitivos.

— A gente chegou a conversar? — perguntei. Ao vê-lo assentir, desejei saber o que eu tinha dito, como tinha reagido.

— Rapidamente. O Dasher estava conversando com meu novo contato, e você estava no escritório dele. Eles não estavam prestando atenção na gente. Você me olhou e disse que se lembrava de mim.

— E o que você respondeu? — indagou Luc.

— Eu perguntei por você. — Blake olhou para ele. — Não conseguia imaginar como eles tinham colocado as mãos nela. Eu não sabia que ela estava doente. Só soube disso depois, pelas fofocas. Mas sabia que eles não tinham te capturado. Ninguém falaria de outra coisa por dias se isso tivesse acontecido.

Um pouco do velho Luc ressurgiu. Ele deu uma risadinha debochada. Ó céus, jamais imaginei que ficaria tão aliviada em ver uma coisa dessas.

— Você me falou que o Luc estava livre — respondeu Blake para mim, fazendo o Original estremecer. — E depois disse... — Um ligeiro sorriso desenhou-se em seus lábios. — Que eu estava na sua lista.

— Minha lista?

— De pessoas que você planejava matar.

Luc riu. Eu, porém, só consegui encará-lo.

— E o que você respondeu?

O pequeno sorriso desapareceu.

— Acho que eu disse para você entrar na fila.

— É uma fila bem longa — murmurei, sentindo uma onda de satisfação cruzar meus pensamentos. — O Dasher sabia que eu era diferente?

— Acho impossível que ele não soubesse. Pra mim era óbvio.

— E isso não incomodava ele?

— Aparentemente não. — Blake se levantou lentamente. — Mesmo depois que você desapareceu do forte, eu continuei me perguntando por que eles tinham te levado pra lá. Por que tinham te salvado e treinado? Só podia ser por sua causa. — Ele olhou para o Luc. — Mas isso não fazia sentido. Mesmo que você fosse o mais foda dos Originais, cara, você tinha que ver aqueles Troianos em ação... e estou falando em *ação* mesmo. Você saberia que não é nada em comparação com eles. Então, por quê?

— Eles não conseguem me esquecer — retrucou Luc, parecendo entediado.

Outro leve sorriso iluminou o rosto do Blake. Mas um sorriso fraco, como se ele não estivesse acostumado a sorrir.

— É uma boa pergunta — comentei. — E imagino que você não saiba a resposta.

Ele parou diante das barras.

— Só sei que não pode ser boa coisa. — Os olhos dele se fixaram nos meus. — E que eles devem ter algum plano que envolve os dois.

Eaton havia sugerido a mesma coisa, o que continuava me incomodando como um machucado infeccionado.

— Você sabe se o Dasher foi transformado? — perguntou Luc.

A pergunta pareceu pegar o Blake de surpresa.

— Não. Por quê?

— A Sylvia atirou no peito dele. Eu vi com meus próprios olhos. Ele precisaria ser curado para sobreviver — respondeu Luc.

— Acho que não. Pelo menos, eu não percebi nada de diferente nele — falou o híbrido.

— E a Sylvia? Você a viu? Viu ela comigo?

— Algumas vezes. Ela aparecia quando você estava com o Dasher no escritório dele.

Cruzei os braços diante do peito, lutando para controlar minhas emoções.

— Quando foi a última vez que você me viu?

— Não sei exatamente. Mas não te vi mais depois da vez em que nos falamos — disse ele. — Eu só sabia de umas poucas coisas a respeito do projeto Poseidon, mas deduzi que você havia se tornado o que eles queriam que se tornasse. Acho que, no fim, isso significava filha do Dasher. Eles não me contaram nada sobre você. Nunca me perguntaram se eu sabia quem você era, e, mesmo depois que você foi embora, não fui idiota o bastante para sair fazendo perguntas.

— Esse local sob o forte ainda está sendo usado? — perguntou Luc.

— Eu consegui fugir cerca de um ano depois, e até então sim. Imagino que ainda esteja.

Abri a boca para falar, mas a fechei de novo e apertei os olhos por alguns instantes antes de reabri-los. Se isso fosse verdade, então minha mãe ainda trabalhava para o Daedalus quando morreu. Como não, se o local debaixo dela continuava sendo usado por eles? Lembrei do aviso que ela me dera na noite em que morrera e eu fugira. Como ela saberia que eles estavam vindo se não tivesse mais nada com eles?

— É bom saber — murmurou Luc. — Como você conseguiu fugir?

— A gente estava sendo transferido para outra base. Não sei onde. Eles não nos disseram, mas o Chris e eu estávamos sendo transferidos juntos. Era nossa única chance. Acho que nenhum de nós achou que conseguiria de verdade, mas estávamos dispostos a encarar as consequências se falhássemos.

— Morte? — perguntei.

— Sem dúvida — respondeu ele. — Estávamos numa das interestaduais, em algum lugar em Ohio, quando eles pararam para abastecer. A gente aproveitou para fugir. E estamos fugindo desde então. O Chris conheceu por acaso um Luxen que o apresentou a alguém de um dos postos de controle. Se não fosse isso, ainda estaríamos fugindo.

— E vocês estariam numa situação menos precária — completou Luc. — Tem mais alguma coisa que você gostaria de compartilhar?

— Se eu soubesse de qualquer outra coisa, eu te diria.

— Então acho que nossa conversa acabou.

— Espera — chamou Blake antes que eu e o Luc nos virássemos para sair. — Eu preciso da sua ajuda.

— Tenho certeza de que você precisa de muitas coisas, Blake.

— Preciso sair daqui. Se não, o Chris vai morrer. E, juro por Deus, ele é totalmente inocente. Leia a minha mente e veja por si mesmo.

— Sei disso, mas não sei como posso te ajudar.

— Você sabe exatamente como pode me ajudar. — Blake fechou as mãos nas barras, encolhendo-se ao sentir os efeitos da mistura de ônix e diamantes em seu DNA alienígena. — Se você não me ajudar a escapar, eles vão me matar. E isso irá matar o Chris também. Ele não merece. Todo o sangue está nas minhas mãos.

— E esse sangue não pode ser lavado, Blake.

— Você mais do que ninguém sabe que eu entendo. — Ele continuou segurando as barras, e as cicatrizes em seu rosto pareceram sobressair ainda mais. — Se eu pudesse quebrar essa conexão que une a vida do Chris à minha, eu faria. Já teria feito isso há anos, mas não posso, e ele não merece morrer, Luc. Não merece.

Sentindo o coração apertar com uma indesejada empatia, olhei para o Original.

— Por favor — implorou Blake. — Não é pra mim que estou pedindo ajuda. É pro Chris. Por favor. O Daemon vai me matar. Você sabe que sim.

— E você pode culpá-lo? — perguntou Luc.

— Claro que não. Não culpo ninguém. Se fosse só eu, não me importaria em morrer. Juro que não. Você não faz ideia dos pesadelos que eu tenho. Você escapou, Luc. Eu não. Mas, se não tivesse escapado, teria se tornado igual a mim.

Fiquei tensa.

— Eu jamais me tornaria igual a você.

— Tem certeza? — Blake apontou com a cabeça para mim.

Luc deu um passo à frente e fechou as mãos nas barras, acima das do Blake. O híbrido puxou as dele de volta e recuou, olhando para mim.

— Por favor...

— Não. — Luc se moveu, colocando-se na minha frente. — Não ouse pedir a ela. Se fizer isso, sua vida termina aqui e agora. Você sabe que eu estou falando sério.

Seguiu-se um momento de silêncio, e então, Blake disse:

— Sei.

Luc não disse mais nada.

— Eu faço qualquer coisa. Qualquer coisa — murmurou o híbrido. — Imagine todos os favores que você vai poder cobrar...

— Não posso te ajudar — declarou o Original.

— Não pode ou não quer?

— Não quero — respondeu Luc. Senti vontade de chorar.

Eu não queria que o Luc ajudasse o Blake. Não queria que a Kat e o Daemon ficassem se perguntando onde o híbrido estaria, nem que a comunidade tivesse que viver com medo de que ele os traísse. Sabia no fundo do coração que era isso o que aconteceria se ele um dia fosse capturado de novo. Mas era triste. Era uma maldita tragédia. Odiei o Daedalus ainda mais pelo que eles haviam feito com o Blake — por terem colocado os pregos em seu caixão tantos anos antes. Mesmo que o Blake morresse pelas mãos do Daemon e isso acabasse provocando a morte do Chris também, o verdadeiro culpado seria o Daedalus.

Senti vontade de fechar os olhos, mas não fechei. Blake recuou ainda mais, e pude vê-lo de novo. Ele se sentou na cama e recostou a cabeça na parede de tijolos. Em seguida, fechou os olhos para esperar o que o destino lhe reservava.

Morte.

E então, sem mais uma palavra, Luc me pegou pela mão e fomos embora.

✳ ✳ ✳

O Original soltou minha mão ao chegarmos de volta ao térreo. A atitude doeu, pois pareceu estranha e errada, assim como o fato de não termos trocado uma única palavra durante o caminho.

— A gente precisa conversar — falei assim que saímos da biblioteca e nos vimos longe o bastante para que ninguém pudesse escutar. — E não estou falando do Blake...

— Eu sei. — Com as mãos nos bolsos da calça jeans, ele se virou para mim. — Precisamos mesmo.

O enjoo de antes voltou. Esperava que ele dissesse alguma coisa boba ou engraçada, e não que concordasse. Sininhos de alerta repicaram instintivamente, fazendo com que centenas de nós se formassem em meu estômago.

— O que o Daemon disse sobre...

— A dor que eu causei em tantas pessoas que não mereciam? — interrompeu ele. Foi como se uma faca tivesse sido cravada no meu peito. — É verdade. Assim como o que você falou. Você tem razão. Eles não precisam passar por ainda mais sofrimento, mas, no fim das contas, não importa o que você acha ou o que o Daemon quer. O Blake continua vivo, e a gente conseguiu conversar com ele. Eu consegui o que eu queria.

E descobrimos muito pouco além de mais material para pesadelos.

— Você fez o que precisava fazer para me manter viva. Pessoas se machucaram. E outras morreram. — Dei um passo na direção dele. O Original ficou imediatamente tenso. — Gostaria que nenhuma dessas coisas tivesse acontecido. Sei que você também não, mas eu estava morrendo, e você me manteve viva. Não posso te culpar por isso.

Parte da frieza se esvaiu dos olhos dele, e um pequeno alívio desfez alguns dos nós em meu estômago.

— Eu sei, Evie. Não acho que você me culpe por nada disso.

Olhei para ele com atenção.

— Eu faria a mesma coisa no seu lugar.

— Tem certeza?

Recuei de novo, chocada.

— Como pode me perguntar isso?

Ele desviou os olhos.

— Você não teria feito as coisas que eu fiz. Não teria machucado ninguém. Você é boa, Evie.

A raiva substituiu a agonia que as palavras dele estavam provocando. Senti vontade de abraçá-lo, de envolvê-lo em meus braços e mostrar o quanto eu era grata pelo tipo de amor que garantira a minha sobrevivência. Ao mesmo tempo, queria estrangulá-lo — estrangulá-lo com amor, é claro, porque ele não me conhecia tão bem quanto achava que conhecia.

— Vamos para algum lugar mais reservado.

Ele ergueu uma sobrancelha e se virou de volta para mim.

— Pesseguinho, acho que o que você tá pensando não é muito apropriado no momento.

Estreitei os olhos.

— Bem que você gostaria, mas achou errado. Não é nisso que eu tô pensando.

— Agora fiquei curioso.

— Precisamos ir para algum lugar mais reservado porque quero gritar com você, e não quero que metade da comunidade testemunhe seu constrangimento.

Luc arregalou os olhos e me fitou em silêncio por alguns instantes.

— Você falou igualzinho a ela agora. A Nadia.

— É porque eu sou ela! — berrei, fazendo com que um solitário pássaro levantasse voo.

Ele continuou a me encarar.

— Jesus! — exclamei. Dando um passo à frente, agarrei-o pela mão e saí andando.

— Evie...

— Nem tenta — interrompi. — Não até estarmos em casa ou em qualquer outro lugar reservado.

— Eu só ia...

— Calar a boca? — sugeri. — Que bom! Obrigada.

A risadinha que o Original soltou em resposta reverberou em todos os meus nervos. Ele parecia estar se divertindo de um jeito que eu jamais vira.

— Qual é a graça? — rosnei. Ao não obter resposta, lancei um olhar por cima do ombro. — Que foi?

Ele piscou.

— Posso falar agora?

Soltei o ar com força pelo nariz.

— Quer saber? Não dou a mínima para o que você acha tão divertido. Não, você não pode falar.

Os lábios dele tremeram como se ele estivesse se segurando para não soltar outra risada. O Original, porém, foi sábio o bastante para se controlar e continuar quieto durante o restante do percurso até nossa casa. Assim que a porta se fechou, soltei a mão dele e me virei para encará-lo.

— Vai gritar comigo agora? — perguntou ele. — Só não grita alto demais. O Daemon e a Kat podem ouvir.

— Se você soltar mais outra gracinha, o mundo inteiro vai nos ouvir — avisei. Por mais irritada que eu estivesse, adorei ver o brilho naqueles olhos ametista. — Achei que você me conhecesse. Que me conhecesse melhor do que eu conheço a mim mesma. Pelo menos, é o que parecia, mas vejo agora que estava errada.

Ele franziu as sobrancelhas.

— Eu conheço você.

— Você conhece a garota que eu costumava ser. Na verdade, acho que nem tão bem quanto pensa — retruquei. — Se conhecesse, não teria dúvidas de que eu faria exatamente a mesma coisa se estivesse no seu lugar.

— Evie — começou ele. — Você não...

— Eu jogaria quem quer que fosse na fogueira. Jogaria sim, e poderia até me odiar por isso, mas não deixaria de fazer se fosse para garantir que você ficasse bem — falei. — E tenho a sensação de que a Nadia faria também, mesmo que eu não lembre. Isso faz com que o que você fez seja certo? O fato de que eu faria a mesmíssima coisa caso fosse a sua vida em jogo? Não. O que você fez ou o que eu faria jamais vai ser certo, mas as coisas são como são. O que não significa que isso não te afete, Luc.

— Viu? É por isso que você também não me conhece tão bem quanto pensa — rebateu ele. — Eu nunca me importei o bastante com os outros a ponto de tentar encontrar uma opção que não fizesse com que a Kat fosse torturada e o Paris morto. Ou de devolver o seu celular e deixar você seguir o seu caminho. Assim que decidi que não podia... que não queria... me afastar de você de novo, tudo o que aconteceu desde então aconteceu em decorrência disso.

Encarei-o, boquiaberta.

— Você não tem como saber o que teria acontecido se tivesse tomado outra decisão.

— Sei que o Kent ainda estaria vivo. Pelo menos, os amigos dele não teriam visto ele morrer daquele jeito. Sei também que o Clyde teria vivido para ver outro dia, porque eu não estaria com a cabeça em outro lugar e teria conseguido tirar ele e o Chas da boate antes da batida policial — argumentou ele. — Posso dar vários outros exemplos, mas o mais importante é que você nunca saberia quantas vezes eu sujei minhas mãos de sangue para garantir que você estivesse aqui, bem diante de mim.

Minha respiração falhou.

— Tem ideia de que tudo o que você acabou de falar faz com que eu também seja responsável por todo esse sangue e essas mortes?

— Não. Não faz. Nada disso é responsabilidade sua, porque não foi você quem fez essas escolhas. Fui eu.

— Não é verdade! — Inspirei fundo. — Você não machucou ninguém de propósito. Ou machucou?

— Não importa, não muda o que aconteceu. Nem o fato de que deve ter algo muito errado comigo — disse ele, me deixando chocada. — Quer saber o que eu fiz ontem à noite? Hoje de manhã? Fiquei vagando, andando sem parar, tentando entender o que eles fizeram comigo para que eu seja do jeito que sou. Para que eu não me importe com ninguém, que não sinta nenhum remorso pelas coisas que já fiz. Coisas que machucaram pessoas. Que provocaram mortes — continuou Luc, abrindo as mãos. — Muitas vezes, e muitas mesmo, sinto que não sou nem remotamente humano. Que se não fosse pelo que eu sinto por você, eu seria um monstro. E eu sou. — Ele recuou um passo, os olhos faiscando. — Só posso ser, porque não tenho problema algum para dormir à noite, Evie. Todo o sofrimento que eu provoquei e as mortes que causei pesam sobre a minha cabeça, mas não o bastante para me fazerem mudar. Eu faria tudo de novo. Juro que faria.

Ai, meu Deus!

Meu coração rachou e meus olhos se encheram de lágrimas. Não por mim, mas por ele. Como ele podia pensar aquilo de si mesmo?

O pior era que não era uma coisa que tinha surgido da noite para o dia. O que o Daemon dissera apenas puxara o gatilho de uma arma já carregada.

Envergonhada, forcei-me a relaxar os dedos. Ele era egoísta? Talvez, mas eu também, e o meu egoísmo era baseado em autopreservação, enquanto o dele se baseava na minha preservação. A consciência da minha própria imaturidade foi um choque, embora eu soubesse o quão imatura podia ser em vários momentos. Isso, porém, ia muito além. Era como seu eu tivesse mergulhado a cabeça em água fervente.

Essa era a razão daqueles momentos de silêncio em que ele parecia imerso em algum tipo de pesadelo pessoal do qual não conseguia acordar. Era o que os olhos não conseguiam esconder mesmo que ele assumisse uma expressão impassível. Eu tinha estado tão preocupada com meus próprios problemas, minha própria bagagem, que não havia tirado um tempo para observá-lo de verdade, porque se tivesse, já teria percebido.

De repente, entendi de verdade o que o Grayson quisera dizer ao falar que o Luc não era invencível. Achava que ele tinha querido dizer fisicamente, mas ele estava falando de outra coisa muito mais importante, que eu apenas não tinha notado. Mas o Luxen sim.

Em retrospectiva, a gente enxerga tudo muito melhor, não é mesmo?

— Me desculpa — murmurei.

— Desculpa? — Luc balançou a cabeça, incrédulo. — Pelo quê?

— Por tudo?

Ele se encolheu como se alguém tivesse lhe dado um tapa, e meu corpo reagiu sem pensar. Fui até ele e, ao vê-lo tentar recuar para botar algum espaço entre nós, não permiti que o Original fizesse isso. Envolvi o rosto dele entre as mãos e o detive. Não recorri à Fonte. Não precisava. Ele sempre parava o que quer que fosse para me dar atenção.

Fitei-o no fundo dos olhos, seu rosto preso entre minhas palmas.

— Não tem nada de errado com você.

Suas pupilas faiscaram como estrelas cintilantes.

— Evie...

— Você fez coisas monstruosas. Assim como o Daemon, o irmão dele e metade das pessoas que a gente conhece. Inclusive eu. — Com os olhos marejados, aproximei-me dele até sentir o calor de seu corpo contra o meu. — Você se importa, sim. Eu já vi o peso que você carrega, Luc, mas devia ter *realmente* prestado atenção.

Ele tremeu, e as mãos se fecharam em meus punhos. Com a força que tinha, o Original podia fazer qualquer coisa. Me empurrar. Me manter à distância. No entanto, ele segurava meus pulsos como se quisesse me manter no lugar.

— Eu quero acreditar nisso. Você não faz ideia. — Sua voz soou grossa de emoção. — Mas de vez em quando acho que fui um sucesso maior do que a Nancy Husher imaginou.

— Não. — Recostei-me nele, e o senti estremecer. — Se fosse verdade, você não me amaria como ama. Foi por isso que você fez o que fez. Não por causa do Daedalus ou porque tenha algo errado com você, mas porque eu sou a única coisa que você sempre precisou na vida.

Outro estremecimento sacudiu o corpo dele. Luc baixou a cabeça. Meus dedos estavam molhados de lágrimas. Dele, não minhas.

O Original estava chorando.

— Você é um presente. O presente mais precioso que a vida já me deu. Será que algum dia eu farei por merecer esse presente? — murmurou ele. — Merecer você?

Meu rosto também estava molhado, só que agora por minhas próprias lágrimas.

— Você sempre irá merecer, Luc. Sempre mereceu. Todos nós temos um pequeno monstro dentro da gente. Como não teríamos, amando alguém do jeito que a gente ama?

— Eu te amo, Evie. Eu já te amava mesmo antes de saber o significado da palavra amor. Eu te amei quando você foi embora, e quando se tornou outra pessoa — disse ele, num tom de súplica. — E te amei ainda mais quando você passou pelas portas da Foretoken. Eu nunca deixei de te amar. Jamais deixarei.

— Eu também te amo. — Fechei os olhos e soltei um longo suspiro, seguido de outro. — Minha alma e meu corpo pertencem a você, Luc. Você é o meu presente.

Não sei quem tomou a iniciativa, quem beijou quem, mas, de repente, nossos lábios estavam colados, e tudo — *tudo* — se transformou naquela coisa quente e louca com um quê de desespero. Eu já sentira isso em seus beijos antes, no modo como ele grudava o corpo no meu à noite. Senti de novo quando minhas costas bateram contra a porta. A deliciosa insanidade que alimentava a maneira como nossas mãos puxavam e rasgavam as roupas um do outro, o jeito como ele me agarrou pelos quadris e me suspendeu. Estava presente no modo ensandecido com que a boca dele se movia contra a minha. Até então, achava que fosse pelo fato de ele ter chegado muito perto de me perder, e talvez isso fosse parte do motivo, mas sabia agora que era também pelas cicatrizes que ele guardava no fundo de si mesmo.

Essa, porém, não foi a única coisa que fez com que a gente acabasse no chão sentindo como se estivéssemos a um passo da morte. Foi também o poder puro do que sentíamos um pelo outro. Amor, do tipo que podia estabilizar civilizações inteiras, que podia reconstruí-las. O amor era o trovão em nossos corações, o raio em nossas veias, o que nos mantinha juntos onde havíamos caído, mesmo depois que nossas peles começaram a esfriar e nossas respirações desaceleraram.

Ficamos ali deitados, as cabeças aninhadas uma contra a outra enquanto eu olhava para o teto e acariciava distraidamente o cabelo dele. Fiz um juramento para mim mesma, e rezei para que ele tivesse escutado. Para que sentisse a profunda sinceridade em minhas palavras.

As coisas que eu tinha dito não haviam curado as feridas em sua alma. O que acabáramos de fazer não ia consertar tudo de uma hora para outra num passe de mágica. Mas agora eu sabia que as feridas estavam lá, e faria tudo ao meu alcance para fechá-las.

Tudo.

lgum tempo depois, contei ao Luc sobre o Nate e o que eu tinha visto ao ir com ele até a cidade. Não fiquei surpresa quando o Original se sentou e se debruçou sobre mim, as sobrancelhas erguidas, exigindo saber se tinha escutado direito. Fui obrigada a dizer que sim, que eu tinha ido com o Nate até a cidade. Como já era de esperar, ele não ficou nem um pouco feliz, mesmo eu dizendo que o Grayson tinha me seguido. Tinha a sensação de que o Luxen teria de explicar por que não havia me impedido, e esperava pelo bem dele que tivesse uma resposta melhor do que a que tinha me dado.

Quando finalmente terminou de passar um belo sermão sobre segurança, ele perguntou:

— Você acha que esse cara… qual é mesmo o nome dele?

— Morton.

— Você acha que ele abusa das crianças? Porque se for isso, como vamos ficar sentados esperando que elas peçam ajuda?

Aí estava.

Aí estava a prova de que o Luc se importava mais do que imaginava.

— O Nate disse que não, portanto tudo não passa de suspeita minha. De qualquer forma, ele com certeza tá usando as crianças pra arrumar comida e suprimentos, e só Deus sabe o quanto isso é perigoso.

Luc se ajeitou ao meu lado.

— A gente tem que fazer alguma coisa.

Olhei para ele.

— Eu sei. Mas espero que eles queiram vir conosco por vontade própria. Se a gente forçar, tudo o que vamos conseguir é justificar o medo que eles sentem de nós. E não só isso, se a gente aparecer do nada, eles vão fugir.

— Tenho a sensação de que essas crianças sabem se esconder.

Fiz que sim.

— Você acha que os outros vão aceitar a gente trazer as crianças pra cá?

— A Cekiah e os outros aceitariam elas de bom grado — respondeu Luc. — Não tenho a menor dúvida.

Foi um alívio escutar aquilo. Esperava que ele estivesse certo. Ficamos ali por mais um tempinho, mas o calor e o silêncio não duraram muito. A Dee e o Archer tinham retornado naquela tarde, e já estavam sabendo sobre o Blake. De alguma forma, o Daemon os avisara. Será que ele havia usado um daqueles pombos-correio ou algo assim?

Quase toda a comunidade estava na velha biblioteca, espremida no salão principal. Cercados por pilhas de livros, o conselho que se recusava a ser chamado de conselho se acomodou em volta de uma das compridas mesas em estilo sala de conferências. Eu e o Luc nos sentamos lado a lado numa das mesas menores, balançando as pernas enquanto escutávamos a discussão. Uma hora virou duas, sem que ninguém chegasse a uma conclusão sobre o que fazer com o Blake e o Chris.

O que não era realmente surpresa. A Dee queria o híbrido morto, sem mas nem porém. E, como era de esperar, mais da metade do conselho não oficial, embora totalmente oficial, estava dividido por um dilema moral.

Eu estava com dor de cabeça.

Certo, não estava realmente com dor de cabeça. Apenas uma imaginária, mas que parecia tão dolorosa quanto uma verdadeira.

— Que tal organizarmos um julgamento? — sugeriu alguém.

— Vocês estão falando sério?! — exclamou Dee, jogando as mãos para o alto. O Archer tinha saído, e eu não fazia ideia de para onde nem por quê. Estava morrendo de inveja dele.

Muita.

— Um julgamento? — ironizou Daemon. — E quem vai ser o juiz?

— Quem participaria do júri? — perguntou Zouhour. — A gente não teria que encontrar pessoas que já tenham vivenciado esse mesmo tipo de situação? Um julgamento me parece sem sentido.

— A gente tem como montar o júri. — Cekiah apontou para várias pessoas sentadas à mesa. — Muitos aqui já estiveram sob o controle do Daedalus. Quem poderia...

— Se acha que qualquer um de nós conseguiria simpatizar com a situação dele, você tá louca — interveio Kat. — E se acha que a gente vai continuar aqui se ele permanecer, pensa de novo.

— Não queremos que ninguém se sinta em perigo — disse Quinn, o Luxen mais velho. — A gente entende o que vocês passaram.

Um par de olhos verdes vibrantes e furiosos se voltou para o Luxen.

— Acho que não entendem, não.

Quinn se inclinou um pouco mais para a frente.

— Precisamos pensar no Chris. Eu conversei com ele. O coitado sempre foi um refém.

Olhei disfarçadamente para o Luc. Instantes depois, dois olhos violeta se fixaram nos meus. Soltei um suspiro, e ele abriu um meio sorriso.

Não aguento mais, falei.

Essa conversa não vai chegar a lugar nenhum, concordou ele, olhando de relance para o Daemon, que parecia prestes a virar a mesa. Pelo menos isso agitaria um pouco as coisas. *Por que não sai? Você não precisa ficar aqui.*

Se eu sair, você vem comigo.

O Original abriu um sorriso completo, se inclinou e me deu um selinho. *Eu adoraria. Talvez a gente devesse ter um repeteco da tarde.* Seguiu-se uma pausa enquanto ele se recostava de novo. *Não da parte difícil e sombria. Mas do depois. Acho que fiquei com queimaduras de atrito nas costas por causa do tapete.*

Fiquei vermelha feito um pimentão.

— Nã-não — murmurei.

Cekiah lançou um rápido olhar irritado na direção da gente.

Luc cobriu a boca com a mão para abafar uma risada.

Eu te odeio.

Não foi o que você disse mais cedo.

Olhei para ele.

O Original voltou a ostentar uma expressão séria. *Mas preciso ficar. Acho que o Daemon está prestes a surtar pra valer, e tenho que estar aqui para impedi-lo.* Ele fechou a mão no meu joelho e apertou de leve. *Não que eu queira que o Blake viva, mas o Daemon pode acabar sendo expulso por isso, e mesmo que eles tenham dito que estavam dispostos a ir embora se você não fosse aceita, eles precisam desse lugar.*

Olhei de relance para o Daemon e a Kat e pensei no pequeno Adam. Ele tinha ficado em casa, aos cuidados da Heidi e da Emery, que, pelo visto, adoravam servir de babás para bebês. Eles realmente precisavam desse lugar.

Então eu fico.

Não, vai. Luc apertou meu joelho de novo. *Quero viver perigosamente através de você.*

Eu ri. *Vou dar uma passadinha na Viv. Eu não a vejo desde que você voltou. Deixei ela totalmente na mão.*

Te encontro lá quando terminar.

Comecei a me levantar, mas parei. Inclinando-me, dei um beijinho rápido nele, dizendo: *Tá vendo? Você se importa.*

Luc não respondeu, o que não era problema. Ele tinha me escutado, e sabia que eu estava falando sério. Mesmo que não acreditasse ainda, eu continuaria repetindo até fazê-lo acreditar.

Ninguém reparou na minha saída. A acalorada discussão havia sido retomada. Já no corredor, olhei para a porta que levava ao porão, onde o Blake estava sendo mantido. O que será que eles iam fazer com os dois?

Sem a mínima ideia, saí ao encontro do lusco-fusco do fim de tarde. O Archer tinha abandonado a reunião, mas não tinha ido longe. Ele estava andando de um lado para o outro no mesmo lugar onde o Luc e eu havíamos parado mais cedo. Ao me ver descer os degraus, ele se deteve e perguntou:

— Eles ainda estão discutindo?

Fiz que sim e me aproximei lentamente do Original mais velho.

— Já não aguentava mais ficar sentada lá escutando. Vou fazer uma visita pra Viv.

— Não te culpo. — Ele cruzou os braços diante do peito e olhou de relance para a porta fechada da biblioteca. — Eu também não conseguia ficar lá, no mesmo prédio que o Blake, sabendo o quanto ele machucou a Dee. Ele quase a matou também.

— Como ela está lidando com isso?

— Ela está chocada. E zangada. Assim que descobriu, a Dee quase surtou, mas minha mulher é forte.

— É mesmo! — concordei, talvez um pouco entusiasmada demais. — Quero dizer, para fazer o que ela faz, só pode ser. Eu jamais conseguiria manter a calma daquele jeito.

Ele sorriu.

— Você devia ver depois que as entrevistas acabam. Parece que ela vai explodir alguma coisa. — O sorriso desapareceu tão rápido quanto havia aparecido. — Não sei como o Daemon aguenta ficar nem na mesma cidade que aquele cara.

— Não acho que ele consiga. É por isso que o Luc ficou na reunião... para o caso de o Daemon surtar pra valer — falei, esfregando o braço. O ar estava mais frio do que antes. — O que acha que eles vão fazer?

— Não sei — respondeu o Original, fixando aqueles olhos quase idênticos aos do Luc em mim. — No fim, acho que nenhuma decisão vai fazer diferença.

Era o que eu achava também.

Ele inclinou a cabeça ligeiramente de lado.

— Como você se sente em relação a isso? Em saber que duas pessoas irão morrer, e que uma delas é provavelmente inocente?

— Não sei — respondi. Em seguida, inspirei fundo. — Na verdade, sei sim. Não gosto da ideia de o Chris morrer. Não gosto da ideia de ninguém morrer, mas se o Blake tivesse feito o que fez com o Luc, eu ia querer que ele fosse executado.

Ele me observou com atenção.

— Matar nunca é fácil, mesmo quando a pessoa merece. O problema é que os mortos têm o hábito de não permanecerem mortos.

— É o que parece. — Comecei a brincar com a bainha da camiseta. — Que nem eu.

— O Luc nunca disse que você estava morta. A gente simplesmente presumiu que sim.

Não sabia como me sentir em relação a um bando de gente presumir que eu estivesse morta.

— Como estão as coisas lá fora?

— Onde a gente grava, está tudo tranquilo, mas as notícias não são boas. Eles estão forçando a barra para disseminar essa história dos Luxen, mesmo em emissoras que normalmente não seguem as diretrizes governamentais. Só as redes de notícias estrangeiras estão questionando a veracidade do que está sendo divulgado como a causa da gripe. — Ele ergueu uma das mãos e correu os dedos pelo cabelo cortado em estilo militar. — Até o momento a população não está dando muita bola. Mas, se essa gripe se espalhar para cidades ainda não infectadas e os humanos resolverem evitar somente os Luxen, em vez de uns aos outros, a coisa irá pelo ralo rápido. Tipo o surto de gripe espanhola.

Estremeci só de pensar num surto em larga escala. Se Hollywood tinha me ensinado alguma coisa era que uma única pessoa num avião podia dar início a uma pandemia mundial. Para ser honesta, estava surpresa por somente cinco cidades terem sido infectadas até o momento.

— Tem alguma novidade em relação às cidades sob quarentena? — perguntei, rezando para que ele me dissesse algo diferente do que a Heidi e a Emery tinham dito.

Ele pressionou os lábios numa linha fina e fez que não. Meu coração apertou.

— Os oficiais dizem que estão providenciando ajuda e que assim que for criada uma vacina, os que ainda não tiverem sido infectados serão os primeiros a recebê-la, mas a gente sabe que é mentira.

É, a gente sabia.

A verdade é que a vacina normal contra gripe podia impedir a mutação do vírus, e eu duvidava de que esses oficiais fossem fazer qualquer coisa para remediar a falta de vacinas no mercado nacional — uma falta que eu tinha certeza de que havia sido orquestrada por eles.

— Eu não entendo. Será que o Daedalus tem tanta influência a ponto de impedir que o Centro de Controle e Prevenção de Doenças investigue o caso? De não ter ninguém lá dentro que levante a mão e diga: "Espera um pouco"?

— Tenho certeza de que já aconteceu — respondeu Archer. — E que muitos, se não todos, foram silenciados por meio de acidentes inesperados.

Jesus, eu nem tinha pensado nisso.

— Quando você acha que não tem como o Daedalus ser ainda mais poderoso e maquiavélico, você descobre que estava errado.

— Aprendi tempos atrás a não subestimá-los.

Pensei imediatamente no Luc, no que tínhamos compartilhado. Uma sensação incômoda brotou em meu peito. O Original tinha escapado da garra deles há muito tempo, e jamais se tornara igual ao Blake, mas o Daedalus era o responsável por seus primeiros traumas.

— Tá tudo bem? — perguntou Archer.

Pisquei e forcei um sorriso.

— Tá.

— Você sabe que eu consigo ler mentes, né?

— E você sabe que é grosseria fazer isso sem permissão?

Ele riu.

— Sei, mas você…

— Estou pensando alto demais. — Suspirei. — É, eu sei.

O Original assentiu com um menear de cabeça e olhou para a porta da biblioteca.

— Eu conheço o Luc há muito tempo.

Fiquei imediatamente tensa. Não queria que ele pescasse nada do que o Luc tinha compartilhado comigo. Ninguém precisava saber.

— E ninguém vai — disse Archer, fixando aqueles olhos violeta em mim. — Às vezes acho que não sei muita coisa, mas passei tempo demais com o Daedalus, trabalhando infiltrado. Ninguém sai de lá sem cicatrizes. E todos ficamos com medo de termos virado exatamente o que eles queriam, de um jeito ou de outro. Monstros.

Meu queixo caiu. Até onde ele tinha conseguido entrar na minha mente?

— É a Dee quem mantém meu lado humano — continuou ele. — Assim como é você quem faz isso pelo Luc. E tenho a sensação de que ele faz o mesmo por você, ainda que você não perceba.

Inspirei fundo, mas o ar pareceu queimar minha garganta. Eu estava sem palavras.

Archer sorriu.

— É melhor eu entrar.

Fiz que sim, dando um passo para o lado para deixá-lo passar. Continuei olhando para ele até a porta se fechar de novo. Ainda chocada, virei-me lentamente e retomei meu caminho, pensando nas coisas que o Archer tinha dito. Parte de mim não desejava saber como ele havia pescado tudo aquilo de dentro do meu cérebro, mas ele tinha razão. O Luc me ajudava a lidar com os pesadelos e as cicatrizes. Se não fosse por ele, eu provavelmente seria tão desumana quanto os outros Troianos.

Enquanto atravessava o estacionamento deserto atrás do shopping, observei os bancos e as bacias de roupa emborcadas para secar. Os varais estavam vazios e, ao passar por baixo deles, não consegui evitar pensar que parecia um cenário de filme de terr...

Um assobio baixo vindo da direita atraiu a minha atenção. Com o coração martelando contra as costelas, me virei e procurei pelo rosto que não via há dias. Ali, atrás da lixeira, o familiar cabelo vermelho.

— Nate. — O rápido alívio que senti ao cruzar a distância que nos separava foi logo substituído por preocupação. Não esperava vê-lo tão cedo. — Tá tudo bem?

Ele havia buscado refúgio nas sombras um pouco mais além. Continuei andando até virar a esquina, e estranhei ao vê-lo se afastar ainda mais. O garoto era arisco, mas aquilo era diferente.

— Você tá bem?

— Tô. É só...

Ao ver o rosto dele, a raiva invadiu minhas veias como uma tempestade de verão. Ele tinha apanhado — levado uma *tremenda* surra. Em volta do olho esquerdo inchado, a pele estava vermelha e arroxeada. A Fonte pulsou no centro do meu peito e se espalhou para o resto do corpo.

— Quem fez isso com você?

Ele recuou até as costas baterem contra a parede dos fundos do prédio.

— Sua pele... — O olho bom se arregalou. — Ela está *mexendo*.

Não precisei olhar para os meus braços para saber que a Fonte se tornara visível e ele estava assustado. Quem podia culpá-lo? Além de toda a mentira que ele havia escutado sobre os Luxen, tinha certeza de que eu estava parecendo algo saído de um filme B de ficção científica.

— Tá tudo bem. — Ergui as mãos, e ele se encolheu. Que idiotice da minha parte! Forcei-me a me acalmar. A Fonte pulsou mais uma vez e retrocedeu para um zumbido constante. — Não vou te machucar. Você sabe, não sabe?

Ele continuou imóvel por mais alguns instantes, e então assentiu.

— Você realmente não é como eles... como os que invadiram.

— Não, não sou. Nem os que vivem aqui. — Consegui respirar com mais calma. — Quem fez isso com você?

O silêncio foi toda a resposta de que eu precisava.

— Foi o Morton, né?

Nate cruzou os braços diante do peito magro e assentiu mais uma vez.

O fato de não ter surtado imediatamente mostrava o quanto de controle eu já conseguira desenvolver, porque minha vontade era de sair explodindo alguma coisa.

Em outras palavras, o canalha do Morton.

Engraçado eu ter acabado de deixar um bando de pessoas discutindo se era certo ou errado matar alguém, e agora me ver numa situação em que me sentia pronta para cometer assassinato. Ele era apenas uma criança. Todos eram crianças. Como diabos um homem adulto podia espancar qualquer um deles? Para piorar, sabia que não era a primeira vez.

— Seus olhos — murmurou Nate.

— Desculpa. É que fiquei puta quando te vi. Ninguém tem o direito de te bater, Nate. Isso não é legal. — Surpresa com o tom tranquilo da minha própria voz, baixei as mãos. — Por favor, me diz que você veio até aqui porque quer a nossa ajuda. Por favor.

Ele fez que sim.

— Depois que você foi embora, o Jamal e a Nia... senti que eles queriam ter ido com você. Então eu conversei com os outros. Eles estão prontos — disse o garoto. — A gente quer sair de lá.

Quase despenquei no chão de alívio. Poucas horas atrás, o Luc e eu tínhamos conversado sobre isso, mas jamais podia esperar que o Nate viesse nos procurar tão rápido.

— Certo. Isso é bom. Na verdade, é ótimo. Podemos ir agora...

— Agora não. — Nate ergueu o queixo. — Mais tarde. Hoje à noite. Depois que escurecer. A gente vai piscar as lanternas quando estivermos no Galleria. É o shopping.

Eu não tinha ideia de onde ficava esse shopping. O garoto se desgrudou da parede.

— Você vai voltar pra lá? — perguntei, não querendo que ele fosse. — Não precisa. Pode ficar aqui. Aqui é seguro, e depois a gente vai buscar os outros. Você não precisa ir.

— Preciso, sim. — Nate se empertigou e deu um passo. Foi quando notei que ele estava mancando.

Ele não mancava antes.

— Ele também fez isso? — Apontei com o queixo para a perna dele.

— Ele me chutou quando eu caí.

Eu ia matar o Morton.

— Fica — pedi. — A gente pode ir ver a médica. Ela pode te dar alguma coisa...

— Eu preciso voltar. Por causa dos mais novos. Eles se assustam com facilidade depois que escurece. O Jamal e a Nia não conseguem dar conta de todos.

— Mas...

— Por favor. Apenas venha hoje à noite. Combinado? Depois que escurecer. Eu mando sinal de dentro do Galleria. A gente vai estar perto da entrada.

Percebendo que não havia nada que eu pudesse fazer que não o deixasse com medo de mim, recuei um passo.

— A gente vai estar lá.

— A gente?

Fiz que sim. Eu podia já ter feito muita idiotice antes, mas de jeito nenhum ia voltar naquele lugar sozinha para resgatar um bando de crianças assustadas.

Além disso, alguém precisava ficar com eles enquanto eu dava um jeito no Morton.

— Seu namorado? — perguntou ele.

— É, ele. Você vai gostar dele. Ele usa camisetas superidiotas.

Um ligeiro sorriso repuxou os lábios do menino, mas logo desapareceu. Ele já vira e passara por coisas demais.

— Hoje à noite.

— Hoje à noite — prometi.

Observá-lo ir embora foi uma das decisões mais difíceis que eu já tinha tomado na vida. Milhões de coisas diferentes podiam acontecer entre agora e a noite, quando ficasse escuro o bastante para que as crianças conseguissem mostrar onde estavam. O canalha do Morton podia espancar o Nate de novo, ou uma das outras crianças.

Crispei as mãos.

No entanto, sabia que se o Nate não voltasse as crianças não iriam até o shopping. Elas se espalhariam por uma cidade que conheciam como a palma da mão. E a gente nunca conseguiria encontrá-las.

Agora precisava convencer a Cekiah e os outros de que dar abrigo para mais de uma dúzia de crianças era a coisa certa a fazer. Esperava que o Luc estivesse certo ao dizer que tanto ela quanto a Zouhour estariam mais do que dispostas a acolhê-las.

Girei nos calcanhares e corri de volta até a biblioteca, parando ao entrar no salão principal. Todos continuavam lá. Nenhuma mesa tinha sido virada ainda. Mas, também, eu não tinha ficado fora tanto tempo assim. A Viv estava lá, sentada numa das cadeiras vazias. A gente devia ter se desencontrado. Sabia que era uma péssima hora para contar a todos sobre o Nate e as outras crianças, mas eu não tinha escolha.

— Isso tá ficando... — Kat parou no meio da frase e o Daemon olhou por cima do ombro para mim.

É o Nate. Ele apareceu. As crianças estão prontas.

Os olhos do Luc se voltaram imediatamente para mim e, com um rápido menear de cabeça, ele se levantou.

— Esse lance com o Blake é importante, e sei que todos querem continuar discutindo os mesmos pontos até ninguém aguentar mais, mas a Evie tem algo pra dizer que também é importante.

Imaginando que meus pensamentos deviam estar super-hiper-altos no momento, não fiquei surpresa ao ver o Archer estreitar os olhos e se inclinar para sussurrar no ouvido da Dee.

— Por favor, me diz que não é outro caso de decidir se uma pessoa deve viver ou morrer — comentou Quinn, visivelmente cansado.

Bem...

Eu ia pular essa parte por enquanto.

— Lembram quando eu disse que tinha visto luzes na cidade? Não era reflexo do sol nem nada parecido — declarei. O general, até então meio adormecido, pareceu despertar, e o Daemon inclinou a cabeça ligeiramente de lado. — Tem gente na cidade mesmo. Crianças.

Isso atraiu a atenção de todos. Olhos tanto humanos quanto alienígenas se voltaram para mim.

— O quê? — Cekiah se virou na cadeira.

— Pouco depois de eu ter visto as luzes, cheguei um dia em casa e encontrei uma criança. Eu sabia que ele não fazia parte dessa comunidade, porque não tinha visto o menino na escola. Ele estava procurando comida. O nome dele é Nate. A gente se viu mais algumas vezes e conversamos. Daí um dia ele apareceu porque uma das outras crianças tinha se machucado, e eu fui com ele até a cidade...

— Você fez o quê? — perguntou Daemon.

— Confia em mim, ela já escutou o sermão que eu sei que você está prestes a dar — comentou Luc.

Lancei-lhe um sorriso meio sem graça.

— Sei que não foi uma boa ideia, mas fui assim mesmo. Precisava saber quantas crianças viviam lá e tentar ganhar a confiança do garoto. Vejam bem, ele não queria que eu contasse pra ninguém. Achava que, se eu fizesse isso, os outros fugiriam para se esconder pela cidade. Tem mais de uma dúzia de crianças lá. Todas humanas. O Nate é o mais velho, e ele não deve ter mais que 13 anos.

Escutei alguém inspirar fundo e uma série de arquejos. Rezava para que isso fosse um bom sinal.

— Como é possível? Onde estão os pais? — Jamie, que não havia gostado muito da ideia de me darem refúgio, levou a mão ao peito.

— Alguns viviam nas ruas ou em abrigos ou algo parecido antes da invasão, e foram esquecidos em meio ao caos — respondi. — Mas uma das crianças me contou que costumava haver um número maior de pessoas, não só crianças, como também pais e outros familiares. A maioria, porém, não sobreviveu ao primeiro ano.

— Ai, meu Deus — murmurou Jamie. — Isso é... não tenho nem palavras.

— Tenho tantas perguntas — disse Zouhour. — Como vocês dois conseguiram passar pelas nossas patrulhas? Temos gente patrulhando constantemente os limites da comunidade.

— Os garotos conhecem toda essa área como a palma da mão. Eles sabem exatamente onde cada vigia está… qualquer que seja a hora. Eles conhecem o cronograma das rondas.

— Preciso fazer uma anotação mental para mudar a rotina das rondas — murmurou Eaton. — Não acredito que nunca vimos nenhum deles durante nossas incursões de reconhecimento. Nos últimos quatro anos, a gente vasculhou cada pedacinho daquela cidade.

— Como eu disse, eles sabem onde se esconder para não serem achados — retruquei.

— O que você quer dizer com eles têm vivido lá? — perguntou Jamie. — Não tem nada naquela cidade. Nenhuma comida ou suprimentos, exceto por algumas poucas coisas que podem ser escavadas aqui e ali esporadicamente.

— É por isso que parte da nossa comida tem desaparecido. — Viv pigarreou e fez uma careta.

Corri os olhos pelo grupo em busca de alguma expressão de censura, mas tudo o que vi foi choque e assombro.

— Eu quis contar assim que descobri, mas sabia que se alguém fosse procurar por eles, jamais os veríamos de novo.

— Como eles estão? — perguntou Viv.

— Magros. Mal alimentados. Tenho a sensação de eles já enfrentaram várias infecções oriundas de cortes e outros machucados. Coisas que se estivessem vivendo em condições melhores não teriam acontecido. — Olhei com atenção para a médica. Seu rosto estava corado. — Está se sentindo bem?

— Estou. É só uma alergia. — Ela fungou. — É uma pena que as PEM não tenham acabado com elas. Por que eles nunca vieram até aqui em busca de tratamento? A gente teria ajudado.

— Eles têm medo — intrometeu-se Luc. — Eu nunca vi nenhuma das crianças com meus próprios olhos, mas foi o que disseram pra Evie. Eles têm medo da gente… dos Luxen que vivem aqui.

— Jesus! — murmurou Quinn, correndo o polegar pelo queixo. — Eles já viram o Parque? É por isso?

— Não sei o que eles viram, mas tem um homem lá com eles que se autointitula guardião das crianças — continuou Luc. — Ele deve ter dito alguma coisa, porque elas morrem de medo dos Luxen, e acredito que as convenceu de que só ele pode protegê-las. Como o sujeito é humano, fica mais fácil elas acreditarem.

— Mas ele não está protegendo ninguém. O nome dele é Morton. O sujeito usa as crianças. Estou disposta a apostar que a maior parte da comida e dos suprimentos vão pra ele. Além disso, esse cara abusa de pelo menos uma delas. Acredito que das outras também — falei. — Eu acabei de ver o Nate. Ele estava com um olho roxo e mancando. Perguntei se tinha sido o Morton, e ele confirmou.

Kat crispou a mão que descansava no tampo da mesa.

— Isso é inaceitável.

— Tem razão — concordei. — Nenhuma das crianças me confirmou nada, mas eu acho... sei lá, não é conveniente e estranho demais que além delas só um dos adultos tenha conseguido sobreviver? Talvez o Morton tenha algo a ver com a morte dos outros. Eu só vi o cara uma vez, mas ele me deixou de cabelo em pé.

— Tô ficando com vontade de furar alguma coisa — comentou Dee.

Assenti em concordância.

— Eu disse pra eles que a gente podia ajudar. Quero dizer, a gente pode, não pode? São apenas crianças, mas elas estavam assustadas demais para aceitar ajuda. — Inspirei de maneira superficial. — Só que hoje o Nate veio me dizer que elas mudaram de ideia. Que querem a nossa ajuda. E eu disse que a gente ajudaria. Sei que não faço parte do conselho, e que não falo por nenhum de vocês, mas preciso acreditar que o mundo que vocês querem construir jamais viraria as costas para um grupo de crianças machucadas e famintas.

Seguiu-se uma troca de olhares por toda a mesa e, um a um, todos assentiram. Prendendo a respiração, lancei um olhar esperançoso para o Luc.

Ele deu uma piscadinha.

— São quantas crianças mesmo? — perguntou Cekiah.

— Pelo menos umas vinte. Talvez mais. Mas elas são muito desconfiadas e vivem mudando de esconderijo. É difícil rastrear — respondi. — Se a gente decidir ajudar, e espero que sim, não podemos chegar com um grupo grande. Tem que ser pouca gente. Caso contrário, tenho medo de que algumas fujam, mesmo que o Nate reúna todas.

— Encontrar lugar pra todas elas não vai ser fácil. — Zouhour olhou para a Cekiah. — Mas a gente pode montar abrigos temporários até decidirmos o que fazer. — Ela, então, olhou de relance para mim. — Quantos anos você acha que tem a mais nova?

— Cinco ou seis — respondi. Dee empalideceu visivelmente.

— Sei que algumas famílias ficarão mais do que felizes em aceitar os mais jovens. Talvez até os mais velhos. Posso citar várias sem precisar pensar muito — observou Viv, fungando. — E, se alguma criança estiver doente, posso acomodá-la no centro médico.

Jamie concordou com um menear de cabeça.

— A gente precisa fazer alguma coisa. São só crianças.

— Concordo — disse Quinn.

Cekiah se recostou na cadeira.

— Está decidido. Vamos ajudar. Vamos fazer tudo o que pudermos para ajudar.

ouco tempo depois, estávamos parados no meio da nossa sala. Eu tinha vestido uma legging e uma camiseta preta de manga comprida que havia pegado emprestada do Luc, imaginando que seria melhor usar uma roupa que não tolhesse os movimentos, mais leve e solta.

Nosso futuro próximo exigiria muita corrida e agilidade.

— Estão todos prontos? — perguntou Eaton. Ele ia esperar pela gente no armazém, o ponto mais próximo da cidade. A Cekiah, a Zouhour e a Viv iam preparar a biblioteca e o centro médico. Já a Jamie e o Quinn estavam incumbidos de notificar a comunidade, e ambos acreditavam que, até a gente voltar, eles já teriam arrumado casas para todas ou quase todas as crianças.

Por Deus, esperava que sim.

Mas esperava acima de tudo que quem quer que se dispusesse a acolhê-las tivesse paciência. Elas tinham passado por muita coisa, muitas delas desde antes da invasão. Acolhê-las não seria como o que a gente vê num filme da Disney.

— Estamos. — Daemon terminou de amarrar as botas. Eu não achava que ele ia se voluntariar, mas ele havia insistido. Assim como a Kat.

Luc assentiu.

— Mais do que pronto. Só estava esperando o Daemon aprender a amarrar os sapatos.

Com uma risadinha de deboche, o Luxen se virou para a esposa, que segurava o pequeno Adam, surpreendentemente alerta. Ele pegou o bebê dos braços dela, aninhou-o de encontro a si e deu-lhe um carinhoso beijinho no rosto.

— Você pode dizer "O tio Luc é um babaca"? Ahn? Diz...

— Daemon — repreendeu Kat, arregalando os olhos.

— Em primeiro lugar, não sou tio dele. Sou o padrinho, muito obrigado. — Luc arqueou uma sobrancelha. A declaração me pegou de surpresa, eu não tinha ideia. — Em segundo, vou ensinar a meu afilhado insultos melhores do que esse.

Kat girou nos calcanhares.

— Não vai, não.

Luc abriu um sorriso que dizia que ele ia fazer exatamente o que prometera.

Eu não conseguia entender de jeito nenhum a amizade daqueles dois. Eles passavam de trocas de socos para alfinetadas amigáveis como se nada tivesse acontecido. Só podia ser um lance de garotos.

Ou de alienígenas.

— Esse menino tá lascado — disse Archer, sentado ao lado da Dee. Eles iriam se juntar ao Eaton no armazém.

Abri um sorriso, mesmo sentindo meu estômago todo retorcido em nós. Havia tantos e-se! E se o Nate mudasse de ideia? E se ele não conseguisse convencer todas as crianças? E se o Morton...

— Vai dar tudo certo. — Luc passou um braço em volta de mim e me puxou para junto dele. — Vamos tirar as crianças de lá. Todas elas.

Kat pegou o bebê de volta, que imediatamente aconchegou o rostinho rechonchudo contra o peito da mãe.

— Tá na hora da gente conversar sobre o que vamos fazer com o tal Morton. Se ele estiver usando as crianças e batendo nelas? Se tiver matado os outros? Ele não pode vir para cá.

Era por isso que tínhamos esperado até a Cekiah e os outros estarem ocupados para tratar desse assunto.

— Eu sei — disse Luc. — Ele não vai vir pra cá.

— A Zoe e a Emery vão trazer as crianças. Vamos rezar para que elas aceitem vir com as duas — comentei.

Zoe entrelaçou as mãos e abriu um sorriso de orelha a orelha.

— Elas virão. Tenho uma cara confiável.

Sentada no braço do sofá, Heidi ergueu a cabeça para olhar para ela.

— Por favor, não sorria desse jeito quando encontrar com elas. Você vai assustá-las.

A Original estreitou os olhos.

— Qualquer coisa, eu venho com elas — acrescentei, imaginando que havia uma grande chance de isso acontecer se a Zoe começasse a fazer sua tradicional dancinha balançando os braços.

— Mas e depois? — perguntou Dee, afastando os cabelos longos e pretos do rosto.

— Depois a gente cuida do Morton — respondeu Luc. — De um jeito ou de outro, ele não vai ser problema.

Fechando a mão na cabecinha do filho, Kat correu os olhos pela sala. Ela, então, assentiu e, simples assim, todos os presentes, inclusive o general, aceitaram o inevitável.

Blake talvez não morresse essa noite.

Mas outra pessoa iria.

Tive que me policiar para não ficar pensando nisso. Talvez o Morton merecesse. Assim como o Blake. No entanto, matar significava tirar uma vida, e uma parte de mim rezava para que ele nos desse um motivo. Em autodefesa, matar era muito mais fácil de digerir.

— Continuo não sendo fã desse plano — murmurou uma voz vinda de um dos cantos do aposento. Não precisei nem olhar para saber que tinha sido o Grayson, o último membro do nosso time de seis.

Francamente, ele era a última pessoa que eu levaria comigo se não quisesse assustar ninguém.

Luc bufou.

Olhei para ele, que riu e disse:

— Acho que você não é fã de muitas coisas, Gray.

— A gente não conhece essas crianças. — Ele descolou da parede e deu um passo à frente. — Por onde elas andaram ou de onde vieram.

Kat ergueu as sobrancelhas.

— Você fala como se elas tivessem piolhos.

— Bem, existe uma boa chance de terem mesmo — observou Luc. Fuzilei-o com os olhos. — Ei, é possível. Não tô julgando.

— Ele tem razão — falou Dee, apoiando os cotovelos nos joelhos. — Tem muita coisa que a gente não sabe, mas sabemos que elas são humanas, e se isso for algum tipo de armadilha, ainda assim elas estão sendo usadas e precisam da nossa ajuda.

— Que tipo de armadilha poderia ser? — perguntou Kat, ninando o bebê. — Se fosse o Daedalus, você acha que a gente ainda estaria aqui tendo essa conversa?

Daemon balançou a cabeça.

— Uma coisa é descobrirmos que há crianças escondidas na cidade. Outra totalmente diferente é pessoas entrarem lá sem a gente perceber.

— Nada é impossível — declarou Grayson.

— Não disse que era, mas a gente teria visto alguma coisa — retrucou Daemon.

— Não estou sugerindo que seja o Daedalus. Achava que todos tinham entendido isso — rebateu Grayson. — O que não significa que essas crianças não possam vir a ser um problema.

— Você nunca conviveu com crianças, né? — falou o general Eaton, abrindo um mapa sobre a mesinha de centro. — Imagino que não. Caso contrário saberia que elas sempre são problema.

Grayson estreitou os olhos.

— Eu convivo com crianças. Tem uma bem ali. — Ele apontou para o Adam.

— Ele é um bebê — explicou Luc. — Existe uma diferença gigantesca entre bebês e crianças, meu amigo.

— Eu sei. — O Luxen cruzou os braços. — Deixa pra lá. Tô pronto. Vamos brincar de Irmãos e Irmãs mais Velhos do Mundo Alienígena.

— Ah-hã. Estão vendo isso? — Eaton bateu o dedo sobre uma linha destacada em azul no mapa. — É o sistema metroviário. A maioria das linhas fica acima da terra, mas há pontos de acesso para os túneis subterrâneos que correm uns seis metros abaixo do centro da cidade. Esses túneis conectam cerca de 95 quarteirões. O muro corta um do que fica abaixo de uma das estações do metrô — explicou o general. Lembrei de ele ter mencionado os túneis na primeira vez em que tínhamos conversado. — Umas das primeiras coisas que a gente fez foi fechar esse túnel pelo lado de dentro. Explodimos essa seção. Seria necessário anos para que todo o escombro fosse removido e uma passagem reaberta, e a gente teria percebido qualquer atividade nesse sentido.

"Talvez tenhamos cometido alguns erros, mas fizemos o melhor possível para proteger nossas bases. Agora...", o general moveu o dedo para a esquerda, e parou em cima de uma linha chamada *Westheimer Road*. "O shopping Galleria fica aqui, na parte alta da cidade. O ponto de acesso mais próximo é perto do armazém. Vocês vão pegar a rodovia 610. O Daemon conhece o caminho mais rápido para chegar lá. O Galleria fica próximo a uma das saídas. De carro, com as ruas desimpedidas, vocês levariam uns 30 minutos, mas a gente conseguiu liberar essa rodovia o bastante para que trafegar a pé ou de carro não seja problema."

— Vamos levar só alguns minutos — observou Daemon, ajeitando uma das meias no pezinho do filho. — A parte mais difícil vai ser trazer as crianças para cá.

— A Jamie e a Viv vão me encontrar no armazém. Elas estão reunindo todos os veículos disponíveis — disse Eaton.

— A gente traz as crianças — assegurou Emery. — E quando estivermos prontos, mandamos um sinal pra vocês.

— Podemos mandar um sinal luminoso tipo… — Zoe se deteve ao me ver erguer as sobrancelhas. — Um sinal luminoso que não assuste as crianças.

— Aí a gente entra e pega elas — completou Eaton. — Vocês sabem onde elas vão estar quando chegarem ao Galleria? Aquele é o maior shopping do Texas. São três andares, além de um rinque de patinação no subsolo.

— O Nate disse que eles iam esperar próximo da entrada principal — informei.

— Essa entrada é a que fica perto da torre… aquele prédio grande que dá pra ver daqui. Bom, um deles — disse Daemon quando o general se virou para ele. — Mas sei onde fica. A gente chega por aquela rua, qual é mesmo o nome dela?

— Se não me engano, é Hidalgo — respondeu Archer.

— Isso mesmo. — Ao ver minha expressão, ele acrescentou: — A gente vasculhou esse shopping algumas vezes. Conseguimos ótimos suprimentos lá.

— Verdade. — Dee assumiu uma expressão sonhadora. — Foi de lá que veio todo aquele estoque de Chanel.

Kat deu uma risadinha.

— Eu acho…

Do nada, o mapa foi suspenso no ar e começou a girar.

— Que merda é essa? — Eaton se afastou e olhou para mim.

— Não fui eu! — Joguei as mãos para o alto.

— Foi você, Luc? — perguntou Archer.

Ele olhou para o Original mais velho com uma expressão séria.

— Desculpa. Foi o Adam. — Kat deu um tapinha nas costas do filho enquanto o marido pegava o mapa que ainda girava no ar e o entregava para o general. — Ultimamente, ele tem feito esse tipo de coisa direto.

— Deve deixar vocês apreensivos o tempo todo — comentei, pensando que eu definitivamente tinha mais controle do que um bebê Original.

— Deixa mesmo. — Kat deu um beijinho no rosto do filho. — Ainda mais quando são objetos pontiagudos.

— Ai, meu Deus! — murmurei.

Luc correu uma das mãos pelas minhas costas e olhou em direção à janela.

— Já escureceu — disse ele. — Tá na hora.

Nós seis deixamos o Eaton, o Archer e a Dee esperando do lado de fora do armazém e seguimos caminho. Dali a pouco, outros iriam se juntar aos três e, com sorte, a espera deles não seria em vão.

— O caminho por aqui não é ruim, mas é irregular — disse Daemon. — Quando chegarmos na rodovia, é melhor seguirmos pelo meio. Todos os carros que não puderam ser salvos foram empurrados para as laterais. Devemos levar no máximo uns dois minutos.

— Pra mim tá ótimo — retrucou Emery, o cabelo do lado mais comprido sendo soprado pela brisa.

Corri os olhos pelo campo. Era uma noite clara, e o luar iluminava o bastante para que com ele, somado à minha nova e melhorada visão, eu não precisasse me preocupar em bater numa árvore. Meu olhar foi atraído para uma das sombras mais densas e escuras que parecia pairar acima do restante dos arranha-céus. A torre.

— Alguma pergunta? — indagou Daemon.

Luc ergueu a mão.

Tentei pegá-la, pois tinha a sensação de que ele ia perguntar algo totalmente irrelevante, mas não fui rápida o bastante.

— Fala Luc.

— Tem certeza de que eu não posso dar uma lhama pro Adam? — perguntou o Original. — Tipo, certeza mesmo?

Daemon suspirou.

— Tenho. Tenho certeza.

— Estraga-prazeres — murmurou Luc, baixando a mão.

Não consegui evitar. Comecei a rir.

— Não ria — pediu Daemon. — Isso só o encoraja.

Mordi o lábio até conseguir me controlar.

— Alguém tem alguma pergunta realmente importante? — perguntou Daemon.

Grayson fez menção de levantar a mão também.

— Verdade, Grayson, *todas* as crianças são sujas e *todas* têm um cheiro engraçado — respondeu o Luxen antes que o Grayson tivesse a chance de falar.

Emery abafou uma risada.

— Obrigado pela informação, mas não era essa a minha pergunta — resmungou Grayson. — Eu queria saber qual é o plano caso o Morton apareça e tente nos impedir de trazer as crianças. Acho que não devemos fritar o cara na frente de um bando de fedelhos impressionáveis que já morrem de medo da gente.

Fedelhos impressionáveis?

A pergunta, porém, era válida.

— Não vamos fazer nada com ele enquanto elas estiverem por perto — respondi, apertando meu rabo de cavalo. — Eu posso congelar o cara até vocês tirarem as crianças de lá.

— É, você é muito boa nisso. — Daemon me lançou um olhar afiado.

Abri um sorrisinho meio sem graça.

— Parece um bom plano — observou Luc, estendendo o braço e dando um puxão no meu rabo de cavalo. — Mas, o que quer que aconteça, a gente permanece junto. Isso vale para vocês duas também — acrescentou, dirigindo-se a Zoe e a Emery. — Não se separem enquanto estiverem conduzindo as crianças.

Todos assentiram. Estava na hora. Daemon desapareceu pela abertura que ele havia criado, seguido pela Zoe e pela Emery. Fiz menção de ir atrás, mas o Luc me pegou pela mão e me deteve. Virei-me de volta para ele.

Antes que eu tivesse a chance de dizer qualquer coisa, ele me beijou, um beijo lento e doce, como se tivéssemos todo o tempo do mundo. Adoraria que sim, porque quando ele aprofundou o beijo, desejei mais. Só que agora não tínhamos. Mas haveria um depois.

O Original se afastou, soltou minha mão e fez um sinal com a cabeça. Inspirei fundo e passei pelo buraco na cerca, ainda sentindo o gosto dele em meus lábios. Grayson foi o último a atravessar. Em seguida, ele, o Daemon e a Emery assumiram sua forma verdadeira.

Por mais que eu já tivesse visto a transformação inúmeras vezes, ainda ficava sem ar. A luz que emanava deles se espalhou pelo chão. Daemon era quem brilhava com mais intensidade, e era difícil olhar para ele sem lacrimejar. Voltei a atenção para a Emery e, em seguida, o Grayson. Continuava não sendo agradável olhar diretamente para eles, mas se prestasse atenção dava para vê-los por trás da luz, a pele macia e quase translúcida. Pareciam seres etéreos, lindos.

Eles, então, começaram a correr como raios atravessando o campo. Com um olhar de relance para a Zoe e o Luc, parti também, guiando-me pela luz do Daemon.

Quem precisava de lanterna com um Luxen por perto?

O vento ficou mais forte à medida que eu ganhava velocidade, açoitando meu cabelo e inflando a camiseta. O piso sob meus pés era irregular e pedregoso, e o mato chegava à altura das minhas coxas. No entanto, quanto mais rápido eu corria, menos meus pés pareciam tocar o chão.

Alcancei os Luxen em poucos segundos, com o Luc logo atrás e a Zoe acompanhando sem dificuldade. Prosseguimos pela rodovia em direção à cidade. Os carros abandonados margeavam a pista, e o asfalto já começava a mostrar sinais de abandono e negligência. Rachaduras e pequenos buracos pontilhavam todo o caminho. Mais à frente, o prédio que parecera tão alto quanto uma montanha foi se aproximando pouco a pouco. Minutos depois, Luc levantou uma das mãos e todos diminuímos a velocidade.

— A saída é aqui — disse ele. Vi a placa que o Daemon e o Archer tinham mencionado mais cedo. Ela estava torta e enferrujada, provavelmente prestes a se desprender. — Acho melhor vocês diminuírem o brilho. Uma pequena manada de Luxen correndo em direção ao ponto de encontro não vai deixar ninguém mais tranquilo.

Um a um, os Luxen diminuíram a intensidade de sua própria luz até voltarem à forma humana.

Luc foi seguindo ao meu lado enquanto descíamos a rua. Havia mais carros abandonados por aqui. Duvidava de que qualquer coisa mais larga do que um sedã conseguisse passar.

— Que lugar assustador! — murmurou Zoe, olhando para cima.

Ela estava certa. Mesmo que eu já tivesse visto a cidade à noite, continuava sendo um lugar perturbador. Os prédios altos bloqueavam grande parte da luz da lua. Para resolver o problema, o Daemon e o Luc transformaram suas respectivas mãos em lanternas. Essa parte da cidade estava mais deteriorada do que a que eu tinha visto. As janelas dos prédios próximos tinham explodido. Várias vitrines e lojas apresentavam sinais de incêndio. Alguns carros estavam virados de cabeça para baixo. E marcas de bala espalhavam-se pelas poucas janelas que haviam sobrado.

Com o Daemon guiando o caminho, nosso grupo virou à direita e, então, nos deparamos com uma interseção.

— Uau! — murmurou Emery, parando. — Olhem.

Um movimento inesperado à frente atraiu nossa atenção para uma área que outrora devia ter sido um parque ou algo do gênero. Um veado emergiu em meio ao mato alto, os chifres gigantescos. Seus cascos reverberaram pelo asfalto quando ele cruzou a rodovia. Mas ele não estava sozinho. Uma manada inteira surgiu logo atrás. Ou será que era um *rebanho*?

Rebanho, respondeu Luc.

Sorri e observei os filhotes seguindo atrás dos adultos, suas pernas nem de longe tão firmes. *Por que não fico surpresa por você saber a resposta?*

Ninguém disse nada até o último terminar de passar e desaparecer de vista.

— Aposto que o Luc gostaria que fossem lhamas — falei.

Daemon gemeu.

— Você não faz ideia, Pesseguinho. Eu faria amizade com um deles e a levaria de volta pra casa do Daemon.

— Jesus! — grunhiu o Luxen.

Luc se virou para mim.

— Depois os outros ficariam com saudade e iriam pra lá também.

Comecei a rir.

— Antes que o Daemon se desse conta, ele teria um rebanho de lhamas — continuou o Original, enquanto o Daemon retomava o caminho. — A Kat ia ficar maravilhada!

Ainda rindo, dei a mão a ele.

— Você é bizarro!

— Se querer um rebanho de lhamas faz de mim uma pessoa bizarra, visto a carapuça feliz da vida — retrucou ele.

— Você diz isso agora. — Grayson passou pela gente. — Até a primeira cuspir na sua cara.

— Acho que elas me veriam como parte do rebanho e não pensariam nem ousariam fazer uma coisa dessas — argumentou Luc.

Balancei a cabeça como quem diz "você não tem jeito" e voltamos a caminhar sob a sombra projetada pela torre. A conversa sobre lhamas cessou assim que viramos à esquerda. Meu coração começou a martelar com força quando o estacionamento surgiu à vista. Havia carros enferrujados espalhados por todos os lados, os para-brisas quebrados. Talvez os carros e seus donos estivessem ali quando as bombas de pulso eletromagnético explodiram. Havia algo de triste em ver aqueles carros, alguns tão detonados pelo tempo que já não dava mais para identificar a cor. Era um testemunho silencioso do que as pessoas estavam fazendo quando suas vidas foram irremediavelmente destroçadas.

Esperamos sob uma fileira de árvores, encobertos pelas sombras. O Luc e o Daemon conversavam aos sussurros, enquanto a Zoe e a Emery riam do que quer que eles estivessem dizendo — ou discutindo. O Grayson estava parado a cerca de um metro de mim, os olhos fixos à frente, assim como os meus. Não sei quanto tempo ficamos ali olhando para as letras GALL. Em algum momento, o restante delas, ERIA, devia ter partido em busca de um destino melhor.

Tipo o chão.

Fui a primeira a ver o espocar de uma luz amarela.

— Ali.

— Já vi — confirmou Luc, que também ficara mantendo um olho no prédio. A luz piscou mais duas vezes.

— É o Nate. Tem como a gente mandar um sinal de volta? — perguntei.

Luc deu um passo à frente e levantou a mão. A Fonte emergiu de sua palma como um balão, piscou e retrocedeu. Ele repetiu o processo mais uma vez.

Prendi a respiração e esperei com os punhos crispados até ver a luz piscar dentro do shopping novamente.

— Certo. — Soltei o ar com força. — É ele. Eles estão aqui.

— Não se esqueçam — avisou Luc. — Fiquem juntos.

Com um menear de assentimento, girei nos calcanhares e desci da calçada para a rua. Juntos, cruzamos o estacionamento em direção às portas que há muito tinham sido arrancadas das dobradiças.

— Adorável — murmurou Grayson ao entrarmos no shopping.

Zoe franziu o nariz. Havia um cheiro no ar que me remeteu a porões escuros e úmidos. À direita ficava a entrada para um dos escritórios da torre e, à esquerda, o hotel. Seguimos adiante, escutando o barulho de cacos de vidro se estilhaçando ainda mais sob nossos pés. A área central parecia bem iluminada. Ergui os olhos e vi que o luar penetrava por uma gigantesca claraboia. Pedaços de vidro do tamanho de um carro compacto estavam faltando, deixando tudo o que havia dentro à mercê dos elementos nos últimos quatro anos, o que explicava o cheiro pungente e enjoativo de mofo.

As fachadas das lojas estavam irreconhecíveis. Letreiros quebrados no chão. Feixes prateados de luar se refletiam nos pedaços de vidro restantes das vitrines de algumas lojas, iluminando uma fina camada do que me pareceu mofo, o qual subia pelas paredes entre elas em direção ao segundo andar.

— As crianças vivem aqui? — perguntou Emery em voz baixa. — Porque se vivem, é o oposto do que a gente chamaria de um lugar arejado e saudável.

— Acho que não — respondi, embora na verdade não tivesse a mínima ideia.

— Deus do céu, espero que você esteja certa. — Zoe ergueu um pé e olhou para o chão. — Acho que tem alguma coisa crescendo no piso.

Estremecendo, verifiquei toda a área iluminada pelo luar. A escuridão espreitava em ambos os lados e mais à frente.

— A luz veio do meio. — Daemon apertou os olhos. — Eles devem estar por aqui.

O instinto me dizia que sim. Eles estavam escondidos, provavelmente no vazio absoluto diante de nós, esperando para ver o que a gente ia fazer. Tentando desesperadamente não pensar em todos os filmes de terror que eu já tinha visto, avancei um passo.

Evie, a voz do Luc soou como um sussurro áspero em minha mente.

— Não se preocupe. Não vou me afastar. — Olhei para o nada à frente. — Só... fiquem parados um pouquinho.

Pude sentir a relutância do Luc como ondas reverberando em minha mente, mas ninguém se moveu.

— Nate? Jamal? — chamei. — Nia? Viemos ajudar, como eu prometi. — Fiz uma pausa, sentindo que o Luc tinha se aproximado. — O cara quase *colado* nas minhas costas é o meu namorado.

— Uau! — exclamou Luc. — É a primeira vez que você me chama assim. Não sei que dia é hoje, mas será o nosso aniversário de namoro daqui pra frente.

Lancei-lhe um olhar irritado por cima do ombro. O luar iluminava parte de seu rosto. Luc riu.

— Ele é um pouco diferente. — Voltei-me de novo para a escuridão. — Os outros são meus amigos. Eles estão aqui para ajudar também.

Silêncio.

— Talvez eles tenham ido embora — comentou Grayson. Ele parecia bastante aliviado com a possibilidade.

De repente, escutei um suave som de passos. Meu peito se encheu de esperança.

— Nate?

Após outro longo momento de silêncio, ouvi uma série de *sussurros*. Sentindo que o Grayson estava prestes a falar de novo, ergui a mão para calá-lo.

Está escutando?, perguntei para o Luc.

Escutei alguma coisa.

Acho que eles estão sussurrando.

Você desenvolveu uma audição supersônica? Isso é tão sexy!

Abri um ligeiro sorriso, mesmo não achando que minha audição tinha melhorado tanto assim. *Nunca soube que audição pudesse ser sexy.*

Tudo a seu respeito é sexy.

Escutar aquilo me fez sorrir com vontade, o que talvez tenha ajudado, porque após outro longo momento de silêncio, Nate disse:

— Estamos aqui. Vamos sair.

Olhei de relance para os outros e, em seguida, para o Luc, deixando-o ver meu assustador e insano sorriso de orelha a orelha.

Pesseguinho, disse ele novamente. *Para de ser tão adorável.*

Eu te amo, falei e, então, me virei de novo. A escuridão pareceu se mexer, tornando-se mais sólida quando as crianças começaram a avançar. Fui recuando a cada passo que elas davam para não intimidá-las. Acabei parando ao lado do Luc. O Original roçou os dedos nos meus e, em seguida, pegou minha mão.

Eu a apertei. Ele retribuiu o gesto.

Foi o Nate quem apareceu primeiro. Uma onda de fúria se espalhou por mim de novo ao ver o rosto dele. O hematoma parecia ainda pior sob a luz do luar, como se todo o entorno do olho estivesse preto. Ele segurava a mão da menor criança, uma que eu ainda não tinha visto. Jamal estava de mãos dadas com outras duas crianças, assim como a Nia. Os mais velhos se mantiveram um pouco mais afastados, os olhos dardejando de um lado para o outro de maneira frenética. Eles pareciam *cansados*.

— Jesus! — murmurou Zoe, a voz embargada.

Nia se virou para ela e puxou as duas crianças mais para perto de si.

— Está tudo bem — falei. — Ela é minha amiga.

Zoe assentiu com um rápido menear de cabeça.

— Meu nome é Zoe — disse ela, pigarreando. — E... tá vendo essa garota aqui com o cabelo superestranho?

Nia olhou para a Emery enquanto uma das crianças menores soltava uma risadinha. Ela fez que sim.

— Meu cabelo não tá mais tão estranho — retrucou Emery.

— Tá sim. — Zoe olhou para as crianças com os olhos arregalados e balançou a cabeça de modo enfático. — Mas ela vai me ajudar a levar vocês para arrumar comida.

— Você não vai com a gente? — Jamal me perguntou, se virando para o Nate.

— Estarei logo atrás. Prometo.

— Aqui tem 19 crianças — disse Daemon em voz baixa. — Não está faltando nenhuma?

Corri os olhos pelo grupo novamente, mas era difícil dizer. Muitas estavam com o rosto coberto de sujeira.

— Estão todos aqui? — perguntei.

— Não conseguimos encontrar a Tabby — respondeu Nia, tremendo de frio sob a camiseta fina.

— Eu sei onde ela está — disse Nate, conduzindo o garotinho ao seu lado até a Zoe. O menino olhou para ela com os olhos arregalados. — Ele gosta que segurem a mão dele. Tudo bem?

— Claro — murmurou minha amiga, estendendo a mão sem hesitar.

O garoto olhou para a mão estendida como se fosse uma cobra prestes a dar o bote.

— Vai lá, Bit. Pega a mão dela — encorajou Nate.

— Bit? — perguntou Emery.

— Ele... ahn... ele não sabe o próprio nome. — Nate deu de ombros como se não fosse nada de mais. — Então demos esse pra ele.

— E ele gosta — acrescentou Nia.

Sentindo a garganta fechar, olhei para a Emery, que sorriu e disse:

— Eu também gosto.

De maneira hesitante, Bit estendeu a mãozinha e a colocou sobre a da Zoe, ainda olhando para ela.

— Você é uma alienígena?

— Não. — Zoe sorriu. Eu conhecia os sorrisos dela. Minha amiga estava se esforçando para controlar o sorriso. — Sou algo muito mais legal.

Daemon bufou.

— Eu sou um alienígena. Ela não é tão legal quanto eu.

A declaração garantiu-lhe alguns olhares desconfiados. Daemon, porém, sabia ser charmoso. Seu sorriso fácil, que deixava à mostra uma insinuação de covinhas, pareceu funcionar muito bem com as crianças. Metade delas perdeu a expressão de desconfiança, que foi substituída por curiosidade.

Cara, falei para o Luc. *Ele é bom.*

É, é mesmo.

— Vão com eles — instigou Nate, lançando-me um olhar apreensivo. — Preciso ir buscar a Tabby.

Não foi necessário muito para que o Nate convencesse as outras crianças, principalmente as mais velhas. Enquanto isso, um incômodo brotou no fundo do meu estômago. Nate era uma espécie de líder delas. Não esperava que ele se mostrasse disposto a deixá-las sozinhas com a gente.

Tem algo errado, falei para o Luc. *Ele quer tirar as crianças daqui. Você consegue captar alguma coisa?*

Não parei um segundo de prestar atenção, respondeu o Original. *Ele está assustado. Fica repetindo sem parar "eu consigo", e não para de pensar na Tabby.*

O incômodo ficou ainda maior. *Só isso?*

Ele está com muito medo. O que bloqueia seus pensamentos. Luc ficou em silêncio por um instante. *Posso tentar ir mais fundo. Não sei se você sabe, mas eu posso forçar e passar pelo medo. Só que ele vai sentir. Se eu fizer isso e ele se assustar ainda mais...*

Não sabia que ele podia fazer isso, e me perguntei se era algo que ele não fazia com frequência, porque eu nunca tinha sentido nada desse tipo.

Captar pensamentos superficiais não é difícil, disse o Original, provando que era o que tinha acabado de fazer. *Mas se alguém está com medo, com as emoções afloradas ou com escudos levantados, aí é preciso forçar para passar por essas barreiras.*

Então não arrisca. Se ele sentir e ficar mais assustado ainda, as outras crianças vão se assustar também. Corri os olhos pela escuridão mais uma vez. *Só temos que nos preparar para o que der e vier.*

Estamos preparados, respondeu ele.

Com a ajuda do Jamal e da Nia, a Zoe e a Emery tinham finalmente reunido todas as crianças. Nate precisou assegurar a elas novamente que iria logo atrás, assim como eu, pois era o único rosto que elas já tinham visto antes. Feito isso, as duas começaram a conduzi-las pelo caminho por onde tínhamos vindo.

— Eles vão ficar bem com elas? — perguntou Nate assim que as crianças se distanciaram o suficiente para que não pudessem ouvi-lo.

Eu me virei para ele.

— O que tá rolando, Nate?

— Como assim? — retrucou ele.

Enquanto o Daemon e o Luc trocavam olhares, dei um passo à frente, mantendo a voz baixa:

— Você sempre me deu a impressão de que não deixaria as crianças saírem da sua vista, e agora deixou elas irem embora como se não fosse nada de mais?

Seu olho bom se voltou para o Luc e, em seguida, para os outros.

— Eu só preciso pegar a Tabby. Ela...

— Merda! — murmurou Luc. Senti uma descarga cruzar o ar um segundo antes de as veias sob os olhos do Original se acenderem com uma luz branca.

Nate recuou um passo, tropeçando e quase caindo.

— Você disse que ele não era um Luxen.

— E não é — confirmei.

— Sou algo muito, muito diferente. — Luc deu um passo na direção do garoto. — Assim sendo, acho melhor você pensar direito antes de fazer o que pretende fazer.

— O que tá acontecendo? — perguntou Daemon.

— Ele está prestes a nos conduzir para uma armadilha — respondeu o Original. Meu coração pulou uma batida. — Não é verdade?

— Nate — murmurei, dolorosamente decepcionada.

— Eu... — Nate parecia envergonhado. — Sinto muito, Evie. Sinto mesmo. Não tive escolha. Ele pegou a Tabby. Pegou a minha irmãzinha.

40

rmā?! — exclamei. Eu não sabia que ele tinha uma irmã. — Você nunca me disse nada. — Dei um passo na direção dele...

Nate se encolheu como se eu tivesse levantado a mão.

— Me desculpa. De verdade. Você tem sido tão legal, mas a Tabby... ela é a única família que eu tenho. Você conheceu ela. A que adora...

— Creme de milho — completei, lembrando-me da primeira vez que o pegara roubando comida da nossa despensa. — A garotinha que pegou a lata é a sua irmã.

— É. Eu achava que ele não sabia que ela era minha irmã. Ela deve ter deixado escapar. Me desculpa, mas ele pegou minha irmã, e vai machucar ela. — Nate caiu de joelhos e entrelaçou as mãos. — Sinto muito. Eu devia ter contado tudo quando vi vocês, mas estava com medo. Não queria fazer isso, mas ele vai machucar ela. Sei que vai.

Nate se virou para o Luc ao vê-lo se mover. O Original se ajoelhou de modo que ambos pudessem olhar nos olhos um do outro.

— Eu posso ler a sua mente, portanto é melhor continuar sendo honesto. Vou saber se você estiver mentindo.

O garoto o fitou de boca aberta. Era óbvio que ele jamais imaginara que algo assim fosse possível. Senti uma fisgada de raiva, tanto do Nate quanto do Morton, mas fechei a mão no braço do menino e o puxei para ficar de pé.

— Conta tudo pra gente.

Seu lábio inferior começou a tremer.

— Você vai me odiar.

— Acho melhor se preocupar com a possibilidade de a gente perder a paciência — avisou Daemon.

— É melhor falar logo — concordou Luc. Grayson se postou como quem não quer nada atrás do Nate.

— Está tudo bem — falei para ele, mesmo que não estivesse. — Só conta tudo pra gente. E não minta.

O garoto pareceu se recobrar.

— Ele deixou todos nós com medo dos Luxen… dos que vivem aqui. Não foi difícil. A maioria lembrava como foi a invasão. A gente viu muita coisa bizarra. Eu sabia que tinha algo errado quando ele me pediu…

Eu escutei ao mesmo tempo que o Luc, um piscar de olhos depois. Um som de passos ecoando em meio à escuridão. Múltiplos passos. O Grayson girou nos calcanhares e o Daemon enrijeceu.

Puxei o Nate para trás de mim quando vi a escuridão parecer se expandir.

— São os soldados — falou o menino. — Eu vi mais cedo. Os outros não, mas o Morton me obrigou a ver.

— Jesus! — exclamou Daemon. — Como eles conseguiram entrar?

— Pelos túneis — murmurou Nate, os dedos fechados nas costas da minha camiseta. — O Morton obrigou a gente a cavar os túneis pelo lado de dentro. Passamos três anos fazendo isso.

Se era algo que eles vinham fazendo havia anos, então só uma coisa podia estar por trás disso.

O Daedalus?, falei para o Luc.

Infelizmente.

Não fazia sentido. Se o Daedalus vinha trabalhando às escondidas para entrar na cidade por três anos, então eles tinham que saber o que rolava aqui.

— E as outras crianças? Elas fazem parte da armadilha? — perguntou Daemon.

— Não. Juro que não. Elas cavaram os túneis, mas não sabiam por quê. Nem eu sabia. Só descobri alguns dias atrás.

— Ele está dizendo a verdade — confirmou Luc, o que me fez sentir um pouco melhor. Pelo menos não estávamos mandando um bando de raposas para o galinheiro.

— Sinto muito, Evie — repetiu Nate mais uma vez. — Me desculpa. Eu não…

— Você pode se desculpar depois — interrompi ao escutar os passos pararem subitamente. Olhei com atenção para a negritude à frente. — Agora preciso de silêncio.

Pequenos pontos de luz surgiram em meio à escuridão.

— Preparem-se — avisou Luc. — Eles estão aqui.

Daemon e Grayson assumiram a forma verdadeira, duas potentes lâmpadas gêmeas.

E, então, eles apareceram.

Dúzias e mais dúzias de oficiais da FTA saíram do meio do breu. Fileiras de soldados vestidos de branco, os rostos ocultados por capacetes. Todos carregavam rifles, do tipo modificado para disparar uma corrente elétrica perigosa e muitas vezes letal.

E todas as armas estavam apontadas para nós.

Eu cuido dos rifles, disse Luc. *Você fica com os soldados.*

Combinado, respondi, deixando o instinto vir à tona. Todo o treinamento havia apagado o medo de perder o controle, mas isso era diferente. Eu não teria que mover objetos ou pessoas, e não podia entrar em pânico. Invoquei a Fonte. O poder no centro do meu peito começou a se expandir como se estivesse acordando e inundou meu sistema.

— No chão em suas formas humanas — gritou um dos oficiais. — Ou iremos atirar.

Luc suspirou. Minha pele começou a formigar.

— Que chato. — Ele ergueu as mãos. — Esperava mais.

Os oficiais tentaram apertar os gatilhos, mas não foram rápidos o bastante. As armas foram arrancadas de suas mãos e suspensas em direção ao teto. Escutei um ranger de metal e, em seguida, os canos derreteram e encurvaram. Faíscas de eletricidade acenderam os tambores e extravasaram pela culatra em pequenas e inofensivas explosões. Gostaria de poder ver a cara dos oficiais.

Abri os braços e invoquei a Fonte. Tentáculos de luz branca entremeados de sombras espiralaram pelos meus braços. Imaginei os soldados voando ao encontro dos rifles.

Gritos eclodiram quando a primeira fileira de oficiais foi suspensa do chão. Não me permiti pensar se isso iria machucá-los ou coisa pior. Não podia. Não sabendo de onde eles tinham saído, ou melhor, quem os enviara.

Eles foram subindo mais e mais até atingirem a claraboia. Alguns passaram pelos buracos nela. Outros colidiram contra os painéis de vidro, seus gritos de surpresa se transformando em berros de pavor.

— Puta merda — murmurou Nate, ainda atrás de mim.

Restava cerca de uma dúzia de oficiais.

Daemon lançou um raio da Fonte, que acertou um dos oficiais e o arremessou como um pião contra a parede. Grayson lançou outro. O oficial alvejado caiu de cara no chão, o corpo fumegando.

Luc lançou outros três contra a parede. Seus corpos colidiram com um baque surdo seguido pelo som enjoativo de ossos se partindo.

A essa altura, os que ainda estavam de pé, já menos de uma dúzia, sabiam que não tinham a mínima chance. Eles se viraram para fugir. Ah não, na-na--ni-na-não. Voltei os olhos para o guarda-corpo do segundo andar, feito de cimento e vidro, diretamente acima dos oficiais. Enquanto isso, o Daemon e o Grayson derrubaram outros dois e o Luc arremessou um terceiro através de uma das vitrines das lojas.

Confiante de que eu não ia fazer nada que me obrigasse a religar ou o que quer que fosse, invoquei a Fonte novamente. Uma explosão de poder mais pesada e densa espalhou-se por mim enquanto eu olhava para o guarda--corpo do segundo andar. O cimento rachou bem no meio, lançando uma fina camada de poeira no ar. Estendendo as mãos, controlei a queda do gigantesco pedaço de cimento e vidro, que despencou sobre os oficiais restantes que tentavam fugir. Eles não conseguiram ir longe.

Baixei as mãos e, com o coração martelando, olhei para o Nate.

— Tem mais?

Tremendo, ele assentiu.

— Acho que não é uma boa hora para dizer "eu avisei" — observou Grayson.

É.

Não era.

Luc ergueu a mão. Centelhas espocaram das pontas de seus dedos. O ar se acendeu, tal como eu o vira fazer em seu apartamento acima da boate. Pontos dourados e brilhantes de luz se espalharam por todo o entorno, iluminando os corredores escuros em ambos os lados, desfazendo o nada gerado pela escuridão.

Os corredores estavam desertos.

— Onde eles estão? — perguntou Daemon, já de volta à forma humana.

— Cadê o Morton? Seja específico, garoto. Sei que tem mais de 300 lojas nesse prédio.

Nate manteve os braços fechados junto do peito.

— Ele queria que eu te levasse até ele. — O garoto olhou para mim. — Ele disse que estaria no parque.

— Parque? — repeti.

Nate assentiu.

— O que fica ao lado da torre.

— A gente veio de lá. Não vimos ninguém — disse Daemon.

— Não sei. Juro. Foi onde ele disse que ia estar — repetiu Nate. — Ele tá lá. Tem que estar. Vocês precisam me ajudar a resgatar a Tabby.

— Nós vamos — prometi.

Grayson me fitou com um olhar que dizia que eu não devia ter prometido nada.

— Quantos oficiais ainda restam? — perguntou Luc, as pupilas brilhando feito diamantes.

Nate balançou a cabeça.

— Mais ou menos a mesma quantidade que apareceu aqui no shopping.

— E o que ele pretendia fazer depois que você levasse a Evie até ele? — perguntou Grayson, retornando à forma humana. — Ia te entregar a Tabby?

— Foi o que ele prometeu.

Grayson soltou uma risada.

— Que foi? Tá rindo por quê? — gritou Nate numa voz esganiçada. Ao ver o Grayson desviar os olhos, ele estremeceu. — O Morton prometeu. Eu fiz tudo que ele pediu. Por anos, ficamos longe de vocês, mas aí ele me disse que eu precisava roubar suprimentos. Foi quando comecei a entrar na comunidade. Ele me disse que eu não podia deixar ninguém me ver até encontrar você.

Mesmo já sabendo quem estava por trás disso, senti meu estômago ir parar no chão. O Daedalus estava aqui. Já estava *havia* um tempo, e só Deus sabia o que iria acontecer agora — o que talvez já estivesse acontecendo na comunidade. E eles tinham vindo por minha causa.

Depois de tudo o que eu havia feito, acabara colocando a comunidade em perigo.

— Ele me disse como você era, e me falou que eu tinha que te convencer a vir comigo até a cidade, mas não de cara. Para não levantar suspeitas.

— Por que ele queria que ela viesse com você até a cidade? — perguntou Daemon.

— Ele precisava confirmar que ela era ela mesmo. — Nate começou a dar pequenos passos de um lado para o outro.

— É por isso que o Morton estava lá naquela noite. — Estiquei os dedos ao sentir a descarga enraivecida de energia que atravessou meu corpo. — Ele precisava ver quem eu era com os próprios olhos.

O garoto correu uma das mãos pelo cabelo e puxou.

— Ele nunca me disse o motivo. Nunca. Esse tempo todo, a gente achava que estava liberando o túnel para poder fugir. Ele mentiu.

— E mesmo assim você ainda acredita que ele vai devolver sua irmã? — perguntou Grayson.

O menino assumiu uma expressão horrorizada.

— No que mais eu ia acreditar?

Deus do céu, eu entendia perfeitamente a posição em que ele se encontrava. O garoto precisava acreditar, caso contrário, restaria apenas uma dura realidade.

— Só conseguimos terminar de liberar o túnel há alguns dias. Aí ele me disse que estava na hora de te trazer. — Ele deu outro puxão no cabelo. — Eu não sabia o motivo, nem por que ele agiu da maneira que agiu quando te viu. Ele queria te ver, mas te disse para ir embora.

Porque ele tinha conseguido o que queria.

— Hoje de manhã ele me levou até o túnel e me mostrou os homens de branco. Os soldados. Aí disse que estava na hora de eu ir te buscar — continuou Nate. — Mas eu me recusei. Eu gosto de você. Você arrumou comida e outras coisas pra gente, e foi legal. Eu já tinha falado com o Jamal e a Nia. Estávamos planejando ir até vocês. Juro.

— Mas? — murmurou Luc. Aproximei-me dele. Sabia que seu tom suave significava que ele estava prestes a perder a cabeça.

— Mas ele me bateu. Me chutou. Não me importei. Não era a primeira vez. Só que aí ele disse que tinha pegado a Tabby. — Lágrimas escorriam pelo rosto do menino, inclusive pelo lado do olho roxo e inchado. — Não tive escolha.

Não mesmo?

Ele está dizendo a verdade, confirmou Luc, a voz penetrando minha mente. *Ele tem uma irmã. O tal Morton pegou ela, ou pelo menos fez com que ele acreditasse que sim.*

Parte de mim entendia as ações do Nate. Assim como entendia por que o Daemon, a Kat, a Dee e todos os outros queriam matar o Blake, mesmo reconhecendo que ele tinha sido colocado numa situação horrível.

Mas todos tínhamos escolhas.

Simplesmente não sabíamos qual seria essa escolha até sermos obrigados a fazê-la.

— Gostaria que você tivesse sido sincero antes. A gente teria ajudado mesmo assim — falei. — Você não faz ideia de com o que está lidando.

Nate fechou os olhos.

— Daemon — disse Luc. — Volta pra comunidade. Avisa os outros que o Daedalus está aqui. Certifique-se de que estejam prontos.

Daemon deu um passo e, então, hesitou. Hesitou mesmo, o que dizia muito, porque a mulher e o filho estavam lá. Também dizia muito o fato de o Luc ter pedido a ele, e não ao Grayson. O Original devia saber que o Daemon gostaria de estar lá para o caso de algo já estar acontecendo.

— Vocês conseguem lidar com isso sozinhos? — perguntou Daemon.

— Claro. — Luc olhou para o Grayson e, em seguida, para mim. — Temos tudo sob controle.

Meneei a cabeça em concordância.

— Verdade.

Daemon olhou uma última vez para o Luc e, então, partiu em disparada de volta para a comunidade, para a mulher e o filho. Rezei para que as coisas estivessem como havíamos deixado.

— Vamos lá. Vamos buscar a sua irmã — disse o Original. — Quero conhecer esse tal de Morton. Estou *matando* de vontade.

— Por aquele corredor vai ser mais rápido. — Nate apontou para o corredor à nossa frente.

— Tem razão — confirmou o Original. — Era o que o Daemon estava pensando antes de ir embora.

Grayson estalou os dedos diante da cara do menino.

— Você. Quero que fique do meu lado. Não se afaste um instante.

Petrificado, o garoto me fitou.

— Vai com ele. — Assenti. — Ele não vai te machucar.

Grayson ergueu uma sobrancelha.

O menino não moveu um músculo.

— Você ainda não está do meu lado — murmurou o Luxen. — Não gosto de esperar.

Nate reuniu toda a coragem que ainda tinha dentro de si e foi se postar ao lado do Grayson.

Luc se aproximou ainda mais de mim e fechou a mão no meu braço.

— Nada disso é culpa sua, Evie.

Fitei-o no fundo dos olhos, sentindo uma série de nós se formar no meu estômago.

— Eles estão aqui por minha causa, e se alguma coisa acontecer com o pessoal...

— Mesmo que aconteça, não é sua culpa — repetiu ele. — Vou passar o resto da vida repetindo isso se for necessário, mas agora preciso que você dê o fora daqui.

— O quê?

— Eles estão aqui por sua causa. A última coisa que queremos é te levar direto até eles. — Luc envolveu meu rosto com uma das mãos. — Não preciso dizer que isso seria uma péssima ideia.

— Uma péssima ideia é você não querer a minha ajuda. Vocês todos são fodões, mas não temos a mínima ideia do que vai acontecer. E se tiver um Troiano entre eles? — retruquei, sentindo o coração martelar. Em seguida, acrescentei num tom mais baixo: — E quanto à irmã do Nate?

— A gente pega ela e lida com o que aparecer pela frente, seja Troiano ou não.

Recuei um passo.

— Você não vai lutar as minhas batalhas por mim.

— Evie...

— Não — repeti. — Não preciso da sua proteção. Não preciso que você se coloque na minha frente. Preciso que fique ao meu lado.

Luc arregalou os olhos e, após alguns instantes, se aproximou de novo e envolveu meu rosto, dessa vez com ambas as mãos.

— Se alguma coisa acontecer com você...

— Você vai se sentir da mesma forma que eu me sentiria se algo acontecesse com você — completei. — Vai ficar destroçado. Eu ficaria destroçada. Juntos, iremos nos certificar de que isso não aconteça.

— Juntos — repetiu ele, fechando os olhos. — Odeio isso. Cada fibra do meu ser odeia a ideia de te ver perto daquelas pessoas. Odeio saber que você já esteve perto e que algo pior podia ter acontecido. Odeio tudo isso, Evie.

— Eu sei. — Fechei as mãos nos pulsos dele. — Eu também.

— Não hesite, Pesseguinho. Você vai ter que matar e, se as coisas fugirem do controle, se houver um ou mais Troianos lá, acabe com eles — declarou ele. — Use tudo o que você tem. Eu cuido do resto... e, depois, cuido de você.

— Eu sei — repeti.

O Original se inclinou e me beijou. Foi um beijo rápido, mas tão poderoso quanto todos os outros. Ele, então, se afastou. Juntos, voltamos para perto do Grayson e do Nate. Um rápido olhar para o Luxen me disse que ele concordava com o Luc. Que não me queria ali. Eu entendia, de verdade. Mas o Daedalus estava ali por minha causa.

E era a mim que eles teriam.

Atravessamos o corredor, passando por cima dos corpos espalhados pelo chão.

— Limpar tudo isso vai ser uma merda — murmurou Grayson. — Não vou participar da limpeza.

Fuzilei-o com os olhos, mas continuei calada até chegarmos a uma escura loja de departamento. Luc apagou a luz, não querendo que nem o Morton nem os outros percebessem nossa aproximação. Adentrei a escuridão sem hesitar. Não é que eu não estivesse com medo. Estava. Meu coração martelava com força, o medo alimentava a Fonte e tornava meus sentidos mais aguçados. Seria tolo e arriscado não sentir medo. Eu já tinha derrubado uma Troiana, mas a Sarah não havia sido treinada como eu, como os outros. Eu podia falhar. Muita coisa podia acontecer. Mas não podia ficar pensando nisso enquanto contornávamos araras e manequins caídos. Essa luta era minha, e se eu não pudesse me garantir, não teria a menor chance lá fora.

Alcançamos as portas e, após avisar o Nate para permanecer quieto, saímos ao encontro do ar fresco, que não ajudou em nada a dissipar o pungente cheiro de mofo. Luc apontou para a direita. Descemos a rua, nos mantendo próximos à torre, fora do alcance da luz da lua. De repente, vi o grupo de árvores pelas quais havíamos passado, e a clareira escondida por elas. Havia uma abertura...

Todos os meus pelos se eriçaram. Minha visão pareceu fechar e abrir novamente ao mesmo tempo que o instinto era despertado.

Reagi rápido — mais rápido do que o Luc poderia esperar, disparando na frente deles. Foi quase como quando eu encontrara a Sarah. A Fonte assumiu o controle. Só que dessa vez eu continuava ali, atrás do volante; a Fonte apenas guiava meus movimentos. Com os ouvidos aguçados, captei uma série de cliques.

Estendi a mão, sentindo a palavra *pare* se formar em minha mente. Ela alimentou a Fonte e, em seguida, foi liberada no ar.

Eles pararam a centímetros da gente. Mais de uma dúzia de pequenos objetos cilíndricos contendo uma descarga elétrica azulada em seu centro congelaram em pleno ar.

Nate soltou um arquejo.

Luc deu um passo à frente e pegou uma das balas. Com uma careta, disse:

— É o mesmo tipo de munição que o contato da April usou contra mim.

O que significava que eles não queriam nos matar. Queriam apenas nos ferir, o que era ainda pior.

— Tem razão — observou o Original, captando meus pensamentos e provando que dessa vez havia sido diferente. Ele não conseguira escutar meus pensamentos quando eu tinha ido atrás da Sarah. Seus dedos se fecharam em volta da bala e a Fonte envolveu sua mão. Com um brandir do braço, as balas modificadas explodiram uma após a outra. Um segundo depois, o Original acendeu o ar, lançando a Fonte em todas as direções e permitindo que eu enxergasse os oficiais restantes. Eram tantos quanto os que haviam nos emboscado dentro do shopping, se não mais.

Reagindo por impulso, passei em disparada pela abertura, com o Luc e o Grayson logo atrás. Parei de supetão, os olhos fixos nas armas abaixadas, sentindo novamente o desejo deles de atirar.

— Quando é que vocês vão aprender? — perguntou Luc, fechando os dedos como se os estivesse chamando. Os rifles foram suspensos no ar e arremessados contra a torre e as árvores às nossas costas.

Esses oficiais, porém, não tentaram fugir como os outros. Eles partiram para cima da gente, puxando algo pequeno e preto de dentro do coldre.

— Armas de choque — avisou Luc.

— Vai ser divertido. — Grayson empurrou o Nate para trás e assumiu sua forma verdadeira.

— Afastem-se — ordenei, rezando para que todos escutassem.

Agachei e bati as mãos no chão. A terra tremeu e acordou com um forte e profundo ressonar. Pequenos gêiseres expeliram jatos de terra no ar. O solo, então, pareceu se expandir sob minhas mãos, rachando-se em todas as direções, formando túneis convolutos de relva e terra.

Com um grito, o homem que estava mais próximo foi arremessado para trás, o braço estendido para o alto. Em pânico, ele apertou o botão, e o Taser liberou uma descarga de eletricidade, mas sem acertar ninguém. O sujeito caiu no fundo de um dos buracos abertos, juntamente com vários outros. Eu, então, soterrei todos sob a terra grossa e amarelada.

Não achava que eles fossem conseguir escapar dali.

Nunca mais.

Levantei de novo e vi o Luc pegar um dos oficiais pelo braço. Seguiu-se um ruído de osso se partindo e a arma caiu no chão. O Original espalmou a mão no peito do homem, que foi imediatamente envolvido pela Fonte. Seu grito foi interrompido de forma abrupta, ao mesmo tempo que a Fonte cruzava a área e acertava outro oficial. A mulher soltou um berro de dor, rapidamente abafado quando o Grayson acertou mais outro.

Continuei avançando, o vento ao meu redor ganhando intensidade enquanto eu corria os olhos pelas árvores. Perfeito. Elas dariam ótimas armas. Deixando a Fonte me guiar, abri os braços e fechei os dedos. Com um estrondo semelhante a um trovão, os galhos se partiram e foram arrancados dos troncos.

Grayson e Luc sabiam o que estava por vir. Os dois se jogaram no chão, o Luxen levando o Nate consigo. Mas nem todos os oficiais foram rápidos o bastante.

Os galhos — agora farpados, como flechas com várias pontas — cruzaram a clareira feito raios e acertaram os homens, atravessando escudos, capacetes e armaduras.

Baixei as mãos. Um cheiro pungente de ferro impregnou o ar.

Menos seis.

Ainda faltavam outros tantos.

Corri os olhos em volta e vi o Morton com a criança. Um dos oficiais restantes partiu para cima de mim. Recorrendo à Fonte, lancei-o de volta como se a própria mão de Deus o tivesse agarrado e o enviado ao encontro de seu infeliz destino com algum tipo de parede de cimento erguida no meio do parque.

Onde estava...?

Girei nos calcanhares e me vi cara a cara com outro oficial que segurava um Taser a poucos centímetros de mim. Não tinha ideia do que a arma faria comigo, se é que faria alguma coisa. Tampouco desejava descobrir. O oficial investiu a arma contra mim. O espocar de luz indicava...

Eu me movi.

Ou melhor, achei que tinha me movido, porque o sujeito tropeçou ao mesmo tempo que o Taser era disparado inofensivamente contra o nada, contra...

Fumaça e sombras.

Puta merda!

Eu tinha feito aquele lance dos Arum — a mesma coisa que a April fizera. Era como se eu estivesse ali, e ao mesmo tempo não. O oficial se virou, e eu abri o braço. Meu braço estava ali, pelo menos seu contorno escuro e borrado — e atravessou direto o peito do homem. Ele gritou e despencou, dobrado como uma sacola de papel. Observei meu braço voltar a se solidificar, minhas pernas voltarem a ser mais do que apenas uma silhueta escura.

Erguendo a cabeça, vi o Luc parado diante de mim. Ele me encarava com os olhos arregalados.

— Você viu isso? — perguntei.

Ele assentiu.

— Você parecia uma verdadeira Arum.

— Não sabia que...

O Original me agarrou pelo braço e me empurrou de lado, estendendo a outra mão. Um raio da Fonte emergiu de sua palma e acertou o peito do homem que se aproximara sorrateiramente pelas minhas costas.

— Obrigada — falei, girando nos calcanhares para ver o Grayson derrubar mais outro oficial. Teria que deixar o entusiasmo pelo que eu acabara de fazer para mais tarde.

O Original e o Luxen deram um rápido jeito nos oficiais restantes. Em questão de minutos, a clareira estava apinhada de corpos, e um cheiro de sangue e carne queimada impregnava o ar. Senti então a aproximação de outro Luxen. Voltei os olhos para o súbito brilho ofuscante que atravessava as árvores. O Luxen reassumiu a forma humana.

— Daemon. — A surpresa deu lugar ao medo. — Está tudo...

— Está tudo ótimo. Eles já foram avisados. Voltei para ajudar. — Ele se aproximou. — Mas pelo visto vocês não precisam da minha ajuda.

— Eu te falei que a gente dava conta — retrucou Luc, abaixando e pegando o capacete de um dos oficiais. — Jesus, esse cara não pode ser mais velho do que a gente.

Eu não queria sentir a fisgada de tristeza por uma vida perdida muito antes de entrar naquela clareira, nem pensar no que levara alguém a querer trabalhar para uma organização como o Daedalus.

Eles acreditam que estão do lado certo da história, disse Luc, se levantando. *É sempre assim.*

— Por favor, me diz que o Morton é um desses aí — disse Daemon.

— Desculpa — respondeu Grayson. — Ele ainda não apareceu.

— Os outros estão bem? — perguntou Nate, sentado sobre os joelhos, abraçando o próprio corpo.

Daemon lançou-lhe um rápido olhar.

— Estão, sim. Estão sendo recebidos nesse exato momento com cobertores e sopinha quente.

O garoto fechou os olhos e deixou os ombros penderem. Estava aliviada em saber que as crianças tinham chegado bem e que até o momento nada havia acontecido com a comunidade, mas...

Escutamos um som de galhos se partindo sob um par de botas e nos viramos para a parede de cimento. Morton surgiu por detrás dela, uma das mãos fechada sobre o ombro da Tabby. Ela carregava seu inseparável cobertor, o qual pendia de seu braço como uma bandeira flácida, e parecia apavorada demais para chorar ou emitir qualquer som.

Com um sorrisinho diabólico e sedento de sangue, dei um passo à frente. Ele não ia machucar aquela menina. Nem o Luc, o Grayson ou o Nate. Tampouco ia me machucar.

— Eu pararia aí se fosse você — alertou Morton, erguendo a mão livre. Ele segurava um objeto pequeno. — Se tentar avançar mais, vou apertar esse botão sob meu dedo. Você é rápida, mas aposto que consigo apertar mais rápido ainda. Você pode até me machucar. Ou me matar. Mas dessa vez *será* ativada.

orton segurava a Onda Cassiopeia entre os dedos.

A Fonte não dava a mínima para esse detalhe.

O desejo de atacar, de acabar com o desgraçado, fez com que todos os músculos do meu corpo se retesassem. Forcei-me a permanecer imóvel, o corpo inteiro tremendo, os olhos fixos na mão dele. Eu podia derrubá-lo. Podia alcançá-lo antes que ele apertasse...

Cuidado, a voz do Luc penetrou minha mente. *Você é rápida, mas ele está com o dedo sobre o botão.*

Inspirei fundo para me acalmar e ergui o queixo.

— Isso. Boa menina! — Morton sorriu. — Você é poderosa. Todos vocês são, mas o que eu tenho aqui é poder de verdade.

Um som que eu sequer sabia que era capaz de emitir escapou de mim. Uma espécie de trinado baixo que eu só tinha escutado uma vez, no dia em que a Sarah se transformara.

— É, você não gostou de ouvir isso — ironizou Morton.

— Solta a garota — ordenou Luc. — O que quer que você ache que vai acontecer aqui, ela não tem nada com isso.

— Por favor — implorou Nate, ainda de joelhos, ao alcance do Grayson. — Você prometeu que se eu trouxesse...

— Você não fez exatamente o que eu pedi, Nate. O que não me surpreende. Seguir ordens nunca foi seu forte. — Morton não tirou os olhos de mim. — Mas ele tem razão. O que eu sei que vai acontecer não tem nada a ver com ela.

Ele soltou o ombro da menina. A garotinha não se moveu, os olhos traindo toda a exaustão e o medo. Ela provavelmente achava que era algum tipo de truque.

— Tabby — chamou Nate, a voz trêmula.

Ela partiu correndo ao encontro do irmão, impulsionando o corpo com seus bracinhos e perninhas finos, sem olhar uma vez sequer para os corpos espalhados pelo chão. Nate a acolheu em seus braços e se levantou junto com ela. Sem esperar mais um segundo, o garoto girou nos calcanhares e partiu com a irmãzinha. Tudo o que eu podia esperar era que a gente os encontrasse depois, ou vice-versa.

Virei-me de volta para o Morton, estreitando os olhos.

Se houvesse um depois.

Vai ter, assegurou-me Luc. Em seguida, o Original disse:

— Fico surpreso que você tenha deixado eles irem.

— Não preciso mais deles.

— Tem certeza? — perguntou Luc. — A menos de um minuto atrás, você tinha uma refém. Agora é só você e a gente.

— E isso. — Ele ergueu a mão que segurava a Onda Cassiopeia. Fiquei tensa. — Estávamos esperando você, Evie.

— Jura? — retruquei, me perguntando se conseguiria alcançá-lo rápido o bastante. Eu não era tão boa quanto os outros em arremessar raios da Fonte.

Morton sorriu.

— A gente sabia que mais cedo ou mais tarde você viria até nós.

Grayson mudou o peso de um pé para o outro.

— Então vocês ficaram apenas esperando? Usando crianças para arrumar comida?

— Queríamos nos certificar de que as crianças ficassem longe de vocês até estarmos prontos para que elas fossem vistas. Me digam, as pessoas na comunidade acham realmente que o Daedalus não tinha ideia de quem estava se escondendo lá?

— Se vocês sabiam esse tempo todo que a gente estava lá, por que esperar? — rosnou Daemon. — Por que não vieram logo atrás da gente?

— Por que desperdiçar tempo e recursos humanos? — rebateu Morton. — O que vocês estão fazendo não nos interessa. Vocês não representam ameaça alguma.

Ergui as sobrancelhas, chocada.

— Ameaça alguma? — Daemon riu. — Certo.

Morton soltou uma risadinha presunçosa.

— Sempre soubemos que algumas de suas bases lá fora são apenas fachadas para transferir Luxen sem registro e seus defensores para Houston e Chicago.

Puta merda! Eles sabiam mesmo.

— Vamos lidar com vocês depois. Não se preocupe — acrescentou Morton.

— Ai, que medo! — grunhiu Daemon.

— A gente vai continuar aqui jogando conversa fora? — perguntou Luc. — Ou você está apenas tentando ganhar tempo para que mais oficiais apareçam? Se for esse o caso, espero que eles sejam mais competentes do que as duas últimas levas.

— Não estou esperando ninguém.

Não tinha certeza se acreditava nele.

— Não preciso de mais ajuda. Já vi tudo o que precisava ver — continuou ele. — Assim que te vi arrancar aquele taco da minha mão, soube que você estava pronta.

Inspirei fundo. Ele tinha me ameaçado com o taco para ver o que eu ia fazer, e eu acabara exibindo pelo menos parte dos meus poderes. Como eu podia ter sido tão idiota?

Você não tinha como saber, a voz do Luc invadiu minha mente.

Não fazia a menor diferença.

Morton olhou para mim.

— A Troiana que entrou na Zona 3 foi um teste. Presumo que ela tenha falhado. Uma pena, mas o sargento Dasher vai ficar feliz em saber que a Nadia aprimorou muito bem o uso da Fonte.

Senti o ar preso na garganta. Minha pele zumbia com o esforço para controlar o poder.

— Não diga esse nome — avisou o Original, o ar crepitando à sua volta. — Nunca.

— Que nome devo usar então? Evie? Não é o verdadeiro nome dela. O fato de ela ainda atender por ele é estranho... e interessante.

— Que tal não usar nenhum dos dois? — sugeriu Luc.

Morton soltou uma risada por entre os dentes.

— Você pretende repassar pessoalmente essa informação para o sargento Dasher? — perguntei. — Acha que vamos te deixar sair vivo daqui?

— Você mesma vai mostrar pra ele. Assim que eu apertar esse botão, você vai ser ativada.

Uma mistura de pânico e fúria invadiu meu peito.

— Já tentaram me ativar antes e não funcionou. Mas já que você está aqui faz três anos, acho que não sabia disso.

— Um dos homens me colocou a par de tudo o que aconteceu. Acho que foi um dos que você soterrou — comentou Morton. — Esse é um aparelho novo, melhorado. Você será ativada e, porque eu represento o sargento Dasher, irá responder a mim. Quer saber qual é a primeira coisa que vou te mandar fazer? Matar esses três aí.

Eu não estava conseguindo respirar direito.

— Os dois Luxen vão tentar te deter, mas não vão conseguir. Eles não podem te derrotar. Depois, seu namorado vai tentar também, e ele também irá fracassar — continuou Morton. Minhas veias pareceram congelar. — E lembra quando eu disse que a gente ia lidar com o pessoal da Zona 3 depois? Bom, não vai ser tão depois assim. Eu irei te mandar para lá em seguida, e você vai acabar com todos eles.

Meus joelhos fraquejaram.

— Homens, mulheres... e crianças.

Não.

Não.

Virei-me para o Luc. Ele encarava o Morton, o corpo parecendo vibrar de puro ódio. Eu não podia deixar isso acontecer. De jeito nenhum.

— Tá esperando o quê, então? — perguntou Grayson. — Por que ainda não fez nada? Se eu fosse você, já teria apertado esse maldito botão. Você viu do que ela é capaz. O fato de ainda não ter apertado me diz que você não está tão confiante assim de que a Onda Cassiopeia irá funcionar.

Uma ligeira centelha de esperança espocou em meu âmago, mas...

E se ela funcionasse? O risco era grande demais, porque se funcionasse, não haveria volta. E se o Daedalus sabia o que estávamos fazendo aqui, então eles deviam ter certeza de que o novo aparelho ia funcionar. Caso contrário, eles teriam se exposto para nada. Perderiam a vantagem de um ataque surpresa, e o Morton jamais conseguiria sair vivo daqui.

Lutei para encontrar uma saída. Tinha que haver alguma.

Infelizmente, ninguém jamais tinha arrumado os tranquilizantes de elefante que a Zoe sugerira brincando. Se eu fosse apagada, pelo menos não seria um perigo...

Eu sabia.

Sabia o que poderia funcionar.

— Deixa só eu me despedir do Luc.

— Evie — disse o Original. — Você não...

— Por favor — interrompi, enviando uma mensagem telepaticamente: *Você precisa sugar a Fonte de dentro de mim.* — Só deixa eu me despedir.

Luc não disse nada. Morton riu.

— Acha que eu vou confiar em você?

— O que eu poderia fazer? Se eu te atacar, você vai apertar o botão. Se algum deles te atacar, você vai apertar o botão — argumentei. *Se ele apertar o botão, eu vou estar totalmente drenada. Posso até ser ativada, mas não vou conseguir machucar nenhum de vocês.* — Por favor — implorei, tanto para o Morton quanto para o Luc. — Só quero me despedir.

Pelo canto do olho, vi a troca de olhares entre o Daemon e o Grayson.

— Por favor — murmurei. *Você vai poder acabar com ele, e depois cuidar de mim. Vai poder me manter confinada até descobrir o que fazer comigo ou...*

Não existe outra opção, interrompeu-me o Original. *Eu vou te trazer de volta.*

Mas, se não conseguir, você vai ter que acabar comigo. E não vai ter muito tempo. Eu provavelmente vou dormir, mas quando acordar, estarei totalmente recobrada.

— Você pode se despedir — disse Morton. Quase despenquei de tanto alívio. — Mas um movimento errado e eu aperto o botão.

— Obrigada — falei, virando-me para o Daemon e o Grayson. — Não façam nada. Por favor. Só deixem eu me despedir.

Daemon me fitou como se eu estivesse louca. Grayson, porém, simplesmente assentiu. Sabia que ele tinha sentido que eu e o Luc estávamos tramando alguma coisa, e tinha embarcado na história.

— Pode ir — disse Morton. — Mas seja rápida.

Com passos vacilantes, percorri a pequena distância que me separava do Original. Sentindo meu coração martelar com força, fitei-o no fundo dos olhos. Os dele chispavam, furiosos, enquanto uma descarga de estática crepitava inofensivamente em torno de mim.

Me promete. Parei diante dele e espalmei as mãos em seu peito. *Se eu não voltar, não me deixe virar um monstro de verdade.*

Ele envolveu meu rosto e disse numa voz áspera:

— Evie.

— Nadia — murmurei, absorvendo seus traços e gravando-os a ferro e fogo em minha memória. Esperava que não a perdesse. — É quem eu sou.

Estremecendo, Luc fechou os olhos e reabriu-os em seguida. Suas pupilas estavam tão brancas e brilhantes que pareciam engolir toda a íris.

— *Nadia.*

Assenti com um menear de cabeça.

— Eu te amo.

Ele apoiou a testa na minha e passou um braço em volta da minha cintura. *Me promete*, repeti. *Promete que não vai deixar eu me transformar em algo monstruoso.*

Luc me apertou até nossos corpos se moldarem um ao outro. Inspirei fundo, deixando-me envolver pelo perfume dele e, quando seus lábios tocaram os meus, um soluço escapou de dentro de mim. A mão que envolvia meu rosto deslizou para a garganta. Afastei-me apenas o suficiente para que ele pudesse encaixá-la entre nós. Ele, então, posicionou a palma sobre meu peito. Com as mãos fechadas em seus ombros, eu o beijei, sentindo as lágrimas escorrerem pelo meu rosto. Meu pulso batia tão rápido quanto uma borboleta presa numa redoma de vidro.

Eu te amo, declarou ele, despejando no beijo toda a força desse amor. *Eu te amo com todo o meu ser, Nadia. Vou te trazer de volta.*

Estremeci ao sentir sua palma esquentar contra meu peito. O calor foi seguido por um leve puxão, que foi ficando mais forte e potente. Meu corpo começou a chacoalhar, mas ele me apertou ainda mais, me segurando firme e silenciando o grito agudo que se formou em minha garganta quando a Fonte veio à tona, para em seguida se contrair rapidamente, percorrendo o caminho de volta pelas minhas veias. Uma luz forte envolveu o Original. Escutei um grito, e meu coração apertou.

Me promete, Luc. Eu estava ficando tonta. *Promete que você vai dar um fim nisso.*

Ele aprofundou o beijo. Dentes e línguas colidiram, mas não me importei. Eu queria registrar esse momento, guardá-lo em minha alma e então...

Nunca, prometeu ele. *Eu nunca vou desistir de você.*

Abri os olhos quando me dei conta do que ele acabara de prometer. Não era fazer o que precisaria ser feito se eu não conseguisse voltar a mim.

Se ele não me detivesse, então tudo isso seria em vão. Assim que eu recuperasse meus poderes, o Luc não conseguiria mais me conter. Ele não conseguiria me impedir de me tornar o que ele próprio tinha medo de ser.

Mas agora era tarde.

O Original jogou a cabeça para trás e puxou a mão de volta. Tentáculos de luz branca entremeados de intensas sombras negras prendiam-se a seus dedos. A Fonte pulsava no mesmo ritmo que meu coração. Eu podia senti-la emergindo de mim e penetrando nele em ondas velozes, podia vê-la invadindo sua pele e mergulhando em seus ossos e músculos, seguindo para o centro do Original. Ele arregalou os olhos; feixes de luz branca riscavam o violeta das íris. A massa convoluta e pulsante de poder o engoliu por inteiro. Ele contraiu o braço que envolvia minha cintura e, então, me soltou.

Caí com tudo no chão, fraca e despreparada para a súbita ausência de suporte. Estava chocada pelo Luc ter me soltado, me deixado cair. Ergui a cabeça para olhar para ele, sentindo o que restava da Fonte pulsar de maneira fraca.

Não conseguia sequer vê-lo.

A luz em torno dele era intensa demais, muito mais forte do que na noite em que ele fizera a mesma coisa. O Original tinha sugado mais dessa vez, quase todo o meu poder. A luz branca e preta girou em torno dele por mais alguns instantes e, então, retrocedeu até não restar nada além da silhueta de um homem em tons de prata.

Luc brilhava mais do que qualquer Luxen, do que qualquer estrela. Até onde eu conseguia enxergar, todo o entorno parecia aceso. Ele tinha transformado a noite mais escura na hora mais clara do dia.

Continuei olhando para ele, os olhos lacrimejando. O poder não parava de crescer. O Original brilhava cada vez mais. Lembrei do que o Eaton tinha dito.

Você tinha que saber, Luc, que eles encontrariam um jeito de levá-lo de volta.

Era a única coisa que nunca tínhamos entendido, e que nem o Blake entendera também. Por que eles iriam querer o Luc de volta se tinham a mim, se tinham os outros Troianos?

Você é a Sombra Flamejante e ele é a Estrela Mais Escura, e juntos vocês irão gerar a Noite Mais Brilhante.

A Noite Mais Brilhante.

— Merda — murmurou Grayson, tendo voltado à forma humana, assim como o Daemon. Ele ergueu a mão diante dos olhos para protegê-los. — Espero que isso seja normal.

Lentamente, olhei para o Morton. Ele devia estar em pânico, e eu já devia ter sido ativada. A essa altura, o desgraçado já devia saber que o Luc e eu não estávamos simplesmente nos despedindo. Eu, porém, me sentia igual a antes, e o Morton...

Ele estava parado no mesmo lugar, uma das mãos diante do rosto para bloquear parte da intensidade da luz. Não parecia desesperado. Tampouco estava apertando o botão sem parar. Estava simplesmente parado ali como se já esperasse isso.

A Noite Mais Brilhante.

A ficha finalmente começou a cair, de um jeito tão horrível e definitivo que eu não conseguia aceitar. Não conseguia acreditar. Não podia. Com a pulsação a mil, olhei de novo para o Luc e tentei enviar meus pensamentos para ele.

Nada.

Simplesmente nada, e então...

Uma explosão de gelo, fogo e poder, um poder puro e imensurável — do tipo que poderia dizimar cidades, destruir civilizações inteiras e apagar completamente a história. Recolhi meus pensamentos imediatamente, sentindo a Fonte pulsar no fundo do meu âmago. Ela lutava para se liberar, despertada por uma ameaça muito real e perigosa, mas era apenas uma fagulha comparada ao inferno que emanava do Luc.

De repente, lembrei-me do sonho que tivera durante os dias em que passara dormindo. Luc e eu de frente um para o outro, com uma cidade completamente destruída ao fundo. Devagar, coloquei-me de pé e olhei mais uma vez para o Morton.

Ele baixou a mão e, me fitando, assentiu.

Eu quase caí de novo.

A situação toda parecia surreal demais enquanto eu me forçava a aceitar que nenhum de nós, absolutamente ninguém, dera crédito suficiente ao Daedalus. Tínhamos subestimado completamente o plano deles, sua capacidade de prever o futuro.

Esse era o plano desde o começo.

Olhei de novo para o Luc.

Esse era o legado da Nancy Husher.

Pressionando a boca com as costas da mão, virei-me novamente para o Morton.

Ele soltou o aparelho, que caiu no chão.

— Aquilo é só... — observou Daemon. — É só uma antiga chave de carro.

— Eu menti. — Com os olhos fixos em mim, Morton baixou a mão. — O sargento Dasher vai ficar tão orgulhoso de você, Nadia. Você não o decepcionou. Ele sabia que você não o decepcionaria. Obrigado.

Estremeci.

— Que merda esse louco que nem sabe que já morreu tá dizendo? — rosnou Daemon.

— Você pode ser o mais poderoso do Luxen, mas não é o mais esperto — retrucou Morton.

Assumindo mais uma vez sua forma verdadeira, Daemon deu um passo na direção dele, furioso.

— Não faça isso — alertei, congelando-o com o poder da mente antes que o pequeno Adam ficasse órfão.

Ele lutou para erguer o pé, se libertar. Com os olhos arregalados, virou-se para mim.

— Espero que não esteja fazendo o que eu acho que está.

Eu estava, e ele simplesmente teria que engolir. Assim como o Grayson, que também congelei no lugar. Não sabia quanto tempo conseguiria segurá-los. Nem o que aconteceria se eles atacassem o Morton, e não precisava ter que me preocupar com nenhum dos dois. Voltei a atenção mais uma vez para o Luc. Ainda havia uma chance. Ele acabara de sugar meu poder. Ainda o estava absorvendo e, assim que terminasse, ficaria estranho, diferente, mas ficaria bem. Tinha ficado da última vez. Ainda havia...

— Me fala, Nadia, é a primeira vez que ele se alimenta de você? — perguntou Morton, parecendo tão curioso quanto uma criança. — Bastou essa vez?! A gente achava que seria necessário pelo menos duas.

— Ele se alimentou de você? — indagou Grayson, enojado.

Recusei-me a responder. Em vez disso, tentei contatar o Luc mais uma vez. Não encontrei nada além de um espaço inóspito de imensurável poder, e me lembrei do que ele tinha dito na última vez que fizera isso.

Eu acabaria me transformando em algo mais.

— Por favor, nos conte — pediu Morton.

Acho que seria bem pior do que isso.

— Eu preciso saber.

Eu me tornaria algo realmente assustador.

— Entenda — insistiu ele. — É que fizemos uma aposta...

— Seu filho da puta — xinguei. A Fonte pulsou mais uma vez dentro de mim, alimentada pelo ódio que me consumia. — Você não é ninguém. É insignificante.

Morton soltou uma risadinha.

— Ah, sou sim. Eu sou importante. E sabe quem mais é importante? O Luc. Ele é tudo que a gente precisa. Por isso você era especial. Ele não faria o que acabou de fazer por mais ninguém. Afinal de contas, ele faria qualquer coisa por você.

O Original baixou lentamente os braços flamejantes.

— Ninguém, nem mesmo aquele general traidor ou os antiquados Filhos da Liberdade, jamais entendeu o verdadeiro objetivo do Projeto Poseidon, por que ele foi desenvolvido em parceria com o Projeto Original. O Eaton deveria saber que o sargento não mostraria todas as cartas pra ele.

Mas o general havia suspeitado. Assim como o Blake. A gente simplesmente não dera ouvidos.

— Para aqueles que são um pouco lentos em captar as coisas... e estou falando de você, Daemon. — Morton olhou para o petrificado e furioso Luxen. — O soro Andrômeda não cria Troianos. Tudo o que ele faz é criar uma versão mais aprimorada de híbrido. Um com poderes tanto dos Luxen quanto dos Arum, programado para responder somente ao Daedalus, e sem aquela irritante consciência de si mesmo que os Originais e os primeiros híbridos possuem. Eles são apenas uma versão aperfeiçoada e não mais necessária de um modelo antigo. — Ele fez uma pausa e me fitou com frieza. — Todos, exceto você. A gente esperava que você tivesse ativado quando a April usou a Onda Cassiopeia. Aí o Luc teria tentado te enfraquecer e te controlar, mas, ao que parece, você é um tanto defeituosa. O sargento está muito curioso para saber por que você mantém essa autoconsciência.

Ignorando o insulto e optando por interpretá-lo como um elogio, tentei de novo me comunicar com o Luc.

— Entenda, no que dizia respeito ao Luc, o Daedalus só tinha duas opções. Com o poder que ele tem, ou a gente o matava ou descobria um modo de controlá-lo e usá-lo. A Nancy sempre foi da opinião de que matá-lo seria um desperdício, que precisávamos descobrir uma forma de controlá-lo. É uma pena que ela não esteja viva para ver isso.

— Merda! — murmurou Grayson, o próximo a finalmente entender o que estava acontecendo. Confiante de que ele não ia tentar nada idiota, eu o descongelei. Ele não demonstrou ter percebido.

— Os novos híbridos são poderosos, e vão se tornar o exército mais avançado que a humanidade já viu, mas ele... — Morton olhou para o Luc com uma expressão um tanto maravilhada. — Ele é *a* arma de destruição em massa. Uma simples demonstração de sua força e guerras irão terminar antes mesmo de começarem. Não haverá mais nenhuma tentativa de resistência. Ninguém tentará se opor a nós, não quando virem o que ele é capaz de fazer com um simples estalar dos dedos. Ele *é* o verdadeiro Troiano.

— Se é esse o caso, por que vocês precisam dos novos híbridos? — perguntou Daemon. Eu o descongelei também. O Luxen provou ser tão esperto quanto o companheiro e não deu sinal algum de que já conseguia se mover. — Por que criar um vírus de gripe e transformar metade da população se o Luc é a grande arma de que vocês precisavam?

O Original inclinou ligeiramente a cabeça ao escutar essas palavras. Meu coração pulou uma batida. Ele estava prestando atenção. Mas será que era ele mesmo? Aquele ser frio e apático que não soltava piadinhas idiotas nem falava sobre cuidar de um rebanho de lhamas? Ou será que era uma criatura totalmente diferente?

Algo que ele próprio temia?

— Transformar a população? — Morton riu novamente, atraindo minha atenção. — Quem te falou isso? Nenhum humano infectado com esse vírus consegue sobreviver sem a nossa ajuda, e já escolhemos quem iremos salvar.

Como se eles fossem deuses.

— Os outros acabarão se autodestruindo, provavelmente levando algumas pessoas no processo. É um infeliz efeito colateral, que acabará criando ainda mais caos...

— E alimentando o ódio das pessoas pelos Luxen, porque vocês convenceram todo mundo de que somos nós que estamos fazendo eles ficarem doentes — completou Daemon.

— Exato — confirmou Morton.

Deus do céu, só de pensar nas pessoas que ainda ficariam doentes! Elas sequer se transformariam, e eu não sabia ao certo o que era pior. Elas, porém, eram inocentes. Bilhões de pessoas inocentes iriam morrer.

— Se vocês não precisam desse exército de híbridos 2.0, então por que criá-lo? — perguntou Grayson.

— Porque uma arma tão poderosa quanto ele não deveria ser desperdiçada com coisas que sequer são humanas.

Daemon empalideceu. Ficou branco feito papel ao compreender o que estava por trás das palavras do Morton. De minha parte, fiquei com vontade de vomitar.

Os híbridos seriam usados para exterminar os Luxen e qualquer humano com DNA alienígena.

E isso *podia* funcionar.

A maioria dos Luxen encontraria seu fim lutando com os novos híbridos, enquanto o mundo desmoronava ao redor deles, dizimado por uma doença — uma doença que podia gerar ainda mais violência entre os próprios humanos e contra a única coisa que poderia salvá-los.

Os Luxen.

Isso, porém, era apenas uma possibilidade, porque até o momento o Original não levantara um dedo contra nenhum de nós. Ainda assim, quando tentei me comunicar com ele de novo, não obtive resposta.

— Luc — falei em voz alta dessa vez. — Você ainda está aí. Sei que está. Tem que estar. Você ainda...

— Ele não é mais o Luc que você conhece — disse Morton baixinho, andando em direção ao Original e parando ao chegar ao lado dele. — Não a mate. Seu criador quer saber por que ela é defeituosa. Mate os outros.

Seu criador.

Tensionei ao ver o Luc erguer a cabeça. A Fonte pulsava intensamente em volta dele. Eu sabia que se ele nos atacasse, ninguém teria a menor chance. Ele nos mataria num piscar de olhos.

Tentáculos da Fonte emanaram dele e preencheram o entorno numa onda de estática antes de rapidamente retrocederem, até que *finalmente* pude ver os traços que amava com todas as fibras do meu ser.

Um rosto que mal consegui reconhecer.

Era o Luc — as maçãs altas e angulosas, o queixo bem talhado, os lábios cheios e a pele dourada —, mas os olhos, aqueles olhos ametista entremeados de uma luz branca, não eram dele.

Seus olhos acompanhavam todos que estavam ali. Morton, Daemon. Grayson. A mim.

E, quando ele me encarou, fez do mesmo jeito que estava olhando para todos os demais. Avaliando. Não havia um pingo de calor ou suavidade em seu olhar. Nenhum sinal de amor ou desejo. Era um olhar duro e frio, destituído de toda e qualquer emoção.

Aquele ser que olhou para mim e, em seguida, para os Luxen não era o Luc.

Tampouco era o Luc que eu vira após se alimentar pela primeira vez.

Esse era o ser sobre o qual ele tinha me alertado.

Meu coração se partiu em tantos pedaços que quase consegui escutar. Um grito se formou em minha mente ao mesmo tempo que meus joelhos ficavam bambos. Um soluço me subiu à garganta e, com os olhos cheio de lágrimas, deixei a Fonte vir à tona.

O homem que eu conhecia, que amava, não estava ali. O que significava que eu sabia de algo que o Daedalus não, algo que, em sua suprema arrogância, eles não tinham levado em consideração.

— Morton? — chamei, vendo o Original virar lentamente a cabeça para mim. Um calafrio se espalhou por minha pele quando aqueles olhos frios encontraram os meus. — Eu disse que você era insignificante. Não estava errada. Você é. Pior ainda, é dispensável. É por isso que está aqui em vez do Dasher. Só para o caso... — Inspirei de maneira trêmula. — Você sabe, de o Daedalus ter criado algo ainda pior do que podiam imaginar.

Morton franziu o cenho e olhou de mim para o Luc.

— Faça o que seu criador te mandou fazer, Luc. Mate os Luxen. Subjugue a garota. Precisamos dela viva.

— Criador? — disse Luc finalmente. Encolhi-me ao escutar o gelo que revestia aquela simples palavra e sentir o poder que emanava dele, tão pesado que achei que esmagaria todos nós.

Pelo canto do olho, vi o Daemon e o Grayson recuarem um passo em reação.

— Criador? — repetiu ele. — Eu não fui *criado*. Eu sou um deus.

Morton sequer teve chance de pensar em reagir. Luc virou os olhos para ele, e pronto. O sujeito *implodiu*. Sua pele foi incinerada, levando consigo sangue e músculos. Ossos se estilhaçaram como vidro e, em menos de um segundo, o desgraçado não era nada além de uma pilha de roupas semicarbonizadas e cinzas.

— Puta... — murmurou Daemon.

— Merda! — completou Grayson.

Luc voltou os olhos novamente para nós, e a ausência de qualquer pingo de humanidade, de qualquer vestígio *dele* naqueles olhos gélidos fez com que um calafrio de puro pavor descesse pela minha espinha.

Como o Daedalus podia criar algo *assim* e esperar controlá-lo?

Nada poderia.

Ele me encarou com aqueles olhos profundamente assustadores, sentindo que eu era a maior ameaça. Em seguida, inclinou a cabeça mais uma vez. A Fonte pulsou em torno do Daemon e do Grayson, e eu soube que eles tentariam detê-lo assim que percebessem que aquele ali não era o Luc que conheciam. Eles iam morrer.

— Corram — mandei, ao mesmo tempo que meu cabelo era soprado dos ombros. O Original focou a atenção no Daemon, e eu percebi que nem ele nem o Grayson conseguiriam fugir rápido o bastante.

Liberando o que restava da Fonte dentro de mim, deixei-me envolver por ela e a *lancei*. A explosão de poder foi tão rápida que nem o Daemon nem o Grayson tiveram tempo de reagir. Eles foram suspensos no ar e lançados o mais longe que consegui antes da Fonte se esgotar. Os dois cairiam com força no chão. Iria doer, mas eles estariam vivos.

Pelo menos por enquanto.

Luc continuava no mesmo lugar. Não tinha movido um centímetro. Apenas uma mecha de cabelo havia saído fora do lugar, mas voltara lentamente a pender sobre sua testa. Seus lábios — aqueles lábios que haviam me beijado e proferido palavras de amor — se retorceram numa espécie de sorriso, um sorriso perfeito e vazio.

Uma luz prateada envolveu suas mãos. Eu sabia que não sobreviveria a isso. Impossível. Eu estava drenada. Era apenas uma simples humana no momento. Não tinha como escapar. Só podia rezar para que o Daemon e o Grayson se recuperassem rápido o bastante para avisar os outros, para tirar o máximo de gente possível do caminho do Luc. Para que eles tivessem a chance de se esconder, porque agora a maior ameaça já não era mais o Daedalus, a gripe ou os novos híbridos.

Era aquele ser parado diante de mim.

A Fonte pareceu crescer em torno das mãos dele enquanto a queimação gelada de poder inundava o ar à minha volta. O vento açoitava as árvores. Cega pelas lágrimas, pensei no que aconteceria com o Luc se ele voltasse a si e se lembrasse do que estava prestes a fazer. Meu coração, já despedaçado, se partiu ainda mais.

Ele continuou a me encarar com as sobrancelhas franzidas e os olhos...

O Original, então, *deslizou* em minha direção. Tive a sensação de que seus pés nem tocavam o chão. De repente, ele estava bem na minha frente. Todos os meus pelos se eriçaram quando ele me encarou.

— Luc? — murmurei, os olhos arregalados. Ele ergueu uma das mãos e a aproximou do meu rosto. A luz prateada da Fonte dançava em torno de seus dedos. Não me mexi. Não conseguia. Ele me mantinha parada no lugar com apenas um olhar. Eu não conseguia mover nem mesmo um músculo. Seus dedos pairavam ao lado da minha bochecha, e eu não tinha ideia do que aconteceria quando ele me tocasse. Já não sabia qual era o desejo por trás da Fonte.

Enquanto ele me fitava, dei-me conta de que o que quer que eu dissesse seria a última coisa que diria na vida.

— Eu te amo — murmurei, tremendo ao sentir o vento soprar minhas roupas. — Sempre vou te amar. Eu te amo, Luc. Eu te...

Seus dedos roçaram minha bochecha, e um calor gelado inundou meu corpo.

O mundo à minha volta gemeu e gritou, tremeu e se partiu em pedaços. O cimento rachou e se desfez. Prédios mais altos que montanhas ruíram numa chuva de poeira. Telhados foram arrancados e espatifados. Árvores estreme- ceram, e um guinchar de metal ecoou pelo ar quando os carros abandonados se desfizeram. Chamas irromperam de antigas reservas de gás e propano, cuspindo fogo em direção ao céu como pequenos vulcões. O ar tornou-se mais denso, carregado de escombros, enquanto a onda de choque se espa- lhava mais e mais em todas as direções pelo que me pareceu uma eternidade.

Dentro de mim rugia uma espécie diferente de tempestade. Ela começou nos recônditos escuros e nebulosos da minha mente, como um tremer e chacoalhar de uma porta trancada. A luz prateada que atravessava aço e cimento perfurou meu ser, obliterando as sombras numa fisgada ofuscante de dor que foi como um choque para o meu sistema ao descer pela minha espinha e acender todas as terminações nervosas. Ela me consumia de tal forma, com tanta força, que eu não conseguia sequer gritar, nem mesmo respirar. Imagens substituíram as sombras escuras em minha mente. Rostos, eventos, palavras e emoções cheios de significado. Eles surgiam num fluxo ininterrupto, anos e anos de pensamentos, desejos, medos e lembranças.

De repente, a tempestade amainou. As imagens cessaram. A dor desapareceu. O mundo parou.

Eu não estava mais em pé.

Meus braços pendiam ao meu lado, e minhas pernas estavam flácidas. Luc me segurava, um dos braços em volta da minha cintura e a outra mão envolvendo meu rosto. Eu não conseguia falar, apenas fitar um par de olhos cortado por brilhantes raios. Algo estava errado comigo. Eu não conseguia me mover ou fechar os olhos, falar ou impedi-lo de baixar meu corpo para depositá-lo sobre o solo fumegante.

Vi por cima do ombro dele que a torre desaparecera, assim como o shopping. Consegui mover os olhos um milímetro para a direita. Ai, meu Deus, não havia mais nada lá. Nenhum prédio. Nenhuma árvore…

A mão em meu rosto deslizou para a nuca ao mesmo tempo que minhas pernas e quadris tocaram o chão. Minha cabeça foi depositada com cuidado na terra. Ele continuava acima de mim, os lábios a centímetros dos meus.

— *Nunca* — disse ele. Debaixo de mim, a terra tremeu. Linhas de tensão se formaram em torno da boca dele. Luc trincou o maxilar, fechando os olhos para em seguida reabri-los. Os raios de luz que cortavam suas pupilas diminuíram de intensidade. — Não me procure. — Ele tirou lentamente a mão de debaixo da minha cabeça e roçou os lábios de leve no canto dos meus. — Não venha atrás de mim. *Nunca*. Se vier, eu vou tirar tudo de você.

Ele se afastou lentamente e, por um breve segundo, nossos olhos se encontraram. Tive a impressão de escutá-lo murmurar meu nome e, então, ele desapareceu, deixando para trás somente pedra aquecida e brasas, que brilhavam como milhares de vaga-lumes. Tudo o que restava da cidade eram aquelas pequenas partículas que choviam sobre mim e tudo à minha volta como flocos de neve beijados pelo sol.

Eu não conseguia falar, mas mesmo que conseguisse, o Luc se fora, de modo que não tinha como dizer a ele que ele estava errado. Que ele havia me dado tudo, porque agora eu me lembrava.

Lembrava de absolutamente *tudo*.

DAEMON

Nunca senti tanto medo em toda a minha vida.

Achava que não seria possível sentir mais medo do que quando a Kat saiu sozinha para servir de isca para um Arum, a fim de proteger a mim e a minha irmã.

Eu estava errado.

Quando me dei conta de que o Blake estava trabalhando para o Daedalus, fiquei apavorado por ela, e quando o Will, o homem que havia usado a mãe dela para atraí-la — para nos atrair —, a colocou numa jaula, tive pavor dos pesadelos que aquelas horas deixariam para trás.

Eu estava errado.

Mesmo quando o Daedalus a capturou e fez todas aquelas coisas horríveis com ela, e mesmo após tudo o que aconteceu depois, achei que jamais poderia sentir tanto medo de que ela fosse roubada de mim.

Eu estava totalmente errado.

Agora eu sabia.

Porque as horas de dor e o número de vezes que a Kat chegou perto de morrer enquanto tentava dar à luz o nosso filho foram os momentos mais aterrorizantes de toda a minha vida. Cada vez que eu sentia o coração dela desacelerar até quase parar, achei que pronto, era o fim. Ela era uma híbrida inacreditavelmente forte, e eu era um dos Luxen mais poderosos do mundo, mas quando seus olhos cinzentos começaram a perder o foco, fiquei apavorado de que isso não fosse ser o suficiente.

E, por mais que me matasse admitir, não teria sido.

O diminuto corpo aninhado em meu peito se contorceu, atraindo meu olhar. Meu filho. Nosso filho. Ele parecia tão minúsculo enrolado naquele cobertorzinho branco! Não tinha ideia de que bebês pudessem ser tão pequenos. Acho que ele caberia inteiro nas minhas duas palmas juntas. Não que eu fosse tentar fazer isso. Só Deus sabia o medo que eu tinha de deixá-lo cair.

Ou de respirar com muita força.

Ou de pensar alto demais.

Ele estava dormindo e, mesmo agora, seus pequenos braços e pernas moviam-se sem parar sob o cobertor, como se ele estivesse pronto para sair por aí e dominar o mundo.

Assim como a mamãe dele.

Ergui os olhos do rostinho enrugado. A luz suave das lamparinas iluminava o quarto, parecendo dançar sobre o rosto da Kat. Sua pele estava começando a recuperar a cor. Ela havia ficado branca demais, perdido muito sangue. Mas agora estava começando a se recuperar.

Graças ao Luc.

Olhei para o meu filho e senti como se alguém tivesse aberto um buraco no meu peito.

Se o Luc não estivesse lá, a Kat não teria aguentado. Ela teria morrido. Eu morreria junto e, se o nosso filho sobrevivesse, teria que viver sem as pessoas que o amavam mais do que todas as estrelas do universo.

Em silêncio, virei-me para a parede que ficava de frente para a casa do Luc e da Nadia. *Evie*, me corrigi pela milionésima vez. O nome dela era Evie agora. Com o tempo eu acabaria parando de me referir a ela como Nadia.

Provavelmente com muito tempo.

Mas precisava tentar.

Devia isso ao Luc... na verdade, devia tudo a ele. Era por causa dele que ainda estávamos aqui, inteiros e saudáveis.

Uma súbita preocupação se insinuou em minha mente. Não tinha ideia do que havia acontecido com ela. Tudo o que sabia era que ela não estava acordando, independentemente do que o Luc fizesse. Se alguma coisa acontecesse com ela...

Bom, o Daedalus seria o menor dos problemas do mundo.

Mas, no momento, não podia ficar pensando nisso.

Era uma ponte que esperava jamais ter que cruzar. Rezava para que tudo ficasse bem. O Original me dava nos nervos, mas ele merecia ser feliz, assim como eu e a Kat. Ele merecia ter sua garota ao seu lado.

Kat se mexeu sob o cobertor. Um dos pés descalços se descobriu. Dei uma risadinha ao ver seus dedos se encolherem. Em qualquer outra situação eu agarraria aquele pé. Ela acordaria chutando, achando que estava sendo atacada por um demônio ou algo do gênero. Graças a todos aqueles livros que ela gostava de ler, a Kat tinha uma imaginação fértil. Eu a recompensaria por tê-la acordado, começando com o pé e subindo por sua perna torneada.

Pensando nisso, era por conta de uma situação semelhante que agora eu segurava nosso filho no colo.

Meu sorriso ficou ainda maior.

Eu sempre ficava um tanto perdido ao olhar para ela. Sempre. Senti-me mais uma vez maravilhado. Era incrível o modo como ela lidava com qualquer coisa. Mesmo com dor, com o coração falhando, ela havia segurado minha mão com força.

Kat vivia provando que eu não a merecia. Eu era um maldito sortudo por tê-la. Por ter tudo isso.

Aqueles lábios em forma de arco fizeram um biquinho e ele franziu a testa. Será que estava sonhando? Bebês sonhavam? Não tinha a menor ideia, mas se sonhassem queria que meu filho tivesse lindos sonhos. Ninei-o gentilmente até o franzir da testa desaparecer. Tinha a sensação de que eu e a Kat teríamos um trabalhão com o Adam.

※ ※ ※

Não havia nome mais apropriado para o nosso

filho. Ele seria tão feroz quanto seu xará e tão forte e corajoso quanto a mãe. Eu sempre o protegeria. Sempre.

Todo mundo sabia que eu incendiaria o mundo inteiro pela Kat; assistiria o planeta se acabar em chamas se fosse preciso. Sempre soube que era capaz de fazer exatamente isso. Nunca tive a menor dúvida, mas agora, olhando para aquele rostinho enrugado, dei-me conta do tamanho da destruição que eu seria capaz de causar para manter ambos seguros e felizes.

— Nada, nada mesmo, jamais irá te tocar — falei, beijando aquela cabecinha ainda mole. — Prometo.

Uma promessa que eu jamais quebraria.

Apertei-o de encontro ao peito e o levei de volta para a Kat. Tomando cuidado para não acordar nenhum dos dois, ajeitei nosso filho ao lado dela. Em seguida, me curvei, rocei os lábios sobre a testa da Kat e me recostei na cabeceira da cama.

A noite ia ser longa.

Sem problema.

Não havia nada que eu preferisse fazer do que ficar cuidando das duas pessoas mais importantes da minha vida.